btb

Als Ketzer denunziert, muss sich der deutsche Prediger Eckhart von Hochheim im Jahr 1328 am Hof des Papstes in Avignon der Inquisition stellen. In Begleitung seines Novizen Wittekind wird Meister Eckhart Zeuge eines blutigen Raubüberfalls. Als Wittekind selbst angegriffen wird, ahnen die beiden, dass sie in einen Finanzbetrug von europäischem Ausmaß hineingezogen werden. Nach und nach offenbart sich ein Kampf im Inneren der Kirche um Geld und Macht. Schließlich kommt auch der geheimnisvolle Franziskaner William von Baskerville ins Spiel, der den Tätern ebenfalls auf der Spur ist. Dort, wo Umberto Ecos *Der Name der Rose* aufhört, setzt Dirk Schümers packender historischer Roman an. Wir erleben eine finstere Metropole der Religion, in der nur ein Credo gilt: Gold.

DIRK SCHÜMER wurde 1962 in Soest geboren und studierte Germanistik, Philosophie und mittelalterliche Geschichte in Hamburg und Paris. Ab Anfang der 1990er Jahre arbeitete er als Redakteur und Kulturkorrespondent der F.A.Z. in Venedig und Wien. Seit November 2014 ist er in gleicher Funktion für die Welt-Gruppe tätig.

Dirk Schümer

Die Schwarze Rose

Roman

btb

Die Originalausgabe erschien 2022 im Zsolnay Verlag, Wien.

FSC www.fsc.org
MIX
Papier | Fördert gute Waldnutzung
FSC® C014496

Penguin Random House Verlagsgruppe FSC® N001967

1. Auflage
Genehmigte Taschenbuchausgabe November 2023,
btb Verlag in der Penguin Random House Verlagsgruppe GmbH,
Neumarkter Straße 28, 81673 München

Karte: Peter Palm
Umschlaggestaltung: semper smile, München
nach einem Entwurf von Anzinger und Rasp, München
unter Verwendung eines Motivs von Tête de Femme en Costume Médiéval (1900)
von Lucien-Victor Guirand De Scévola
Druck und Einband: GGP Media GmbH, Pößneck
MN · Herstellung: sc
Printed in Germany
ISBN 978-3-442-77354-1

www.btb-verlag.de
www.facebook.com/penguinbuecher

DIE SCHWARZE ROSE

Le Moyen-Âge, c'est le Noir.

Jacques Le Goff

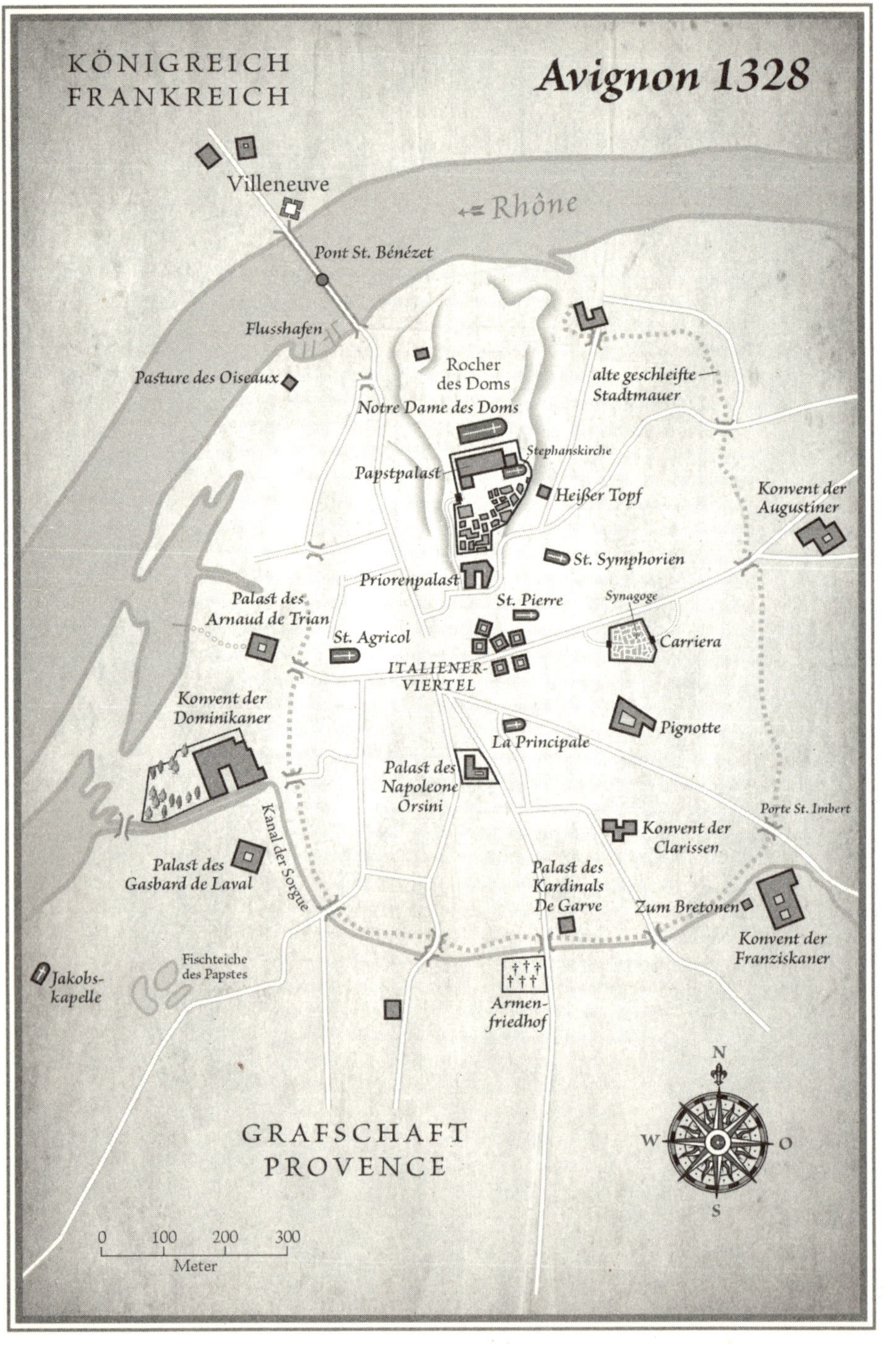

Avignon 1328
KÖNIGREICH FRANKREICH
Villeneuve
Rhône
Pont St. Bénézet
Flusshafen
Pasture des Oiseaux
Rocher des Doms
alte geschleifte Stadtmauer
Notre Dame des Doms
Stephanskirche
Papstpalast
Heißer Topf
Konvent der Augustiner
St. Symphorien
Priorenpalast
St. Pierre
Synagoge
Palast des Arnaud de Trian
St. Agricol
Carriera
ITALIENER-VIERTEL
Konvent der Dominikaner
Pignotte
La Principale
Palast des Napoleone Orsini
Porte St. Imbert
Konvent der Clarissen
Palast des Gasbard de Laval
Kanal der Sorgue
Palast des Kardinals De Garve
Zum Bretonen
Konvent der Franziskaner
Fischteiche des Papstes
Jakobskapelle
Armenfriedhof
N
W
O
S
GRAFSCHAFT PROVENCE
0 100 200 300
Meter

DEN HÄRETIKERN

Fra Dolcino da Novara, verbrannt 1307 in Vercelli
Marguerite Porete, verbrannt 1310 in Paris
Jacques de Molay, verbrannt 1314 in Paris
Bernard Délicieux, zu Tode gefoltert 1320 in Carcassonne
Guilhèm Belibaste, verbrannt 1321 in Vilaroja
Ubertin von Casale, ermordet 1328 in München
Eckhart von Hochheim, verschollen 1328 in Avignon

Ihrem Angedenken und allen Opfern der heiligen Inquisition ist dieses Buch gewidmet.

KAPITEL 1

Avignon, 20. Mai 1328

Welches Tier?, fragte ich.

Der Meister blickte zu den zerlumpten Menschen am Flussufer. Tief gebeugt zogen die Mutter und zwei Söhne an Seilen einen Lastkahn die Rhone aufwärts, während der Vater mit einem langen Stock das Boot vom Ufer weghielt. Im Gegenwind des Mistrals beförderten sie das Boot, das bis über die Reling mit Brennholz beladen war, in Richtung Hafen. Ihre Gesichter grau, den Blick auf die Füße gerichtet, dieweil ein kleines Mädchen von vielleicht drei Jahren barfuß nebenher hüpfte. Die Frau war schwanger und kam nur schwer vorwärts. Eine Familie von Treidlern, wie sie hier ständig vorbeizogen, Schritt für Schritt für Schritt.

Der Meister, nachdenklich in die Ferne blickend, hatte die Leute gar nicht bemerkt.

Welches Tier?, fragte er zurück. Du weißt doch, dass ich dein Spiel nicht mag. Esel vielleicht?

Das sind keine Esel, sagte ich. Esel sind stur und klug und widerspenstig. Die machen nur, was sie wollen. Diese Leute da unten merken gar nicht mehr, was sie tun. Schau nur, wie krumm die Kinder in den Seilen hängen. Die werden ein Leben lang nicht aufrecht gehen. Ameisen sind das, die dem Papst das Brennholz für seine Küchen liefern.

Das Boot war am Flusshafen angekommen. Da würden die Treidler das Holz abliefern, ein paar Münzen dafür bekommen und sich nach einer Nacht im Boot wieder die Rhone hinuntertreiben lassen. Morgen ging dann das Schleppen von neuem los, mit Holz, mit Kohlen, mit Sand, mit Weinfässern, mit Gemüse. Avignon konnte alles gebrauchen.

Ich sagte: Viele tausend Ameisen liefern, was die Stadt braucht. Avignon ist der Ameisenhaufen, und der Papst da oben in seinem

Haus auf dem Felsen, das ist der Ameisenkönig. Er befiehlt, und aus dem ganzen Abendland kommen Waren und Speisen, Gold und Silber oder eben Brennholz. Und Menschen, immer mehr Menschen.

Ich wandte mich um und erblickte die Stadt mit ihren Vorburgen. Überall wurde gebaut. Zimmerleute hämmerten an Gerüsten, Maurer zogen Steine an Kränen hoch. Selbst hier unten am schlammigen Flussufer konnte man Hütten mit Schilfdächern finden, die es tags zuvor noch nicht gegeben hatte und die die nächste Flut kaum überstehen würden. Es wurde geklopft und gemeißelt und gesägt. Avignon war viel geschäftiger als meine ruhige Stadt in Westfalen, es war hier sogar noch lauter als in Köln. Ich hatte mich an die nie abreißende Unruhe gewöhnt, genau wie an den Mistral, der jeden dritten Tag von Norden den Fluss herunter blies und die Menschen wild machte. Vor ein paar Jahren, so erzählten die Eingesessenen, war Avignon noch eine unbedeutende Bischofsstadt gewesen. Dann kam der Papst und machte seine Residenz zum quirligsten Ameisenhaufen der Christenheit. Auch wir waren hier, weil der Papst es befohlen hatte.

Ich wies auf die Brücke. Aus der Ferne waren Karren, Reiter und Fußgänger auszumachen, die sich auf der schmalen Spur über den Bögen stauten. Sie alle wollten aus dem Königreich Frankreich herüber in die Stadt des Papstes. Der Ameisenkönig hatte immer Hunger, er musste gefüttert werden.

Wenn wir, schlug ich vor, auf den Kahn der Treidler steigen und uns die Rhone abwärts treiben lassen, dann sind wir in spätestens zwei Tagen am Meer. Von dort aus können wir überallhin segeln, dann sind wir frei. Meister, wollen wir? Du weißt doch genau wie ich, dass es hier immer gefährlicher wird. Wir haben keinen Freund in Avignon, nicht einmal im Konvent der Brüder, da am allerwenigsten. In Köln warst du der größte Prediger, die Menschen kamen von weit her, um dich zu hören. Hier hat dir die Inquisition den Mund verboten, sie haben dich wochenlang im Kloster eingesperrt. Wir werden immer noch überwacht. Wir hätten nie nach Avignon kommen dürfen. Meister, ich habe Angst.

Er schaute mich an. Er war in den letzten Wochen dünner geworden, seine rundliche Gestalt hatte sich gebeugt, und sein Kinderblick wirkte traurig. Immer und überall trug er seine Verteidigungsschrift mit sich herum und las, was er den Inquisitoren auf ihre Anklagen entgegnen wollte. Auch jetzt am Ufer der Rhone hatte er im Pergament geblättert und sich auf seiner Schreibtafel Notizen gemacht. Er war einmal ein mutiger Denker gewesen. Jetzt war er nur noch ein alter Mann, der auf sein Urteil wartete.

Wir fahren nirgendwohin, sagte er mit leiser Stimme.

Ich bin kein Ketzer, und du weißt das. Der Papst weiß das, seine Inquisitoren wissen das auch. Im Winter haben sie uns noch im Brüderkloster eingesperrt, da bekam auch ich ein bisschen Angst. Aber, Wittekind, jetzt ist Frühling, und wir sitzen in der Sonne am Fluss. Wir dürfen uns sogar in der Stadt frei bewegen. Das ist ein gutes Zeichen und beweist, dass dieser lächerliche Prozess bald abgeschlossen ist. Dann können wir zurück nach Köln. Das ist das Einzige, was ich in diesem irdischen Leben noch will, nach Hause.

Der Meister blickte über die Rhone nach Norden, wo in der Ferne unsere Heimat lag, und seufzte:

Auf keinen Fall werde ich fliehen. Ich habe mir nichts vorzuwerfen und will auch nicht nach Süden ans Meer. Wohin sollen wir denn gehen? Nach Italien zum Kaiser? Wollen wir uns in Genua unter dem Schiffsvolk im Hafen verstecken? Oder als zwei Bettelmönche ins Heilige Land pilgern mit ein paar Groschen im Beutel? Nein! Der Herr Papst wird mich freilassen, er hat gerade ganz andere Sorgen als einen alten Dominikaner aus Deutschland. Meine Gedanken versteht der Papst sowieso nicht, er ist kein Theologe, sondern ein Jurist. Aber wenn ich ihm das Nötige erklärt und auf mein Recht hingewiesen habe, dann lässt er uns ziehen. Es kann nicht mehr lange dauern.

Die Familie mit ihrem Brennholz war inzwischen am Flusshafen angekommen. Es war ein ungemütlicher Tag wie so viele andere auch, mit Wolken und Wind und einem Frühjahr, das sich zwischen Dürre und Flut nicht entscheiden konnte. Ein Tag Hitze, ein Tag Regen, heute Nacht vielleicht Sturm. Wenn ich die Augen zukniff, konnte ich in der Ferne die beiden Treidlerjungen erkennen, die gerade das Holz abluden, während das zerlumpte Mädchen weiter um sie herumsprang.

Die Mutter hockte mit dickem Bauch daneben, und der Vater handelte sicher gerade um ein paar Sous, besorgte den Seinen dann einen Kanten Brot. Die Ameisen hatten nicht das Recht, sich auszuruhen.

Ich weiß bis heute nicht, warum der Meister mein Spiel nicht mochte. Wenn man sich die Tiere vorstellt, denen die Menschen gleichen, dann sieht man, wie sie wirklich sind. Jeder Mensch hat sein Tier. Mein Meister mit seinem runden Gesicht, seinen großen Augen, seiner Stirnglatze und seinem kleinen Buckel war für mich eine weise alte Eule, der es aber immer schwerer fiel, Mäuse zu fangen. Inzwischen konnte sie nicht einmal mehr fliegen. Aber das sagte ich ihm nicht.

Lass uns zurückgehen zur Stadt, sagte der Meister. Er zog seinen Mantel über die Schultern und seine Kapuze über den Kopf. Es kommt wieder dieser ungute Wind auf. Mir wird kalt, ich will beten.

KAPITEL 2

Wir stiegen die Böschung hinauf und gingen ein Stück die Rhone entlang. Die Subburgi, die hier verstreut lagen, gaben ein wunderliches Bild. Hier eine Kardinalsresidenz mit hohen Steinmauern und bewachtem Tor. Dort ein paar Fachwerkstraßen, die von einem Holzzaun umgeben waren. Dann in den Wiesen am Stadtrand viele mit Schilf gedeckte Hütten. Wir gingen an den Mauern unseres Konvents vorbei, denn der Meister hatte nicht vor, sich am späten Nachmittag bereits unter die Kontrolle des Priors zu begeben. Aber ich fürchtete, dass uns auch draußen stets ein paar Mitbrüder im Blick behielten. Der Meister war ein angeklagter Häretiker unter der Gewalt der Inquisition. Und die Dominikaner, unsere Mitbrüder, waren verantwortlich dafür, dass er vor seinem Prozess nicht davonlief.

Hinter dem Kloster, dem größten und reichsten von ganz Avignon, lag das nicht minder prächtige Anwesen des päpstlichen Kämmerers Gasbard de Laval. Eine Festung mit zwei Türmen, Stallungen und

Wohngebäuden für die Schreiber und Boten. Das ist der Mann, hatte mir Bruder Ramon, der Gärtner, gleich nach unserer Ankunft im November gesagt, der dem Papst das Geld beschafft. Gasbard de Laval kam wie fast alle wichtigen Leute am Hof von Joan aus dem Quercy. Kaum jemand hier in der Stadt hatte gewusst, wo das liegt, ja dass es so etwas wie das Quercy überhaupt im französischen Königreich gab. Heute kannte jeder die Stadt Cahors, aus der Papst Joan stammte. Hunderte Kleriker, Händler, Bankiers, Söldner aus dem Quercy waren dem Ruf ihres Patrons nach Avignon gefolgt. Sie hielten zusammen, und sie waren bei den Provenzalen verhasst für ihre Geldgier.

Die Kleriker aus Cahors scheißen Geld, sagte Bruder Ramon, und sogar ihre Scheiße horten sie. Darauf wachsen Bäume, an denen neues Gold hängt. Damit stopfen sie sich voll und tragen das Gold in ihre Heimat. Die Menschen von Avignon bleiben arm, und das Quercy wird immer reicher.

Die Nachbarschaft zum päpstlichen Kämmerer hatte unserem Konvent nicht geschadet. Die Straßen wurden regelmäßig mit Rhonekieseln geplättet, von Dreck gesäubert und waren sogar abends noch sicher. Gasbard de Laval war gut organisiert. Sogar in der Sänfte, in der er sich jeden Tag zum Papstpalast hinübertragen ließ, so hieß es, las er auf seinem Schoß noch in Rechnungsbüchern. Ich hatte ihn in den mehr als fünf Monaten unserer Anwesenheit noch nie zu Gesicht bekommen.

Daneben, am äußersten Stadtrand, stand die kleine Mirakelkapelle, die Gasbard gestiftet hatte. Hier hatte vor einigen Jahren ein Scheiterhaufen gebrannt. Doch der Verurteilte – er soll es mit der eigenen Mutter getrieben haben – wurde von der Muttergottes durch einen Regenguss gerettet. Ein Wunder. Seither pilgerten viele Leute aus Avignon hierher, um zur Madonna zu beten. Gasbard de Laval hatte ein Herz für Sünder. Und er hatte einen vollen Geldbeutel. Er finanzierte gleich neben seinem Anwesen den Konvent der Repenties mit einer eigenen Kapelle. Vierzig bekehrte Huren mussten hier in strenger Klausur den ganzen Tag beten und büßen für ihr sündiges Leben.

Was sollen das für Huren sein?, fragte Ramon, als er mir den Orden erklärte. Natürlich sind es alte, hässliche, die auf der Straße keinen Sou mehr verdienen. Da bekehrt es sich leichter. Aber sie haben ein hartes Leben, knien stundenlang auf Holzbänken, murmeln ihre Litaneien und geißeln einander mit Lederriemen. Eine Aufseherin hat es mir erzählt. Für solche Frömmigkeit haben die reichen Herren aus dem Papstpalast gerne Almosen übrig. Vierzig Huren – was für ein Witz! Tausende von Huren gibt es in Avignon, für jeden Kleriker mehr als eine.

Ramon, bei dem ich in diesem langen Winter bei der Gartenarbeit die provenzalische Sprache erlernt hatte, war zugänglicher als die strengen Dominikanerprediger, die auf seinesgleichen als Laienbruder und Gärtner nur verächtlich herabsahen, während sie sein Gemüse aus dem Frühbeet und seinen Salat verzehrten. Mit ausländischen Ketzern wie uns redete außer den Arbeitern sowieso niemand.

Anders als meine ummauerte westfälische Stadt war Avignon von keinem Wall umgeben. Den morschen Ring um die innere Stadt hatte man vor zwei Jahren erst geschleift. Seither mussten sich die Menschen in ihren Häusern und Nachbarschaften, mussten sich auch die Mönche in ihren Klöstern und die Leute in den freistehenden Subburgi verbarrikadieren. Hier draußen waren nachts Ketten über die Gassen gespannt, aber nur die reichen Kardinäle konnten sich Mauerwerk und Wächter leisten. Der Papst lockte die Menschen zu sich nach Avignon. Aber er schützte sie nicht.

Der Meister und ich waren am Rand der Bebauung angekommen. Hier lagen die großen Fischteiche des Papstes. Kinder mit langen Stangen liefen herum, um Reiher und Kormorane zu verscheuchen. In der Fastenzeit hatte ich von meinem Fenster im Konvent beobachten können, wie Karpfen und Hechte für die Tafel des Papstes herausgefischt und in Kübeln zum Palast getragen wurden. Die Bestände hatten sich gelichtet. Nun streuten die Aufseher mehrmals täglich Schafmist ins Wasser und mästeten die Fische für den Winter.

Unser Ziel lag im Wiesengrund des Flussufers. Die windschiefe Kapelle hatte einst Pilgern in Richtung Santiago zu einem letzten Gebet gedient, bevor die Reicheren auf Booten die Rhone hinunterfuhren – oder die Ärmeren zu Fuß ihren Weg nach Spanien fortsetzten.

Nun gab es eine bequemer gelegene Jakobskapelle in der Stadt, hier draußen wurden keine Messen mehr gelesen. Die Kapelle mit ihrem bröckelnden Putz und ihren zerbrochenen Fenstern fiel in Vergessenheit. Gerade darum kam der Meister gerne hierher. Er liebte die Einsamkeit, wenn sie auch in Avignon noch schwerer zu finden war als eine reuige Hure.

An der Weggabelung neben den Schuppen der Teichwärter hockte ein blinder Bettler und leierte monoton seine Botschaft herunter: Ich habe das Ende der Welt gesehen. Ich sehne mich nach Trost. Tut Buße! Ich habe das Ende der Welt gesehen.

Wir näherten uns. Der Mann stank. Wohl bei einem Brand hatte er sich das Gesicht versengt, die Haut war mit lauter Narben wie aus brüchigen Rotziegeln wieder zusammengewachsen, aber die Augenhöhlen starrten leer. Was wollte der Bettler hier, wo kaum jemand vorbeikam? Hatte er sich verlaufen? Konnte er überhaupt laufen?

Ich habe das Ende der Welt gesehen, leierte der Mann.

Der Meister beugte sich hinunter und reichte ihm ein Stück Brot aus demselben Beutel, in dem er auch seine Verteidigungsschrift mit sich trug. Schneller, als wir schauen konnten, hatte der Blinde das Brot verschlungen. Danach segnete ihn der Meister und wollte ihm die Hand auf den Kopf legen. Aber der Bettler zuckte zurück, stieß den Meister weg und brüllte: Der Teufel hat diese Welt erschaffen. Hütet euch vor der Welt! Tut Buße!

Ein verlorenes Gotteskind, sagte der Meister und schüttelte den Kopf. Vor dem Holzportal fragte er mich, ob ich mit ihm beten wolle: Es ist sehr lange her, seit ich dich zuletzt beten sah, Wittekind.

Was willst du?, fragte ich. Schließlich bin ich Schüler eines Ketzers.

Der Meister schaute mich traurig an. Gott ist überall, und er ist immer bei dir. Das solltest du wissen.

Dann muss ich ihn nicht in der Kapelle suchen.

Mit einem Mal schien wieder die Sonne. Hier in der Provence hatte sie Ende Mai so viel Kraft wie daheim in Deutschland im Hochsommer. Ich streckte meine Glieder aus, in denen ich noch die Kälte des Klosters spürte. Schwalben jagten knapp über dem Wasser nach Mücken; auf der Rhone trieben zwei Boote mit Reisenden, die lauthals Lieder sangen. Wäre nicht das Geschrei des Bettlers gewesen, man hätte für einen Augenblick an eine Welt voller Frieden und Geborgenheit glauben können.

Plötzlich wurde hinter mir das Portal aufgerissen. Wittekind, komm her, schnell!

Ich sprang auf und lief in die Kapelle. Es schien alles verwaist. Der Meister wies stumm zur linken Wand, wo ein Haufen Gerümpel herumlag, eine alte Kirchenbank, Stühle, Bretter. Von irgendwo kam ein Wimmern.

Dann sah ich es. Ein rotes Rinnsal floss im Halbdunkel aus den Trümmern. Ein Bein schaute hervor. Ich zerrte die Bretter weg und fand einen Mann auf dem Boden. Der Mund war geknebelt, und aus Wunden an Armen und Beinen blutete er. Ich löste ihm den Knebel, aber der Mann war ohnmächtig. Arme und Beine sahen fürchterlich aus. Offenbar hatte man ihm mit einem Knüppel Knie und Ellbogen, Schienbeine und Knöchel zertrümmert. Überall schauten zersplitterte Knochen hervor. Ich zog das Bündel Mensch zur Wand, es konnte jedoch nicht aufrecht sitzen und sackte sofort in sich zusammen. Der Mann war ein Kleriker, wie seine Tonsur verriet. Der Kopf schien unverletzt.

Heilige Mutter der Schmerzen, rief der Meister, fiel auf die Knie und faltete die Hände. Ich habe ihn erst bemerkt, als ich sein Wimmern hörte. Dann das Blut.

Hast du niemanden gesehen? Ist jemand vor dir in der Kapelle gewesen?, fragte ich und zeigte auf die Seitentür.

Ich habe nichts gesehen und gehört. Herrgott, Wittekind, wer hat dem Mann das angetan?

Was weiß ich?, sagte ich. Wir müssen sofort Hilfe holen. Bleib du hier und pass auf den Mann auf. Ich laufe zum Kloster. Es wird bald jemand kommen.

Ich rannte zu den Hütten der Teichwärter und schrie, sie sollten sofort zur Kapelle kommen. Dort liege ein Verwundeter. Unterwegs fragte ich mich, ob es eine gute Idee gewesen war, den Meister bei dem

Verletzten allein zurückzulassen. Doch umkehren konnte ich jetzt nicht mehr.

Im Konvent rief ich möglichst viele Mönche an der Pforte zusammen. Jemand sagte Bruder Deodat Bescheid, der sich ums Hospital und die Krankenstube kümmerte. Ich organisierte noch eine Trage. Dann eilten wir gemeinsam los. Bei den Teichen fiel mir auf, dass der blinde Bettler verschwunden war.

KAPITEL 3

In der Krankenstube ließ Bruder Deodat den Verwundeten auf den langen Holztisch legen, auf dem er seine Operationen durchführte. Deodat scheuchte außer seinem Assistenten alle Schaulustigen aus der Stube. Nur uns behielt er da, um uns über den Hergang zu befragen:

Wie lange lag der Patient in der Kapelle auf dem Boden?

Wir wissen es nicht, antwortete der Meister. Mindestens eine halbe Stunde, vielleicht länger.

Konnte er etwas sagen?

Nein, meinte ich, er war erst geknebelt, dann bewusstlos.

Diese Strauchdiebe werden immer dreister, urteilte Deodat und schüttelte den Kopf. Seit unser Herr, der Papst, aus welchen Gründen auch immer, die Juden wieder in der Stadt zugelassen hat, häufen sich die Überfälle. Man erzählt, dass die jüdischen Lumpensammler ihre Opfer ausspionieren, mit Versprechungen an den Stadtrand locken und dann hinterrücks niederschlagen. Frauen vergewaltigen sie, unschuldige kleine Kinder bringen sie um, trinken ihr Blut. Jeder weiß das.

Deodat war ein hochherziger Mönch mit hoher Stirn, kurzen grauen Haaren und kühlen blauen Augen. Sein lippenloser Mund war zusammengezogen wie ein Geldbeutel. Eine Eidechse? Ein Iltis? Ich war mir noch nicht sicher.

Als Arzt wirkte Deodat nicht besonders fürsorglich. Ich hatte ihn noch niemals lächeln sehen. Offenbar teilte er die Menschen ein in Patienten und Sünder. Die Ersten waren die Kranken, Letztere die Gesunden. Und ihm, Bruder Deodat, fiel die unangenehme Aufgabe zu, seine Patienten wieder zu Sündern zu machen.

Ramon hatte mir erzählt, dass Deodat eigentlich Professor der Medizin in Montpellier werden wollte. Doch als er kurz davorstand, berufen zu werden, hatte ihn der Orden vor fünf Jahren zur Heiligsprechung des Thomas von Aquino nach Avignon abgeordnet, weil der Konvent für die Ehrengäste einen kompetenten Mediziner benötigte. Die feierliche Heiligsprechung des klügsten aller Dominikaner durch Papst Joan anno 1323 war das größte Ereignis in der Geschichte des Ordens. Bis heute war täglich die Rede von den glanzvollen Zeremonien, den Feierlichkeiten, den Gästen aus aller Welt. Wunderdinge, so wusste noch der letzte Laienbruder, hatten sich in diesen Mauern ereignet; Feinde hatten sich versöhnt, Lahme konnten plötzlich wieder laufen. Und unser Prior Gaucelin fühlte sich seither fast so wichtig wie der Papst persönlich und fast so heilig wie der Doctor Angelicus, dem unser fetter Vorsteher, wenn schon nicht im Intellekt, so doch an Bauchumfang nahekam. Gaucelins Tier war der Elefant, der in den undurchdringlichen Wäldern Afrikas sein Leben fristet. Weshalb der Prior auch meistens in seiner Wohnung verblieb und zwischen den Mahlzeiten in der Privatkapelle für das Wohl seines Konvents und das seines Leibes betete.

Seit seiner Abberufung aus Montpellier tröstete Bruder Deodat sich über das Leben fern der Universität, indem er regelmäßig Kardinäle und andere hohe Kurienmänner Avignons in ihren Residenzen besuchte und ihren Urin beschaute. Ramon machte seine Witze darüber, dass die Pisse eines Kardinals sicher nach Weihwasser oder sogar nach Burgunderwein schmecke und im Dunkeln leuchte wie ein Heiligenschein. Es waren auch Dominikaner unter den Patienten, Juristen aus Montpellier, Theologen, die dem Papst dabei halfen, die Rechtgläubigkeit zu verteidigen. Diese Kirchenfürsten suchten, wie mir Ramon erzählte, gegen ihre Gicht und ihre Fettleibigkeit zuweilen auch den Rat jüdischer Ärzte, obwohl der Papst das streng verboten hatte. Doch ab einem bestimmten Rang scherte sich hier in Avignon niemand um päpstliche Verbote, der Papst am allerwenigsten. Die Konkurrenz zu den jüdischen Ärzten, die in der Heilkunst Iberiens und Arabiens bewandert sein sollten, war die schlimmste Kränkung für Bruder Deodat.

Wenn sich dieser Doktor überhaupt dieses Bewusstlosen annahm und die Schürze mit seinem Blut befleckte, dann um anatomische Studien an den zertrümmerten Knochen zu betreiben. So auch jetzt.

Der Kranke stöhnte plötzlich auf. Er sah totenbleich aus, sein Kopf fiel zur Seite.

Wird er es überleben?, fragte ich.

Bruder Deodat blickte über mich hinweg zum Meister, der mit gefalteten Händen in der Ecke stand und immer nur fassungslos den Kopf schüttelte. Ich war Novize und keiner Antwort würdig.

Nur ein Ignorant, sagte der Arzt verächtlich, kann übersehen, dass bei diesem Patienten keine lebenswichtigen Organe verletzt wurden. Galenus, obgleich ein Ungläubiger, doch ein beachtlicher Kenner der Medizin, schreibt, dass die göttliche Vorsehung alles Leben in Kopf und Leib versammelt hat, damit die Extremitäten als die Diener des Leibes ihm zuarbeiten und den Kopf entlasten. Dieser Mann hat, wie ich konstatieren kann, ein Problem mit seiner Dienerschaft.

Er wird also überleben?, fragte der Meister an meiner statt.

Natürlich wird er überleben, dozierte Deodat gewichtig. Wenn er den Schock bis jetzt verkraftet hat, ist er stark genug. Ob er freilich je wieder wird laufen können, das weiß nur Gott allein. Dafür braucht es ein Wunder. Man kann aber auch ohne Wunder Gottes durchs Leben kriechen. Dein Gehilfe – Deodat zeigte mit einem Skalpell auf mich – scheint mir, wenn er schon nicht besonders klug ist, wenigstens einigermaßen stark. Er wird mir jetzt helfen, diesen Mann aufzurichten. Wir müssen ihm etwas einflößen, das ihm die Schmerzen beim Richten der Knochen erträglich macht.

Mit dem Kinn wies mir Deodat den Platz am Kopfende. Ich fasste den bewusstlosen Kranken unter den Schultern. Deodat hielt ihm ein Fläschchen mit einer Substanz unter die Nase und schlug ihm auf die Wangen.

Wir müssen den Patienten erst wach machen, damit er schlafen kann. Per aspera ad astra. Verstehst du etwas von Dialektik?, fragte er mich.

Er muss erst wach sein, um das Mittel für die Betäubung trinken zu können?, fragte ich.

Du hast es erfasst, sagte Deodat.

Er schien, einmal am Werk, besserer Laune zu sein. Da trat sein Assistent, ein junger verschlossener Mönch, mit einer Schale voll trüber Flüssigkeit herein. Er hielt sie so feierlich vor sich wie einen Kelch mit Messwein.

Der Malträtierte kam mit schmerzverzerrtem Gesicht zu sich. Er war höchstens vierzig Jahre alt, unrasiert und hatte viele geplatzte Adern unter seiner Gesichtshaut. Die verschwitzten Haare hingen wirr herab. Sogar seine Augen waren von Adern gerötet. Ob das alles von der Tortur kam? Der erloschene Blick, den dieser Mann kurz auf mich richtete, ging mir durch Mark und Bein. Das war kein Lebendiger, der unter der Hand des Arztes auf Genesung hoffte. Dieser Mann war bereits tot. Welche Wunder Deodat mit seinem Körper auch verrichten mochte, sein Geist hatte alle Hoffnung aufgegeben. Der Mann stöhnte laut auf, als ihm der Arzt noch einmal auf die Wangen schlug. Dann blickte er ruhig im Raum umher, senkte ganz langsam den Blick auf seine zerschundenen Beine. Er kicherte mit hoher Stimme und verzog den Mund.

Ein Gruß vom Bären.

Was für ein Bär, dachte ich? Bären gab es im Gebirge, aber sicher nicht in Avignon. Wen meinte er?

Bruder Deodat hielt dem Kranken die Schale an den Mund, und der trank mit gierigen Schlucken das Gebräu aus. Sofort verdrehten sich seine Augen, der Kopf fiel zur Seite.

Warum habt ihr ihn nicht gefragt, wer er ist? Und wer ihm das angetan hat?, fragte ich den Arzt.

Diesmal hielt Deodat mich einer Antwort für würdig: Jeder Dummkopf sieht doch wohl, dass jetzt nicht die Zeit ist für ein Verhör. Wenn der Mann geschient und verbunden ist, dann hat er noch genug Zeit, den Sergenten des Papstes zu antworten. Und nicht dir.

War das Mohn im Schlaftrunk?, fragte der Meister.

Allerdings, meinte Deodat, eine große Dosis Mohn. Genau richtig, um traumlos wegzudämmern. Ihr kennt euch aus? Man hat mir erzählt, dass ihr bei euren Predigten in Deutschland zu viel über die Göttlichkeit der menschlichen Seele spekuliert habt, dass ihr die Unendlichkeit der Welt postuliert und Gottes freien Willen bestreitet. Schlimm genug. Dass ein Ketzer sich mit Medizin auskennt, ist selten. Oder habt ihr den Mohn für andere Zwecke verwendet? Magie?

Der Meister schaute wie immer in solchen Momente arglos drein. Ich weiß nicht, ob er sich diese Haltung anerzogen hatte oder ob er wirklich keinerlei Wut empfand und die Worte des Widersachers an ihm abperlten wie Wasser am Gefieder einer Ente. Jedenfalls bewunderte ich seinen Gleichmut, den ich auch schon bei den Verhören vor den Inquisitoren des Bischofs von Köln erlebt hatte. Gelassenheit, das war der Kern seiner Lehre, die er auch mir vermitteln wollte, Gelassenheit der Seele in Gott.

Mein Meister sagte:

Ich habe in meinem Leben genug Zeit an Universitäten verbracht, um neben vielem Unsinn das eine oder andere Nützliche aufzuschnappen. Vielleicht sogar aus der Heilkunde, in der ihr ein sehr viel größerer Meister seid, Bruder Deodat. Ihr kennt euch hervorragend aus mit Mitteln der Linderung und Betäubung, wie ich weiß. Damit habt ihr auch mich im Winter gesund gemacht, und ihr werdet sicher ebenso diesen armen Christenmenschen heilen – was Gott gefälliger ist als alle Spekulation über die Seele und die Unendlichkeit des Universums. Gott hat uns als Helfer unserer leidenden Mitmenschen erschaffen. Und wir müssen dem Schöpfer danken, dass es Menschen gibt wie euch, Bruder Deodat.

Der Arzt schüttelte irritiert den Kopf, weil er vergeblich nach einem hämischen Unterton in der Rede des Meisters gesucht hatte. Dann befahl Deodat: Ihr und euer Gehilfe müsst jetzt gehen, der Patient braucht Ruhe und wird nicht vor morgen früh erwachen. Wir nehmen uns seiner Wunden an. Ihr solltet in der Kirche für seine Genesung beten. Wie ihr vielleicht wisst, steht in der dritten Seitenkapelle rechts der Altar der heiligen Cosmas und Damian, der Schutzpatrone der Ärzte und Apotheker. Um euch auf die Sprünge zu helfen: Es sind die letzten Heiligen im Hochgebet Communicantes, beileibe nicht die unwichtigsten. Möge ihr Segen auf meiner Arbeit ruhen.

Während wir die Krankenstube verließen, sagte der Meister ohne die geringste Aufwallung von Unmut:

Lieber Wittekind, ich bin schon seit vielen Jahren überzeugt, dass die größte Kunstfertigkeit, die Gott den Menschen geschenkt hat, nicht die Theologie ist. Womit wir frommen Philosophen uns ein Leben lang befassen, das sind Spekulationen für gutes Wetter. Aber es herrscht im Leben nicht immer Sonnenschein. Erst wenn wir mit dem Leiden konfrontiert sind, bemerken wir: Die größte aller Künste ist die Medizin.

Leider, antwortete ich, wird sie von Ärzten ausgeübt.

KAPITEL 4

Wie kann ein so guter Arzt nur ein so schlechter Mensch sein? Ich begreife es nicht!

Wir saßen im Garten des Konvents zwischen zwei Beeten.

Das ist ganz einfach, sagte Ramon, das ist Gottes Wille.

Wieso ist das Gottes Wille, dass es so hochmütige Menschen gibt wie Deodat?

Ramon sagte: Mein lieber Albarino – so hatte er meinen Namen für sich übersetzt –, du bist ein Novize aus dem kalten Deutschland, und darum musst du bei uns in der Provence noch viel lernen. Hör auf deinen Freund Ramon. Es ist ganz einfach. Wem Gott eine große Tugend schenkt, so wie er Deodat die Heilkunst vermacht hat, dem kann er nicht auch noch die Güte vermachen. Arzt zu sein ist schon viel. Damit ihm der Hochmut nicht zu Kopf steigt, hat Gott ihm die Niedertracht in die Seele gesenkt. Mal hoch, mal niedrig, am Ende kommt das Mittelmaß in die Welt, so war es immer. Sonst wäre hier schon das Paradies, und das wäre viel zu früh. Außerdem, mit einem freundlichen Bruder Deodat wäre unsere Krankenstube immer überfüllt, weil jeder Bruder bei jedem Wehwehchen zum Arzt gelaufen käme. So bleiben wir ihm lieber fern und heilen unsere kleinen Erkältungen, Verstauchungen, Bienenstiche mit einem heißen Wein, einem Honigumschlag oder reiben uns mit Salz ein. Das geht auch, und alles hat seine Ordnung. Gott hat es so gewollt.

Ich staunte immer wieder über Ramons theologische Findigkeit.

Du willst also sagen, dass Klugheit und Güte nicht zusammenpassen?

Genau!

Und wenn jemand klug und gütig zugleich ist, wie etwa mein Meister?

Ramon kratzte sich am Ohr: Dann ist er ein Heiliger. Und wenn so einer auftaucht, dann ist das gleich verdächtig, weil jeder Heilige auch ein Ketzer sein kann. Sieh doch, was seine Güte deinem Meister eingebracht hat. Er steht vor dem Gericht der Inquisition. Vielleicht wird er nächste Woche auf einem Holzhaufen vor dem Papstpalast festgebunden und lebendig verbrannt.

Du teilst dir die Menschen streng ein, staunte ich. Der Papst ist also in deinen Augen was? Heilig oder niederträchtig?

Dem Papst Joan, wusste Ramon, hat der Herrgott die größte Klugheit aller Menschen auf der ganzen Erde gegeben, wie das zu diesem hohen Amt dazugehört. Damit treibt der Papst jetzt aus dem ganzen Abendland Geld ein, vom Kupfergroschen bis zum goldenen Florin. Und er wird immer reicher und reicher, und alles wandert in seine Keller so wie bei mir die Rüben und das Kraut und die Bohnen. Der Papst Joan wurde wahrlich von Gott reich beschenkt.

Auch mit Güte?, wollte ich wissen.

Nun, meinte Ramon verschlagen, was zu viel ist, ist eben zu viel. Da wäre der Papst ja vollendeter als Jesus Christus. Und das kann Gott nicht zulassen. Maß halten, immer Maß halten, das sind die Worte meines seligen Vaters aus Lansac. Gott ist gerecht.

Und der arme Teufel, fragte ich, der da jetzt mit zerschmetterten

Armen und Beinen in unserer Krankenstube liegt? Womit hat er das verdient?

Wie du schon sagst, meinte Ramon ungerührt, der arme Teufel war entweder ein schlimmer Sünder, dann musste es so kommen. Oder er wurde von Gott beschenkt mit einer großen Gabe, einer gewaltigen Liebe oder einem Sack Gold, oder er konnte mit Zaubersprüchen Regen machen oder kranke Rinder durch Handauflegen heilen. Irgend sowas. Das ist ihm dann natürlich zu Kopf gestiegen – und bumms. Da hat ihm unser Heiland gezeigt, dass es auch ganz anders geht. Heute rot, morgen tot, wie wir in Lansac immer sagen.

Ramon stammte aus dem Dorf Lansac. Ich wusste genau, wo das liegt. Jeder im Kloster wusste, wo Lansac liegt. Zehn Meilen südlich von Avignon die Rhone hinab, wenn du nach Tarascon kommst, hältst du dich an der Kirche rechter Hand. Und nach einer guten halben Stunde Fußmarsch bist du da. Frag nach dem Hof von Raoul.

Hundertmal hatte er mir das schon beschrieben. In Lansac war Ramon vor etwa dreißig Jahren als Bauernsohn zur Welt gekommen. In Lansac hatte er Schweine gehütet, Nüsse von den Bäumen geschlagen, im Bach Stichlinge gefangen und den Kuhstall seines Vaters ausgemistet. Wenn Ramon von seinem Dorf erzählte, wirkte Lansac prächtiger als Paris mit der Sorbonne, der Kathedrale Notre-Dame und den bunten Glasfenstern der Sainte-Chapelle. Lansac war für ihn, was für einen Mauren Mekka war und für einen Christen Rom. Wobei – Rom war nun, da der Papst in Avignon wohnte, auch nicht mehr das, was es einst gewesen war. Für Ramon jedenfalls war Rom bei weitem nicht so prachtvoll wie Lansac mit seinen Schweinen, Obstgärten und Weinbergen.

Und die Mädchen von Lansac, schwärmte Ramon spätestens nach dem dritten Glas Wein, die sind rund und rotbackig. Und wenn du sie anfasst, hast du richtig was in der Hand. Die machen einen Hundertjährigen im Nu wieder lebendig, wenn du weißt, was ich meine. Und er machte eine Geste mit dem Unterarm.

Ramon, wandte ich ein, was weißt du denn von den Mädchen? Du bist ein Dominikaner, auch als Laienbruder hast du ewige Keuschheit geschworen.

Da schmunzelte er: Komm du mir erstmal nach Lansac, da wirst du schon sehen, was so ein Schwur wert ist.

Ich hatte im Winter begonnen, im Kloster bei der Gartenarbeit zu helfen. Bibliothek und Skriptorium waren für uns anfangs verboten, der Meister lag krank im Bett. Ich brauchte Bewegung. Ramon hatte meinen Eifer honoriert und mir abends etwas Speck oder Wurst zugesteckt. Er hauste in einem selbstgebauten Verschlag am äußersten Ende der Klostermauer und kam kaum je zu den Chorgebeten – unter dem Vorwand, dass er schließlich auf die Hühnereier für den Abt aufpassen musste. Oder der Honig war zu rühren oder der Wein umzufüllen oder die faulen Körner aus dem Getreide zu sieben. Wir beschnitten mit seinen Arbeitern die Obstbäume, brachten Mist auf die Beete aus, säten das Frühgemüse. So konnte ich trotz des Ausgehverbotes meinen Vorsatz wahrmachen, so schnell wie möglich Provenzalisch zu lernen.

Einmal hatte ich Ramon gefragt, warum er ins Kloster gegangen war.

Ich bin nicht gegangen, ich musste, antwortete er mit dem gewohnten Gleichmut. Was willst du machen? Meine Eltern hatten acht Kinder, fünf Mädchen. Und sie hatten das Pech, dass alle durchgekommen sind. Keines verreckte, das war Gottes Wille. Woher die Mitgift nehmen? Woher den Grund und Boden für eine zweite, dritte Bauernschaft? Die Mädchen mussten alle ins Kloster zu den Klarissen, da haben wir wenigstens die Aussteuern gespart. Mein ältester Bruder, Raoul, bekam den Hof; den hat er noch. Der Zweitälteste, Guilhem, zog nach Marseille, um Matrose zu werden. Gott weiß, ob er jetzt auf dem Meeresgrund von Fischen gefressen wird oder ob er bei den ungläubigen Mauren als Sklave schuftet. Dann hat mein Vater mich bei den Dominikanern abgegeben. Das sind Prediger, hat er gesagt, und du hast ein großes Maul. Da bist du genau richtig. Dabei habe ich in meinem ganzen Leben noch keine Predigt gehalten.

Die Dominikaner von Avignon wussten nicht, was für einen Prediger sie in ihren Reihen hatten. An diesem Abend streute Ramon wie immer Körner für die Vögel in seinem Garten aus und lockte sie an.

Das sind die Seelen, um die ich mich sorge, sagte er. Wenn sie morgens singen, dann ist das die Musik des Paradieses für mich. Dieses Jahr wohnt sogar eine Nachtigall in den Hecken. Ihr Priesterbrüder hört in euren engen Zellen nichts von der Musik der Vögel.

Mir hatte Ramon im März eine Pritsche in seinem Schuppen aufgestellt, damit ich von der Nachtigall, den Singdrosseln, den Amseln, den Zaunkönigen und den Rotkehlchen auch etwas abbekam.

Das Konzert ist nicht umsonst, lobte sich Ramon. Ich füttere sie täglich und rede ihnen gut zu, meinen Piepern. Woanders singen sie längst nicht so schön.

Dein Ramon predigt also den Vöglein, kommentierte der Meister lächelnd, als ich ihm davon erzählte. Da gibt es berühmte Vorgänger. Vielleicht hat sich unser Gärtner ja im Gelübde vertan. Die Franziskaner hätten sicher Verwendung für ihn.

Aber Ramon wollte nirgendwo anders hin. Er war bei jedem Wetter in seinem Garten, sonnengebräunt sogar im Winter, stämmig und mit einem eckigen Schädel, kurzer Stirn und braunen Augen. Er war der Ochse, der den Wagen dieses Klosters zog – jedenfalls solange er genug Essen bekam.

An diesem Abend hatte Ramon mir eine Schale Erdbeeren verwahrt. Mit etwas Honig schmeckten sie köstlicher als der flaue Pamp, der den Mönchen im Refektorium vorgesetzt wurde. Ramon und ich hatten vorher ein paar Spiegeleier mit schwarzen Trüffeln gegessen, denn meinem Freund unterstand ein ganzer Hühnerstall. Dazu gab es noch ein Taubenhaus voller Eier. Unweit standen seine Bienenstöcke, im Schatten war ein Butterfass, denn auch zu den Laienbrüdern in den Viehställen unterhielt Ramon beste Beziehungen, genau wie zu den Bauern auf den Klostergütern draußen vor der Stadt und sogar zu den Brüdern anderer Konvente im Gebirge, die ihm je nach Saison Steinpilze brachten und Trüffeln oder die Eier von Schwänen, Wildtauben und Krähen. Ich hatte so eine Wirtschaft noch nie erlebt. Mangel war unbekannt. In den Gärten und draußen auf den Ländereien herrschte ein reger Tauschhandel mit Lebensmitteln. Solange Prior Gaucelin täglich mit fettem Braten und Honigspeisen versorgt war, redete Ramon niemand in sein Regiment hinein. Die Dozenten der Universität Avignon und der päpstlichen Theologieschule – die meisten waren Dominikaner – verstanden ohnehin nichts vom Landbau, ebenso wenig wie die Schreiber und Illuminatoren im Skriptorium. Der Papst wollte ein stilles, gehorsames, reiches Kloster der Predigerbrüder in seiner Stadt, keine theologischen Diskussionen. Hinter unseren Mauern herrschte Ruhe. Und Ramon hatte zwischen seinen Beeten, Getreidesäcken, Weinfässern und Obstdarren den besten Posten in diesem Kloster ergattert, das war wohl Gottes Wille.

Und wenn, räsonnierte Ramon, es der Teufel persönlich war, der den armen Mann zerschlagen hat? So eine morsche Kapelle, wo keine Messe mehr gelesen wird und die Dämonen durch die Ritzen kriechen, die hat der Herr Teufel besonders gerne. Kaum gehst du rein und vergisst, das Kreuz zu schlagen, schon sitzt der Gottseibeiuns auf dir und bricht dir alle Knochen. Und was hat der Mann gesagt? Ein Gruß vom Bären? In den Bergen oben feiern sie den Karneval, sie rennen gegen Winterende mit Bärenmasken durch die Dörfer und erschrecken die Leute. Vielleicht hat der Herr Teufel sich ja so eine Maske geschnappt und ist mit seinen Gehilfen zu uns nach Avignon gekommen.

Ramon schlug schnell ein Kreuz, aber er sah nicht so aus, als wäre er verängstigt. Er griff seinen Weinsack und nahm einen Schluck. Er wusste, dass man den Teufel so am sichersten vertreibt.

Eines ist klar, sagte Ramon, Deodat hat den Kranken jetzt in seinen Klauen und gibt ihn nicht mehr heraus. Den siehst du nicht wieder, von dem erfährst du nichts. Wenn du wirklich wissen willst, was in der Kapelle passiert ist, musst du hingehen und selber nachschauen. Aber vergiss nicht, dich zu bekreuzigen.

Ich hatte Ramon von meinen Befürchtungen erzählt. Was war, wenn der Überfall gar nicht dem Kranken gegolten hatte, sondern dem Meister? Seit Köln hatte ich auf dem langen Weg immer den Verdacht, dass uns jemand folgen könnte. Magister Paul, der den Meister gemeinsam mit mir nach Avignon begleitete, war die Reise zum Verhängnis geworden. Fett wie er war, machte der Bücherwurm auf einem Hügel irgendwo im Jura schlapp, sackte zusammen und kam kaum wieder auf die Beine. Bald danach gab er in einer Herberge bei Bisanz den Geist auf, und wir mussten ihn begraben. Sein Herz sei stehengeblieben, hatte der Meister gemeint. Zu viel Anstrengung und Regen auf der Wanderung für einen Mönch, der nur das Studium gewohnt ist. Meister Nikolaus von Straßburg, unser Generalvikar in Teutonia, hatte mich eigens ausgesucht für die Reise, weil ich jung war und stark und von früher anderes kannte als nur die Lektüre und den Chorgesang. Ich war kein Theologe, ich war kein Prediger, ich war noch nicht einmal ein richtiger Mönch.

Ich weiß von den anderen Brüdern, hatte Meister Nikolaus gesagt, dass du jeden Tag deinen Körper in Übung hältst. Man sieht dich frühmorgens im Garten, wenn du eigentlich zum Chorgebet müsstest. Aber du stemmst lieber Steine, springst und beugst deine Knie. Ich weiß, du bist weit gereist, bevor der Meister dich in Westfalen zu seinem Schüler gemacht hat. Und es heißt, dass du im Norden nicht immer gottesfürchtige Dinge getan hast. Ich will das gar nicht so genau wissen. Unser Meister ist der gelehrteste aller Dominikaner. Aber hier im Rheinland besucht er seit Jahren nur die Klöster mit frommen Nonnen und Beginen und erklärt den Frauen, wie sie sich Gott nähern können. Die Welt da draußen kennt er nicht mehr. Und wir haben niemanden, der auf ihn aufpasst. Darum sehe ich es gerne, wenn du ihn mit Magister Paul auf die gefährliche Reise nach Avignon begleitest. Du hast gesehen, was für Verräter unter unseren Mitbrüdern ihn angeklagt haben. Hermann de Summo und Wilhelm von Nidecke sind Leute, die auch vor Gewalt nicht zurückschrecken. Ich weiß bis heute nicht, wer diese Verbrecher in unseren Orden aufgenommen hat. Sie sind eine Schande für die Jünger des heiligen Dominikus. Bischof Heinrich von Virneburg ist zuzutrauen, dass er die Verräter deckt. Der Bischof hält die Lehren des Meisters für verkapptes Beginentum. Er ist es, der den Meister weghaben will, vergiss das nie. Dein Lehrer hat viele Feinde.

Generalvikar Nikolaus schaute düsteren Sinnes in den Garten hinaus und fuhr dann fort:

Dass unsere Widersacher ein Verfahren vor der päpstlichen Inquisition gegen den Meister gewinnen, ist mehr als unsicher. Er hat nichts

Unrechtes gelehrt, ich habe das als Prüfer für den Orden bereits so entschieden. Die Bischöflichen haben mir jetzt das Verfahren aus den Händen gerissen. Der Papst soll entscheiden. Vielleicht aber will unser Bischof den Meister auch nur auf eine lange Reise schicken, eine Reise ohne Wiederkehr. Verstehst du?

Ich verstand.

Sei auf der Hut, hatte Nikolaus mir noch eingeschärft: Und du kannst ruhig dein Messer mitnehmen.

Woher wisst ihr, dass ich ein Messer habe?, fragte ich.

Nikolaus von Straßburg blickte wieder aus dem Fenster und meinte: Köln ist zwar eine große Stadt, aber was hier im Konvent vorgeht, zumal in direkter Nachbarschaft des Meisters, das weiß ich als Generalvikar genau. Wir müssen auf der Hut sein. Zwar ist es einem Mönch streng verboten, eine Waffe bei sich zu tragen. Aber immerhin müsst ihr unterwegs Brot und Schinken schneiden. Auch Wölfe und wilde Hunde überfallen oft arme Wanderer im Wald. Hab dein Messer also immer in Reichweite. Mir ist es lieber, fügte er hinzu, wenn dein Messer unserem Meister dienlich ist, als dass ihm ein Messer des Bischofs von Köln Schaden zufügt. Geh mit Gott!

Meister Nikolaus hatte mich umarmt und mir den Friedenskuss gegeben, was er noch niemals zuvor getan hatte. Seine Worte zum Abschied gingen mir nicht aus dem Sinn, seit wir heute den Verletzten in der Kapelle gefunden hatten. Niemand außer meinem Meister besuchte diese Ruine, um zu beten, das war für die Mitbrüder in Avignon kein Geheimnis. Ich hatte ihn allein hineingehen lassen, als vielleicht der Täter noch in der Nähe war. Möglicherweise hatte der Anschlag dem Leben meines Meisters gegolten, und der arme Mann hinter den Brettern war nur zufällig zum Opfer geworden, weil er sich aus irgendeinem Grund gerade in der Kapelle befunden hatte.

Nun fiel mir der blinde Bettler ein, der an der Weggabelung gesessen und uns vor der bösen Welt gewarnt hatte. Ob er etwas mitbekommen hatte? Doch was konnte ein Blinder schon sehen?

Ich musste noch einmal zur Jakobskapelle, um mir Gewissheit zu verschaffen. Vielleicht hatte der Verwundete ja irgendetwas bei sich getragen, was meinen Verdacht zerstreute. Strolche und Diebe verabreden sich an solch abgelegenen Orten, um ihre Beute zu teilen. Vielleicht war noch etwas davon übrig. Niemand von uns hatte in der Aufregung heute Nachmittag danach gesucht. Irgendwelche Spuren musste es geben, auch wenn das Opfer nicht sprechen konnte.

Wir haben noch mehr als eine Stunde Helligkeit, sagte ich zu Ramon. Ich gehe zur Kapelle, um den Teufel zu verscheuchen. Kommst du mit?

Ich? Nein! Ich muss hier auf meine Hühner aufpassen, auf die hat Satan immer ein Auge geworfen. Wir haben hier neuerdings Wiesel, die sind fast so schnell wie der Teufel selbst. Und außerdem – ich schaue lieber mal beim Kellermeister nach, ob ich einen Krug alten Wein gegen Erdbeeren tauschen kann. Wenn du wiederkommst, kannst du mir bei einem guten Tropfen aus Gigondas erzählen, was du gefunden hast. Das Zeug in den Fässern, die gestern angekommen sind, ist zwar nicht so fein wie mein Hauswein aus Lansac. Aber nicht zu verachten, gar nicht zu verachten.

Ich machte mich auf den Weg. Als ich Ramon verließ, fragte er: Willst du dein Messer mitnehmen?

Ich hatte es bei seinen Gartengeräten im hintersten Winkel des Schuppens verstaut, denn die Zelle, die ich mit dem Meister teilte, erschien mir nicht sicher. Ich überlegte kurz.

Nein, das Messer lassen wir, wo es ist. Der Meister ist in seiner Zelle und betet. Oder er schläft schon. Wozu sollte ich eine Waffe brauchen? Ich bin gleich wieder da.

Das jedoch war nicht Gottes Wille.

KAPITEL 5

Die Abendsonne beleuchtete vom anderen Ufer her die Rhone, die Jakobskapelle wirkte im rötlichen Schein noch einsamer als am Nachmittag. Selbst die Aufseher an den Fischteichen waren nicht mehr zu sehen. Jedermann hier draußen sah zu, dass er vor der Dunkelheit noch rechtzeitig in die Stadt gelangte. Es war nicht allzu sicher hier. Trotzdem liebte ich die Einsamkeit der Dämmerstunde und hatte in den letzten Wochen öfter hier gesessen und nachgedacht. Ob wir wohl bald aus Avignon herauskommen würden? Und ob für mich die Reise dann nach Süden ging, zu den Häfen des Mittelmeers – Marseille, Nizza, Genua, Barcelona, Mallorca? Oder nach Osten über den Mont Ventoux in die immer noch schneebedeckten Alpen, wo es Wölfe gab und über den Wolken scharfsichtige Adler, die kein Bann der Inquisition je erreichte? Oder doch weiter nach Norden in die graue Heimat, in die mich wenig genug zog, wohin der Meister aber unbedingt zurückkehren wollte?

Ich war – anders als Ramon – erst spät und aus freien Stücken Mönch geworden, damit ich lernen und reisen konnte. Nur die Kirche bot einem Habenichts wie mir die Möglichkeit, Latein zu sprechen und zu studieren. Meine Hoffnungen waren bisher vom Schicksal erfüllt worden. Ich hatte Glück gehabt, dass ich dabei einen Gelehrten wie den Meister kennenlernen durfte. Selbst als er vor einigen Jahren eine Zeitlang in unserem Kloster Wohnung nahm, um sich mit seinem Freund Schendler ausführlich über den Kirchenbau in unserer Stadt auszutauschen, hatte nichts darauf hingedeutet, dass ich bald mit ihm nach Avignon reisen sollte.

Ich weiß heute noch nicht, warum er im Skriptorium mit mir ins Gespräch kam, als ich Pergamente fürs Beschreiben glättete und danach selber in unserer nicht gerade großen Sammlung Lektüre aussuchte. Er nahm den Folianten in die Hand, den ich gerade las, und tadelte, dass ich nur Willem van Rubroecks Bericht über seine Reise zum Großkhan ausgesucht hatte. Der Meister hatte mit scharfer Intuition gespürt, dass ich am liebsten mit dem Finger über Landkarten reiste und kaum je Scholastik studierte – und schon gar keine Pflichtwerke wie die Sentenzenkommentare des Petrus Lombardus.

Ich will über das hinaus, was wir schon kennen, hatte ich ihm erklärt, und das geht nur, wenn wir uns auf den Weg machen. Wir müssen jeden Tag aufbrechen, nicht im Kreuzgang im Viereck schreiten. Wenn ich bloß nachbete, was andere für mich vorgekaut haben, dann kann ich auch gleich Priester werden und auf dem Dorf die Litaneien stammeln.

Der Meister hörte sich das ruhig an. Er fand richtig, dass ich vor allem Sprachen lernen wollte, denn ich war anders als die anderen Novizen als Kind auf keiner Lateinschule gewesen.

Schon Roger Bacon, meinte er, hat gefordert, dass wir möglichst viele Sprachen erlernen müssen, um nicht auf die Verfälschungen der Übersetzer angewiesen zu sein.

Fortan redete der Meister nur noch auf Latein mit mir. Bei seinem nächsten Besuch lobte er meine Fortschritte und fragte, ob ich ihn auf eine Visitationsreise ins Rheinland begleiten wollte.

Warum ich, Meister?

Ich will dich einladen, deine eigenen Grenzen zu überschreiten. Es ist deutlich, dass du hier im Konvent nichts lernen kannst. Morgen früh gehen wir los.

So brach ich mit ihm auf. Seit über drei Jahren waren wir nun schon zusammen unterwegs, immer wieder den Rhein hinauf bis Straßburg und Basel. Vor allem in den Frauengemeinschaften predigte der Meister, weil er fand, dass die Nonnen und Beginen besondere Unterweisung brauchten, weil sie weder an Universitäten noch in unserem Studium generale zugelassen waren. Ansonsten wohnten wir im Kölner Dominikanerkonvent, wo ich neue Bücher über Reisen und neue Landkarten studieren und im berühmten Generalstudium sogar Französisch lernen konnte. Der Meister fragte nicht, was ich vor meiner Zeit als Novize gemacht hatte.

Du bist ein ruheloser Geist, sagte er, du bist durch dich selbst gefährdet. Darum musst du lernen, dass Gott dich hier und jetzt braucht. In jedem Augenblick deiner Existenz. Es gibt keinen fernen Ort, nach dem du dich sehnen musst. Es gibt nur den innersten Funken deiner Seele. Nach innen musst du reisen, nicht zum Großkhan in die Mongolei.

Doch ich wollte nicht nach innen, da war ich schon oft genug gewesen. Zudem war ich mit dem Meister fast andauernd unterwegs. Ich kann nicht sagen, dass mir unsere Wanderungen zu den vielen unbekannten Städten und Landschaften weniger Freude gemacht hätten als die Stunden beim Chorgebet oder bei der Meditation – ganz im Gegenteil. Ob der Meister das bemerkt hatte? Er behielt mich stets in seiner Nähe, ließ mich mit Fragen nach meiner Priesterweihe und dem Studium der Theologie in Ruhe. Und ich ging gerne jeden Weg mit ihm.

Nun führte dieser Weg mich zur Jakobskapelle, in der sich mein Meister am liebsten in seine Gedanken versenkte. Wir müssen, wiederholte er immer wieder, alles hinter uns lassen: Besitz, Hochmut, Wissen, gute Werke. Bis wir schließlich erfahren, dass wir ein Nichts sind. Dann kann Gott in unsere leere Seele einziehen und sein Nichts in unserem Nichts spiegeln. Das ist alles, was wir zur Seligkeit brauchen.

Das waren komplizierte Gedanken, und ich weiß nicht, ob ich sie je richtig begriffen habe. Aber vielleicht war dieses Nichts in meinen Gedanken genau das, was mich jetzt retten sollte.

Ich ging in die Kapelle, sie war leer. Bei schlechtem Licht schaute ich im Gerümpel nach, unter dem wir den Verwundeten gefunden hatten. Ich kniete nieder und strich mit den Händen über den gestampften Lehmboden, stieß aber nur auf allerhand Abfall: Laub, Asche, eine Schnur mit bunten Holzperlen, ein paar zerbrochene Muscheln, wahrscheinlich Kinderspielzeug oder Überbleibsel von Pilgern, die einst ihr Abzeichen hier verloren hatten. Ich steckte die Fundstücke in meinen Beutel, um sie draußen bei besserem Licht zu betrachten. Dann entdeckte ich noch ein paar zerrissene Zettel. Ich raffte auch sie zusammen. Plötzlich öffnete sich quietschend die Seitentür, und das Abendlicht warf den Schatten einer Menschengestalt in den Kirchenraum. Herein kam ein massiger Mann in dunklem Umhang, auf dem Kopf eine schwarze Chaperonne, deren Zipfel ihm schräg über die Schulter hing. In einer Hand hatte er einen mit Leder umwickelten Knüppel. Da wusste ich: Das konnte nur der Bär sein, von dem der Verwundete in der Krankenstube geredet hatte. Ein hungriger Bär, der überraschend behände auf mich zukam.

Hat er euch etwas verraten?, rief er. Rede! Du wirst schon plaudern, ob du willst oder nicht.

Ich hatte genau vor Augen, wie man nach einer Plauderei mit diesem Mann aussah. So schnell ich konnte, sprang ich auf und rannte die paar Schritte zum Hauptportal. Doch das war genau das, was mein Gegner vorausgesehen hatte. Ich zerrte und drückte am Holztor, er musste es von außen verrammelt haben. Schnell war der Riese direkt hinter mir, riss mich bei der Schulter herum, holte mit seinem Knüppel aus und schlug zu. Ich konnte gerade noch den Arm hochreißen, um meinen Kopf zu schützen. Der Schlag tat höllisch weh.

Du wirst schon reden, du Pfaffe!, schrie er.

Aus seinen Augen blitzte mich ein mörderischer Furor an, wie ich ihn noch nie bei einem Menschen gesehen hatte: heiß, wild und freudig, weil er mir nun nach Belieben Schmerz und Leid zufügen konnte. Ich hatte nicht erst beim Meister gelernt, wie wichtig die Leere des Verstandes ist, wenn Überlegung dir nicht mehr helfen kann. Ob die Leere zu Gott führt, wie der Meister sagte, kann ich nicht sagen. Aber mich führte sie zum Leben. Ich hatte im Wald des Nordens meinen Freund Niklas beobachtet, wenn er gelenkig wie ein Zobel im Zweikampf jede Bewegung seines Gegners vorausahnte, blitzschnell auswich und die Kraft des Angreifers mit harten Bewegungen gegen ihn selber richtete. Niklas konnte mit bloßen Händen jedem Angreifer das Messer wegschlagen und ihn dann mit der Faust kaltstellen. Niklas konnte sogar einen Bären besiegen.

Du darfst nicht denken!, hatte er mir eingeschärft. Du musst zur Bewegung werden. Wenn du denkst, ist es schon zu spät. War es bereits zu spät?

In der Ausweichbewegung gegen den Schlag duckte ich mich nach unten weg, riss trotz des stechenden Schmerzes das Knie hoch und rammte es dem Riesen mit aller Macht zwischen die Beine. Gleichzeitig nutzte ich den Moment der Überraschung, um mich loszureißen. Doch als ich weglief, stürzte sich der Mann von hinten auf meinen linken Fuß und klammerte sich liegend daran. Das hätte er nicht tun sollen, denn nun war die Überlegenheit seiner Größe dahin. Ich drehte mich wie eine Eidechse zur Seite, rammte ihm den rechten Fuß fest ins Gesicht, rollte mich rückwärts, sprang auf und rannte zur Seitentür. Im Umdrehen nahm ich wahr, wie dem Riesen Blut aus der Nase rann. Er heulte auf und stürzte mir nach, aber ich war schon draußen.

Vor der Kapelle war ich mir sicher, dass mich der Mann nicht mehr einholen konnte, dafür war er zu massig. Ich rannte Richtung Stadt, an den Fischteichen vorbei, doch als ich mich umsah, musste ich mich wundern. Trotz seiner Körperfülle war der Angreifer, den Knüppel in der Hand, mir dicht auf den Fersen. Was hatte Niklas mir eingeprägt? Bären sind viel schneller, als man glaubt. Ich rannte weiter, kam an die Kapelle der Repenties, lief um einige Bäume und die Residenz des Gasbard de Laval herum. Endlich war ich unter Leuten.

Ruhig!, dachte ich. Nie direkt zu deinem Ziel rennen, wenn du verfolgt wirst!

Zwar atemlos, aber doch wieder bei Verstand, hatte ich plötzlich die Stimme von Niklas im Ohr. Lauf einen Bogen! Sichere dich nach hinten ab!

Das machte ich dann auch, lief beim Fluss an unseren Konventsmauern vorbei, ging schnellen Schritts, aber möglichst unauffällig durch die immer noch belebten Gassen der Nachbarschaft, um wieder zu Atem zu kommen. Dann erst näherte ich mich von der entgegengesetzten Seite der Pforte des Dominikanerkonvents.

Ich hatte einen Plan, ich hatte nachgedacht, das war der Fehler. Kurz vor dem Portal sah ich, wie der dicke Bär aus einer Mauernische hervorsprang und mich mühelos vor dem Eingang erreicht und niedergeschlagen hätte.

Einen Bogen geht man im Wald, wenn man von einem Jäger verfolgt wird und man ihn von der eigenen Spur weglocken möchte. Doch hier war kein Wald. In der Stadt konnte ich meinen Angreifer so nicht ablenken, denn ich trug den Habit der Dominikaner. Sobald der Angreifer mich aus den Augen verlor, musste er einfach zur Klosterpforte gehen, um mich abzufangen. Ich Trottel hatte mit meinem Umweg nur Zeit verschwendet.

Ich drehte mich um und rannte wieder los. Von unserem Konvent aus war die Stadtmitte nicht weit. Nun war ich plötzlich froh, dass es keinen festen Mauerring gab, denn ich konnte mir den Weg aussuchen und brauchte durch kein bewachtes Tor. Ich hielt mich links in Richtung von Saint-Agricol. Die Kirche war eine große Baustelle, und ich hoffte, dass ich mich dort zwischen Sandhaufen und Ziegeln, Gerüsten und Brettern verstecken konnte, während die Dunkelheit kam. Aber dann erschien mir gerade das zu unsicher. Besser in Bewegung bleiben. Anfangs erblickte ich den massigen Mann noch hinter mir im Getümmel der Leute, die unweit vom Brückentor zu den Gasthöfen, Tavernen und Garküchen strömten. Ich hatte den Vorteil, zwischen der Menge durchzuschlüpfen wie ein Fisch. Mein breitschultriger Verfolger teilte die Menschenfluten mit den Armen, aber das gelang ihm nicht so einfach. Ich hörte die Weggestoßenen fluchen und schreien, er geriet immer wieder ins Stolpern. Es war klar, dass er nicht so schnell vorwärtskam wie ich.

Beim Brückentor eilte ich bergauf zum Felsen des Papstes, bog vor dem Palasttor rechts ab ins italienische Viertel. Hier standen die Steinhäuser der ausländischen Banken, die das Geld der Kirche tauschten. Ich hatte mich in den Wochen zuvor zuweilen hier herumgetrieben, um ein paar Brocken der Sprache aufzuschnappen. Die Italiener aus Florenz, Pistoia und Genua hatten ihre eigenen Garküchen, sie ließen ihre Filialen von italienischen Wächtern mit italienischen Hunden bewachen. Drinnen – so erzählte man – befanden sich Steintruhen voller Münzen und vor allem mit Papieren, auf denen ihre Guthaben verzeichnet standen. Zuweilen gingen solche Geldleute in Grüppchen zum Papstpalast, in prächtigen pelzbesetzten Umhängen mit riesigen Ärmeln und hohen Hüten oder bunten Chaperonnes aus Samt. Ich war staunend hinterhergegangen, denn selbst in Köln oder Straßburg hatte ich solch aufwändige Mode noch nie gesehen. Es hieß, dass die eitlen Fremdlinge sogar ihre Frauen aus den Heimatstädten holten, und dass sie niemandem in Avignon über den Weg trauten, am wenigsten dem

Papst, von dem sie lebten. Die italienischen Bankiers waren wegen ihrer Arroganz und ihres Reichtums verhasst. Dennoch träumte ich von ihrem Land.

Die Plaça del Cambio, das Herz des Italienerviertels, war an diesem Abend wie ausgestorben. Vielleicht war heute der Namenstag eines Florentiner Stadtheiligen, und die Italiener feierten in ihrer Bruderschaft beim Augustinerkloster. Jedenfalls hatte man die Wechselbänke schon hochgeklappt, und es war außer ein paar Straßenhunden kaum jemand unterwegs.

Da schoss mein Verfolger mit wütendem Grunzen aus einer kleinen Gasse direkt auf mich zu. Ich konnte gerade noch zur Seite springen und rannte wieder los. Aber schon nach ein paar Dutzend Schritten hatte ich die Richtung verloren, wurde unsicher und kehrte unschlüssig auf den Fersen um. Wohin? So gut wie draußen bei unserem Konvent kannte ich mich hier nicht aus. Der Riese kam bedrohlich näher, und ich lief in eine Gasse, die, wie ich zu spät bemerkte, keinen Ausgang hatte. Keine fünfzig Schritte vor mir war eine Wand, im Dämmer klappten gerade die letzten Fensterläden zu. Hohe Mauern rechts und links. Ich saß in der Falle, und hinter mir hörte ich das Lachen meines Verfolgers:

Du kleiner Pfaffe, jetzt bist du dran!

Der Riese sicherte sich noch einmal ab und ging ein paar Schritte zurück, wohl um mit seinem Knüppel irgendeinen Passanten zu verscheuchen, der auf unsere wilde Jagd aufmerksam geworden war. Er wollte keine Zeugen. Ich drängte mich außer Atem an einen Efeubusch. Da hörte ich über mir eine Stimme:

Gib mir die Hand, schnell!

Das Blattwerk tat sich auf, ich konnte einen Arm fassen, der mich zu einer Fensterlaibung hochzog. Ich rutschte ab und hörte schon das Stampfen des Bären.

Da unten ist eine Stufe, stoß dich ab!, hörte ich.

Ich fasste Tritt im dichten Gebüsch. Die Hand umklammerte meinen Unterarm und zog mich durch die Blätter hoch zum Fenster. Ich rutschte kopfüber hinein. Mein Verfolger schrie und rüttelte am Gebüsch, aber er kam zu spät. Wer auch immer mich heraufgehievt hatte, schlug hinter mir die Läden zu, legte einen Riegel vor und sagte: Willkommen in der Carriera!

KAPITEL 6

Ich befand mich in einem dämmrigen Kämmerchen, in dem man kaum aufrecht stehen konnte. Der Mann, der mich hereingezogen hatte, schob mich zu einem Fenster an der Gegenseite und blickte mir forschend ins Gesicht.

Du hast mich gerettet, schnaufte ich atemlos.

Sieht ganz so aus, meinte der Mann. Gegen den Wüterich da unten hättest du nicht überlebt. Ich habe ihn in den letzten Tagen schon öfter hier um die Carriera herumstreichen sehen. Der Mann hat einen dicken Knüppel und Hände wie ein Schlachter. Aber um ein Tier zu zerlegen, braucht der kein Messer; er zerreißt es mit bloßen Händen. Was hat er gegen dich? Hast du eine Hure nicht bezahlt, die für ihn arbeitet? Ein theologischer Disput wird es nicht gewesen sein.

Ich weiß es nicht, stieß ich hervor. Er hat mich gejagt, weil ich heute Nachmittag in der alten Jakobskapelle unten an der Rhone einen Mann gefunden habe, dem er alle Knochen gebrochen hat. Der Riese hat mir aufgelauert, als ich später noch einmal wiederkam und irgendwelche Papiere vom Boden aufgeklaubt habe. Von da an hatte er es auf mich abgesehen. Er sucht irgendetwas, das ich nicht kenne. Er hat mich geschlagen, und ich bin ihm quer durch die Stadt davongelaufen. Ich kann nur noch einmal sagen: danke von ganzem Herzen.

Das ist das erste Mal in meinem Leben, dass mir ein Dominikaner für etwas dankt. Normalerweise sind es Flüche und Verwünschungen, die wir Juden von euch zu hören kriegen. Oder die Drohung, uns alle umzubringen, wenn wir uns nicht taufen lassen. Ein Dominikaner in der Carriera! Was für ein Irrsinn! Es war offenbar schon zu dunkel, um deine Kutte zu erkennen.

Ich habe nichts gegen Juden, stammelte ich, ich trage nur den Habit des Ordens, doch ich will niemandem etwas Böses, ich meine, ich habe nichts damit zu tun, dass die Dominikaner …

Du bist kein Inquisitor, willst du sagen? Das sehe ich selbst, dafür bist du noch zu klein. Aber du willst gewiss einer werden. Ich denke, es ist besser, wenn du so schnell wie möglich wieder verschwindest.

Und er zeigte auf den Fensterladen, durch den ich hereingeklettert war: Am besten, ich werfe dich da raus.

Das geht nicht!, rief ich. Da draußen bin ich verloren.

Und darum willst du in der Judengasse bleiben, stellte mein Gegenüber fest, du bist gar nicht so dumm. Für euch Christen ist das ja nicht verboten. Nur wir Juden dürfen nach Sonnenuntergang nicht mehr hinaus, die Tore sind bereits verriegelt. Für einen Dominikaner, auf den es ein Totschläger abgesehen hat, gibt es gerade in ganz Avignon keinen sichereren Ort. Oder auch nicht. Wenn dich meine Leute in deiner Kutte sehen, dürfte es einen Aufruhr geben. Und dann kann ich dich nicht noch einmal retten.

Der das ganz ungerührt sagte, war ein junger Mann, höchstens zwanzig, schlank, rotblond, mit blauen Augen und einem spöttischen Zug um die Lippen. Seine tiefe Stimme kam mit einem fremdartigen Singsang, der mir sagte, dass er kein gebürtiger Provenzale war. Er schaute mich von oben bis unten an und wirkte dabei wie ein Junge, der eine seltene Eidechse gefangen hat und sich amüsiert, wie sie in seinem Eimer vergeblich die Wände hinaufklettert.

Was hast du mit mir vor?

Ich wusste, dass die Juden die Dominikaner hassten. Sie hatten Gründe. Es war unser Orden, der am lautesten gegen die Juden wetterte; es waren unsere Prediger, die die Juden an christlichen Feiertagen vor ihren Kirchen zusammenzwangen und sie unter Beleidigungen von der Wahrheit des Christentums zu überzeugen versuchten. Stundenlang musste die ganze Gemeinde mit gesenktem Kopf den Schmähungen zuhören, bei Regen und Kälte. Ich hatte das im Rheinland öfter mitbekommen. Es waren unsere dominikanischen Inquisitoren, die über Ostern und an anderen hohen Festen die Juden in ihren Gassen einsperren ließen. Es waren Dominikaner, die in Stadt und Land Juden zum Tod verurteilten, weil diese den wahren Glauben beleidigt hatten, weil sie ein falsches Wort gesagt oder bloß falsch geschaut hatten – weil sie eben Juden waren. Wie die meisten meiner Ordensleute darüber dachten, hatte ich heute erst von Bruder Deodat erfahren.

Und nun befand ich mich bei hereinbrechender Nacht im Judenviertel von Avignon. Ich wusste natürlich, dass es die Carriera gab. Das waren zwei kleine Gässchen mitten in der Altstadt, umgeben von hohen Mauern. Man kam durch zwei Tore hinein, die abends abgeschlossen und von christlichen Wärtern bewacht wurden. Viele Leute in Avignon gingen tagsüber quer durch die Carriera, wenn sie dadurch einen Weg abkürzen konnten. Ich hatte das immer vermieden, weil ich niemandem mit meiner Ordenstracht Furcht einflößen wollte. Oder eher, weil ich mich selber fürchtete? Ich bekam es mit der Angst zu tun.

Du willst wissen, was ich mit dir vorhabe?

Mein Retter ließ sich seine Frage auf der Zunge zergehen: Nun, das steht doch in euren Büchern. Zuerst reißen wir dir das Herz aus dem Leib, kochen es auf kleiner Flamme in deinem Blut, braten das Ganze dann in zerstoßenem Hostienmehl. Danach fressen wir es bei einer Teufelsbeschwörung und verfluchen euren Papst, eure Kirche, eure Heilige Jungfrau. Einverstanden?

War das eine Drohung? Oder nahm er mich auf den Arm? Welcher vernünftige Mensch glaubte denn, dass die Juden kleine Kinder essen oder Heiligenfiguren zerhacken? Jeder einigermaßen Studierte wusste, dass das nur Vorwände waren, um die Juden zu verfolgen.

Ich müsste schon sehr töricht sein, wenn ich dir etwas antäte, fuhr der Mann am Fenster fort. Ein toter Mönch in der Carriera – und keines der tausend Kinder Israels, die hier hausen, wäre seines Lebens mehr sicher. Wenn ich nicht alles für ihre Unversehrtheit täte, dann hätte ich gerade nicht an der Luke aufgepasst und deinen handfesten Disput mit diesem Kerl da draußen mitgekriegt. Du kannst unbesorgt sein, du sitzt jetzt in Abrahams Schoß. Wenn ich auch noch nicht weiß, was wir mit dir anstellen.

Der junge Mann sah, dass ich mir den linken Unterarm hielt. Erst jetzt, da ich wieder zu Atem kam und die Todesangst verflog, nahm ich den Schmerz vom Schlag mit dem Prügel wahr.

Zeig mal her! Er streifte meinen Ärmel zurück. Das sieht übel aus. Vielleicht hat er dir den Arm gebrochen. Wir werden das behandeln. Aber bevor ich dich zu einem unserer Mediziner bringe, musst du mir sagen, wer du bist. Deinem Akzent nach zu urteilen bist du nicht von hier.

Ich bin ein Deutscher, sagte ich schnell. Ich heiße Wittekind Tentronk und bin mit meinem Meister aus Köln hergekommen. Der ist ein berühmter Prediger und wurde nach Avignon befohlen, weil man ihn der Ketzerei angeklagt hat.

Ein Deutscher?, lachte mein Gegenüber. Ich hatte fast vergessen, dass es die gibt. Ich komme auch aus Deutschland, aus Speyer, genauer gesagt. Aber aus Speyer sind wir schon früh weggegangen, erst nach Polen, da haben sie meinen Vater totgeschlagen, danach bin ich mit Onkel Jizchak nach Frankreich, aber da hat der König alle Juden vertrieben, nun sind wir eben beim Papst. Ich heiße Shimon. Shimon di Spira.

Ich begriff, dass ich seine aufkeimende Neugier nutzen musste.

Ich will kein Inquisitor werden, erzählte ich hastig, ich bin noch nicht einmal Mönch, nur Novize. Und ich habe den Habit nur darum genommen, weil ich etwas lernen wollte. Bloß die Dominikaner haben mich noch angenommen. Sei sicher: Mein Meister, der ein guter Mensch ist, hat nie ein böses Wort gegen die Juden gesprochen. Er hat immer nur von der Seele geredet, die in aller Freiheit ihren Weg zu Gott finden muss.

Oje, fiel mir Shimon ins Wort, hier sind schon Prediger für weniger auf den Scheiterhaufen gekommen. Das mit der Freiheit sollte dein Meister besser widerrufen. Ihr Christen verbrennt ja nicht nur Juden, sondern immer öfter auch Christen. Untereinander hassen sich die Frommen am unerbittlichsten, auch bei uns. Hier in der Carriera sind die meisten Juden Provenzalen, es sind auch Gascogner dabei, Franzosen, die der König vertrieben hat, aber auch Spanier, seit der Papst das Geld hat, sich spanische Gewürze zu leisten. Dann haben wir noch die Italiener, die sind störrisch, und es gibt immer Streit, wie wir unsere

Gebete abhalten. Wir wohnen eng beisammen, aber eine Gruppe kann die andere nicht ausstehen. Ihr mögt uns nicht, aber untereinander mögen wir uns auch nicht.

Shimon warf mir ein Kleiderbündel zu, das er aus einer Truhe genommen hatte: Du ziehst jetzt deinen Habit aus, damit wir keinen Auflauf bekommen, wenn die anderen dich als Dominikaner erkennen. Dies Übergewand müsste dir passen, wir haben ja in etwa die gleiche Figur. Wenn es zu eng ist, musst du den Bauch einziehen. Ich suche dir noch eine Mütze, die wir über deine Tonsur stülpen.

Als er hinausgegangen war, schaute ich mich um. Es gab außer der Truhe eine Pritsche, überall lagen Decken herum, als müssten hier viele Menschen auf dem Boden ihr Nachtlager richten. Ich zog mir den Habit über den Kopf und inspizierte im Restlicht den linken Unterarm. Die Schwellung tat weh, aber immerhin schien das Gelenk unverletzt. Nicht auszudenken, wenn er mich am Kopf erwischt hätte.

Da wurde der Vorhang an der Tür zurückgezogen, und eine Frau kam herein. Eigentlich war sie noch ein Mädchen, höchstens sechzehn. Als sie mich erblickte, schreckte sie nicht zurück, sondern trat mit einer Schüssel in der einen und einer Kerze in der anderen Hand an mich heran. Ich drehte mich weg und versuchte, meine Scham mit den Händen zu bedecken, aber auch das beeindruckte sie nicht. Sie blickte in aller Ruhe an mir herunter.

Ein Goj, sagte sie. Shimon sorgt dafür, dass es uns in der Carriera nie langweilig wird. Dann deutete sie auf meinen Habit: Ein Mönch? Dominikaner? Als ich nickte, fing sie an zu lachen: Shimon muss komplett meschugge sein. Aber das war er ja schon immer.

Nun konnte ich sie genauer ansehen. Sie war sehr schlank, ihre Augen lagen weit auseinander, was ihrem Blick etwas Katzenhaftes verlieh. Über ihrem geschwungenen Mund lag eine kleine Nase; rötliche Locken fielen auf die Schultern herab. Ich war verwirrt, wie unbefangen sie mit mir sprach. Sie nahm meinen Arm und schaute sich die schmerzende Stelle im Kerzenlicht genau an.

Das tut sicher teuflisch weh, ich mache dir einen Umschlag mit Salzwasser, dann geht die Schwellung zurück.

Sie kicherte und wickelte ein nasses Tuch, das in der Schüssel gelegen hatte, um meinen Arm. Danach strich sie mit den Fingern über meinen Oberarm und meinen Brustkorb.

Solche Muskeln kriegt man aber nicht im Betschemel. Oder hat euch euer Ordensgründer auch ehrliche Arbeit verordnet?

Gut, dass das Mädchen im Halbdunkel nicht mitbekam, wie ich errötete. Sie trat zurück, blickte mich noch einmal von oben bis unten an und meinte dann:

Ich bin Lorena.

Mein Name ist Wittekind, stammelte ich, ich komme aus Deutschland, bin nur ein Novize. Und nach Avignon bin ich wegen eines Ketzerprozesses gekommen.

Dann weißt du ja jetzt, wie sich die Juden jeden Tag fühlen: unter Verdacht. Und Papst Joan hat offenbar immer noch nicht genug Ketzer hier in der Provence entdeckt, jetzt bestellt er sie auch noch in fremden Ländern. Bist du auf der Flucht vor den Sergenten des Papstes?

Ich berichtete: Meinen Meister haben neidische Mitbrüder denunziert. Er ist unschuldig, darum stellt er sich mit reinem Gewissen dem Urteil der päpstlichen Inquisition. Und ich bin hier, weil ich vor einem Straßenräuber fliehen musste.

Dann pass auf, dass du nicht ins Verfahren deines Meisters hineingerissen wirst, meinte Lorena mit noch tieferer Stimme, es wäre schade um einen hübschen Kerl wie dich.

Sie lächelte mir zu und ließ mich mit offenem Mund zurück. Ich war einiges gewohnt, denn ich hatte die Schenken und Badehäuser der Seeleute in Lübeck und Danzig kennengelernt. Dort wimmelte es von Frauen mit derben Manieren. Doch so ein Mädchen war mir noch nie begegnet. Sie kannte überhaupt keine Scheu. Immerhin war Lorena hier bei sich zu Hause, was ihr lockeres Benehmen vielleicht erklären half. Ich zog mir die braune Hose und das gleichfarbige Übergewand an. Da kam auch schon Shimon herein.

Du hast Bekanntschaft mit meiner Kusine gemacht? Du musst nichts sagen, ich kann es mir schon vorstellen. Sie ist frech, seit sie reden kann. Denk bloß nicht, dass alle Frauen hier in der Carriera so reden.

Gewöhnlich sind die jüdischen Frauen scheu. Aber Lorena ist anders, kratzig wie eine Wildkatze. Und sie lässt sich nichts verbieten, nicht einmal von ihrem Vater. Und ich habe die unangenehme Aufgabe, auf sie aufzupassen.

Eine Wildkatze war also ihr Tier, und Shimon wirkte mit seiner Abgeklärtheit und seiner Übersicht auf mich beinahe wie ein Löwe, wenn ich auch noch nie einen echten Löwen zu Gesicht bekommen hatte.

Ist sie?, fragte ich, lässt sie sich mit Männern …, ich meine, ist sie so eine?

Shimon lachte? Ach so, du meinst, wir geben unsere Töchter für Geld her so wie ihr Christen? Hier in der Carriera sicher nicht. Nein, Lorena tut nur so. Sie ist keuscher als eine Nonne. Wirst du noch sehen.

Shimon weidete sich an meiner Verwirrung, setzte mir eine rote Kappe auf den Kopf und meinte: Aus dir könnte noch was werden. Gut siehst du aus, fast wie ein Jude.

Mir fehlt noch der Judenfleck.

Die Rouelle? Hast du an mir eine gesehen? Wir sind doch nicht so armselig, sogar noch abends in der Carriera das Schandzeichen zu tragen. Tagsüber demütigt ihr Christen uns mit dem gelben Ring. Aber unter uns nehmen wir ihn ab. Auch Lorena würde zu Hause niemals mit diesem lächerlichen gelben Hut herumlaufen, den der Papst den Jüdinnen vorgeschrieben hat. Sei froh, dass du abends gekommen bist, so kannst du ihre Locken bewundern.

Wir stiegen eine Holztreppe hinab und standen in einem Innenhof, der von einer Fackel kaum genug Licht bekam. Auch tagsüber fiel hier sicher wenig Sonnenlicht ein. Ganz Avignon bestand aus schmalen Gassen, so dass Reiter nur sehr schwer durch die Menge kamen. Aber derart viele Erker mit so niedrigen Stockwerken hatte ich noch nie irgendwo gesehen. So eng es war, hatte man trotzdem noch Holzverschläge an die Mauern gezimmert. In einem davon sah ich eine Frau am Webstuhl arbeiten, eine Tür weiter hämmerte ein bärtiger alter Mann im Fackelschein auf Metall ein. Überall lagen Haufen alter Kleidung herum. In dem Krach spielten Kinder Fangen und schlüpften mit uns durch einen niedrigen Gang, der in einen ganz ähnlichen

Hof führte. Erst dahinter traten wir hinaus auf einen etwas größeren Platz, höchstens dreißig Schritte breit. Darauf stand ein schmuckloses Gebäude, die Tür war offen, und drinnen sah ich im Kerzenschein Männer mit großen Hüten beten, einige trugen eine Buchrolle in Händen.

Shimon führte mich zu einer Bank, auf der zwei Männer mit weißen Bärten ins Gespräch vertieft waren, und stellte mich vor: Onkel Jizchak, Reb Bendich, das ist der deutsche Gast Wittekind, der uns für die Nacht seinen Besuch abstattet.

Ein gutes Jahr, grüßte mich Onkel Jizchak mit dem fremdländischen Akzent, wie er auch Shimon eigen war. Der Alte ließ sich nicht anmerken, ob er bemerkte, dass ich kein Jude war. In jedem Fall genoss ich, so hoffte ich, mit dieser Formel eine Art Gastfreundschaft.

Ich verbeugte mich vor den beiden Alten.

Wittekind ist die Treppe hinuntergefallen und hat sich am Arm verletzt, erklärte ihnen Shimon.

Und zu mir gewandt: Reb Astruguet Bendich ist einer unserer drei Gemeindevorsteher. Obendrein ist er der beste Arzt der Stadt. Sogar der Papst würde ihn seinen vier Quacksalbern vorziehen. Reb Bendich, vielleicht hättet ihr die Güte, euch Wittekinds Arm einmal anzusehen?

Der andere Mann lächelte geschmeichelt, während die Männer aus der Synagoge kamen und sich in die umliegenden Häuser zurückzogen. Es wurde ruhiger an diesem Ort, an dem ich erst jetzt eine mickrige Buche bemerkte. Das war der einzige Baum der Carriera.

Ich krempelte den Ärmel meines Gewands vorsichtig nach hinten und nahm Lorenas Salzverband ab. Astruguet Bendich ergriff mein Handgelenk und meinen Ellbogen und drehte den Arm in beide Richtungen, so dass ich vor Schmerz aufschrie. Dann führte er mich zu einer Fackel, die in einer Halterung an der Synagoge brannte, und schaute sich die Prellung genauer an.

Es ist, unberufen, nichts gebrochen. Du hast Glück im Unglück. Dieser Salzumschlag war nicht verkehrt, doch ich werde zusätzlich eine Salbe auftragen. Sieht so aus, als wärest du auf einen sehr harten Knüppel gefallen.

Reb Bendich rief einen kleinen Jungen und gab ihm, offenbar auf Spanisch, eine Anweisung. Der Knabe rannte los und kehrte nach kurzer Zeit mit einem Gefäß zurück. Nachdem der Arzt mir den Unterarm mit einer wohlriechenden Salbe eingerieben hatte, schloss er seine Behandlung ab: Du wirst jetzt noch etwa zwei Tage lang Schmerzen haben. Pass vor allem nachts auf, dass du nicht auf dem Arm zu liegen kommst. Aber es wird, wenn der Höchste es so will, nichts zurückbleiben.

Ich nickte erleichtert und dachte an die Wunden des Verletzten in der Krankenstube der Dominikaner. Würden seine Schmerzen ihn schlafen lassen?

Shimon rief: Ich hoffe, du kannst die Gebühren von Reb Bendich bezahlen. Er ist nicht nur der beste, sondern auch der teuerste Arzt der Stadt.

Ich erbleichte, aber Shimon lachte nur und führte mich weg.

Warst du schon mal hier?, fragte er. Jetzt siehst du, wie wir leben. Wenn du unser Dasein ein Leben nennen willst. Über tausend Menschen wohnen auf gut hundert Schritten im Viereck. Die meisten von ihnen sind Pfandleiher und Lumpensammler. Und nachts wird abgeschlossen. Sogar die Ratten von Avignon haben mehr Platz. Was die Christen die Hölle im Jenseits nennen, das ist für uns Juden die Carriera im Diesseits. Keinen Augenblick ist man unbeobachtet. Wir können schon froh sein, wenn wir genug Raum haben, uns nachts auf die andere Seite zu drehen.

Wir stiegen zurück in die Kammer, Lorena hatte Shimons letzte Worte gehört.

Was willst du, sagte sie höhnisch, wir sind eben etwas Besonderes: Juifs du Pape, Juden des Papstes. Wir stehen unter seinem Schutz.

Schöner Schutz, meinte Shimon. Papst Joan hat vor sechs Jahren alle Juden aus seinem Land vertrieben. Die Synagogen in Carpentras, in Sorgas hat er bis auf die Grundmauern niederreißen lassen. Erst als er merkte, dass er ohne uns keine maurischen Brokatstoffe, keine bunten Gläser aus Venedig, keine Edelsteine aus Arabien und nicht genügend Pergament für seine Urkunden mehr bekommen kann, da hat er uns erlaubt zurückzukehren. Und diese Gunst lässt er sich teuer bezahlen.

Lorena schüttelte den Kopf: Aber nur, bis er es sich anders überlegt.

Wessen Idee war es denn, fragte Shimon, Luken in die Mauern zu schlagen? Warum bewachen wir jetzt sogar nachts die Carriera? Wenn uns der Papst nicht mehr braucht, dann wird es in der Tat gefährlich.

Shimon führte mich zu der Klappe, durch die er mich hereingezogen hatte. Ein Junge stand am angelehnten Laden und spähte durch den Efeu hinaus. Alles ruhig, sagte er leise. Er hatte die ganze Zeit nichts gesagt.

Mein Gastgeber ließ mich an einem Klapptisch Platz nehmen, auf dem ein Abendessen bereitstand. Das Fleisch im Brotteig roch fremdartig, aber verlockend. Shimon biss von seinem Fladen ab, bot mir aber außer einem Schluck Wasser nichts an.

Du hast unser Geheimnis, sagte Shimon kauend, mitbekommen. Wir Juden von Avignon verlassen uns nicht mehr auf den Schutz des Papstes. Wenn es wieder gegen die Juden geht, dann sitzen wir wie die Ratten in der Falle. Doch diesmal werden wir uns verteidigen. Diese Woche beginnt euer Pfingstfest mit Prozessionen und Festlichkeiten. Es genügt ein kleiner Streit, vielleicht auch nur ein besoffener Mönch, der eine Vision herumschreit. Dann fängt das Muttergottesbild an der Principalekirche wieder mal zu bluten an, und es rotten sich Tausende gegen uns zusammen. Wir wissen, was dann passiert. Da drüben steht Samuel, er hat miterlebt, wie die Pastorellen, diese Lumpenhunde, vor acht Jahren bei ihrem Judenkreuzzug die Carriera von Toulouse angezündet haben.

Shimon zeigte auf den Jungen am Fenster, einen schwarzhaarigen Kerl von nicht einmal fünfzehn Jahren. Er hob sein Gewand an und zeigte mir seine Beine, sie waren voller Narben.

Das sind Brandwunden. Ein Christ, der mit meinem Vater Geschäfte machte, war in den Keller gerannt, um wenigstens den Wein zu retten. Er fand mich in den Flammen auf dem Boden, trug mich hinaus und versteckte mich bei sich daheim. So wurde ich gerettet. In der Judengasse brannten damals zehn Häuser ab. Ein Wunder, dass nicht ganz Toulouse unterging. Als die Bürger alles gelöscht hatten, gaben sie den Pastorellen noch viel Geld, damit sie weiterzogen. In Albi ging das Morden dann weiter.

Und deine Eltern, deine Nachbarn?, wollte ich wissen.

Alle Juden von Toulouse wurden damals umgebracht. Alle außer mir. Die Leute, die mich gerettet hatten, pflegten mich noch ein paar Wochen. Du sollst wissen: Es gibt auch gute Christen, wenigstens ein paar. Als dann jüdische Flüchtlinge durch Toulouse zogen, gab man mich zu ihnen. So kam ich erst in die Berge und herüber nach Aragon, wo wir eine kleine jüdische Gemeinde fanden. Der König Jakob hatte gelobt, seine Juden vor den Pastorellen zu schützen. Vor zwei Jahren zog ich dann mit anderen spanischen Juden hierher.

Samuel hatte seine Geschichte regungslos erzählt, als spräche er von jemand anderem. Nun blickte er mich an und zugleich durch mich hindurch. Es war kein freundlicher Blick.

Was wurde aus diesen Pastorellen?, wollte ich wissen.

Shimon antwortete für ihn: Sie zogen weiter nach Osten, sie wollten genau hierher zum Papst und zu den reichen Städten der Provence. Weil sie aber nicht nur viele Juden und Lepröse, sondern auch ein paar Priester und königliche Beamte umgebracht hatten, schrieb Papst Joan an alle Herzöge im Midi, ihre Soldaten zusammenzutrommeln. Als die Pastorellen vor die Mauern von Carcassonne kamen, erwartete sie ein berittenes Heer. Die zerlumpten Kreuzzügler wurden zusammengehauen. Es war ein Blutbad. Nur einige konnten nach Narbonne fliehen, wo sie schlaue Bürger an maurische Händler in die Sklaverei verkauften.

Immerhin wurden sie bestraft, sagte ich.

Shimon zog die Schultern hoch: Leider nicht nur sie. Denn die Juden hatten immer noch keine Ruhe, der König von Frankreich legte den geplünderten Städten hohe Steuern wegen der Zerstörungen auf – Strafsteuern, die er selber kassierte, wohlgemerkt. Danach wurden von den wütenden Bürgern noch mehr Juden umgebracht, denn die waren in ihren Augen schuld an allem. Wenn Onkel Jizchak mit uns damals nicht nach Polen, sondern nach Toulouse gegangen wäre, dann wären wir jetzt tot.

Shimon wies mit seinem Brotmesser auf Lorena:

Es wäre doch schade um so ein schönes Mädchen, findest du nicht?

Ich sagte nichts.

Die Pastorellen waren der Hauptgrund, fuhr Shimon fort, weshalb wir ein paar versteckte Luken in die Mauern der Carriera geschlagen haben. So können wir Angriffe früher erkennen und im Notfall Menschen retten. Du hast das jetzt mitbekommen. Sollte dir einfallen, darüber zu plaudern, dann finde ich dich und schneide dir den Hals ab.

Er strich zärtlich über die Klinge des Messers. Wieso auch sollte ein Jude einem Dominikaner trauen? Vielleicht bereute Shimon meine Rettung bereits. Ich sagte:

Wenn es bisher jemanden gibt, der von euren Wachen profitiert hat, dann bin ich das. Ich schwöre, dass ich mit keinem Menschen darüber sprechen werde. Es gibt sowieso kaum jemanden in Avignon, der mit mir redet. Mein Meister und ich, wir sind hier ganz auf uns gestellt.

Shimon belächelte meine Beteuerungen, aber Samuel lächelte nicht. Mir war nicht wohl zumute bei der Vorstellung, in dieser Nacht hier zu schlafen.

Genug mit den alten Geschichten, sagte Shimon. Schauen wir lieber nach den Papieren.

Welchen Papieren?, fragte ich überrascht.

Du hast doch selbst erzählt, der Wüterich wollte dich totschlagen, als du in der Jakobskapelle irgendwelche Papiere gefunden hast. Auf denen finden wir vielleicht die Lösung für das Rätsel, warum du dran glauben solltest.

Wie klug Shimon war! Er hatte sich jedes meiner Worte gemerkt. Ich selbst hatte die Fetzen aus der Jakobskapelle bereits vergessen. Bei meinem Habit auf der Pritsche lag mein Beutel, ich zog die zusammengeknüllten Blätter hervor und breitete sie neben einer Öllampe aus, die Shimon an einer Kerze entzündet hatte. Nun hatten wir halbwegs genug Licht. Es waren vier Stücke, jemand hatte einen Brief zweimal zerrissen. Es war nicht schwer, alles wieder richtig zusammenzulegen. Unten auf dem Blatt waren rote Tropfen zu sehen und irgendeine braune Schmiere.

Beim Blut einer Jungfrau, entzifferte Shimon das Gekritzel. Blut einer Jungfrau? Das klingt nach einem Schwur.

Und beim Dreck einer Fledermaus, den ich bei Vollmond gesammelt habe, setzte ich fort, soll das Herz von Jeannot nie mehr für Marie entflammen.

Was ist das denn?, fragte Shimon. Wer sollte dir für Fledermausdreck alle Knochen im Leib zertrümmern? Ich habe meine Zweifel, ob das mit dem Überfall zu tun hat.

Ich las weiter: Das schwöre ich, Mingette de Narbonne, bei der Heiligen Muttergottes und dem Teufel, der mir allzeit beistehen soll in den Künsten der Liebe.

Darunter waren drei Kreuze gemalt. Ich wusste nicht, was das bedeuten sollte.

Plötzlich fing Shimon an zu lachen: Ein Liebeszauber! Da hat irgendeine kleine Mingette ihr Monatsblut auf Papier geträufelt und den Schiss von Fledermäusen dazugetan, damit ihr geliebter Jeannot nicht mehr zur schönen Marie ins Bett steigt. Ganz klar, da wollte eine Hure ihren Zuhälter zurückzaubern, der sie wegen einer Jüngeren im Stich gelassen hat. Vielleicht war es aber auch nur eine arme Magd, die Angst hatte, dass ihr Schwängerer sie sitzenlässt.

Und das hat sie dann als Kontrakt mit dem Teufel aufgeschrieben?, fragte ich.

Mit dem Teufel und mit der Muttergottes zugleich, lächelte Shimon. Doppelt hält besser. Und selber geschrieben hat unsere Mingette das nie und nimmer. Wo sollte sie das wohl gelernt haben? Sie wird sich für ihren Liebeszauber einen Mönch dazugeholt haben. Und ich kann mir sehr gut vorstellen, was der als Honorar für diesen Kontrakt verlangt hat.

Shimon machte eine Geste mit dem Unterarm:

Den Zettel können wir vergessen. Deine verlassene Kapelle dient nicht nur als Hinterhalt, sondern auch als Hurenhaus. Ein Liebeszauber! Monatsblut! Die Menschen sind dumm und klammern sich an jeden Humbug, das ist hier in der Carriera nicht anders.

Ich wusste nicht, ob ich traurig sein sollte oder erleichtert. Traurig, dass wir dem Geheimnis der Kapelle keinen Schritt näher gekommen waren. Oder erleichtert, dass wir keine Drohungen und Verschwörungen gegen meinen Meister gefunden hatten, wie ich es befürchtet hatte.

Den Grund, warum der dicke Mann mit seinem Knüppel zugeschlagen hatte, kannten wir aber immer noch nicht.

Genug für heute, meinte Shimon und blies die Öllampe aus. Jetzt verlöschen hier bald alle Lichter, und die Frömmsten der Frommen kehren heim. Auch Onkel Jizchak wird sich in den Schlaf beten.

Wo soll ich schlafen?, fragte ich verzagt und schielte zu den Decken auf dem Boden.

Mein neuer deutscher Freund, was meinst du, warum du hier Schutz findest, obwohl ich Dominikaner nicht ausstehen kann? Du kannst deinem heiligen Dominikus danken, dass mir eine Verwendung für dich eingefallen ist. Du wirst noch gebraucht.

Aber ich bin müde, warf ich ein.

Du willst schlafen? Shimon lachte. Wir haben doch kaum etwas gegessen. Außerdem kennst du noch nicht den anderen Grund, weshalb wir die Carriera mit Luken ausgestattet haben. Du bist durch die Klappe hereingekommen. Aber wir können genauso gut hinaus zu euch Christen. Nachts ist Avignon viel spannender als tagsüber. Ich zeige dir einen Ort, von dem selbst der Papst nichts weiß. Und meine Kusine wird uns begleiten.

KAPITEL 7

Lorena hatte sich umgezogen. Sie trug jetzt ein kürzeres Gewand, das ihre Fesseln frei ließ und am Saum golden bestickt war. Über die Schultern hatte sie ein feines Wolltuch gelegt, die Locken waren zurückgekämmt und wurden von einem Band lose gehalten. Shimon kramte aus seiner Truhe einen Umhang für mich hervor:

In Avignon ist es im Mai nachts kühler, als man denkt. Und pass auf, wohin du trittst. Es ist nachts auch schmutziger, als man denkt. Und wenn du meinst, du könntest deiner Wege gehen, war unser erster gemeinsamer Abend auch dein letzter.

Ich wickelte mich in meinen Umhang. Samuel öffnete den Laden. Ob der Bär immer noch draußen wartete?

Ich kletterte vorsichtig durch die Efeublätter, fand die Trittstufe und stand wieder auf der Gasse. Shimon hielt Lorena unter den Schultern und befahl mir, seine Kusine herunterzuheben. Das Mädchen war federleicht und klammerte sich kurz an mich. Als sie an mir herabglitt, flüsterte sie mir ins Ohr: Wie stark du bist! Dabei bist du doch ein Kind.

Wieso Kind?

Heißt du nicht so? Wittekind?

Du verstehst Deutsch?, fragte ich.

Sie band ihren Schal fester und sagte leise: Ich tue gerade alles, um es zu vergessen. Es ist ein kaltes Land, deine und meine Heimat. Zu kalt für mich.

Inzwischen stand auch Shimon auf der Gasse und reckte eine Fackel nach oben, die Samuel an einer Kerze entzündete, bevor er von innen den Laden zuzog. Im schwachen Licht gingen wir in Richtung Saint-Pierre und gaben acht, dass wir dabei nicht in den Kot traten. Ich war noch nie nachts in Avignon unterwegs gewesen. Die Stadt wirkte anders als tagsüber, wenn sich in den Gassen Reiter und Karren durch die Menschentrauben zwängten und das Geschrei von Kindern mit Hundegebell und dem Rufen der Händler zum nie abreißenden Marktlärm verschmolz. Nun schlief Avignon, hatte ich gedacht. Doch ausgestorben waren die Gassen keineswegs.

Jede Stadt ist zwei Städte. Eine bei Tag mit Farben, Gerüchen und Geräuschen. Und eine bei Nacht mit grauen Schatten, die wie ein Alpdruck über die Mauern kriechen. Wie ein Mensch, der schlecht träumt, so ächzt und stöhnt auch die nächtliche Stadt, wenn plötzlich der Wind gegen die Giebel drückt, wenn eine Bö in den Baumwipfeln rauscht, und wenn die Menschen in ihren Betten bei jeder vorbeihuschenden Katze und jedem Schritt auf der Gasse die Ohren spitzen. Wenn Avignon schlief, dann träumte diese Stadt keinen guten Traum.

An unserem Zellenfenster bei den Dominikanern hatte ich im Winter die Geräusche der Nächte in mich aufgenommen, denn wir durften nach unserer Ankunft viele Wochen lang nicht hinaus. Und so versuchte ich mir vorzustellen, wenn nach der Komplet die letzten Türen zugeschlagen wurden, woher das Gebell und Geheul der Hunde wohl stammte. Hielten sich Kardinäle hinter hohen Mauern Jagdmeuten? Oder waren es wilde Hunde, die am Ufer der Rhone Kaninchen mit hitzigem Jaulen zerrissen? Hörte ich spätnachts Hufgetrappel, stellte ich mir vor, dass gerade ein Bote mit wichtigen Nachrichten aus den päpstlichen Besitzungen in Rom oder Bologna eintraf und bald an die Pforte einer Kardinalsresidenz wummerte. Oder waren es Räuber, die sich auf heimlich irgendwo angebundene Pferde schwangen, nachdem sie das Haus eines reichen Bürgers ausgeplündert und seine Frau vergewaltigt hatten? Manchmal hörte ich bei unserem Konvent das Singen und Schreien Betrunkener, zuweilen die gellende Stimme einer Frau. War es ein Streit mit einem gewalttätigen Ehemann? Oder wurde gerade ein später Zecher umgebracht? Wer sicher keinen Krach machte, waren die vielen Armen, die sich im Winter zitternd bei einem windgeschützten Gemäuer aneinanderklammerten. Als es im Februar sehr kalt wurde, zeigte mir Ramon morgens die Leichen Erfrorener, die er auf der Klosterschwelle oder unter Mauervorsprüngen gefunden hatte. Wir mussten in die eisige Erde unseres Kirchhofs Gruben hacken, um sie zu beerdigen. Dabei war es im Konvent warm, und es gab genug zu essen. Doch Prior Gaucelin ließ nur selten Bittsteller herein.

Nach Weihnachten hatte ich mich gewöhnt an die heiseren Schreie der Käuzchen, die in den Kirchtürmen saßen und im Dunkeln zum Mäusefang ausflogen. Mäuse und Siebenschläfer raschelten im Dachboden, als der Frühling kam. Und wenn der Wind von Westen wehte, meinte ich, die Wellen im Uferschilf der Rhone zu hören. So war Avignon für mich eine Stadt der Geräusche geworden, denn auch nach dem Ende unseres Arrests hatte ich mich nicht in die Dunkelheit getraut. Ich hätte nicht gewusst, wohin. Ich kannte draußen niemanden, und drinnen musste ich gerade nach Hereinbrechen der Dunkelheit auf den Meister achtgeben. Ausgerechnet heute konnte ich das nicht. Sicher machte der Meister sich Sorgen um mich, genau wie Ramon, der doch Wein für uns besorgen wollte. Aber was sollte ich machen?

Es war verrückt. Statt in meiner Zelle zu schlafen, war ich um mein

Leben gerannt. Und nun setzte ich gemeinsam mit Shimon und Lorena, von deren Dasein ich vor zwei Stunden noch keinen Schimmer hatte, vorsichtig Schritt um Schritt durch die Dunkelheit. Die Fackel warf nur einen schwachen Schein. Aber anders, als ich gedacht hatte, herrschte um uns keine komplette Finsternis. In einiger Entfernung sah ich in einem großen Kessel ein Feuer brennen, daneben standen Torhüter eines Palastes. Der Besitzer – ob ein Kardinal, ein Botschafter oder ein reicher Bankier – hatte Mittel genug, um die Nacht zu erleuchten, Gäste zu empfangen und Einbrecher abzuschrecken. Auf dem Kirchhof von Saint-Pierre entdeckte ich kleine Lichter, die wie Elfen auf und ab hüpften. Zwischen den Gräbern kicherten und stöhnten Menschen. Waren das die Seelen von Verstorbenen?

Kein Regen, kein Mistral, stellte Shimon nüchtern fest. Es wurde auch mal Zeit. Die Huren haben ihre Lampen an und machen gute Geschäfte in so einer Nacht.

Glaubst du wirklich?, fragte ich erstaunt zurück. Zwischen den Gräbern, wo tagsüber von Bauern Hühner und Schafe verkauft und noch am Ort geschlachtet wurden, herrschte der Gestank von Blut und Verwesung.

Avignon, belehrte mich Shimon, ist die größte Ansammlung von Klerikern auf der Welt. Sie haben den ganzen Tag in den Schreibstuben des Papstes Akten korrigiert und in Rechnungsbüchern Einnahmen verzeichnet. Oder sie sind von weit her gekommen, um sich eine Pfarrstelle zu sichern, einen Ablass zu erkaufen, einen Sohn als Neffen zu legitimieren. Was, denkst du, machen diese Kleriker nachts? Beten? Schnarchen? Sie amüsieren sich, so gut sie können. Es gibt Angelegenheiten, die sind so dringend, dass man sie auch in der Scheiße erledigen kann.

Immer wieder kamen uns Fußgänger entgegen, einmal sogar zwei Reiter, die mit Fackeln oder Öllampen ihren Weg ausleuchteten; wir mussten zur Seite springen. Beim Brückentor gab es geöffnete Schenken und Herbergen, von denen ich tagsüber nichts bemerkt hatte. Shimon schien die Strecke im Schlaf zu kennen, während ich immer wieder stolperte und mich an Hauswänden entlang tastete. In einer steilen Gasse bei Saint-Agricol hielt sich Lorena an mir fest. Ich konnte ihren Körper spüren, sie roch nach einer fremden Substanz. Ich beugte mich unwillkürlich, um an ihrem Hals zu riechen.

Das ist Amber, antwortete sie auf eine Frage, die ich gar nicht gestellt hatte. Wir gehen jetzt an einen besonderen Ort, da parfümieren sich die Frauen mit Rosenwasser, mit Moschus und Zimtrinde. Sie tanzen und trinken schweren Wein, wie du das noch nie erlebt hast. Das sind andere Frauen als die verhuschten Nonnen, wie du sie aus Deutschland kennst. Hier hüllen wir uns in süße Düfte, die sind nicht für Novizen bestimmt. Wo wir jetzt hingehen, da triffst du auf erwachsene Männer.

Wir erreichten die Oulle, eine festgetrampelte Weide für die Schiffsleute direkt beim Flusshafen. Die Garküchen am Ende der Landungsstege, windschiefe Lagerschuppen und sogar Fischerhütten waren, wie ich an den Feuern erkannte, auch spätabends belebt. Überall standen Menschengruppen beieinander. Ich hörte Lachen, Lautenspiel, Gesang. Bratenduft lag in der Luft.

Shimon wies auf einen großen Schuppen: Steinmauern, solides Holzdach, hinten mehrere Kamine, Luken im Dach, aber keine Fenster. Pferde standen an einer Palisade, das Maul in Hafersäcken, die man ihnen umgebunden hatte. Am Eingangstor, neben lodernden Fackeln, warteten zwei Wächter in Livree. Bereits aus einiger Entfernung konnte ich das flackernde Licht erkennen, das von Zeit zu Zeit aus der Tür nach draußen fiel, wenn Gäste kamen. Kerzen und Öllampen gab es im Überfluss. Hier wurde an nichts gespart.

Shimon sagte: Das ist die Pasture. Pasture des Oiseaux, wenn du den vollständigen Namen der Schenke wissen willst. Aber das sagt kein Mensch.

Wir fanden uns ein am Portal, wo bereits andere Gäste warteten. Shimon grüßte den einen oder anderen. Das ist es also, dachte ich, wohin die Tiere der Nacht fliegen: die Vogelweide. All die Eulen und Käuzchen und Ziegenmelker, auf deren Schreie ich in der finsteren Klosterzelle gelauscht hatte, sah ich nun am Ufer der Rhone vor mir. Das waren in der Tat keine Novizen, sondern ganze Männer, wie Lorena mich gewarnt hatte. Sie standen da in langen dunklen Mänteln und mit Chaperonnes, die sie tief in die Stirn gezogen hatten. Wenn der Fackelschein für einen Moment in ein Gesicht fiel, erblickte ich vernarbte Wangen mit Bartstoppeln, schaute in ruhelos umherblickende Augen unter finsteren Brauen. Die Frauen, die diese Männer begleiteten, trugen Pelz, goldene Ringe an den Fingern und seidenen Kopfputz mit wehenden Bändern. Während einige Männer von ihren Pferden stiegen und sogleich Bruderküsse austauschten, lachten die Frauen schrill, als wollten sie ihre Ankunft allen kundtun.

Mir wurde kalt beim Anblick dieser Nachtvögel. Und plötzlich fiel mein Auge keine zwanzig Schritt vom Eingang auf ein Bündel Mensch, dem ein Küchengehilfe gerade eine dampfende Schale reichte. Am Boden hockte der blinde Bettler von der Kapelle und schlürfte mit den Fingern heißen Brei in sich hinein. Das Ende der Welt, das er beschrien hatte, konnte warten.

Da kam Lorena zu mir und hakte mich unter. Offenbar amüsierte sie sich über meine Anwesenheit. Wie eine Dame, die mit einem Lämmchen spielt, das später gebraten wird.

KAPITEL 8

Hinter dem Portal empfing uns ein Mann, trotz der kühlen Nachtluft ohne Mütze. Er war in Schwarz gekleidet, wie auch viele seiner Gäste. Lorena fiel ihm sogleich um den Hals – eine Geste, die er halbherzig abwehrte. Dann umarmte er auch Shimon und senkte vor mir mit einem unmerklichen Lächeln den Kopf.

Das ist Rik van Haarlem, stellte ihn mir Shimon vor. Ihm gehört die Pasture. Dies ist Wittekind, erklärte er dem Gastwirt. Ein junger Deutscher, der neuerdings für mich arbeitet.

Nun bekam ich Gelegenheit, mir den Wirt genauer anzuschauen. Ich hatte ihn bei meinen Streifzügen durch Avignon noch nie gesehen. Er war sicher einen Kopf kleiner als Shimon, selbst Lorena überragte ihn. Sein Haarschopf war zur Stirn hin ausgedünnt, doch vor allem fielen mir seine dunklen Hundeaugen auf. Sein Blick erzählte von einem, der viel erlebt hat. Und zeugte von einer Traurigkeit, die harmonierte mit den tiefen Falten um seinen Mund.

Shimons Leute sind auch meine Leute, sagte Rik mit schnarrendem Tonfall. Zudem sind wir Landsleute, ich komme aus Holland.

Er sprach die Langue d'Oc mit nordischem Akzent, doch es fiel ihm nicht ein, mich in unserer Muttersprache anzureden. Rik blickte die ganze Zeit aus den Augenwinkeln zu den anderen Gästen. Ohne weitere Fragen führte er uns in einen von Kerzen und Öllampen erhellten Raum, in dem etwa zwanzig niedrige Tische mit Bänken und Schemeln standen. Erst wenige Gäste, Männer und Frauen, saßen da und tranken Wein aus Holzbechern. Ein langbärtiger Lautenspieler schlug Akkorde auf seinem Instrument; kaum jemand schien ihm zuzuhören. Rik führte uns nach hinten in ein Gemach, das durch einen Gazevorhang vom Speisesaal abgetrennt war. Hier konnte man Musiker und Kundschaft beobachten, ohne selbst bemerkt zu werden. An einem runden Tisch saßen zwei Männer im Gespräch. Rik wandte sich Richtung Eingang, wo Lorena zurückgeblieben war.

Shimon nahm mich zur Seite: Ab jetzt sperrst du Augen und Ohren auf. Du kannst dir denken, dass ich dich nicht zum Vergnügen mitgenommen habe. Wir Juden sind dieser Tage wachsam wie nie. Es geht irgendetwas vor in der Stadt, aber ich weiß nicht, was. Die Wachen kontrollieren seit zwei Tagen die Brücke und filzen die Bauern. Meine Späher erzählen, die Sergenten haben zuletzt sogar zwei italienische Bankhäuser durchsucht, was sie früher nie gewagt hätten. Aber was das Sonderbare ist: Sonst forschen sie nach Waffen oder Schmuggelgut aus Frankreich. Diesmal ist es umgekehrt. Sie scheinen irgendetwas zu suchen, das in der Stadt ist und nicht nach draußen gelangen soll. Auf irgendetwas Geheimnisvolles wird gerade Jagd gemacht, nicht nur auf dich.

Was willst du von mir?, fragte ich.

Neuigkeiten, Gerüchte, Hörensagen, erklärte Shimon. Alles, was du aufschnappst, ist vielleicht bedeutungsvoll. Doch was viel wichtiger ist: Dich kennt in der Stadt keiner, auch hier in der Pasture hat dich noch niemand gesehen. Das kommt mir wie gerufen. Du sollst dich für mich umhören. Und wenn du wieder in deinen Konvent kommst, dann sammelst du alle Neuigkeiten, die deine Dominikaner so erzählen. Die gehen am Hof des Papstes ein und aus. Vielleicht erfahre ich durch dich, was da gerade vor sich geht. Dein Verwundeter wird auch allerhand zu erzählen haben, wenn er zu sich kommt. Ein fremder Kleriker wie du läuft unerkannt durch die Stadt. Kehr in Kneipen ein, iss in Garküchen, geh ins Badehaus. In Avignon wird immer geredet, nur mit uns Juden redet keiner. So kannst du meine Hilfe vergüten.

Und wenn ich nicht mitmache?

Das würde ich dir nicht empfehlen. Zum einen habe ich dir heute das Leben gerettet, und vielleicht brauchst du bald wieder eine Zuflucht. Sollte es dir aber einfallen, ein doppeltes Spiel zu spielen, dann denk dran: Ich konnte dir das Leben retten, aber ich kann dir das Leben genauso gut nehmen. Wir finden dich überall. Außerdem hast du gesagt, dass du in Avignon keine Freunde hast. Wenn du dich den Sergenten oder deinen Mitbrüdern anvertraust, bist du der Erste, den sie fallenlassen. Hüte dich! Messer gibt es hier mehr noch als Mönche. Ein fremder Ketzer weniger, danach kräht in Avignon kein Hahn.

Shimon war wohl doch kein Löwe, sondern eher ein Luchs, gerissen wie der Papst, nur viel jünger. Er hatte mich in der Hand, das hatte er gleich begriffen, als ihm ein Dominikaner in die Hände fiel. Er wäre töricht, sich eine solche Gelegenheit entgehen zu lassen. Dass ein Mönch für die Juden spionieren würde, darauf konnte niemand kommen.

Abgemacht, sagte ich. Als Christ hättest du Scholastiker an der Universität werden sollen, du hast so eine überzeugende Art zu argumentieren.

Shimon grinste: Mach keine Witze und hör dich um! Und präge dir die Gesichter ein, hier werden heute noch allerhand wichtige Leute erscheinen. Ich erkläre dir das Nötigste, wenn es so weit ist. Und mit diesen beiden Männern, er wies mit dem Kopf in den Raum, kannst du anfangen.

Das ist Wittekind, wandte sich Shimon den Gestalten am Tisch zu, die sich die ganze Zeit über unterhalten hatten. Wittekind ist ein Junge aus dem Norden, ein weitgereister Kenner von Liebeszaubern, was vor allem für dich, Francesco – und er wandte sich an einen eleganten Schwarzhaarigen –, spannend sein dürfte. Wittekind ist noch nicht lange in Avignon, aber er hat schon so einiges erlebt.

Der Schwarzhaarige lachte: Wenn ich einen Liebeszauber nötig hätte, dann würde ich lieber gleich ins Kloster gehen. Bisher habe ich die Frauen, die ich haben wollte, auch ohne einen Teufelspakt herumgekriegt.

Francesco sprach perfekt Provenzalisch, doch mit einem winzigen Akzent, der wie sein Name nach Italien wies. Das war hier nichts Besonderes; es gab tausende Italiener in Avignon. Dieser hier wirkte auf mich nicht anders als alle anderen, die ich erlebt hatte: stolz und selbstverliebt. Dieser Francesco, ob er nun selber mit Geld handelte oder der Sohn von Geldhändlern war, benahm sich in der Pasture ganz wie zu Hause.

Shimon wies mir einen Platz hinter dem Tisch zu, wo ein Schemel an der Wand stand. Mein Arm schmerzte erneut, außerdem hatte ich nichts gegessen, was man von den beiden Gästen nicht behaupten konnte. Francesco brach sich gerade ein Stück Fladenbrot ab, sein Tischgefährte kaute an einer Pastete, Rotwein stand in Bechern bereit, während eine Magd dampfende Grütze hereintrug.

Gib meinem Freund auch eine Portion, befahl ihr Shimon. Zur fetten Schüssel Grütze, die vorzüglich nach unbekannten Kräutern schmeckte, bekam ich jedoch keinen Wein, sondern nur einen Becher Wasser gereicht. Die Pasture lockte ihre Gäste augenscheinlich nicht nur mit Musik und Tanz an, sondern auch mit gutem Essen. Ich konnte es immerhin riechen, die Pastete war bereits vom Brett verschwunden.

Deliziös, sagte der andere Mann mit hoher Stimme und leckte sich die Finger. Das ist Hecht oder Zander aus der Rhone. Ganz zart. Solltest du probieren, Francesco.

Doch der winkte nur ab: Ich mag keinen Fisch.

Shimon setzte sich auf die Bank, als die Magd zwei kleine Brathühner hereintrug. Es ging hier zu wie im Paradies. Shimon und Francesco griffen sofort zu. Mir lief das Wasser im Mund zusammen, aber wieder bekam ich nichts ab.

Ich bedachte mein Schicksal. Heute Mittag war ich noch ein kleiner Novize, der seinen Meister zu einem Ketzerprozess beim Papst begleitete. In der Abenddämmerung war ich so gut wie tot. Und nun befand ich mich mitten in der Nacht verkleidet zwischen lauter Zechern, im Dienst eines Juden. Was Shimon hier suchte, verstand ich nicht. Ich kannte niemanden in diesem Gasthaus; er kannte jeden. Ich hatte keine Ahnung, wie diese Nacht enden würde. Shimon augenscheinlich sehr wohl.

Kommst du voran?, fragte Shimon den anderen Mann, der sich schon wieder die Finger ableckte.

Wir Musiker haben bei diesem Papst keinen guten Stand. Der alte Joan ist taub wie eine Wachtel und hasst neue Kompositionen. Gregorianischer Choral muss reichen; das hat er jetzt sogar in einem eigenen Sendschreiben festgelegt. Gott sei Dank, es hält sich bei uns in Frankreich niemand dran. Ich versuche mein Glück jetzt bei Kardinal Napoleone Orsini, als Italiener versteht der etwas von den Künsten. Verzeih mir den Scherz: Ich habe sein Ohr. Und ich habe meine besten Sänger mitgebracht, die werden ihm in seiner Hauskapelle meine neueste Messe singen. Es muss einfach klappen. Die Ausgaben, die ich für diese Reise gemacht habe, sind gewaltig. In Verdun ist eine Domherrenstelle frei geworden. Wenn Napoleone sie mir besorgen kann, hat sich die Mühe gelohnt. Aber ehrlich gesagt, widert Avignon mich jeden Tag mehr an.

Hast du schlecht gegessen?, fragte Shimon mit vollem Mund.

Der Musiker schüttelte den Kopf: Aber ich bin meist in schlechter Gesellschaft. Überall treffe ich auf Leute, die ich dafür verachte, dass sie genau so sind wie ich. Überall Kleriker, die eine Pfründe ergattern wollen. Gascogner, Aragonesen, Italiener. Und meine gierigen Landsleute immer vornweg. Es ist entwürdigend. Eine Orgie der Bettelei. Habe ich darum die Weihen genommen? Singe ich darum zur Ehre Gottes? Ich war heute in der Kanzlei des Papstes, da herrschte ein

Gedränge schlimmer als am Höllentor. Mit dem Unterschied, dass die Hölle für jedermann offen ist, während sie dich ins Fegefeuer des Papstpalastes nicht hineinlassen. Ohne einen Vermittler bist du erledigt. Selbst Bischöfe erniedrigen sich und bringen den gelangweilten Kanzlisten Geschenke. Und dann lungern noch draußen vor dem Tor arme Kleriker in Scharen herum und schreien wie die Gänse, weil sie hoffen, dass so irgendjemand auf sie aufmerksam wird. Für eine schlecht dotierte Pfarrstelle in Schweden, Portugal oder Tirol würden die ihre eigene Schwester auf den Strich schicken.

In seiner Klagerede war der hochgewachsene Mann vom Provenzalischen, das er ganz passabel beherrschte, unbewusst ins Französische gewechselt. Die Langue d'Oil war offenbar seine Muttersprache. Ich hatte das im Kloster bei den französischen Mönchen bereits mitbekommen: Wie so viele Männer aus Paris, Amiens oder Reims blickte auch dieser Mann auf Leute aus dem Süden herab, die sich lieber in der Langue d'Oc, dem Provenzalischen und Okzitanischen, verständigten. Selbst der Papst, hieß es, der die Franzosen schätzte und selber einer war, verkehrte mit dem König von Frankreich auf Latein. Es war wie in Deutschland mit dem Hoch- und dem Plattdeutschen. Man gehörte zu einer Nation, aber man konnte sich kaum verständigen und schon gar nicht ausstehen.

Mein lieber Philippe, nahm Francesco das Wort, du beschwerst dich über die französischen Barbaren? Dabei bist du selber einer. Was soll ich erst sagen? Ich bin Italiener, wir sind die Erben des römischen Weltreiches und müssen erleben, wie ihr Franzosen dieses Reich in den Dreck zieht. Das Papsttum habt ihr uns geraubt und die Stadt der Cäsaren und Apostel in eine Ruine verwandelt. Dieses Avignon ist nichts als das Babylon für die Gefangenschaft der Päpste! Und wie es von französischen Schacherern zu erwarten war, habt ihr aus unserer heiligen Kirche einen Markt für Hühnerdiebe gemacht. Du erlebst es gerade selbst, beschwer dich also nicht! Wenn hier einer darunter leidet, dass wir nicht am Tiber, sondern nur an der Rhone hocken und weinen wie einst die Juden am Euphrat, dann bin ich das. Unendlich fern bin ich als Lateiner von der Kurie auf dem Forum, wo Cicero seine

Reden hielt. Fern hause ich vom Palatin und vom Capitol mit ihren erhabenen Tempeln. Fern von den Gräbern des Petrus und des Paulus, die aus gutem Grund keinen Fuß in dieses räudige Gallien gesetzt haben, das Cäsar einst eroberte. Im Exil meiner lateinischen Sprache muss ich hier dahinvegetieren unter lauter stammelnden Westgoten.

Dabei sah er missmutig zu mir herüber. Was wusste der Italiener von mir?

Philippe blickte seinem Tischkumpan mit einer Mischung von Staunen und Ekel in Gesicht: Was fabulierst du? Zum einen stammst du doch selber von hier und kennst Italien nicht halb so gut wie die Käffer des Venaissin. Dein Mutterland? Römisches Reich? Ich lache mich tot, wenn das ein frecher Bengel aus Carpentras sagt, der in der Provence bei irgendeinem italienischen Schulmeister ein bisschen Latein gelernt hat.

Das stimmt nicht!, rief Francesco aufgeregt dazwischen, ich bin in Arezzo geboren, meine Familie stammt aus der Toskana, wir sind hier im Exil, aber wir sind deshalb noch lange nicht zu Barbaren geworden, wie du einer bist. Mein Vater hat den unvergleichlichen Dante noch persönlich gekannt, sogar ich habe unseren göttlichen Dichter als kleiner Junge mit eigenen Augen gesehen, in Pisa war das. Und in Bologna, der ehrwürdigsten Universität des Abendlandes, habe ich studiert. Gegen die Professoren dort sind Avignons Theologen taubstumme Idioten. Diese öde Landschaft hier, in der du meine Gesellschaft genießen darfst, heißt nicht Latium oder gar Imperium, sie heißt Provenza. Eine mickrige Grafschaft ist das, tiefste Provinz, unerheblich für den Fortgang der Kultur. Und dorthin habt ihr Franzosen den Thron des Petrus geschleppt und haltet das Papsttum in Geiselhaft.

Wenn du weiter so schimpfst, fiel Shimon ihm ins Wort, findest du in Avignon nie ein Auskommen. Du musst dich damit abfinden, dass der Papst so bald nicht nach Rom zurückkehrt. In dem Räubernest, das ihr Italiener aus Rom gemacht habt, würden deine Italiener Papst Joan den Hals abschneiden. Die große Mehrheit der Kardinäle sind jetzt Franzosen, die haben es hier an der Rhone gemütlich und sicher. Wenn unser uralter Joan tatsächlich mal in die Hölle fährt, dann kommt eben ein anderer Franzose dran. Avignon, nicht Rom, ist Sitz des Papstes, gewöhn dich dran. Rom liegt an der Rhone. Ubi Papa, ibi Roma. So sagen die Theologen, die der Papst an seinem Hof durchfüttert. Du solltest lieber versuchen, mit deinem Latein bei irgendeinem italienischen Kardinal unterzukriechen. Ein paar sind ja noch übrig: Colonna, Orsini, Caetani. Bei denen kannst du polierte Briefe entwerfen und über die Weltlage jammern wie einst dein Cicero. Aber die Franzosen, die jetzt die Macht haben, die treten so einem arroganten Klugschwätzer in den Hintern.

Nun lachte Philippe amüsiert, wenn auch ein bisschen schrill: Welche Franzosen denn? Ich habe mir das heute überlegt, als ich wieder einmal stundenlang im Vorzimmer des päpstlichen Kanzlers herumsaß. Das ganze Gerede mit den Franzosen, die den Papst eingesackt haben, ist Quatsch. Diese Stadt gehört ja gar nicht zu Frankreich. Das ist euer großer Irrtum. Frankreich fängt erst da drüben an, beim zweiten Brückenpfeiler über die Rhone. Hier auf dieser Seite des Flusses haben wir die Grafschaft Provence, aber der Graf Robert lebt in Neapel als Herrscher eines Königreiches, das ihm der Papst zugewiesen hat. Der Papst wohnt hier also als Dauergast bei seinem eigenen Untergebenen. Deshalb kann Joan ohne jede Verantwortung schalten und walten, wie er will. Der ferne Herrscher der Provence mit seinem Hofstaat in Neapel ist obendrein ein Cousin des französischen Königs. Wer immer dem Papst etwas Böses will, der muss erstmal gegen Frankreich und Neapel zugleich Krieg führen – was unmöglich ist. Das haben schon die Stauferkaiser nicht geschafft. Und doch ist der Papst nicht abhängig vom französischen König, denn er befindet sich im äußersten Zipfel des deutschen Reiches. Avignon ist darum nicht die französische Gefangenschaft der Kirche, sondern das gemütlichste Exil der Welt.

Dieser Franzose hatte recht. Wir befanden uns im rechtlichen und politischen Niemandsland, genau auf der Schwelle zwischen Frankreich und dem Reich, zwischen Staat und Kirche. Genau auf dieser Grenze der Welten lag auch die Pasture des Oiseaux. Recht und Unrecht vermischten sich hier im Schutz der Nacht. Ich blickte in die Gaststube, die sich langsam mit den zwielichtigen Gestalten von draußen füllte: Vielleicht war dieses Gasthaus das Fegefeuer, das den Himmel von der Hölle trennt. War dort nicht auch der passende Platz für einen Ketzer wie mich, der nirgendwohin gehörte?

Wer konnte dieser Musiker nur sein? Seit er seine Pelzmütze abgenommen hatte, wies ihn eine Tonsur als Kleriker aus. Ein graues Gewand aus feinstem Tuch und eine nicht gerade dezente Goldkette mit Kreuz erzählte von nobler Distanz zu allen Bettelorden und Armeleutepriestern. Der Mann war noch keine vierzig Jahre alt, schlaksig, mit einem Kindergesicht ohne Bart und allzeit ruhelos. Seine Finger spielten ruhelos auf der Tischplatte, und sogar während unseres Gesprächs schlug er die ganze Zeit mit einem Fuß den Takt zu den Improvisationen des Lautenspielers. Er schien von Melodien und Rhythmen nur so erfüllt.

Als kein weiteres Essen aufgetragen wurde, standen die beiden Männer auf und gingen. Shimon ließ mich mit einem Wink neben sich auf der Bank Platz nehmen.

Merk dir die beiden, befahl er. Der Italiener ist ein eitler Bursche, aber durchaus liebenswürdig. Er heißt Francesco di Arezzo und kennt sich in der Stadt aus wie kein Zweiter. Und der andere, dieser Franzose, geht bei den Kardinälen ein und aus. Er weiß mehr als die meisten, wenn er mir auch nicht alles verrät.

Wie heißt der Mann?, fragte ich.

Philippe de Vitry. Schon mal von ihm gehört?

Der französische Komponist?

Ich hatte in Köln einmal eine seiner Messen mit anhören dürfen. Nur echte Könner wagten, so etwas auszuführen. Es waren Geistliche aus Cambrai, die der Bischof eigens hatte herkommen lassen. Wie bei einem ziselierten Goldschmiedewerk wickelten sich die Stimmen endlos umeinander. Ich hatte dergleichen noch nie gehört und Raum und Zeit vergessen. Den Text der Messe, der in hinhaltenden Tönen unterging, überhörte man völlig. Dieser Komponist konnte Zeit in Ewigkeit verwandeln. Sogar mein Meister, der sonst wenig auf Musik gab, meinte hinterher, so müsse es wohl im Paradies klingen.

Wenn Gott, dieser alte Mann, nicht taub ist, hatte ich geantwortet und dafür vom Meister einen Schlag auf den Hinterkopf bekommen. Das war sicher zwei Jahre her. Und der Künstler, der solche Klänge erdachte, saß nun in dieser Schankwirtschaft und haute sich vor meinen Augen den Bauch mit Brathuhn voll.

Shimon las meinen erstaunten Blick und erklärte. Ich kenne Philippe schon von früher. Er reist regelmäßig zum Papsthof, weil er immer neue Pfründen auftreiben muss, um seine Sänger zu bezahlen. Und wegen seiner anderen teuren Gewohnheiten, fügte er hinzu. Tagsüber bekniet er am Papsthof die Würdenträger, nachts kommt er hierher wegen der Musik.

Ich konnte mir nicht vorstellen, dass ein derart genialer Komponist dem Geklimper des Lautenspielers etwas abgewinnen würde. Da kam Lorena herein und verkündete aufgeregt: Lisabeta ist gerade eingetroffen und bereitet sich vor. Du hattest recht, sie wird heute Nacht singen. Sie ist so schön! Das Kleid, das sie anhat, ist aus Florenz und hat ein Vermögen gekostet. Allein der Saum aus Eichhörnchenfell …

Schon gut, fiel ihr Shimon ins Wort. Du kannst ihr ja beim Umkleiden helfen und die Eichhörnchen streicheln. Wir haben hier noch einiges zu besprechen.

Lorena lief beleidigt in den großen Raum zu einem Tisch im Saal und sprach dort kurz mit Francesco und Philippe, die sich ganz vorne niedergelassen hatten. Dann verschwand sie durch eine Tür in ein weiteres Gemach. Sie kannte sich aus, als wäre sie hier zu Hause. Währenddessen füllte sich das Wirtshaus mit immer neuen Gästen, die Rik wie alte Freunde willkommen hieß. Schultern wurden geklopft, Wangen und Hände geküsst, tiefe Verbeugungen gemacht. Die Mischung war auffallend. Die älteren Männer hatten in der Regel prächtig aufgeputzte junge Frauen im Schlepptau. Die jungen Männer kamen in Gruppen und setzten oder stellten sich weiter nach hinten und ließen sich von den Mägden bedienen.

Du begreifst wohl so langsam, begann Shimon, dass ich ein Problem mit meiner Kusine habe. Wenn herauskommt, dass Lorena und Rik ein Paar sind, dann schickt das Gericht das Mädchen auf den Scheiterhaufen. Eine Jüdin im Bett eines Christen verunreinigt das Volk Gottes.

Und Rik kann gar nicht so viel Geld verdienen, um seine Buße zu bezahlen. Wenn sie ihn mit einer Buße davonkommen und die Peitsche stecken lassen.

Warum hast du die Verbindung gestattet?, fragte ich.

Das Leben ist nun mal gefährlich, meinte Shimon. Unsere Carriera ist für ein Mädchen wie Lorena zu eng. Kann man das Schicksal planen? Zuerst geriet ich mit meinen Geschäften in die Pasture. Dann kam ich zum Spaß wieder. Dann wollte Lorena mitkommen. Dann hat Rik sie gesehen, und sie hat Rik gesehen. Und dann war schon nichts mehr zu machen. Aber ich bin nicht so blöd, hier unser aller Leben zu riskieren, wenn du das annimmst. In Tarascon haben sie voriges Jahr einen Juden im Bett einer christlichen Magd erwischt. Weißt du, was sie mit dem gemacht haben?

Ich schüttelte den Kopf.

Sie haben ihn kastriert, erklärte Shimon. Mir drohen hier nach dem Tarif der Sergenten höchstens hundert Sous Strafe, weil ich nachts nicht in der Carriera sitze und das verdammte Judenzeichen nicht auf dem Mantel trage. Für meinen reichen Onkel ist das Kleingeld. Aber für seine Tochter Lorena sieht die Sache viel ernster aus. Und genau dafür brauche ich dich ebenfalls.

Ich schaute Shimon mit großen Augen an. Was wollte er denn noch von mir?

Der Jude zeigte mir einen Dickwanst mit Bommelmütze, der vor einem Humpen Wein beim Lautenspieler saß und abwesend zur Decke stierte.

Das ist Michel, ein versoffener Augustinermönch, der kommt jeden Abend. Letzte Woche hat er für gutes Geld Lorena getauft und sie dann gleich mit Rik verheiratet. Ich weiß nicht, ob Michel sich noch daran erinnern kann, aber vor dem Gesetz eures Gottes und des Papstes ist jetzt alles in Ordnung. Und du bist mein Zeuge. Meine Aussage hat vor Gericht keinen Wert, ich bin nur ein Jude. Doch du kannst diese Eheschließung beschwören.

Wieso beschwören?, meinte ich, ich kenne diesen Augustiner nicht. Ich war doch noch nie hier.

Aber sicher warst du hier, sagte Shimon. Er fasste mich fest am Ärmel und blickte mir aus nächste Nähe in die Augen. Du warst sogar schon sehr oft hier, flüsterte er. Du kennst den Augustiner gut. Auch Rik van Haarlem kann das bestätigen. Du warst auch letzte Woche bei der Hochzeit dabei, und deshalb kannst du einen Eid schwören, dass Lorena Christin ist und Riks gesetzliche Ehefrau. Wir halten uns streng an das Gesetz.

Das war also der andere Grund, warum Shimon mich mitgenommen hatte. Die Gäste in den teuren Gewändern konnte er zu keiner Aussage zwingen, geschweige einem Eid. Und einem Diener oder Schankknecht würde keiner glauben. Bei mir, einem Dominikaner, sah das schon anders aus. Welcher Sergent würde einem Geistlichen, selbst wenn er nur Novize war, in Glaubensdingen widersprechen? Wir Dominikaner waren die Hüter der Orthodoxie, wir waren die besten Inquisitoren der Christenheit. Wenn ich bezeugte, dass mit Gottes Hilfe eine Seele vor der Verdammnis gerettet werden konnte, war das ein Grund zur Freude. Wir hatten es den Juden gezeigt.

Shimon grinste wie der Inquisitor, der die Folterwerkzeuge hereintragen lässt: Du kannst deinem heiligen Dominikus danken, dass du mich kennengelernt hast. Und jetzt singt für dich ein Engel des Paradieses.

KAPITEL 9

Der Lautenspieler trat ab. Es öffnete sich die Tür, drei Männer kamen mit ihren Instrumenten herein. Sie stellten sich auf und warteten eine Zeitlang mit gesenkten Blicken. Zu meiner Überraschung waren es Schwarze, gehüllt in bunte Leinengewänder, wie sie in Avignon sonst niemand trug. Sollten das die Engel des Paradieses sein? Der Größte der drei, ein wahrer Hüne, hielt eine gebogene Schalmei an den Mund. Der Zweite, ein mittelgroßer Mann, setzte sich mit einer bauchigen

Laute auf einen Hocker. Der Dritte, ein Winzling, trug eine Trommel unter der Achsel, deren doppelte Bespannung er mit den Fingern von beiden Seiten schlagen konnte. Der größte der drei Mauren gab den Takt mit dem Fuß vor. Dann spielten sie. Nach und nach verstummte das Gemurmel im Saal, an allen Tischen schauten die Menschen auf die Musiker.

Ich hatte maurische Musik noch nie gehört; sie war anders als unsere. Der Rhythmus war nicht regelmäßig, sondern auf raffinierte Weise verschleppt. Viele Zuhörer wippten unwillkürlich mit, während der Hüne auf seiner Schalmei traurige Melodien spielte und dabei zur Decke des Raumes schaute, als träume er von seiner Heimat. Dann wieder schlug der Zwerg wild auf seine Trommel ein, und die tief gestimmte Laute trieb eine Tanzweise voran, in welche die Schalmei stoßweise mit hohen Tönen einfiel. Alle Wirtshausmusik, die ich in meinem Leben in den Schenken Deutschlands mitbekommen hatte, wirkte wie ein stampfender Bauerntanz gegen diese raffiniert hinkenden Chansons ohne Worte. Wenn das Leben in den deutschen Liedern als ein festes und klares Schreiten erschien, dann schlenderten diese drei Mauren mit ihren Klängen durch die Welt wie durch einen Traum. Alles wirkte plötzlich leicht, und die Sorgen, die mich bedrückt hatten, fielen von mir ab.

Zwischen ihren einmal wehmütigen, dann wieder wilden Reigen sagten die Musiker nichts, nur Rik kam zuweilen und reichte ihnen Becher mit Getränken, die sie in aller Ruhe zu sich nahmen. Das Publikum schienen die Mauren gar nicht zu bemerken, nicht einmal beim Applaus, der mit jedem Stück lauter wurde. Ich erblickte Lorena, die vorne stand, die Musiker anstrahlte und in den Knien wippte. Gleich neben ihr hatte sich Philippe postiert. Der berühmteste Komponist Europas blickte von einem der drei Mauren zum anderen, als wollte er das Geheimnis dieser Klänge entschlüsseln oder ihre Notenschrift entziffern. Doch diese Musik war nirgendwo notiert, es gab, anders als in der Kirche, kein Notenpult, keine Manuale mit Linien und Punkten, und keinen Taktgeber. Die drei spielten ihre komplizierte Musik aus sich heraus und reagierten wie im Schlaf spontan auf die Einfälle der anderen. Es war unerhört.

Shimon hatte also keinen Witz gemacht, als er sagte, dass Philippe vor allem wegen der Musik in die Pasture kam. Und wegen der Musiker, wenn sich das denn auseinanderhalten ließ.

Mitten in einer getragenen Melodie der Schalmei kam unter lautem Geschwätz eine Gruppe Männer herein. Vier von ihnen bahnten sich mit klirrenden Sporen den Weg zu einem Tisch weit vorne, während die anderen am Eingang Stellung bezogen. Sie legten keinen Wert darauf, ihre Schwerter und Dolche zu verbergen. Zwei Paare, die vorher am Tisch gesessen hatten, sprangen sogleich auf und machten den Männern ehrerbietig Platz.

Die drei Mauren schauten kurz auf, spielten jedoch ungerührt weiter, auch als der prächtigste der Männer – gekleidet in einen schwarzen Samtumhang, mit einem Otterfellhut auf dem Kopf – lauthals etwas zu Rik hinüberrief. Der kam umgehend angelaufen und brachte einen Krug Rotwein. Der Trunk war so stark mit irgendetwas Orientalischem gewürzt, dass der Duft – war es etwa Weihrauch? – den ganzen Saal erfüllte. Während die Männer zu trinken begannen, schlug die andächtige Stimmung um. Die Menschen schauten scheu auf die neuen Gäste, die in großen Zügen von ihrem Wein tranken, die Mägde herbeiwinkten und sich unterhielten, ohne auf die Musik Rücksicht zu nehmen. Rik gab den drei Mauren ein Zeichen. Sie beendeten ihren Auftritt mit einer eleganten Phrase und schlenderten ohne große Eile aus dem Gastraum, wie sie gekommen waren. Diesmal hatte kaum jemand geklatscht.

Während zögerlich die Gespräche wieder losgingen, kam Shimon zu mir nach hinten und wies mit dem Kopf auf den Tisch der neuen Gäste: Arnaud de Trian, Neffe und Marschall des Papstes, zudem Rektor des Comtat Venaissin, also im Namen seines Onkels Herr über alle Städte und Dörfer rund um Avignon. Der Mann ist Oberster der Sergenten und Wächter über die Sicherheit des Papstes. Wenn Joan gerade drinnen sein Geld zählt – und wann tut er das nicht? –, dann macht Arnaud de Trian draußen das gute und das schlechte Wetter. Vor allem das schlechte.

Ich hatte den Marschall noch nie gesehen. Er war etwa dreißig Jahre alt und dicklich mit käsigem Gesicht. Seine Wichtigkeit merkte man weniger an der Statur als an den Bewaffneten, die ihn umgaben. Wenn der Hofmarschall und Neffe des Papstes diese Gaststätte beehrte und sich mit dem Eigner verstand, dann brauchte Rik sich keine Sorgen um seine Geschäfte zu machen. Nur Shimon ließ den Tisch des Marschalls nicht aus den Augen.

Arnaud de Trian sitzt da mit Jean Cabasolle, das ist der größte Grund- und Hausbesitzer von Avignon, erklärte mir Shimon flüsternd. Mit den Augen wies er auf einen Jüngling mit braunen Locken und einem auffälligen Diadem an der Stirn. Neben dem Jüngling saß ein Mädchen von vielleicht vierzehn Jahren, sehr zart, mit gezupften Brauen und tief ausrasierter Stirn, über der nach Pariser Mode ein spitzer Hut thronte. Seidene Schleier umflossen von der Spitze des Hutes ihre schmalen Schultern, ließen aber genug Blicke auf das Dekolleté ihres Brokatgewandes frei. Sie lächelte unablässig und zeigte dabei ihre kleinen Zähne, die makellos blitzten wie bei einem jungen Frettchen. Es war die Art Frauen, die man in den Gassen von Avignon nicht zu sehen bekam, weil sie allenfalls in geschlossener Sänfte durch die Stadt getragen wurden. Oder auf Schlössern der Umgebung ihre Jagdfalken mit Kaninchenfleisch fütterten. Doch heute Nacht ging dieses Mädchen unter die Leute, und der junge Cabasolle, der offenbar ihr Liebhaber war, blickte sie hingerissen an.

Starr nicht so hin!, fuhr mich Shimon an. Präge dir bloß ein, wie de Trian aussieht. Stell ihn dir in Rüstung vor! Sollte der Mann dir woanders über den Weg laufen, dann nimm dich in Acht. Auf Dominikaner wie euch muss der keine Rücksicht nehmen, der holt sich, wenn er will, aus Toulouse den Schädel des Thomas von Aquino für seine Hauskapelle. Dein Meister wäre nicht der erste Ketzer, den er verbrennt.

Mir wurde klar: Wollten der Meister und ich aus Avignon entkommen, dann müssten wir mit diesem Mann und seinen berittenen Sergenten fertigwerden. Das war keine erfreuliche Aussicht. Einfach so weglaufen, wie ich das dem Meister geraten hatte, würde nicht funktionieren. Die Falle, in der wir saßen, hatte ein Gesicht bekommen.

Der Marschall kommt nur hierher, wenn Lisabeta auftritt, weihte mich Shimon ein.

Ist Lisabeta seine Frau?, fragte ich.

Shimon lachte kurz auf. Seine Frau hat Arnaud de Trian auf ein Kastell in den Seealpen abgeschoben, irgendeine Gräfin aus dem Königreich Neapel, die ihm sein Onkel verschafft hat, als der Papst noch Kanzler in Süditalien war. Die Gräfin ist ebenso reich wie krank, fast könnte sie mir leidtun. Denn jetzt ist Arnauds Onkel Papst, und eine italienische Gemahlin nützt dem Neffen nicht mehr viel. Er hat seine Besitztümer in Italien gegen reiche Weidegründe bei Tarbes eingetauscht, angenehme zwei Tagesritte östlich von hier. So hat er Zeit genug für Lisabeta. Die Zeit hätte ich auch gerne.

Der Vorhang öffnete sich, die drei Mauren schlenderten herein und setzten sich in den Hintergrund auf Schemel. Was sie nun spielten, war eine eher traditionelle Weise, nur hier und da gewürzt mit einem exotischen Akkord oder einem verzögerten Rhythmus. Es wurde still im Saal, die Knechte löschten die Fackeln, so dass nur vorne ein paar Lampen übrig blieben. Alle blickten auf die Tür. Lisabeta ließ sich Zeit, doch dann schritt sie langsam heraus in den Schein. Ich hatte mir die Sängerin nach Lorenas und Shimons Ankündigungen vorzustellen versucht, aber das hatte keinen Zweck gehabt. Eine Frau wie Lisabeta kann man sich nicht vorstellen.

Sie schritt in den Raum, schlank, nicht großgewachsen, auf hohen Holztrippen, in denen gebogene Samtpantoffeln steckten. Ihr Brokatumhang war gesäumt von klingelnden Glöckchen, Rik sprang herbei, um ihn ihr mit einer Verbeugung abzunehmen. Die Sängerin trug ein hochgeschlossenes Kleid aus durchwirktem Leinen, im Fackelschein konnte man darauf Figuren aus Goldfaden funkeln sehen, wunderliche Tiere, Blumen oder Sterne. Das Florentiner Kleid, das Lorena so imponiert hatte, war tatsächlich mit Pelz gesäumt. Wenn das Eichhörnchen waren, dann waren sie weit herumgekommen, aus dem hohen Norden bis in die Toskana und dann zurück nach Avignon. Der weiche Saum reichte nur bis zu den Waden, damit alle die weißen Seidenstrümpfe sehen konnten. Diese Frau, die sich nun zu den Harmonien der Mauren auf der Stelle drehte, trug ihre blonden Haare aufreizend kurz, sie reichten gerade bis auf die Schultern, dafür fielen bunte Seidenbänder wie Kaskaden auf ihren Busen. Sie blickte mit hellen Augen herausfordernd in den Saal, so dass jede Frau und vor allem jeder Mann sich gemeint fühlen musste. Es waren Augen wie ein stahlblauer See im Gebirge, dessen Wasser rein ist und kühl. Ein Wasser, das dich in die Tiefe zieht.

Lisabeta wirkte auf mich, noch bevor sie sang, wie eine Königin. Aber nicht wie die züchtige Gemahlin eines Regenten von Frankreich oder Kastilien, wie die Ritterromane sie schildern. Sondern eher wie die Herrscherin eines exotischen Reiches im Orient oder auf einer unbekannten Insel, wo unerhörte Freuden möglich waren, die nur diese Zauberin beherrschte. Die drei schwarzen Musiker waren der passende Rahmen für sie, und Lisabeta wusste das. Sie war kein junges Mädchen mehr, sondern um die dreißig, vielleicht sogar älter. Wo junge Mädchen die Keusche und Spröde spielen, da übertrieb sie ihre Wollust bewusst. An jedem Finger trug sie ein, zwei Goldringe. Über ihrer Brust hing eine ziselierte Doppelkette aus Gold. Sogar um eine Fessel war ein Amulett gebunden. In der Hand trug sie eine sehr dunkle Rose, im Dämmerlicht schien mir die Blume beinahe schwarz. Gab es schwarze Rosen? Und wo gab es einen Mann, der reich genug war, ihr all den Schmuck zu schenken? Gerade ihr Prunk verstärkte die Anziehung, die von ihr ausging. Sie war uns allen nah und doch unerreichbar. Wenn mir damals jemand geweissagt hätte, welche Rolle diese Frau in meinem Leben spielen würde, ich hätte es nicht geglaubt. Vor allem aber: Sie hätte über die Idee laut gelacht.

Mit einem Wink ließ sie die Mauren eine Melodie beginnen, dann fiel sie mit tiefer Stimme ein. Ich konnte das Lied gut verstehen, denn sie sang deutlich und langsam. Später gab mir Francesco, der jetzt aufgestanden war und mit den Lippen ihrem Gesang folgte, den vollständigen Text. Francesco war ein Kenner der Trobadors des Südens. Ich habe mir das Lied hinterher aufgeschrieben, denn ich wollte diesen Moment niemals vergessen.

Bon amors ha un uzatge
col bos aurs, quan ben es fis,

que s'esmera de bontatge,
qui ab bontat li servis.

Gute Liebe und
gutes Gold haben's gemein:
wenn sie wirklich beide rein.
Bei beiden wächst beständig der Wert.

Liebe und Gold, das waren Werte, die man dieser Frau sofort glaubte. Dafür lohnte sich zu leben. Lisabeta gurrte und wiegte sich leicht in ihrem engen Schnürkleid mit den goldenen Stickereien. Ihre Hüften drehten sich. Sie sang immer weiter, sie sang die alte Liebesweise der Provence, sie sang von Vögelchen, die zum Schnäbeln in ihr Liebesnest fliegen. Sie sang vom unsagbaren Vergnügen in den Armen eines Mannes. Sie sang vom mächtigen Geliebten, den sie erobert hat, und von dem weder Eis noch Sommerhitze sie jemals mehr trennen können:

no'm pot far tortura
vens ni glatz
ni estatz
ni cautz ni freidura.

Auch Arnaud de Trian hatte sich nun erhoben und blickte sie mit gereckten Armen an. Als sie zu Ende gesungen hatte, schritt sie zu Arnauds Tisch, nahm ihn bei der Hand, und die beiden tanzten in wenig schamvoller Umarmung zu den Klängen der drei Mauren, die nun wieder rhythmischer und wilder loslegten. Während das Publikum johlte und klatschte, entfernten sich Arnaud und Lisabeta durch die Hintertür, die Leibwachen mit klirrenden Sporen hinterher.

Es gab ein großes Aufatmen, wie nach einem berückenden und zugleich schweren Traum. Rik kümmerte sich um die verbliebenen Gäste. Mägde in beinahe gerafften Kleidern schenkten Würzwein aus, und der Gastgeber schüttete in viele Becher ein weißes Pulver aus einem Säckchen dazu. Auch das hatte ich, wie so vieles in dieser Nacht, noch nie erlebt.

Shimon kam zu mir, endlich entspannt, und reichte auch mir einen Becher: Du hast dich ganz gut gehalten für einen Pfaffen.

Was trinken wir da?, fragte ich.

Das, erklärte mir Shimon, ist neben der Musik der andere Grund, warum all die Gäste aus nah und fern kommen. Das ist Riks Gebräu, ein Geheimrezept mit geriebenen Pilzen vom Mont Ventoux und einem Extrakt von syrischem Mohn, den ich ihm bei unseren jüdischen Apothekern besorge. Die ideale Mischung aus Morgen- und Abendland. Versöhnt dich mit der sündigen Welt.

Ich trank alles auf einen Zug leer. Warum auch nicht? Was konnte mir nach diesem Tag noch passieren? Sofort durchströmte mich eine nie gekannte Wärme, der Schmerz in meinem Arm war weg, die Farben im Fackelschein wurden grellbunt, die Musik der Mauren immer lauter und glasklar, aber beileibe nicht unangenehm. Ich fühlte mich stark, als ob mir kein Mensch etwas anhaben könne. Um mich herum begannen alle, Männer und Frauen, reiche Bürger und arme Schankmädchen, miteinander zu tanzen. Auch ich tanzte, das erste Mal seit langer Zeit. Rik hielt Lorena in den Armen, Shimon wiegte sich mit einer schwarzhaarigen Magd, der er den Kopf auf die Schulter gelegt hatte. Die Gefahr einer Kastration schien ihn nicht mehr zu schrecken. Sogar der dicke Augustinermönch hüpfte zwischen den Leibern umher und grabschte die Mägde an. Bloß Philippe stand abseits, starrte auf die schwarzen Musiker und lächelte traumverloren.

Irgendwann wurde mir in der stickigen Luft schwarz vor Augen. Ich erinnere mich noch, wie ich auf einen Schlag alles begriff. Es war so einfach. Ich wusste nun alles über den Prozess des Meisters. Alles über unsere Feinde. Alles über den Verwundeten in der Kapelle. Sogar alles über den Bären und warum er mich totschlagen wollte. Dann wusste ich gar nichts mehr.

KAPITEL 10

Als ich erwachte, lag ich in einem Schuppen auf Stroh. Ich schüttelte mich und ging hinaus ins Licht. Irgendjemand hatte mich in diesem Stall abgelegt, neben der Küche der Pasture des Oiseaux. Ich konnte höchstens drei, vier Stunden geschlafen haben; über der Stadt ging gerade die Sonne auf. Ich fühlte mich wach und frisch.

Vom Rocher des Doms schlug die mächtige Glocke der Kathedrale, das Geläut der Stadtkirchen fiel ein. Ein neuer Tag begann in der Stadt des Papstes, der da oben seine Morgengebete sprach und sich dann von einem Chor von Klerikern die Messe singen ließ. Hier unten ging es nicht so fromm zu. Knechte kehrten Stroh aus der Gaststube, am Ufer scheuerten Mägde Bottiche und Teller. Noch war es ruhig, viel ruhiger als in der Nacht. Die Wirtschaftsgebäude der Pasture umstanden eine Art Innenhof, der sich zum Fluss öffnete. Auf dem Hof saß Francesco und las – ich konnte meinen Augen kaum trauen – in einem Buch. Ich ging zu ihm und hörte, wie er sich auf Latein etwas vorsagte:

Gravis est, quae constat ex verborum gravium levi et ornata constructione. Mediocris est, quae constat ex humiliore …

Francesco bemerkte mich. Auch schon wach?, fragte er grußlos.

Shimon hat mir aufgetragen, auf dich aufzupassen. Er hat am Hafen noch etwas zu erledigen. Du sollst hier warten.

Du hast ein Buch dabei?, wollte ich wissen.

Ich habe immer ein Buch dabei, entgegnete er gewichtig. Ohne Buch ist ein Mensch kein Mensch, sondern ein Tier. Ich beginne wie ihr Mönche jeden Tag mit der Lektüre des göttlichen Textes, nur dass ihr Mönche nach dem Aufstehen die Psalmen zur Hand nehmt. Ich lese lieber Cicero, meinen treuen Freund und Begleiter.

Francesco wies auf eine Filztasche neben sich im Uferkiesel, darin steckte dickes Wachspapier, womit er offenbar sein Buch gegen Nässe schützte.

Was liest du?, fragte ich.

»De ratione dicendi«, das wirst du aus deinen Klosterbibliotheken nicht kennen. Der göttliche Cicero erklärt uns hier, wie man reden soll. Verstehst du? Nicht plappern oder predigen. Sondern reden, erklären, darlegen. Das Geheimnis des guten Sprechens. Alle Formen und Redewendungen, mit denen man sein Publikum überzeugt, sind hier aufgelistet. Einfach nur so drauflosschwätzen wie ein Bettelmönch, das ist nicht mein Streben. Du musst genau darauf abzielen, wem du was wie mitteilst. Ob du dein Publikum rühren willst oder einschüchtern, ob du eine Autorität zitierst oder eine spannende Geschichte erzählst, ob du Argumente von anderen widerlegst oder eigene Behauptungen belegst. Das geht alles der Reihe nach: Narratio, Divisio, Confirmatio, Refutatio. Am Ende kommt dann ... was war es noch gleich?

Conclusio, ergänzte ich.

Meine Hochachtung!, rief Francesco. Du bist gar nicht dumm. Wer weiß, vielleicht sind nicht alle Deutschen dumm.

Vielleicht nicht, sagte ich, vielleicht doch. Und heute Morgen studierst du, wie ich gerade gehört habe, die Einteilung der vielen Stile, ganz nach der Intelligenz des Publikums. Gravis ist der komplizierte Stil für Päpste, Theologen und Professoren, Mediocris ist der mittlere für Geistliche und Advokaten.

Du hast aufgepasst, lobte mich Francesco. Was habe ich ausgelassen?

Attenuata, antwortete ich: Schlicht und in einfachen Worten, das gilt für Idioten wie mich. Quae demissa est ...

Weiter wusste ich leider nicht. Francesco aber auch nicht. Er schaute in sein Buch: Usque ad usitatissimam puri consuetudinem sermonis. Da hätten wir also die beliebte Rede fürs einfache Volk.

Er starrte mich misstrauisch an: Woher hast du deine Kenntnisse, Novize? Aus Deutschland oder aus Italien?

Ich lächelte: Ich war noch nie in Italien. Aber auch bei uns gibt es Bibliotheken, da findet sich allerhand von den römischen Autoren. Ciceros »De ratione dicendi« habe ich übrigens in Trier studiert, in Mainz gibt es noch eine weitere Ausgabe. In Echternach vielleicht auch, habe ich mir sagen lassen. Du solltest eine Reise zu den Hyperboräern unternehmen, das könnte der ornata constructione deiner Rede weiter aufhelfen.

Es durchzuckte mich. Ich fürchtete, dass ich gerade einen Fehler gemacht hatte. Mir nie in die Karten schauen zu lassen war mein Bestreben. Als naiver Novize fiel ich am wenigsten auf. Das war gut, aber jetzt vorbei. Nun blickte mich Francesco forschend an. Aber ich hatte die Arroganz des Italieners nicht ertragen können. Stell dich dumm, dann wirst du klug! Der Ratschlag von Niklas klang mir im Ohr. Er hätte gewusst, wie man unter Feinden in Deckung bleibt und zuschlägt, wenn niemand damit rechnet. Diesen Vorteil hatte ich durch meine Eitelkeit verspielt.

Schön, kommentierte Francesco ohne Regung, da sind wir als Intellectuali unter uns. Viele gibt es davon in Avignon nicht. Und jetzt Schluss mit der Schulstunde.

Wenn der Italiener beeindruckt war, dann ließ er es sich nicht anmerken. Er wickelte seinen Cicero sorgfältig in Wachspapier und wechselte das Thema in Richtung volkstümlicher Stil: Was sagst du zu Lisabeta? Die Schwarze Rose! Diese Frau ist der Grund, warum ich immer wieder hierherkomme und Rik mein letztes Geld opfere. Was für ein himmlisches Wesen! Dieser Blick aus Eis, diese Stimme aus Feuer! Eine Nacht, ja nur eine Stunde mit Lisabeta wäre mehr wert als ein ganzes Leben mit Laura.

Wer ist Laura?, fragte ich.

Nicht so wichtig, ein kleines Adelsfräulein hier aus der Gegend von Avignon. Habe ich letztes Jahr zu Ostern bei der Messe zufällig gesehen in der Klarissenkirche. Ganz hübsch, völlig naiv und außer zum Beten den ganzen Tag weggesperrt. Ich habe sie zu meiner Dame ernannt, zur Herrin meines Herzens.

Herrin? Wieso denn das?

Das ist eine rhetorische Figur, mein Kleiner, erklärte Francesco, der endlich mehr wusste als ich. Nichts als eine Idee von mir. An Madonna Laura kommt keiner heran außer ihrem Mann, der sie jedes Jahr schwängert. Ich dagegen übe an ihrem Bild meinen Stil, meine erhabene Rede über die Liebe zur Reinheit, zur Schönheit und zu Gott natürlich auch. Laura – nomen est omen – wird mir den Lorbeer eines Dichters bescheren, wie er mir zusteht. Aber alles keusch, alles platonisch, wie Plato sagt, der Philosoph.

Ich weiß, ich weiß, sagte ich. Langweilig und unfruchtbar wie Plato. Begehren, aber nicht anfassen. Das ist nichts für mich. Aristoteles ist mir lieber. Noch lieber Ovid.

Sehr geistreich, sagte Francesco. Du solltest in Paris studieren, wo die Studenten Aristoteles verehren und nachmittags in den Bordellen Liebeslieder singen. Was vergeudest du im öden Avignon deine Zeit? Wo waren wir? Ach ja, Laura. Der Kleinen fasse ich natürlich nicht platonisch zwischen die Beine, sondern ich reime über sie. Reine Reime. Stell dir vor, ich würde über ihre Schenkel schreiben oder über ihren Busen. Dann wäre meine Karriere vorbei, bevor sie überhaupt angefangen hat. Und ihr Ehemann würde mir die Eier abschneiden. Von der erotischen Rede schreibt Cicero nichts, und das hat seine Gründe. Eine Frau wie Lisabeta ist das saftige Leben, das ist der Körper, mit dem ein Mann ins Bett gehen will. Dies Gefühl wirst du als geiler Mönch doch ganz genau kennen. Meine Madonna Laura hingegen, das ist die schöne Seele, von der ich in meinen Gedichten schreibe.

Seele? Du bist also ein frommer Dichter?, fragte ich.

Der? Der ist kein Dichter, sondern eine verkrachte Existenz. Francesco kann sich noch nicht einmal Pergament und Tinte zum Schreiben leisten.

Der das rief, war Rik van Haarlem, der gerade mit zwei Holznäpfen voll dampfenden Breis um die Ecke bog. Lass dir von diesem Italiener nicht die Welt erklären, und die Liebe schon gar nicht. Ein Mann, der das Erbe seines Vaters bei den Huren von Avignon durchgebracht hat und darum seine Rechnungen in der Pasture nicht bezahlen kann, der wird sich mit Versen todsicher ruinieren. Poet? Ich lache mich kaputt. Francesco, ich sage es dir schon länger: Arbeite was Ehrliches, oder es wird ein schlimmes Ende mit dir nehmen! Niemand kann immer auf Kredit leben.

Francesco war augenscheinlich nicht mehr genug Italiener, um sich durch diese Worte in seiner Ehre beleidigt zu fühlen. Es gab Landsleute von ihm, die hätten Rik für diese Worte mit dem Dolch angegriffen. Aber Francesco lächelte nur sauer. Er hatte keinen Dolch. Was hatte er überhaupt außer seinem Cicero? Und wie hoch mochten seine Schulden bei Rik sein?

Ehrliche Arbeit?, höhnte der Italiener. Vielleicht so ehrlich wie deine, Rik? Zufällig weiß ich, dass du dieses Gasthaus mit dem Gold gekauft hast, das dir die Mauren gezahlt haben für Waffen, mit denen sie jetzt unten in Hispania gegen uns Christen kämpfen. Du machst dir die Sergenten und den Marschall gewogen mit Mohn aus dem Orient, den dir die Juden unter der Hand verkaufen. Du hältst dir Mägde, die nicht nur Wein, sondern auch sich selbst servieren. Und zu allem Überfluss lässt du deine schwarzen Heiden aufspielen, die du als Sklaven aus Afrika mitgebracht hast.

Francesco zeigte auf einen Steg an der Rhone, auf dem die drei Musiker mit Philippe saßen. Ich hatte sie erst jetzt bemerkt. Mit Händen und Füßen verständigten sie sich, offenbar ging es um Musik. Immer wieder nahm Philippe einem Schwarzen die Laute aus der Hand und versuchte eine Melodie. Die anderen lachten, schüttelten die Köpfe, der Schwarze holte sich sein Instrument zurück, und es ging von vorne los.

Esst erstmal euren Brei, ehe er kalt wird, empfahl Rik. Shimon hat im Hafen noch etwas zu erledigen, er hat mir aufgetragen ...

Ich weiß, ich weiß, sagte ich, ich muss hier warten.

Die honigsüße Grütze war besser als jedes Klosterfrühstück. An der Rhone begann jetzt der Hafenalltag. Die ersten Treidler, die es abends nicht mehr in die Stadt geschafft hatten, legten mit ihren Kähnen an und begannen, Holz oder Fässer auszuladen. In der Küche der Pasture brannte schon wieder das Feuer, ein frisch abgeflämmtes Ferkel wurde vom Koch auf den Grillspieß gesteckt. Frühstück mit warmem Bier und Grütze war für die Ribeyriers, das Volk vom Fluss, jetzt das Richtige. Hier gab es Arbeit bei Tag und bei Nacht.

Auch über uns auf der Brücke des Saint-Bénézet begann der Verkehr. Reiter drängten aus Frankreich an der Brückenwache vorbei in die Stadt. Viele Kanzlisten, Domestiken und Wächter beim Papsthof, die drüben in Villeneuve wohnten, waren bereits zu Fuß unterwegs. Gleichzeitig legten hier unten breite Lastkähne voller Pferdemist, Knochen und anderem Unrat ab in Richtung Süden, um die Stadt wenigstens ein bisschen vom Dreck zu befreien. Die Metropole des Papstes war nicht nur ein großer Bauch, der immer fraß. Sie war auch ein Darm.

Rik hockte sich zu mir und blickte mit zusammengekniffenen Augen auf den Fluss hinaus. Offenbar ruhte dieser Mann so wenig wie sein Geschäft. Er hatte sich umgezogen und trug nun grobes Leinenzeug und eine rote Zipfelmütze aus Wolle, wie es sich für einen Wirt im Hafen gehörte. Der Holländer wirkte bei Tageslicht nicht mehr wie der elegante Gastgeber der Nachtvögel, sondern wie ein erfahrener Schiffer, der jeden Morgen das Wetter abschätzt.

Wir müssen hoffen, sagte er, dass es nach dem Mistral nicht in den Bergen regnet oder da oben der letzte Schnee wegschmilzt. Der Schlag der Sorgue hat voriges Jahr die halbe Brücke weggehauen. Das ist eine böse Flutwelle, erklärte er zu mir gewandt. Wenn noch Baumstämme mitschwimmen, dann ist die Pasture schneller weggespült, als du ein Vaterunser betest. Letztes Jahr hatten wir Glück und mussten nach der Überschwemmung im Frühjahr nur ein paar Tage aufräumen. Aber ich will nicht mit meinen Leuten in diesem verdammten Fluss ersaufen.

Ich dachte an Lorena mit den Katzenaugen und konnte mir vorstellen, dass Rik, obwohl nicht mehr der Jüngste, mit seinem Leben noch einiges vorhatte.

Erzähl dem Deutschen doch mal, sagte Francesco schmatzend, wie du zu deinen schwarzen Sklaven gekommen bist.

Das sind nicht meine Sklaven, widersprach Rik. Sie sind getaufte Christenmenschen wie ihr auch. Ich habe sie in Anfa auf dem Markt gekauft und dann befreit.

Und wo liegt dieses Anfa?, setzte Francesco sein Verhör fort.

Das liegt am atlantischen Meer im Berberland, im Reich der Meriniden, wenn du damit was anfangen kannst.

In Rik kamen offenbar Erinnerungen hoch, und er wurde etwas gesprächiger: Mir ist da unten vor ein paar Jahren die halbe Besatzung meines Schiffes an der Seuche weggestorben, ich brauchte neue Männer und habe die drei da drüben genommen. Dass sie Musiker sind, habe ich erst auf See erfahren. Diese Meriniden sind ein bisschen wie der Papst, gierig, fanatisch und schwerhörig. Die wollten augenscheinlich ihre besten Musiker loswerden. Als Matrosen waren sie ein Reinfall. Ich konnte sie später im Gasthaus umso besser gebrauchen.

Du warst tatsächlich bei den Berbern, staunte ich. Wie ist es da unten?

Rik grinste. Ja, ich war bei den ungläubigen Muselmanen, die uns für ungläubige Christen erachten. Und die alle beide die ungläubigen Juden verdammen. Es ist überall dasselbe. Die Welt ist voller Ungläubiger, sie sind immer in der Überzahl. Aber keine Sorge, es gibt da unten auch Städte und Häfen, Gasthäuser und Gotteshäuser, schöne Frauen und mehr christliche Händler, als du denkst. Die Genuesen machen prächtige Geschäfte mit den Berbern, ziehen sogar für sie in den Krieg gegen die Kastilier, weil sie bei den Muslimen weniger Zoll in Gibraltar bezahlen müssen als bei den Katholiken. Hier in Avignon erklärt der Papst mit wenigen Worten, wie einfach die Welt ist. Aber wenn du in die Welt reist, merkst du, wie kompliziert sie in Wirklichkeit ist.

Ich kannte das Gefühl, schließlich hatte ich selber viele Monate bei den Heiden am anderen Ende der Welt verbracht. Allesamt Ungläubige, die der Papst am liebsten totgeschlagen sähe. Waren sie wirklich die Mehrheit?

Shimon hat erzählt, warf Francesco ein, dass du Waffen aus der Lombardei an die Mauren verkauft hast.

Rik runzelte die Stirn: Shimon soll lieber mal sein Maul halten, sonst kriegt er Probleme. Ich habe dies und das gehandelt auf dem Atlantik und auf dem Mittelmeer, alles war in Ordnung. Allein dafür, dass ich diese drei Schwarzen aus der Sklaverei befreit und zu Christen gemacht habe, kann der Papst mir nach meinem Tod gerne eine Messe lesen lassen. Aber noch nicht so bald.

Woher kommen die drei?, wollte ich wissen. Auch aus Anfa?

Sie sind von tief unten aus Ifrīqiya, wo auf unseren Landkarten die Löwen durch die Wüste laufen. Die drei sind als Kinder von den Berbern gefangen und versklavt worden. Dann haben sie ihre Instrumente bei irgendeinem Fürsten in Marrakesch spielen gelernt, bis der sie wieder loswerden wollte. Gewöhnlich enden die Schwarzen dann über den Markt in Anfa als Rudersklaven, egal ob bei Christen oder Mohammedanern, bis sie irgendwann vor Entkräftung nicht mehr können und über die Reling den Haien zum Fraß vorgeworfen werden. Die drei hier hatten Glück. Als wir mit meinem Schiff in Faro angekommen waren, habe ich ihnen die Freiheit geschenkt und sie sogleich in der Kathedrale taufen lassen. Ich bin kein Sklavenhalter. Nun heißen sie Johann, Artur und Charles, wie die berühmtesten christlichen Könige. Unter sich reden sie noch in ihrer sonderbaren Sprache aus Ifrīqiya, aber jeden Sonntag gehe ich mit ihnen in die Messe nach Saint-Agricol. Meine Musiker sind brave Christen.

Genau wie Lorena, rutschte mir heraus. Warum konnte ich den Mund nicht halten?

Rik zuckte kurz und starrte mich an. Hatte Shimon ihn von seinem Plan unterrichtet, dass ich die Heirat zwischen Rik und Lorena – wenn es denn eine gab – bezeugen würde? Ich entschied mich, Rik einfach anzulächeln. Schließlich war ich in dieser Sache sein Komplize.

Rik grinste zurück und schnarrte: Genau wie Lorena. Wir haben sogar einen frommen Augustinermönch gefunden, bei dem wir alle gemeinsam beichten.

Ich konnte mir denken, wer der Augustiner war: der dicke Michel, der sich jeden Tag bei Rik volllaufen ließ. Zugleich konnte ich mir denken, dass das Leben für die drei getauften Mauren nicht leicht war. Schwarze schufteten gewöhnlich als Hausdiener oder als Ruderknechte, niemand wollte mit ihnen etwas zu tun haben. Sergenten kontrollierten sie, Priester überprüften sie, sie durften bei den meisten Wirten nicht mit Weißen in derselben Schenke sitzen. Selbst wenn sie nachts Musiker waren und Applaus einheimsten, mussten sie tagsüber darauf gefasst sein, dass Kinder ihnen vulgäres Zeug hinterherriefen, dass man sie im Vorbeigehen anrempelte oder sie mit Dreck bewarf. Sie konnten sich nicht einmal wehren. Den wenigen Schwarzen, die ich in Köln, Straßburg, Danzig gesehen hatte, erging es so. Wieso sollte es in Avignon anders sein?

Als hätte Rik meine Gedanken erraten, erzählte er, dass Charles, Artur und Johann meist in der Pasture übten und spielten und ansonsten mit ihm in einem kleinen Haus beim Brückentor wohnten. Die Mauren schliefen tagsüber und gingen kaum vor die Tür.

In diesem Augenblick brachten ihnen zwei Mägde auch jeweils einen Napf mit Brei auf den Steg, Philippe bekam ebenfalls sein Frühstück. Doch noch während des Essens redeten die vier Männer weiter aufeinander ein. Sie hatten augenscheinlich nicht geschlafen, aber von Müdigkeit keine Spur.

Was unser feiner Domherr an deinen unfeinen Musikern findet?, fragte Francesco. Der Mann schreibt die kompliziertesten Messgesänge und keine Tanzweisen. Ich kann's mir nicht vorstellen.

Rik grinste wieder sein Matrosengrinsen: Ich kann mir das sehr gut vorstellen. Musik ist eine Sprache für sich, da versteht man einander sofort, auch ohne Worte.

Philippe schaute zu uns herüber, grüßte und winkte aufgeregt. Mit seiner hohen Stimme und seinem Kopf, den er schnell hier- und dorthin wandte, kam er mir nun vor wie ein Vogel. Ein Reiher?, fragte ich mich. Oder doch eine Amsel? Ich hatte ihn noch nicht singen hören.

Ich wandte mich zu Rik und Francesco: Shimon hat euch aufgetragen, mich nicht aus den Augen zu lassen. Trotzdem würde ich mich gerne mal waschen, wir haben hier ja Wasser zur Genüge.

Ich wies zur Rhone.

Wenn du da reinwillst, rief Rik, musst du verdammt gut schwimmen können. Die Strömung ist reißend und hat schon viele Unvorsichtige für immer mitgenommen. Und wenn ich richtig verstanden habe, braucht Shimon dich noch.

Ich erklärte, dass ich schon in wilderen Flüssen gebadet hatte. Rik zuckte mit den Schultern und fragte nicht weiter.

Francesco wollte mich begleiten: Damit uns unser deutscher Novize nicht durchgeht. Ich weiß gar nicht, ob Shimon schon die Rechnung von gestern Nacht für dich bezahlt hat.

So ganz nackt entwische ich euch sicher, sagte ich. Bestimmt fürchtet ihr, ich schwimme den Fluss hinunter bis Port Louis, dann übers

Mittelmeer ins Berberreich und zu Fuß weiter durch die Wüste nach Ifrīqiya zu den Löwen. Da ist es warm, da brauche ich keine Kleider.

Francesco erhob sich. Ich ging ans Ufer, zog mir Hose und Wams aus, machte ein paar Schritte und ließ mich in die Fluten sinken. Das hatte ich flussabwärts bei den Dominikanern schon öfter gemacht, sobald der Frühling kam. Mir behagte die starke Strömung der Rhone und die Frische, der man den Schnee und das Eis der Alpen noch anspürte. Ich ließ mich untertauchen und zur Flussmitte treiben. Untertauchen, den Atem anhalten – da wurde es dunkel um mich, ein Strudel zog mich tiefer. Doch ich empfand das nicht als bedrohlich, sondern schön. Als kehre man zurück zur Quelle des Lebens, rein und kalt und schwarz, fern von all dem Dreck und der Bosheit der Menschen. Die Christen tunken ihre Neugeborenen in der Taufe unter, aber als Erwachsene verlieren sie den Sinn für die Reinheit des Wassers. Das Leben beschmutzt uns, und als Abfall werden wir begraben. Ich konnte schwimmen, ließ die Rhone mit mir spielen und mich umspülen, kam an die Oberfläche, atmete tief und tauchte gleich wieder ab.

Die Rhone war ein Fluss mit doppeltem Gesicht und doppeltem Namen. Eine Frau für die Deutschen, ein Mann – le Rhône – für die Franzosen. Rein und weiß entsprang sie irgendwo auf den Gipfeln der Alpen, wo ich noch nie gewesen war, und floss ins Tal. Dort spülten die Menschen ihre Jauche hinein. Lyon, Vienne, Avignon … Die Rhone nahm alles geduldig auf, Kot wie Leichen, wurde dunkel und träge und führte am Ende alles fort ins Meer.

Der Papst da oben auf seinem Felsen reinigte die Menschen mit Ablass und Fürbitte von ihren Sünden. Das mochte glauben, wem es nützte. Ich zog die Rhone für meine Art der Reinigung vor. Es ist ohnehin nur die Natur, die uns säubern kann. Als ich im Norden einen Menschen getötet hatte, hatte ich dessen Blut im eisigen Fluss abgewaschen. Ich fühlte mich dabei nicht schuldig. Es war einfach schön unter Wasser. Die Toten hatten ihr Los verdient. Sie oder ich. Sie hatten zur Jagd geblasen, und sie hatten verloren. Auch jetzt fühlte es sich so an, als spülte der Fluss jeden Schmutz von mir ab.

Ich hätte viel darum gegeben, wenn es hier in der großen Stadt ebenso einfach gewesen wäre wie in Litauen. Ein kurzer Kampf – und dann Sieg oder Tod. Doch für den Meister und mich würde es am Hof des Papstes nicht so simpel abgehen, das war mir in dieser Nacht klargeworden. Freund und Feind, Sieg und Niederlage ließen sich in Avignon schwer auseinanderhalten. Keiner kam fleckenlos aus diesem Babylon heraus. Vielleicht hatte Avignon mehr Schmutz und mehr Gewalt und mehr Sünde, als die große Rhone wegspülen konnte.

Mit ein paar kräftigen Zügen arbeitete ich mich Richtung Ufer. Die Strömung hatte mich abgetrieben, doch ich kam dagegen an. Bald stieg ich an Land, wo Francesco bei meinen Kleidern wartete.

Ich dachte schon, du wärst ertrunken, rief er. Niemals würde mir einfallen, hier zu schwimmen. Hast du nicht von den Wassergeistern der Rhone gehört, die die Menschen zum Grund ziehen und auffressen? Es gibt weiter im Osten an der Sorgue tiefe Grotten und Quellen, deren Grund kein Mensch kennt. Jedes Jahr ertrinken dutzende Unvorsichtige. Ich schaue für mein Leben gerne drauf, würde aber nie ins Wasser gehen. Mir ist ein Badehaus mit warmem Bottich lieber, da kommt wenigstens die Seele nicht in Gefahr zu ertrinken. Und für den Körper haben wir Mägde, die dich überall abreiben. Du kannst gerne mal mitkommen, wir haben herrliche Bäder in der Stadt. Mönche sind da ohnehin in der Überzahl.

Ich entgegnete nichts und ließ mich in der Morgensonne trocknen. Dann gingen wir zurück zur Pasture. Im selben Augenblick bog Shimon um die Hausecke mit einer großen Tasche über der Schulter. Er wirkte mit seinem Geschäft zufrieden und rief mir zu: Setz deine Mütze auf und bedecke deine Tonsur, du vermummter Pfaffe. Oder willst du, dass wir Ärger kriegen?

Von der Stadtmauer her sah ich einen hageren Mann direkt auf uns zukommen, keine zwanzig Jahre alt, traurigen Blickes. Er winkte Francesco zu, war aber zu scheu, um sich auf das Gelände der Pasture zu wagen.

Da kommt mein Bruder Gherardo, erklärte Francesco. Er fürchtet sicher, dass man unsere Schulden eintreiben will.

Gut amüsiert, heute Nacht?, rief der Toskaner zu seinem Bruder herüber, der aber blickte verlegen zur Seite und blieb stehen wie angewurzelt.

Francesco nahm seine Tasche, kontrollierte noch einmal die Verpackung seines Buches und ging dann gemächlich mit Gherardo den Fluss entlang.

Wenn ihr wüsstet, erzählte Rik, wie die beiden inzwischen hausen. Unter dem Dach bei einer Gerberswitwe. Ich habe sie neulich besucht, Wind und Regen dringen durch die Ziegel. Für mehr reicht es nicht mehr, dabei haben die beiden viel bessere Tage gehabt, aber sie haben alles Geld und Gut ihres Vaters durchgebracht. Trinken, spielen, huren und nicht an morgen denken. Echte Italiener eben. Jetzt setzen sie auf die geistliche Laufbahn, aber richtige Geistliche werden die nie. Wenn einer nicht bald eine Stelle bei einem Kardinal oder am Papsthof findet, wird es mit ihnen kein gutes Ende nehmen. Dieser Gherardo kriegt das Maul nicht auf und würde am liebsten Einsiedler. Und Francesco bildet sich tatsächlich ein, dass er das Zeug hat zum großen Dichter. Wie soll das gehen? Zum Schreiben ist er zu faul, wie überhaupt zu allem. Und zum Betteln zu stolz. Ich habe solche Schicksale daheim in Holland miterlebt, das ist meist der Anfang vom Ende.

Shimon schien die Not der beiden Italiener nicht zu kümmern und zuckte nur mit den Schultern.

Wo ist Lorena?, fragte ich.

Geht dich nichts an, beschied er mir knapp.

Mit eiligen Schritten gingen wir durchs alte Brückentor, dann am belebten Markt von Saint-Agricol vorbei und schließlich – genau wie bei meiner Flucht vor dem Bären gestern Abend – durchs Italienerviertel zur Carriera. Shimon holte meinen Habit und meinen Beutel; ich zog mich in einem Holzverschlag beim Tor um.

Mein sonderbarer Freund packte mich bei den Schultern: Du kommst spätestens nach Pfingsten wieder hierher. Frage am Tor nach mir, dann kannst du Bericht erstatten. Alles, was du in der Stadt oder bei den Dominikanern hörst, ist für uns wichtig. Warum diese neuen Kontrollen der Sergenten? Wonach suchen die Kleriker am Papsthof? Sperr die Ohren auf, ob es etwas mit uns Juden zu tun hat. Irgendetwas ist hier faul. Ich will vor allem wissen, was dieser zusammengeschlagene Mann zu erzählen hat. Und wer dieser Schläger ist. Vergiss nicht, ich weiß, wo wir dich und deinen Meister finden. Wir stöbern dich notfalls sogar in deiner Zelle auf. Denk ja nicht, dass du uns davonkommst.

Ich musste mich nicht verstellen, als ich antwortete, dass ich selber Erklärungen für seine Fragen suchte. Und dass er mir schließlich das Leben gerettet habe. Ich dankte ihm nochmals.

In Avignon, meinte Shimon abfällig, zählt Dankbarkeit nichts. Sie stinkt hier schneller als der Fisch von gestern. Diese Stadt hat viel vom Papst gelernt. Alles hat seinen Preis. Und auch der ändert sich täglich. Nimm das hier für Wein und Essen, du sollst dich ja herumtreiben.

Er schob mir ein paar Sous in die Hand, die ich gerne annahm. Dann drückte ich mich, so schnell ich konnte, durchs Tor hinaus auf die Gasse.

KAPITEL 11

Bei den Dominikanern geriet ich schon vor der Pforte in einen Menschenauflauf. Reiter trieben die Menge auseinander, eine Sänfte wurde herausgetragen, Laienbrüder drängten Schaulustige zurück, alle schrien durcheinander. Was war hier los?

Ein Toter!, rief eine Frau neben mir. Die Glocke hat Sturm geläutet, ein Mann soll geflohen sein.

Der Teufel hat sicher einem Pfaffen den Hals umgedreht, lachte ein glatzköpfiger Alter. Ist nicht schade drum.

Dann rannte er weg. Beliebt waren wir Dominikaner nicht, das wusste ich schon länger. Den Hals umgedreht? Einem Mönch? Mir fiel sofort mein Meister ein. Ich erschrak, denn ich hatte in dieser Nacht nicht auf ihn aufpassen können. Hatte der Bär erneut zugeschlagen?

Ich drängte mich an den Leuten vorbei. Die Torwärter ließen mich anstandslos durch. Ich rannte zu unserer Zelle. Sie war menschenleer wie der ganze Zellentrakt und auch das Refektorium. Offenbar hatten sich alle Brüder irgendwo anders versammelt. Ich lief über den Hof und erblickte ein Gedränge von Mitbrüdern vor der Krankenstation. Etwas abseits stand der Meister.

Gott sei Dank, rief ich, du lebst!

Der Meister drehte sich um und starrte mich an: Dasselbe kann ich auch sagen. Wo warst du? Ich habe mir große Sorgen gemacht.

Kurz erzählte ich, wie der Riese mich in der Jakobskapelle überfallen hatte, wie ich mich rennend in die Stadt retten konnte. Den Rest ließ ich lieber weg, das wurde zu kompliziert. Ich habe, log ich, mich dann in der Dunkelheit verlaufen, dann auf einem Friedhof im Gebüsch versteckt und bin irgendwann eingeschlafen. Heute Morgen bin ich aus dem Tor geschlichen, habe ein Bad in der Rhone genommen und gewartet, dass endlich genug Leute unterwegs sind, damit ich ohne Gefahr zurückkonnte.

Der Meister schaute mich an, etwas traurig wie immer. Er ließ sich nicht anmerken, ob er mir die Geschichte glaubte. Er zeigte auf die Krankenstation: Unser Schützling hat weniger Glück gehabt als du.

Der Verletzte aus der Kapelle? Was ist mit ihm?

Heute Morgen, erzählte der Meister, gleich nach dem Öffnen der Pforte, sah der Helfer von Deodat einen riesigen Kerl aus dem Krankenzimmer stürmen. Als unser Bruder nachschaute, war der Patient tot. Wahrscheinlich erwürgt.

Sagt das Deodat?, fragte ich.

Der Meister schüttelte den Kopf: Ich habe nicht mit Deodat gesprochen, aber hier erzählt es einer dem anderen. Im Moment sind Sergenten in der Krankenstation, Prior Gaucelin auch. Der will sicher, dass sie so schnell wie möglich wieder verschwinden, denn schließlich ist er hier Hausherr. Andererseits, wenn wir den Mörder finden wollen, dann helfen uns am besten die Sergenten des Papstes.

Ich dachte kurz nach. Von der Größe her war der Mörder derselbe Mann, der mich in der Jakobskapelle niedergeschlagen und durch die Stadt gejagt hatte. Er muss irgendwie erfahren haben, dass wir sein anderes Opfer hier im Konvent aufgenommen hatten. Mit dem ersten Licht ist er ins Kloster eingedrungen und brachte den Kranken um.

Zwei Laienbrüder, die ihn festhalten wollten, hat der Mörder an der Pforte niedergeschlagen, wusste der Meister noch und rang die Hände: Warum nur musste der arme Mann sterben? Er war doch schon so schwer verletzt!

Und warum hat der Mörder auch mir aufgelauert?, fügte ich hinzu. Irgendetwas Fürchterliches muss in der Kapelle vorgefallen sein. Vielleicht wusste der Ermordete etwas, was wir nicht erfahren sollten und was der dicke Riese aus ihm herausprügeln wollte. Als er hinter mir her war, hat er mehrmals geschrien: Wo ist sie?

Wer sollte das denn sein?, fragte der Meister? Eine Frau? Der Tote hatte niemanden bei sich.

Der Bär!, rief ich. Der Gruß vom Bären, von dem der Tote gestern sprach, bevor er im Krankenzimmer ohnmächtig wurde. Erinnerst du dich, Meister? Damit kann er nur seinen Mörder gemeint haben. Das Opfer ahnte, was ihm bevorstand. Der Mann konnte mit zertrümmerten Knien aber nicht mehr weglaufen. Hoffentlich hat der Schlaftrunk lange gewirkt, und er hat von seinem Ende nichts mitbekommen.

Seine Seele gehe ein ins Himmelreich!, sagte der Meister leise, schlug ein Kreuz und blickte beschämt auf seine Füße: Und der Frieden unseres Konvents konnte ihn nicht beschützen.

Wir sahen, wie Bruder Deodat, Prior Gaucelin und zwei Sergenten aus der Krankenstation auf den Hof traten. Sie redeten kurz, der Abt schlug das Kreuz über die Wächter. Dann schwangen sich beide auf die Pferde und ritten durchs Klostertor in die Stadt.

Gaucelin winkte den Meister und mich zu sich heran: Ihr wisst, warum die Sergenten hier waren?

Ein Mord, antwortete der Meister, es ist fürchterlich. Und der Mörder konnte fliehen.

Nein, sagte Gaucelin, oder natürlich, ja. Ein Mord, sicher. Aber deswegen waren die Sergenten gar nicht hier, das war nur Zufall. Nein, kein Zufall, natürlich nicht, es war Gottes Wille.

Der Mord?, fragte ich.

Dummer Junge, schimpfte Gaucelin, nicht der Mord. Ein Mord kann niemals Gottes Wille sein. Das ist Sache des Teufels. Ich meine die Sergenten. Gut, dass sie so schnell da waren. Oder nein. Natürlich ist es nicht gut, dass solche fremden Männer bewaffnet in meinen Konvent eindringen. Aber nun, da der Mord einmal geschehen ist, war es sehr gut, dass sie bereits hier waren, Gott sei gedankt. Aber natürlich nicht für den Mord, ihr versteht!

Der dicke Mann, der sonst kaum aus seiner Wohnung herauskam, war völlig durcheinander.

Unser Abt, erklärte Bruder Deodat unwirsch, will sagen, dass die Sergenten euretwegen hier waren. Dass wir sie dann auffordern konnten, den Mörder des Verwundeten zu verfolgen, war, nun ja, wohl Gottes Fügung.

Und was wollten sie von uns?, fragte der Meister knapp.

Sie brachten die Vorladung zum Inquisitionsgericht. Am Montag nach Pfingsten, also übermorgen, zur fünften Stunde hast du dich für deine Ketzereien zu rechtfertigen. Das wurde auch Zeit. Danach kann sich unser Konvent endlich reinigen vom Makel, einen Häretiker zu beherbergen.

Deodat blickte uns angewidert an: Man sieht, was der Unglaube für Folgen hat. Der Teufel streckt euretwegen seine Finger in diesen Konvent, in dem Päpste ein und aus gehen, und wo der heilige Thomas zur Ehre der Altäre erhoben wurde. Mord und Totschlag habt ihr diesem gesegneten Ort beschert. Schande!

Ich habe nichts mit dem schrecklichen Tod dieses Mannes zu tun, entgegnete der Meister. Mein Novize sowieso nicht. Wir wissen nicht einmal, wer der Tote war.

Ihr habt ihn uns doch angeschleppt!, schrie der Prior schrill. Euren Strauchdieb musste unser Bruder Deodat behandeln, halb totgeschlagen von den Juden oder von sonst wem. An sowas müssen wir unsere Heilkräuter verschwenden. Und zu allem Überfluss ist der Konvent jetzt durch einen Mord entweiht! Ganz Avignon redet über uns.

Gaucelins mürber Bauch unter dem Habit erbebte und spiegelte damit wider, wie erschüttert seine Seele war.

Geht für eure Sünden in der Kirche büßen, befahl er. Zu den Stundengebeten will ich keinen von euch Deutschen mehr sehen. In ein paar Tagen ist die germanische Entweihung vorbei, dann gehörst du nur mehr der Gerichtsbarkeit des Papstes. Du weißt, was das heißt.

Genau das hatte ich seit Wochen befürchtet. Alle waren gegen uns, und die Schlinge schloss sich um unseren Hals. Als ich mit dem Meister die weiträumige Dominikanerkirche betrat, an deren hinteren Seitenkapellen immer noch gemauert wurde, zog Ramon mich am Ärmel zur Seite. Er musste uns schon von weitem beobachtet und beim Mittelpfeiler abgepasst haben. Während der Meister vor dem Hauptaltar niederkniete, zog Ramon mich durchs Seitenportal heraus. Ohne mehr zu sagen als »Komm mit!«, führte er mich in den Garten. Hinter einigen Beeten und dem Misthaufen zeigte er mit wichtigem Blick auf die Umfassungsmauer, die hier etwas niedriger war als an der Schauseite zur Innenstadt. Ein paar Ziegel schienen herausgebrochen zu sein und lagen im Garten.

Und?, fragte ich.

Da ist der Mörder hereingekommen, informierte mich Ramon stolz. Ich habe ihn heute früh, noch vor Sonnenaufgang, herüberklettern sehen, als ich gerade Dünger vom Misthaufen holen wollte. Für einen Dicken ist der aber sehr gelenkig. Und kennt sich aus. Er wusste genau, wohin er wollte, zur Krankenstation. Es war sicher Gottes Wille, dass er seinen Feind ohne jede Gegenwehr erwürgte.

Und du hast ihn hereingelassen, ohne sofort Krach zu schlagen?, rief ich.

Soll ich mich, antwortete Ramon, von so einem Riesen totschlagen lassen? Außerdem musste ich den Salat wässern. Ich kann mich nicht um alles kümmern, und ich will mich auch nicht in Gottes Ratschlüsse einmischen.

Und was habe ich davon, dass du so genau weißt, wie der Mörder hereingekommen ist? Sind wir jetzt schlauer?, wollte ich wissen.

Das mit dem Klettern über die Mauer wollte ich ja gerade eben dem Prior erzählen, sagte Ramon fast beleidigt. Aber da kamen auch schon die Sergenten herein. Ich stand dabei, als sie sich den Toten angeschaut haben. Er war ganz blau im Gesicht, und die Zunge hing an der Seite heraus. Ein Sergent erkannte den Toten trotzdem. Er stammt aus der päpstlichen Verwaltung.

Woher genau? Wie heißt der Mann? Wo hat er gearbeitet?

Das war endlich eine Spur, die Licht in die Sache bringen konnte. Ramon grinste mich mit seinem breiten Bauerngesicht an:

Weiß ich nicht mehr so genau. Es war die Kanzlei vielleicht? Oder Kapelle? Irgendwas mit K war es bestimmt.

Ich schüttelte den Gärtner: Erinnere dich gefälligst. Das ist wichtig. Ich muss herausfinden, warum der Mann sterben musste.

Ramon machte sich frei und stellte sich vor dem Misthaufen auf, den er im Gespräch mit mir oft als den heiligsten Ort des Klosters bezeichnet hatte:

Warum willst du das wissen? Halt dich raus aus diesen Verbrechen. Als ob du mit deinem Meister nicht schon genug Ärger am Hals hättest! Komm lieber mit mir Taubeneier einsammeln für ein zweites Frühstück, du siehst ganz ausgehungert aus. Wo hast du dich überhaupt heute Nacht herumgetrieben? Du gehst doch sonst nicht zu den Huren wie die anderen. Ich musste den ganzen Wein alleine austrinken.

Versteh doch!, bat ich ihn. Derselbe Dickwanst, den du heute Morgen gesehen hast, hat gestern Abend in der Kapelle versucht, mich zu töten. Ich konnte nach einem Kampf gerade noch davonlaufen und musste mich in der Stadt verstecken. Der Kerl ist hinter mir her! Wenn ich nicht herausbekomme, worum es hier geht, dann bin ich das nächste Opfer. Oder mein Meister, der hat den Ermordeten schließlich gefunden. Oder der Mörder klettert wieder über die Mauer und schaut bei dir im Gärtnerhaus herein. Was machst du dann?

Ramon wirkte keineswegs beunruhigt. Wer konnte schon etwas von einem Gärtner wollen? Ich wusste außerdem, dass er neben seinem Strohsack, unter dem er auch mein Messer versteckt hatte, immer eine Spitzhacke verwahrte. Bauern, die in diesen gefährlichen Zeiten zu überleben wussten, hatten einen leichten Schlaf und lernten früh, sich zu verteidigen.

Ich mache mir mehr Sorgen um dich, mein Albarino, meinte Ramon gewichtig. Überall steckst du deine deutsche Nase hinein und ziehst Schwierigkeiten an wie ein Wurm die Amseln. Aber wenn ich dich schon nicht abhalten kann, in dein Unglück zu laufen, dann nimm nächstes Mal wenigstens dein Messer mit.

Wozu brauche ich eine Waffe, wenn am Ende doch alles Gottes Wille ist?

Man muss, antwortete er ungerührt, Gott die Möglichkeit geben, von ihm verteidigt zu werden. Das geht mit einem Messer viel besser als ohne. Und wenn alles Gottes Wille ist, dann ist er überall, dann kann er auch in einem Messer wohnen, wenn es dem Feind die Kehle durchschneidet.

So ähnlich, dachte ich, wenn auch viel unblutiger, lehrt das mein Meister auch: Gott ist überall, in jedem Ding. Wir erschaffen ihn in jedem Augenblick mit unseren Taten und unseren Gedanken. Das war eine der Thesen, die ihm den Ketzerprozess eingebracht hatten. Ramon würde den Meister freisprechen. Er kramte mein Messer unter dem Stroh hervor und ermahnte mich: Lass dich nicht wieder überrumpeln!

Mit der Waffe im Ärmel machte ich mich, an jeder Ecke sorgsam in alle Richtungen spähend, auf zu einem Rundgang durch die Stadt. Ich wusste jetzt, dass der Tote für den Papst gearbeitet hatte, auf dem Rocher des Doms, wo neben der Kathedrale der Palast lag. In diesen paar Steinhäusern hatte das Oberhaupt der Christenheit seinen Sitz genommen, zusammen mit all seinen Klerikern. Das Portal mit dem bekrönten Wappen wurde von Sergenten bewacht. Rund um die Einfahrt herrschte großes Gedränge von Bittstellern, Lieferanten, Klerikern. Die Wächter behielten jedoch den Überblick und winkten gerade zwei Reiter und einen Karren durch die Zufahrt. Das war ein gutes Zeichen, und ich ging geradewegs aufs Portal zu.

Ein breitschultriger Sergent senkte seine Lanze, sobald ich an die Reihe kam, und blickte mir neugierig ins Gesicht. Wohin, Dominikaner? Du gehörst zum Haushalt des Papstes? Oder hast du einen Passierschein?

Nicht direkt, entgegnete ich, aber ich muss dringend in die päpstliche Kanzlei. Ich habe eine Verabredung.

Gar nicht unfreundlich sagte der Wächter: Du kommst hier nur durch, wenn ich dich kenne, oder wenn ein Mitglied der Kanzlei für dich bürgt. Oder zur Not, wenn wir vorher Bescheid bekommen haben. Zu wem willst du denn?

Ich kannte keinen Menschen in der Kurie, aber es gab hier hunderte von Klerikern, die jeden Tag ein und aus gingen, darunter auch viele Dominikaner. Ich hatte mir unterwegs überlegt, dass es nicht schwer sein konnte, als unwichtiger Novize durchzuschlüpfen.

Ich will, rief ich selbstbewusst, zu Jean aus Cahors. Der arbeitet in der Kanzlei.

Mir schien das ein gerissener Plan. Jean war hier in der Gegend der häufigste Name. Und aus Cahors, Joans Heimatstadt, stammten die meisten Kleriker am Hof.

Das reicht nicht, mein Kleiner. Der Ton des Wächters wurde misstrauischer: Du kommst nicht von hier, das höre ich. Und du willst einfach so in den Palast des Papstes vordringen? Schlag dir das aus dem Kopf! Geh wieder in dein Kloster zum Gebet und stör hier nicht den Betrieb!

Dann winkte er einen Karren hinter mir zu sich heran. Ich drehte mich beschämt um und ging über den großen Vorplatz bis zu einem Steinhaus. An dessen Mauer lehnte ich mich und schaute zum Portal hinüber. Wie sehr beneidete ich die Kleriker, die in steter Folge mit einem kurzen Kopfnicken hineingelassen oder von einem Mitglied der Verwaltung am Tor erwartet wurden. In steter Folge rumpelten Karren und sogar mehrspännige Wagen hinein und heraus. Ein Novize aus Deutschland, so dachte ich, kommt da höchstens als Angeklagter hinein. Und vielleicht lebend nicht wieder heraus. Der Papst sicherte den Zugang zu seinen Schätzen sehr penibel. Wie hatte ich mir nur einbilden können, im Palast etwas über den Ermordeten herauszufinden? Ich wusste nicht einmal, wie der Mann hieß und in welchem Amt der Kurie er gearbeitet hatte. Es war hoffnungslos.

Ein Mann in rot-schwarz gestreifter Sergentenuniform lief mit festem Schritt aus dem Palast auf mich zu. Ich machte mich gefasst, nun auch vom Vorplatz verscheucht zu werden, und stand auf. Stattdessen kam der Sergent so nah heran, dass ich seinen Zwiebelatem riechen konnte, und flüsterte mir ins Ohr:

Komm mit, ich lade dich auf ein Glas Wein ein.

Ich erschrak. Was wollte der Mann? Widerspruch gegen einen Bewaffneten war zwecklos. Also folgte ich dem Sergenten in die alte Juiverie, die sich in steilen Gässchen den Felsen herunter erstreckte. Hier am Hang lagen die meisten der Gasthöfe und Schenken für die zahllosen Gäste bei Hof. Ich dachte nicht sogleich daran, dass ich in eine Falle laufen konnte. Dann fiel es mir ein. Wahrscheinlich hatte der feiste Mörder Komplizen im Palast. Vielleicht ging der Bär selbst beim Papst ein und aus. Er konnte mich durch ein Fenster am Portal erkannt und den Sergenten auf mich angesetzt haben. Ich war so dumm. Nun war ich dem Fremden ausgeliefert. Ich erblickte über mir ein Schild mit der ungelenken Aufschrift »Zur hölzernen Krone«. Vor der Tür stand ein altes Fass. Der Bewaffnete zog mich am Ärmel in die finstere Gaststube, wo um diese frühe Stunde außer drei müden Säufern niemand hockte. Der Sergent schob mich auf eine Bank ganz am Ende der Stube. Zwei Becher vom weißen Burgunder, rief er zum Tresen. Er setzte sich mir direkt gegenüber und versperrte mir dadurch den Weg zur Tür. Ich fasste nach dem Messer in meinem Ärmel.

Du kommst, begann er, aus Deutschland. Das hört man deutlich an deinem Akzent. Ich bin Jean.

Jean aus Cahors!, schoss es mir durch den Kopf. Was für ein Zufall! Vielleicht war das hier doch keine Falle, und ich hatte ausnahmsweise Glück gehabt.

Auf meinen fragenden Blick fuhr der Mann auf Deutsch fort: Eigentlich heiße ich natürlich nicht Jean, sondern Hans. Schön, mal wieder die eigene Sprache sprechen zu können. Hans der Scherer. Und er streckte mir seine verschwitzte Hand hin.

Sein Singsang klang nach dem Rheinland. Ich sagte: Ich bin Wittekind, ich bin Westfale und wohne zurzeit im Konvent der Dominikaner. Du bist der erste Deutsche, auf den ich hier in Avignon treffe.

Wir sind auch nur ganz wenige. Ein bischöflicher Prälat aus Hamburg, aber der redet nicht mit einem Torwächter. Dann sind da noch ein paar Beichtväter der Penitenz aus Norddeutschland, Flandern und Salzburg. Und es gibt einen Schreiber aus Prag, aber der ist gar kein Deutscher und spricht lieber Tschechisch. Als ich dich gerade am Tor hörte, habe ich mir gedacht: Ein Becher Wein unter Landsleuten, das hilft mir gegen das Heimweh.

Eine Magd brachte den Wein, und wir prosteten einander zu. Hans war ein pummliger, mittelgroßer Mann mit roter Nase und wirkte gemütlich. Verdächtig gemütlich?

Hier gibt es in der ganzen Stadt den besten Burgunder. Wenn ich ein gutes Wort für dich einlege, kannst du bei der Wirtin sogar anschreiben. Brune heißt sie und kommt aus Beaune, leider schon älter. Ich komme aus Trier, ursprünglich, bevor ich Kriegsknecht wurde. Also, mein Kleiner, was treibt dich her?

Ich bin Wittekind, sagte ich, ich stamme wie gesagt aus Westfalen, war aber zuletzt im Kloster in Köln. Ich habe ein Gelübde abgelegt und bin deswegen auf Pilgerschaft nach Santiago zu Compostela. Ich habe unterwegs bei Lyon einen Kerl namens Jean aus Cahors getroffen, ihm zwanzig Sou geliehen und suche ihn nun im Palast. Er hat mir erzählt, dass er da arbeitet.

Das war natürlich alles erfunden und reichlich vage, doch mit meinen Erzählungen vom Meister und vom Ketzerprozess würde ich mich immer weiter in Gefahr bringen. Dann lieber lügen.

Du musst mir doch nichts vormachen, sagte Hans mit jovialer Miene. Ich weiß doch genau, warum du hier bist. Deine Märchen helfen dir nicht.

Er fasste mich am Ärmel und zog mich zu sich herüber. Er hatte mich durchschaut. Also doch eine Falle! Oder hier saß jemand vor mir, der über unser Häresieverfahren Bescheid wusste und uns überwachte. Oder der den Bären kannte. Oder alles zugleich. Ich rechnete damit, dass er zuschlagen würde.

Mir kannst du nichts erzählen, meinte Hans, du bist hier, weil du eine Bittschrift in der Kanzlei loswerden willst. Oder weil du keinen müden Groschen mehr in der Tasche hast und eine Stelle suchst. Einem Landsmann musst du doch nichts vormachen. Was meinst du, wie viele arme Kerle wie dich ich hier jeden Tag erlebe? Kein einziger schafft es in den Palast hinein. Nur dass die meisten aus der Gascogne stammen oder aus Navarra oder aus Paris. Als ich dich gerade so reden hörte, dachte ich mir, wenn mal ein Deutscher zum Papst will ... Ich bin ja nur ein kleiner Sergent, aber vielleicht kann ich dir irgendwie helfen. Also?

Ich versuchte, meine Überraschung zu verbergen. Offenbar war das hier wirklich ein kleines Wunder. Gott hat es so gewollt, hätte Ramon gesagt. Nun war der richtige Moment für die Wahrheit gekommen. Oder was der Wahrheit nahekam.

Du hast recht, fing ich an. Es geht um etwas ganz anderes. Ich bin mit einem großen Prediger aus Köln zu Fuß unterwegs, wir sind am Papsthof für eine Disputation einbestellt.

Hans der Scherer schien von unserem Ketzerprozess noch nichts mitbekommen zu haben, denn er blickte mich weiter mit müdem Lächeln an. Wahrscheinlich hatte er die ganze Nacht am Eingang des Palastes gewacht. Ein zufriedener Söldner, der seine Arbeit hinter sich gebracht hat und vor dem Schlafen noch einen Becher Wein in trauter Gesellschaft heben möchte. Avignon konnte so gastlich sein.

Unsere Disputation mit den Theologen ist erst in wenigen Tagen, fuhr ich wahrheitsgemäß fort. Heute Morgen aber ist bei uns im Dominikanerkonvent ein Mann umgebracht worden. Eine furchtbare Sache. Wir sind jetzt natürlich alle neugierig, was da dahintersteckt. Ich bin gleich losgelaufen, weil ein Sergent, der die Leiche angesehen hat, meinte, der Tote hätte hier in der Kanzlei gearbeitet, oder vielleicht in der Kapelle ...

Hans schüttelte den Kopf: Ach was, Kapelle. Das war doch keiner von diesen verschnittenen Singvögeln, die für den Papst hinterm Altar tirilieren. In der Kämmerei hat er gearbeitet, nirgendwo anders. Das weiß ich von meinem Freund Loup, der war zufällig drüben bei euch im Kloster. Loup hat den Toten gesehen und die Sache bereits beim Marschall gemeldet. Du kannst deinen neugierigen Mönchen erzählen, dass der Tote niemand anderes ist als ...

Da stand wie aus dem Nichts eine Frau bei uns am Tisch, sie trug ein weites Kleid aus braunem Leinen mit einer schmuddeligen Borte, hielt vor dem Bauch einen Krug in der Hand und bot Hans an, ihm Wein nachzuschenken.

Ein Toter aus dem Palast?, fragte sie neugierig. Hat der alte Papst schon wieder einen von seinen Pfaffen überlebt? Wann tritt dieser Joan endlich ab und macht Platz für einen Jüngeren, der mehr Sinn hat fürs Geldausgeben? Wir Wirtinnen haben es doch auch so schon schwer genug. Wenn die Jungen sterben und die Alten leben, dann gehen die Huren in Trauer. So sagt man bei uns im Burgund. Jean, ich finde, wir beide …

Die Alte wirkte so, als wolle sie sich zu uns setzen und Hans mit einem Schwätzchen zum Trinken animieren. Es war wenig los um diese Zeit.

Doch Hans aus Trier war viel zu müde. Oder zu geizig. Er legte seine Hand über den Becher, warf der Wirtin ein paar Kupfermünzen hin und sagte:

Lass gut sein, Brune. Es war nur ein Sänger aus der päpstlichen Kapelle, der hatte es schon länger auf der Brust und ist heute früh beim höchsten Ton der Messe mausetot umgekippt.

Einer von diesen Singvögeln?, meinte Brune verächtlich. Nicht schade drum. Na gut, dann trinken wir eben ein andermal. Und wenn du mal wieder ein Mädchen willst …

Jaja, sagte Hans müde und zwinkerte, ich muss jetzt erstmal ins Bett, aber zum Schlafen. Heute Nacht habe ich schon wieder Dienst unter der Laterne.

Er stand auf und wollte gehen. Diesmal zog ich ihn am Ärmel und blickte ihn fragend an. Hans erinnerte sich. Er legte den Arm um meine Schultern, zog mich zu sich und meinte verschwörerisch:

Die Alte muss nicht alles wissen. Vor allem muss sie es nicht von mir erfahren, dann weiß es heute Abend die ganze Stadt, und ich kriege Ärger mit dem Capitan.

Und der Tote?, fragte ich. Doch kein verschnittenes Singvögelchen?

Nein, brummte Hans. Der war ein ganz armes Schwein. Irgendwo aus dem Midi, wie die meisten hier. Er hatte wohl ein höheres Amt unter dem vorigen Papst inne, dann wurde er abgesetzt, am Ende war er nur noch irgend sowas wie Bote bei der Kämmerei. Hat alles versoffen. Eigentlich eine unwichtige Figur. Und doch, erzählte Loup, waren sie beim Marschall ganz aufgeregt, als sie von dem Toten hörten. Die sind sofort mit einem Trupp losgeritten.

Wir standen inzwischen auf der Gasse, und ich fragte: Wohin? Weißt du denn, wo der Mann wohnt?

Wohnte, grinste Hans, wohnte. Der hat doch seinen letzten Becher gesoffen. Loup sagte mir, er hieß Serge. Seine Alte lebt drüben auf der anderen Seite in Villeneuve. Loup kennt die beiden seit Ewigkeiten, noch vom vorigen Papst. Die Alte heißt Rixande, die dürre Rixande. Loup will selber nach ihr sehen, wenn sein Dienst heute Nachmittag vorbei ist. Rixande wohnt gleich hinter der großen Livree vom Kardinal, wie hieß er noch? Na, hinter Kardinal soundso. Nichts Großes, mehr ein Schuppen, hat Loup erzählt. Wie arme Schweine eben so wohnen.

Wohnten, sagte ich, wohnten. Nun lebt Rixande ja wohl allein. Serge hat seinen letzten Schluck getrunken, wie du sagtest.

Hans gähnte und klopfte mir auf die Schulter: Na, mein deutscher Mitgeselle, da kannst du deinen neugierigen Predigerbrüdern jetzt aber schön was erzählen. Immer den alten Hans fragen, den Scherer. Ich freue mich doch, wenn ich einem Landsmann helfen kann. Kommt ja nicht oft vor, hier in der Fremde. Wir sehen uns sicher nochmal vor eurem Prozess.

Er schüttelte mir die Hand und ging linker Hand durch die Gasse davon.

KAPITEL 12

Welches Tier bin ich?

Das fragte ich mich, als ich über die Brücke nach Frankreich hinüberging. Ein neugieriger Affe? Eine Elster, die ihren Schnabel in Angelegenheiten steckt, die sie nichts angehen? Am ehesten ein dummes Maultier, das seine Sorgen von einem Land ins andere schleppt. Was blieb mir übrig? Wenn ich nichts unternahm, konnte mir jeden Moment Serges Mörder über den Weg laufen. Ich hatte erlebt, was dann passierte. Deshalb musste ich herausfinden, welches Geheimnis dieser Serge in den Tod mitgenommen hatte.

Von der Brücke öffnete sich der Blick weit ins Land, nach rechts zur Sorgue und den Dörfern des Comtat Venaissin, die dem Papst untertan waren. Und nach links in Richtung Frankreich, zum reichsten und mächtigsten Land der Welt, dessen König in seinen Schlössern rund um Paris regierte, in den königlichen Forsten jagte und mit hunderten von Rittern legendäre Feste feierte. Auch in Deutschland erzählte man sich von diesem Prunk. Frankreich war das reichste Land der Erde, vor seinen Rittern und Soldaten erbebten alle Völker. Ich war noch nie in Frankreich gewesen, denn wir hatten uns auf unserem Fußweg die Rhone herab stets auf der linken Seite des Grenzflusses gehalten. Der Meister hatte mir allerdings oft von der Sorbonne erzählt, der berühmten Universität von Paris; dort hatte er lange gelehrt – und viel gelernt, wie er immer sagte. In Paris, dem geistigen Mittelpunkt der Welt, habe er erst verstanden, wie Himmel und Erde zusammenhängen, fügte er stets hinzu. Wie er das meinte, ließ er offen.

Von der Brücke des Saint-Bénézet aus sah die Provence, zu der Avignon gehörte, nicht anders aus als Frankreich und das päpstliche Comtat Venaissin. Die Rhone trennte diese drei fruchtbaren Länder nicht wie eine natürliche Grenze, sondern fügte sie zusammen, bewässerte sie, brachte Güter und Menschen heran. Wer, dachte ich, hat je entschieden, wem ein Baum oder ein Stein, ein Acker oder ein Mensch gehört? Schmeckt der Wein, der links von mir gekeltert wird, besser als der vom anderen Ufer, weil es französischer Wein ist und kein päpstlicher? Und wissen die Vögel in der Luft und die Fische im Wasser, wenn sie von der einen Seite auf die andere gelangen, dass sie nun nicht mehr im Königreich Frankreich nach Körnern picken oder tauchen, sondern im Heiligen Römischen Reich?

Die französischen Soldaten, die beim Turm Philipps des Schönen am anderen Ufer postiert waren, und die mich in meinem Novizenhabit nur kurz musterten, konnten mit meinen Gedanken über Grenzen und Reiche gewiss nichts anfangen. Diese Männer mit ihren Helmen und Spießen lebten für die Grenze, sie lebten von der Grenze. Ihre Garnison lag in einer mächtigen Bastion unterhalb des Turms, um die wichtigste Brücke von ganz Frankreich zu bewachen. Andererseits behüteten die Söldner von gegenüber auch den Papst, denn dass die Beziehungen zwischen Joan aus Cahors und dem neuen König Philipp VI. mehr als freundschaftlich waren, wusste in Avignon jedes Kind.

Außer dem Papst waren auch die allermeisten Kardinäle, das Gros der Kleriker am Hof und die meisten Bediensteten Franzosen. Der Grenzverkehr nach Villeneuve war allzeit rege, die Kontrollen an normalen Tagen locker. Die Obrigkeiten arbeiteten bestens zusammen, sie hatten gemeinsame Interessen und gemeinsame Herren, an der Spitze der Papst. Er stand mit einem Bein auf jedem Ufer. Immer wieder hatte ich von unserem Konvent aus päpstliche Sergenten oder Delegationen von Kirchenfürsten nach Frankreich hinüberreiten sehen. Und ebenso oft traf man Franzosen in Avignon, die sogar in den Uniformen des Königs zu den Huren oder zum Spielen herüberkamen. Oder zum Spionieren, denn nirgendwo liefen so viele Fäden der europäischen Politik zusammen wie am Hof von Joan.

Mein Ziel in Villeneuve war eine einfache Hütte. Bloß wusste ich nicht, welche. Ich musste zuerst die Livree des Kardinals finden, dann die Behausungen dahinter und mich dort nach der dürren Rixande durchfragen. Die vielen Livreen, in denen die Kardinäle residierten, waren in der engen Innenstadt von Avignon ein großes Ärgernis. Alle, sogar die frömmsten Mönche, beschwerten sich, wenn sie wegen der mit Mauern und Ketten abgesperrten Terrains große Umwege machen mussten und sich einem alle Naselang ein Uniformierter in den Weg stellte. Die reichsten Kardinäle hatten sich Straßen und Gehöfte mit zehn, zwanzig Häusern ummauert und ließen sie von Söldnern bewachen. Diese livrierten Lakaien waren wegen ihrer Rücksichtslosigkeit berüchtigt. Kam einem ein Kardinal in einer Sänfte entgegen, dann sprang man besser auf die Seite.

Gäbe es nur den Herrn Papst in der Stadt Avignon, pflegte Ramon zu sagen, dann könnten wir mit dem Übel schon fertigwerden. Doch anders als in der Bibel, wo nur ein Gottseibeiuns vorkommt, gibt es in Avignon mehr als ein Dutzend Teufel. Und jeder wohnt in seinem eigenen Palast.

Dass auch in Villeneuve, also drüben im Ausland, ein Kardinal wohnte, hatte ich bis heute nicht gewusst. War es ein Franzose, der sein Land nicht verlassen wollte? Oder vielleicht ein sparsamer Kleriker aus Aragon, dem die Mieten in der Stadt zu teuer waren?

Ich überlegte, wen ich nach dem Weg fragen konnte. Während der Verkehr der Karren und Reiter nach der Brücke zur Handelsstraße am Ufer abbog, hielt ich mich hangaufwärts ins Städtchen. Es wurde bald ruhiger; die Straße war gesäumt mit Mauern, hinter denen ich schöne Paläste und frisch belaubte Bäume erahnen konnte. Aus einem Brunnen plätscherte Wasser. Höchstens ein paar Esel, die Erde oder Grünzeug transportierten und von Knechten am Zügel geführt wurden, klepperten hier noch über den gepflasterten Weg. Es war schön in Villeneuve, viel schöner als in Avignon. Abseits der Straße auf einem Platz saß ein Mann im schwarzen Habit der Benediktiner. Als ich mich fragend umschaute, winkte er mir zu:

Mein Sohn, Gottes Friede mit dir. Kannst du mir ein wenig Wasser aus dem Brunnen schöpfen?

Ich kam näher und stand vor einem uralten Mönch. Er saß mit einer Tasche auf dem nackten Pflaster, war hager, hatte eisgraues Haar und schaute mich aus stechenden blauen Augen an. Er wies auf einen gemauerten Brunnen und reichte mir seinen Holznapf.

Ich verbeugte mich, zog aus dem Brunnenschacht den Eimer hoch und füllte den Napf. Der alte Mönch trank mit ruhigen Zügen, dann fragte er:

Was führt dich nach Villeneuve, mein Sohn?

Ich suche, antwortete ich, die Kardinalslivree, genauer gesagt, suche ich die Behausungen der einfachen Leute, die dazugehören.

Welchen Kardinal meinst du?, fragte der Alte. Wir haben hier in Villeneuve sicher ein Dutzend.

So viele?

Ich war verdutzt: Die Kardinäle haben ihre Paläste doch in Avignon. Man kann dort kaum hundert Schritte laufen und steht schon vor einer Livree. Ist das hier etwa genauso?

Hier, beschied mich der Alte wichtig, haben die hohen Herren ihre zweite oder ihre dritte Livree. Eine Behausung reicht nicht aus für einen Kardinal. Wenn einer zwei Schlösser für sich baut, dann will sein Nachbar sofort ein drittes haben. Die Kardinäle kommen gerade jetzt im Frühling, wenn alles blüht. Oder im Sommer, wenn es ihnen in der Stadt zu heiß wird. Im Winter sind sie dann woanders, vielleicht auf der Jagd in den Bergen, wo sie auch ihre Residenzen haben. Sie müssen das viele Geld doch ausgeben. Siehst du die Bauern da unten?

Er zeigte auf das weite Land, wo in der Frühlingssonne winzige Figuren wie fleißige Ameisen die Reben beschnitten, das Unkraut jäteten, das erste Gemüse ernteten und auf den Landstraßen unterwegs waren. Es war ein Bild der Fülle.

Ich nickte.

Der Alte kaute auf dem Unterkiefer und sagte gewichtig: Diese Leute arbeiten für den Papst und für die Kardinäle. Und noch viel, viel mehr Menschen in der ganzen Welt von Zypern bis Island, von den Inseln im Atlantik bis nach Polen. Überall Arbeiter, Händler, Seeleute, Wirtinnen, Bergleute, Holzfäller, Wäscherinnen. Es ist ein Wunder, wie fleißig die sind. Und alle freuen sie sich, wenn die Früchte ihrer Arbeit hier in Avignon ankommen.

Gott hat es so gewollt, zitierte ich meinen Freund Ramon.

Der Greis hielt den Kopf schräg und betrachtete mich mit zusammengekniffenen Augen, als wollte er überprüfen, ob ich bei Verstand war. Dann kicherte er und saugte an seinen Zahnlücken.

Du sagst es. Jedenfalls wissen all diese Menschen in all diesen fernen Königreichen ganz genau, was sie zu tun haben. Es ist, wie du sagst, Gottes Befehl. Die Herren Kardinäle aber, bei denen das ganze Geld ankommt, die haben von Gott ganz andere Pflichten zugewiesen bekommen.

Der Alte schaute mich listig an und machte eine Pause.

Weißt du, was sie zu tun haben? Nichts. Gar nichts, den ganzen Tag lang. Das ist das Schwerste. Sie sind für den Rest ihres Lebens Kardinal, und fertig. Um sich von dieser schweren Last zu befreien, bauen sie sich hier in Villeneuve und im ganzen Umland immer neue Residenzen mit Terrassen und Gärten, mit Gestüten und Menagerien, Dienern und Pagen, Weinbergen und Obstgärten. So können sie das viele Nichtstun überhaupt nur ertragen.

Ich störte den Alten bei seiner Welterklärung nur ungern, doch ich wollte bei ihm an diesem Tag keine Wurzeln schlagen. Also wiederholte ich meine Frage, ob er mir wenigstens eine Kardinalslivree mit Hütten dahinter zeigen könne.

Nicht so eilig, mein Sohn!, sagte der Alte und zog ein Stück Weißbrot aus seiner Tasche, dazu ein Tonfläschchen.

Setz dich zu mir!, schlug er vor. Und wir zwei nehmen zusammen ein zweites Frühstück. Die Welt ist an einem solchen Morgen im Mai doch viel zu schön, um sie zu durcheilen. Du wirst deinen Kardinal schon finden, wenn wir dein Anliegen in aller Ruhe besprechen.

Seufzend setzte ich mich zu dem Mönch, dem offensichtlich langweilig war. Es war überall dasselbe. Wenn so ein einsamer Alter einmal mit dem Plaudern angefangen hatte, gab es kein Ende mehr. Aber außer ein paar Eseltreibern war niemand auf der Gasse, den ich nach dem Weg hätte fragen können. Der Alte riss für sich und mich zwei Stücke Weißbrot vom Kanten, tröpfelte etwas Olivenöl aus seinem Krug darauf und speichelte in seinem fast zahnlosen Mund alles sorgsam ein.

Der Mönch fing, wie ich es nicht anders erwartet hatte, bei Adam und Eva an: Du musst wissen, dass ich nicht immer Benediktiner war hier im Kloster. Nein! Da lebe ich erst seit dreißig Jahren, da hinten in Saint-André. Und er zeigte auf ein altes Gemäuer oben auf dem Hügel. Ich heiße auch André, wie unser heiliger Patron. Komisch nicht? Aber bevor ich fromm wurde, war ich dreißig Jahre lang Soldat für die Könige von Frankreich. Ich habe noch unter Philipp dem Kühnen gedient. Jaja, ich war dabei, als er beim vermaledeiten Kreuzzug gegen die Aragonesen in Perpignan starb. Das ist jetzt schon über vierzig Jahre her. Ich habe danach auch unter seinem Sohn, dem schönen Philipp, in Flandern gekämpft und in Aquitanien. Philipp war in Wirklichkeit übrigens gar nicht so schön, wie man sagt. Ich habe ihn gut gekannt.

Der Alte lächelte selbstzufrieden und mümmelte ein weiteres Stück Brot, bevor er fortfuhr:

Nur eitel war er, Philipp der Schöne. Na ja. Du, mein Sohn, bist weise und hast dich gleich für ein Leben als Mönch entschieden. Ich war dumm in deinem Alter und wurde Soldat. Aber was heißt das schon, Soldat? Ich hatte geglaubt, ich würde gegen Ungläubige kämpfen, Witwen und Waisen retten und die Liebe edler Jungfrauen erringen. In Wirklichkeit übt ein Soldat nichts anderes, als Menschen zu töten. Und dann tötet er sie. Nicht im ehrlichen Zweikampf, sondern mit Fackel und Schwert gegen wehrlose Bauern. Der Soldat brennt ihre Häuser und ihre Ernten ab, er vergewaltigt ihre Frauen und foltert ihre Kinder und schlägt ihnen dann die Köpfe ab. Danach wird gefeiert und gefressen und wieder geübt bis zum nächsten Einsatz. So geht das.

Ich kannte das, wovon der Alte sprach, und fürchtete, er würde mir jetzt auch noch erzählen, wie er bei den Kreuzzügen im Heiligen Land das Schwert geschwungen und die Standarte getragen hatte, bis ihm Christus persönlich erschien. Nie wird mehr gelogen als nach einer Schlacht.

Irgendwann, so plapperte der Benediktiner weiter, hatte ich von alldem genug und blieb einfach hier, wo ich als Capitan in der Garnison gelegen hatte. Als Mönch hat man es angenehmer, das wirst du im Leben noch genug erfahren. Kein Reiten bei Wind und Wetter, kein Hunger und keine Gefahren. Ora et labora. Aber vor allem: ora. Wir Benediktiner beten ausgiebig, wir essen regelmäßig und gehen früh schlafen. Seit vor über zehn Jahren der Papst da drüben in Avignon eingezogen ist, habe ich mir angewöhnt, mir anzuschauen, was die Kardinäle hier alles Schönes bauen. Die hohen Mauern stören etwas, denn die Herrschaften wollen sich nicht in die Gärten schauen lassen. Aber zuweilen werden wir Kleriker eingeladen zur festlichen Messe in einer Privatkapelle mit Gesang und hinterher einem Umtrunk. Oder ein Kardinal macht eine kleine Prozession, um eine neue Reliquie zu weihen. Da gibt es immer gut zu essen.

Ich versuchte es nochmal: Bruder André, du kennst dich gut aus in dieser Stadt. Ich suche nämlich eine gewisse Rixande, genannt die Dürre.

Warum die Dürre?, fragte der Alte.

Sie wird wohl etwas mager sein, sagte ich. Heute Morgen ist ihr Mann gestorben, und ich möchte der Frau ein paar tröstende Worte sagen.

Rixande, nie gehört, murmelte der Alte.

Es ließ sich nicht herausfinden, ob er die Wahrheit sagte. Immerhin hatte er mir zugehört.

Wenn du, fuhr er fort, eine schöne Livree mit Wirtschaftsgebäuden suchst, dann fängst du am besten gleich da hinten an. Da liegt zuerst links das Sommerhaus von Kardinal Napoleone Orsini, aber da steht zurzeit alles leer, der Kardinal will alle Gebäude abreißen und vergrößern. Es ist dem Italiener einfach zu klein. Diener haben letzte Woche das ganze Inventar nach Avignon geholt, Möbel, Geschirr, sogar die Blumentöpfe. Hundert Schritt oberhalb kommt die Livree von Kardinal Bertrand du Pouget. Du weißt, wer das ist?

Der Statthalter des Papstes in Italien?, riet ich.

Genau der, nickte der Alte. Der Kardinal hat sich schon seit Jahren nicht mehr in Avignon blicken lassen. Er muss tun, was ich, Gott sei Dank, hinter mir habe: Krieg führen. Dieser Bertrand ist der Neffe von Papst Joan aus Cahors. Einige behaupten auch, er sei sein Sohn. In jedem Fall fließt Geld in Fülle nach Villeneuve für diese riesige Livree. Krieg kostet viel, musst du wissen. Aber er bringt einigen Leuten noch viel mehr ein. Ich war Soldat, ich weiß das.

Mit listigem Blick zeigte er die Straße hinunter: Ich war lange nicht da drin, doch es heißt, hinter den Mauern verwahrt unser Heerführer die kostbarsten Geschenke, die Italiens Städte ihm aushändigen mussten. Goldene Monstranzen und Schreine voller Edelsteine. Jede Menge Gemälde. Exotische Tiere – Affen, Leoparden und Kamele. Vögel mit bunten Federn, man hört sie zuweilen krähen bis hierher. Und mehr als ein Dutzend edle Araberhengste sollen in den Stallungen stehen. Alles gut bewacht natürlich. Einen kleinen Bach hat Bertrand eigens umgeleitet, damit das Quellwasser durch die Speisetafel im Garten fließt und sich alle Gäste darin die Finger waschen können. Stell dir das mal vor! Das hat unser Abt mir erzählt. Aber leider kommt niemand hinein, um die ganzen Herrlichkeiten zu bewundern. Nicht einmal wir Benediktiner.

Ich sagte: Bertrand ist sicher ein sparsamer Mann. Er denkt ans Alter und sorgt vor für schlechte Zeiten.

Wieder schaute mich der alte André mit geneigtem Kopf an und mümmelte dabei sein Brot. Dann grinste er: Da hast du recht. Wenn die Menschen in der weiten Welt nur wüssten, wie schwer es so ein Kardinal hat, wie viel Geld er für seinen Alltag benötigt, dann würden sie bestimmt doppelt so hart arbeiten und gerne noch einmal so viel abgeben.

Ja, sagte ich, ora für die einen, labora für die anderen. Das ist Gottes Ordnung. Man muss nur zusehen, dass man an der richtigen Seite des Altars steht. So wie wir beide.

André nickte eifrig und schluckte den letzten Brocken hinunter: Genau! So wie wir beide! Ich freue mich, dass ich hier auf der Gasse einen derart wohlerzogenen Novizen getroffen habe. Da rede ich die ganze Zeit und habe dich gar nicht gefragt, wie du heißt und woher du kommst. Du bist kein Franzose, was?

Ich muss jetzt weiter, sagte ich, ich danke dir für deine Geduld.

Der Greis wackelte mit dem Kopf und streckte mir seine Hand entgegen:

Darf ich dich segnen, mein Sohn?

Nein, entgegnete ich und ging meines Wegs.

Neugierig, wie er war, wusste der Alte wahrscheinlich ganz genau, wo die dürre Rixande wohnte. Hätte er mir sonst so ausführlich vom Palast des Bertrand du Pouget vorgeschwärmt? Ich gelangte bald an ein Tor mit livriertem Wächter und blau-gelbem Wappen unterm Kardinalshut. Das musste die Livree sein. Von außen wirkte das Gelände noch größer als das unseres Dominikanerkonvents, es schien sich mit Gärten und Olivenhainen den gesamten Hügel hinunter zu erstrecken. Ich fragte niemanden und bog nach etwa hundert Schritt um die Mauer. Da lagen in einer schlammigen Gasse auf beiden Seiten Schuppen, ganz wie es mir Hans beschrieben hatte. Vor einer halb offenen Holztür hockte eine Frau, die keine andere sein konnte als Rixande. Dürr wie ein Besenstiel, mit einer spitzen Nase und herabhängendem Haar sah sie aus wie die Fastenzeit in einem Mysterienspiel. An ihr herab hing ein fettiger Kittel von undefinierbarer Farbe. Zu ihren Füßen kroch ein Kind im Dreck und krähte immer wieder nach der Mutter. Rixande reagierte nicht.

Guten Tag, sagte ich, du bist sicher Rixande, die Gefährtin von Serge.

Sie schaute langsam und mit stumpfem Blick zu mir auf. Keine Antwort.

Ich hatte mir eine Geschichte ausgedacht: Mich schickt Serges Kollege Loup, der Sergent aus dem Papstpalast. Ich wollte in seinem Namen sagen, wie leid es uns allen tut. Ich meine die Sache mit Serge. Dass er so sterben musste. Furchtbar. Vielleicht hilft dir dies etwas weiter.

Ich hielt der Frau ein paar von Shimons Sous hin, weil ich hoffte, dass sie dann gesprächiger werden würde. Doch sie schlug meine Hand weg, so dass die Kupfermünzen in den Straßendreck fielen.

Die Sergenten waren doch schon da, schrie sie mit schriller Stimme. Habt ihr noch nicht genug kaputtgemacht? Ich habe doch gesagt, dass ich nichts weiß. Schickt ihr jetzt auch noch Mönche, um mich auszufragen? Bist du von der Inquisition? Nimm ruhig alles mit! Das Zeug da drin, das kannst du alles haben. Den Kleinen hier unten auch.

Sie wies mit der Hand auf die Tür ihres Schuppens und mit dem

Kopf auf das schreiende Kleinkind. Ich zog am windschiefen Holzbrett, das als Tür diente, und sah drinnen ein wüstes Durcheinander. Die Sergenten hatten alles auf den Kopf gestellt. Überall loses Stroh. Decken lagen auf dem Boden, dazwischen ein Tontopf in Scherben. Neben der kalten Feuerstelle mit einigen Holzscheiten krümmte sich auf dem nackten Boden ein weiteres Kind und starrte mit roten Augen fiebrig an die Binsendecke. Eine abgenutzte Kiste, in der die Familie ihre paar Besitztümer verwahrt hatte, lehnte mit offenem Deckel an der Wand. Zwei hölzerne Heiligenfiguren, es konnten genauso gut Puppen fürs Kinderspiel sein, lagen daneben. Dazu ein paar Decken, Blechlöffel, Näpfe und ein abgebrochenes Messer. Mehr gab es nicht in diesem Haushalt. Was hatten die Sergenten bloß gesucht?

Als ich mich umdrehte, kroch Rixande auf dem Boden herum und raffte die Münzen zusammen, die sie gerade selbst verstreut hatte. Ihr war wohl bewusst geworden, dass sie sich in ihrer Lage keinen Stolz mehr erlauben konnte.

Sie lehnte sich wieder mit dem Rücken an die Wand des Verschlages und begann tonlos, als spräche sie mit sich selbst:

Ich hätte nie auf einen Pfaffen hereinfallen sollen. Wie kann eine nur so blöd sein! Nur weil Serge aus dem selben Ort stammt wie ich, bei uns in der Gascogne. Komm mit mir nach Avignon! Die Welt steht uns offen, hat er gesagt. Der Papst ist einer von uns, hat er gesagt. Er heißt De Got, genau wie ich. Dabei war Papst Clemens nicht einmal mit ihm verwandt. Das war vor über fünfzehn Jahren.

Rixande musste husten und kam nur langsam wieder zu Atem.

Dass er schnell aufsteigt im Palast, hat Serge mir prophezeit. Kanzlei, Kämmerei, gutes Gehalt und jeden Tag Geschenke von den Bittstellern. Genug Geld, schnelles Geld. Anfangs lief es tatsächlich, wir hatten sogar eine eigene Wohnung in Avignon. Dann starb der Papst, und alle Pfaffen aus der Gascogne wurden ersetzt durch Verwandte dieses Joan. Jetzt musste man aus dem Quercy stammen, wenn man es zu was bringen wollte. Und wir Gascogner waren der letzte Dreck. Serge stieg immer weiter ab, zum Schluss kriegte er nicht mehr als einen Groschen pro Tag, wie ein Wasserträger. Dabei hatte er die niederen Weihen. Wir mussten nach Villeneuve in dieses Loch umziehen, auch wegen der Schande. Ein Kleriker darf keine Konkubine haben. Diese Heuchler! Dass ich nicht lache! Ein Kleriker aus dem Quercy kann zwei Konkubinen haben. Nur mein Serge verdiente kaum mehr die Butter auf dem Brot. Am Ende saß ich in dieser Hütte, und er verschwand immer öfter in der Stadt zum Würfeln und zum Saufen.

Kannst du dir vorstellen, warum ihn jemand umgebracht hat?, fragte ich.

Sie schaute mich an, als bemerke sie jetzt erst meine Anwesenheit, und schnaufte durch die Nase: Das haben die Sergenten heute Morgen auch gefragt. Vier Mann waren sie, drei aus Avignon, einer von den Franzosen. Sie hätten mich nicht zu schlagen brauchen. Ich weiß nichts, gar nichts. Das kannst du denen im Palast sagen: Ich rede nicht im Bösen mit den Sergenten und nicht im Guten mit einem Spitzel der Inquisition. Weil ich nichts zu reden habe. Wenn ich wüsste, wer Serge umgebracht hat, ich würde es dir sagen und dann ein Dankgebet für den sprechen, der ihn erwürgt hat.

Ich bin nicht von der Inquisition, sagte ich. Ich habe Serge nur gefunden, gestern Abend, als sie ihm die Knochen zerschlagen hatten. Da lebte er noch. Er hat sogar noch was von einem Bären gesagt.

Die Nachricht schien sie nicht zu berühren. Das Kind zu ihren Füßen fing wieder an zu schreien, und sie hielt es sich mit leerem Blick an die Brust. Das Kind schrie weiter.

Ich muss herausfinden, was die Mörder gewollt haben. Irgendwas musst du doch wissen! Alles kann wichtig sein, sagte ich ohne große Überzeugung.

Sie redete einfach weiter: Fünf Kinder hat er mir gemacht, das geile Schwein. Die ersten zwei sind tot, das vierte liegt drinnen und fiebert. Meine Älteste, Marie, die ist neun. Arbeitet auf dem Acker und bringt abends etwas zu essen nach Hause. Sie ist es, die uns alle ernährt, während ihr Vater in der Stadt beim Würfeln sitzt und seinen Lohn versäuft. Das muss man sich mal vorstellen!

Sie hustete erneut und zeigte auf das Kind an ihrer Brust, das entkräftet eingeschlafen war: Lebende Leichen, das sind wir. Das hat ihr

Vater aus uns gemacht – und dieser raffgierige Papst. Als ich noch gesund war, habe ich beim Kardinal Bertrand im Garten geschuftet. Erde schippen, Bäume pflanzen, Wasser tragen von Sonnenaufgang bis abends für ein paar Sous. Und der Patron führt seine Feldzüge in Italien, ich habe ihn noch nie gesehen. Er soll in Bologna in einem goldenen Schloss wohnen und dort die Bürger bis aufs Blut ausplündern, das sieht ihm ähnlich. Seine Äffchen und seine Sittiche, die da drüben im Käfig sitzen, kriegen besseres Futter als wir. Die Pferde werden mit Essig eingerieben und mit teurem Weizen gemästet. Und dann fordert der Verwalter für diese Hütte auch noch Pacht von mir.

Sie hustete lange und spuckte Schleim: Was Serge und seine Mörder angeht – sicher hat er beim Würfeln betrogen oder seine Schulden nicht bezahlt. Warum hätten sie ihn sonst so zugerichtet?

Wo hat er denn gespielt?, fragte ich.

Sie überlegte: Seit Monaten trieb er sich überall in Avignon herum, immer mit diesem Bruno. Vor vier, nein, vor fünf Tagen war er das letzte Mal hier, ganz kurz am Nachmittag, völlig aufgeregt. Bald sind wir reich, hat er gesagt. Dann hat das Elend ein Ende. Dann gehen wir zurück nach Libourne und kaufen uns ein Haus. Und du bist die Hausfrau in schönen Kleidern. Nur weg aus Avignon, weg von diesem Papst. Er redete und redete wie im Fieber, aber ich habe ihm sowieso nichts mehr geglaubt. Reich! Ein eigenes Haus! Mit einem Pfaffen wie dem! Leute wie wir müssen sogar im Himmelreich hungern.

Hat er erzählt, wie er plötzlich reich werden wollte?, fragte ich.

Sie lachte hämisch. Nichts hat er gesagt, weil alles nur ein Hirngespinst war. Vielleicht hat ihm jemand Zauberwürfel angedreht. Das hätte zu ihm gepasst. Er hat immer nur verloren, nie gewonnen. Es ist gut, dass Serge tot ist.

Du hast, bohrte ich weiter, von einem Bruno erzählt. War das sein Freund?

Bruno mit dem Hinkefuß, höhnte die dürre Rixande. Das ist auch so ein Kumpan der Höllenzunft. Fleisch vom selben verfaulten Fleisch, wenn auch kein Pfaffe. Wenn du Bruno triffst, wird er dir was erzählen von Würfeln und Krediten und dich sofort anpumpen. Ich habe keine

Ahnung, wie Serge an den Schwätzer geraten ist. Wahrscheinlich bei der Pignotte, wo sich die Habenichtse jeden Tag ihr Brot und ihr Bier abholen. Serge hat in letzter Zeit immer nur von Bruno erzählt. Bruno ist schlau. Bruno hat einen Plan. Bruno weiß, wie man an Geld kommt. Ich habe Bruno nur einmal gesehen, vor ein paar Wochen. Und ich weiß auch sonst nichts von dem, außer, dass er aus dem Westen stammt, aus Poitiers, glaube ich. Und dass die beiden meistens beim Bretonen gewürfelt haben, irgendwo bei den Minderbrüdern. Beim Bretonen habe ich noch Kredit, hat Serge gesagt. Wenn ich mit Bruno beim Bretonen bin, da haben wir immer eine Glückssträhne. Nur der Bretone hat die guten Würfel, die anderen nicht. So Zeug. Vielleicht war es ja der Bretone, der ihm den Hals umgedreht hat.

Ich blickte noch einmal in die Stube. Dort lag das Kind mit verklebten Haaren genau wie vorher und keuchte, schwer zu sagen, ob Junge oder Mädchen. Es würde seinen Vater nicht lange überleben.

Frag im Palast, ob jemand noch etwas Geld für mich hat, rief Rixande plötzlich. Vielleicht sind ja doch noch ein paar Gascogner da. Sie sollen sich einer armen Frau aus der Heimat erbarmen. Ich brauche nicht viel. Nur etwas Geld für die Reise zurück nach Libourne für mich und meine Tochter. Und für die Beerdigung.

Ich sagte: Für die Beerdigung brauchst du kein Geld. Serge muss der Papst begraben, weil dein Gefährte im Palast gearbeitet hat. Das wenigstens ist Joan ihm schuldig.

Rixande schüttelte den Kopf: Ich habe nicht von Serge gesprochen, ich meine das Kroppzeug. Den Kleinen hier, und den Fiebrigen da drinnen. Wenn die beiden erst unter der Erde sind, dann gehen wir weg, meine Marie und ich. Marie ist stark, die kann schuften wie ein Vieh und jeden in Libourne heiraten. Dann kriege ich doch noch mein Haus. Es kann doch nicht immer alles schiefgehen.

Sie kam ganz nah an mich heran und krallte sich an meine Hand. Aus tiefen Augenhöhlen schaute sie mich an: Kannst du mich segnen, Pfaffe? Segne mich!

Ich wollte ihr sagen, dass ich nur ein Novize war. Dass ich die nötigen Weihen nicht hatte. Dass mein Segen ihr nichts nütze. Dass kein

Segen einem Menschen etwas nützt. Und dass es für Leute wie sie keine Hoffnung gibt.

Dann segnete ich sie und ging zurück nach Avignon.

KAPITEL 13

Um zum Konvent der Franziskaner zu gelangen, in dessen Nähe die Schenke des Bretonen lag, musste ich einmal quer durch die Stadt. Es war jetzt gegen Mittag.

Bei der Nikolauskapelle oben auf der Brücke, wo alle Reisenden kontrolliert wurden, erblickte ich die abgeschnittenen Köpfe und Gliedmaßen Hingerichteter, die hier auf langen Pfählen verwitterten. Das sollte so sein. Nirgendwo war die Justiz sichtbarer als am wichtigsten Zugang einer Stadt. Gewöhnlich hatten Krähen in wenigen Tagen das Fleisch und die Augen der Delinquenten aufgefressen, doch Knochen und die daran hängenden Sehnen blieben zuweilen monatelang zur Abschreckung aufgespießt und baumelten im Wind. Das war nicht schön anzusehen, aber in Avignon nicht anders als überall. Niemand achtete auf die Gebeine. Ich kannte den Anblick, der angesichts der häufigen Überfälle und Raubmorde in der Gegend keinen Mörder abschreckte. Erst letzte Woche hatte der Viguier, der Stadtrichter von Avignon, einen Räuber in einen Sack nähen und von der Brücke in die Rhone werfen lassen. Da gab es zwar keine Überreste, doch war es ein Spektakel, das sich kaum jemand entgehen ließ. Ich war nicht dabei gewesen, aber die begeisterten Erzählungen waren bis ins Kloster gedrungen. Bevor sein Sack zugenäht wurde, hatte der Strauchdieb noch eine tränenreiche Rede gehalten und seinem Henker mit Friedenskuss vergeben. Die Menge hatte gejubelt.

Hinter der Brücke ging ich zwischen dem Papstfelsen und dem Hafenviertel quer hindurch, am Kloster Saint-Laurent der Benediktinerinnen vorbei, wo man den Gestank vom Fischmarkt riechen konnte, vor allem bei so sonnigem Wetter. Dann kamen die halb verfallenen Mauern des innersten Rings, über den Avignon seit langem hinausgewuchert war. An den Ruinen der Mauern breiteten sich Stallungen und Schuppen aus, in denen nicht nur Tiere unterstanden, sondern auch Krüppel und Bettler hausten. Es war schlammig hier, die Senken des alten Grabens musste man auf Stegen überqueren. Während mich Fliegen umschwärmten, stank es von unten nach Exkrementen. Ich bog nach links ab, zwischen den Kirchen Saint-Geniès und der Principale hindurch Richtung Porte Saint-Imbert. Rechts standen die schrägen Steinhäuser des Trouillas, das war ein verrufenes Volksviertel, dessen Behausungen mit Holzgiebeln und Veranden aufgestockt waren. Die Gassen wurden immer schmaler. Die Christenmenschen lebten hier fast so beengt wie die Juden in der Carriera.

Wohnungen waren knapp in Avignon. Seit Joan sich hier vor bald fünfzehn Jahren endgültig niedergelassen und nicht mehr wie sein Vorgänger Clemens alle paar Monate seine Residenz gewechselt hatte, verwandelte sich die verschlafene Bischofsstadt in eine Metropole – mit allen Vorteilen für den Papst und allen Nachteilen für die Einwohner. Obwohl überall gebaut wurde, lebten die Menschen förmlich übereinander. Ramon hatte mir erzählt, dass es eine eigene Wohnungskommission mit päpstlichen Funktionären und Vertretern der Hausbesitzer gab. Sei froh, sagte Ramon, dass du als Ketzer bei uns im Kloster unterkommst. Sonst wärst du mit deinem Meister schon auf der Gasse erfroren, bevor sie euch überhaupt verbrennen können.

Ramon in seinem großen Gemüsegarten war besessen von der Enge in Avignon. Der Alltag hier war ganz anders als der nachbarschaftliche Zusammenhalt in seinem Dorf Lansac. Ramon hatte über die Jahre die Verwandlung Avignons genau mitbekommen und sich darüber seine Gedanken gemacht.

Hier ist die einzige Stadt der Welt, erzählte er kopfschüttelnd, in der mehr Fremde wohnen als Einheimische. Zwanzigtausend zugereiste Kurtisans bei Hof, fünfzehntausend eingesessene Provenzalen. Dazu tausend Juden und immer fünftausend Reisende, die beim Papst etwas zu erledigen haben. Und der Papst ist ja selber ein Fremder.

Zuwanderer hießen hier Kurtisans. So nannte man all diejenigen, die im weitesten Sinn zum Papst gehörten: Diener, Lieferanten, Kaufleute, aber auch Kerzendreher, Pergamentschaber, Apotheker, Kellermeister, Pferdeknechte, Barbiere, Wächter, Gärtner im Kuriendienst. Über siebenhundert Kleriker arbeiteten darüber hinaus in den verschiedenen Ämtern des Palastes. Sie hatten oft Verwandte dabei oder bekamen über Monate Besuch von Bittstellern aus ihrer Heimat.

Stell dir nur vor, erklärte mir Ramon, diese Kurtisans müssen alle in der Stadt essen und wohnen. Dabei ist ihnen Avignon vollkommen egal, wenn sie nur irgendwo ihr warmes Plätzchen finden. Deshalb geht es jeden Tag so rüde zu. Papst oder Kardinal, Gesandter oder Bischof – jeder hält die Hand über seine Leute. Wenn sie was anstellen, kommen sie nicht vor den Richter des Grafen wie die normalen Bürger. Nein, sie haben natürlich ihre eigene päpstliche Justiz, ihre eigene Polizei, ihr eigenes Gefängnis. Alles schön abgeschirmt hinter hohen Mauern. Kannst du dir vorstellen, was für ein Durcheinander das gibt? Die Gerichtsbarkeiten streiten sich über Jahre um die Angeklagten. Wer etwas Geld für die Wärter hat, der kann fliehen. Wer noch etwas mehr für die Richter übrig hat, der kriegt einen Freispruch oder bringt sogar seinen Ankläger in den Kerker.

Bei uns in Lansac, sagte Ramon glücklich, da machen wir mit Übeltätern kurzen Prozess. Er machte mit den Fingern ein Zeichen zum Unterleib: Schnipp, schnapp. So geht das. Aber nicht in Avignon. Hier in der Stadt des Papstes, der doch Gottes Gerechtigkeit auf Erden verkörpert, herrscht das Verbrechen. Nirgendwo auf der Welt hocken mehr Advokaten beisammen als in Avignon, und genau das führt zum Triumph des Unrechts. Jeden Tag schicken uns die Universitäten mehr von diesen Rechtsverdrehern und machen aus Schwarz Weiß und aus Weiß Schwarz. Mit studierten Richtern kann man hier die Gassen pflastern. Und für alle hat der Herr Papst ein Zimmerchen frei.

Ramon hatte über die Jahre genau hingeschaut. Jeder Erker, jeder Dachboden und jeder Stall stand in einem Verzeichnis und wurde, wenn es irgend zumutbar war, einem neuen Schreiber oder Juristen am Papsthof zugewiesen. Päpstlicher Dienst hatte Vorrang. Die höheren

Chargen erhielten aus Joans voller Kasse genau berechnetes Wohngeld, die Privilegiertesten sogar die ganze Wohnung umsonst. Dass verstreut in der ganzen Stadt die Livrees der Kardinäle lagen und sich die hohen Herren notfalls mit Gewalt immer neue Häuser aneigneten, vergrößerte die Not noch. Einige eingesessene Familien waren durch ihre Grundstücke und Steinhäuser fabelhaft reich geworden. Doch jetzt gab es von einer eigenen Kommission kontrollierte Einschränkungen beim Wohnzins und beim Verkauf von Grundstücken. Der Not hatte das aber keineswegs abgeholfen, denn Avignon war viel zu beengt, um die Zentrale der Christenheit zu beherbergen. Alle paar Monate eröffnete ein anderes Königreich eine feste Gesandtschaft beim Papst. Diese Botschafter lechzten nach repräsentativen Gebäuden, der Preis spielte keine Rolle. So wurden immer mehr Bürger aus ihren Behausungen gedrängt, während die Stadt immer schlechter mit Frisch- und Abwasser versorgt war und in manche Gassen kaum mehr Licht drang.

Nirgendwo hatte ich im Leben mehr Ratten gesehen als unter dem Felsen des Papstpalastes. Nirgendwo lungerten in den Außengassen mehr bettelnde Leprakranke herum. Wer von den vielen Obdachlosen Glück hatte, konnte in einem neuen Bourg – das waren planmäßige Wohnviertel einfachster Bauweise – außerhalb des Mauerrings unterkriechen. Wer Pech hatte und die horrenden Mieten nicht aufbrachte, schlief eben im Straßendreck oder musste für immer aus Avignon verschwinden.

Doch für jeden Eingesessenen, der ging, kamen zwei neue Glückssucher. Wir hatten es auf unserer Reise von Köln hierher mit eigenen Augen gesehen. Die Hungersnöte nach den kalten Wintern und schlechten Ernten der vergangenen Jahre hatten ganze Landstriche entvölkert. Wo vorher Hirten und Bergbauern ihr Auskommen hatten, streiften nun Wölfe umher. Wer in den Bergen nicht verhungert oder erfroren war, floh ins Tal, wo aber kaum Arbeiter gesucht wurden. Außer in die paar Handelsstädte wie Lyon oder Marseille, so wusste Ramon, konnten die Menschen dieser Gegend einzig nach Avignon flüchten. Und der Ruf des sagenhaften Reichtums von Joan hatte Bettler bis aus Paris, aus den Pyrenäen oder sogar dem Hennegau hergelockt. Sie alle hausten in elenden Verschlägen vor der Stadt, schliefen im Uferdickicht der Rhone und kamen nach Sonnenaufgang mit klappernden Holzschalen und Bittgesängen wie die röhrenden Hirsche in die Gassen geströmt. Ihr Ziel war die Pignotte, deren rauchende Kamine ich jetzt linker Hand an meinem Weg erblickte. Die Pignotte war der Bauch von Avignon.

Bei meinen Streifzügen durch die Stadt war ich ganz von selbst zu diesen weitläufigen, flachen Gebäuden gekommen, denn alle Armen strebten bereits am Morgen dorthin. Die Pignotte trug ihren Namen nach den Brötchen, die päpstliche Bedienstete jeden Mittag mit einem Becher Wein an die Bittsteller ausgaben. Es herrschte ein furchtbares Gedränge, und es kamen sicher über tausend Arme gleichzeitig. So eine Speisung gab es in der ganzen Welt nicht noch einmal. Der Papst musste Unsummen dafür bereitstellen, denn im Wechsel bekamen über dreihundert Glückliche jeden Tag überdies noch ein warmes Essen mit drei Gängen – Käse, Fisch, Hammelsuppe – serviert und wurden in einer Kleiderkammer bei Bedarf neu ausgestattet. Auch an Schuhwerk mangelte es nicht. Alles war streng geregelt. Etliche Wärter mit Spießen und Prügeln hielten die Schreienden in Schach und ließen die Bittsteller nur in kleinen Gruppen zu den päpstlichen Almosenieren hinein. Weil ich bei den Dominikanern durch Ramon ganz gut versorgt war, wollte ich mich nicht ums Brot raufen. Aber ich hatte den Mund vor Staunen über diese Speisung nicht mehr zubekommen.

Ramon wusste es wieder einmal besser: Du bist zu ungeduldig, Albarino, du hättest dich ruhig anstellen sollen. So eine Pignotte ist aus zwei Dritteln Weizenmehl und einem Drittel Roggen gebacken. Und es gibt drei Stück pro Kopf. Das reicht für den ganzen Tag und schmeckt viel besser als das holzige Zeug, das unser Klosterbäcker uns Laienbrüdern und Novizen auftischt. Sogar Prior Gaucelin lässt sich von den Bäckern der Pignotte unter der Hand beliefern. In den Riesenöfen, in denen die ganze Nacht das Feuer brennt, wird das Brot viel knuspriger. Fast wie bei uns in Lansac, da backen wir unser Brot auch alle gemeinsam in einem großen Herd.

Ich wunderte mich über die Mildtätigkeit dieses Papstes. Er war geizig wie kein zweiter Herrscher und riss den Menschen das Geld gnadenlos aus der Tasche. Immer wieder überzog er den Kontinent mit Sondersteuern für Kreuzzüge, die dann gar nicht stattfanden, sondern nur dem französischen König und ihm frisches Bargeld einbrachten. Wer den Zehent an die Kirche nicht abliefern konnte, war nicht nur automatisch exkommuniziert, sondern wurde ohne Aufschub vertrieben. Bischöfe kannten kein Erbarmen bei Geistlichen, die mit Abgaben für gepachteten Boden oder mit Schuldzinsen im Rückstand waren. Und wenn unzählige Menschen dann in Lumpen vegetierten, weil sie die Kassen und Truhen der Kirche bis zum Bersten gefüllt hatten, dann lud sie der oberste Kleriker huldvoll an seinen Hof und ließ ihnen dampfende Brötchen und einen Becher Wein reichen. Innige Dankgebete waren dem Papst sicher.

Der kluge Herr pfändet den Acker des Bauern und lässt ihn dann für sich pflügen – das war ein Sprichwort, das Ramon bei der Arbeit im Mund führte. Es war beileibe nicht so, dass die Armen nicht merkten, wie sie von den Reichen ausgesogen wurden. Sie fanden bloß keinen Ausweg. Den Ärmsten blieb nur die Pignotte. Zudem wusste Papst Joan sehr genau, dass im überfüllten Avignon sofort ein Hungeraufstand losgebrochen wäre, gäbe es nicht seine Almosen, für deren Aufwand er einen Ehrenplatz am himmlischen Hof einfordern konnte. Dieser Papst war der gierigste Mann der Welt. Und konnte sich deswegen leisten, der mildtätigste zu sein.

Ich hatte die Pignotte passiert. Bei der Porte Saint-Imbert lag der große Pferdemarkt. Auch an diesem Tag war viel los; gute Reittiere wurden immer gebraucht. Auf Provenzalisch, Italienisch, Französisch feilschten Händler und Kunden, unruhige Tiere wieherten, und es roch durchdringend nach Pferdepisse. Nicht, dass hier an der Porte eine Mauer mit bewachtem Stadttor lag. Auch der äußere Mauerring war lange schon baufällig und durchlässig geworden. Unser Avignon ist löchrig wie ein Käse aus dem Jura, pflegte Ramon immer zu sagen. Die größten Bourgs mit vielen Armenwohnungen, aber auch die eine oder andere neu gebaute Livree eines Kardinals, einige Kapellen und aus

Dörfern entstandene Nachbarschaften lagen in den Wiesengründen außerhalb, genau wie die großzügigen Baulichkeiten der Franziskaner hier an einem Kanal der Sorgue. In deren Bett entließen die Gerber und Färber ein paar hundert Schritte weiter ihre stinkende Brühe.

Die Franziskaner, wegen ihrer Kordeln um den Habit Cordeliers genannt, ließen sich großzügig unterstützen vom Kardinal Napoleone Orsini. Bei uns Dominikanern lästerten alle über die Baumaßnahmen, die der Italiener seit Jahren finanzierte. Das Dach der Kirche war noch nicht vollständig gedeckt, überragte aber bereits ganz Avignon. Dabei wurde auch unsere Dominikanerkirche um immer neue Seitenkapellen erweitert, weil es einer der Mönche, Guillaume de Laudun, zum Erzbischof von Vienne gebracht hatte. Auch einen neuen Kreuzgang hatte dieser Guillaume aus eigenen Mitteln bauen lassen. Doch seit die Franziskaner wegen ihrer radikalen Armutslehre beim Papst in Ungnade gefallen waren, wirkte die öffentliche Unterstützung des Kardinals für die Cordeliers wie ein bewusster Affront gegen Joan. Konnte es wirklich sein, dass Napoleone, dem reichsten Kirchenmann nach dem Papst, die Armut Christi so am Herzen lag, dass dieser Geldsack die Verschwendung der Kirche geißeln wollte, indem er die Bettelbrüder mästete?

Die politischen Fronten waren klar: Napoleone Orsini und die Franziskaner standen gegen den Papst und für seinen Erzfeind, den Kaiser. Papst Joan mit den französischen Kardinälen und den Dominikanern standen auf der anderen Seite. Wer wie die Franziskaner Christus für besitzlos erklärte und deswegen den Reichtum der Kirche verdammte, wurde den Inquisitoren sofort verdächtig. Und wer die Rückkehr des Papstes nach Italien, in Napoleone Orsinis geliebte Heimat, forderte, der fand sich schon halb in einem päpstlichen Kerker wieder. Italien war momentan Feindesland. Und der Papst, das hatte ich bei mehr als einer dominikanischen Predigt in diesem Winter gehört, gehörte nach Avignon, weil er von dort aus das Reich Gottes gegen den teuflischen Bayern verteidigen konnte. Gegen diesen frischgebackenen Kaiser brauchte der Papst immer mehr Geld für die Sicherung des Kirchenstaates. Wer aber die Armut der Kirche einfordert, so hatte Papst Joan in seiner Bulle »Quia nonnumquam« entschieden, macht sie schäbig und wehrlos.

Die Franziskaner begehrten immer radikaler gegen diese Lehrmeinung auf und wollten ihrerseits die totale Armut Christi zum Dogma machen. Der Papst sollte ein vorbildlich armer Mann werden. Einige Mönche waren für diese Majestätsbeleidigung bereits verbrannt worden. Es herrschte Krieg in der Kirche.

Gerade deshalb kam mir die Großbaustelle rund ums Franziskanerkloster, vor dem ich nun stand, so anmaßend vor. Wenn der Orden auf allen Besitz verzichtet, wieso baut er seine Kirchen so prunkvoll aus? Hinter hölzernen Gerüsten erblickte ich Spitzbögen, Strebepfeiler und eine riesige Rosette. Das war kein Bekenntnis zur Armut, sondern ein Gruß berühmter Architekten aus Italien. Bald würden Maler aus Florenz oder Siena kommen und mit Gold und Lapislazuli Bilder von der Bedürfnislosigkeit des heiligen Franziskus an die Wände malen. Geld genug war vorhanden, denn niemand bekam mehr Spenden von den italienischen Kaufleuten als die Franziskaner.

Halt dich fern von den Cordeliers. Die Mahnung hatte Ramon mir öfter mit auf den Weg gegeben. Unsere Rivalen sind hochmütig und reich, und dazu noch geizig wie die Wucherer. Sie tun nur so, als wären sie arm. Deshalb kriegst du bei denen keine gebratenen Eier und saftigen Fischpasteten serviert wie bei deinem Freund Ramon, sondern höchstens Wassersuppe und ketzerische Worte. Ehe du dichs versiehst, stehst du wegen dieser franziskanischen Hungerleider mit einem Bein auf dem Scheiterhaufen. Verdient haben sie es. Dieser verrückte Franziskus aus Assisi hat Steine gefressen, sich gepeitscht und sich zu Tode gefastet, aber das ist nicht das Los eines klugen Menschen. Wir brauchen Wein und fetten Braten, damit unsere Seele vorbereitet ist aufs Paradies. Gott hat das so gewollt.

Dass die Franziskaner von Avignon im Gestank und direkt neben den Hurenhäusern lebten, war sicher nach Papst Joans Geschmack. Ein Kleriker, der in diese Gegend kam, war schon vorab verdächtig – ob als Ketzer oder als Freier. Doch mich zog diese üble Nachbarschaft heute magnetisch an, weil sich hinterm Franziskanerkloster auch die berüchtigsten Spielhäuser der Stadt befanden. Auch aus unserem Dominikanerkloster gingen Mönche regelmäßig dorthin, sie prahlten damit, wenn sie gewonnen hatten. Es war kein Geheimnis, dass Bettelmönche gerne zu den Huren gingen und noch lieber um Geld würfelten als Laien. Der arme Serge, Kleriker auch er, hatte hier sein Leben verspielt.

Nach dem Bretonen musste ich nicht lange suchen. An der hinteren Klostermauer der Cordeliers lehnte ein windschiefes Gemäuer. Über der Eingangstür baumelte der Kieferknochen eines Wals. Auf den Knochen hatte man mit Ruß gepinselt: »Zum Bretonen«. Hier also war Serge ein und aus gegangen, bis irgendjemand für gut befunden hatte, ihm die Knochen zu brechen und zur Vollendung den Hals umzudrehen.

Drinnen herrschte trotz der Mittagsstunde reichlich Betrieb. Männer würfelten mit Frauen, Alte mit Jungen, Besoffene mit Nüchternen, Livrierte mit Zerlumpten, Franziskaner mit Dominikanern. Das Rütteln der Würfel erfüllte den Raum ebenso wie der Geruch von billigem Fusel. Albertus Magnus, mein dominikanischer Mitbruder und berüchtigter Giftmischer, hatte in seiner Kölner Alchimistenküche erfunden, wie man aus Wein hochprozentigen Branntwein destilliert. Albertus war ein Theologe nach meinem Geschmack; er war spirituell.

Mein Meister, der sich in Köln abends zuweilen ein Gläschen Aquavita gegen seinen Kopfschmerz genehmigte, sprach mit leuchtenden Augen von der Medizin, die unser Bruder Albert bei seinen Experimenten entdeckt hatte. Der Meister hatte den hochbetagten Albertus Magnus noch kennengelernt und konnte bezeugen, dass der Schnaps dem Verstand unseres Bruders nicht geschadet hatte. Branntwein war, in der richtigen Menge genossen, gut gegen Krankheiten des Körpers wie der Seele.

Hier beim Bretonen musste ein ganzes Hospital beisammenhocken; es gab jede Menge Medizin aus dunklen Tonkrügen. Knechte gingen umher und schenkten freigebig nach, aber nur gegen sofortige Bezahlung. Ich kannte aus den Häfen der Ostsee die alte Regel des Gewerbes, dass die Verluste beim Würfeln mit jedem Glas Schnaps für die Spieler erträglicher wurden – und die Gewinne des Wirtes mit jedem Glas einträglicher. So hatten mir das besoffene Seeleute in Danzig erklärt, nachdem sie ihre Heuer in einer Stunde beim Würfelspiel auf den Kopf gehauen hatten.

Der kahlrasierte Wirt mit großem silbernen Ohrring stand hinter seiner Geldkiste auf einem Podest beim Schanktresen. Mit seiner Größe hätte er alle Bänke und Tische auch so überblicken können. Doch auf dem erhöhten Posten sahen ihn seine Schankknechte noch besser und konnten auf jedes Zeichen seiner Hakennase reagieren. Ein Habicht auf Beuteflug, dachte ich. Gerade hatte er mit einem Kopfnicken entschieden, dass ein Kerl mit Wieselgesicht noch eine Ration Aquavita ausgeschenkt bekam. Zwei junge Frauen nahmen das hagere Männchen sogleich in die Mitte. Augenscheinlich hatte der Mann noch Geld in der Tasche.

Ich winkte einen Knecht herbei und zeigte auf seinen Krug. Der zahnlose Mann mit einem Geschwür an der Nase stellte mir einen Holzbecher hin, schenkte drei viertel voll und hielt zwei Finger empor. Ich warf ihm zwei Sous hin.

Willst du würfeln?, fragte der Knecht.

Ich suche den Bretonen, sagte ich und zeigte auf den Tresen. Das ist er doch?

Stimmt, das ist Gwendal, antwortete der Knecht. In seinem zahnlosen Mund klang der bretonische Name nach einem unterdrückten Gähnen: Ich weiß nicht, was der Wirt mit einem Grünschnabel von Mönch zu besprechen hätte.

Ich leerte meinen Becher auf einen Zug und bemerkte trotz des Brennens in der Kehle lächelnd: Ich will gar nichts mit ihm besprechen, ich will ihm nur die Beichte abnehmen.

Der Zahnlose starrte mir nach, während ich zum Tresen schritt. Ich dachte an Niklas. Wenn du ein wildes Tier jagst, hatte der mich gelehrt, dann triff sofort das Herz, sonst haut es ab oder greift dich an. Ich zielte aufs Herz.

Gott zum Gruß, Gevatter Gwendal, grinste ich dem Wirt wie einem alten Freund ins Gesicht. Sag, war Bruno, der alte Hinkefuß, heute noch nicht da? Ich bin mit ihm zu einem Spielchen verabredet.

Gwendal ließ sich nicht aus der Ruhe bringen. Er zog die Brauen unter seiner kurzen Stirn zusammen und sagte, ohne den Mund aufzubekommen: Kenne ich nicht.

Was denn?, lachte ich, Bruno, den Humpelfuß? Der ist hier doch beinahe zu Hause, zusammen mit Serge, dem kleinen Gascogner. Na ja, Serge ist heute verhindert, aber Bruno wird sich gewiss eines Dominikaners erbarmen. Eine gottgefällige Einladung kann so ein frommer Christ wie Bruno keinem abschlagen. Nur ein bisschen würfeln.

Mit einem Ruck riss mich Gwendal an meinem Habit so nah zu sich heran, dass ich seinen Knoblauchatem mitten ins Gesicht bekam und ganz aus der Nähe den gebogenen Haifischzahn bewundern konnte, der an einem Amulett um seinen Hals hing.

Pass gut auf, Kleiner. Wenn ich sage, dass ich deinen Freund Bruno nicht kenne, dann hast du Wicht das in meinem Laden nicht anzuzweifeln. Und wenn du unbedingt spielen willst, dann spiel in deiner Zelle mit dir selbst.

Vielleicht, stieß ich hervor, interessieren sich ja die Sergenten für dich, wenn ich ihnen sage, dass Bruno und Serge hier seit Wochen ein und aus gingen Die beiden werden schließlich im Palast gesucht. Und Serge soll es ja gar nicht gut gehen.

Gwendal lockerte seinen Griff und drehte mit der freien Hand meinen Kopf zu den Tischen.

Schau mal, da links, sagte er leise. Da auf der Bank sitzen zwei Sergenten des Marschalls, da rechts sitzt noch einer. Und der Dünne da hinten mit der Feder am Hut, das ist der Oberste der päpstlichen Kammerdiener. Der sortiert unserem alten Joan morgens und abends beim Ankleiden das Gemächt. Ich kann ihn bitten, das auch bei dir zu tun. Bei dir könnte es aber schmerzhaft werden. Wir machen es darum so: Weil ich keinem Mann der Kirche etwas antun will, haust du jetzt einfach ab. Bei den Dominikanern ist jede Menge Platz, da kniest du dich vor einen Altar und sagst ein paar Dankgebete, dass der Bretone so ein gemütlicher Kerl ist. Klar?

Ich beugte mich demütig und verbarg meine Hände in den Ärmeln meines Habits. Dann zog ich mein Messer und schlitzte mit einer schnellen Bewegung die Schnur durch, an der Gwendal seinen Haifischzahn trug. Ich hatte ihn nur geritzt; eine dünne Blutspur träufelte vom Hals auf sein Hemd herab. Der in Metall gefasste Zahn fiel mit einem Klirren zu Boden, während ich mein Messer nun genau auf Gwendals Schlagader richtete. Es war plötzlich still im Raum, alle starrten uns an, und einige Schankknechte stürmten herbei. Gwendal schickte sie mit einem strengen Blick wieder weg.

Ich kann dir mein Gebet auch direkt ins Ohr sagen, schlug ich ihm vor. Ich nahm mit der freien Hand den großen Silberring und zog sein Ohrläppchen mit dem daran hängenden Kopf zu mir. Du solltest, flüsterte ich, dein Glück im Spiel nicht zu sehr herausfordern. Du hast es ja bei Serge erlebt: Manchmal geht alles ganz schnell, und du hast alles verspielt. Du sollst wissen: Ich habe keine Angst vor dir, ich habe auf hoher See schon anderen Bretonen die Kopfhaut rasiert. Wenn ich jetzt deinen Schuppen verlasse, dann kannst du dem Herrgott danken, dass ich vorlauten Falschspielern das erste Mal ihre Strafe erlasse. Aber wenn mich einer deiner Knechte auch nur berührt, dann musst du dich nach neuem Personal umsehen. Falls du dann noch sehen kannst.

Ich behielt das Messer locker in der Rechten und ging schnurstracks zur Tür. Niemand wagte es, mir zu folgen. Draußen rannte ich nach links, machte einen Bogen um die Häuser und schlich mich entlang des Sorguekanals zurück zu einem Gebüsch, von dem aus ich das Gasthaus des Bretonen gut im Blick hatte. Ein kleines Flackern in Gwendals Augen hatte mir verraten, dass er sich der Unterstützung der Sergenten keineswegs sicher war. Und natürlich wusste er Bescheid über Serge und Bruno. Er wollte bloß nicht, dass ich das erfuhr.

Es dauerte ein Weilchen, bis Gwendal mit zwei Gästen zur Tür herauskam. Die Zecher trollten sich Richtung Stadt. Der Wirt blickte sich geruhsam um, blieb stehen, tat einige Schritte auf und ab und machte keine Anstalten wegzugehen. Es wirkte, als wollte er sich mir präsentieren.

Du Idiot, dachte ich bei mir. Die Hintertür! Ich stürzte zur Klostermauer der Franziskaner und pirschte mich von dieser Seite durchs Gebüsch zum Bretonen. Ich kam gerade rechtzeitig, um zu sehen, wie sich auf der Rückseite des Ladens eine Klappe öffnete, die zu einem Graben führte. Es war derselbe stinkende Graben, durch den ich gerade mit nassen Füßen watete. Ich drückte mich fest an die Mauer und sah, wie zwei Knechte einen großen Sack herausschleppten und ihn nach nicht einmal zehn Schritten auf den feuchten Grund sinken ließen. Dann verschwanden sie wieder im Laden.

Ich stapfte sofort hin und schnitt den Sack mit meinem Messer auf. Der Mann war im Gesicht so furchtbar zugerichtet, dass ich mich über jeden Tropfen Aquavita freute, den ich gerade getrunken hatte. Der Mann war sicher über vierzig, kahl, unrasiert und blickte mit angstvoll geweiteten Augen ins Nichts. Man hatte ihn geknebelt und ihm von hinten den Schädel eingeschlagen, so dass Blut und Hirnmasse über dem Nacken herausquollen. Die Leiche war noch warm. Ich riss das Sackleinen weiter herunter und konnte erkennen, dass auch diesem Toten zuvor Knie und Knöchel zertrümmert worden waren. Dieselbe Handschrift wie in der Kapelle. Nur den verkrüppelten Fuß, der in einem Ledersack steckte, hatte der Täter verschont. Ich wusste, wer das hier angerichtet hatte. Serge und Bruno, die glücklosen Glücksspieler, waren vom gleichen Mann ermordet worden.

Der Täter konnte nur in zwei Richtungen fliehen: aus der Stadt hinaus oder in sie hinein. Ich war überzeugt, dass der Bär nicht aus eigenem Antrieb gemordet hatte. Seine Auftraggeber mussten irgendwo in der Stadt sitzen. Ich hatte dem Täter Zeit genug gelassen, durch die Hintertür zu entwischen, während ich in der Kneipe hockte. Was für eine Kaltblütigkeit, den armen Bruno im Hinterzimmer zu Tode zu foltern, während vorne Sergenten und Würdenträger würfelten! Der Mörder wollte schnell ein Geheimnis aus dem Mann herausbekommen. Aber er wollte nicht, dass er dieses Geheimnis jemand anderem verriet. Ob Bruno geplaudert hatte? Jetzt jedenfalls war er für immer still.

Ich rannte mit nassen Füßen, so schnell ich konnte, den Flusslauf entlang und über den Steg in den Fulcobourg hinein. Bei den Gärten der Klarissen, wo Francesco einst seine keusche Laura erblickt hatte, bog ich nach links, an Saint-Didier vorbei, ab und dann rechts neben den Hospitalrittern hügelaufwärts zur innersten Mauer. Ich hatte mich nicht geirrt. Schon aus fünfzig Schritt Entfernung erblickte ich den Bären in der Menge. Der massige Mann stapfte zielstrebig zum Rocher des Doms hinauf; er schaute sich nicht einmal um. Wollte er etwa zum Papst persönlich? Bei einer Biegung neben dem Italienerviertel verlor ich ihn aus den Augen. Dann sah ich ihn kurz stehenbleiben. Als ich vor dem alten Priorenpalast stand, war der Bär verschwunden. Entweder war er die Treppen nach Saint-Agricol hinuntergerannt. Oder er war hinter dem Priorenpalast nach Saint-Symphorien rechts hinauf zum Hintereingang des Papstgeländes gelaufen. Oder – die wahrscheinlichste Möglichkeit – er war direkt in den Priorenpalast gegangen. Das wäre die übelste Variante, denn dort, wo früher die Commune von Avignon getagt hatte, saß jetzt das weltliche Gericht mit Marschall und Gefängnis. Wenn der Mörder dort Freunde hatte, dann konnte ihn niemand anklagen.

Ich dachte nach. Falls die Herren der Stadt den Mord an Bruno tatsächlich untersuchten, konnte ich mir sicher sein, dass sie nicht mit dem Mörder zusammenarbeiteten. Das musste ich herausfinden. Ein Vorteil dabei bestand in den unterschiedlichen Gerichtsbarkeiten. Die Sergenten des provenzalischen Gerichts mussten Bruno unbedingt als Erste finden, dann konnten die Männer des päpstlichen Marschalls den Mord nicht mehr vertuschen, selbst wenn sie das wollten. Der Palast des provenzalischen Viguiers lag nur ein paar Schritte unterhalb vom alten Priorenpalast. Ich zog mir die Kapuze über, rannte zum Türhüter und rief aufgeregt: Eine Leiche liegt im Graben hinter dem Kloster der Cordeliers! Sie haben einem Mann den Schädel eingeschlagen!

Als sich der Türhüter umdrehte, um seine Wache zu informieren, war ich schon wieder fort. Ich rannte in einem Bogen über Saint-Pierre und hinter der Judengasse herum zurück zum Bretonen. Beim Hurenviertel vor der Porte Saint-Imbert lag ein großer Gasthof. Zum roten Hut. Hier stiegen weniger die Gäste des Papsthofes ab, sondern eher die Pferdehändler. Sie wussten die praktische Lage zwischen Viehmarkt und Bordellen zu schätzen. Ich nahm Platz an einer langen Tafel unter einer Laube, die mir genug Deckung gab. Noch bevor mein Bier und meine Grütze serviert wurden, ritten drei Sergenten in der gelbrot gestreiften Uniform des provenzalischen Grafen in Richtung Cordeliers. Nach kurzer Zeit hörte ich von aufgeregten Passanten, dass man einen Erschlagenen beim Konvent gefunden hatte. Etliche Marktleute ließen alles liegen und stehen und rannten zum Graben. Etwas später trabte auf einem Maultier ein gebeugter Mann stadtauswärts, sicher ein städtischer Wundarzt, der die Leiche zu untersuchen hatte. Bald würde die ganze Stadt von diesem neuen Mord erfahren. Sogar wenn der Mörder, wie ich nun Grund hatte zu befürchten, zu den päpstlichen Truppen gehörte.

Ich nahm einen großen Schluck Warmbier und versuchte, meine Gedanken zu ordnen. Bruno kam wie Serge aus der Fremde. Ein Kurtisan. Also fiel er nicht unter das Gericht der Provence. Der Viguier, der unter Papst Joan in seiner eigenen Stadt kaum noch etwas zu sagen hatte, würde spätestens morgen alle Nachforschungen dem päpstlichen Marschall überlassen, der vielleicht mit dem Mörder unter einer Decke steckte. Warum sonst sollte der Bär im päpstlichen Justizpalast Zuflucht finden? Dennoch konnte nicht einmal der Marschall höchstselbst Brunos Leiche jetzt noch verschwinden lassen, wie seine Mörder das gewiss geplant hatten. Auch der zweite Mord war nun amtlich. Ohne mein Auftauchen beim Bretonen wäre Bruno heute Nacht im Sack in die Rhone geworfen worden. Und Serge wäre es gestern Abend ebenso ergangen. Niemand hätte die beiden je gefunden. Dass beide Morde überhaupt entdeckt wurden, war einzig und allein mir zu verdanken. Diese Tatsache allein musste den Bären wütend machen. Wie wütend er werden konnte, das hatte ich gestern Abend erlebt.

Ich nahm meinen Teller Brei und setzte mich in die Gaststube. Ich wählte einen Platz mit dem Rücken zur Wand. Meine Hände zitterten, und ich fühlte im Ärmel nach meinem Messer. Mein Leben war in Avignon jetzt noch weniger wert als das meines Meisters.

KAPITEL 14

Ich zuckte zusammen, als ich direkt neben mir eine meckernde Stimme vernahm: Bruno wird mit niemandem mehr würfeln. Heute nicht, und in Zukunft nicht. Für den Hinkefuß ist das Spiel aus.

Im Dunkel der Gaststube hatte sich ein Mann von der Seite angeschlichen – ein kleiner, etwa vierzigjähriger Franziskaner mit einer Tonsur, die kaum noch von einer Glatze zu unterscheiden war. Ich griff in meinen Ärmel. Der Mann trat einen Schritt zurück und hob beschwichtigend die Arme:

Warum so böse, Wittekind? Lass das Messer stecken! Weißt du nicht, dass es für uns Mönche eine Todsünde bedeutet, wenn wir eine Waffe bei uns tragen? Und sie dann auch noch benutzen! Bei euch deutschen Dominikanern herrschen vielleicht rohe Sitten, aber mir bleibst du gefälligst mit deinem Messer vom Hals.

Mein ganzer Körper blieb angespannt. Woher wusste dieser Franziskaner, wer ich war? Wie hatte er mein Messer entdeckt? Und wer hatte ihm vom Mord an Bruno erzählt?

Ich weiß nicht, wovon du redest, sagte ich und trank, so gelassen wie nur irgend möglich, einen Schluck Bier, ohne den Mann aus den Augen zu lassen.

Du weißt ganz genau, wovon ich rede, entgegnete der Franziskaner und setzte sich, ohne um Erlaubnis zu fragen, gegenüber von mir auf die Bank. Wieder meckerte er los:

Logisch, dass du jetzt Angst hast. Musst du aber nicht. Ich bin nicht dein Feind, ganz im Gegenteil. Ich schlage vor, wir beide reden erstmal in Ruhe miteinander.

Seine Stimme glich der einer Ziege. Auch sonst passte die gebeugte Gestalt unter dem Habit – schmal, doch mit Bäuchlein – zu diesem Tier, ebenso wie sein Gesicht mit hängenden Wangen und faltigem Hals. Ich blieb auf der Hut und schaute mich vorsichtig in der Gaststube um. Sie war so gut wie leer.

Ich bin Occam, sagte der Mann und reichte mir seine Hand.

Ich schlug nicht ein, sondern schaute ihn überrascht an. Sollte das ein Witz sein? Das war nicht möglich. Occam – den Namen kannten die Studenten in sämtlichen Kollegien von Europa. Ich hatte bereits daheim in Westfalen und später in Köln viele Stunden über seinen komplizierten Traktaten gebrütet. Wenig hatte ich davon verstanden, was er über die Gesetze der Logik oder die Physik des Aristoteles geschrieben hatte. William von Occam war neben meinem Meister der berühmteste lebende Gelehrte, Professor in Oxford, ein allseits um seinen Verstand beneideter Philosoph. Occam konnte nicht derselbe kleine Mönch sein, der in dieser Kaschemme zwischen Bordellen und Pferdemarkt an meinem Tisch hockte.

Du schaust drein, kicherte der Mann, als wärst du dem Teufel begegnet. Dabei sitzt der Antichrist doch da oben im Palast des Papstes und schreibt eifrig sein Verdammungsurteil gegen deinen Meister. Und gegen mich übrigens auch.

Was weißt du von meinem Meister? Und was weißt du von Occam?

Der Mann schien meine Verunsicherung zu genießen: Ich weiß so allerlei, das hast du wohl inzwischen gemerkt.

Er winkte den Gastwirt herbei: Dasselbe, bitte, wie mein dominikanischer Bruder. Brei und Bier, beides möglichst warm

Dann wandte er sich zu mir: Keine Angst, ich kann nicht zaubern. Mit etwas systematischem Denken könntest du draufkommen, wieso ich so viel von dir weiß. Dafür braucht es keine Wunder. Wunder gibt es nicht. Einfache Erklärungen, sage ich immer, keine unnötigen Hypothesen. Doch wo hättest du bei den Dominikanern auch das richtige Schlussfolgern lernen sollen? Für systematisches Denken ist dein Meister nicht gerade berühmt. Genau genommen ist er nur bei euch in Deutschland berühmt. Aber ich erkläre dir alles der Reihe nach: Dass du Sünder ein Messer hast und benutzen kannst, habe ich beim Bretonen mit eigenen Augen gesehen. Dass du ein Deutscher bist, hört jeder Trottel am Akzent. Dass du der Novize eines häretischen Meisters bist, habe ich beim Bretonen von einem Dominikaner erfragt, der noch nicht ganz besoffen war und sich sogar an deinen Namen erinnerte. Jaja, ihr seid äußerst unbeliebt im Predigerkloster, du und dein Ketzermeister! Das alles habe ich mit drei simplen Fragen herausgekriegt.

Willst du meinen Meister und mich beleidigen? Oder willst du dich mit mir unterhalten? Und erkläre mir vorher, warum du nicht mein Feind bist? So viel Systematik müsste deine Rede doch hergeben.

Oho, lachte der Franziskaner. Frech bist du. Und einigermaßen schlau bist du auch, sonst hättest du nicht nach Bruno gesucht.

Wenn ich nicht schlau wäre, sagte ich, würde ich kaum bemerken, dass du nicht die Wahrheit sagst. Der große Occam ist Professor in Oxford. Was hätte ein Genius wie er hier verloren?

Der Franziskaner hatte inzwischen sein Bier bekommen, nahm einen tiefen Zug und seufzte:

Was ich im gottverdammten Avignon verloren habe? Das frage ich mich auch jeden Tag. Allerdings hätte ich dich nicht für derart unwissend gehalten, dass du mich in Oxford vermutest. Hat dein Meister hinter den Mauern der Dominikaner nicht mitbekommen, dass er beileibe nicht das einzige Genie ist, das hier gerade einen Prozess wegen Häresie durchzustehen hat? Wir sind Kollegen im Kirchenbann, wenn schon nicht Kollegen im Geiste.

Langsam erzürnte mich die Anmaßung meines Gegenübers. Ich sagte: Dass Occam unter Anklage steht, hat sich sehr wohl bis nach Köln herumgesprochen. Es gibt sogar eine Sendschrift des Papstes gegen Occams Logik. Wir Novizen haben sie aufmerksam studiert. Aber der Prozess war vor vier Jahren, das ist alles längst vorbei. Occam wurde nicht verurteilt. Du kannst mir also nicht erzählen, dass er immer noch hier lebt, immer noch unter Anklage. Einfache logische Schlüsse verraten mir, dass du lügst.

Ich übertrieb ein wenig. Hier im Kloster hatte uns kaum jemand über die Neuigkeiten aus Theologie und Politik unterrichtet. Wir lebten in Avignon von der Welt abgeschnitten, kamen selten in die Bibliothek hinein und mussten Woche für Woche dieselben Predigten anhören, in denen die Lehren des Papstes oder des heiligen Thomas von Aquino angepriesen wurden. Von Anfang an hatten der Meister und ich in erzwungener Isolation gelebt, misstrauisch beäugt von den anderen Dominikanern. Und von Ramon hatte ich nur Neuigkeiten aus dem Leben der Stadt erfahren oder Ratschläge zum Anbau von Salat. Der Name Occam kam wie ein Gruß aus ferner Zeit.

Der Mann gab nicht klein bei: Du Tölpel darfst dich gerne bei gebildeteren Leuten umhören, wenn du mir nicht glaubst. Hier im Franziskanerkloster weiß jeder, wer ich bin: William von Occam, nicht mehr der Jüngste, nicht mehr der Stärkste vielleicht, aber immer noch mit Fleisch und Knochen und Kopf. Seit vier Jahren zieht sich mein Prozess in die Länge, seit vier Jahren darf ich dieses Kaff nicht verlassen. Immerhin kann ich mich in der Stadt bewegen, sonst wäre ich schon verrückt geworden. Und ich habe anders als du kluge Mitbrüder im Konvent, die mir mein Oxford wenigstens ein bisschen ersetzen. Bei uns Franziskanern leben und arbeiten andere Kaliber als die gemästeten Mondkälber drüben im Dominikanerkonvent. Wenn du da hinten immer nur mit deinem Meister in den Himmel starrst, dann kriegst du selbstredend nicht mit, dass vor euren Augen gerade Welthistorie passiert. Du Idiot steckst mittendrin in einem gigantischen Drama und weißt es nicht! Die Zukunft der Christenheit steht auf dem Spiel! Und ihr deutschen Predigermönche steckt verschreckt die Köpfe in den Sand wie der Vogel Strauß und sein kleines Küken. Aber das wird euch auch nichts nützen.

Nun war es an mir, beleidigt zu sein: Wenn du darauf anspielst, dass Papst Joan den Kaiser Ludwig exkommuniziert hat, und Kaiser Ludwig mitten im Winter mit einem Heer nach Italien gezogen ist, dann habe ich das durchaus mitbekommen. Und dass der Papst gegen die Franziskaner wettert und eure Lehre von der Armut Christi als schlimme Sünde verdammt hat, das wissen wir Dominikaner ganz genau. Jede Woche wird bei uns gegen die Armutslehre der Franziskaner gepredigt. Ich verstehe schon, für euch ist das sicher ein Drama, denn jetzt müsst ihr euch zwischen eurem riesigen Besitz und dem Betteln entscheiden.

Du Trottel!, rief der Franziskaner wütend. Mehr haben deine Mitbrüder euch nicht verraten? Es geht um viel, viel mehr als um Streitigkeiten zwischen Mönchen! Es geht um alles!

Wie meinst du das?, warf ich ein. Streit zwischen Kaiser und Papst hat es immer schon gegeben. Und Ketzerprozesse auch. Mein Meister hat mich gelehrt, dass all das nichts mit dem echten Glauben zu tun hat. Der entsteht und wächst in uns selbst, ohne jedes Anhaften an den Dingen der Welt, im innersten Seelengrund.

So eine Dummheit!, rief der Franziskaner erregt. Und wenn du dich ganz tief in deinen Seelengrund verkriechst, dann hat Papst Joan dich längst in den Kerker geworfen und schichtet das Holz für den Scheiterhaufen. Du siehst doch mit eigenen Augen, was hier in Avignon los ist. Dieses Geschacher um Posten und Macht, das sich Christi Herrschaft auf Erden nennt. Gegen diesen Saustall müssen wir aufstehen. Und immer mehr Menschen im Abendland tun genau das. In fast allen Franziskanerklöstern formiert sich der Widerstand. Wir nehmen das Regiment dieses Bankiers nicht mehr hin. Wenn es dich in deinem tiefsten Seelengrund interessiert: Seit Januar ist unser Ordensgeneral, Michele da Cesena, hier in Avignon. Er hat es gewagt, in die Löwengrube zu steigen. Der Papst hat ihn scheinheilig empfangen, um im Gespräch alle Differenzen mit den Franziskanern auszuräumen. Vor sechs Wochen hat Michele sich gemeinsam mit vier Mitbrüdern dem Papst zur Disputation gestellt und dem Alten ins Gesicht gesagt, dass seine Liebe zum Reichtum und sein gieriges Regiment ketzerisch sind. Seither ist Michele spurlos verschwunden. Wir müssen annehmen, dass unser Ordensoberhaupt im Kerker des Papstpalastes gefangen gehalten wird. Was sagst du nun?

Warum ist Michele überhaupt nach Avignon gekommen?

Ist dein Meister nicht auch hergekommen?, meinte der Franziskaner verbittert. Bin ich selber nicht auch aus England übers Wasser angereist? Wenn du etwas ändern willst, musst du es hier versuchen. Hier wird die Welt regiert.

In der Tat erschien es mir zwar verrückt, aber immer glaubhafter, dass niemand anderer als der berühmte Occam mit mir beim Bier saß. Sein Latein und sein Provenzalisch wiesen einen englischen Akzent auf. Seine Redeweise und seine Wortwahl wirkten, wenn er nicht gerade einen Wutanfall bekam, recht gebildet. Überdies war er über das Geschick der Christenheit sehr viel besser auf dem Laufenden als ich, das musste ich mir eingestehen. Ich warf mir vor, der milden Resignation meines Meisters zu sehr nachgefolgt zu sein. Hatte Occam nicht recht? Des Meisters Ekel gegen alle Politik hatte ihm nicht erspart, in die Kölner Intrigen von Bischof Heinrich von Virneburg gezogen zu werden. Seit Jahren wurde mein Meister von dessen Helfershelfern bedroht. Doch er hatte stets abgewunken und auch nach der Eröffnung des Verfahrens weitergepredigt, als nehme er die kirchliche Obrigkeit nicht ernst.

Nein, Occam, oder wer dieser Mann auch immer war, hatte recht. Wir waren dumme deutsche Schafe, darum stand es so schlecht um unsere Sache. Wenn dich das Oberhaupt der Christenheit bedroht, dann solltest du zur Verteidigung wenigstens einen Plan haben und dich nicht freiwillig zur Schlachtbank begeben. Der Meister kam mit vielen guten Worten im Gepäck und hatte nach all den Monaten nicht einen einzigen Verbündeten im eigenen Orden gefunden. Doch dieser Franziskaner hier am Tisch, das musste ich ihm lassen, ging kämpferisch gegen Joan vor und ordnete seine Argumente mit ähnlicher Systematik, wie Occam seine Traktate aufbaute. Ein weiteres Argument, das für seine Identität sprach.

Der Mann schob seinen halbvollen Breiteller von sich, seine Augen blitzten auf: Einzig wir Franziskaner haben uns von den Gewalttaten dieses Papstes nicht einschüchtern lassen. Michele da Cesena wurde von Joan ausdrücklich verboten, Avignon zu verlassen. Er wurde verhaftet, weil er zu unserer Generalversammlung nach Bologna reisen wollte. Obwohl man dort längst erfahren hat, dass Michele im Kerker sitzt, wird man ihn gewiss im Amt bestätigen und den Papst damit frontal herausfordern. Ich vertraue auf meine Mitbrüder. Stell dir vor, der größte Orden der ganzen Christenheit wird vom Papst für ketzerisch erklärt. Du bist zwar nur ein Dominikaner, aber kannst du dir denken, was das für eine Revolution bedeutet? Die Reichen, die bei uns Franziskanern am liebsten beichten und für ihr Seelenheil in unseren Kirchen begraben werden wollen, werden sich gegen Avignon richten. Und die Armen, die wir in unseren Hospitälern und Suppenküchen betreuen, sind sowieso auf unserer Seite.

Occam hatte sich heißgeredet, er fuchtelte mit den Händen, sein Speichel spritzte auf meinen Habit. Ich war froh, dass ich fertiggegessen hatte und jetzt meinen Bierbecher in der Hand wärmte. Occams Ziegenstimme überschlug sich, er dozierte weiter:

Darum habe ich gemeint, dass gerade ein gigantisches Drama im Gang ist: Arm gegen Reich, Unten gegen Oben, Bettelmönche gegen den Papst. Gut möglich, dass drüben in Italien genau zu dieser Stunde der eingekerkerte Michele zum Obersten aller Franziskaner gewählt wird. Dann ist er Herr über ein Heer von Mönchen zwischen der Mongolei und den Inseln des Atlantiks. Und das Wichtigste von allem: Der Kaiser ist auf unserer Seite.

Woher weißt du das alles so genau?, wollte ich wissen.

Occam lachte: Zwischen Italien und Avignon gehen mit dem päpstlichen Postdienst täglich Kuriere hin und her. Was die berichten, erfahren wir von unseren Verbündeten im Palast sofort, dafür sorge ich persönlich. Außerdem haben wir Franziskaner unsere eigenen Boten. Immer wieder kommen Mönche aus Italien an und halten uns auf dem Laufenden, und umgekehrt informieren unsere wandernden Brüder die Italiener über die neuesten Schändlichkeiten von Joan. Ich hatte gedacht, dass du wenigstens ein bisschen von dem mitbekommen hättest, was unter deiner Nasenspitze vorgeht.

Ich errötete, denn ich hatte über die Vorgänge in Italien bisher nur Gerüchte gehört. Die Einzelheiten kannte ich nicht. Wer hätte mir das alles auch erklären können, selbst wenn mein Meister sich für Politik interessiert hätte? Bei den Dominikanern war es nicht nur im Refektorium still wie auf einem Friedhof. Offen geredet wurde kaum. Außer ein paar päpstlichen Theologen und Inquisitoren, die stets im Palast zu tun hatten, lebten bei uns ausschließlich bequeme Brüder, die ihre Ruhe haben wollten. Und jeden Tag gutes Essen. Ich hatte erlebt, dass ein Unglück wie der grausame Tod von Serge beim Prior Gaucelin weniger Entsetzen über den Mord ausgelöst hatte, sondern ausschließlich Ärger über die Ruhestörung. Von den Dominikanern hatte der Papst nichts zu befürchten.

Occam fragte mich mit keineswegs gespieltem Eifer: Dann weißt du auch nichts über die Vorgänge, die sich gerade in Rom abspielen? Im Januar hat sich König Ludwig von Bayern dort selbst zum Kaiser erklärt, gegen den Willen des Papstes. Gott hat mich gekrönt, hat er gesagt. Und das Volk von Rom hat dazu gejubelt, wie in den alten Zeiten der Cäsaren. Was brauchen wir einen verderbten Papst, um den Kaiser zum Herrn der Welt zu bestimmen? Die Kirche, hat Ludwig noch gesagt, soll nicht über die Welt und das Geld, sondern über die Seelen regieren. Da hat sie genug zu tun. Wir Franziskaner haben diese Kaiserkrönung geplant, wir haben alles aus der Bibel und den alten Philosophen hergeleitet. Es hat endlich wieder seine Richtigkeit in der Welt: Der Papst hört auf zu herrschen und wird wieder zum Priester.

Von der Kaiserkrönung hatte ich erfahren, denn schon im späten Winter war diese Nachricht als Beweis teuflischen Aufruhrs von den Kanzeln der Dominikaner verkündet, waren der Kaiser und seine Franziskaner verdammt worden. Giftige Eidechse, Dämonenbrut, Ausgeburt der stinkenden Hölle – das waren noch die freundlichsten Titel, die der Papst für seinen Rivalen aus Deutschland übrighatte. Der Meister hatte sich das bei der Predigt angehört, die Hände gefaltet und gesagt: Das kommt dabei heraus, wenn Löwe und Wolf sich in die Haare kriegen. Das Gezanke hat noch keinen Menschen glücklicher gemacht. Occam vertrat zu dieser Annahme die Antithese.

Du weißt noch nicht, rief er, wie die Sache weitergegangen ist. Der Kaiser will sich von Joan keineswegs auf Lebzeiten als Häretiker verdammen lassen. Er geht jetzt aufs Ganze. Vor einem Monat hat Kaiser Ludwig von einer Theologenkommission den Papst absetzen lassen. Unsere Boten haben uns den Wortlaut überbracht: Den falschen Priester Jacques aus Cahors, der sich Papst Joan nennt, hat Kaiser Ludwig für vogelfrei erklärt, weil der falsche Papst die Kurie in Avignon und nicht in Rom installiert hat. Recht so! Diese Absetzung wird ungeheure Folgen haben, wenngleich der Papst jetzt Gift und Galle spuckt und seinerseits den Kaiser abgesetzt hat.

Vielleicht, wandte ich ein, wird der Streit auch gar keine Folgen haben. Mit dem König von Frankreich und dem König von Neapel und ihren vielen Verbündeten im Rücken kann sich Joan hier doch vollkommen sicher fühlen. Er ist der Papst, und er bleibt der Papst. Da kann sich der deutsche Kaiser auf den Kopf stellen.

Das sagst du, meinte Occam triumphierend, weil du keine Ahnung hast. Ich verrate dir etwas, was ich dir eigentlich nicht verraten dürfte. Aber da siehst du, dass ich es gut mit dir meine. Wir Franziskaner in Avignon haben erfahren, dass Ludwig nun den nächsten Schritt tut. Er wird, wenn er das nicht bereits gemacht hat, einen neuen Papst proklamieren. Und mit diesem ganzen Mummenschanz an der Rhone hat es bald ein Ende. Nur in Rom kann der wahre Papst wohnen, nur aus Rom kann unser Heil kommen.

Aber Joan hat doch Unmengen Geld, widersprach ich. Wenn nötig, kann er selbst ein Heer ausrüsten und Rom überfallen. Und dass Kaiser Ludwigs Geldbeutel immer leer ist, darüber habe ich schon in Köln Spottlieder gehört. Der Papst hat viel mehr Mittel und viel mehr Macht als sein Gegner.

Für den Augenblick hast du recht, und da sind wir beim entscheidenden Punkt, meinte Occam sachlich. Denn nun wird sich alles verändern. Ich will es dir verraten: Diese Woche sind wieder franziskanische Brüder mit Nachrichten aus Italien in unserem Kloster eingetroffen, allen voran mein alter Freund und Landsmann William von Baskerville. Hast du von ihm schon einmal gehört?

Das hatte ich nicht. Woher auch? Ich schüttelte den Kopf. Was wusste ich von einem in Italien herumwandernden Franziskaner aus England?

Occam belehrte mich: Dieser William ist ein genialer Mann. Er hat diesen Winter im Gebirge Italiens eine Attacke der Inquisition gegen unseren Orden aufgedeckt. Mönche der Armutsbewegung sind vom päpstlichen Inquisitor Bernard Gui als Ketzer verbrannt worden, um uns in unserem gerechten Kampf gegen den Papst einzuschüchtern. Ein ganzes Kloster mit einer riesigen Bibliothek, hat William erzählt, ist in den Flammen vernichtet worden. So weit geht die Inquisition! An den Schätzen unserer Überlieferung, am Wissen, am Fortschritt ist diesen Barbaren nichts gelegen! Seither ist Bruder William durch Italien und über die Alpen bis nach Deutschland gewandert und hat überall die Ohren aufgesperrt. Er hatte Michele da Cesena dringend davon abgeraten, nach Avignon zu kommen und dem Papst in die Falle zu gehen. Doch nun, da unser Ordensgeneral hier im Kerker sitzt, kommt sein Freund ihm zu Hilfe. Wir Franziskaner müssen unser Oberhaupt befreien. Wenn die Franziskaner dem babylonischen Hurenregiment in Avignon kein Ende machen, wird es niemand tun.

Was soll sich durch einen einzelnen Mönch wie deinen Bruder William schon ändern?, wandte ich ein. Ihr seid nur ein Bettelorden und habt keine Waffen, das Kämpfen lehnst du doch wie alle Franziskaner als Todsünde ab.

Occam schüttelte den Kopf: So einfach geht das natürlich nicht. Wir Bettelmönche werden nicht kämpfen, das erledigen andere für uns. William von Baskerville hat Informationen erhalten, dass in Italien bald große Schätze bereitliegen, um ein Heer anzuwerben. Es geht um große Mengen Gold, noch viel größere Schätze, als hier in den gemauerten Truhen lagern! Zudem ist vor einem Monat ein päpstlicher Konvoi angegriffen worden, der die Zuschüsse für den Krieg des Papstes nach Bologna transportieren sollte. Dreißigtausend Goldflorin sind für Joan und seinen Statthalter Bertrand du Pouget verlorengegangen, eine unglaubliche Summe. Mit all dem Gold können die kaisertreuen Ghibellinen mit Kaiser Ludwig und dem neuen römischen Papst an der Spitze nun gegen Avignon ziehen und Joan vertreiben. Die Kirche wird vom Übel befreit, und wir bekommen wieder einen rechtmäßigen Papst, der dort residiert, wo er hingehört: in Rom. Das Leiden der Kirche im Exil hat ein Ende. Die ganze Welt wird neu geboren!

Occams Augen leuchteten. Er schien zu träumen. Ich widersprach ihm nicht, doch ich hatte in alten Chroniken genug darüber gelesen, dass in Rom die Adligen den Papst immer wieder mit Gewalt aus Vatikan und Lateran vertrieben hatten. Jeder römische Bischof, ob aus der Familie der Orsini, der Stefaneschi, der Colonna, hatte seine Sippe schamlos begünstigt und seine Neffen nach Belieben zu Kardinälen ernannt. Es ging schlimmer zu als in einem Bordell. Die Kasse der Kirche war immer genau so leer, wie die Truhen der römischen Raubritter gefüllt waren. Oft genug hatte man sich um Geldkisten und Posten vor den Augen des Papstes geprügelt. Und bei der Wahl eines neuen Papstes gingen verfeindete Kardinäle mit dem Messer aufeinander los. Nein, die Kurie war nicht ohne Grund nach Avignon geflohen. Die Italiener hatten sie zugrunde gerichtet. Und ich konnte mir nicht vorstellen, was daran besser sein sollte, wenn ein franziskanischer Mönch auf dem Thron des Petrus sitzen und die Befehle von Kaiser Ludwig ausführen würde. Ein anderer Papst? Ich hoffte nicht darauf. Warum gab es überhaupt einen Papst? Diese Frage hatte ich außer von Niklas noch nie von jemandem gehört. Auch Occam wagte sie nicht zu stellen.

Gut möglich, dass mein Meister auf dem Grund seiner Seele ähnlich dachte, wenn er auch nie über Politik sprach. Er gab nichts auf Revolten, weil er nichts auf Herrscher gab. Einmal in Köln verglich er den Kampf zwischen Kaiser und Papst mit einem Eierkuchen: Man kann ihn in der Pfanne wenden, aber es bleibt immer derselbe Eierkuchen. Wenn ich der Papst wäre, sagte der Meister einmal in einer Predigt, dann hätte ich so viele Sorgen, dass ich kaum noch an mein Seelenheil denken könnte. Vielleicht wollte man den Meister wegen solcher Sätze verbrennen. Dass er sich von einem Kriegszug des Kaisers gegen Avignon die Rettung der Christenheit versprochen hätte, hielt ich für ausgeschlossen.

Auch Kaiser Ludwig aus Bayern hatte seine eigenen Ziele. Auch er brauchte Geld, immer mehr Geld. Genau wie der König von Frankreich, wie der von Neapel, wie der von Kastilien, wie der von England. Könige oder Päpste mit Gewalt austauschen, das war, als versuchte man Münzen zu einem immer schlechteren Kurs umzuwechseln. Nicht ohne Grund ließen die Herrscher ihr Abbild auf Münzen prägen. Das Geld war ihr Reich. Doch den berühmten Theologen Occam, das merkte ich, konnten nach vier tatenlosen Jahren solche Einwände nicht mehr erreichen.

Was weißt du vom armen Bruno?, fragte ich stattdessen ganz sachlich. Und was hat der Mord an einem hinkenden Würfelspieler in deinen Augen mit dem Drama der Weltpolitik zu tun?

Occam lehnte sich auf seiner Bank zurück und lächelte: Du hast recht. Kommen wir zur Sache. Warum sollte ich mit einem Novizen beim warmen Bier die Zukunft der Christenheit diskutieren? Ich pflege zwar Interessierten auf ihre Fragen zu schwierigen Punkten der Politik und der Naturphilosophie nach dem Maße meiner bescheidenen Einsicht Antworten zu geben. Das ist mein Beruf. Doch du bist ahnungslos, und wir beide haben dringendere Probleme. So höre! Auch ich war heute beim Bretonen auf der Suche nach Bruno, denn ich wollte ihn ausfragen nach den verdächtigen Durchsuchungen und Verhören, mit denen die päpstlichen Sergenten seit Tagen alle Welt plagen. Wir wissen, dass sie irgendetwas suchen, und das ausgerechnet, während Michele da Cesena im Kerker verschwunden ist und der Kaiser den Papst abgesetzt hat. Ich möchte erfahren, was der Grund dafür ist. Sind Spione des Kaisers in der Stadt und drehen Mitwissern den Hals um? Hat jemand Geld geraubt, das der Papst zurückhaben will? Droht ein Attentat auf Joan? Oder will der Papst gar aus Avignon fliehen, weil er vor dem Kaiser Angst hat?

Warum sollte ausgerechnet ein verkrüppelter Spieler wie Bruno das wissen? Erfährt man solche Sachen etwa beim Würfeln?

Occam schwieg eine Zeitlang und schien zu überlegen. Längst war unser Bier ausgetrunken, doch der Wirt ließ uns in Ruhe.

Ich will dir reinen Wein einschenken, entschied sich Occam. Es gibt sehr wohl einen Zusammenhang zwischen Bruno und dem Papst. Ich traf vor vier Jahren hier ein, weil mein Rektor in Oxford, John Lutterell, mich bei der Kurie als Häretiker denunziert hatte. Anfangs glaubte ich, den Trottel schnell abzufertigen. Meine Texte sind so kompliziert, dass päpstliche Inquisitoren sie kaum verstehen können. Aber Lutterell, das dumme Schwein, ließ nicht locker. Er kann Franziskaner nicht ausstehen und versuchte schon in Oxford, meine Karriere zu zerstören. So auch hier in Avignon. Der Prozess zog sich immer mehr in die Länge, immer mehr Advokaten und Theologen wurden zu Rate gezogen. Und ich kam aus der Stadt nicht mehr weg. Es wurde mit der Zeit öde: keine Vorlesungen und Disputationen mehr, keine persönlichen Schreiber, keine Traktate, keine Privilegien als Professor.

Occam kratze sich am Kopf und flüsterte:

Stattdessen bot man mir an, in der Theologenschule des Papsthofs oder an der neuen Universität von Avignon zu unterrichten. Es war ein Abstieg gegenüber England. Hier sitzen nur ein paar Streber, um dem Papst Argumente für seine Bannsprüche zu liefern. Und Studenten, die zu blöd sind für die besseren Fakultäten in Paris und Montpellier und darum direkt an der Kurie Karriere machen wollen. Ein durch und durch mittelmäßiges Klima ist das. Ich konnte meine Vorlesungen mühelos aus dem Kopf halten. Aber mir war es recht. Ich nutzte meine Zeit, lernte das Funktionieren der Kurie von innen kennen. Irgendwann bot man mir an, mich bei den Franziskanern und in den anderen Klöstern der Stadt umzuhören und das Wichtigste an Armand de Belvézer, den Maitre der Theologenschule im Papstpalast, zu berichten.

Du hast für den Papst als Spitzel gearbeitet?, fragte ich.

Wenn du so willst, ja, gab Occam rundheraus zu. Irgendwann hätte ich sogar ein Amt als Inquisitor in Irland angenommen, so verzweifelt war ich. Sie sind nicht dumm hier, sie machen dich mürbe. So habe ich diesen hinkenden Bruno kennengelernt, eine bemerkenswerte Figur. Es gab nichts in Avignon, was er nicht herausbekommen hätte. Du hättest ihn kennenlernen sollen, jeder unterschätzte ihn. Bruno soff mit den Domestiken des Palastes, beichtete bei den Karmelitern, sang die Messe bei den Augustinern, nahm die Kommunion bei den Dominikanern. Er humpelte über die Märkte und hielt überall Schwätzchen, er kannte die Mamsells in den Bordellen, er sprach Provenzalisch mit den alten Vermietern, Französisch mit den feinen Prälaten und Italienisch mit den Händlern. Sogar Latein konnte er. Wer hätte bei so einem harmlosen Krüppel schon vermutet, dass er für die päpstlichen Sergenten arbeitete?

Occam hatte eine trockene Kehle bekommen und bestellte nun doch zwei weitere Biere für uns. Das Gebräu war gar nicht schlecht, besser jedenfalls als in den großen Gaststuben unten an der Rhone.

Als ich heute früh hörte, fuhr Occam fort, dass ein Verwundeter bei euch im Kloster liegt, habe ich sofort gedacht, dass da etwas faul ist. Wieso sollte jemand einem armen Kleriker grundlos alle Gliedmaßen zerschlagen?

Du hast aber große Ohren, sagte ich anerkennend.

Occam lächelte: Ein paar Kontakte sind mir nach den vier Jahren geblieben, auch wenn ich inzwischen nicht mehr lehren darf und nur noch unter Verdacht stehe. Dankt Gott, wenn euer Prozess schnell vorbei ist und euch diese Höhen und Tiefen erspart bleiben. Lass deinen Meister seinen Blödsinn sofort widerrufen, dann hat er vielleicht seine Ruhe. Und frag mich jetzt nicht, wer bei euch im Kloster als Spitzel arbeitet. Ich werde es dir nicht verraten.

Occam schaute sich noch einmal um, ob jemand ihn hören konnte. Dann weihte er mich ein:

Ich erfuhr genug über den mysteriösen Mord und hörte später, dass dieser Serge ein guter Bekannter von Bruno ist. Da wurde ich erst richtig hellhörig. So etwas konnte kein beliebiger Raubmord sein, sondern musste mit dem Haushalt des Papstes oder mit der Verwaltung der Kurie zu tun haben. Schließlich hatte dieser Serge da gearbeitet, und Bruno verkehrte nie mit unwichtigen Leuten. Vielleicht haben wir hier eine Verschwörung gegen den Papst am Wickel. Italiener könnten dahinterstecken, auch Kaisertreue. Oder es war umgekehrt, und Serge war ein Spion und musste deshalb sterben. Ich wollte Bruno unbedingt selber fragen und kam so ganz von selbst zum Bretonen, genau wie du. Zufällig sah ich, wie du den Wirt mit dem Messer beeindruckt hast. Den Rest weißt du selbst.

Aber warum hätte jemand von den päpstlichen Sergenten Bruno umbringen sollen, wenn er für sie als Spitzel arbeitete? Das ergibt doch keinen Sinn.

Eine gute Schlussfolgerung, lobte mich der Philosoph. Aber was sagt uns, dass Bruno nicht die Seiten gewechselt hat und gegen den Papst etwas im Schilde führte? Mit etwas angewandter Logik und Kenntnis der menschlichen Sinne können wir sogar noch mehr schlussfolgern.

Und zwar?

Occam trank von seinem Bier und erklärte: Bruno kann Serges Geheimnis nicht gekannt haben, obwohl es der Mörder aus ihm herausprügeln wollte. Ich kannte Bruno gut. Der war feige wie ein Feldhase und hätte alles verraten, wenn er dadurch seine Knochen hätte retten können.

Aber der Mörder, fiel mir ein, hat darauf gehofft, dass Bruno redet. Er hat sich bloß nicht viel Zeit gelassen, sondern Bruno schnell umgebracht, als er nicht weiterkam.

Genau, stimmte Occam zu. Und das ist mehr als auffällig, denn bei Serge in eurem Kloster war es genauso: erst die Folter, um den Mann zum Reden zu bringen. Dann der Mord, um ihn zum Schweigen zu bringen. Wobei wir nicht wissen, ob Serge aus Dummheit oder aus Tapferkeit geschwiegen hat.

Oder weil er gar nichts wusste, fiel ich Occam ins Wort.

Der nickte und setzte meinen Gedankengang fort:

Diesen Serge können wir schwer einschätzen. Aber eines ist klar: Bruno ist die Freundschaft mit ihm zum Verhängnis geworden. Wenn wir nur irgendetwas über ihr Geheimnis herausfänden, dann würde meine Vermutung bestätigt, dass es hier um eine große Sache geht. Sonst wäre nicht die gesamte Miliz auf den Beinen.

Ich hatte dieselbe Vermutung bereits von Shimon gehört. Vielleicht hatten er und Occam tatsächlich recht. Dann wäre der Zweikampf zwischen Kaiser und Papst gar nicht so egal für den Meister und mich. Dann wären wir ahnungslosen deutschen Mönche gestern Abend in der Jakobskapelle in ein Verbrechen hineingezogen worden, das die Kurie in Atem hielt. Warum sonst kroch dieser dicke Mörder beim Marschall des Papstes unter? Warum waren sämtliche Gerichtsdiener und Sergenten auf den Beinen? Und wieso lag die zweite Leiche hier gegenüber im Graben, also genau dort, wo Franziskaner den Widerstand gegen den Papst organisierten? Mir schwirrte der Kopf.

Ich war heute, erzählte ich Occam, bei Serges Konkubine drüben in Villeneuve. Eine bettelarme Frau mit drei Kindern. Die Sergenten haben ihr bisschen Hausrat auf den Kopf gestellt und sie geschlagen, aber sie haben nichts gefunden. Ich bin überzeugt, die Frau wusste von nichts.

Damit, warf Occam ein, bliebe noch der dicke Mann, den, wie ich hörte, heute Morgen so viele Mönche im Dominikanerkloster auf der Flucht gesehen haben. Dass er der Mörder ist, scheint mir festzustehen. Nun hat er erneut getötet. Aber wer ist dieser Mann? Keiner kennt ihn. Warum hat er seine Opfer gefoltert?

Hast du ihn auch gesehen?, fragte ich. Serge nannte ihn den Bären, bevor er gestern Abend bewusstlos wurde. Ein Gruß vom Bären, das konnte er mit letzter Kraft noch sagen.

Das ist immerhin ein Hinweis, stellte Occam fest: Ich habe den Mörder nicht mit eigenen Augen gesehen, mich aber heute bei der Miliz umgehört. Es scheint, als wären ein paar meiner Freunde einem Mann begegnet, auf den die Beschreibung passt. Er ist auffällig genug. Alle waren sich einig: Dein Bär befindet sich noch nicht lange in der Stadt. Aber seit ein paar Tagen schnüffelt er ohne jede Scheu in ganz Avignon herum. Diejenigen, die ihm über den Weg gelaufen sind, hatten sofort gehörigen Respekt vor ihm, wenn er auch immer ganz allein aufgetreten ist. Der nimmt es mit einem Dutzend Feinden auf.

Und was folgerst du als großer Logiker, wie das alles zusammenhängt?, wollte ich wissen.

Occam überhörte meine Ironie, blickte ins Leere und dachte nach. Er war ein gründlicher Philosoph.

Zuerst einmal, begann er, ist dir sicher klar, dass wir beide von nun an zusammenarbeiten müssen. Du hast keine Ahnung von den politischen Intrigen und kennst am Papsthof keinen Menschen. Dafür kommst du anders als ich ohne jeden Verdacht in der Stadt herum. Sogar in der Carriera warst du, habe ich mir sagen lassen. Und zweimal befandest du dich direkt in der Nähe, als der Bär zuschlug. Ich würde dich fast selbst verdächtigen, wenn das nicht etwas unlogisch wäre.

Occam hatte also – wie auch immer – sogar von meinem Abenteuer mit Shimon erfahren. In Avignon hatten die Wände Augen, das wurde mir spätestens jetzt klar. Ob er wirklich annahm, dass ich mit den beiden Morden etwas zu tun hatte?

Occam fuhr fort: Ich weiß, was du jetzt denkst: Wieso sollte ich mit diesem Franziskaner mein Wissen austauschen? Warum darf ich ausgerechnet dem alten Occam trauen? Ich kann es dir verraten: Uns eint dasselbe Schicksal, wir haben einen Ketzerprozess am Hals, der sich genau in diesen Tagen entscheidet. Ich weiß, dass dein Meister sich nach Pfingsten im Konsistorium den Inquisitoren stellen muss. Er kommt als Erster dran, Michele da Cesena und ich sofort danach. Ich kenne mich in diesen Dingen ein bisschen aus. Glaubst du denn, dass das zufällig alles gleichzeitig passiert, nachdem über Monate Waffenstillstand herrschte?

Occam wurde wieder ergriffen von seiner politischen Ader:

Michele, der wichtigste Gegner von Joan, sitzt in Ketten im Kerker. Er hat halb Italien und den Kaiser gegen Joan aufgewiegelt. Dein Meister steht als Prediger für den Unfrieden in der deutschen Kirche, die ebenfalls dem Kaiser zuneigt. Der Papst fühlt sich nicht ohne Grund in die Enge getrieben und will mit seinen Gegnern abrechnen. Und genau in diesem Augenblick geschehen am Papsthof zwei mysteriöse Morde. Es gibt da irgendein Bruchstück, das uns fehlt, um das alles zu begreifen. Aber es fehlt auch der anderen Seite, sonst wäre der Bär nicht über dich hergefallen. Was kann das nur sein?

Ich erzählte Occam, wie ich eben erst vor dem Priorenpalast die Spur des Bären verloren hatte.

Genau das hatte ich befürchtet!, rief der Philosoph. Der Mörder steckt also mit den Sergenten unter einer Decke! Das ist eine Angelegenheit, die direkt zum Marschall Arnaud de Trian und damit zum Papst persönlich führt. Diese Morde folgen logisch aufeinander. Wenn du das fehlende Teil in unserem Rätsel aufspüren willst, dann solltest du dich im tiefsten Seelengrund nicht auf deinen Meister verlassen. Du schwebst mit ihm in höchster Gefahr. Und nur bei uns Franziskanern kannst du noch auf Hilfe rechnen.

Occam hielt mir die Hand hin. Ich konnte ihm, so zwielichtig er als erfahrener Kundschafter auf mich wirkte, nicht widersprechen und ergriff seine ausgestreckte Rechte.

Der Philosoph versicherte mir, dass er sich weiter unter seinen Informanten umhören würde. Vielleicht hatte jemand etwas von Brunos Plänen aufgeschnappt. Occams alte Kontakte konnten sich auszahlen. Sicher hatte ihn sein Orden mit Geld für Spitzel ausgestattet, denn jede Information über den Verbleib des Ordensgenerals konnte für die Zukunft der Franziskaner entscheidend sein. In der Tat schob Occam mir nun eine Handvoll Sous und etliche Groschen zu. Ich steckte alles in meinen Beutel. Auch von Shimon hatte ich Geld eingenommen; mein neues Gewerbe als Späher fing an, sich zu lohnen.

Ich versprach Occam, dass ich mich noch einmal bei den Dominikanern, vor allem bei Bruder Deodat, nach Serges letzten Stunden erkundigen wollte, obwohl zu befürchten war, dass ich aus dem Mediziner nichts herausbekommen würde. Außerdem konnte Shimon mit seinen Leuten Neuigkeiten über den geheimnisvollen Bären in Erfahrung gebracht haben. Dann stand uns noch der Prozess meines Meisters im Papstpalast bevor. Im schlimmsten Fall würden unsere Feinde den alten Mann einkerkern wie Michele da Cesena. Mir schauderte.

Ich machte mit Occam aus, dass ich ihn am nächsten Tag bei den Franziskanern aufsuchen würde. Ob ich mich auf diesen neuen Verbündeten verlassen konnte, war dabei nicht die Frage. Ich hatte keinen anderen.

KAPITEL 15

Occam bezahlte für uns beide die Mahlzeit und brach auf, in wenigen Schritten war er bei seinem Konvent. Mir fiel etwas ein. Ramon hatte mir neulich vom Armenfriedhof der Kleriker erzählt, den Joan unweit von hier, bei der Porte du Pont-Fract, hatte anlegen lassen.

Es sterben einfach zu viele Menschen in unserem schönen Avignon, wusste Ramon. Wenn sie aus aller Welt hierherkommen, sind sie schon von der Reise ermattet. Dann vertragen sie das Wasser der Rhone nicht, sie kriegen Durchfall von unserer Blutwurst, die Sonne des Midi verbrennt ihnen die Haut, und der Mistral weht ihnen durchs Hirn. Nach ein paar Wochen sind die Schwächsten tot. Nur die Stärksten halten es bei diesem Papst länger aus. Er selber hat das ewige Leben und wird sicher hundert. Aber seine Diener krepieren wie die Fliegen. Doch unser Papst hat ein großes Herz. Wenn die Toten bei ihm schon keine Reichtümer und keine Ämter erwerben konnten, dann bekommen sie wenigstens ein anständiges Grab. Da unten beim Pont-Fract stinkt es nach der Pisse der Gerber und der Giftbrühe der Färber. Aber das kriegen die armen Seelen nicht mehr mit. Seelen riechen nämlich nichts, musst du wissen, sie haben ja keine Nasen mehr. Dafür haben sie die ewige Ruhe und können sich am Anblick Gottes erfreuen, sogar ohne Augen. Und am Hof von Joan kommen für jeden Toten zwei neue Kleriker an, wenn die Totengräber das Loch des Krepierten noch nicht zugeschüttet haben. Das ist der Lauf der Welt.

Gott hat es so gewollt, ergänzte ich.

Einen dieser Hungerleider des Papstes hatte man heute früh bei den Dominikanern erwürgt. Weil morgen Sonntag war, konnte ich mir sicher sein, dass seine Leiche noch vor Sonnenuntergang auf dem Armenfriedhof begraben würde. Nur die Reichen wurden aufgebahrt und balsamiert und mit festlichem Zug bestattet. Bei den Armen war man froh, wenn sie unter der Erde waren, bevor sie über der Erde zu faulen begannen.

Serge war ein Kleriker, hatte keine Verwandten, keine feste Wohnung und kein Geld. Wer würde ihn wohl auf seinem letzten Weg begleiten? Ich ging die kurze Strecke zum Pont-Fract, es stank fürchterlich. Tatsächlich war hinter einer halb fertigen Friedhofskapelle eine Beerdigung im Gang. Nur zwei gebeugte Männer standen am Grab. Am Habit konnte ich sehen, dass ein alter Christusbruder die Gebete und den Segen sprach. Der Orden der Penitenz Christi hatte auf der Rückseite des Papstfelsens bei der Rhone seinen Sitz und unterhielt dort auch ein kleines Hospital für Reisende. Die Christusbrüder kümmerten sich obendrein um Gefangene und zum Tode Verurteilte, waren aber auch für die mittellosen Kleriker zuständig, die im Dienst des Papstes starben. Der andere Mann am Grab war mein Meister.

Ich stellte mich neben ihm auf, sprach das Vaterunser mit und warf wie er eine Hand Erde zu Serge herunter. Seine Leiche war in ein fleckiges Leinentuch gewickelt. Der Christusbruder segnete das Grab, steckte ein einfaches Kreuz aus Zweigen dahinter und ging schnell seiner Wege. Gleich würden die Totengräber kommen und alles zuschaufeln. Mein Meister hatte Tränen in den Augen.

Danke, mein lieber Wittekind, dass du diesem Mann bei seinem letzten Weg die Ehre erweist. Ich hatte schon befürchtet, dass außer mir niemand kommen würde. Wir haben ihn doch in seinen Schmerzen gefunden. Furchtbar, wie armselig und einsam man in der Obhut des Papstes sterben kann. Und dann auch noch ermordet! Doch Gott übersieht in seiner Güte keine Seele.

Der Meister kniete nieder und sprach ein stilles Gebet.

Kannst du dir vorstellen, fragte ich ihn beim Weggehen, dass hinter diesem Mord etwas anderes steckt?

Warum?, sagte der Meister. Ein Mord ist ein Mord. Das ist furchtbar genug.

Ich erzählte vom Tod Brunos und das Wichtigste von dem, was Occam mir mitgeteilt hatte: vom Zug der Deutschen nach Rom, von der Krönung Kaiser Ludwigs, von der Absetzung des Papstes und dem geplanten Kriegszug gegen Avignon.

Das kommt alles in diesen Tagen in Gang, fuhr ich fort. Es gibt vielleicht bereits einen zweiten Papst in Rom. Und es könnte gut sein, dass Joan darum verrücktspielt. Es sind zwei Menschen am Papsthof gefoltert und umgebracht worden. Vielleicht waren sie Spione des Kaisers. Vielleicht wird da ein Verbrechen vertuscht, das wir nicht kennen.

Der Meister blickte mich verständnislos an: Wenn Papst und Kaiser uneinig sind, dann müssen immer unschuldige Menschen sterben. Möglich, dass dieser Mann, den wir gerade beerdigt haben, einer davon ist. Aber was hat das mit uns zu tun?

Meister, du bist nicht der einzige große Theologe, der sich in Avignon der Inquisition stellen muss, rief ich. Der große Occam sitzt da drüben im Konvent der Franziskaner und arbeitet genau wie du an seiner Verteidigung. Wir sollten unsere Kräfte bündeln, wenn wir gegen Joans Theologen bestehen wollen. Wir gehen unvorbereitet ins Verderben. Wir wissen nichts von deinen Richtern, wir wissen nichts von der politischen Lage, die diesen Papst zum Äußersten drängt. Wir haben keinen einzigen Freund unter den Mitbrüdern.

Der Meister zog die Stirn in Falten. Klein und krumm stand er da mit seinen grauen Locken unter der Tonsur. Wie konnte der Papst nur glauben, dass so ein wehrloser Alter die Kirche herausfordern würde?

Occam hasst mich, erklärte der Meister. Er ist ein hochmütiger Logiker, der neben sich nichts gelten lässt. Ich brauche keine verlogenen Allianzen, das kenne ich von der Universität in Paris zur Genüge. Intellektuelle zeichnen sich dadurch aus, dass sie andere Intellektuelle hassen. Das ist so langweilig. Ich habe stets das Gute gewollt, meine Schriften beweisen das. Ich werde alles persönlich dem Konsistorium darlegen. Danach sind wir frei, und wir dürfen nach Hause zurückkehren.

Und wenn sie uns nicht gehen lassen?, wandte ich ein.

Der Meister richtete sich aus seiner gebeugten Haltung auf und schaute mich ernst an. Hier stehe ich, sagte er, ich kann nicht anders.

Ohne sich umzusehen, ging er festen Schrittes in Richtung Dominikanerkloster, das hinter der Porte Briançon nur ein paar hundert Schritte von hier lag. Ich wusste, in unserer Zelle würde er zum hundertsten Mal seine Verteidigungsschrift durchgehen und alle Argumente überprüfen. Und beten. Vielleicht hatte er recht, vielleicht konnte ein Mensch sich in dieser Schlangengrube von Welt nur auf sich selbst verlassen. Ich sah den Meister bei den Benediktinerinnen von Notre-Dame des Fours um die Ecke biegen und wollte ihm nach. Da spürte ich von hinten ein Messer an der Kehle.

Du kommst jetzt mit, sagte eine Stimme, und machst keine Bewegung. Sonst bist du der Nächste, der hier ein Armengrab kriegt.

Der Mann packte mich unter der Achsel, die Messerspitze fühlte ich jetzt in den Rippen. Mein Entführer, dessen Gesicht ich von der Seite nicht erkennen konnte, war kräftig und trug weder Livree noch Uniform, sondern einen schwarzen Umhang und eine ebenso schwarze Mütze. Ich meinte nicht, dass ich ihn jemals gesehen hatte. Schreien oder Widerstand waren zwecklos, an das Messer in meinem Ärmel kam ich nicht heran.

Keinem der Entgegenkommenden fiel die Entführung auf. Mit schnellen Schritten führte man mich bei der Porte Bouquier über den Kanal der Sorgue, der hier nahe der Mündung in die Rhone etwas breiter war. Gleich hinter der Brücke stand ein Steinhaus. Der Mann stieß mich durchs Portal und weiter in einen lichten Saal, wo er mich an einen Schemel fesselte. Sonst war niemand im Raum.

Ich saß eine Zeitlang auf dem Stuhl, bewacht vom Schergen, der in aller Ruhe mit seinem Messer ein Stück Holz anspitzte. Quer über seine Wange zog sich eine schlecht verheilte Narbe. Irgendwann hörte ich, wie sich das Portal öffnete und Leute kamen, aber es trat niemand in den Saal. Ich musste an den Bären denken. Was, wenn er jetzt auftauchte und mir die Knochen zerschlug? Mir brach der Schweiß aus, dabei war es kühl im Raum.

Frag den Dominikaner, was er mit Serge zu schaffen hat!, rief eine quäkende Stimme aus einem Nebenraum.

Du hast es gehört, grinste mein Wächter und zeigte nach nebenan. Willst du uns nicht etwas erzählen?

Ich schwieg, aber da bekam ich schon den ersten Schlag mit der flachen Hand auf die Wange. Es brannte. Mein Wächter schien Spaß an der Sache zu bekommen und schlug gleich nochmal zu.

Er sagte ruhig: Wir lassen uns nicht lumpen und behandeln dich wie Christus persönlich. Der hat auch immer die andere Wange hingehalten. Fällt dir jetzt etwas ein?

Ich entschied mich zu sprechen: Ich habe den Mann zufällig in der Kapelle gefunden. Ich kenne ihn nicht. Ich weiß ohnehin nichts über das Leben in der Stadt und am Hof. Wen soll ein deutscher Novize schon kennen?

Die quäkende Stimme ließ sich wieder hören: Frag ihn nochmal!

Der Wächter mit der Narbe schlug wieder zu, diesmal mit der Faust in die Magengrube. Es schmerzte höllisch. Was konnte ich antworten, bevor man mir den Hals brach?

Hört zu!, rief ich. Ich schwöre bei der Heiligen Jungfrau, dass ich nichts weiß. Ich hatte nur Mitleid mit dem armen Kerl. Ich wusste nicht einmal, wie er heißt. Glaubt mir, ich bin auch nur aus Mitleid zu seiner Beerdigung gegangen. Genau wie mein Meister.

Von nebenan hörte ich ein hohes Lachen: Und aus Mitleid hast du heute Serges Alte in Villeneuve besucht und bist dann zum Bretonen gegangen, weil du mit Bruno ein bisschen würfeln wolltest. Ein echter

Seelsorger bist du. Und steckst deine Nase in Dinge, die dich nichts angehen. Das ist ja fast schon keine Nase mehr, das ist ein Schweinerüssel, der in der Scheiße schnüffelt. Und in der Scheiße wird man deine Leiche finden.

Ich bekam noch einen Faustschlag in den Magen.

Ich würgte und schnappte nach Luft. Mühsam stieß ich hervor: Ich war bestimmt zu neugierig. Aber ich habe nichts herausgefunden. Wenn ich wüsste, warum Serge sterben musste, dann würde ich es euch sagen. Bei der Heiligen Jungfrau!

Die Muttergottes stand bei meinen Peinigern offenbar nicht hoch im Kurs. Die Stimme rief: Warum Serge und Bruno dran glauben mussten, das wissen wir schon selbst. Wir suchen etwas anderes, und ich möchte wissen, ob du das auch weißt. Wo könnte es versteckt sein? Hat Serge dir nichts verraten?

Nein, rief ich. Um zu wissen, was ihr sucht, müsst ihr mir schon sagen, worum es sich handelt. Was sucht ihr denn?

Ich stelle hier die Fragen, rief die quäkende Stimme. Inzwischen klang sie eher gelangweilt. Ich bekam von meinem Peiniger einen Doppelschlag auf beide Ohren. Ich hatte nicht gewusst, wie weh das tut.

Mir wurde schwarz vor Augen, und ich war einen Moment lang bewusstlos. Diese Sache schien schlimm für mich zu enden. Niemand hörte mich in diesem Saal, ich konnte nichts antworten, und meine Entführer hatten keinerlei Hemmungen, sich an mir auszutoben. Der Schläger mit der Narbe hatte seine Ärmel aufgekrempelt, trat mir dann aber überraschend mit voller Wucht vors Schienbein. Ich schrie auf.

Von hinten vernahm ich eine Frauenstimme. Lasst den Kleinen doch in Ruhe! Ich denke, dass der Bursche wirklich nichts weiß. Woher auch? Ein Deutscher, was soll Serge dem schon verraten haben? Lasst ihn laufen. Noch ein Toter, und wir haben endgültig alle Sergenten auf dem Hals.

Ich riss meinen schmerzenden Kopf herum und sah für einen Augenblick eine Frau. Sie hatte mich aus der Türöffnung betrachtet, trat dann aber schnell zurück. Sie musste annehmen, dass ich sie nicht erkannt hatte. Aber ich hatte in diesem kurzen Moment genug gesehen. Es war, gehüllt in einen dunklen Umhang, Lisabeta, die Sängerin aus der Pasture des Oiseaux. Sie trug ihre blonden Haare unter einem roten Kopftuch, das sie etwas herabgezogen hatte. Wer ihr Gesicht einmal gesehen hatte, der vergaß es nicht mehr.

Vielleicht hat sie recht, quäkte die Männerstimme von nebenan unschlüssig. Was machen wir jetzt?

Quälend lange herrschte Stille, während mir der Schläger in die Augen sah. Es war ein beinahe freundlicher Blick. Mir war übel.

Hör jetzt genau zu, Kleiner, begann der Mann von nebenan aufs Neue. Du weißt jetzt, wie weh das tut, wenn man uns in die Quere kommt. Das schreibst du dir hinter deine Mönchsohren. Keine Schnüffelei mehr!

Ich nickte eifrig, obwohl mich der Mann gar nicht sehen konnte.

Er sprach weiter: Kümmere dich von mir aus um deinen Meister; der alte Ketzer wird es bei seinem Prozess noch schwer genug bekommen. Wenn du Glück hast, kannst du ihm helfen, sein Seelenheil zu retten. Soll mir egal sein. Wenn du mir aber noch einmal unterkommst, das verspreche ich dir, dann ist dein Glück im Diesseits aufgebraucht, und du musst es im Jenseits probieren.

Ich halte mich aus allem heraus, rief ich sofort, ich bin in all das zufällig hineingeraten. Ich weiß nichts von Serge und Bruno, und ich werde auch nicht weitersuchen. Ich schwöre es bei der Heiligen Jungfrau.

Deine Heilige Jungfrau, quäkte die Stimme, kannst du dir in den Arsch stecken. Dann hörte ich Tuscheln und Lachen, die Eingangstür quietschte und fiel wieder zu.

Der Schläger ging noch einmal um mich herum, kratzte sich erst die Narbe auf der Wange, rieb sich dann die Hände und betrachtete mich, wie ein Bildhauer die Skulptur eines Heiligen, die er gerade aus einem Steinblock geschlagen hat. Mein Schläger schien mit seinem Werk zufrieden.

Er lockerte mir die Fesseln an den Handgelenken, so dass ich mich mit etwas Mühe selber befreien konnte.

Mein Meister ist heute gut aufgelegt, grinste er. Ein echter Christ und Wohltäter. Jaja, wir haben beide einen Meister, du einen und ich einen. Wobei meiner spendabler ist. Du kannst jetzt am Seil herumspielen, und wenn du es aufgekriegt hast, dann ist die Tür nur angelehnt. Ich empfehle dir: keine Sergenten, keine Schnüffelei. Halt deine Nase sauber. Du solltest heute bei der wundertätigen Madonna in der Principale eine Kerze anstecken.

Er dachte kurz nach und fügte hinzu:

Obwohl, es war ja keine Jungfrau, die dich heute gerettet hat. Nein, keine Jungfrau.

Dann lachte er über seinen eigenen Witz.

Nicht schnüffeln, du kleines Schwein!, rief er, als ich ihn schon nicht mehr sehen konnte. Dann hörte ich, wie das Portal zufiel.

KAPITEL 16

Es dauerte lange, bis ich die Fessel abbekam. Vorsichtig schob ich das hölzerne Tor auf und lugte auf die Straße. Es herrschte der übliche Verkehr mit Reitern, Karren und Fußgängern. Meine Entführer waren fort. Ich rieb meine Handgelenke und schleppte mich um das Haus herum. An einer Mauer lagen zwar ein paar frische Pferdeäpfel, doch die Männer und Lisabeta konnten jetzt bereits am anderen Ende der Stadt sein. Vielleicht war das für meine Gesundheit gar nicht so schlecht. Der Schläger hatte solide Arbeit geleistet. Ich sackte plötzlich nach vorne und musste brechen, meine Gedärme brannten, und mein Kopf drehte sich. Ich setzte mich auf eine Baumwurzel bei der Sorgue und atmete tief ein. Eigentlich musste ich mir dringend das Gesicht kühlen, so sehr brannten meine Schwellungen. Aber das Wasser hier war viel zu dreckig. Entzündeten meine Ohren sich nicht von allein, dann würde mir diese Brühe den Rest geben. Andererseits – verglichen mit Serge und Bruno hatte ich Glück gehabt.

Gegenüber in einer Schenke bestellte ich zwei große Krüge Wasser. Der Knecht musterte mich, doch Schlägereien gab es hier draußen sicher jeden Tag. Ich schüttete einen Krug über meinen Kopf. Den Rest des Wassers trank ich und sog die Luft ein, bis ich wieder einigermaßen bei Kräften war. Dann ging ich zu einem Mann, der auf der anderen Straßenseite vor seinem Haus saß und dabei war, einen Korb zu flechten. Weitere Körbe standen aufgestapelt neben ihm. Ich grüßte und fragte ihn, wer in dem großen Steinhaus wohnte.

Der Mann musterte meinen roten Kopf und antwortete dann in breitem Provenzalisch: Das ist die Livree de Cluny, die gehörte dem Kardinal Bernard de Garve. Er ist vor drei Wochen gestorben. Da sind gleich am andern Morgen die Geldeintreiber des Papstes gekommen und haben alles leergeräumt. Etliche Truhen haben sie herausgeschleppt, ich habe es mit eigenen Augen gesehen. Dann das Mobiliar, die Wäsche, die Pferde. Selbst die Lebensmittel haben sie mitgenommen. Wenn der alte Kardinal Erben hatte, dann hätte er sie vorher mästen sollen. Jetzt sitzt Papst Joan auf seinen Gütern und rückt nichts mehr heraus.

Und wer wohnt jetzt in der Livree?, wollte ich wissen.

Niemand, alles leer, sagte der Korbflechter. Ich habe gehört, der Gesandte des Königs von Aragon will den Palast kaufen. Aber ich glaube nicht dran. Es wird sicher wieder ein Kardinal einziehen, es gibt ja genug von denen. Und wo die Kirche mal die Hand drauf hat, das gibt sie nicht mehr her.

Ich grüßte ihn und wollte weiter zum Dominikanerkloster. Aber die Aussicht, dann in der Krankenstation von Bruder Deodat behandelt und ausgefragt zu werden, ließ mich innehalten. Mir fiel ein, dass ich noch einen anderen Arzt in Avignon kannte. Seine Salbe gegen den Schlag, den mir der Bär versetzt hatte, hatte Wunder gewirkt. Ich hatte den Schmerz kaum noch gespürt. Nun tat mir der Kopf weh, der Bauch und das linke Schienbein. Ich entschloss mich, bei Reb Astruguet Bendich in der Carriera anzuklopfen. Zugleich konnte ich den Überfall mit Shimon besprechen. Ich wusste nun, dass Verbrecher um die Sängerin Lisabeta in die Morde verwickelt waren. Und dass sie irgendetwas

Geheimnisvolles suchten. Ein Blick in mein Gesicht würde Shimon beweisen, dass ich nicht übertrieb.

Am Vorabend des Pfingstfestes war ganz Avignon auf den Beinen. Die Karren, die sonst schon die engen Gassen verstopften, waren heute womöglich noch zahlreicher. Alle Leute wollten Küche und Keller mit Kohl, Getreide, Fleisch und Fisch gefüllt haben, denn Pfingsten war ein Fest des Überflusses. Überall wurde gefegt und geputzt, die ersten Häuser hatten ihre Bewohner bereits mit frischen Blumen geschmückt. Pfingsten war überdies das Fest der Gründung der Kirche, und in keiner Stadt der Welt, nicht einmal in Rom, war die Kirche präsenter als in Avignon. Ich zog die Kapuze über den schmerzenden Kopf und schlängelte mich durch die Menschenmenge. Noch vor der Carriera wurde das Gedränge unerträglich; mein Kopf dröhnte. Mir fiel ein, dass jeden Samstag auf dem Friedhof von Saint-Symphorien ein großer Markt abgehalten wurde. Dorthin strömten alle, um vor dem Fest noch Einkäufe zu erledigen.

Am Tor der Carriera erwartete mich eine Enttäuschung. Ich fragte nach Shimon, doch der junge jüdische Wächter am Eingang erklärte mit finsterem Blick, dass Shimon weggegangen sei, ebenso der Arzt Reb Bendich. Niemand wusste, wann sie zurückkehren würden. Vielleicht waren sie auf dem Land, auch ein Besuch über Nacht bei Verwandten in Carpentras war möglich. Mit Sonnenuntergang, so warnte mich der Wächter, würden die Tore der Carriera verschlossen und von christlichen Wärtern bewacht. Kein Kind der Synagoge durfte in den nächsten Tagen wagen, sich zum Fest der heiligen Ecclesia unter den Christen blicken zu lassen. Im Freudentaumel und im Suff hätte man einem Juden im besten Fall zum Spaß den Bart abgeschnitten. Im schlimmsten Fall würde der Jude die Prügel nicht überleben. Ich wusste zwar, dass Shimon auch nach Toresschluss in die Carriera zurückkehren konnte. Aber ich konnte nicht bis in die Nacht hinein hier herumlungern.

Enttäuscht, mit brennendem Gesicht und schmerzendem Bein hatte ich den weiten Weg zurück in meinen Konvent vor mir. Gesenkten Hauptes humpelte ich in Richtung Saint-Agricol, da hörte ich eine Stimme auf Latein rufen:

Ah, unser deutscher Dominikaner. Heute einmal im Habit, wie es sich gehört.

Francesco di Arezzo musste Augen haben wie ein Luchs, sonst hätte er mich nicht wiedererkannt. Der Italiener trug einen braunen Wollmantel, die Filztasche mit seinem Cicero über der Schulter, und auf dem Kopf eine ausladende Haube nach Art seiner Landsleute. So heruntergekommen, wie Rik mir erzählt hatte, schien der junge Mann gar nicht zu sein. Ich grüßte ihn mit gequältem Lächeln.

Lass dich anschauen, sagte Francesco, der sich mitten im dichtesten Gedränge des Italienerviertels auf der Straße aufgebaut hatte. Du siehst fürchterlich aus? Was ist dir denn zugestoßen? Bist du im Konvent beim Beten eingeschlafen und aufs Gesicht gestürzt?

Ich war würfeln beim Bretonen, sagte ich fast der Wahrheit entsprechend. Kennst du den Bretonen?

Francesco schüttelte den Kopf. Offenbar war er kein Spieler.

Das ist, fuhr ich fort, eine nicht so feine Gaststube hinten bei den Franziskanern. Ich hatte eine Auseinandersetzung über die Würfel. Es ging rau zur Sache.

Francesco schaute mich an und überlegte: Es sieht so aus, als ob du bei deinem Bretonen allerhand verloren hättest, nicht nur Geld, auch Gesundheit. Weißt du was? Ich lade dich ein auf ein gutes Bad. Ich bin selten jemandem begegnet, der etwas Entspannung und Pflege nötiger gehabt hätte als du. Es gibt hier in Avignon Badehäuser, die ersetzen einen Arztbesuch. Da kannst du dich mit Ölen und Salben einreiben lassen, wenn dich die Glieder schmerzen. Sogar für deine dicke Backe wird mein Bademeister etwas parat haben. Und warmes Wasser ist ohnehin die beste Medizin gegen alles, sogar gegen die Trägheit der Seele. Lass uns gehen!

Francesco hakte mich unter nach Art der italienischen Männer und führte mich in Richtung Saint-Symphorien. Das Gedränge schien ihm nichts auszumachen, er bewegte sich zwischen den Ständen wie ein Fisch im Wasser, winkte hier einem Händler zu, verbeugte sich dort vor einer Marktfrau, rief auf Italienisch einem Landsmann etwas zu und lachte viel. Dann nahm er eine Handvoll Beeren aus einem Korb und warf dem Verkäufer im Vorbeigehen eine Münze zu.

Ich habe endlich wieder Glück im Geschäft gehabt, erzählte er. Das bedeutet zwar Pech in der Liebe, aber Liebe steht heute nicht auf dem Programm.

Francesco schien meine Gedanken zu lesen: Wenn du meinst, im Badehaus kämen wir nicht zur Ruhe – keine Sorge. Du wirkst mit deinen Beulen und Flecken nicht wie ein Jünger der Göttin Venus. Und ich habe über Pfingsten und danach ein anstrengendes Pensum vor mir, ich muss mich stärken. Wir gehen in den »Heißen Topf«, das ist das edelste Bad der Stadt.

Ist das nicht zu teuer?, fragte ich und fürchtete um meine paar Sous im Beutel.

Francesco lachte: Was hat dir Rik denn über mich und meinen Bruder erzählt? Dass wir arme Studenten sind, die in einem Stall hausen? Du musst das mit einem Körnchen Salz nehmen, cum grano salis, wie der Lateiner sagt. In Avignon ist es ganz nützlich, nicht so wohlhabend zu wirken, wie man ist. Außerdem haben Gherardo und ich das Erbe unseres Vaters nicht nur mit den Damen der Stadt auf den Kopf gehauen, sondern auch etwas Geld angelegt. Da gibt es dann mal Durststrecken, in denen ich auf den Kredit meiner Freunde angewiesen bin. Aber gerade heute komme ich von der Casa Acciauoli, meinem Bankier. Es ist eine Lieferung Mechelner Spitze angekommen, in deren Weitererkauf ich investiert hatte. Der Papst und die Kardinäle sind für ihre Messgewänder und Nachthemden ganz verrückt nach diesem sündteuren Stoff. Wenn du dein Geld für den Luxus des Papstes anlegst, dann machst du über kurz oder lang dein Geschäft. Und darum gönnen wir uns heute endlich mal wieder was Gutes für Körper und Seele.

Francesco wusste vieles von den Transaktionen der italienischen Banken. Sie waren es, die – für etliche Prozent Gebühren natürlich – dem Papst seine in- und ausländischen Geldgeschäfte abnahmen und begehrte Waren heranschafften.

Du musst dir das folgendermaßen vorstellen, erzählte Francesco unterwegs: Wenn der Papst in Portugal ein großes Bistum vergibt und dafür ein paar tausend Goldflorine vom neuen Bischof kassiert, dann reitet kein Bote mit einer Kiste durch die Berge Spaniens herüber und hat dauernd Angst, von Räubern überfallen zu werden. Nein, ein Kompagnon der Bankiers aus Florenz übernimmt das Gut und zeichnet einen Wechsel für den Papst. Dann kauft er mit dem Geld in Lissabon portugiesischen Wein und Schwerter aus Granada, die er gegen Stockfisch aus Brügge weitertauscht. Am Ende geht die Ware mit dem Konvoi der Italiener per Schiff nach Livorno oder Venedig und wird da wieder mit Gewinn weiterverkauft.

Und der Papst sieht das Geld nie?, warf ich ein. Ich kannte solchen Handel von der Ostsee, aber da betrieben die Hansekaufleute das Geschäft in eigenem Namen und hätten Geld oder Ware niemals in andere Hände gegeben.

Der Papst, erklärte mir Francesco, darf ja von Amts wegen gar nicht handeln. Aber er hat mehr Bargeld und Guthaben als alle anderen Herrscher. Seine Kämmerer ziehen hier in Avignon von den Acciauoli den Wechsel ein, der per Bote aus Lissabon gekommen ist. Für die Goldflorine, abzüglich der Provision der Bank, kann der Papst nun einen neuen Wechsel in Florenz ausstellen und dort von seinem Statthalter frische Söldner für den Krieg gegen die Ghibellinen anwerben lassen. Von dem Geld haben wir hier in Avignon erstmal nichts. Doch es bleibt noch genug übrig. Was Joan für sich einfordert, ist der Luxus, von dem die Händler hier leben.

Francesco wusste genau Bescheid über die Geschäfte. Sicher wollte er daran teilhaben. Während er mir ein paar Beeren anbot, fuhr er kauend fort:

Mit den riesigen Überschüssen baut der Papst neue Schlösser im Comtat Venaissin, er lässt seine Gemächer ausmalen und mit Teppichen zuhängen. Tausende Kleriker kriegen kostbare Gewänder aus flämischem Tuch geschenkt, der Papst gönnt sich seidene Leibwäsche aus dem Orient. Glas kommt per Schiff aus Venedig an, Damaszenerdolche aus Syrien, liturgische Bücher, Musikinstrumente oder goldene Kelche und Patenen aus Mailand oder Pavia. Und dann das ganze Essen. Du kriegst hier mit einem vollen Beutel Wein aus Zypern und Safran aus den Abruzzen. Der Papst ist ein verschrumpelter Greis, aber dennoch ein Feinschmecker mit einer Vorliebe für Fisch, das hält ihn frisch. Austern aus Sète kommen hier mitten im Mai in Eis gepackt an, fette Forellen aus den Alpenseen. Die hohen Kleriker können sich am Braten laben. Jeden Tag erreichen Herden von Schafen und Rindern, Ochsen und Pferden zum Schlachten die Stadt. An all dem kannst du spielend verdienen. Häng deinen ärmlichen Habit an den Nagel und steig ein in den Handel mit Deutschland. Du wirst ganz von alleine reich! Ich weiß, das ist ein armes Land, aber irgendetwas, was diesem Papst gefällt, habt ihr sicher zu exportieren. Wenigstens etwas Grobes wie Hanf oder Holzkohle. Avignon kann alles gebrauchen. Und es ist immer genug Geld in der Kasse.

Hinter Saint-Symphorien wurde es auf der Rückseite des Papsthügels ruhiger auf den Gassen. Auf abschüssigem Weg kamen wir in eine Sackgasse, an deren Ende erblickte ich einen stabilen Steinbau mit einer eingemauerten Skulptur über dem Eingang. Sie zeigte zwei nackte Menschen – man konnte nicht ausmachen, ob Mann oder Frau –, die sich in einem großen Bottich gegenseitig abrieben. »Heißer Topf«, besagte die Schrift auf einem Holzbrett.

Francesco zog die Tür auf, und uns umfing sogleich feuchtwarme Luft. An einem Tresen zahlte er bei einer Blondine für sich und mich jeweils sechs Gros Tournois. Das Geschäft mit den Mechelner Spitzen musste sich gelohnt haben, denn für diesen Betrag – so hatte Rixande heute Morgen noch erwähnt – hatte ein Arbeiter oder Bote im Haushalt des Papstes eine Woche lang zu schuften.

Francesco erklärte gut gelaunt: Mit der Blonden hier würde ich gerne mal die Wanne teilen, aber das geht leider nicht, sie gehört dem Bademeister. Er heißt Mica und kommt aus Skandinavia.

In einem Holzverschlag legten wir unsere Kleider ab und fanden große Badetücher vor, die wir uns um die Hüften wickelten. Ein Junge kam und nahm unsere Sachen mit. Ich schaute Francesco fragend an.

Du siehst, lächelte er, selbst am Samstag vor Pfingsten ist hier nicht viel los. Außer ein paar reichen Hausbesitzern und dem einen oder anderen hohen Kleriker ist der »Heiße Topf« für die normalen Leute unerschwinglich. Ich zahle gerne für die Ruhe, die wir hier haben.

Und unsere Sachen?, fragte ich ängstlich.

Francesco reckte sich in der warmen Luft und sagte: Das hat Mica alles genau geregelt. Du kriegst ein Armband mit bunten Perlen ausgehändigt. Genauso eins mit denselben Farben hängt an dem Sack in der Kleiderkammer, wo der Junge gerade deine Sachen aufgehängt hat. Nach dem Bad gibst du dein Armband ab, dafür bekommst du dann alles wieder. Es ist sicher verwahrt. Ich habe sogar meinen Cicero abgegeben. Manche Kunden, die jeden Tag kommen, haben ihre eigenen Holzschuhe und besonders bestickte Tücher immer in der Kammer parat. Solche Badekultur kennst du sicher nicht.

Ich erzählte Francesco nichts von den Schwitzhütten in den Wäldern, vom duftenden Birkenlaub und den Abkühlungen im See, wenn Männer und Frauen ganz ungezwungen und nackt miteinander badeten. In Litauen war Francesco noch nie gewesen.

Daheim in Köln, sagte ich knapp, waschen wir uns auch. Die Dominikaner haben ihr eigenes Badehaus direkt am Rhein, damit außer dem Geist auch der Körper nicht zu kurz kommt.

Francesco lachte: Körper sind euch Mönchen heilig, das weiß jedes Kind. Solche Badehäuser voller Frauen haben wir hier auch. Da besteht die Mehrheit der Kunden immer aus Mönchen. Ich kann dich mal mitnehmen, da geht es weniger besinnlich zu als hier im »Heißen Topf«. Aber lustig!

Francesco schob einen Vorhang zur Seite und öffnete die Tür nach nebenan. Wir gelangten in den Schwitzraum, der mit aromatisch duftendem Holz erhitzt wurde. Ein semmelblonder Bademeister in kurzen Hosen, offenbar der Patron persönlich, schüttete Wasser auf den offenen Herd, das sofort verdampfte. Dann kam er zu mir und rieb meinen Kopf mit Salbe ein, die nach Honig duftete. Auch mein blau angelaufenes Schienbein versorgte er. Francesco und ich nahmen auf einer zweigeschossigen Holzbank Platz, auf der außer uns nur ein alter Graubart mit halb geschlossenen Augen vor sich hin schwitzte. Nach ein paar Augenblicken ging er hinaus, und wir blieben allein im Halbdunkel zurück.

Die Wärme ist Balsam für meine Knochen, stellte ich fest.

Die Würfelspieler haben dich übel zugerichtet, bemerkte Francesco. Er nahm meine Rippen in Augenschein.

Du hast Glück gehabt, dass du dir nichts gebrochen hast, sagte er schließlich. Ich würde an deiner Stelle in die Carriera gehen und mir beim besten Arzt dort – Bandisch heißt er oder so ähnlich – eine Salbe kaufen. Shimon hat mir erzählt, der Mann sei ein wahrer Wunderheiler.

Ich war gerade in der Carriera, aber der Arzt ist leider fortgegangen, gab ich zur Auskunft. Gleichzeitig fühlte ich, wie mir die Wärme wohlig in die Glieder zog. Ich begann zu schwitzen, und die Schmerzen im Bauch ließen nach.

Wir Römer haben die Badekultur erfunden, erläuterte Francesco. Und wenn Italiener gemeinsam mit ihrer Kirche bei diesen ungewaschenen Franzosen ausharren müssen, dann habe ich den Anspruch, wenigstens einmal pro Woche im Bad von den Thermen des Caracalla zu träumen.

Ich hatte in diesen Thermen nur einen alten Franzosen und einen Skandinavier samt seiner Frau angetroffen; auch von römischen Säulengängen gab es in diesem schlichten Schwitzhaus keine Spur. Ich sagte aber lieber nichts.

Balnea, vina, Venus, deklamierte Francesco, corrumpunt corpora nostra, sed vitam faciunt.

Das konnte man durchaus so sehen. Badehäuser, Wein und Liebe hatten in Avignon schon so manchen zugrunde gerichtet, kaum ein Berauschter kam gegen die Verlockungen der Venus an. Die Würfel hätten die alten Römer getrost auch noch erwähnen können; sie hatten Serge das Genick gebrochen und Bruno den Schädel. Oder war es etwas anderes gewesen?

Francesco brummte vor Behagen, legte sich lang hin und schwieg eine Weile, so dass ich meinen eigenen Gedanken nachhängen konnte. Mir ging die Frage nicht aus dem Kopf, wonach der Bär und wonach der Mann mit der quäkenden Stimme so fieberhaft suchten. Ich hatte angenommen, dass die Sergenten aus demselben Grund die Reisenden und Händler am Ausgang der Stadt kontrollierten und das eine oder andere Haus durchsuchten. Aber Lisabeta hatte meinen Folterknecht gewarnt, dass sie um keinen Preis die Sergenten auf den Hals bekommen wollten. Offenbar standen die päpstlichen Söldner gar nicht hinter den Verbrechen. Dann gab es noch den Bären, den ich überhaupt nicht einordnen konnte. Alle waren hinter irgendetwas Wertvollem her. Was konnte das sein?

Gibt es etwas, fragte ich Francesco durch den dichten Wasserdampf, was dem Papst unter seinen Reichtümern ganz besonders am Herzen liegt? Auf das er nie verzichten würde? Wofür er sogar morden würde?

Francesco überlegte und antwortete gähnend: Morden gehört für einen Papst zum Geschäft. Wenn er die Ketzer nicht umbringt und keinen Krieg führt um seinen Kirchenstaat, dann bricht seine Macht zusammen. Doch andererseits – was er aus der Kasse verliert, das kann er sich schnell wieder ersetzen. Das Wichtigste, das er besitzt, ist nicht aus Gold, nicht aus Edelsteinen und auch nicht aus Silber.

Was ist das Wichtigste?, fragte ich und richtete mich gespannt auf.

Francesco sagte: Das Kostbarste, auf das Papst Joan um keinen Preis der Welt verzichten würde, ist Tinte.

Was?, rief ich. Mach keine Witze! Meine Frage war ernst gemeint. Es ist wichtig.

Ich mache keine Witze, erklärte Francesco. Es wird langsam heiß hier drinnen. Kühlen wir uns erstmal ab.

Ich wickelte mir nach seinem Vorbild das Tuch um die Hüften, und er hielt mir eine Tür auf, hinter der wir auf einen gepflasterten Innenhof traten. Neben einem Brunnen standen mehrere große Bottiche. Francesco und ich stiegen in einen hinein, dann hockten wir uns ins kalte Wasser. Sogleich erschien Mica mit einem Eimer, den er im Brunnen befüllte. Auf einen Fingerzeig Francescos überschüttete er uns mit dem kühlen Wasser, einmal, zweimal, dreimal. Diese Erfrischung kannte ich weder aus Köln noch aus Litauen.

Als Francesco und ich, gewickelt in Wolldecken, auf einer Bank an der Mauer Platz genommen hatten, bat ich ihn, mir die Sache zu erklären: Warum ist Tinte der kostbarste Besitz des Papstes?

Francesco blickte sich um. In einem dampfenden Bottich saßen zwei bärtige Männer und schwiegen einander an. Leise, so dass uns niemand verstehen konnte, begann Francesco mit seiner Lektion:

Als wir beide geboren wurden, so um das Jahr 1300 – weißt du, wie der Hof des Papstes da aussah?

Ich schüttelte den Kopf, und Francesco erklärte es mir:

Der Papst, irgendein Colonna, Caetani oder Orsini aus altem Adel, residierte eigentlich in Rom. Aber weil ihn in jedem Stadtviertel eine verfeindete Adligenbande bedrohte, lebte er lieber auf einer sicheren Familienburg in Latium. Und wenn es ihm dort zu heiß wurde oder zu nass oder das Essen aufgebraucht war, dann setzte sich der Papsthof in Bewegung zu einer anderen Burg. Der Kirchenschatz befand sich in einer Kiste, die Kanzlei mit Akten und Urkunden in einer anderen Kiste. Die Schatztruhe war meist leer, und wenn die Aktenkiste voll war, dann schickte sie der Papst zum Unterstellen irgendwohin, nur nicht nach Rom, denn da war es zu unsicher. Zuletzt, etwa als wir beide geboren wurden, saß Papst Bonifaz, aus dem römischen Geschlecht der Caetani, auf seiner Lieblingsburg in Anagni, mehr als einen Tagesritt südlich von Rom. Er bildete sich ein, er sei der Herrscher der ganzen Welt, und schrieb das auch in jede seiner Urkunden. Ein Größenwahnsinniger! Der Kirchenschatz war geplündert, und die Akten seiner Kanzlei verstaubten im Franziskanerkloster von Assisi vor sich hin.

Nun brachte uns der Badeknecht zwei Becher mit dampfendem Sud aus allerhand Früchten. Ich schlürfte langsam an dem Gebräu. Francesco gab mir, als wäre er ein Arzt, den Rat, im Bad immer ordentlich zu trinken. So würde ich das böse Blut der Prügelei und meine schädliche Galle ausschwitzen. Dann fuhr er fort:

Die Päpste lebten also von ihren Steuern und Abgaben im Kirchenstaat. Aber die bekamen sie kaum je ausgezahlt, denn das meiste Geld in Rom und an den Grenzen kassierten die anderen Adelsfamilien. Große Städte wie Bologna, Ancona, Perugia, die dem Papst eigentlich gehörten, behielten ihr Geld für sich. Bonifaz, der sich für den Herrn der Welt hielt, war ein armer Greis und wurde am Schluss in seinem Dorf von französischen Truppen gefangen genommen und zusammengeschlagen. Er war wehrlos gegen das französische Heer.

Bonifaz' Nachfolger wurde nicht zufällig ein Franzose. Dieser Papst Clemens blieb nach seiner Wahl gleich zu Hause. In Frankreich lebte er von Zuwendungen des französischen Königs, zog von einem Kloster zur nächsten Burg. Es war alles so ärmlich wie vorher, nur nicht mehr in Italien. Erst unser Papst Joan hat die Zentrale des Kirchenstaats nach Avignon verpflanzt und völlig neu organisiert. Das ist nicht viel mehr als zehn Jahre her. Aus dem Kirchenschatz in der leeren Kiste auf einem Maulesel ist in dieser kurzen Zeit eine ganze Anzahl von vollen Tresoren im Papstpalast und in den Burgen geworden. Mit seinen Schuldscheinen und Goldschätzen ist der Papst der reichste Monarch der Christenheit. Er kassiert ohne die Einkünfte seiner Ländereien im Comtat und in Italien über dreihunderttausend Goldflorin im Jahr. Seit ein paar Jahren schlägt er sogar seine beste Münze, den Kammerflorin, was sonst nur die reichen Handelsstädte Florenz und Venedig können. Und er beschäftigt mehr als ein halbes tausend Kleriker in seinem Palast.

Also, warf ich ein, ist es doch so, wie ich es mir gedacht habe: Gold ist das Wichtigste für ihn. Mit Gold muss er die Kleriker und Soldaten bezahlen.

Nein, mein deutscher Freund, lächelte Francesco. Es ist umgekehrt. Vor dem Gold kommt die Tinte, die alle diese Kleriker auf Pergament und Papier klecksen. Hast du gesehen, dass hier in Avignon irgendetwas produziert wird, für das der Papst Gold einhandeln könnte? Ein bisschen Wein, ein paar Schafherden, ein paar Kacheln. Das ist es vielleicht, aber mehr nicht. Die Engländer werden reich, weil sie die Wolle ihrer Schafe nach Flandern verkaufen. Die Flamen werden reich, wenn sie die Wolle zu Tüchern weben und diese dann in alle Welt verkaufen. Die Ungarn und die Tiroler werden reich, wenn sie Metalle aus der Erde schürfen und damit Münzen schlagen. Sogar die armen Bretonen und die Norweger verdienen Geld, indem sie ihre Fische einsalzen und verkaufen. Und was verkauft Joan? Er exportiert Papier und Pergament voller Tinte und kann sich dafür alle Schätze der Welt leisten. Sogar Krieg führen kann er damit. Keinerlei Ware verlässt Avignon und das Comtat, aber immer mehr Händler mit den herrlichsten Kostbarkeiten aus der ganzen Welt lassen sich hier nieder. Was ist das, wenn nicht ein Wunder Gottes?

Francesco hatte recht. Aber es war kein Wunder Gottes, eher das Ergebnis eines Planes, den ein einziger Mann Schritt für Schritt umsetzte.

Ich erzähle dir mal, setzte Francesco seine Erklärungen fort, wie dreist Joan sich auf den Stuhl des heiligen Petrus gesetzt hat. Nach dem Tod des schwachen Clemens im Jahr 1314 konnten sich die Kardinäle wie immer nicht auf einen Nachfolger einigen. Aber diesmal in Lyon war es besonders schlimm, die Wahl zog sich über zwei Jahre hin. Die Italiener wollten den Papst nach Rom zurückbringen; die Nordfranzosen wollten einen Freund des Königs von Frankreich. Und die Kardinäle aus dem Midi wollten wieder einen aus dem Süden, weil es ihnen hier unten in ihrer Heimat so gut gefiel. Joan hieß damals noch Jacques Duèze und war schon sehr alt, er zählte über siebzig Lenze. Philipp von Frankreich riss irgendwann der Geduldsfaden. Er ließ die Kardinäle einmauern und das Dach abdecken. Da machte der alte Duèze den sterbenden Schwan. Kannst du dir vorstellen, warum?

Ich schaute Francesco an. So genau kannte ich mich mit der Wahl des Papstes nicht aus, zudem war ich bei den Geschehnissen noch ein zehnjähriger Junge gewesen, der den ganzen Tag arbeiten musste und anderes im Kopf hatte als die Intrigen der Kirchenfürsten. Also schüttelte ich den Kopf. Francesco wickelte sich seine Wolldecke fester um die Schultern und setzte seine Lektion fort:

Wenn die Kardinäle den Greis aus Cahors wählten, so glaubten sie, dann kämen sie endlich aus ihrem Gefängnis und könnten sich in ein paar Monaten, wenn der Alte erstmal tot wäre, nach einem besseren Papst umschauen. Es war am Ende Kardinal Napoleone Orsini, der Jacques Duèze durchsetzte, weil der ihm versprochen hatte, schnellstmöglich wieder nach Rom zu ziehen. Kaum aber war der Alte gewählt, nannte er sich Johannes XXII. und wurde auf einen Schlag wieder gesund. Voll Tatendrang bestieg er ein Schiff nach Avignon, wo er vorher Bischof gewesen war, und blieb hier. Seitdem ist keine Rede mehr davon, dass der Papst jemals wieder nach Rom zurückkehrt. Hunderttausend Goldflorin hatte Duèze, der Mann des Geldes, seinen Wählern als Bestechungssumme versprochen. Um das abzuzahlen, hat er sofort eine fähige Administration aufgebaut. Aber eben nicht in Rom, sondern hier. Napoleone Orsini war der Betrogene. Und was noch schlimmer ist: Unser greiser Papst will partout nicht sterben, sondern wird mit jedem Tag gesünder. Jetzt ist er schon weit über achtzig und jeden Tag vom Hähnekrähen bis in die Nacht fleißig bei der Arbeit. Unter Joan wird Avignon ausgebaut und das Comtat Venaissin befestigt. Und vor allem: Die Kanzlei des Papstes mit den wenigen Akten und Urkunden ließ Joan aus Assisi sofort nach Avignon schaffen. Jetzt kriegt niemand mehr wie früher auf einem Pferderücken eine Pfarrei oder ein ganzes Bistum überschrieben. Nein, jetzt gibt es ein Archiv, in dem alle Besitztümer der Kirche bis zur letzten Milchkuh in Irland und zum letzten Ziehbrunnen in Dalmatien verzeichnet sind. Jetzt wird kassiert für jeden Tropfen Tinte.

Und warum die ganze Mühe?, fragte ich fröstelnd.

Francesco führte mich zu einem Bottich, in den die beiden Badewärter erhitztes Salzwasser gefüllt hatten. Anfangs brannte es auf der Haut, doch wir setzten uns vorsichtig herein, so dass nur die Köpfe aus dem Dampf hervorschauten. Es war herrlich.

Hier sitze ich einmal die Woche und warte, bis meine Haut weich ist und mein Kopf leer, sagte Francesco. Nicht zu denken, das ist das Schwerste. Aber bevor ich zur Ente werde, erzähle ich dir noch den Rest der Geschichte. Joan baut sein Imperium auf Wissen. Nur wenn der Papst genau weiß, wie viele Pfarrstellen einem Bischof untertan sind, kann er einschätzen, wie viel ihm der Bischof zahlen kann. So vermag er auch, jede einzelne Pfarrstelle selber zu besteuern und an den jeweiligen Priester zu verkaufen. Verstehst du? Seit diese Raubritterkirche der trottligen Adligen rund um Rom Vergangenheit ist und dieser Schlaufuchs Joan die Verwaltung übernommen hat, gibt es keine Transaktion in der katholischen Welt mehr, an der der Papst nicht verdient. Joan ist kein Theologe, er stammt aus einer Familie von Bankiers und ist studierter Jurist. Er war Kanzler des Königreichs Neapel und obendrein Vertrauter des französischen Königs. Im Staatsdienst hat er gelernt, wie man einen Staat zum Esel macht, der jeden Tag neues Gold scheißt.

Bei uns in Deutschland, warf ich ein, wird nicht jede Pfarrstelle über eine Genehmigung aus Avignon vergeben.

Noch nicht, meinte Francesco. Die Deutschen haben Joans Regiment noch nicht völlig angenommen, anders als Franzosen, Engländer, Neapolitaner, Savoyer, Kastilier und, und, und. Der Papst spannt ein Netz über Europa. Und darum führt Joan auch seit Jahren diesen Privatkrieg mit Kaiser Ludwig. Da geht es gar nicht um den Glauben, sondern ums Geld. Aus allen anderen Ländern der Christenheit fließen die Abgaben reibungslos. Angefangen mit den Tributen der Staaten, die wie Neapel oder Sizilien nominell dem Papst unterstehen. Viele Dutzend Kollektoren sind für den Papst in allen Kirchenprovinzen unterwegs, um das Geld – große und kleine Summen – zusammenzutragen. Sie schätzen die Einkünfte jedes Bistums und besteuern jeden Abt, jeden Domherrn. Zahlt einer nicht genug, ist er vom ersten Tag an dem Kirchenbann verfallen. Dasselbe gilt für die Benefizien jeder einzelnen Gemeinde: Will ein Priester sein Amt antreten und von seiner Stelle leben, muss er seinen Zehnten im Voraus an Avignon bezahlen. War der Vorgänger mit den Steuern im Rückstand, muss der Nachfolger die Schulden abstottern. Zusätzlich werden bei Amtsantritt jedes Würdenträgers sogenannte Annaten fällig, also ein ganzes Jahreseinkommen des Bistums oder der Abtei. Zehn Pfarrstellen besetzt der Papst – pro Tag. Und pro Woche ein Bistum oder eine direkt dem Papst unterstellte Abtei mit riesigen Einkünften. Die Christenheit ist ein grenzenloses Reich, alle müssen zahlen. Während wir hier baden, sind sicher ein paar hundert Goldflorin in der Kasse des Papstes gelandet.

Warum, warf ich ein, haben das die Päpste nicht früher schon so gemacht und sich mit den niedrigen Einkünften in Rom zufriedengegeben?

Francesco tauchte kurz im warmen Wasser unter und kam prustend wieder hoch:

Sie waren eben dümmer, meine italienischen Landsleute. Es musste erst dieser Franzose kommen, der den Wert von Tinte und Papier begriffen hatte. Joan war der Erste, der verstand, dass das Papsttum kein frommes Amt ist, sondern eine Goldgrube. Und so entwickelt

Joan immer neue Möglichkeiten, die Rechte der Kirche in Geld umzutauschen. Zum Beispiel lässt er sich ganz bewusst Zeit, ein vakantes Erzbistum neu zu besetzen, denn in der Zwischenzeit gehen alle Einkünfte direkt nach Avignon. Neuerdings ist der Kämmerer sogar dazu übergegangen, die Anwartschaft auf Bistümer oder Pfarrstellen zu verkaufen, deren Inhaber noch am Leben ist.

Das kann doch nicht sein, rief ich. Das wäre eine Sünde.

Die beiden Graubärte in ihren Warmwasserbädern schauten sich um, und Francesco hielt sich den Zeigefinger vor den Mund.

Sei nicht so laut, mahnte er mich. Glaubst du etwa, du bist hier unterm Regiment frommer Priester? Nein, die katholische Kirche ist heutzutage nichts anderes als eine Bank. Gewinn steht über den Zehn Geboten. So eine Anwartschaft auf ein Bistum ist nichts anderes als eine Wette auf den Tod, mit Zins und Zinseszins. Je älter der Kandidat, den man beerben will, desto höher der Preis für sein Amt, denn bei einem Greis wird es bis zum Klingeln in der Kasse ja nicht mehr lange dauern. Expektantien heißen diese lukrativen Papiere, Anleihen auf die Zukunft. Und das alles geschieht unter den strengen Augen der Kollektoren an Ort und Stelle und wird dann auf den Groschen genau von den Klerikern hier in der Kanzlei archiviert. Ein kleiner Fehler bei der Zahlung, dann folgt die sofortige Exkommunikation.

Bei anderen Sünden ist Joan großzügiger?, fragte ich.

Aber sicher, antwortete Francesco, Großzügigkeit in Glaubensdingen ist seine andere Einkommensquelle. Aus aller Welt kommen nicht nur Priester auf der Suche nach einer Pfarrstelle hierher, sondern auch Bittsteller. Da gibt es eine breite Palette: kleine Adlige, die gegen die Gebote der Kirche eine Nichte heiraten wollen. Oder ein Bischof möchte nicht bei seiner baufälligen Kathedrale wohnen, sondern will lieber zu Hause bleiben und sein Bistum von einem Vikar verwalten lassen; dafür benötigt man gegen viel Geld einen Dispens. Oder nehmen wir einen Grundherrn, der einer Abtei einen Wald oder Acker abgeluchst hat und sich diesen Raub nun vom Papst schriftlich legitimieren lässt. Es gibt Kleriker, die sich seit Jahren um eine bestimmte Pfarrstelle bekriegen. Der Streit wird irgendwann in Avignon entschieden, zugunsten des Meistbietenden natürlich. Es gibt Kaufleute, denen der Bischof als Stadtherr aus irgendeiner Nichtigkeit die Güter beschlagnahmt hat, die müssen sie dann gegen Bezahlung vom Papst wieder freikaufen. Sogar Mörder und Räuber können sich gegen eine entsprechende Summe begnadigen lassen.

Der Badeknecht reichte uns trockene Tücher, und wir eilten hinein, um uns nicht zu verkühlen. Mir fiel auf, dass meine Bauchschmerzen verschwunden waren, und auch mein Schienbein tat kaum noch weh. Das Bad wirkte Wunder. Francesco rieb mir mit einem rauen Tuch den Rücken ab und bat mich, dasselbe bei ihm zu machen. Währenddessen bekam ich die nächste Unterweisung in Kirchenverwaltung:

Um den Überblick über all die päpstlichen Transaktionen zu behalten, braucht es viel Tinte. Das hatte ich gemeint. Alles wird hier in doppelter Ausführung festgehalten. Jede Urkunde, jedes Siegel, jede Schönschrift kostet für den Antragsteller extra. Viele tausende Urkunden verlassen jedes Jahr den Palast und werden vorher fürs Archiv kopiert. Die meisten Schreiber bekommen gar kein Gehalt und ernähren sich ausschließlich von Schmiergeldern der Bittsteller. So kann Joan sogar an der Verwaltung sparen, die ihm Millionen in die Kasse spült. Die Einzigen, denen der Papst noch Rechenschaft schuldig ist, sind die Kardinäle. Sie bekommen von bestimmten Steuern die Hälfte ab, damit sie ihre Hofhaltungen standesgemäß finanzieren können. Viele haben dazu noch eigene Ländereien oder werden vom französischen König für ihre Dienste unterstützt.

Ich trocknete mir zufrieden die Füße ab. Mit Francesco hatte ich endlich einen Experten getroffen, der mir die Geheimnisse des Papsthofes erklären konnte. Ramon konnte ich nichts fragen, der hätte mir nur Geschichten von Gurken oder Kapaunen aufgetischt. Und die Kleriker, die uns umgaben, waren in diesem lukrativen Würfelspiel um Bistümer und Gnadenakte allesamt Joans Komplizen. Niemand in der Stadt beschwerte sich über die geniale Raffgier dieses Papstes. Wer hätte die Hand gebissen, die einen füttert?

Im Palast sitzen also vor allem Schreiber und verspritzen ihre Tinte?, fragte ich.

Francesco atmete die würzige Luft der Badestube tief ein, offenbar hatte das heiße Wasser sein Hirn keineswegs aufgeweicht, wie er gehofft hatte. Die Verwaltung war sein Spezialgebiet, und ich konnte das gut verstehen. Nirgendwo sonst gab es für diesen Italiener ein Auskommen. Er musste seinen Einstieg in die Geschäfte der Kurie genau vorbereiten, um nicht auf einer unwichtigen Schreiberstelle ein Leben lang zu versauern.

Die Kleriker im Palast spritzen nicht nur mit Tinte, erklärte Francesco. Es gibt vier große Behörden. Die Penitenz ist die unwichtigste. Da sind gut dreißig Kleriker aus aller Welt beschäftigt. Wer hier anreist und beim Papst eine besonders schwere Sünde beichten möchte, der tut das in der Penitenz stellvertretend. Große Vergehen bringen gutes Geld. Darum kannst du in Avignon auf Polnisch beichten oder Irisch, auf Dalmatisch oder Dänisch. Wenn du ein laues Leben suchst, lieber Wittekind, dann lerne Mongolisch und lass dich vom Großpenitenziar als Beichtvater weihen. Wenn dann mal ein Mongole vorbeikommt und will eine Sünde loswerden, musst du ein Stündchen arbeiten. Aber alle andern Tage hast du deine Ruhe – und für ein langes Leben ausgesorgt.

Die Mongolen sind doch gar nicht katholisch?, warf ich ein.

Da wäre ich mir bei Joan nicht so sicher, meinte Francesco. Unser vorausschauender Papst hat erst neulich einen Bischof für Caffa am Schwarzen Meer geweiht und einen weiteren für die mongolischen Gebiete östlich bis nach China. Dort sind etliche Missionare unterwegs, denn Joan würde liebend gerne auch von den Chinesen und Mongolen Steuern eintreiben.

Und was gibt es außer diesen vielsprachigen Beichtvätern noch alles im Palast?, wollte ich wissen.

Na ja, den Haushalt des Papstes mit Bäckern und Wasserträgern, Kleiderputzern und Kellermeistern lassen wir mal weg. Das sind weit über hundert Diener, die seine Füße waschen, seine Kerzen anzünden, sein Essen kochen, seine Karaffen füllen und Tag und Nacht seine Messen singen. Diese engsten Vertrauten wohnen im Palast. Das Geld dafür beschaffen andere, nämlich die Kanzleischreiber. Da hätten wir die Pergamentschaber, die Kopisten, die Archivare, die Abbreviatoren, die Kontrolleure, die Schönschreiber, die Siegler oder auch die Geheimsekretäre, die mit allerlei komplizierten Verschlüsselungen und Zaubertinte zugange sind. Die Anweisungen der Verwaltung werden von fünfzig berittenen Boten in alle Welt getragen, vor allem natürlich in den italienischen Kirchenstaat, aber auch bis Polen oder Britannien. Vieles wird verschlüsselt.

Franceso ließ sich vom Bademeister einen Tiegel mit Salbe reichen, die nach Rosmarin roch, und rieb sich am ganzen Körper ein.

Die wichtigsten aller Kanzlisten, fuhr er fort, sind Joans Studienkollegen: die Juristen. Es gibt hier viel mehr Kirchenrechtler und Advokaten als Theologen. Diese Doktoren aus Montpellier oder Bologna sind es, die über jede Zahlung und jede Rechtsfrage entscheiden müssen. Es arbeiten sicher an die zweihundert Juristen in der Kanzlei und der Kämmerei.

Ich dachte an Serge, der auch in der Kämmerei gearbeitet hatte. Das Geheimnis seines Todes musste etwas mit seiner Arbeit zu tun haben. Er werde bald reich, hatte er Rixande versprochen. Vom Würfeln sicher nicht. Ich fragte Francesco, wofür die Kämmerei genau zuständig ist.

Das sind die Glücklichsten, lachte der Italiener, die sitzen auf dem Geld, zählen es, sortieren es, legen es an. Es handelt sich um Fachleute, von denen etliche vorher als Steuereintreiber über Land gezogen sind. Die Einkünfte hier aus dem Midi lässt die Kämmerei direkt antransportieren. Das ist eine harte und gefährliche Aufgabe. Einige Kollektoren sind von Bauern und Bürgern schon erschlagen worden; Räuber lauern am Wege, man benötigt Eskorten. Wenn sich die Kollektoren bewähren, dann werden sie später zu Bischöfen befördert. Ihre Kollegen hier im Palast verzeichnen die Einnahmen, berechnen die Expektantien und die Annaten. Und zuletzt horten sie das viele Geld in steinernen Speichern, die man direkt in den Felsen geschlagen hat. Da ruhen unter dicken Steinplatten Millionen. Nur mit Flaschenzügen und starken Mauleseln lassen sich die Deckel anheben, darunter liegen nicht nur Münzen in allen Währungen, sondern auch goldene Schmuckstücke, Monstranzen und dergleichen. Die Steuereintreiber nehmen von ihren Schuldnern gerne auch Wertsachen mit. Selbst die Besitztümer hoher Kleriker werden nach deren Tod beschlagnahmt und wandern dann in den päpstlichen Geldspeicher. Joan kann das bei Bedarf einschmelzen lassen und daraus Münzen schlagen. Diese ganze Kämmerei beschäftigt weit über hundert Kleriker und wird befehligt von Gasbard de Laval, dem treuesten Freund des Papstes aus dem Quercy. Da ist eine ganze Clique von Bankiers aus demselben Stall am Werk. Seit der Papst an die Macht kam, hat er diese Leute systematisch auf ihre Posten gehievt. Es steckt ein Plan dahinter, und dafür ist Blut geflossen. Ich erzähle dir das ein andermal noch genauer.

Das jagt mir Angst ein. Woher weißt du das alles?, fragte ich staunend.

Wenn man hier am Papsthof lebt, seufzte Francesco, hat man genau zwei Möglichkeiten. Entweder man geht angewidert weg und vergisst diese Wucherer des Seelenheils für immer. Mein Bruder Gherardo hat sich für diesen Weg entschieden. Oder man bleibt hier und versucht, ein Stück vom Kuchen abzubekommen. Das ist mein Schicksal. Gherardo will mich überreden, mit ihm gemeinsam die Kutte eines Einsiedlermönches überzuziehen, denn er sieht in diesem himmlischen Handel pures Teufelswerk. Aber ich tauge nicht zum Eremiten.

Und was wird dein Stück vom Kuchen?, wollte ich wissen.

Avignon ist teuer, allein das Wohnen, sagte Francesco sachlich. Wenn ich hier überleben will, kann ich mich auf das Erbe meines Vaters – das bisschen, das davon noch übrig ist – nicht mehr dauerhaft verlassen. Ich brauche schnell eine Stelle. Weil Joan die Italiener hasst, versuche ich es im Palast gar nicht erst. Aber ich habe mich umgeschaut, ob ich nicht doch irgendwo unterkriechen kann. Es fließt ja so unfassbar viel Geld. Doch mir wird langsam klar, dass ich nur bei einem italienischen Kardinal ein sichereres Auskommen habe. Diese misstrauischen Stinker von Franzosen rücken für Ausländer wie mich nichts heraus. Aber immerhin ist am Hof noch jeder vierte Kleriker Italiener, ohne diese Experten könnten sie ihre riesigen Ländereien zwischen Bologna und Rom, Ancona und Cesena bis hinunter nach Neapel gar nicht verwalten. Wir Italiener haben zwar nichts mehr zu sagen, aber ganz ohne uns geht es auch nicht. Morgen habe ich zu Pfingsten eine Einladung zur Messe bei Kardinal Colonna, vielleicht ergibt sich da eine Möglichkeit. Und übermorgen bin ich sogar bei Napoleone Orsini zu Gast.

Francesco benetzte sich mit erfrischendem Öl, ich tat es ihm nach. Der Badewärter reichte uns zum Abschluss warme Leinentücher, in die wir uns wickelten. Es ging mir tatsächlich schon viel besser. Francesco meinte, das läge an heilkräftigen Salzen, die Mica für seine Gäste ins Badewasser streue.

Ich freue mich, sagte Francesco gönnerhaft, dass ich dir zum hohen Fest etwas Gutes tun konnte. Du warst arg ramponiert. Da fällt mir ein, du könntest doch übermorgen zu Napoleone mitkommen. Ich darf immer jemanden mitbringen. Es geht da gar nicht so hoheitlich zu, du wirst sehen. Der alte Kardinal ist eine tragische Figur, denn Joan hat ihn kaltgestellt. Napoleone langweilt sich ständig, und er freut sich, wenn er neue Menschen trifft, möglichst aus einem fernen Land. Ein junges Gesicht wie deines wird ihn aufmuntern. Hier in Avignon trifft er doch nur immer dieselben verknöcherten Barbaren. Hast du Zeit?

Wir gingen hinüber in die Umkleidehütte. Für mein buntes Armband händigte Mica mir meine Sachen aus. Ich war ganz aufgeregt. Ein Abendessen bei einem italienischen Kardinal. Ob mein bisschen Italienisch dafür ausreichend wäre?

Francesco erriet meine Gedanken: Wir sprechen unter uns gewöhnlich Latein, Philippe, der Komponist aus der Pasture, wird auch kommen. Der Kardinal kann die französische Sprache nicht ausstehen, genau übrigens wie der Papst. Das ist ihre einzige Gemeinsamkeit. Aber immerhin – du kommst bei Napoleone in den Genuss eines Konzertes von Philippe de Vitry. Das ist etwas Besonderes.

Mir gefiel die Idee sehr, außerdem hatte ich den Auftrag, mich umzuhören. Wer hatte sich in Avignon jemals für mich interessiert?

Ich komme gerne, sagte ich, wir haben allerdings am Morgen nach dem Pfingstfest eine wichtige Anhörung im Papstpalast. Mein Meister hofft, sich für immer von den Vorwürfen der Häresie zu befreien.

Eine Anhörung?, fragte Francesco. Handelt es sich um eine Belehrung bei den päpstlichen Theologen? Oder ist das ein Verhör im Konsistorium mit Kardinälen und Inquisitoren? Da wärt ihr dann bei der vierten und sicher gefährlichsten Abteilung der Verwaltung einbestellt, der Rota.

Was ist die Rota?

Was seid ihr Deutschen naiv!, rief Francesco aus. Die sind für euch Häretiker zuständig. Das ist der päpstliche Gerichtshof, benannt nach dem großen runden Tisch, an dem die Richter sitzen wie die Speichen an einem Rad. Wer vor ihnen steht, bei dem geht es um Leben und Tod! Wenn ihr nur eine fromme Disputation unter Theologen habt, dann trefft ihr außer auf ein paar Advokaten höchstens auf Armand de Belvézer, der ist als Leiter der Theologenschule nichts als ein frommer Ausarbeiter von Joans Predigten und ansonsten mit dem Sammeln von Informationen aller Spitzel beschäftigt. Schmierig, dem Papst völlig ergeben, aber harmlos.

Das hatte mir Occam bereits erzählt. Er hatte lange für Belvézer gearbeitet.

Im zweiten Fall, warnte mich Francesco, würde ich mich sehr gut vorbereiten. Da kommen Schwergewichte auf euch zu. Im Konsistorium sitzen Kenner der heiligen Schriften und der Theologie. Ein falsches Wort, und der Funke des Scheiterhaufens flackert schon. Jedenfalls wenn dein Meister sich den Inquisitoren nicht zu Füßen wirft und alles widerruft.

Das wird er nicht tun, sagte ich.

Francesco wirkte nun wirklich beunruhigt: Dann versuche doch wenigstens du, vorher etwas über das Verfahren herauszufinden. Vielleicht hört dein Meister auf dich und kriecht zu Kreuze. Ihr könnt euch doch nicht wie die Schafe zum Schlachter führen lassen.

Ich entschied, dass ich Occam morgen genau über das Häresieverfahren befragen musste. Er steckte seit Jahren in einem solchen Prozess fest und kannte alle Beteiligten. Es war höchste Zeit zu handeln.

Während sich Francesco ankleidete, zog auch ich mir den Habit über. Mein Begleiter bezahlte etwas Trinkgeld, und wir gingen beide nach draußen. Ich dankte Francesco für seine großzügige Einladung und für seine Lektionen:

Du hast nicht nur an meinen malträtierten Körper gedacht. Auch mein Verstand hatte deine Ratschläge bitter nötig. Nun erst beginne ich zu begreifen, mit welcher Herausforderung wir es bei unserem Verfahren in Avignon zu tun haben. Ich hatte lange gehofft, wir könnten weglaufen. Aber dafür ist es wohl zu spät.

Francesco nickte freundlich und bog mit seinem Cicero in der Tasche nach rechts ab, den Hügel hinunter Richtung Rhone. Er erklärte mir nicht, was er vorhatte, ob er da unten seinen Bruder oder eine Frau treffen wollte oder ob er vielleicht in der Gegend wohnte. Er war ein vorsichtiger Mann. Vom Papsthof erzählte er bereitwillig, von sich selbst sehr viel weniger.

Ich wandte mich nach links in Richtung Saint-Symphorien, wo immer noch reges Markttreiben herrschte. Ich überlegte, ob ich mir an einem Stand ein Stück gebratenes Lamm genehmigen sollte. Schließlich hatte ich seit der Grütze mit Occam nichts gegessen. Ich sah in meinem Beutel nach, wie viele Münzen mir geblieben waren. Da durchschoss es mich siedend. Unfassbar! Ich wusste plötzlich, wo Serge das Objekt versteckt hatte, nach dem alle so dringlich suchten. Ich hatte, ohne es zu wissen, die Lösung des Rätsels die ganze Zeit mit mir herumgetragen.

KAPITEL 17

Ich eilte zurück zum Badehaus und gab der Frau des Wärters das Armband mit bunten Holzkugeln, das ich in meinem Beutel entdeckt hatte. Francesco und ich hatten jeder solch ein Band getragen und es hinterher wieder abgegeben, um unsere Sachen zurückzuerhalten. Stammgäste, hatte Francesco mir erklärt, verwahrten ihre Gegenstände dauerhaft hier. Serge hatte das gewusst und seinen Schatz raffiniert versteckt. Ohne nachzufragen, händigte mir die Wärterin für mein Armband eine abgeschabte Filztasche aus. Sie war so klein, dass ich sie mir unter den Habit stecken konnte. Die Tasche dicht an meine Brust gepresst, machte ich mich auf den Heimweg in den Konvent der Dominikaner.

Die Lösung des Rätsels war so einfach! Serge hinterließ in seinem Beutel, was er verstecken wollte, und behielt sein Armband, wie das andere Gäste auch machten. Nur mit der genauen Farbkombination aus roten, grünen, gelben Holzperlen konnte man das Pfand wieder einlösen. Niemand würde beim »Heißen Topf« suchen, denn Serges Verfolger konnten die Bedeutung der Holzperlen nur begreifen, wenn auch sie Gäste waren. Aber welcher Strauchdieb kannte dieses Badehaus? Wer wusste schon, dass der Kleriker aus der Gascogne gerade hier verkehrte? Als Serge gestern in der Jakobskapelle dem Bären in die Hände fiel, hatte er die Holzperlen schnell weggeworfen oder unter den Prügeln des Bären aus seiner Tasche verloren. Ich fand sie bei meiner Suche auf dem Steinboden, steckte sie zusammen mit dem anderen Kram achtlos ein – und hatte alles gleich wieder vergessen.

In jedem Fall hatte Serge seinem Peiniger nichts verraten und sich eher die Knochen brechen lassen, als mit dem Armband herauszurücken. Wahrscheinlich war ihm klargeworden, dass ihn der Bär sowieso umbringen würde, wenn er das Gesuchte einmal gefunden hätte. Dennoch kostete Serge sein Schweigen fürchterliche Qualen. Ich bezweifelte, ob ich das in einem ähnlichen Fall ausgehalten hätte. Dieser Serge war kein solcher Feigling gewesen, wie seine Konkubine glaubte. Ein ewiger Verlierer, ob mit Würfeln oder mit Holzperlen, das war Serge schon eher.

Wenn ich nicht so elendig enden wollte wie der vorherige Besitzer der Tasche, musste ich jetzt kühlen Kopf bewahren. Ich platzte vor Neugier herauszufinden, was ich da in der Filztasche mit mir herumtrug. Am liebsten hätte ich mich hinter der nächsten Kirchenmauer hingehockt und nachgeschaut. Doch das wäre vielleicht mein Todesurteil gewesen. Wenn meine Verfolger mich noch einmal erwischten, dann ließen sie mich mit diesem Fund nicht noch einmal laufen. Ich schaute in die Seitengassen und spähte immer wieder über meine Schulter, ob mir jemand folgte. Wenn möglich, hielt ich mich dicht bei Menschengruppen und wählte die Hauptstraßen, die an diesem Abend vor dem großen Fest besonders belebt waren. Beim Fischmarkt von Saint-Agricol traf ich auf eine Gruppe Dominikaner, die plaudernd zum Konvent zurückgingen. Bis zur Vesper blieb noch etwas Zeit. Ich schloss mich ihnen an und gelangte ohne Aufsehen ins Kloster.

Die Kirche erschien mir als der sicherste Ort, denn da begann jetzt die Messe. Trotz des Befehls von Prior Gaucelin, mich beim Stundengebet nicht mehr blicken zu lassen, kniete ich vor dem Altar einer Seitenkapelle nieder, während die Mönche einer nach dem anderen im Chorgestühl Platz nahmen. Wie ich erwartet hatte, achtete kein Mensch auf mich.

Ich konnte meine Neugier nicht länger bezwingen. Noch bevor der Hymnus ertönte, wagte ich einen Blick in die Tasche. Sie enthielt eine flache Schachtel, nur eine gute Handspanne breit wie lang. Sie war vollständig mit Eisen beschlagen, was ihr nicht unbeachtliches Gewicht erklärte. Es gab auf einer Seite ein winziges Schloss, aber ein Schlüssel war nicht dabei. Ich schüttelte die Schachtel; man konnte nichts hören, was auf ihren Inhalt hätte schließen lassen. Was konnte das sein? Ein Behältnis für Juwelen? Für eine Reliquie? Ich hatte solch eine Schachtel noch nie zuvor gesehen. In einer Ecke entdeckte ich eine Art Wappen, ein griechisches Kreuz, das an allen Enden mit Blättern verziert war. Das abendliche Licht schwand, doch konnte ich eine gravierte Inschrift erkennen: Wer dies Gut der Kammer mutwillig öffnet, den verschlinge der Rachen …

Als zwei Laienbrüder an der Seitenkapelle vorbeieilten und misstrauisch zu mir herübersahen, verstaute ich die Schachtel schnell unter meinem Habit, kniete nieder und tat, als ob ich betete. Eine ganze Vesper lang hatte ich nun Zeit, mir zu überlegen, was zu tun war.

Das Dümmste wäre sicher, die Schachtel mit in unsere Zelle zu nehmen. Nicht nur, dass jeder dort zuerst suchen würde. Ich würde auch noch den Meister in Gefahr bringen. Bei Ramon wäre es dasselbe, den guten Kerl wollte ich am wenigsten in diese Geschichte hineinziehen. Vielleicht könnte er mir Ratschläge geben, wie sich das

Kästchen am besten öffnen ließe, aber sicher nicht heute Abend im Dämmerlicht. Wohin also mit meinem Fund?

Die Abendsonne fiel auf den Altar, vor dem ich kniete. Das große Gemälde zeigte die Glorie des Thomas von Aquino. Schlank und gescheitelt schaute mich der heilige Theologe an und hielt dabei seine aufgeklappten Bücher auf dem Schoß. Der Maler hatte mit dem Lineal goldene Strahlen gezogen, die sich aus den Texten in alle Richtungen verbreiteten. Was für ein verlogenes Schauspiel! Der Meister hatte als ganz junger Mönch von seinem Lehrer Albert in Köln noch aus erster Hand erfahren, wie der Aquinate wirklich ausgesehen hatte: fett, kahl, mit Hängebacken und Haaren, die ihm aus der Nase wuchsen. Aber so konnte unser Orden seinen größten Geist der Welt nicht präsentieren. In einer Glorie bildete man ihn lieber als Engel ab, mindestens doppelt so groß wie der Sohn Gottes ganz oben auf dem Gemälde, von den hingebeugten Halbfiguren solcher Leichtgewichte wie Moses, Paulus und den vier Evangelisten ganz zu schweigen. Alle Betrachter sollten wissen, dass niemand anderer als Thomas der Heiligste von allen war. Zu seinen Füßen schauten winzige Theologen konkurrierender Orden – Augustiner, Benediktiner, Franziskaner – bewundernd zum Aquinaten auf, während der Mohammedaner Averroes sich ganz unten besiegt und gedemütigt wie ein Wurm wegdrehte.

In Wahrheit, hatte mir der Meister unter vier Augen erklärt, hatte Thomas von genau diesem Averroes, einem Heiden aus dem Berberreich, seine Kenntnisse von Aristoteles und der Logik übernommen. Der Meister meinte verächtlich: Thomas von Aquino hat vieles abgeschrieben und dann verdreht. Niemand sollte erfahren, dass er sich bei einem Ungläubigen inspiriert hatte. Dieser neapolitanische Grafensohn hatte ein sicheres Gespür dafür, was die Mächtigen hören wollen, und wie man seine Spuren verwischt.

Bei uns in Köln, so erzählte der Meister, hat er stets den strebsamen Studenten gespielt, in Paris hat er brav im Schatten des großen Albertus die Anfänger unterrichtet und ist dann beim ersten Konflikt übergelaufen zur Lehrmeinung der Mächtigen. Als es um 1270 zum großen Streit um die Erkenntnisse des Aristoteles kam, hat Thomas sich unterwürfig auf die Seite des Bischofs von Paris gestellt und alle seine Widersacher denunziert. So macht man Karriere an der Universität.

Ich wusste, was der Meister meinte. Thomas von Aquino war der Theologe der Päpste und der Bischöfe. Was hatte man mich im Kölner Generalstudium mit den langweiligen Summae des Thomas gequält! Während andere Philosophen mit Hinweis auf Aristoteles längst klargestellt hatten, dass etliche christliche Lehrsätze nicht mit der Logik vereinbar waren, behauptete Thomas mit dem besten Gewissen das Gegenteil. Die widernatürliche Verwandlung des Brotes und des Weines in Fleisch und Blut Christi? Mit unserem Wissen über die Materie nicht vereinbar, aber für Thomas ein tägliches Wunder Gottes! Die Auferstehung des Fleisches beim Jüngsten Gericht? Nach der für jedermann überprüfbaren Verwesung und Zersetzung der Körper nach dem Tod ein Unding, aber für Thomas ganz selbstverständlich! Aus der Feder des Aquinaten sprudelten Beweise für die Erschaffung der Welt in sieben Tagen, für die Unsterblichkeit der Seele und für die unwiderlegliche Existenz Gottes – alles Selbstwidersprüche, deren Logik nur diejenigen überzeugte, die vorher schon ihren Verstand in geweihtem Wasser ertränkt hatten. Wer von seinen Philosophenkollegen jedoch dem Materialismus des Aristoteles weiter folgte und die Philosophie gegen die Theologie verteidigte, den fegte Thomas unter dem Applaus der kirchlichen Obrigkeit hinweg. Mit feuriger Rede rechtfertigte er die Verbrennung von Häretikern, feierte die Versklavung von Nichtchristen. Ohnehin verordnete er, dass alle Herrscher der Welt dem Papst untertan sind.

Das war eine Sprache, die Joan gefiel. Der uralte Papst hatte in vielen bestellten Schriften die Lehre und die Wunder des Thomas von Aquino feiern lassen und nach dieser Kampagne den dicken Dominikaner heiliggesprochen – und zwar genau hier in dieser Dominikanerkirche von Avignon. Seither gab es das Wort Gottes nur noch vermittelt durch den Mund des heiligen Thomas – nicht nur für die einfachen Seelen, die ohnehin nicht in der Bibel lesen konnten, sondern auch für alle Gelehrten. Ein Student oder ein Professor, der auch nur einen Satz des Aquinaten bezweifelte, wurde unbarmherzig verfolgt. Es war außerdem für jedermann Pflicht, jeden Kritiker des heiligen Thomas bei der Inquisition zu denunzieren. Seine Werke standen noch über den Evangelien Christi und durften unter keinem Vorwand verkauft werden.

Zur Belohnung für die pompöse Feier der Heiligsprechung hatten die Dominikaner von Avignon vom Körper des Aquinaten, der nun in Toulouse aufbewahrt wurde, den Kehlkopf und den Knochen des rechten Zeigefingers abbekommen. Prior Gaucelin war immer noch trunken von so viel Ehre. Der heilige Spalt, durch den die Stimme des Thomas ertönte, und der heilige Finger, mit dem er die Häretiker und Ungläubigen ermahnte – das, so predigte Gaucelin immer wieder, ist der kostbarste Besitz unseres Konvents. Dieser Besitz war so unbezahlbar, dass die Reliquien dem Altar längst entnommen worden waren und in einem prächtigen goldverzierten Schrein ruhten. Gaucelin bewahrte den Schrein in seinen Gemächern auf und ließ ihn nur an hohen Feiertagen von den Mönchen in einer Prozession durch die Kirche tragen.

Das Abendlicht erglänzte auf dem Goldgrund des Altargemäldes. Es schien mir mit einem Mal, als würde der gedemütigte Araber Averroes ganz unten auf dem Bild mir aufmunternd zulächeln. Averroes war die einzige Gestalt, die mit den Fingern nicht verzückt nach oben zum heiligen Thomas und ins Himmelreich zeigte, sondern nach unten, wo die Hölle lag. Das war es doch! Unter dem Gemälde befand sich der leere Kasten, der ursprünglich für die kostbaren Gebeine vorgesehen war. Ich schaute, ob mich jemand beobachtete. Doch in diesem Moment sangen alle Mönche aus voller Kehle das Magnificat und beschworen anlässlich des Pfingstfests den Heiligen Geist herbei: Erfülle die Herzen deiner Gläubigen!

Ich stimmte innerlich in den Hymnus ein, zog das Kästchen unter meinem Habit hervor und schob es von der Seite in den leeren Schrein, der nur mit einem losen Zapfen verschlossen war. Hier würde kein Mensch nach meiner Schachtel suchen, was immer sie auch enthielt. Halleluja!, ertönte es aus dem Chor.

Als ich in unsere Zelle trat, fand ich den Meister über seine Verteidigungsschrift gebeugt. Er saß am Fenster im letzten Licht, hatte aber bereits eine Kerze entzündet. Mit Schwamm und Zunder zu hantieren und ihm vorzulesen – das waren eigentlich meine Aufgaben. Doch ich war wieder einmal fort gewesen. Ich schämte mich, dass ich dem alten Mann, vor allem seit gestern Abend, so wenig Beistand geleistet hatte. Der Meister kam mir in diesem Moment einsam und schutzlos vor. Doch er beschwerte sich nicht. Aufblickend schaute er mir direkt ins Gesicht und fragte mit leiser Stimme:

Hast du dich geprügelt, Wittekind?

Ich schüttelte den Kopf und sagte: Ich wurde geprügelt, vielleicht von denselben Leuten, die diesen Serge in der Kapelle so schlimm misshandelt haben. Mich wollten sie warnen, damit ich meine Nase nicht weiter in ihre Angelegenheiten stecke.

Der Meister schob seine Papiere zur Seite und blickte mich aus traurigen Augen an. Dann seufzte er: Wo sind wir hier nur hingeraten?

An den Hof des Stellvertreters Christi, stellte ich fest. Es geht uns beim Papst genau wie Gottes Sohn in Jerusalem. Wir sind in einer fremden Stadt, haben große Probleme mit der weltlichen und der geistlichen Gerichtsbarkeit, stehen unter Aufsicht, und es setzt Prügel. Hoffen wir mal, dass der Allmächtige uns um eine Kreuzigung herumkommen lässt.

Lästere nicht, Wittekind!, befahl mir der Meister. Manchmal denke ich, du bist Atheist.

Und wenn?, fragte ich.

Er schaute auf den Boden und flüsterte: Du hast genug studiert, um zu wissen, dass ein Atheist schlimmer ist als der Teufel.

Warum?

Der Teufel, dozierte der Meister, ist ein abgefallener Engel. Er kennt den Allmächtigen genau und weiß von Gottes unendlicher Güte, aber der Teufel hat sie aus lauter Hochmut weggestoßen. Der Atheist hingegen kennt Gott nicht, also kennt er gar nichts. Darum ist er verloren, und nicht einmal der gütige Gott kann ihn retten.

Ich nahm das Argument auf und entgegnete nach dem Muster einer gelehrten Disputation: Meister, du hast mich gelehrt, dass Gott überall ist. Nach Aristoteles nennen wir Gott unser Axiom, auf dem alle anderen Annahmen beruhen.

Der Meister nickte, ja, so hatte er es mich gelehrt.

Ich setzte die Argumentation fort: Gott als Grundannahme belebt das gesamte Universum, und es gibt keinen Winkel meiner Seele, in dem Gott nicht wohnt. Ist es nicht so?

So ist es, sagte der Meister feierlich.

Dann, folgerte ich, lebt Gott auch in der Seele des Atheisten. Auch der Zweifel ist demnach göttlich, wie ich gerade bewiesen habe. Mag sein, dass die Atheisten Gott nicht kennen, doch es reicht aus, dass er sie kennt mitsamt ihrem Widerspruch und ihrem Zweifel. Und mir wäre es manchmal lieber, der Zweifel wäre genauso verbreitet wie der Glaube. Dann gäbe es keine Inquisition, und wir könnten morgen abreisen.

Der Meister lächelte: Mit deiner Form von Dialektik wirst du sicher einmal auf dem Scheiterhaufen enden. Aber nicht hier, nicht jetzt. Nicht, solange ich dich unter meinen Fittichen habe. Ich bin mehr denn je überzeugt, dass ich alle Einwände entkräften kann. Zur Not widerrufe ich meine inkriminierten Lehrsätze formell und unterwerfe ich mich direkt der Gnade des Papstes. Dann kann kein Inquisitor der Welt mir etwas anhaben, und wir sind frei.

Ich weiß nicht, zweifelte ich, ob dieser Papst überhaupt weiß, was Gnade ist. Ich hörte heute Mittag von einem Italiener, der sich bei der Kurie auskennt, dass das päpstliche Gericht sich aus Theologen zusammensetzt, die ebenso klug wie böswillig sind. Rota – das Rad – nennen sie das Tribunal, und es kann sehr wohl sein, dass wir da trotz allen guten Willens gerädert werden. Wir haben nicht mehr viel Zeit, das zu verhindern.

Der Meister schaute mich mit einem wehen Blick an: Vielleicht hast du recht, mein lieber Wittekind, aber vielleicht ist das päpstliche Gericht nicht einmal die schlimmste Bedrohung, die hier in Avignon auf uns wartet. Ich habe sehr unerfreuliche Neuigkeiten.

Ich ließ mich auf meine Pritsche fallen und war mir sicher, dass es an diesem Tag für mich keine Überraschungen mehr geben könne. Doch ich hatte mich getäuscht.

Ich habe, sagte der Meister, heute im Kreuzgang Wilhelm von Nidecke und Hermann de Summo gesehen. Und sie mich auch.

Ich schloss die Augen und spürte wieder alle meine Knochen, vor allem der Bauch schmerzte heftig. Hatten sich denn alle Teufel gegen uns verschworen?

Nein, Meister, das ist unmöglich. Du musst dich getäuscht haben. Die beiden Verbrecher können gar nicht hier sein. Was sollten sie denn in Avignon? Sie leben seit eh und je in Köln.

Der Meister schüttelte nur den Kopf, als habe auch er nun keine Kraft mehr, sich der Schläge dieser Welt mit Argumenten zu widersetzen. Er wollte nicht mehr sprechen und kniete vor seiner Bettstatt nieder. Ich streckte mich aus, konnte aber trotz meiner Erschöpfung keinen Schlaf finden.

Wilhelm von Nidecke und Hermann de Summo waren zwei Spitzbuben, allerdings keine gewöhnlichen Verbrecher, sondern Dominikanermönche aus Köln. Sie waren es vor bald drei Jahren gewesen, die den Meister als Erste beim Erzbischof Heinrich angezeigt hatten. Alle im Kloster und im Generalstudium hatten die Beschuldigungen als Gipfel der Frechheit empfunden, denn Wilhelm und Hermann waren Mönche, die im Kölner Rheinhafen und im Hurenviertel einen üblen Ruf genossen. Sie nahmen den Prostituierten Geld ab, erpressten arme Fischer und zerschlugen jedem Knochen und Gesicht, der sich ihrem Treiben in den Weg stellte. Latein sprachen sie nicht, wahrscheinlich konnten sie nicht einmal lesen. Wie konnten solche Strolche sich als Hüter des reinen Glaubens aufspielen? Was wussten sie überhaupt von der Lehre des Meisters?

Nikolaus von Straßburg, unser Generalvikar, fürchtete, dass Wilhelm und Hermann nichts als Hochstapler waren, die niemals studiert hatten und sich im Namen anderer als Ankläger des Meisters hergaben. Doch Bischof Heinrich bürgte für die beiden Ankläger und akzeptierte ihre Beschuldigungen, weshalb nicht nur ich überzeugt war, dass der Bischof selbst sie vorgeschoben hatte. Niemand anderer als Heinrich von Virneburg konnte hinter der Verfolgung des Meisters stehen. Nachdem Generalvikar Nikolaus von Straßburg seinen besten Prediger in allen Punkten freigesprochen hatte, erwies sich, dass ich mit meiner Befürchtung richtig gelegen hatte. Heinrich von Virneburg leitete die abgewiesene Klage weiter an seine eigene bischöfliche Inquisition. Um dieser zu entkommen, blieb dem Meister nur noch der Ausweg, direkt an den Papst zu appellieren. Das war der Weg des Verfahrens, der uns nach Avignon geführt hatte.

Die beiden Halunken, die am Anfang unserer Misere standen und sich dabei für keinen Meineid zu schade waren, hatte ich beinahe vergessen. Ich kannte ihre vierschrötigen Gestalten aus dem Kölner Konvent, wo ihnen jeder anständige Mönch aus dem Weg ging. Wenn sich Wilhelm von Nidecke und Hermann de Summo tatsächlich in Avignon befanden, dann konnte das nur bedeuten, dass Bischof Heinrich nicht mehr daran glaubte, den lästigen Fall des Meisters in Avignon begraben zu können – und den Meister gleich mit.

Sollten wir vor dem päpstlichen Gericht freikommen, wie der Meister annahm, dann hatten wir es jetzt mit zwei Feinden zu tun, die uns auch ohne Verurteilung aus dem Weg räumen würden. Wir wären nicht die Ersten, denen Hermann und Wilhelm den Hals umgedreht hätten. Mir kam der plötzliche Tod von Bruder Paul auf unserer Reise in den Sinn. Was, wenn die Verbrecher uns damals schon auf den Fersen waren, und der arme Bruder wäre gar nicht am Herzschlag gestorben, sondern an einem heimlich verabreichten Gift? Wilhelm und Hermann konnten uns unterwegs verfolgt haben und dann nach Köln zurückgekehrt sein. Dort hatten sie auf neue Befehle gewartet und waren vom Bischof wie zwei Jagdhunde aufs Neue auf unsere Spur gehetzt worden.

Mir brummte der Kopf, und das nicht mehr nur von den Schlägen. Unsere Feinde lauerten überall: zuerst der Bär, dann die Schläger von Lisabeta, dazu waren auch die Sergenten hinter meiner Schachtel her. Dann drohte uns noch die päpstliche Inquisition mit dem Papst an der Spitze. Und nun die Schergen von Bischof Heinrich. Meine Zweifel an des Meisters Überzeugung, dass ein gütiger Gott über unserem Schicksal wachte, wurden nicht kleiner. Doch das sagte ich ihm nicht, weil er gerade sein Nachtgebet beendet hatte, sich von den Knien erhob und die Kerze ausblies.

Er wirkte, als hätte ihn der Heilige Geist gestärkt. Mit unheimlicher Festigkeit sprach er ins Dunkel: Mir ist nicht bange. Wenn Gott für mich ist, wer sollte mein Feind sein?

Mir fiel eine lange Liste von Kandidaten ein, aber ich unterließ es, Namen zu nennen.

Niemand kann uns wehtun, fuhr der Meister fort. Unsere Glückseligkeit liegt im Intellekt. Im Begreifen der Vernunft, mit der in der Welt alles geregelt ist, finden wir unsere Vollendung. Das hat der Grieche Aristoteles gesagt, das hat der Araber Averroes gesagt, das hat Albertus Magnus gesagt. Das hat mein Lehrer Dietrich von Freiberg auch gesagt. Und jetzt sage ich es dir: Den Geist kann uns niemand nehmen.

Ich dachte: Waren auch Serge und Bruno von der intellektuellen Glückseligkeit überzeugt gewesen, als man sie zu Tode prügelte?

Glück, so hatte mein Freund Niklas oft wiederholt, besteht darin, gar nicht erst geboren zu werden. Leider hatten wir Pech gehabt und waren jetzt auf der Welt. Und diese Welt bestand beileibe nicht nur aus Gedanken. Glückseligkeit, das war tief im Wald, wo Niklas lebte, ein ganz simples Gefühl, das auf einem warmen Essen beruhte, auf dem Körper einer Frau, auf Sonnenschein. Und vor allem: auf der Abwesenheit von Priestern und Rittern, Päpsten und Königen. Hoffentlich hatte Niklas weiterhin viel Glück im Pech, geboren zu sein. Für meine Person war ich längst zu einem anderen Konzept gekommen als mein Meister: Die größten Philosophen ließen sich mit hehren Begriffen abspeisen, die niemanden satt machten und keinen Schmerz stillten. Was war Glückseligkeit? Ich konnte es nicht in Worte fassen, aber es kam mir so vor, dass Aristoteles und der Meister keine richtige Vorstellung davon hatten.

Es ist noch ein Brief für dich abgegeben worden, riss mich der Meister aus meinen Nachtgedanken.

Nicht noch eine Überraschung!, flehte ich innerlich. Während all der Monate hier in Avignon hatte ich keine einzige Botschaft erhalten. Wer kannte mich schon? Zweifelnd nahm ich das gesiegelte Schreiben aus der Hand des Meisters, entzündete mühselig einen neuen Funken und las:

Deutscher Novize, du hast zwar einen Idioten zum Meister, dennoch wirkst du auf mich nicht wie ein heilloser Dummkopf. Für eine Unterweisung in echter Theologie lade ich dich ein, morgen mit mir in der Kathedrale das Hochamt zu Pfingsten zu feiern. Du hast Papst Joan noch nie erlebt. Morgen biete ich dir die Gelegenheit, das Oberhaupt der Christenheit in vollem Ornat zu bewundern und einer seiner Predigten zu lauschen. In England und im Heiligen Römischen Reich, ja sogar hier in der Stadt gibt es Christen, die sagen würden: Du kannst der Schlange der Apokalypse direkt in den Rachen schauen. Wir haben einiges zu besprechen und sehen uns zur dritten Stunde unter der großen Laterne am Eingang des Papstpalastes. Sei pünktlich! Occam.

Ich verbrannte den blasphemischen Brief sofort zwischen den Kohlen unserer Heizschale.

KAPITEL 18

Vorsichtiges Rufen, erst ganz leise, dann immer lauter. Noch vor der Morgendämmerung ertönten zaghafte Melodien, hier ein Trillern, da ein Keckern aus der anderen Richtung. Es fiepte und tschilpte aus dem Gras, kam schrill vom Himmel herab, erklang volltönend aus einer Baumhöhle. Bald widerhallte ein lautes, chaotisches, dennoch harmonisches Konzert in meinen Ohren. Die Vögel, nicht nur im Klostergarten, sondern auch drüben im Uferschilf der Rhone, in den Bäumen und über den Feldern der Nachbarschaft – sie sangen aus voller Kehle.

Weil ich nicht mehr schlafen konnte, hatte ich mich noch vor Tagesanbruch aus unserer Zelle zu Ramons Gartenhaus hinübergeschlichen. Wie immer zu dieser Stunde saß der Gärtner mit geschlossenen Augen vor der Tür und lauschte. Ich hatte mich wortlos zu ihm gesetzt. Gemeinsam horchten wir auf das aufgeregte Gespräch der Amseln, Lerchen, Meisen, Finken, Ammern, Schwalben und der vielen anderen Vögel, deren Namen ich nicht kannte. Im Halbdunkel des Morgendämmers beherrschten die Gefiederten die Welt, bevor die Menschen mit ihren groben Rufen und ihrem Lärm die Macht übernahmen. Diese kostbare Spanne zwischen Tag und Nacht hatte ich immer geliebt. Hier im sinistren Avignon war es die einzige Zeit, in der ich mich im Einklang mit dem Leben befand.

So hatte ich es in der Heimat und in Litauen schon gehalten: Wer sich fremd fühlt und einsam unter den Menschen, dem singen die Vögel ihr tröstendes Lied. Darum war mir der Frühling, sogar dieser verdüsterte des Jahres 1328, stets die liebste Jahreszeit. Die Legende, wie der heilige Franziskus den Vögeln predigte, hatte mir freilich nie eingeleuchtet. Vögel benötigten keinen Prediger. Sie sind es, die uns etwas mitteilen. Unnötig, ihre Botschaft in Worte zu fassen. Man musste sich nur erfüllen lassen von ihrem Sang und ihrer Munterkeit. Gelassenheit nannte der Meister die Seelenstimmung, in welcher das wirklich Wichtige zum Herzen eines Menschen vordringt. Ihm öffnete das Gebet den Zugang zu Gottes Vernunft. Mir verhalf der Vogelgesang zur Gelassenheit.

Ramon lehnte neben mir an seiner Kate, atmete tief und schien zu schlafen. Doch er war wach. Hörst du, fragte er irgendwann, diesen langen Triller, so durchdringend wie das Trommeln eines Spechtes? Das ist ein Buchfink, der macht jetzt den ganzen Tag so weiter. Ich weiß nicht, woher er die Kraft nimmt ohne ein gutes Frühstück.

Vielleicht hat er ja schon vor Tagesanbruch gefrühstückt, meinte ich.

Ramon schüttelte den Kopf: Wie denn? Im Dunkeln? Nein, ich glaube, diese Vögelchen werden satt vom Singen allein. Sie füttern einander mit ihren Melodien. Sonst würden sie im Frühling doch alle vom Ast fallen.

Das war wieder so eine von Ramons Theorien, wie sie nicht bei Aristoteles und nicht einmal beim großen Naturforscher Albertus vorkamen. Er griff neben sich in seinen Beutel und holte einen Kanten Brot heraus, schnitt mir ein Stück ab und bestrich es mit Honig. Dazu einem Becher frisches Brunnenwasser, und wir hatten das köstlichste Frühstück. Hinten auf dem Satteldach der Kirche läutete die Glocke zur Prim. Ich kannte den Schmerz, den die Mönche jetzt empfanden, nur zu gut. So früh nach den nächtlichen Laudes schon wieder aus dem Schlaf gerissen zu werden, war unmenschlich. Ich wusste, dass die eifrigsten Mönche nach altem Brauch seit der Pfingstvigil die Nacht sogar durchwacht hatten. Was für eine Kasteiung! Die Kirchenväter, die sich den mönchischen Tageslauf mit Gebeten, Arbeiten, Ruhezeiten und Essen ausgedacht hatten, waren Quälgeister gewesen, die gerne Herrschaft ausübten. Sie hatten Spaß daran, anderen den Schlaf zu rauben, das Essen zu verderben oder das freie Denken einzuschränken. Gebrochene Zöglinge lassen sich am besten beherrschen. Ich hatte schon vor dem Gang nach Avignon geplant, den Orden zu verlassen. Von dem, was mir die Dominikaner in ihren Bibliotheken und Lehranstalten mitgeben konnten, hatte ich mich eifrig bedient. Die Sprachen, Latein zuvörderst, und die entscheidenden Bücher hätte ich ohne die Dominikaner niemals kennengelernt. Jetzt war es genug. Die einzige Gesellschaft im Konvent, die mich auf die Dauer nicht anekelte, war die von Ramon. Sein Rezept war einfach: in aller Ruhe gärtnern, ernten, kochen. Und vor allem nicht zu viel denken.

Andererseits war ich mir gar nicht sicher, ob Ramon nicht der größte Dominikanerphilosoph überhaupt war. Seine Thesen wirkten auf mich origineller als der gesamte Thomas von Aquino. Entscheidend an Ramons historischer Bedeutung war allein, dass ihm selbst diese Frage völlig egal war. Er strebte keine Heiligsprechung an, er heiligte sein Dasein selber.

Ramon strich sich behaglich den Bauch und sagte: Herrlich, dieses Konzert. Und wir müssen nur dasitzen und zuhören. Die Vögel kommen angeflogen und singen nur für uns, während die Brüder bei der Prim selber singen müssen. Arme Schweine. So klingen sie auch. Na ja, das ist eben Gottes Wille.

Die Vögel sind die eigentlichen Bettelmönche, ergänzte ich. Sie säen nicht, sie ernten nicht, sie singen nur zum Vergnügen und tun keinem etwas zu Leide.

Ramon streckte sich, um mich sogleich zu verbessern: Nein, mein dummer Albarino, das stimmt nicht. Vögel sind auch nicht besser als Menschen. Was ist mit den armen Käfern und Mücken, die sie aufpicken? Und sie halten genauso wenig zusammen wie die Menschen. In diesem Moment reißt sicher gerade ein Falke einem Spatz die Flügel aus und verschlingt das arme Kerlchen bei lebendigem Leib. Die niedlichen Meisen, die du da drüben herumhüpfen siehst, die klopfen im Vorfrühling an mein Bienenhaus. Und wenn die Bienen dann an die Pforte kommen, ganz ausgekühlt und lahm, dann fressen die Meisen sie auf. Dasselbe machen sie im Winter mit schlafenden Fledermäusen in den Höhlen. Sie picken ihnen den Schädel auf und schlürfen ihr Gehirn.

Ich schüttelte mich angewidert: Das hast du doch erfunden, Ramon.

Nein, widersprach er, das habe ich schon als kleiner Junge bei uns in Lansac gelernt. Es ist bei den Tieren genau wie bei uns Menschen: Der Kuckuck betrügt die Vögelchen mit seinen Eiern; die Elster raubt die Nester mit den Hänflingen aus; die Spatzen beißen einander weg, wenn ich Futter streue. Auch unter den Vögeln quälen die Mächtigen die Kleinen, und es ist ein einziges Fressen, jeder gegen jeden. Wie bei den Menschen hier in Avignon. Gott hat das genau so gewollt.

Ob der Gärtner recht hatte? Ramons Gott, der auch für das Böse verantwortlich war, erinnerte mich an den Gott der Katharer, über die ich im Generalstudium Gerüchte gehört hatte. Die Katharer waren vor hundert Jahren von den Katholiken mit einem Kreuzzug ausgerottet worden, tausende Überlebende hatten die Inquisitoren hier im Midi später noch verbrannt oder erschlagen. Trotzdem hieß es, dass immer noch einige im Geheimen lebten. Aber niemand wusste Genaues über ihre Art von Wahrheit, die es neben der christlichen Lehre nicht geben durfte. Ihre Vorstellung, dass das Böse die Welt beherrscht, passte besser zu meiner Erfahrung. Besser jedenfalls als der gütige Gott auf seiner Wolke, der mit Vergnügen dabei zusieht, wie die Meisen den Fledermäusen den Schädel aufhacken, und wie die Menschen anderen Menschen den Hals umdrehen. Wie kam das Böse in die Welt? Unsere Theologen, auch mein Meister, hatten große Probleme, diese Frage zu beantworten. Die Katharer hatten es leichter, denn sie glaubten, dass die ganze Welt aus Bosheit bestand.

Ich wandte mich zu Ramon und schloss unsere Disputation ab.

Du hast recht. Die Menschen und die Vögel fressen sich gegenseitig auf. Mit einem Unterschied: Die Vögel singen schöner.

Ramon griff in seinen Beutel und knusperte an etwas Gebratenem. Der Duft von Rosmarin und Bärlauch behagte mir um diese Zeit nicht sonderlich.

Willst du auch eine?, fragte Ramon kauend.

Was ist das denn?

Rotkehlchen, sagte er vergnügt. Ich habe sie vor ein paar Tagen mit einem Netz gefangen. Sie schmecken noch besser, wenn man ihnen die Augen heraussticht und sie noch zwei Tage mit frischem Eiweiß füttert. Dann muss man die Tierchen rupfen, flämmen und langsam am Spieß braten. Köstlich, das haben wir in Lansac als Kinder andauernd gegessen.

Ich musste wieder an die Katharer denken. Ramon dachte nichts, schluckte sein Rotkehlchen hinunter und rülpste. Ich erkundigte mich bei ihm nach Wilhelm von Nidecke und Hermann de Summo, und tatsächlich schien der Meister sich nicht geirrt zu haben. Ramon hatte gestern Abend in der Küche aufgeschnappt, dass zwei besonders hungrige Mitbrüder aus Köln angekommen waren. Ich deutete an, dass die beiden Flegel keineswegs brüderlich, sondern zu allem imstande waren und dem Meister und mir seit Jahren nichts als Ärger bereiteten. Ramon versprach, die Augen offen zu halten. Trotz des Sonntagsgebotes machte er sich nun daran, sein Mistbeet zu wenden. Gleich danach hatte er auf einem Boot eine Mitfahrgelegenheit die Rhone hinab Richtung Lansac aufgetrieben. Auf Flussboote seiner Heimat stieg der Gärtner durchaus, nur die hohe See verabscheute er. So konnte er heute Abend bereits, beladen mit Schinken und Käse, wieder zurück sein und in seiner Kate schlafen.

Und vor dem Schlafen, versprach er mir, kriegst du noch einen Happen vom Täubchen ab, wie sie nur mein Bruder züchtet: fett, aber fest. Wir haben da im Taubenturm in Lansac Vögelchen, so edle, weiße, die schmecken besser als alle Ortolane und Wachteln auf der Tafel des Papstes. Ich drehe eigens einer für dich den Hals um.

Niemand konnte Ramons profunde Frömmigkeit bezweifeln. Die

Taube, wenn sie auch nicht besonders gut singen konnte, war schließlich der Vogel des Heiligen Geistes, um den sich heute beim Pfingstfest alles drehte. Ich fand, dass es nach dem frühmorgendlichen Messgesang der anderen Vögel nun an der Zeit war, ihre Kunst mit derjenigen der Papstkapelle zu vergleichen. Der Meister hatte mir bereits gestern Abend seine Erlaubnis zum Besuch der Kathedrale gegeben. Dass Occam mich mitnahm, hatte ich ihm lieber verschwiegen, aber dass ich mich am ehesten am Papsthof nach den Fallstricken eines Inquisitionsverfahrens erkundigen konnte, leuchtete meinem Meister ein.

Geh ruhig hin. Aber dass du nur nicht wieder mit diesen Verbrechern zu tun bekommst!, ermahnte er mich.

Ich hatte nicht vor, dem Bären oder einem seiner Totschläger in die Hände zu fallen, und versprach, vorsichtig zu sein. Wäre da nur nicht diese Schachtel im Thomasaltar gewesen. Sie hatte, da war ich überzeugt, sehr viel mit der Unruhe am Papsthof zu tun. Und dadurch auch mit uns und unserem Prozess. Nur was? Heute Morgen hatte ich keine Zeit mehr nachzuschauen.

Zur verabredeten Zeit stand Occam am Portal des Papstpalastes. Er musterte kritisch meine Schwellungen im Gesicht, sagte aber kein Wort. Vielleicht wollte er mich auf die Probe stellen. Ich hatte mir vorgenommen, ihm erst einmal nichts von meinem Fund zu berichten. Die Rollen waren genau verteilt. Ich war der unwissende Novize, er war der Professor, ein bedeutender Mann des Wortes. Und er freute sich sichtlich, das Wort zu führen:

Heute wirst du die edelsten Würdenträger der Christenheit erleben. Pfingsten als Hochfest der kirchlichen Hierarchie liegt dem Papst besonders am Herzen, da kommen Bischöfe zu Besuch, die sonst nicht in Avignon residieren. Sie feiern die Kirche, denn damit feiern sie, was sie lieben: sich selbst.

Bevor wir Notre-Dame des Doms betreten durften, mussten wir Wächter passieren, die am unteren Rand der Treppenrampe kontrollierten.

Occam erklärte mir, dass der Papst gewöhnlich keine Fremden und schon gar keine einfachen Leute um sich haben wollte. Seit Kaiser Ludwig ihn in Rom abgesetzt und für vogelfrei erklärt hatte, gab es für den vorsichtigen Joan noch mehr Gründe, um sein Leben zu fürchten. Spione und gekaufte Mörder nach Avignon zu schicken wäre für den neuen Kaiser trotz seiner Geldnöte kein unmögliches Kunststück.

Occam schaute mich von der Seite an: Du hast hoffentlich dein Messer nicht dabei, mit dem du den Bretonen malträtiert hast. Wir gehen schließlich in ein Gotteshaus und nicht in eine Kaschemme zum Würfeln.

Ich schüttelte den Kopf. Was ging Occam meine Waffe an? Es war unwahrscheinlich, dass jemand mein Messer im Lederfutteral am Unterarm finden würde. Und wenn? Würde man mich dann als Meuchelmörder zu Michele da Cesena ins Verlies werfen und so lange foltern, bis ich irgendeinen Auftraggeber verraten würde? Ich würde wohl eher einen Tritt in den Hintern bekommen, mehr nicht.

Du musst dir das mit dem Messer unbedingt abgewöhnen, belehrte mich Occam. Kein Kleriker darf eine Waffe tragen, unter keinen Umständen. Das ist einer der wenigen Standpunkte, die ich mit diesem Papst teile. Es ist deine Pflicht als Geistlicher, deine Argumente allzeit mit den Mitteln der Logik durchzusetzen, jenseits dessen beginnt das Reich des Teufels. Keine Waffen! Vergiss das nie!

Ich dachte mir meinen Teil. Wohin die Mittel der Logik unbewaffnete Denker wie meinen Meister, Occam und Michele da Cesena gebracht hatten, erlebten wir gerade. Ich hielt es lieber mit einem Sprichwort aus meiner Heimat: Wer sich wehrt, behält sein Pferd. Ein gutes Messer war in dieser Welt das einzige Mittel, um zu überleben.

Du hast recht, antwortete ich wie ein zerknirschter Student, der von seinem Professor nach allen Regeln der Dialektik widerlegt wurde. Ich rühre, bei Gott, nie wieder eine Waffe an.

Bei der Kontrolle winkten uns zwei Sergenten gelangweilt durch. Sie schienen Occam zu kennen, und das genügte für das Privileg, eine Hochmesse mit dem Papst zu erleben. Heute war ein besonders festlicher Anlass. Schon beim Gang durch die Stadt hatte ich bemerkt, wie an vielen Häusern bunte Banner und Wimpel die Straßen schmückten.

Die Nachbarn hatten sämtliche Brunnen mit Blumen bekränzt. Auf dem Vorplatz der Kathedrale, sogar auf den Treppen zum Portal, hatte man das Pflaster mit Blüten und Blättern bestreut. In der Kirche war der gesamte Boden mit frisch gemähtem Gras ausgelegt; mitten in der stinkenden Stadt duftete es nach Frühling.

Von der Kathedrale Notre-Dame des Doms war ich schon bei meinem ersten Besuch im April kaum beeindruckt gewesen, aber noch niemals war ich so enttäuscht wie heute, da ich das mickrige Gebäude mit seiner Bedeutung für die Christenheit verglich. Unter dem unfertigen Portalturm gab es nur einen kleinen, unbeholfen ausgemalten Vorraum, von dem aus die Gläubigen direkt ins Kirchenschiff gelangten. Erst jüngst hatte Joan an beiden Seiten Kapellen für private Andachten und Stiftungen anbauen lassen. Doch wirkte das Bauwerk des Papstes immer noch wie eine mittelmäßige Gemeindekirche am Rand von Köln. In meiner westfälischen Heimatstadt gab es mehrere alte Kirchen, deren Türme höher und deren Raum ebenmäßiger war. Gar nicht zu reden von der Marienkirche, die gerade in unserem Wiesengrund der Freund meines Meisters, Johann Schendler, mit seinen Steinmetzen und Werkleuten errichtete. Alles an dieser neuen Kirche im Wiesengrund, das ich bereits hatte betrachten können, war hoch und licht und weit. Hier in Avignon dagegen wirkte das Gebäude der Muttergottes dunkel, schief und winzig.

Trotz des Festes waren nicht viele Gläubige anwesend. Im Mittelschiff standen höchstens zweihundert Menschen und warteten auf den Mann, der bis in den hohen Norden, bis zur Krim und zur Grenze der Meere und Berberreiche als Herr der Christenheit verehrt wurde. Hier indes, wo er wohnte und predigte, hielt sich die Begeisterung für ihn in Grenzen.

Occam musste meine Verwunderung bemerkt haben: Sonderbar, was? Noch vor weniger als dreißig Jahren kamen Hunderttausende zum Heiligen Jahr nach Rom gepilgert. Der Verkehr auf den Landstraßen, das Leben in der Stadt sind im Jahr 1300 unter den Menschenmassen zusammengebrochen. Nach Avignon reist kein Pilger. Dem Papst ist das gar nicht unrecht, denn die Stadt platzt ohnehin schon aus den Nähten. Ein paar kleine Kirchen wie diese reichen vollkommen aus. Man ist unter sich und hält die Messen ausschließlich für andere Kleriker ab. Neugierige Besucher würden da nur stören. Und wer kommt schon nach Avignon, weil dort ein alter Mann sein Gift und seine Galle verspritzt? Die einfachen Leute glauben an die Kraft heiliger Gebeine, Rom ist voll davon. Petrus, Paulus, dazu die Schätze der uralten Kirchen, Katakomben und Heidentempel – da zogen die Pilger früher tagelang singend und weinend um die Häuser. Jetzt ist in Rom alles verwaist, doch Wallfahrten nach Avignon gibt es keine. Hier finden sich höchstens Sünder ein, die Vergebung kaufen wollen. Und natürlich Häretiker wie wir.

Occam grinste. Er schien das pfingstliche Spektakel zu genießen, denn nun konnte er sein ganzes Wissen über den Papsthof loswerden. Er flüsterte mir die Namen der Kardinäle zu, die vorne in den Chor einmarschierten: Da, der vertrocknete Greis, der sich in den vordersten Sessel sinken lässt, das ist Kardinal Jacopo Caetani Stefaneschi, ein Relikt aus den römischen Tagen der Kirche, das Joan schon lange kaltgestellt hat.

Neben dem mit schrägem Kopf wie halbtot vor sich hinstarrenden Italiener, der sich dauernd die Lippen leckte, nahmen zwei edel gekleidete Kardinäle mit roter Kappe Platz und unterhielten sich leise.

Das sind Neffen von Joan, erklärte mir Occam, davon hat er im Quercy einen ganzen Stall voll. Wer ein braver Neffe ist, wird Kardinal. Der linke ist Gaucelme de Jean, der Großpenitenziar. Er kann auch noch deine schlimmsten Sünden mit einem Federstrich ungeschehen machen – wenn du zahlst. Und der andere daneben ist Pierre des Prés. Als Vizekanzler des Papstes lenkt er den gesamten Schriftverkehr der Kurie. Dahinter sitzt der weiße Kardinal, so nennen sie Jaume Nouvel, weil der auch als Kardinal keinen Purpur tragen will und den Habit der Zisterzienser niemals ablegt. Dieser Mann ist nicht als Neffe zu seinem Rang gekommen und macht allen deutlich, wie streng und asketisch er ist – ein gefürchteter Inquisitor, der in den Pyrenäen Dorf für Dorf nach den letzten Katharern durchkämmt hat. Hunderte hat er ausgehoben und die Anführer auf dem Scheiterhaufen verbrannt. Er tut ganz bodenständig und ist der Sohn eines einfachen Müllers. Aber der Mann ist schlau wie kein zweiter. Wenn ihr morgen mit dem zu tun bekommt, dann wird es schwer für euch.

Nouvel schaute gleichmütig ins Kirchenschiff und sprach mit keinem seiner Kardinalskollegen. Er war um die vierzig, hatte dicke Backen und Schweinsäuglein, aus denen er alles um sich herum beobachtete.

Gott steht uns bei!, stieß Occam hervor. Er war plötzlich bleich geworden. Ich schaute ihn erschrocken an, und er wies auf den Mann, der gerade neben dem weißen Kardinal Platz genommen hatte:

Das ist Bernard Gui. Jetzt verstehe ich, warum euer Verfahren sogar während der Pfingstfeiertage nicht warten kann. Die Herren haben es eilig.

Occams Selbstbewusstsein schien dahin. Mit zusammengekniffenen Augen und grimmigem Murmeln blickte er von einem Würdenträger im Chor zum nächsten. Von Bernard Gui hatte ich schon gehört. Sein Ruf war bis Deutschland gedrungen. Der Name Gui war ein Sinnbild für Inquisitionsprozesse von Frankreich bis Italien. In vielen Klosterbibliotheken befand sich sein Handbuch für Inquisitoren, in dem Methoden für Verhör und Folter zusammengefasst waren, säuberlich nach Ketzergruppen geordnet: Katharer, Spiritualen, Waldenser, Beginen, Pseudo-Apostel. Gui wusste, woran man jeden Häretiker sofort erkennt und dann eliminiert. Er war ein etwa siebzigjähriger Dominikaner von hagerer, aber straffer Gestalt. Als er den Blick seiner grauen und kalten Augen wie interesselos über die Gemeinde streifen ließ, stieg Angst in mir hoch. Männer wie dieser machten keine Gefangenen.

Die sind nicht zufällig in der Stadt, murmelte Occam, halb zu mir, halb zu sich selbst. Was sich da vor unseren Augen versammelt, ist ein Tribunal des Todes. Offenbar nimmt der Papst seine Absetzung durch Ludwig den Bayern viel ernster, als er verrät. Darum geht Joan jetzt zum Gegenangriff über, mit seinen besten Leuten. Bernard Gui ist seit vielen Jahren Joans Bluthund. Zur Belohnung hat der Papst ihm das reiche Bistum Lodève geschenkt. Wenn Gui von dort die Reise zu seinem Herrn nach Avignon auf sich nimmt, dann bestimmt nicht, um nur deinen Meister zu befragen. Ich bin mir sicher, jetzt wird auch mit uns Franziskanern abgerechnet. Ich muss nach der Messe sofort in den Konvent und die Spiritualen zusammenrufen.

Occam schaute sich fiebrig um:

Oh mein Gott, da hinten sehe ich den neuen Kardinal Raymond de Montsucjouls, der hat Petrus Olivi und Bernard Delicieux, die beiden ersten Armutsbrüder der Franziskaner, abgeurteilt und dafür letztes Jahr zu Weihnachten den Kardinalshut erhalten. Und da kommt auch noch mein franziskanischer Mitbruder, Kardinal Bertrand de Turre, Provinzial unseres Ordens, Inquisitor und Gegner der Armutsbewegung, und natürlich wie der Papst aus dem Quercy. Dem wäre es ein Vergnügen, seinen alten Konkurrenten Michele da Cesena brennen zu sehen.

Occam schüttelte fast unmerklich den Kopf, als könne er das Spektakel kaum glauben: Da sind sie also tatsächlich alle versammelt. Du siehst hier die wichtigsten Ketzerjäger des Abendlandes. Abertausende von Opfern haben sie auf dem Gewissen. Wenn sie ein Gewissen hätten.

Die Chorsänger intonierten nun: Veni creator spiritus – komm, schöpferischer Geist. Es war der passende Hymnus zum Pfingstfest, schleppend und feierlich, wenn auch erbärmlich gesungen. Dieser alte Papst hörte nicht mehr gut. Es waren dünne Stimmen, die sich nicht mit dem Gesang der Domkirchen, wie ich ihn in Flandern kennengelernt hatte, vergleichen konnten. Keiner der Kardinäle und Bischöfe stimmte mit ein. Ich sah mich um und erblickte Philippe de Vitry. Als hätte er auf etwas Saures gebissen, lehnte der Komponist an einem Pfeiler; er bemerkte mich nicht. Hatte Philippe nicht in der Pasture geklagt, dass Joan moderne Musik verbieten wollte? Das leuchtete ein: keine Neuerung, keine Ablenkung, keine unnötigen Kosten. Die schlichten Melodien des heiligen Gregor sollten genügen. Dem armen Philippe würde es schwerfallen, unter Joan Geld für seine teuren Sänger aufzutreiben.

Während die Sentenzen ausklangen, marschierten von der Seite des Papstpalastes zwei jüngere Kardinäle in den Chor ein.

Noch mehr Inquisitoren?, fragte ich Occam.

Der Engländer schüttelte den Kopf: Noch mehr Neffen. Der linke ist Arno de Via, der ist vor etlichen Jahren seinem Bruder Jacques nachgefolgt, als den die Feinde des Papstes vergiftet haben. Seitdem wohnt Arno als Ersatzmann seines Bruders in den Gemächern des Papstes. Er ist Joans engster Vertrauter, die beiden leben wie ein Paar. Und der rechte ist Imbert du Puy, der stammt natürlich auch aus dem Quercy und ist ansonsten ein Idiot. Kein Mensch weiß, warum Joan Imbert zum Kardinal gemacht hat. Man weiß nicht einmal, ob der Mann lesen oder schreiben oder predigen kann. Ein Theologe ist er jedenfalls nicht. Er soll so dumm sein wie eine Topfpflanze und steht damit für die Allmacht des Papstes. Joan kann sich alles erlauben. Gab es nicht einen römischen Kaiser, der sein Pferd zum Senator ernannt hat? Sowas Ähnliches ist Imbert du Puy. Ein Pferd mit Kardinalshut.

Arno de Via nahm mit den Diakonen Aufstellung vor dem Altar. Ihm kam die Ehre zu, die Hochmesse zu zelebrieren. Während er sich bekreuzigte und mit dem Rücken zu uns den Altar mit Essenz besprenkelte, öffnete sich im Chor noch einmal der Vorhang. Alle, sogar die Kardinäle, erhoben sich. Der Papst betrat seine Kirche.

Ich hatte Joan im April nur einmal von weitem und ganz kurz gesehen, als er auf einem Schimmel vom Flusshafen in den Palast zurückkehrte. Ich konnte damals den kleinen Mann inmitten seiner Leibwache kaum erkennen. Heute setzte er sich, bewacht von zwei livrierten Gardisten, wenige Schritte vor uns auf einen steinernen Thron im Zentrum des Chors. Da konnte ich Joan in Ruhe beobachten. Alle in der Kirche schauten auf den Papst, und das magere Männchen schien das zu genießen. Beiläufig schlug er ein Kreuz zu uns einfachen Gläubigen und machte keine Anstalten, an der Liturgie teilzunehmen. Joan musste weit über achtzig sein und wirkte auf den ersten Blick gebeugt und hinfällig. Zugleich ging von seinem knochigen Kahlkopf eine verblüffende Spannkraft aus. Die Hände umfassten wie eiserne Krallen die Armlehnen. Joans dunkle Äuglein schauten unruhig und flackernd ins Rund. Dazu schürzte er immer wieder die Lippen, als spräche er mit sich selbst; seine goldbestickte Mitra wippte dann mitsamt den

Bändern hin und her. Der Papst trug sahnefarbene Pantoffeln, die an der Spitze leicht nach oben gebogen waren. Ansonsten war er gekleidet in ein schlichtweißes Seidengewand mit einem Saum aus Goldbrokat. Das wallende Kleid wirkte für seinen schmächtigen Körper viel zu groß, und doch füllte er es wundersam aus. Unter seiner Greisenhaut war er agil wie ein Jüngling. Ich hatte selten einen Menschen erlebt, der derart selbstsicher auftrat. Uns, die wir im Kirchenschiff standen, nahm er kaum wahr.

Dass Joan aufbrausend war, gar gewalttätig, wie es hieß, konnte man sich bei dem hageren Alten schwer vorstellen. Ein grauer Fuchs, dachte ich, da hatten die Leute recht. Verschlagen, agil, noch im Halbschlaf hellwach. Aber ein blutdurstiger Inquisitor, der seine Feinde genussvoll hinrichtet? Konnte Gewalt sein rechnendes Gemüt wirklich befriedigen? Es war schwer, das Männlein als Teufelsschlange zu sehen, wie seine Feinde ihn in Schmähschriften abbildeten. Weil dieser Alte auf den ersten Blick so schwach wirkte, hatte man Jacques Duèze einst gewählt. Auch als Papst schien er weiter von dem Vorurteil zu zehren. Dabei wurde dieser Greis immer stärker, je älter und schwächer man ihn wahrnahm. Er spielte seine Rolle grandios. War er noch ein Mensch, der an einen Fuchs erinnert? Oder war das bereits ein Fuchs in Menschengestalt?

Siehst du den Ring mit dem riesigen Karfunkel an seiner rechten Hand?, flüsterte Occam. Den trägt er ausschließlich zu Pfingsten. Kein anderer Herrscher nennt solch ein Juwel sein Eigen. Der rote Schein symbolisiert das Licht des Heiligen Geistes. Joan will uns damit vorführen, dass er mindestens so erfüllt davon ist wie einst die Jünger Christi in Jerusalem.

Tatsächlich drehte der Papst immer wieder versonnen am Karfunkel und ließ den kostbaren Edelstein wie zufällig von der Morgensonne erleuchten. Rote Strahlen funkelten durch den Kirchenraum.

Gloria in excelsis Deo, sang der Chor. Ich hörte nur mit einem Ohr hin. Mir kam der Messgesang seit jeher hochmütig vor. Alles darin war perfekt und heilig und von den kleinen Menschen nicht einmal auf Knien genug zu preisen. Hosianna, Sanctus, Kyrie – ich wusste nicht, was diese erhabenen Worte anderes bedeuten sollten als meine eigene Unterwerfung. Ich war der Knecht, der hohe Geistliche war der Herr. Es ging nicht um himmlisches Licht. Der Weihrauch, dessen Dunst die Kirche gerade durchzog, die goldenen Vortragekreuze der Diakone sowie das blitzende Antependium am Altar waren ganz von dieser Welt und feierten Kleriker, die sich verzückt in ihrem eigenen Reichtum sonnten.

Kamen ihnen denn niemals Zweifel? Sie mussten doch wissen, dass ihre Tugenden längst nicht so vollkommen und himmelhoch waren, wie die Hymnen vorgaben? Dass all das Gold und die Edelsteine mehr von der Gier der Geistlichkeit zeugten als von der Herrlichkeit Gottes? Was sollte das für ein Gott sein, der sich eitel und kindisch an einem dicken Edelstein erfreute, wenn er doch Edelsteine nach Belieben erschaffen konnte?

Kardinal Arno de Via, der Chor und seine Akolythen wiederholten im bekannten Singsang die Anrufungen: Kyrie, Herr, Allmächtiger. Wir loben dich, wir preisen dich, wir beten dich an, wir rühmen dich. Die alten Männer in ihren Sesseln murmelten wie die Puppen mit. Viel zu oft hatte ich das schon über mich ergehen lassen. König des Himmels, Herrscher über das All, du allein der Höchste, Gloria in excelsis Deo. Sie konnten gar nicht genug davon bekommen. Von diesen Anrufungen des Unsichtbaren ging ihre Stellung aus, die ihnen Bewunderung in dieser Welt garantierte, und die ihnen Macht gab, andere Menschen zu unterjochen. Oder zu töten.

Omnipotens, sempiterne, hörte ich aus sterblichen Kehlen die Anrufung der Ewigkeit. In unitate Spiritus Sancti, ertönte die Stimme des Kardinals. Wir waren wieder angekommen, wo wir begonnen hatten, nämlich beim Heiligen Geist.

Nun las ein Diakon die Textstelle aus der Apostelgeschichte, die von Pfingsten erzählte: die Versammlung der Jünger in Jerusalem, die Ausgießung des Heiligen Geistes und das Wunder, dass plötzlich alle Jünger sämtliche Fremdsprachen beherrschten. Ich wusste nur zu gut, wie schwer es war, eine fremde Sprache zu erlernen. Das ging nicht von einem Moment auf den anderen, sondern kostete viel Arbeit und dauerte Monate, Jahre. Schon damals in Jerusalem mussten einige Zuschauer den faulen Zauber durchschaut haben. Die Jünger sind trunken vom süßen Wein, hatten sie das ursprüngliche Pfingstfest kommentiert. So stand es in der Bibel, und so war es wohl gewesen: ein fideles Gelage, bei dessen Lallen Sprachen irgendwann keine Bedeutung mehr hatten.

Nach der Lesung erhob sich der Papst, setzte seine Mitra ab, unter der er noch eine weiße Kappe trug, und eilte in Pantoffeln mit Trippelschritten zur Kanzel. Er wehrte die Hilfestellung seines herbeispringenden Neffen Imbert du Puy resolut ab und bestieg das marmorne Podest. Mit der erhobenen Rechten präsentierte er uns noch einmal von allen Seiten den gewaltigen Karfunkel. Ich dachte: Wie ein alter Pfandleiher, der gerade ein großartiges Geschäft gemacht hat.

Dann begann seine Predigt. Joan kam sofort zur Sache.

Wir haben Gottes Wort gehört, rief er mit rauer, doch hoher Altmännerstimme. Gottes Wort berichtet unumstößlich, was zehn Tage nach der Himmelfahrt des Herrn geschehen ist: Der Geist fuhr hernieder und erfüllte die Diener Christi mit Weisheit. Nicht die gewöhnlichen Menschen in Jerusalem erfüllte er, nicht die Kinder oder gar die Frauen. Nein, nur die Apostel erfüllte er und gab ihnen dadurch die Macht, der ganzen Welt die Wahrheit zu predigen. Wer sind die Erben und Sachwalter der Apostel? Das sind wir, die Geistlichen.

Überall um uns herum wurde heftig genickt.

Nur wir Kleriker, verkündete der Papst, verwalten den unermesslichen Schatz der Gnade, den Christus durch seinen Tod der Menschheit vermacht hat. Wir können an die Gläubigen und Gerechten diesen Schatz verteilen, wenn sie ihn sich verdienen und dafür bezahlen. Denn in uns lebt der Heilige Geist. Die Kirche Jesu ist ewig, sie ist am Pfingstfest begründet worden und daher wahr. Wir als Nachfolger und Stellvertreter Christi verwalten das Heil der ganzen Welt.

Joan machte eine Pause, um vorzubereiten, was er aus alldem folgerte:

Daher ist es nicht nur lächerlich und dumm, sondern erzketzerisch, wenn ein von mir abgesetzter Usurpator wie Ludwig, jener bayerische

Knecht, uns, den Papst, einen Häretiker schimpft. Es kann nämlich per definitionem keinen häretischen Papst geben. Nur weltliche Herrscher sind häretisch. Der Hochmut dieses falschen Ludwig wird ihn bald zu Fall bringen. Es steht in der Bibel, dass die Priester über den Adligen stehen, der Papst herrscht also über den Kaiser. Wir, die Geistlichen, stammen ab von Adam im Paradies, und zwar vor dessen Sündenfall durch Eva. Wir sind die Erben Abels, der opferte und dafür starb. Die Herrscher der Welt aber stammen ab von Kain, der tötete und dafür verstoßen wurde. Nur wir sind ohne Sünden.

Joan machte wieder eine bedeutungsvolle Pause, schmatzte und blickte zu seinen Neffen, von denen er bewundernde Blicke erntete. Der Papst drehte noch einmal am Karfunkel und setzte dann seinen Sermon fort:

Was sehen wir in der Welt für ein grausames Gottesgericht an denen, die sich allmächtig dünken! Seht Philipp, den König von Frankreich, ich habe ihn gut gekannt. Vor fünfzehn Jahren war er der Herr der Welt und Vater eines mächtigen Stammbaums, dann starb er plötzlich, und in diesem Jahr wurde sein dritter und letzter Sohn früh dahingerafft. Frankreich, dieser Augapfel aller Königreiche, ist führerlos und in den Händen des unerfahrenen Geschlechtes der Valois. Krieg steht Frankreich ins Haus, während wir in Avignon nichts als Frieden kennen. So straft Gott die vermessenen Herrscher. Der König von England, der bemitleidenswerte Edward, wurde von seiner eigenen Frau umgebracht. In Italien erhob die Anarchie zuchtlose Potentaten wie die Visconti in Mailand und die Este in Ferrara an die Macht. Sie feiern nackt auf dem Altar ihre Teufelsmessen und verspotten die Macht des Papstes, ihres Herrn. Wehe ihnen! Mein geliebter Neffe und Friedensengel Bertrand du Pouget ist dabei, sie mit Feuer und Schwert aus ihren Schlangennestern zu treiben.

Als Joan seinen fernen Neffen erwähnte, überkam ihn eine zärtliche Aufwallung. Der alte Fuchs schwieg eine Weile und blickte wehmütig zu den Kirchenfenstern empor. Er schürzte seine Lippen zu einer Art stummem Kuss, und mir war, als habe der gerade noch so unerbittliche Papst Tränen in den Augen. Occam flüsterte mir ins Ohr:

Kein Wunder, dass er Bertrand du Pouget so liebt, der verschwendet schließlich weit über die Hälfte von Joans Einkünften.

Joan hatte sich wieder gefasst und hob erneut an:

»Defensor Pacis«, Verteidiger des Friedens – so nennt der irregeleitete Ketzer Marsilius von Padua seinen sogenannten Kaiser. Dabei sind wir, der Papst, es, der Gottes Frieden verteidigt, nicht jener tumbe Bayer. Uns ist zu Ohren gekommen, dass sich der Ketzer Ludwig sogar selbst gekrönt hat und dieser Marsilius ihm immer neue teuflische Gedanken eingibt. Ihr jedoch wisst genau wie wir: Nur der Papst ist Herr von Rom, nur der Papst kann den Kaiser krönen und dadurch zu seinem Diener und Vikar ernennen. Wer wie der verworfene Marsilius den Primat des Staates über die Kirche behauptet, der liefert diese Welt dem Teufel aus. Der Kaiser soll den Papst absetzen können? Das ist purer Irrsinn! Die Kirche soll dem weltlichen Herrn Steuern zahlen? Die geistliche Gerichtsbarkeit soll abgeschafft werden? Das ist Rebellion gegen Gott! Wer immer ein Exemplar dieses »Defensor Pacis« findet, der muss es verbrennen oder der Inquisition ausliefern, sonst wird er selbst zum Ketzer.

Noch nie hatte mir die Beschreibung eines Traktates solche Neugierde eingeflößt, ihn zu lesen. In Avignon gab es sicher kein Exemplar des »Defensor Pacis«. Doch das Buch wurde sehr wohl verbreitet. Alles, was der Papst hier beschrieb, hatte ich bereits in Köln hinter vorgehaltener Hand im Konvent raunen gehört. Bald darauf hatten die Sektenführer der Begarden auf den Plätzen und im Rheinhafen die Absetzung des Papstes verkündet. Schließlich war der Erzbischof gekommen und hatte die Begarden auf dem Scheiterhaufen verbrannt. Wer wagte, den Primat der Kirche in Frage zu stellen, endete im Feuer.

Das meinte auch Papst Joan. Er rief: Die Feinde des Heiligen Geistes werden niemals obsiegen. Auch dieser sogenannte Kaiser, der aufrührerische Satan in Menschengestalt, wird mit seiner Sippe bald verschwinden. Monarchen kommen und gehen, einzig der Papst bleibt. Was aber ewig ist, weil es direkt vom Heiligen Geist stammt, ist die gloriose Kirche in der Hand des wahren Herrn der Welt. Das sind wir.

Joan hatte seine Lehrmeinung mit fester Stimme und ohne abzulesen verkündet wie ein Anwalt im Prozess. Der Papst war Jurist, kein Theologe. Und als Anwalt der Kirche und ihrer Interessen plädierte er gerade vor dem Gerichtshof Gottes. Er musste keinen Augenblick lang innehalten oder nachdenken und wirkte über seine Auslegung der Bibel hochzufrieden. Er leckte sich die Lippen, lächelte auf seine Schäfchen hernieder und fuhr fort.

Und da gibt es tatsächlich Kleriker, die unsere Allmacht und unsere Unfehlbarkeit in Frage stellen. Das sind die falschen Franziskaner, die sich hochmütig Spiritualen nennen. Vergeistigte wollen sie sein, dabei sind sie von allem Geist verlassen. Wir haben schon vor fünf Jahren, gestützt von hochgelehrten Theologen, ihre widerliche Irrlehre verdammt, die da besagt, Christus und seine Jünger seien ohne jeden Besitz gewesen. Und deshalb müsse auch die Kirche, müssten alle wahren Christen gleichermaßen auf Besitz verzichten. Diese Ideen des abgestraften Mönchs Petrus Olivi sind Teufelssaat. Denn natürlich hatte Jesus Besitz, viel Besitz, ihm gehörte schließlich die ganze Welt. Jesus war ein reicher Mann! Seine Perfektion besteht nicht aus Povertas, sondern aus Caritas. Geben ist seliger denn verzichten.

Der Papst reckte stolz seinen goldgefassten Karfunkel in die Höhe und nickte beifällig zu seinen eigenen Thesen:

Indem wir die Güter der Welt an uns ziehen und verteilen, sind wir Nachfolger und Stellvertreter Christi. Wir sind Gottes Ebenbild. Und daher müssen wir die Häupter der Spiritualen – und es sind höchste Würdenträger der Franziskaner darunter – unschädlich machen. Wie können sie es wagen zu behaupten, sie würden durch ihre Armut zu Christi Ebenbild, ja zu Christus selbst? Welch Hochmut! Gerade die Franziskaner, die von den Kaufleuten und Reichen gehätschelt werden, haben kein Recht, uns, ihrem Herrn, evangelische Armut zu predigen. Sie selber sind arm, das ist wahr, doch nur an Geist, nicht an Gütern. Sie besitzen in jeder Stadt Häuser und Kirchen und Gold. Und doch sind sie verkommen, sonst würden sie nicht gegen ihren Papst rebellieren, der den Reichtum der Welt benötigt, um ihn gerecht zu verteilen.

Joan wedelte mit der Rechten, und Strahlen des unschätzbaren

Karfunkels fielen auf die Chorwand. Der Reichtum der Welt war bei ihm in guten Händen.

Aber Gott rächt sich fürchterlich, schrie er plötzlich grell, es wird ein schlimmes Ende nehmen mit den Spiritualen, wie auch alle anderen Ketzereien durch uns ausgerottet wurden: die Templer, die Katharer, die Waldenser, die Beginen, die Begarden. So wie unsere Heere in Italien unsere Feinde wegfegen, so wird die heilige Inquisition mit allen Häretikern aufräumen, ob es nun Spiritualen sind oder verirrte deutsche Dominikanerprediger, die uns erzählen wollen, Gott sei überall und brauche keine Geistlichkeit als Vermittler der Gnade. Das ist so verrückt, als würden Frauen die Messe lesen und die Erde um die Sonne kreisen!

Joan ließ bei diesen Worten einen langen Blick über die Anwesenden schweifen. Ich fühlte mich von seinen harten Knopfaugen durchdrungen. Pantheismus und Leugnen der priesterlichen Vermittlung zu Gott – genau das warf die Anklage meinem Meister vor. Nun war es heraus, der Papst hatte das Verdikt selbst ausgesprochen. Und Occam behielt recht: Joan blies am Festtag zur Jagd. Er ließ keinen aus. Michele da Cesena, den der Papst nicht einmal einer Erwähnung für würdig befunden hatte, befand sich in Lebensgefahr. Und mein Meister ebenso.

Joan war aber noch nicht fertig und hämmerte jetzt mit der Faust auf die Balustrade der Kanzel: Der Glaube ist so einfach zu beherzigen, denn er ist uns in klaren Worten verkündet worden. Wer irgendetwas schlecht begreift, der kann beim heiligen Thomas von Aquino die Wahrheit nachschlagen. Wir haben es mit Gottes eigenen Worten gehört. Nicht allen sündhaften Menschen, sondern einzig den Aposteln und den Priestern ist die Gnade des Heiligen Geistes zuteilgeworden. Nur wir können die verdorbenen Laien ins Paradies führen, wobei freilich festgeschrieben ist, dass die Allermeisten ewig im Höllenfeuer schmoren müssen. Gott ist streng, aber er ist gerecht! Darum hat er uns zu seinem Stellvertreter ernannt, und wir können nicht zulassen, dass der Acker des Herrn von Unkraut überwuchert wird. Wir werden dieses verderbliche Unkraut ausreißen und verbrennen, auf dass es keine Wurzeln schlägt und nicht die ganze Welt verpestet.

Die anwesenden Inquisitoren nickten zu diesen Worten beifällig. Bernard Gui lächelte, als würde er sich seiner schönsten Prozesse und Folterungen erinnern. Aus dieser Runde musste der eifernde Papst keinerlei Zweifel fürchten.

Die Wenigen aber, verkündete Joan, die am Ende aller Tage ins Himmelreich aufgenommen werden, dürfen dann – aber keinen Tag vorher – auch das größte Glück erleben und Gottes Angesicht als Erlöste schauen. Bis zur Visio beatifica sind die Menschen abhängig von unserer Gnade und müssen im Ungewissen verharren.

Gerade als ich gedacht hatte, eine geschlossene Front von Theologen vor mir zu haben, regte sich bei den letzten Worten unter den sitzenden Kardinälen Widerspruch. Der alte Kardinal Stefaneschi schüttelte vehement den Kopf, die Inquisitoren Montsucjouls und de Turre tuschelten erregt miteinander, Jaume Nouvel schlug die Hände vors Gesicht. Nur die Neffen aus dem Quercy schauten eisigen Blickes ins Leere. Joan ließ sich indes nicht beirren und setzte seine Jenseitsschau fort:

Alle Welt kann es in den Traktaten der größten Theologen nachlesen: Die höchste Macht ist die der Kirche. Und in der Kirche hat nur einer alle Macht, nämlich der Papst. Der Papst, meine Kinder, steht hoch über den Engeln, wie in seiner Summa de potestate ecclesiastica der große Theologe Agostino Trionfo unumstößlich bewiesen hat. Wir erwähnen jenen verdienten Diener des Herrn an diesem hohen Festtag, weil uns gestern die Nachricht erreichte, dass Agostino hochbetagt in Neapel gestorben ist. Gott wird seiner edlen Seele gnädig sein.

Die Kardinäle hatten sich wieder ein wenig beruhigt und schlugen im Einklang ein Kreuz für den Seelenfrieden des braven Theologen. Joan lächelte huldvoll dazu:

Und es würde Agostino Trionfo erfreut haben, was wir euch jetzt verkünden. Denn der Geist der Gerechten kann nicht nur leben von der noch so berechtigten Rache an den Frevlern und Rebellen. Genug davon. Wir haben heute eine wundervolle Neuigkeit zu verkünden, denn wir schenken aus der Fülle des Heiligen Geistes der ganzen Christenheit einen Schatz.

Occam schaute mich nicht zum ersten Mal während dieser Predigt von der Seite an. Sein Blick schien zu fragen, was der geizige Alte der Menschheit wohl zu schenken gedachte. Joan war Papst geworden, um zu kassieren, und außer ein paar tausend Brötchen rückte er von diesen Einnahmen nichts heraus. Jetzt aber leuchteten seine Augen, als er fortfuhr:

Künftig sollen alle Menschen am Sonntag nach Pfingsten mit einem neuen Gnadenfest der heiligen Kirche beglückt werden. Wir feiern dabei das Mysterium der Trinität. Der dreieinige Gott aus Vater, Sohn und Heiligem Geist hat sich den Aposteln offenbart, wir geben ihre Botschaft weiter und verankern die unbegreifliche Trinität Gottes im Kirchenjahr. Alle Christen müssen sich daran erfreuen. Amen.

Der Papst schlug segnend das Kreuz über seine Gefolgschaft. Der Sermon zum Pfingstfest war beendet. Joan wirkte glücklich, denn er hatte aus seinem immateriellen Schatz eine neue Pflicht verschenkt, ohne den materiellen Schatz in seinen Geldspeichern anzutasten. In seinen sahnefarbenen Pantoffeln trippelte er ohne eine Spur von Müdigkeit zurück zum Thron, um dem Messopfer beizuwohnen.

Zur Erhebung und Weihe der Hostie hatten die Büßer und andere Unreine eigentlich die Kirche zu verlassen, aber hier war man beim Offertorium unter seinesgleichen. Niemand musste gehen, denn niemand hegte in dieser Kirche den geringsten Zweifel daran, dass ausschließlich sündlose Anhänger Joans vom Leib des Herrn kosten würden. Um nicht aufzufallen, schritt auch ich genau wie der angeklagte Häretiker Occam nach vorne zur Kommunion und schluckte brav meine Hostie.

Dass man seine und meine Anwesenheit hier duldete, konnte zweierlei bedeuten: Entweder stand es um den Franziskaner aus Oxford weiter so unentschieden wie in den vergangenen vier Jahren, und er befand sich derzeit nicht in ähnlich akuter Gefahr wie sein Ordensgeneral Michele da Cesena. Nutzte man bei der Kurie etwa immer noch Occams Dienste als Spitzel? Oder man fühlte sich zu diesem besonderen Anlass – Joan hatte so öffentlich wie feierlich seine Bluthunde zum Angriff gehetzt – derart unangreifbar, dass auf Nebenfiguren wie Occam und mich gar nicht mehr geachtet wurde? Wäre ich Kaiser Ludwig, dachte ich, dann würde ich mich in Rom keinen Tag lang meiner neuen Würde freuen. Dieser uralte Papst war ein fürchterlicher Feind.

Arno de Via sprach noch den Segen: Benedicat vos omnipotens Deus. Pater et Filius et Spiritus Sanctus. Amen. Er war mit seinem Latein am Ende. Der Papst erhob sich aus dem Thron, die Kardinäle taten es ihm gleich. Sie setzten ihre breiten roten Hüte mit den fünfzehn Quasten auf und zogen gemessenen Schrittes durch den Seiteneingang in den angrenzenden Papstpalast zum Mittagessen.

Ob es heute Taube gibt?, fragte ich Occam.

Der antwortete: Das kann ich dir nicht genau sagen, aber Taubensuppe mit Brotkruste ist in dieser Gegend eine Spezialität. Ich war, als ich beim Hof noch höher im Ansehen stand, einmal eingeladen bei einem Festessen. Was du da zu sehen bekommst, ist unglaublich, ich durfte leider nur zuschauen. Aus einem gebratenen Pfau entsprang eine Fontäne aus Wein. An einem Baum aus purem Silber hingen kandierte Früchte. Es gab mindestens zwanzig Gänge, Wein aus Zypern und Latium, Austern aus dem Mittelmeer, Konfekt aus Aquitanien, kristalliner Rohrzucker aus Sizilien. Am Ende erhielt jeder anwesende Kleriker zur Erinnerung eine gefüllte Geldbörse, sogar ich. Jeder Kardinal konnte mit einem neuen Saphirring in seine Sänfte steigen, und der Papst erhielt vom gastgebenden Kardinal einen spanischen Prunkzelter mit Zaumzeug aus vergoldetem Silber. Nicht viel anders wird es heute Mittag da drüben auch zugehen. Der Papst muss seine Inquisitoren bei Laune halten, damit sie ganze Arbeit machen. Hast du nicht hingehört?

Ich nickte ernst. Während wir uns mit der überschaubaren Menge der Gläubigen an die Seitenwände zurückzogen, bahnte die Ehrenwache dem Papst einen Weg durch die Kathedrale. Joan hatte vor dem Mittagessen noch zu arbeiten. Spannkräftig wie ein Hirtenknabe schritt der Greis über das frisch gemähte Gras und schlug dabei ab und zu ein Segenskreuz. Als er am Portal angekommen war, kroch plötzlich ein Mensch an den Wächtern vorbei und schaffte es, die Füße des

Papstes zu umklammern. Die Sergenten waren sofort mit Spießen und Schwertern zur Stelle, doch Joan winkte sie huldvoll zurück.

Ich erkannte den blinden Bettler mit zerfressenem Gesicht, der bei der Jakobskapelle gesessen hatte. Wie mochte der in die Kathedrale gelangt sein? Diesmal behielt er seinen Singsang vom Ende der Welt für sich und küsste dem Papst stattdessen ausgiebig den Pantoffel. Joan machte ein Zeichen, und ein Almosenier hinter ihm warf dem Mann ein paar Münzen hin, die dieser nach Gehör vom Boden klaubte. Das also war der Grund seines Fußfalls. Weitere arme Priester taten es dem Bettler hinterm Portal gleich, und immer gab es etwas Geld zur Belohnung.

Joan ließ sich am unteren Ende der Treppe von seinem stämmigen Neffen Imbert in den Sattel eines Schimmels heben. Occam zog mich am Ärmel, und wir folgten der päpstlichen Prozession über den Vorplatz und einmal um den ganzen Palast herum. Unter dem Dröhnen der Papstglocke jubelte die Menschenmenge dem Heiligen Vater zu. Der winkte freudig zurück, umgeben von berittenen Gardisten, und segnete die Menschen in alle Richtungen. Joan trug nun auf dem Kopf eine hohe Mütze, an der drei goldfunkelnde Kronen übereinander befestigt waren.

Das ist die Tiara, erklärte mir Occam. Die dreifache Krone hat Joan für sich erfunden. Man sagt, sie symbolisiere die kämpfende, die leidende und die triumphierende Kirche. Andere denken an die Dreieinigkeit Gottes, wieder andere wollen darin die drei Ämter Christi sehen: Priester, Prophet, König. Ich weiß aber, was Joan uns wirklich mit der Tiara mitteilen will: Die unterste Krone symbolisiert die weltliche Macht der Könige, darüber kommt die Macht der Kaiser, und ganz oben sitzt einer, der sie alle beherrscht. Du kannst dir denken, wer gemeint ist.

Der Jubel schwoll an. Kleine Kinder wurden in Richtung des gekrönten Papstes gereckt, Frauen schrien mit hoher Stimme Lobpreisungen, immer wieder wurde in verschiedenen Sprachen der Name des Papstes gerufen: Joan, Jean, Juan, Johannes, Giovanni. Dem Angesprochenen schien das Spektakel zu behagen. Drei weitere Schimmel wurden von bunt livrierten Pferdeknechten hinter dem Papst mit leeren Sätteln am Zügel geführt. Dann kam am Ende des Zuges ein weißer Maulesel, auf ihm saß ein rundlicher Kleriker, der eine goldene Monstranz hochhielt.

Ich fragte Occam nach dem Mann, und er erklärte es mir: Das ist Alvaro Pelayo, der Beichtvater des Papstes. Ein Franziskaner aus Portugal, Schande unseres Ordens, denn er frisst dem Alten förmlich aus der Hand und schreibt ihm eine Lobeshymne nach der anderen. Ich habe mir diese Machwerke genauer angesehen. Für Alvaro Pelayo steht Joan auf einer Ebene mit Gott, mindestens. Der Papst darf neuerdings sogar die Bibel ändern, denn die Evangelisten waren keine Päpste und deshalb nicht unfehlbar. Der alte Joan liebt seinen Beichtvater und schluckt solchen theologischen Blödsinn. Er ist jeder Schmeichelei zugänglich.

Und warum reitet Pelayo jetzt hinter seinem Meister her?, fragte ich.

Occam lächelte über meine Unwissenheit, aber ich hatte mich im Dienst des Meisters mit solchen zeremoniellen Spitzfindigkeiten niemals zuvor befasst.

Pelayo muss allzeit mit den Sakramenten in der Nähe sein. Joan ist nicht mehr der Jüngste, sollte ihm genau jetzt etwas zustoßen, sollte er vom Pferd fallen oder der Schlag ihn treffen, dann nimmt ihm der Franziskaner die letzte Beichte ab, verabreicht ihm die Kommunion und salbt ihn mit geweihtem Öl. So fliegt die Seele des Papstes direkt ins Himmelreich. Oder nein, vielleicht auch nicht.

Weil du annimmst, dass er in die Hölle kommt?, mutmaßte ich.

Als Papst?, fragte Occam. Das sicher nicht. Sollte Gott etwa nicht zufrieden sein mit diesem Statthalter? Er hat nur einen Makel. Der Jurist Jacques Duèze findet als Papst Gefallen an theologischen Spitzfindigkeiten, das war heute wieder in der Predigt zu merken. Den Theologen unter den Kardinälen wird sich der Magen umgedreht haben, als der Papst den Gläubigen erst nach dem Jüngsten Gericht die Schau Gottes verhieß, die Visio beatifica. Diese Ansicht steht im völligen Widerspruch zur Lehre der Kirche. Alle Theologen gehen davon aus, dass die

Geretteten direkt nach ihrem Tod das Angesicht Gottes schauen. Wenn man den armen Christenmenschen auch noch diese Hoffnung nimmt, dann gibt es einen Aufstand. Joan ist vielleicht mächtig genug, seine private Irrlehre hier am Hof durchzusetzen, aber vor allem der kluge Jaume Nouvel wird alles tun, ihn von einer offiziellen Fixierung dieser Ketzerei abzuhalten. Der Papst ist allmächtig und unfehlbar, aber nur, solange er keine ganz großen Dummheiten begeht.

Der Papst ein Ketzer?, fragte ich Occam. Warum lässt er sich ohne Not aufs Glatteis führen, wenn er sich in Theologie nicht auskennt? Was ist Joan an dieser sonderbaren Lehre der Gottesschau so wichtig, dass er dafür Streit mit seinen ergebensten Kardinälen vom Zaun bricht?

Auch dafür hatte Occam eine Erklärung: Der Alte ist ein echter Jurist. Für seinen geschulten Advokatenverstand passt die sofortige Gnade Gottes nicht zum Jüngsten Gericht. Für Joan sind alle Menschen Angeklagte vor Gottes Tribunal. Für einen unbarmherzigen Richter wie den Papst kann es erst einen Freispruch geben, wenn das Urteil in letzter Instanz gesprochen wurde. Das geschieht nun mal am Jüngsten Tag und nicht vorher in kleinen Häppchen. Aus seiner Sicht hat der Papst nicht unrecht, aber eher vergiften sie den Alten, als dass er sich damit durchsetzt.

Und mit solchen Debatten verschwenden sie hier ihre Zeit, seufzte ich.

Mein lieber Wittekind, sagte Occam, man merkt wirklich, dass du keinen genialen Theologen, sondern nur einen Prediger zum Meister hast. Doktrin ist das Allerwichtigste am Glauben. Die Essenz. Der Kern. Das Wesen. Ohne Doktrin keine Kirche. Was meinst du, warum die Inquisitoren am liebsten in jede Windung eines Ketzergehirns eindringen wollen? Es wird kein Jota Abweichung geduldet, sonst stürzt das gesamte Lehrgebäude ein – und damit die Hierarchie. Und wer am tiefsten stürzt, ist der Mann oben an der Spitze – der Papst.

Ich merkte, dass an Occam ein Inquisitor verlorengegangen war. Wie war dieser brillante Mann nur auf die Verliererseite geraten? Sein Gewissen war elastisch genug, sich mit all diesen Machtmenschen am

Papsthof zu arrangieren. Aber wohl nicht seine Eitelkeit. Sobald seine Logik angefeindet wurde, verließ Occam sein strategischer Sinn. Er wurde stur und aufsässig, da war ich mir sicher. Joans Experten hatten ihn wohl ganz bewusst hier in der Stadt jahrelang schmoren lassen und beobachtet, ob solch ein genialer Kopf sich nicht doch auf die Seite des Papstes ziehen ließ. Avignon wurde zu seinem Fegefeuer, in dem er zwischen Himmel und Hölle schwankte. Doch jetzt hatte der Papst die Fronten geklärt, und es war die Zeit gekommen, sich zu entscheiden. Unterwerfung oder Tod. Wenn es für die Unterwerfung nicht bereits zu spät war.

Wir blickten den Reittieren des Papstes und seines Beichtvaters hinterher, denen unter lautem Jubelgeschrei der Menge die Ehrengarde gerade den Weg zum Palast frei machte. Joan blickte sich nicht mehr um, dann wurde hinter Pelayos Maulesel das Portal geschlossen. Für den Papst war endlich die Zeit angebrochen, da er sich von der weißen Taube des Heiligen Geistes das zarteste Stück abschneiden konnte.

KAPITEL 19

Occam eilte sofort zum Kloster der Cordeliers zurück; er wollte die italienischen Brüder zusammenrufen und unterrichten, wie konkret die Gefahr geworden war, die ihnen allen drohte. Während ich dem krummbeinigen Mann nachschaute, wie er vom Rocher des Doms die Straße in Richtung seines Konvents hinabstieg, wusste ich mir immer noch keinen Reim auf ihn zu machen. Wollte dieser Franziskaner tatsächlich Widerstand gegen die Bluthunde des Papstes organisieren? Oder würde er seine Ordensbrüder aushorchen und hinterher an die Kurie verraten? Ich war mir nicht einmal sicher, ob ich Occam wie verabredet heute Nachmittag in seinem Konvent antreffen würde. Er hatte angeboten, mir ehemalige Inquisitoren und Spiritualen vorzustellen, die mich auf den morgigen Prozess des Meisters vorbereiten konnten.

Das seien allesamt Männer, die die Schliche der Ketzerjäger am eigenen Leib erlebt haben, hatte er gesagt. Ich hoffte, dass Occam Wort hielt.

Hätte er jedoch entschieden, dass der Augenblick für sofortige Flucht gekommen wäre, er würde nicht zögern, und ich würde ihn niemals wiedersehen. Was hielt ihn überhaupt in dieser Stadt? Occams Lebensweg als berühmter Gelehrter hatte ihn aus Oxford nach Avignon geführt, er durfte hier inzwischen weder studieren noch lehren, im Schatten des Papstes drohte er, endgültig unterzugehen. Doch hätte Joan heute Morgen bei seiner Predigt seinen Namen aufgerufen, ihn als weltberühmten Theologen gepriesen und hätte ihm einen Sitz im Konsistorium der Kardinäle angeboten, derselbe Occam hätte gewiss keinen Moment gezögert, der Gesellschaft dieser Unbarmherzigen beizutreten. Um Schlimmeres zu verhüten, hätte er sich eingeredet. Als Ehrenpreis für bewiesene Genialität, hätte er geglaubt. Und dann hätte er wie so manche unter diesen ehrgeizigen Klerikern begonnen, von seiner eigenen Krönung als Papst zu träumen. Mein Meister war gegen solchen Ehrgeiz immun. Er sagte, dass jede Macht im sinistren Glanz der Sünde leuchte. Und weil wir alle Böses in uns trügen, würden wir alle von der Macht angezogen. Vielleicht tat ich Occam unrecht. Er war von der Macht verlockt worden, dann hatte ihn die Macht verworfen. Daher ging er nun andere Wege, wer weiß, wohin.

Die freien Stunden, die mir bis zu unserem Treffen blieben, wollte ich nicht hinter den Mauern der Dominikaner verbringen. Sosehr mich das im Thomasaltar versteckte Kästchen interessierte, an diesem Tag wurde in der Kirche eine Messe nach der anderen gelesen. Hunderte von Mönchen und Besuchern gingen zu Pfingsten ein und aus. Es war gar nicht daran zu denken, dass ich heute mein Geheimnis untersuchte. Der Meister seinerseits würde sich in seiner Sturheit kaum auf Gespräche über unseren Prozess einlassen. Er hoffte immer noch auf Gerechtigkeit. Ich wusste schon lange nicht mehr, was das war. Und Ramon, der allein mich an einem Tag wie diesem aufmuntern konnte, war bei seinem Bruder in Lansac.

Weil endlich einmal windstilles Frühlingswetter mit blauem Himmel herrschte, entschloss ich mich, dasselbe zu tun wie alle anderen Menschen in Avignon: den Feiertag genießen. Nach der Hochmesse spürte ich Appetit. Ich tat ein paar Schritte und fand bei der Kirche Saint-Etienne eine Bude, wo man warme Hafergrütze mit Rosinen und saurer Milch bekommen konnte. Ich bestellte einen Napf, dazu ein Warmbier und setzte mich draußen auf eine Bank.

An einem arbeitsfreien Tag wie diesem wirkte sogar die große Baustelle Avignon friedlich, beinahe schön. Eine fromme Bruderschaft, alle Männer in derselben grünen Tracht und mit gelben Zipfelmützen, zog mit Wimpeln und Gesang an mir vorbei, gefolgt von Kindern und Alten, die sicher hofften, im Zunfthaus beim Pfingstmahl ein paar Brocken abzubekommen. Essen, trinken, singen und nicht arbeiten – damit wurde dieser Feiertag zur Verheißung des Schlaraffenlands, des seligen Traumreiches Cockaigne, wo in den Bächen Milch und Wein fließt, wo die Pfannkuchen voller Schmand durch die Luft segeln, die Stadtmauern aus Brotteig bestehen und die Menschen nur vom Fressen, aber niemals vom Schuften aus der Puste kommen. Schnuppernd am irdischen Paradies, schöpften die Armen an Pfingsten Kraft für den Alltag, der für viele von ihnen die Hölle bedeutete. Ich war der Letzte, der ihnen diesen Traum missgönnte.

Da erblickte ich ein paar Schritte entfernt, an die Kirchenwand gelehnt, den blinden Bettler. Auch er genoss den Feiertag und löffelte gierig seine Grütze, die ihm jemand spendiert haben mochte. Oder er hatte sie kaufen lassen, ein paar Silbergroschen hatte er ja vom Papst zugeworfen bekommen. Immer wieder lief mir dieser Blinde über den Weg. Der Mann schien mich zu verfolgen, oder ich ihn. Er hatte bei der Jakobskapelle gesessen; ich hatte ihn nachts vor der Pasture entdeckt; jetzt bettelte er sogar beim Papst. Ich leckte meinen Holzlöffel ab, hockte mich zum Bettler und grüßte ihn.

Der Mann deckte ängstlich seine Finger über seinen Napf:

Wer bist du? Was willst du?

Ich bin ein Bettelmönch, sagte ich und versuchte, ihm beruhigend meine Hand auf den Arm zu legen. Doch der Alte zuckte zurück und stieß mit rauer Stimme hervor:

Lass mich in Ruhe! Ich bin ein armer Bettler, ich lebe schlechter als ein Tier, ich habe nichts. Oder willst du mir was geben?

Aus leeren Augenhöhlen starrte er an mir vorbei, es gelang ihm nicht, freundlich zu schauen. Sein Gesicht sah fürchterlich aus, voller Narben und Pusteln mit einer Haut, die an aufgerautes Pergament erinnerte. Dabei war er sicher einmal ein stattlicher Mann gewesen, groß und kräftig. Er trug trotz seines Alters noch etliche Zähne im Mund. Volle weiße Haare hingen, schweißig und in Strähnen, auf seine breiten Schultern herab. Was hatte den Mann nur derart entstellt?

Brauchst du Hilfe? Findest du dich in Avignon zurecht?, wollte ich wissen.

Sogar hier leben gute Christen, antwortete er, schon etwas friedlicher. Mir helfen Männer vom Hospital der heiligen Martha. Da kann ich auch schlafen und manchmal etwas essen. Morgens bringt mich ein Junge in die Stadt zum Betteln, abends führt mich ein anderer wieder zurück. Meistens.

Ich holte zwei Münzen aus meinem Beutel und drückte sie ihm in die Hand.

Das ist für dich, guter Mann, weil heute Pfingsten ist.

Bon crestia, la benediccion de Deu, murmelte der Alte.

Es war ein feierlicher Gruß, den ich noch niemals zuvor vernommen hatte. Der Bettler fasste meine Hand, zog mich zu sich herab und reckte mir seinen Kopf hin. Ich spürte erst die vernarbte Haut, dann seine aufgesprungenen Lippen, die mir einen Kuss auf die Wange drückten. Der Mann sagte leise:

Que Deu vos aduça a bona fin.

Was sollte dieser provenzalische Friedenskuss bedeuten? In Avignon, wo der Nachbar dem Nachbarn misstraute und ein Mönch den anderen bestahl, hatte ich diese Geste noch nie erlebt. Dabei kannte ich den Bettler gar nicht.

Du bist nicht von hier?, fragte ich ihn.

Ich komme weit aus dem Süden, wo die Berge hoch sind, die Weiden grün, die Bäche klar, sagte er. Und die Menschen frei.

Er sprach leise, als würde er sich an eine ferne Zeit erinnern, deren

Freuden für immer vergangen waren. Da er ein singendes Okzitanisch sprach, konnte sein Süden weder Italien noch Kastilien bedeuten.

Du stammst aus den Pyrenäen?, vermutete ich.

Ja, meine Heimat ist Foix, sagte er. Der Mann war nicht so verrückt, wie ich bei seinem ständigen Gebrüll gedacht hatte, sondern sprach jetzt klar und bedächtig. Ich erklärte dem Bettler, dass ich noch nie in Foix gewesen sei und aus Deutschland stamme.

Hör gut zu, Allemand, sagte der Alte, ich bin nicht immer blind gewesen und arm. Ich war früher einmal sogar reich und wohnte in einem großen Haus aus Stein. Doch ich bin auf den falschen Weg gekommen, den Weg, vor dem unsere Ältesten mich immer gewarnt haben. Ich habe eine Frau geliebt, eine Frau, die ich nicht lieben durfte, doch wie es sie nie anderswo je gab. Ich habe ihr alles geopfert, meinen Reichtum, mein Haus, mein Leben, meinen Glauben. Unsere Ältesten hatten mich gewarnt, es ist die sündige Eva, sagten sie, die die ganze Welt verdirbt. Halt dich fern von ihr! Kehr um! Dann ist sie wiedergekommen mit ihrem Knecht, und ich war rettungslos verloren. Ich rate dir, Allemand, halt dich fern von den Frauen. Sie sind das Ende der Welt!

Während er das erzählte, hatte sich sein Gesicht immer weiter verzogen. Es sah aus, als ob er weinen wollte. Aber da waren keine Augen zum Weinen. Er schluchzte:

Oh, und es war doch so schön mit ihr. Ich würde es wieder tun, ja, wieder tun. Sie war mein Consolamentum.

Er zog mich fest am Ärmel meines Habits und flüsterte mir ins Ohr: Hier in Avignon ist sie mir wiederbegegnet, ich habe ihre Stimme gehört. Sie ist da, hörst du? Du musst für mich nach ihr suchen, ich kann sie nicht sehen.

Er wirkte aufgeregt, und ich fragte mich, wie ich den Mann wieder loswerden konnte. Er war wohl doch verrückt, ein kranker Alter, der kurz vorm Grab von der Liebe seiner Jugend träumt, und dem die Eva des Paradieses die Sinne trübt.

Man kann in dieser Stadt niemandem trauen, stieß er hervor. Aber dich kennt hier keiner, Allemand. Deine Augen können für mich sehen, halt die Augen auf nach ihr. Ema heißt sie, du wirst sie erkennen.

Das Mädchen ist schlank und schön wie eine Wildkatze. Mich findest du jeden Tag in der Stadt, frag nach mir, man nannte mich einst Peire Brenon, als ich noch Augen hatte. Jetzt habe ich keinen Namen mehr, nur noch einen Mund, denn sie hat mir die Augen und den Verstand geraubt. Aber du, Allemand, du kannst mich zu ihr bringen. Ich rufe immer laut und warne die Menschen vor dem Ende der Welt. Die Leute glauben, ich sei verrückt. Aber ich bin nicht verrückt. Das Ende der Welt ist nämlich da! Ich habe es selbst gesehen. Man braucht keine Augen, um das Ende der Welt zu sehen.

Dem Alten lief der Speichel über das vernarbte Kinn, er hatte sich verausgabt und redete irr. Er wusste überhaupt nichts vom Papst, nichts von der Inquisition. Es war Zufall, dass er mir so oft über den Weg gelaufen war. Ich versuchte es dennoch:

Kennst du den Kleriker Serge, der so gerne würfelt? Oder Bruno, den Hinkefuß aus Poitiers? Das ist sein Freund.

Wer? Würfel? Hinken?, sagte der Bettler nur matt. Ich kenne doch nur sie, Ema! Ich sehe nur sie, Ema! Ich bin der blinde Bettler. Hast du eine Gabe für mich?

Ich legte dem Mann die Hand auf den Scheitel, um ihn zu beruhigen. Er reagierte nicht und drehte den Kopf murmelnd in die andere Richtung.

Ich habe mich oft gefragt, was geschehen wäre, hätte ich Peire Brenon damals weiter nach seinem Leben befragt. Hätte ich durch ihn das Schlimmste von dem verhindern können, was in den kommenden Tagen geschehen sollte? Oder hätte ich nichts begriffen? Unsere Augen, denke ich heute, eignen sich nicht für das, was nur die Blinden sehen.

Das Pfingstfest würde drei Tage dauern, aber für die ersten Säufer, die in der Gosse lagen, war es bereits vorbei. Ich hatte noch Zeit, aber kein Ziel. Ich hielt mich, fast ohne es zu merken, in Richtung der Carriera. Doch die Judengasse war heute abgesperrt, um die Christen vor den Juden zu schützen, wie es hieß. In Wahrheit schützte man die Juden vor den Christen. Wer weiß, auf welche Gedanken die Besoffenen, die in den Schenken und an den Straßenecken grölten, heute noch kommen würden, wenn sie jemanden suchten, um ihre Wut auf die Welt zu stillen. Die Menschen johlten, sangen und tanzten in den Gassen von Avignon. Es waren Männer und Frauen, Junge und Alte, Gesunde und Kranke. Auffallend viele Kranke.

Die Stadt des Papstes und seiner Pignotte zog Krüppel aus dem ganzen Midi an, doch mir war vorher noch niemals aufgefallen, wie viele das waren. Im Getümmel bemerkte ich Verwachsene, denen die Füße nach hinten standen. Beinlose, die sich mit Holzscheiten auf kleinen Karren durch den Dreck schoben. Ein kleines Mädchen saß mit offenem Rachen an meinem Weg, irren Blickes summte es vor sich hin. Eine ganze Gruppe von Bettlern mit Antoniusfeuer hockte vor einer großen Schale mit Kleingeld und sang ein Bußlied. Die armen Seelen, denen eine Krankheit nach und nach das Gesicht und die Gliedmaßen wegfraß, waren ein schrecklicher Anblick. Anders als die Lepra, deren Opfer im Lazarusspital am Oberlauf der Rhone dahinvegetierten, duldete man das Antoniusfeuer in der Stadt. Die Befallenen trugen Glöckchen um den Hals, um die Menschen vor der Berührung zu warnen, genau wie die Antoniusschweine, die bimmelnd in den Gassen ihre Schnauzen in den Matsch steckten und am Jahresende zum Wohl der Kranken geschlachtet wurden. Seit der großen Hungersnot vor drei Jahren gab es immer mehr Antoniusfeuer und immer mehr unterernährte Kinder mit dicken Wasserbäuchen, die nie mehr gesund werden würden.

Was hatte sich der Gott des Papstes bei solcher Not gedacht? Hatten diese Kinder den Hunger und die Schmerzen verdient, während die Kardinäle wie an jedem Mittag prunkvoll im Palast tafelten? Die Hölle, mit deren ewigen Qualen sie den Menschen drohten, gab es wirklich. Sie lag hier draußen in den Gassen, im Dreck, im Elend. Konnte sich Gott einer solchen Schöpfung erfreuen? Hatte er das so gewollt?

Schon als kleiner Junge hatte ich aufgehört, an einen guten Gott zu glauben. Für mich gab es nur zwei Möglichkeiten: Das alles geschah einfach so, ohne jeden Sinn, wie Niklas mir das erklärt hatte. Man durfte nicht darüber nachdenken, musste die jeweilige Ordnung hinnehmen und für sich das Beste daraus machen. Oder der Schöpfer dieser

Welt war böse und freute sich an unserem Leiden. Wir mussten geduldig abwarten, bis der Ausflug in die Hölle der körperlichen Welt vom schmerzlosen Vergessen abgelöst wurde. So sahen es die Katharer. Gute Leute, so hatten sie sich untereinander gegrüßt. Vielleicht war sogar das schon zu optimistisch gedacht. Gab es überhaupt gute Leute?

Ich durfte mich von meinen dunklen Gedanken nicht in den Abgrund ziehen lassen. Nicht an einem sonnigen Tag wie diesem. Nicht vor dem Prozess gegen meinen Meister. Es gab vielleicht einen Ausweg, der nicht geradewegs in die Hölle führte, sondern ein kleines Stück aus ihr heraus. Ich beneidete die Menschen um mich herum, die durch die Straßen tanzten, ohne zu denken. Für einen Augenblick glaubte ich, in der Menge den schwarzen Habit des Schlägers mit der Narbe zu erkennen, der mich in der leerstehenden Livree verprügelt hatte. Ich duckte mich hinter einen Erker, fühlte unter meinem Skapulier nach dem Messer und ließ den Mann näher kommen; er war es nicht. Ich lockerte mich wieder. Doch wie sollte ich in dieser Stadt jemals zur Ruhe kommen, wo an jeder Ecke ein Feind, in jeder Gasse der Tod lauerte?

Ich atmete tief, um mich zu beruhigen. Ich dachte an die Lektionen von Niklas. Die Welt war nicht gut, sie war nicht böse. Sie war einfach da. Ich lebte und musste mich darum durch die Widrigkeiten hindurchwinden. All diese Menschen um mich herum, die den Gauklern auf ihren Stelzen und den Jongleuren mit ihren Bällen applaudierten, die den Trommlern und Flötenspielern laut schreiend den Takt schlugen, die sich den Bauch mit billigem Bier und Brei vollschlugen, einander begrabschten und für einen kurzen Tag lang glücklich sein wollten – sie kamen auch zurecht und würden morgen wieder den ganzen Tag arbeiten, um nicht zu verhungern. Warum musste ausgerechnet ich traurig sein? Hatte ich es nicht besser getroffen als sie alle zusammen?

Auf einem Platz hinter der Kirche Saint-Pierre hatten Schausteller ein Podest gezimmert. Ihr Mysterienspiel handelte von der Gnade Gottes, so pries es ein kleiner Junge immer wieder an:

Kommt und staunt, wie Gottvater die Menschheit erlöst! Seht die herrliche Maria! Hört den bösen Teufel!

Es war eine Truppe von Fahrensleuten auf einem schiefen Karren, und keines der frommen Spektakel, bei dem zuweilen über hundert Darsteller das Himmelreich mit Heiligen und Engeln verkörperten. Doch die Menschen rannten in Scharen herbei, um mitten in Avignon ihre Erlösung mitzuerleben. So etwas war ein Futter für Augen und Ohren, das kein lateinischer Singsang den Menschen verschaffen konnte. Ich gab dem Jungen eine kleine Münze und stellte mich direkt vor die Bühne. Nach wenigen Augenblicken begann das Spektakel.

Ein Advokat trat aus dem Karren, das konnte man an seinem roten Habit, einem dicken Bauch und einer braunen Mütze sofort erkennen. Er trug seine prächtige Chaperonne tief in die Stirn gezogen und ließ ihr Ende seitlich über der Schulter lässig herunterbaumeln. Mit volltönender Stimme und lateinischen Floskeln stellte er sich dem Publikum als Magister Belial vor; er hatte einen Prozess zu führen. Die Menschen begriffen sofort, dass dies der Antichrist war. Wer sonst? Advokaten waren unbeliebt bei den einfachen Leuten, jeder traute ihnen zu, mit schönen Worten und Bestechung Recht in Unrecht zu verwandeln und die Leute mithilfe der Gesetze auszurauben. Wer sich den Teufel in Menschengestalt vorstellte, der landete von selbst beim Advokaten. Avignon war voll von ihnen.

Magister Belial verbeugte sich vor einem Thron, auf dessen Samtpolster ein Alter mit langem Bart Platz genommen hatte. Sein weißes Gewand hing bis zu den Füßen herab, auf dem Kopf trug er wie ein hoher Geistlicher eine weiße Mütze mit zwei Bändern an den Ohren. Das war Gottvater. Und Gott war, wie konnte es anders sein, der Richter im Prozess, den Magister Belial nun führen würde. Die Angeklagten waren wir, wir alle auf dem Platz.

Tränenreich führte Magister Belial aus, dass seinen Klienten, den Teufeln und Unterteufeln, schlimmstes Unrecht geschehe. Einigen im Publikum war diese Lüge zu viel. Verschwinde, du Schwein!, brüllten sie. Jedes seiner Worte wurde mit Pfiffen bedacht. Ein Ei flog in Richtung Belial, doch der duckte sich geschickt weg und fuhr in seiner Argumentation fort: Einmal, ein einziges Mal hatte der Oberteufel Belzebub sich von Gott abgewandt. Eine winzige Unaufmerksamkeit.

Ein Missverständnis. Dafür wurden er und alle seine Kumpane aus dem Paradies verdammt, für alle Ewigkeit. Ihnen blieb nur die stinkende Hölle. Belial holte tief Luft und rief voller Empörung:

Das ist eine Ungeheuerlichkeit! Das kannst du, höchster und ewiger Gott, nicht länger zulassen.

Die Menge pfiff und schrie, und Gott erkundigte sich leutselig, weshalb er den Teufeln unrecht getan haben sollte. Belial lächelte hochmütig zu uns herunter:

Diese Menschen da, die du nach deinem Ebenbild geschaffen hast, beleidigen dein Angedenken täglich. Was sage ich, jeden Augenblick. Sie sind eine Schande deiner Schöpfung.

Gott rollte verständnislos die Augen und schaute ins Publikum.

Schau sie dir doch an!, rief Belial verächtlich. Alle diese Menschen sündigen, wo sie nur können. Sie fluchen und huren und reden schlecht über ihre Nachbarn. Sie gehen nicht zur Beichte und haben keinen Groschen übrig für die Armen. Sie sind schlecht, einer wie der andere. Wir können gerne jemanden von dort heraufholen, egal wen, es sind sowieso alles Sünder. Verworfene, die nach ihrem Tod bei uns in der Hölle schmoren werden.

Im Publikum war es still geworden. Keiner wollte auf die Bühne treten. Die Frauen hielten sich an ihren Männern fest und umgekehrt. Magister Belial holte zum entscheidenden Schlag aus.

Ich verlange, rief er, dass du uns Teufeln unsere kleine Sünde vergibst und uns wieder mit allen Ehren an deinem Hof empfängst. An unserer statt musst du die Menschen in den Höllenschlund werfen. Alle, ohne Ausnahme. Auf ewig. Alles andere wäre die reine Ungerechtigkeit.

Belial drohte mit der erhobenen Rechten und wies auf ein dickes Buch, das er unter seinem Umhang hervorgezogen hatte: Ich kenne das Gesetz. Es ist das Gesetz Gottes, und du, Gott, musst dich daran halten!

Alle auf dem Platz hielten den Atem an. Und Gott, dieser hilflose Alte, raufte sich den Bart, scharrte mit den Füßen und rollte wieder verzweifelt mit den Augen. Er schaute kurz ins Buch.

Du hast recht, sagte er schließlich, so ist das Gesetz. Ich muss mich daran halten.

Im Publikum fingen ein paar Frauen an zu weinen und fielen auf die Knie. Kinder, die von Angst ergriffen wurden, begannen zu schreien. Zahnlose Greise flehten um Gnade. Doch Magister Belial klopfte unerbittlich auf sein Gesetzbuch und rief immer wieder:

Gerechtigkeit für den Teufel! Gerechtigkeit für den Teufel!

Nun holte Gottvater ein großes Tuch unter dem Thronkissen hervor, faltete es auf und begann bitterlich zu schluchzen. Gott musste sich die Nase putzen. Und alle, nur nicht der tückische Belial, waren verzweifelt.

In diesem Moment stieg eine junge Frau aus dem Publikum die Stufen zur Bühne empor und baute sich direkt vor Gott und Magister Belial auf. Sie trug ein schlichtes blaues Kleid, die braunen Haare wallten weit über ihre Schultern. Sie war wunderschön.

Ich bin, rief sie stolz in Gottes Angesicht, Maria, ich bin die Mutter deines Sohnes.

Im Publikum wurde geklatscht. Maria, riefen Frauenstimmen, errette uns! Hilf, Maria! Erbarme dich unserer Sünden, Muttergottes!

Die schöne Maria führte mit schlichten Worten aus, dass Gott den Menschen seine Gnade geschenkt hatte. Dass er ihren gemeinsamen Sohn in Menschengestalt hatte leiden lassen. Und dass die Teufel allesamt üble Advokaten seien, von denen man sich nichts einflüstern lassen dürfe.

Lügner sind sie!

Genau!, johlte das Publikum. Nieder mit ihm! In die Hölle, wo er hingehört. Hau ab, Magister, Schweinepriester!

Doch Gott ließ sich nicht so einfach überzeugen. Er erinnerte Maria an das göttliche Recht, das in der Bibel stand, und an die zahllosen Sünden der Menschen. Magister Belial hatte das Gesetz auf seiner Seite. Und das besagte nun einmal, dass die Menschen in ihrer Schlechtigkeit das Himmelreich nicht verdient hatten.

Da riss Maria mit einem Ruck ihr blaues Gewand auf und holte ihre Brüste hervor. Sie hatte riesige Brüste, die sie mit ihren Händen erst gegen Gott, dann gegen Belial, dann ins Publikum reckte.

Man tuschelte, einige klatschten. Dann wurde es wieder still.

Mit diesen Brüsten, rief Maria, habe ich Jesus, deinen Sohn gestillt. Aus ihnen hat er die Milch deiner Gnade eingesogen und ist dadurch zum Retter der Menschheit geworden. Gott, Vater meines Sohnes, hast du das denn alles vergessen? Bei den Brüsten der Maria, du musst den Menschen ihre Sünden vergeben, sonst würdest du meine unbefleckte Mutterschaft verleugnen und auch mich auf ewig ins Unglück stürzen!

Gott schlug sich vor die Stirn und strahlte Maria an. Er hatte den entscheidenden Punkt tatsächlich übersehen.

Du hast recht, rief er. Ich werde den Menschen ihre Sünden vergeben.

Er stand auf und umarmte Maria unter dem Jubel des Publikums.

Gott rief: Mutter Jesu, du bist nicht nur wunderschön, sondern klug wie sonst kein Weib. Ohne deine Rede hätte Magister Belial, dieser schlaue Teufel, mich bezwungen. Ich danke dir.

Mit bloßen Brüsten stand Maria auf der Bühne und winkte den Menschen huldvoll zu. Alle jubelten und fielen einander in die Arme. Da knallte es plötzlich, und unter dem Umhang Magister Belials stieg stinkender Rauch auf. Der Advokat fluchte lästerlich und schrie unverständliche Worte. Immer neue Fürze knallten unter seinem Gewand. Er zog die Mütze ab, und zwei Hörner zeigten sich über seiner Stirn. Ein Kuhschwanz baumelte an seiner Hinterseite. Das Publikum wütete aus vollen Kehlen gegen diesen Rechtsverdreher, Männer wollten auf die Bühne klettern, reckten ihre Fäuste und drohten, ihn auf der Stelle umzubringen. Unter lautem Furzen entfloh Magister Belial humpelnd von der Bühne in den Karren hinein. Der Teufel erntete jetzt nur noch Gelächter. Maria und Gottvater stellten sich dem Applaus des Publikums und verbeugten sich vielmals. Es war noch einmal gutgegangen!

Auch ich applaudierte. Dies war Theologie nach meinem Geschmack. Sie führte vor, worum es im Leben ging: um Lachen, um Wut, um Angst, um Liebe. Vor allem aber um Hoffnung. Hoffnung war es, was diese Menschen, die nicht lesen und schreiben konnten, mehr brauchten als alles in der Welt. Und natürlich träumten sie von Gnadenbrüsten, an denen die Männer sich festhalten, aus denen die Frauen ihre Kinder nähren konnten. Schade, dass Ramon nicht hier war, dachte ich. Ob die Mädchen von Lansac wohl gegen diese Brüste ankamen?

Das Mysterienspiel hatte nicht lange gedauert. Der Platz leerte sich, ich schlenderte weiter in Richtung Cordeliers. Da kam mir bei der Wechselbörse ein elegantes Paar entgegen. Ich erkannte sie nicht sofort. Er hatte seinen Arm um ihre Schultern gelegt und trug seine blaue Mütze tief über der Stirn. Ihre schlanke Gestalt war in einen grauen Umhang aus leichtem Tuch gehüllt, den sie auch über den Kopf gezogen hatte. Dennoch bemerkte ich ihr rotblondes Haar. Was wie ein nobles Liebespaar wirkte, das im reichsten Viertel von Avignon zu einem Pfingstmahl unter Bankiers und Händlern eilte, waren Lorena und ihr Vetter Shimon. Ich kehrte auf dem Fuß um, lief ein paar Schritte bis zu einer ruhigeren Ecke hinter ihnen her, überholte schnell und sprach sie dann lächelnd an:

Edle Freunde, gestattet mir einen Gruß zum hohen Fest.

Shimon schaute unwillig und wollte seine Kusine zuerst grußlos mit sich ziehen. Wir wussten genau, dass Juden die Carriera heute nicht verlassen durften, dass Shimon obendrein keinen gelben Judenfleck auf dem Gewand trug und Lorena keinen Spitzhut auf dem Kopf, wie es die Vorschrift war. Lorena blieb bei meinem Gruß stehen und verbeugte sich leicht. Kann ich dir trauen?, schienen ihre Augen zu fragen.

Shimon hatte bemerkt, dass jetzt nichts mehr zu machen war und wir besser ohne Aufsehen weitergingen. Wohl war ihm offensichtlich nicht dabei. Ich berichtete im Gehen von der Papstmesse heute Morgen, und dass ich mir Sorgen um sie beide gemacht hatte.

Ich bin wie versprochen zur Carriera gekommen, beteuerte ich, aber du warst nicht da. Ich habe viel Neues zu berichten, Shimon. Von diesem anderen Toten, einem gewissen Bruno aus Poitiers, hast du vielleicht gehört. Aber gewiss nicht, dass der Papst den General der Franziskaner eingekerkert hat und jetzt öffentlich zur Vernichtung der Spiritualen aufruft. Und dass mein Meister morgen den Inquisitoren Rede und Antwort stehen muss, wollte ich dir auch mitteilen.

Shimon schienen meine Nachrichten nicht zu interessieren. Er sagte nichts, hatte wieder den Arm um Lorena gelegt und steuerte sie umsichtig durch die Menge in Richtung Saint-Agricol, dieweil er andauernd aus den Augenwinkeln die Umgebung absuchte. Wir gingen nun schneller.

Ich bat Shimon, er solle meine Anwesenheit doch als Tarnung sehen. Mit einem Dominikaner im Schlepptau würden sie kein Aufsehen auf sich ziehen. Außerdem, fügte ich hinzu, solltest du wissen, dass ich nicht mit den Sergenten unter einer Decke stecke. Ich habe dich nicht verraten und bin selber in immer größere Gefahr geraten. Gestern bin ich schlimm verprügelt worden.

Shimon blickte mich kaum an, doch ich musste unbedingt mit ihm reden. Wer sonst konnte mir helfen? Diese Mönche und ihre Theologie erschienen mir bei dem, was ich vorhatte, keine Hilfe. Wenn ich das Kästchen von Serge aufbrechen wollte, dann am besten mithilfe von Shimon. Er und niemand sonst wusste, wo wir hinterher das verstecken konnten, was wir vorfinden würden. Oder verkaufen. Oder vernichten. Ich rang mich endlich dazu durch, Shimon in mein Geheimnis einzuweihen.

Hör zu, sagte ich und stellte mich ihm in den Weg. Ich habe gefunden, wonach die Sergenten suchen. Ich weiß jetzt, wofür Serge und Bruno sterben mussten. Und ich weiß, dass noch andere Leute außer dem Bären dahinterher sind – Leute, die ohne Bedenken weiter töten werden.

Da blieb Shimon schlagartig stehen. Das war eine Nachricht, die auch das Wohl der Carriera betraf. Er selbst hatte mich auf Serges Geheimnis angesetzt, mir aber offenbar nicht zugetraut, dass ich etwas herausfinden würde.

Wir besprechen das besser nicht auf der Gasse, beschied er mir knapp. Wir sind gleich da.

Zu dritt kamen wir an ein zweistöckiges, nicht allzu großes Haus bei der alten Porte de Saint-Agricol. Shimon hämmerte an die Tür. Von innen wurde ein Riegel angehoben, und wir standen vor dem Hausherrn selbst, Rik van Haarlem. Schnell schlüpften wir nach drinnen.

Gleich hinter der Tür packte mich Shimon am Habit. Wo hast du es gefunden? Wer hat es versteckt?

Serge selber hatte es versteckt, antwortete ich stolz, in einem Badehaus hinter Saint-Symphorien. Es hing unauffällig bei den Sachen fürs Umkleiden. Ich hatte, ohne es zu wissen, in der Jakobskapelle die Holzkügelchen gefunden und konnte mir dafür das Schächtelchen einfach abholen. Es war gar nicht schwer.

Shimon blickte mir verstört ins Gesicht: Holzkügelchen? Schachtel? Wovon redest du überhaupt?

Ich war verwirrt und erklärte: Ich rede von dem Schatz, den die Sergenten seit Tagen überall in Avignon suchen. Er muss in jener Schachtel sein. Du hast mich doch selbst beauftragt, die Augen offen zu halten. Das habe ich gemacht. Und nun …

Shimons Blick war nicht gerade abfällig, aber er ging in die Richtung. Er schüttelte nur den Kopf und sagte: Ich hatte dich für schlauer gehalten. Warum sollten zwei Menschen ermordet werden, warum wird die ganze Justiz des Papstes aufgeschreckt, wenn irgendwo in einem Badehaus ein Kästchen abhandenkommt? Wir haben in der Carriera inzwischen herausgefunden, worum es geht: Gold, viel Gold. Und Silber. Viel mehr jedenfalls, als in deine kleine Schachtel passt.

Ich war wie vor den Kopf geschlagen. Ich war mir sicher gewesen, dass ich im »Heißen Topf« einen wichtigen Fund gemacht hatte, der Licht in den Tod der beiden Würfelspieler bringen würde. Nun ging es plötzlich um eine große Menge Gold und Silber. Sollte, was ich gefunden hatte, völlig wertlos sein?

Shimon bemerkte meine Enttäuschung und ließ sich zu einer Erklärung herab: Als du für mich im Kloster und in der Kurie die Augen aufsperren solltest, ergab sich ein großes Problem für uns Juden. Sergenten kamen vor ein paar Tagen zum Rabbiner und zum Gemeindevorsteher, meinem Onkel Jizchak. Sie fragten unter wüsten Drohungen nach einer Schatzkiste, die der päpstlichen Kämmerei fehlte. Wir wussten natürlich von nichts, woher auch? Doch die Sergenten drohten uns immer weiter. Sie würden wiederkommen und die ganze Carriera auf den Kopf stellen, sogar unsere Synagoge und den Schrank unserer Schriften. Sie wüssten genau, dass wir Juden hinter der Sache steckten. Die Inquisition würde schon mit uns fertigwerden.

Shimon ballte die Fäuste, doch diese Geste bestärkte nur seine Wehrlosigkeit:

Es sind schon für geringere Beschuldigungen ganze Gemeinden totgeschlagen worden. Wir haben keine guten Verbindungen zur päpstlichen Kämmerei und erst recht nicht zu den Inquisitoren der Dominikaner. Darum hatte ich gehofft, gerade du als Geistlicher könntest Licht in die Sache bringen.

Und du weißt jetzt, um welche Schatzkiste es sich handelt?, fragte ich kleinlaut.

Shimon nickte: Ja, das weiß ich in der Tat. Bei den geschwätzigen Höflingen im Palast ist kein Gerücht lange geheimzuhalten. Ein päpstlicher Kleriker kam noch vor dem Pfingstfest aus eigenen Stücken zum Rabbiner, verlangte ein paar Goldflorin und erzählte uns alles. Es war so: Nach dem Tod des alten Kardinals Bernard de Garve vor drei Wochen wollte die päpstliche Kämmerei wie üblich seine Besitztümer beschlagnahmen. Der Alte war ein Geizkragen aus der Gascogne gewesen, der kaum noch Kontakte zum Papst pflegte. Am meisten regte sich unser Spitzel auf, dass der Kardinal nur die niederen Weihen hatte und zeitlebens nie irgendeine Funktion ausübte, als ob das einen Unterschied machen würde. Die Einkünfte aus seinem Posten standen ihm auch so zu. Nun denn, es sieht so aus, als hätte der schlaue Alte all sein zusammengespartes Gold und Silber kurz vor seinem Tod bei einem Nachbarn, einem Schlachter, unterstellen lassen, damit es der Papst nicht kriegt. Seine Erben aus der Gascogne sollten es heimlich abholen. Jeder in Avignon weiß ja, wie geldgierig die Gascogner sind. Der vorige Papst war auch einer, und der hat den Kirchenschatz vollständig ausgeplündert.

Und man hat den Schatz beim Schlachter nicht gefunden?, vermutete ich.

Schlau geraten, sagte Shimon, sonst hätten wir Juden die Miliz wohl nicht auf den Hals bekommen. Wie es unter euch Christenmenschen so geht – die Sergenten haben das Personal des Kardinals De Garve in die Mangel genommen, irgendeiner hat gestanden, dass die Goldkiste versteckt worden war. Danach musste natürlich der Schlachter zum Verhör beim Marschall antreten. Er hat ihm hoch und heilig geschworen, dass die Kiste in der Nacht von Unbekannten abgeholt wurde. Am Ende hat der Nachbar uns Juden beschuldigt. Die hätten das ganze Gold bei sich versteckt. Das war ein kluger Schachzug.

Wieso?

Shimon atmete tief durch, als würde ihm meine Unwissenheit lästig: So kam der Schlachter frei, und wir Juden mussten den Schaden ersetzen, jedenfalls die Summe, die uns die päpstliche Kammer auferlegt hat. So geht das hier immer: Jemand stiehlt, und wenn er nicht erwischt wird, kommen die Juden für den Schaden auf.

Habt ihr bezahlt?, fragte ich.

Natürlich haben wir bezahlt, seufzte Shimon. Was blieb uns übrig? Wie so oft mussten alle Kaufleute, alle Ärzte und auch die armen Pfandleiher und Flickschuster für die Sondersteuer zusammenlegen. Es war eine hohe Summe, mehr als achthundert Florin. Meine Hoffnung war, nein, meine Hoffnung ist, dass wir das verschwundene Geld des Kardinals doch noch irgendwo finden und es der Kammer aushändigen können. Möglich, dass sie uns dann unsere Buße zurückerstatten. Und wenn sie das Geld dennoch behalten, was gut möglich wäre, dann hätten wir Juden uns wenigstens vom Vorwurf gereinigt, uns als Hehler von Diebesgut zu betätigen.

Mir fiel ein, dass Serge in der päpstlichen Kämmerei gearbeitet hatte, wo man natürlich von der Geldkiste wusste. Und er hatte Rixande versprochen, dass sie bald reich sein würden. Dieser Serge war ebenfalls ein Gascogner, konnte also gut mit dem toten Kardinal unter einer Decke stecken. Alles passte zusammen. Nur meine Schachtel war viel zu klein für achthundert Florin.

Und wenn uns nun, schlug ich vor, das Kästchen aus dem Badehaus zu dem Schatz führt? Es könnte doch Gold darin zu finden sein.

Was für Kostbarkeiten würde ein Pfaffe wohl in der Badestube zurücklassen?, höhnte Shimon. Ein Stück Seife vielleicht?

Du siehst das falsch, erklärte ich, die Schachtel ist klein, aber ungewöhnlich raffiniert, als enthielte sie etwas Kostbares. Sie ist vollständig mit Eisen beschlagen und verschlossen. Darin könnte doch ein Schlüssel für eine größere Kiste verborgen sein. Oder der Plan, wo der Schatz versteckt liegt.

Shimon schaute mich an und kniff die Augen zusammen. Er überlegte und wirkte keineswegs überzeugt. Rik – er trug heute ein buntes, langes Gewand – gesellte sich zu uns und legte seinen Arm um Shimon. Die beiden tuschelten, was mir überhaupt nicht gefiel. Doch warum sollten sie mich in ihre Geschäfte einweihen? Ich war nur der fremde Dominikaner, der wenig genug von den Geheimnissen am Papsthof herausgefunden hatte. Nicht einmal vom verschwundenen Schatz des Kardinals hatte ich etwas mitbekommen. Die beiden hatten keinen Grund, meinem Fund große Bedeutung zuzumessen.

Shimon sagte: Wenn ich dich richtig verstehe, hast du deine Schachtel noch nicht einmal aufgestemmt. Worauf wartest du noch? Sobald du herausgefunden hast, was drin ist, können wir ja nochmal reden. Nach dem Fest ist die Carriera wieder zugänglich. Du weißt jetzt, worum es geht. Komm mir nicht mit einem Badeschwamm oder einem Paar Schlappen! Und wenn die kleine Kiste tatsächlich zum Schatz führt, dann lass dir nicht einfallen, das Gold des Kardinals für dich auf die Seite zu schaffen. Nicht vergessen: Du bist ein Bettelmönch. Und wenn du mich hintergehst, bist du nicht einmal mehr das.

Shimon nickte mir zu und ließ sich von Rik nach draußen begleiten. Wohin er wollte, ging mich nichts an.

Kann ich dich auf einen Trunk bitten?, fragte Rik etwas versöhnlicher, als er zurückkehrte. Er schien mich aus purer Höflichkeit nicht auf die Gasse werfen zu wollen. Vielleicht wollte er auch bloß mehr über Serge und seine Schachtel erfahren.

Wir gelangten in eine schöne Wohnstatt mit Kissen auf dem Boden und bemalten Wänden. Auf mich wirkten die Bilder mit weiten Landschaften und blauem Meer fremd, doch zugleich anziehend. Aus einem

Nebenraum erklang Musik. Wie zu erwarten war, trafen wir auf Johann, Artur und Charles. Gemeinsam mit Lorena probierten sie auf ihren Instrumenten Melodien und Rhythmen. Offenbar war Shimons Kusine zum Üben gekommen. Ich setzte mich auf ein besticktes Kissen und wartete.

Ein schwarzhaariges Mädchen, an das ich mich aus der Pasture zu erinnern glaubte, brachte uns allen Becher mit heißem Aufguss aus Hagebutten, Honig und Kardamom, wie mir der Gastgeber erklärte. Rik verstand es, ein gastliches Haus zu führen. Alles bei ihm war fremdländisch. Im Süden, noch hinter Hispanien, hatte er früher seine Geschäfte gemacht. Bei sich daheim wirkte er eher wie ein stolzer Maure und nicht wie der diensteifrige Gastwirt der Pasture des Oiseaux. Auch seine Musiker erschienen mir im häuslichen Rahmen zugänglicher als im Gasthof. Sie trugen allesamt ähnliche bunte Gewänder wie Rik und lächelten mich kurz an, während sie mit Lorena einzelne Phrasen übten. Offenbar wollte das Mädchen neue Lieder singen, und die drei sollten sie dabei begleiten.

Rik setzte sich zu mir und fragte, ob ich bei Shimons Suche hatte behilflich sein können. Ich schüttelte betrübt den Kopf, aber mir fiel plötzlich etwas ein, das ich fast übersehen hatte.

Deine Sängerin Lisabeta, sagte ich, hat mit dem verschwundenen Goldschatz des Kardinals zu tun, nach dem Shimon sucht. Ich bin mir ganz sicher. Es kann kein Zufall sein, dass ich in die leerstehende Livree des Kardinals Bertrand de Garve verschleppt wurde, von wo der Schatz abhanden kam. Ich konnte dort nur eine einzige Person erkennen, und das war Lisabeta. Das ist doch mehr als verdächtig, oder?

Lorena hatte mitgehört und fuhr wütend auf: Vor zwei Tagen saß unser kleiner Deutscher noch hingerissen in der Pasture, und bei Lisabetas Auftritt lief ihm vor Gier der Sabber übers Kinn. Genau wie allen anderen! Und jetzt soll dieselbe Lisabeta, an der du dich aufgegeilt hast, hinter deiner Prügelei stecken. Natürlich, eine Frau wie sie hat auch nichts anderes zu tun, als sich Dominikaner zu fangen und auspeitschen zu lassen. Du phantasierst. Du hast nichts als ihr Bild vor Augen gehabt, als dir schwindlig wurde. Das kann ich mir gut vorstellen.

Rik legte ihr beschwichtigend eine Hand auf die Schulter. Doch das Mädchen ließ sich nicht beruhigen.

Das ist der typische Neid der Kapaune, rief sie. Rik, du solltest keine Kleriker mehr in die Pasture lassen, die kommen mit solchen Verlockungen nicht zurecht. Die kennen nur ihren Chorgesang unter Männern, und dann fliegen sie durch die Decke, wenn sie eine Frauenstimme hören.

Und zu mir gewandt fügte sie giftig hinzu: Nimm dich in Acht! Lisabeta ist die gütigste Frau auf der Welt, das kann ich dir versichern. Nie würde sie irgendjemandem etwas zu Leide tun. Nie würde sie sich mit Verbrechern einlassen. Ich habe noch niemals einen Menschen getroffen, der so viel versteht vom Singen und vom Tanzen und von der Mode. Sie weiß, ob man in Florenz die Federn am Hut vorne oder hinten trägt. Sie kennt den richtigen Platz für eine Agraffe. Sie besitzt ein Leibchen aus echtem Hermelin. Sie weiß, ob in diesem Jahr der Adel in Paris gebogene oder flache Schuhe trägt und wie tief ausgeschnitten ein Dekolleté sein muss. Oder wie viele Ringe an jeder Hand gerade noch schicklich sind. Nur besitze ich all das nicht, schon gar keine Ringe mit Juwelen. Aber Lisabeta trägt solche Schätze, sie ist die perfekte Frau. Nichts, was sie nicht besser kennt als ich. Alles kann ich von ihr lernen. Lisabeta ist eine ältere Schwester für mich, und wenn du sie noch einmal verdächtigst, dann ergeht es dir so.

Lorena packte mich blitzschnell, streifte meinen Ärmel zurück und wollte mich mit ihren langen Fingernägeln kratzen. Aber da war das Futteral mit meinem Messer.

Was ist das denn?, rief sie. Eine Waffe? Ein feiner Bettelmönch bist du!

Hier in Avignon, rechtfertigte ich mich, kommt ein Bettelbruder ohne Waffe leicht in Lebensgefahr. Ich habe das erlebt. Und gerade eben hat mich mein Messer sogar davor bewahrt, dass ich mir von einer Wildkatze blutige Striemen hole.

Rik lachte, und die drei schwarzen Musiker lachten auch. Lorena setzte sich wieder und zog einen Mund wie ein verzogenes Mädchen, dem man die Puppe weggenommen hat. Ich konnte ihr nicht böse sein.

Ein zweites Schankmädchen brachte einen Teller mit getrockneten Früchten. Ich biss in eine Frucht, die ich nicht kannte. Der süße Geschmack war überwältigend.

Eine Dattel, erklärte Rik. Und das hier ist eine Aprikose. Die kommen aus Hispania, wo ich früher Geschäfte gemacht habe. Hier gibt es einen einzigen Händler, bei dem ich solche Ware bekomme. Wir verdanken das letztlich dem Papst, der ist ein Schleckermaul und ganz versessen auf Früchte aus dem Süden.

Lorena hatte sich immer noch nicht gänzlich beruhigt und fing aufs Neue an:

Du Novize bist doch bloß neidisch auf Lisabeta, weil sie eine Frau ist und trotzdem macht, was sie will. Sie schämt sich nicht, vor Männern zu tanzen, und zeigt allen, wie schön sie ist. Sowas verzeiht ihr keuschen Apostel keiner Frau. Für euch Mönche müssen wir alle leben wie die Nonnen. Verhüllt mit Haube und Schleier, züchtig, immer den Blick zum Boden. Ich gehorche, Bruder! Sogleich, Vater! Zu Diensten, Gatte. Und zur Krönung wollt ihr dann noch ganz was anderes von uns.

Du hast recht, stimmte ich zu, ihr Frauen habt alle Gründe, euch über euer Schicksal zu beschweren.

Das ist kein Schicksal, schrie Lorena, das ist Männersache. Das habt ihr Männer euch so eingerichtet. Ihr dürft lesen, reisen, ausgehen, euren Spaß haben. Und wir sollen daheim sitzen, auf euch warten, und zur Belohnung Kinder kriegen und aufziehen. Kinder, um die ihr euch nicht kümmert. Ihr geilen Pfaffen schon gar nicht. Dumm sollen wir bleiben. Doch bei uns in der Carriera gibt es viel mehr Frauen, die lesen können, als bei euch Christen. Ich kann sogar die Tora lesen.

Sie hatte sich in Wut geredet, mit flammenden Wangen und erhobenem Zeigefinger wirkte sie auf mich bezaubernd. Je mehr sie gegen Männer wetterte, umso schöner wurde sie. Ich nickte ihr eifrig zu, was sie aber kaum zu bemerken schien.

Frag doch mal deinen Rabbi, was er von singenden Frauen hält, warf Rik sarkastisch ein. Lass dir von ihm eine Erlaubnis zum Tanz erteilen. Ihr Jüdinnen werdet mit hundert Geboten genauso gegängelt wie die Christinnen. Ich bin genug herumgekommen und mache mir keine Illusionen mehr. Juden, Christen, Mauren – überall werden die Frauen weggesperrt, weil die Männer Angst haben, dass sie nicht die einzigen sind, die ihrer Frau gefallen. Hör gut zu, Lorena. Bei den Berbern darf sich ein Mann sogar drei, vier Frauen gleichzeitig halten. Oder mehr. Harem heißt das. Wenn du willst, gehen wir nach Anfa. Da habe ich gewohnt, da kann ich mir jederzeit ein paar kleine Mädchen zur Unterhaltung auf demselben Markt kaufen, auf dem ich diese drei jungen Herren kennengelernt habe.

Rik wies auf seine Musiker und beschloss seine Rede:

Die drei Frauen nehme ich mir zusätzlich zu dir, Lorena. Dich nehme ich selbstverständlich auch.

Charles, Johann und Artur kicherten. Sie verstanden jedes Wort.

Lorena giftete Rik an: Und warum gibt es nicht einmal in Ifrīqiya Freiheit für uns Frauen?

Es war Riks eigentümliches Grinsen, das begriff ich nun, das ihn so faszinierend machte. Sein Gesichtsausdruck schien zu verraten, dass er unendlich viel von der Welt gesehen hatte, dass es aber nutzlos war, sich irgendwelchen Hoffnungen hinzugeben.

Begreif es doch, Lorena, Kinder sollt ihr kriegen, schnarrte er mit rauer Stimme, das ist die ganze Wahrheit. Ihr sollt dem Mann, dem ihr angehört, einen Stall voller Kinder schenken. Alle Gesetze aller Völker laufen darauf hinaus. Kinder sind Arbeiter, Kinder mehren das Eigentum, Kinder sind zukünftige Zinsen und Steuern. Papst und Kaiser, Fürst und Emir, Rabbiner und Bischof – alle brauchen immer neue Menschen für ihre Macht. Die Seuchen, der Hunger, die Kriege raffen so viele dahin. Ihr sollt ihnen frische Untertanen schenken, das ist eure Aufgabe. Sonst nichts. Frauen, die singen und tanzen und keinem Mann gehören, sind für sie nutzlos.

Hattest du denn Kinder? Unten in Anfa?, fragte ich Rik geradeheraus. Zur Antwort bekam ich wieder dieses Grinsen, das alles sein konnte: Zustimmung, Verwunderung, vor allem aber Wehmut. Von den schwarzen Säften der Galle, die uns am Leben verzweifeln lassen, hatte dieser Holländer eine Menge geschluckt. Vielleicht war es seine

Traurigkeit, die ihn für Lorena so anziehend machte. Das Mädchen wollte den Mann zum Leben bekehren, dem er den Rücken zuwandte. Hoffentlich kam es nicht andersherum.

Rik wies auf die Wandmalereien, die mit ihren hellen Farben beruhigend und zugleich so fremd auf mich wirkten: So sieht es in Anfa aus. Wie findest du das? Das hat Artur gemalt, um über sein Heimweh hinwegzukommen.

Der Angesprochene lächelte mir zu, und ich erklärte ihm, dass mir seine Werke sehr gefielen. Ich kannte aus reichen Kaufmannshäusern weltliche Gemälde von Tafelrunden, von Reigen hübscher Frauen in blühenden Gärten, die mit bunt gekleideten Rittern auf der Wiese tanzten oder zu Pferd auf Falkenjagd zogen. Oder Lebensbrunnen, in die nackte Greise und alte Weiber kletterten und als junge Liebende wieder herausstiegen. Nichts von alledem hatte Artur gemalt.

Der schmächtige Mann blickte auf sein eigenes Wandgemälde und atmete tief.

Das ist die Wüste, sagte er. Die Wüste ist unermesslich wie das Meer. Sie ist entsetzlich. Sie schluckt dich und spuckt dich nie wieder aus. Sie lässt dich verdursten. Sie schickt dir Staub und Sand, bis du erstickst. Und doch zieht es dich immer wieder zu ihr hin. Kennst du die Wüste?

Ich schüttelte den Kopf: Ich kenne nur den großen Wald, der ist ganz ähnlich: Gefahr und Geborgenheit in einem. Der Wald, den ich kennengelernt habe, ist groß und dunkel. Aber deine Wüste ist offen, das macht den Raum weit und hell.

Artur verwies auf einen winzigen blauen Streifen über den welligen Sandhügeln: Da hinten trifft die Wüste auf das Meer, und darüber kommt der Himmel. Alles leer. Die Menschen glauben, die Welt ist voll mit Städten, Dörfern, Feldern, Obstgärten. Aber eigentlich ist sie leer. Die Wüste ist die Regel, wir Menschen sind die Ausnahme.

Arturs Sicht, dachte ich, müsste meinem Meister sehr gefallen. Der sprach auch oft von der Leere, aus der die Erkenntnis kommt. Ob der Meister jemals die Wüste Ifrīqiya kennengelernt hatte? Wohl kaum, und doch trug er sie in sich.

Die drei Musiker redeten in einer mir unbekannten Sprache miteinander. Ob sie mit den Schankmädchen zusammen waren? Mich ging das nichts an, aber ich hätte es gern gewusst. Ein wenig schämte ich mich für meine Neugier, aber das war gar nicht nötig. Die drei Schwarzen waren ihrerseits neugierig auf mich. Johann, der hünenhafte Schalmeienspieler, sprach mich an:

Wir wollten das immer schon wissen, aber niemand konnte uns Auskunft geben.

Was meinst du genau?, fragte ich.

Johann lachte verlegen: Ihr Mönche, ihr dürft ja nicht, also mit Frauen, das hat euch euer Papst verboten. Und da fragen wir uns, ob ihr es in euren Klöstern nachts untereinander treibt. So alle zusammen, Mann mit Mann? Oder geht ihr heimlich zu den Nonnen?

Artur und Charles prusteten los.

Johann erklärte es nochmal, damit ich es auch wirklich verstand: Wozu hat ein Mann denn sonst sein Dings da unten zwischen den Beinen? Das muss doch benutzt werden, oder? Das kann doch nicht gutgehen, das ganze Leben ohne Spaß. Da wird man krank. Du bist jung, du kannst uns ruhig alles erzählen.

Die Neugier auf unsere sonderbaren Sittengesetze war mir nicht unbekannt. In Litauen hatte man mich zuweilen genau dasselbe gefragt, bevor ich überhaupt Mönch geworden war. Nur waren es dort heidnische Frauen, die mich gefragt hatten:

Seid ihr Christen verrückt? Warum keine Wollust für Priester, Nonnen, Mönche? Was ist daran so verderblich, dass es ausgerechnet für Geistliche verboten ist? Die sollten sich doch auskennen mit der Vermehrung.

Ich wusste auch heute keine Antwort und grinste:

Also, es gibt viele Klöster, da machen es die Männer untereinander. Nicht offen, aber eigentlich wissen es alle.

Du auch?, rief Charles.

Ich selber nicht, sagte ich, mir gefallen Frauen besser.

Woher weißt du das überhaupt?, fragte Artur lachend.

Ich erklärte, dass ich nicht immer Mönch gewesen war. Dass es aber in einigen Klöstern Mitbrüder gebe, die peinlich das Verbot aller Wollust zu beachten versuchten. Mal mit mehr, mal mit weniger Erfolg.

Und warum tun sie das?

Rik kam mir zu Hilfe: Ich habe euch das doch schon mal erklärt: Die Kirche will von ihrem Besitz nichts abgeben. Wenn die Priester Familie hätten, dann kriegten nach ihrem Tod Witwen, Kinder, Enkel all das Geld und die Häuser. So fällt alles zurück an den Papst. Und die Kirche bleibt reich.

Die Musiker lachten immer noch; vor allem Artur wollte es nicht wahrhaben:

Aber für die Kleriker ist es fürchterlich! Warum denn leben und keinen Spaß haben? Bei uns zu Hause hat der Priester drei Frauen, mindestens. Der wäre ja blöd, wenn er seine Macht nicht ausnutzen würde.

Schaut euch doch um, schlug ich vor, ihr lebt hier unter Klerikern und seht, was Avignon dadurch für eine Stadt geworden ist. Diese Christen, die sind alle irgendwie anders, wie soll ich sagen? Verlogen? Verklemmt?

Meschugge, rief Lorena. Das sage ich doch die ganze Zeit, ihr Christen seid meschugge. Und wir anderen müssen dann eure Sünden ausbaden.

Mir fiel auf, dass alle, die wir hier saßen, nicht zur Stadt des Papstes gehörten. Wir waren Fremde. Drei maurische Musiker, die als Sklaven nach Europa gekommen waren. Ein holländischer Waffenhändler, der die Reichen nachts mit Tanz, Gesang und berauschendem Trunk unterhielt. Ein schönes jüdisches Mädchen, das gegen den Willen der Ihren aus der Enge der Carriera ausbrechen wollte. Und ein Novize aus Westfalen, der einem Theologen folgte, ohne wirklich an dessen Lehre zu glauben. Meschugge war das richtige Wort für unsere Lage. Vielleicht gerade darum fühlte ich mich hier das erste Mal seit langem unter Menschen. Niemand wollte etwas von mir, niemand bevormundete mich, niemand bedrohte oder beleidigte mich. Wir redeten einfach nur miteinander. Außenseiter, dachte ich, Außenseiter unter sich.

Rik reichte mir von einem Bord ein dickes Buch. Ich schlug den Einband auf und sah in großen Lettern den Titel auf Pergament:

»Alexanders Geesten«. Rik war nun schon der zweite Mann, dem ich begegnete, der ein Buch sein Eigen nannte. So etwas kam bei uns nur sehr selten vor. Ein Buch besaß niemand, der nicht von Adel oder Bischof war oder wenigstens Professor. Wer konnte überhaupt lesen? Für mich war es eine Überraschung, dass Rik zu diesen Menschen gehörte. Ich schaute ihn fragend an, denn dieses Buch kannte ich nicht.

Jacob van Maerlant, erklärte er. Für mich der größte Dichter überhaupt, ich kenne viele seiner Verse auswendig.

Affrike es een groot lant;
tmeeste deel es onbecant
al dien lieden, die nu sijn,
om dat heete sonnescijn.

Rik lächelte versonnen: Das klingt, als wäre Maerlant sogar in Afrika gewesen. Er kennt die Größe, er kennt den heißen Sonnenschein, der uns abschreckt. Und er weiß: Der größte Teil ist uns unbekannt. Aber nicht deswegen ist das Buch hier mein kostbarster Schatz.

Sondern?, fragte ich.

Es handelt von König Alexander. Dieser Grieche hat einst den Orient erobert, das Perserreich und Ägypten, schließlich ist er bis Indien gekommen. Bis nach Indien! Maerlant erzählt von den Schiffen und Heerwegen, von Feldzügen und von Riesenstädten wie Persepolis oder Alexandria. Diese Stadt, die seinen Namen trägt, hat der König selber gegründet, dort liegt er begraben. Ich war noch nie dort, nicht einmal bis Griechenland habe ich es geschafft. Aber ich würde gerne hinfahren. Lesend kann ich davon träumen. Kennst du dieses Gefühl?

Ich nickte und sagte: Du bist aber bereits sehr weit herumgekommen.

Das ist es ja gerade, meinte Rik. Wenn du einmal auf einem Schiff gestanden hast, und der Wind treibt dich hinaus aufs Meer, ins Unbekannte, oder wenn du im Hafen den Duft einer fremden Welt in der Nase hast, dann bist du verloren. Du willst immer wieder abreisen.

Ich kannte das Gefühl gut und verriet Rik den Titel meines Lieblingsbuches: »Itinerarium Willelmi«. In Köln hatte ich zuletzt nichts anderes mehr lesen wollen, bis sogar der Meister mich ermahnte, mir endlich wieder Theologen vorzunehmen. Rik kannte das Buch nicht.

Das ist, erklärte ich ihm, ein spannender Reisebericht, den Willem van Rubroeck aus Flandern verfasst hat. Er ist als Bettelmönch im Auftrag des französischen Königs bis in die Mongolei gereist. Sein Bericht würde dich begeistern. Die Welt ist da in Asien unglaublich groß, viel größer als bei uns. Du kannst viele Monate in eine Richtung reiten und kommst an kein Meer. Vielleicht gibt es hier in Avignon bei Willems franziskanischen Brüdern ein Exemplar.

Das würde mir nichts nützen, meinte Rik. Ich spreche nicht genug Latein. Da muss ich wohl selber in die Mongolei reisen.

Würdest du Lorena mitnehmen in den Orient, nach Alexandria oder nach Persepolis?

Rik lächelte wieder sein trauriges Lächeln: Womöglich. Wenn sie will. Ich kann es manchmal gar nicht fassen, dass sie jemanden wie mich liebt. Meinst du, sie würde einen alten Mann begleiten?

Wenn du gut auf sie aufpasst. Lorena hätte das wirklich verdient.

Wir hörten von nebenan ihre Stimme und steckten unsere Köpfe durch die Tür.

Lasst uns in Ruhe, rief sie, wir müssen noch üben. Und sie warf die Tür zu.

Rik erklärte mir, dass sie so lange gebettelt und gedroht habe, bis er einwilligte, sie mit den drei Musikern alte Weisen der Trobadors einstudieren zu lassen. Genau wie ihr Vorbild Lisabeta.

Sie hat sich in den Kopf gesetzt, in der Pasture aufzutreten, sagte Rik. Ich war dagegen. Aber du hast sie gerade erlebt, es ist unmöglich, ihr zu widersprechen, wenn sie etwas will. Und dann ist die Sache so, dass Lisabeta bald nicht mehr für mich singen wird. Sie hat es mir angekündigt. Es ist wegen ihres Liebhabers. Dieser Arnaud de Trian war anfangs ungemein stolz, dass ihm eine solche Frau allein gehört. Alle sollten das sehen. Aber der Marschall ist ein Mann, der auf die Dauer nicht einmal den Anblick seiner Geliebten mit anderen teilen möchte. Ich bin überzeugt, dass er Lisabeta das Auftreten verboten hat. Zwar ist sie nicht die unterwürfige Frau, die immer nur gehorcht. Aber dieser

Arnaud ist sehr reich, und das gibt in der Liebe den Ausschlag. Wenn ich die Pasture des Oiseaux noch ein Weilchen betreiben will, dann brauche ich eine neue Sängerin. Ein Ballett von Mönchen wird mir keine Kunden bescheren, wenngleich Artur, Johann und Charles dann sicher viel zu lachen hätten.

Die drei sind übrigens unglaubliche Musiker, sagte ich, ihre verzögerten Rhythmen und diese traurigen Melodien …

Ja, meinte Rik. Du kannst dir nicht vorstellen, wie schwierig es ist, sie in einer christlichen Stadt überhaupt zum Musizieren zu bringen. Was mich das an Schmiergeld für Arnaud de Trian und die Sergenten kostet! Schwarze, die für Weiße aufspielen! Wenn Lisabeta sich nicht für uns eingesetzt hätte, dann hätte die Inquisition ihnen das Auftreten längst untersagt. Ich habe mit dem Gasthaus ein heikles Gewerbe gesucht. Waffenhandel ist einfacher, glaub mir. Da tröstet mich zwischendurch die Lektüre meines Jacob van Maerlant. Wer weiß, wann der Tag kommt, an dem wir alle von hier aufbrechen müssen.

Dieser Tag sollte viel schneller kommen, als Rik sich das gedacht hatte. Aber das wussten wir an diesem verwunschenen Mittag noch nicht. Ich war einfach nur glücklich, wenn es das Glück denn überhaupt gibt. Von nebenan ertönten die exotischen Rhythmen der Mauren; Lorenas Stimme wurde immer sicherer. Mein Kissen war weich, ich nippte am Hagebuttensud und kaute süße Datteln. Warum konnte es nicht immer so bleiben?

Ich habe mit einem Ohr gehört, riss Rik mich in die Wirklichkeit zurück, dass du bei deinem Toten eine Art Kiste gefunden hast.

Nicht ganz, leider, sagte ich. Es war nur eine Schachtel, die dem ermordeten Kleriker gehörte. Sie hing in einem Sack im Badehaus. Shimon hatte etwas ganz anderes erwartet.

Rik tröstete mich: Hör nicht auf jedes Wort von Shimon. Er ist seit Tagen besessen von diesem Gold des Kardinals. Dabei wissen wir nicht einmal, ob es den Schatz überhaupt gibt. Vielleicht waren diese Kisten leer, und alles ist nur ein Vorwand, um den Juden ein paar hundert Florin abzupressen. Ich finde, wenn dein Toter etwas versteckt hat, dann wird das schon irgendeine Bewandtnis haben.

Aber welche?, fragte ich.

Dieser Rik war ein Mann, der in seinem Leben alles Mögliche gehandelt und geschmuggelt hatte, ob Waffen oder Gewürze, Gold oder Juwelen. Er kannte sich sicher aus mit jeder Art von Verstecken. Ich beschrieb ihm das sonderbare Kästchen, und er rieb die Linke an seinen Bartstoppeln:

Ich weiß nicht, warum Shimon die Schachtel nicht wichtig nimmt. Da ist bestimmt etwas Entscheidendes drin. Solch einen Aufwand mit Schloss und Beschlägen betreibt niemand für einen Rosenkranz oder ein Parfüm. Es muss etwas anderes sein.

Es sind vielleicht Juwelen, sagte ich. Der Schatz braucht nicht nur aus Gold oder Silber zu bestehen. Edelsteine würden gut passen in ein flaches Kästchen, das nur eine Handspanne groß ist.

Rik blickte nachdenklich auf das Wandgemälde mit der Wüste, wirkte aber nicht überzeugt. Edelsteine, so wusste er, wurden keine vermisst.

Und wenn es irgendein Gift wäre?, schlug ich vor.

Er schüttelte den Kopf: Unwahrscheinlich. Hier in Avignon gibt es alle Arten von Gift zu kaufen, aber immer in Flaschen und als Pulver. Was kann bloß so kostbar und so geheim sein, dass man es in einer Schachtel dicht verschließt?

Ich versuchte mein Glück noch einmal: Vielleicht müssen wir nur Lisabeta fragen …

Fang nicht schon wieder mit Lisabeta an, widersprach mir Rik. Diese Frau spielt mit anderen Edelsteinen als wir. Wenn sie etwas weiß, werden wir es nie erfahren. Und wenn sie nichts weiß, ist es egal.

Mit einem Mal leuchteten seine dunklen Augen, und er sagte ganz ruhig: Mir fällt nur eine Materie ein, die zu der Kiste passt, und die in Avignon mehr als jedes Gift über Leben und Tod entscheidet: Wachs.

Kerzen?, rief ich erstaunt. Wieso denn das?

Rik lächelte grimmig: Keine Kerzen, sondern Puppen. Hast du denn noch nie von den Zaubereien gehört, mit denen sie hier im Midi Menschen aus dem Weg räumen? Alle glauben, dass das funktioniert. Du formst die Wachspuppe deines Gegners, taufst sie in einer christlichen

Kirche in geweihtem Wasser, hängst ihr das Namensschild deines Feindes um und durchbohrst die Puppe mit einer langen Nadel. Das soll aber nur gelingen, wenn dein Opfer bei der Prozedur ganz in der Nähe ist.

Ich schüttelte den Kopf: Das kann doch nie und nimmer klappen. Man muss doch ein Idiot sein, um solchen Zauber zu glauben.

Rik lachte: Unser Papst ist genau solch ein Idiot. Vor zwei Jahren, da hatte ich hier in der Stadt schon die Pasture des Oiseaux eröffnet, bildete Papst Joan eine eigene Kommission aus Inquisitoren und Theologen, um gegen mehrere Geistliche aus Toulouse und Cahors zu ermitteln. Sie hatten Figuren aus Blei und Wachs gegossen, um Dämonen zu beschwören und den König von Frankreich zu behexen. Sie wurden gefoltert und gestanden alles. Und weil sie Münzen des französischen Königs mit dessen Bild als Amulette benutzt hatten, war das ein Majestätsverbrechen. Der selige König Charles ließ alle Angeklagten verbrennen. Man hat in Avignon wochenlang von nichts anderem gesprochen. Der Papst hat obendrein ein Sendschreiben gegen Hexer und Zauberer in alle Welt geschickt. Es hing lange an den Kirchentüren.

Ich konnte es nicht begreifen: Was haben die Leute von so einem dummen Verbrechen? Es ist doch klar, dass ihr Zauber nichts bewirkt. Und sie riskieren dafür ihr Leben.

Du siehst nicht die Zusammenhänge, meinte Rik. Für die Täter bringt die Zauberei gar nichts, aber für die Opfer. Sag nicht, dass du auch noch nie von dem berüchtigten Mordanschlag auf den Papst und seinen Neffen gehört hast, gleich, nachdem sie hier in Avignon eingezogen sind!

Ich dachte einen Augenblick nach:

Doch, heute Morgen hat mir der Franziskaner Occam in der Pfingstmesse davon erzählt. Es ging um den Lieblingsneffen, irgendeinen de Trian oder de Vian aus Cahors, der seinerzeit vergiftet wurde. Oder wurde er verhext? Offenbar ist der Kardinal tatsächlich gestorben, aber das muss Zufall gewesen sein.

Genau das ist bis heute die Frage. Die unglaubliche Geschichte kannst du in etlichen Chroniken nachlesen. Es wird immer noch darüber gestritten. Ich weiß nicht, wie oft ich mir die Sache in der Pasture schon anhören musste.

Er nahm einen Schluck vom längst lauwarmen, aber immer noch köstlichen Hagebuttentrank und begann seine Erzählung:

Es war Ende 1316, der Papst war gerade hier angekommen und richtete sich mit seiner Verwaltung im Bischofspalast ein. Da entdeckten Torwächter bei verdächtigen Lieferanten – ja, was entdeckten sie wohl?

Wachsfiguren, antwortete ich ohne große Überzeugung.

Genau, vier Wachsfiguren. Sie lagen in grüne Blätter gewickelt unterm Gemüse. Nach dem merkwürdigen Fund gestanden zwei Kurienkleriker, dass der Bischof von Cahors ihnen Geld gegeben hatte, damit er durch die Zauberpuppen den Papst und seine Verwandten ausrotte. In Cahors wurde der Bischof, ein gewisser Hugues Géraud, sofort festgenommen und hier in der Nähe, auf Schloss Noves, streng verhört. Bischof Géraud gestand, dass er fürchtete, wegen allerhand Unterschlagungen vom neuen Papst abgesetzt zu werden. Der Bischof von Toulouse und der Kardinal Arnaud de Pellegrue steckten mit ihm unter einer Decke. Sie alle und noch ein paar Komplizen, allesamt aus der Gascogne, wollten mit den Wachspuppen auf einen Schlag alle Männer ermorden, die heute die wichtigsten Kardinäle der Kurie sind: Bertrand du Pouget, den Kommandeur in Italien, Gaucelme de Jean, den wichtigsten Diplomaten des Papstes, sowie Pierre de Prés, der als Vizekanzler die Verwaltung führt. Und ihren Anführer, Papst Joan, natürlich auch. Ist das nicht ein schöner Zufall?

Erstaunen war nicht der richtige Ausdruck für mein Gefühl. Mir lief es bei der Geschichte kalt den Rücken herunter.

Aber das kann doch nur erfunden sein!, rief ich.

Rik erhob einen Zeigefinger: Die Geschichte ist noch nicht zu Ende. Noch während der Bischof Géraud in Noves verhört wurde, starb hier in Avignon urplötzlich Jacques de Via, der gerade erst von seinem Onkel zum Kardinal ernannt worden war. Der Papst, damals schon über siebzig, war am Boden zerstört. Jacques de Via, noch keine dreißig, war sein engster Vertrauter gewesen. Der Tod dieses Lieblingsneffen wurde für Joan zum Beweis, dass der Zauber mit den Puppen tatsächlich funktionierte. Joan reagierte sofort: Bischof Géraud wurden seine Insignien abgerissen; er verbrannte noch am selben Tag schreiend auf dem Platz vor dem Palast, in dem Joan heute immer noch wohnt. Der Mittäter, der Erzbischof von Toulouse, verlor sein Amt, kam aber mit dem Leben davon. Auch ihr Komplize, Kardinal Pellegrue, wurde verschont, doch aus Avignon in ein Kloster abgeschoben. Pierre des Prés hatte den Schnellprozess geführt und wurde zum Dank zum Vizekanzler der Kirche befördert. Und kannst du dir vorstellen, wer der Scharfrichter des armen Bischofs Géraud war?

Ich wusste es natürlich nicht. Rik grinste:

Niemand anderes als Arnaud de Trian, der Geliebte unserer Lisabeta. Zum Dank dafür, dass er den Scheiterhaufen entzündete, wurde der brave Ritter zum Befehlshaber der Miliz und zum Rektor der Grafschaft Venaissin befördert. Und nun frage ich dich als gelehrten Dominikaner: Was hat diese Verschwörung der Wachspuppen also zu bedeuten?

Ich antwortete vorsichtig: Du hast es doch schon gesagt. In den Chroniken steht, es war ein Mordanschlag. Aber … wie hätte das denn laufen sollen mit Nadeln und Zettelchen?

In Wahrheit, sagte Rik mit breitem Grinsen, hat sich Joan, nachdem er sich zum Papst hatte wählen lassen, mithilfe der Wachspuppen erst an die Macht gezaubert. Die Sache war in meinen Augen nichts anderes als ein geplanter Umsturz. Schauen wir genau hin: Hugues Géraud war Bischof in Cahors, ausgerechnet in Joans Heimatstadt, wo dieser fremde Kleriker der Familie des Papstes und ihren Geldgeschäften schon lange ein Dorn im Auge war. Die Sippe der Duèze bekam 1316 durch den päpstlichen Onkel zwar sofort nach dessen Wahl vier Kardinalshüte beschert, aber noch saßen die mächtigen Verwandten von Clemens, Joans Vorgänger aus der Gascogne, auf allen wichtigen Posten. Mit dem Urteil gegen die Zauberer konnte Joan – welch ein Zufall! – mit diesen Gascognern aufräumen: Der Erzbischof von Toulouse, der mächtigste Mann im Midi, wurde abgesetzt. Pellegrue, der wichtigste Kardinal der Gascogner, wurde aus Avignon verbannt.

Zur Krönung seines Coups schuf der Papst in seiner südfranzösischen Heimat nicht weniger als sechzehn neue Bistümer, jedes einzelne mit Kathedrale, Palast und vor allem mit Einkünften, die er den alten Bistümern abzog. Sämtliche neuen Throne besetzte er mit Vertrauten. Die Sippe der Duèze hatte auf ganzer Linie gesiegt.

Aber dieser Jacques de Via, warf ich ein, ist doch damals wahrhaftig gestorben.

Rik zog die Stirn in Falten, als würde er selber an seiner Geschichte zweifeln. Doch er fand auch für diese Koinzidenz eine Erklärung: Das ist in der Tat sonderbar. Der Papst hätte seinen Neffen sicher nicht geopfert, nur weil er einen Mordanschlag gegen sich inszeniert hatte. Ich glaube, Jacques ist nicht vergiftet und nicht verzaubert worden, wie es die Prozessakten besagen, sondern rein zufällig gestorben. Und wurde prompt als Kardinal durch seinen Bruder Arno de Via ersetzt.

Ich sagte: Dieser Arno hat heute Morgen für den Papst die Pfingstmesse gelesen. Alle Neffen, von denen du berichtest, waren in der Kathedrale anwesend außer Bertrand, der in Italien Krieg führt. Und außer dem Toten natürlich.

Findest du es nicht verrückt, fragte Rik, dass alle wichtigen Kardinäle und der Marschall nahe Verwandte des Papstes sind, und dass alle diese Männer damals beim Prozess mitgewirkt haben? Alle haben dasselbe Blut an den Händen, und niemand wird je herausfinden, was bei der Folter von Hugues Géraud im Schloss von Noves wirklich herausgekommen ist. Der Bischof musste sterben, das war nach seinem Geständnis klar. Aber alle anderen, die anscheinend mitgemordet hatten, begnadigte der Papst, sobald er seine Ziele erreicht hatte. Sämtliche Mitschuldigen wurden verbannt, nicht verbrannt, und der Papst war sie los. Auf einen Schlag hatte er alles erreicht: ein eigener Bischof in Cahors, ein eigener Erzbischof in Toulouse, sechzehn eigene Bistümer in seiner Heimat, sein Neffe Arnaud bekam das weltliche Fürstentum Venaissin. So sicherte Joan überhaupt erst seine Macht, um die Kirche des Abendlandes nach seinen Plänen umzubauen. Und all das wegen ein paar Wachspuppen, die am Tor des Palastes unterm Gemüse versteckt lagen. Verstehst du nun?

Ich musste erst einmal eine Weile durchatmen. Die Geschichte war kaum zu glauben, aber offensichtlich kannte sie in Avignon fast jeder – außer mir. Und niemand bezweifelte die Version Joans, man habe ihn damals mit Zauberkunst umbringen wollen – außer Rik. Aber wenn es tatsächlich der alte Fuchs selber war, der diese Intrige mit teuflischem Ehrgeiz geplant hatte, um seine Gegner zu vernichten? Ein blutiger päpstlicher Staatsstreich? Ich spann den Gedanken weiter:

Nicht einmal der plötzliche Tod seines Neffen Jacques de Via muss Zufall gewesen sein. Vielleicht hatte der sich ja der Hinrichtung des Bischofs widersetzt, weil er wusste, dass Géraud völlig unschuldig war. Und darum musste der junge Kardinal sterben und wurde sofort durch seinen weniger zimperlichen Bruder ersetzt. An dem Hof eines skrupellosen Herrschers ist jedes Verbrechen möglich.

Rik nickte begeistert: Dein Scharfsinn gefällt mir. So ist es wahrscheinlich gewesen.

Mir fiel noch etwas ein: Der tote Kardinal, dessen Geld vor drei Wochen verschwunden ist, stammte doch auch aus der Gascogne wie der vorherige Papst Clemens?

Ja, sagte Rik, auch das scheint mir kein Zufall zu sein. Papst Clemens war bereits ebenso raffgierig wie sein Nachfolger Joan, nur viel weniger systematisch. Clemens zog von Burg zu Burg, von Stadt zu Stadt und verkaufte schamlos alle Kirchenämter. Das Geld ging dann direkt an seine Familie de Got in der Gascogne. Auf diese Weise sollen sie über eine Million Florin auf die Seite geschafft haben. Nach dem Tod ihres Patrons haben Ritter aus dem Geschlecht der de Got sogar das Konklave in Lyon gestürmt und mit Gewalt noch mehr Geld eingefordert. Aber sie waren letztlich dumme Ritter, diese de Got. Sie hätten wissen müssen, dass es vorbei war mit ihrer Herrlichkeit, sobald es einen neuen Papst gab. Und jeder Papst muss irgendwann sterben.

Nur dieser Joan nicht, warf ich ein, der hat das ewige Leben.

Rik grinste und fuhr fort: Sobald Joan gewählt war, bestand sein einziges Ziel darin, die Sippe der de Got und alle ihre Landsleute zu entmachten. Joan ist ein gewiefter Jurist, er brauchte einen Prozess gegen die richtigen Leute, dann konnte er alle auf einen Schlag aburteilen. Diese Wachspuppen waren dafür der ideale Vorwand. Nur einige verblödete und daher ungefährliche Verwandte von seinem Vorgänger Clemens ließ Joan noch auf ihren Kardinalsposten hocken. Genauso einer war Bernard de Garve, der vor drei Wochen endlich gestorben ist und dessen Gold nun alle suchen. Ich sehe es so: Der zähe Kardinal wollte es noch einmal so machen wie früher, als sein Onkel Papst war: das Geld an der Kurie vorbei in die Gascogne schleusen. Nun ist alles verschwunden, und es hat gleich wieder Tote gegeben. Genau wie vor zwölf Jahren. Mir kommt das sehr verdächtig vor. Es fehlen nur noch die Wachspuppen, dann haben wir wieder eine große Verschwörung. Was, wenn sie in deiner Schachtel stecken?

Und alles dreht sich um eine Kiste voll Metall, seufzte ich, damit kann so ein alter Mann wie Joan doch gar nichts mehr anfangen. Ein bisschen Krieg führen in Italien, ein goldener Karfunkel, ein fettes Festessen, das der Greis nicht gut verträgt. Dafür gehen diese Kirchenleute über Leichen.

Rik schüttelte den Kopf: Du hast immer noch nichts verstanden. Es geht um viel mehr als Schmuck und Leckereien! Zudem ist so ein Luxusleben für den Papst ja auch nicht zu verachten. Dich und mich würde es sicher anekeln, aber diese Kirchenleute sind aus anderem Holz geschnitzt. Sie lieben es, von anderen bedient und beneidet zu werden. Und sie lieben es, ihre Gegner zu töten. Mir hat neulich in der Pasture ein Geheimschreiber des Papstes von einem Briefwechsel erzählt, den er kopieren musste. Da beklagt sich ein Inquisitor in den Pyrenäen, dass ihm beim Foltern eine Angeklagte gestorben ist. Der alten Frau hatte man die Fußsohlen bis auf die Knochen verbrannt, die Haut an den Beinen abgezogen und ihr alle Gelenke zertrümmert, daran starb sie qualvoll. Und weißt du, was der Papst seinem Folterknecht schrieb? Mein Sohn, sei getrost, du hast keine Sünde begangen, denn die Alte wäre ja sowieso bald gestorben. So ein Gewissen wie der Papst muss man haben!

Nach dem tödlichen Hass, den Joan seinen Gegnern von der Kanzel entgegengeschleudert hatte, überraschte mich Riks Erzählung nicht mehr.

Ich hakte nach: Wenn es aber dem Papst, wie du sagst, nicht in erster Linie um Reichtum und Luxus geht, worum denn dann?

Rik erklärte, das habe er sich, seit er in Avignon ankam, auch lange gefragt, und erzählte:

Es muss für diese grenzenlose Gier doch ein Motiv geben. Ich habe das erst herausbekommen, als ich mich mit der Familie Duèze genauer befasste. Viele von denen stehen im Dienst der Kurie, aber die Wichtigen leben alle noch da unten im Quercy. Bei denen laufen die Fäden zusammen, an denen wir zappeln wie die Beute im Spinnennetz. Für Joans Verwandte in Cahors wird dieses Mysterienspiel der Macht überhaupt nur veranstaltet. Der Papst und seine Neffen sind nur die Puppenspieler.

Ich war erstaunt: Für wen? Der Papst ist doch der Oberste von allen.

Rik lächelte: Von Amts wegen ja. Er behauptet, er regiert mit Christus auf einer Stufe. Aber wie lange noch? Der Alte ist ein Wunder an Zählebigkeit, aber irgendwann läuft auch seine Lebensspanne ab. Dann bleibt nur das übrig, was Joan während seines Pontifikats seiner Sippschaft verschaffen konnte. Dieses Gut muss langlebiger sein als der Papst.

Rik machte eine bedeutungsvolle Pause. Ich hatte ihn nicht als einen derart strategischen Kopf eingeschätzt. Er studierte die Welt, in der er seine Geschäfte machte, sehr genau.

Worum es diesem Papst letztlich geht, fuhr Rik fort, ist Land. Die Macht aller Könige und Fürsten beruht auf dem Land, das sie beherrschen, das ihre Bauern für sie bearbeiten und wovon alle zehren. Joan hat das Papsttum übernommen, nachdem sein Vorgänger den Kirchenstaat in Italien aufgegeben hatte. Joan besaß das riesige Land nicht mehr, und es flossen kaum Steuern aus Italien. Der Papst herrscht heute nur über das kleine Comtat Venaissin rund um Avignon. Er ist der mächtigste Mann der Welt, doch vom Territorium her ein Niemand.

Rik holte eine Wachstafel und zeichnete für mich in wenigen Linien die Landkarte des Midi. Links lag Cahors, rechts lag Avignon.

Die Duèze sind vor hundert Jahren wie so viele andere französische Glücksritter nach Cahors gekommen, als der französische König mit einem Kreuzzug gegen die Katharer den Midi erobert hatte. Tausende

Menschen wurden erschlagen und verbrannt, blühende Städte wie Béziers oder auch die Hauptstadt Toulouse wurden vernichtet. Auf den Häusern und den Feldern der Opfer bauten die Sieger ihren neuen Reichtum auf und fingen an, die geraubten Schätze des Midi in ganz Europa zu verkaufen. So sind die Duèze reich geworden, als Bankiers mit geraubtem Geld. Aber sie blieben immer nur Geldsäcke ohne Adelstitel, ohne Grafschaften und ohne Fürstentümer. Für ihre Sicherheit und ihre Zukunft fehlt ihnen eigenes Land. Genau das beschafft ihnen jetzt der alte Onkel Joan.

Wie bist du bloß darauf gekommen?, fragte ich.

Rik lachte wieder sein bitteres Lachen: Das steht in keiner Chronik, aber es ist auch nicht gerade ein Geheimnis. Im Gegenteil, die Duèze legen Wert darauf, dass alle ihren Aufstieg mitbekommen. Wenn der Papst wie im Vorjahr seine Nichte an einen französischen Grafen verheiratet, dann wird halb Avignon eine Woche lang fürstlich bewirtet. Ganze Ochsen braten am Spieß, Wein fließt aus den Brunnen. Das kostet viele tausend Florin, aber alle Welt erfährt auf diese Weise, dass die Duèze wieder eine Stufe hochgeklettert sind. Ich habe mir ihre Erwerbungen von Land und Adelstiteln unter Joan genau aufgeschrieben. Meine Kunden aus dem päpstlichen Archiv wissen alles auswendig. Nur mit dieser Liste in der Hand kannst du begreifen, was in Avignon wirklich passiert.

Rik ging zu einer Truhe, holte ein Stück Pergament heraus und zählte auf: Für seinen Bruder Pierre hat der Papst mit dem Geld der Kirche das Fürstentum Caraman im Quercy erworben, einundzwanzigtausend Florin. Mit dem schönen Titel Vicomte konnte der Bruder in dritter Ehe noch eine Gräfin in der Provence heiraten. Sein Sohn heiratete eine andere Gräfin aus der Gegend von Toulouse und erwarb mit der Mitgift das prächtige Schloss Peyriac bei Nîmes samt riesigen Gütern. Ein anderer Großneffe hat bereits zwei Baronien erheiratet und besitzt jetzt etliche Gemeinden und Gerichtsrechte.

Rik blätterte seine Papiere durch und rechnete mir vor:

Das sind alles erbliche Titel mit Grund und Boden. Für die kommenden Jahrhunderte hat die Familie Duèze ausgesorgt, denn der Midi ist mit seinen Feldern und Weinbergen die reichste Landschaft der Christenheit. Letztes Jahr hat Joans Großneffe Jacques in die Grafenfamilie von Périgord eingeheiratet. Und seine Schwester Marie ist bereits für eine riesige Mitgift dem Fürsten der Auvergne verlobt. Das ist alter französischer Hochadel, da wollen sie hin. Die Duèze haben vor zwanzig Jahren im Quercy noch Kredite an Raubritter vermittelt. Mit Papst Joans Hilfe tafeln sie jetzt mit dem König von Frankreich und hängen ihr Wappen an dutzende von Schlössern. Das – und keine Doktrin, kein Trinitatisfest – ist der Sinn dieser ganzen Veranstaltung. Joan, so allmächtig er sein mag, ist die Arbeitsbiene von Avignon.

Rik stand auf, ging zum Fenster und wies mit ausladender Geste über die Rhone nach Westen:

Doch die Bienenstöcke der Duèze mit ganz viel süßem Honig, die liegen da draußen in den lieblichen Tälern des Midi. Für erblichen Adel und Ländereien lohnt es sich, ein paar Puppen zu verstecken und nach einem Schauprozess einen Bischof zu verbrennen.

Rik faltete seine ganz spezielle Familienchronik des Papstes wieder zusammen und legte sie in die Truhe. Ich war beeindruckt. Nun verstand ich erst so recht, warum Joan mit dem Armutsgebot der Franziskaner nichts anfangen konnte. Warum er jeden Kleriker aus dem Wege räumte, der auf Besitzlosigkeit beharrte. Auch mein Meister mit seinen Ideen von einem gerechten Leben war für diese gierigen Füchse aus Cahors nicht mehr als eine Kirchenmaus, die ausgerottet werden musste. Es ging Joan und seiner Sippe um ein ganz großes Geschäft, das durfte ihnen kein lebender Mensch verderben.

Wo hast du das Kästchen?, fragte Rik unvermittelt.

Ich zuckte zusammen. Hatte dieser Händler mir das alles nur erzählt, um in den Besitz meines Fundes zu kommen? Dachte er tatsächlich an Wachspuppen oder doch eher an Juwelen?

Ich habe die Schachtel im Konvent der Dominikaner versteckt, antwortete ich ausweichend. Ich bin nach deinen Ausführungen noch viel gespannter, was wir darin finden werden. Ich muss nur noch die passenden Geräte auftreiben. Wenn ich eine Wachsfigur vom Papst finde, dann kann ich ja eine Nadel hereinstecken.

Nun grinste Rik wieder: Komm übermorgen Abend in die Pasture, da haben wir Muße, um über den Inhalt zu reden. Außerdem wird Lisabeta singen. Ich fürchte, zu diesem Vergnügen wird es nicht mehr oft kommen. Und was das Wichtigste ist: Lorena will übermorgen das erste Mal singen. Ich muss zugeben, ihren Auftritt fürchte ich fast noch mehr als Lisabetas Abschied.

Ich wollte wissen, ob Lorenas Vater mit dem Gesang vor Publikum einverstanden war.

Rik runzelte die Stirn: Einverstanden? Sicher nicht. Jizchak wurde noch gar nicht vollständig in unsere Pläne eingeweiht. Sie bereitet ihn in diesen Tagen schonend darauf vor, dass sie für immer mit mir fortgeht. Ich hoffe, der alte Mann wird es überstehen. Immer wieder treten jüdische Mädchen zum Christentum über und heiraten dann. Das finden die Juden in der Carriera schlimm, aber sie sind darauf vorbereitet. Außer zu trauern können sie nichts machen. Und mein Freund Shimon will nur, dass seine Kusine glücklich wird. Er würde, ohne mit der Wimper zu zucken, für sie morden. Du hast ihn gerade sehr abweisend erlebt, er ist ein misstrauischer Mensch. Doch wenn du ihn so gut kennen würdest wie ich, dann würdest du verstehen, wieso. Ein Jude ohne Misstrauen ist in dieser Stadt ein toter Jude.

Drüben hatte Lorena ihr Lied wieder und wieder den sperrigen Rhythmen der Musiker angepasst, doch ihre Stimme war nach dem vielen Üben immer noch frisch.

Rik öffnete die Tür und rief: Spiel es noch einmal!

Lorena kam mit den Musikern zu uns herüber und stellte sich in Pose. Den grauen Umhang trug sie locker über der Schulter, ihre rotblonden Haare flossen glatt herab. Sie trug keinerlei Schmuck, das brauchte sie auch nicht. Ihre Augen strahlten beseelt, ich bemerkte jetzt erst, wie grün sie waren. Johann blies den Auftakt, das Mädchen holte tief Luft und begann:

Ai, las! tan cuidava saber
d'amor, e tan petit en sai.
Ben es mortz qui d'amor
no sen al cor cal que dousa sabor.

Deves sovenir
coma temps passa:
Poton es poton, sospir es sospir.
Coma temps passa.

Als sie fertig war und sich anmutig verbeugte, verharrten wir alle still. Ich klatschte langsam in die Hände. Auch Rik schien von diesem Vortrag seiner Verlobten überwältigt. Lisabetas dunkler Gesang in der Pasture war sinnlich, verführerisch, wissend. Einen ähnlichen Zauber erreichte die viel jüngere Lorena, indem sie mit strahlender Stimme von Liebesfreuden sang, die ihr erst noch bevorstanden. Lisabeta war die Erinnerung, Lorena verkörperte die Hoffnung, wenn sie sang:

Wie viel ich mir einbildete, doch wie wenig ich von Liebe wusste! Tot ist ein Herz, das den süßen Geschmack der Liebe nicht kennt. Denk daran! Während die Zeit vergeht, Küsse sind Küsse, und Seufzer sind Seufzer. Während die Zeit vergeht.

Das, dachte ich, ist die Zukunft. Zukunft ist das Schönste und das Schlimmste, das es gibt. Wer wie Lisabeta vieles gesehen und erlebt hatte, kannte wenig Hoffnung mehr. Solchen Menschen – und sicher gehörte Rik, vielleicht gehörte sogar schon ich dazu – blieb nur mehr die Erinnerung als Paradies, aus dem uns niemand vertreiben konnte. Das Mädchen Lorena aber sang mit unzweideutigem Lächeln von ihren Liebesfreuden. Sie war so jung, sie brach gerade in ein neues Leben auf, sie hoffte, sie liebte, und sie glaubte fest daran, dass auch ihr im Leben das große Glück zustand. Ich beneidete sie in diesem Moment. Denn es ist schön, wenn man hoffen und glauben darf, wenn nicht nur die Erinnerung übrig bleibt. Oder nicht einmal die.

Ohne Hoffnung, dachte ich an jenem Nachmittag, ist alles verloren. Es war die Hoffnung, die uns morgens aufstehen und arbeiten und leiden ließ. Es war Hoffnung auf Rettung, die meinen Meister nach Avignon getrieben hatte. Es war Hoffnung nach Erlösung, die Joans Kirche den Menschen immer aufs Neue verkaufte. Hoffnung war eine Falle. Ich hatte mir schon vor einiger Zeit vorgenommen, ohne Hoffnung zu leben. Man konnte das lernen; ich hoffte auf die Hoffnungslosigkeit. So wie Francesco seinen Lehrer Cicero auswendig lernte, so hatte auch ich meinen eigenen Patron gefunden:

Tota vita discendum est mori. Leben ist sterben zu lernen.

Das meinte Seneca: über allem stehen, Schmerz und Sehnsucht ignorieren, den Abschied immer schon hinter sich haben.

Quid enim supra eum potest esse, qui supra fortunam est?

Wer kann über dem stehen, der über dem Schicksal steht!

Über dem Schicksal zu stehen, darum hatte ich mich seit Jahren mit aller Kraft bemüht. Und bis gerade eben hatte ich fest daran geglaubt, meinem Vorbild Seneca gleichzukommen. Er war ein Philosoph gewesen, der nichts Vergangenes verklärte und an nichts Zukünftiges glaubte. Nach Lorenas Gesang jedoch wollte ich plötzlich sein wie dieses Mädchen. Erfüllt von Liebe und von Hoffnung. Ohne die geringste Furcht, enttäuscht zu werden. Lorena würde von ihrem Schicksal fortgerissen werden, und sie wollte das genau so haben. Es konnte nichts Schöneres geben. Das war, was Rik an ihrer Erscheinung erschütterte: die Kraft eines Menschen, der dich liebt und mit Haut und Haar an dich glaubt. Es musste sich für diesen Mann, der in vielen Jahren die weite Welt gesehen hatte, anfühlen wie eine zweite Geburt. Es gab eine Zukunft nicht im Glauben oder im Jenseits, sondern in der Liebe. Und es gab die vielen fernen Länder nicht nur in einem Roman von Maerlant. Rik konnte bald schon aufbrechen – gemeinsam mit Lorena. Dass so etwas tatsächlich möglich war, versetzte mir einen schmerzlichen Stich.

Auch bei der bedingungslosen Liebe dieser beiden Glücklichen blieb ich, was ich zeitlebens überall gewesen war: ein Fremder.

KAPITEL 21

Ein Pferd tritt mich um. Das war der erste Gedanke, als ich bäuchlings im Straßendreck lag. Bei einer Ecke unweit der Hospitaliter hatte ich mich kurz nach einem Trupp prügelnder Kinder umgesehen. Dann kam auch schon der Schlag ins Kreuz, und ich wurde vornüber gestoßen. Ich richtete mich mühsam auf und sah, dass kein Pferd mich umgerannt hatte, sondern ein Mann. Groß, breit, barhäuptig und mit einem halblangen Umhang bekleidet, stampfte er vorwärts wie ein Ochse beim Pflügen. Ich kannte den Mann. Vor zwei Tagen hatte er versucht, mich umzubringen.

Diesmal hatte der Bär mich gar nicht wahrgenommen, zum Glück. Mein weißer Habit der Dominikaner war hier, unweit von unserem Konvent, nichts Besonderes. Hier liefen an jeder Ecke Dominikaner herum. Für den Bären war ich heute keine Beute, sondern nur ein Wurm, der ihm über den Weg gekrochen kam. Nachdem der massige Mann mich umgetreten hatte, machte er sich nicht einmal die Mühe, sich umzuschauen. Ich rappelte mich auf, klopfte meinen Habit ab und folgte dem Mann in sicherem Abstand. Ich wollte endlich herausfinden, wohin er unterwegs war. Diesmal sollte er mir nicht entwischen.

Zuerst sah es so aus, als strebte er bei der Porte Saint-Agricol genau dorthin, von wo ich gerade aufgebrochen war, nämlich zu Rik van Haarlem. Doch der Bär stapfte mit stierem Blick an der Pforte des Holländers vorbei und bog gleich danach links ab. Etwa hundert Schritte später kam er zum Tor eines imposanten Stadtpalastes, der von zwei Sergenten bewacht wurde. Die Uniformierten ließen ihn anstandslos durch. Das Gebäude wirkte mit hohen Mauern und einem Zinnenkranz wie eine Burg. Jeder hier im Dominikanerviertel wusste, dass in dieser Livree niemand anderer seinen Wohnsitz hatte als Arnaud de Trian, Marschall der Miliz und Rektor des Venaissin.

Nun hatte ich den Beweis: Der Mann, der Serge und Bruno umgebracht hatte, und das Oberhaupt der Miliz, welche diese Verbrechen aufklären sollte, steckten unter einem Dach. Das waren schlimme

Aussichten. Die Selbstverständlichkeit, mit welcher der Bär in dem Stadtpalast Zutritt erhielt, machte mir klar, wie vertraut er mit Arnaud de Trian sein musste. Beim Marschall der Miliz unterzukriechen wäre für den Mörder das Sicherste.

Ich kehrte um und machte mich mit ein paar blauen Flecken an den Knien und in düsterer Stimmung wieder auf den Weg zu den Franziskanern.

Ich wählte den kleinen Umweg über Saint-Didier, um dem pfingstlichen Festgedränge in der inneren Stadt zu entgehen. Es war auf den äußeren Gassen, vor allem beim Kloster der Antoniter, auch so noch voll genug. Der Lärm von Menschen, die sangen, lachten und grölten, erfüllte die Stadt. Immer wieder wurde ich angerempelt. Einmal hinter den Mauern der Franziskaner, wurde es mit einem Mal angenehm still, allerdings nur, weil an diesem Feiertag die Bauarbeiten ruhten. Ich musste mich bei der Kirche an Sandhaufen, Flaschenzügen und Gerüsten vorbeidrängen. Die Bettelbrüder bekamen von Napoleone Orsini einen veritablen Glockenturm spendiert, obgleich ihre Ordensregel solchen Aufwand untersagte. Große Mengen bereits behauener Steinblöcke stapelten sich an der Kirchenwand. Es gab sogar, anders als bei uns Dominikanern, in diesem Konvent zwei Kreuzgänge.

Am hinteren wurde nicht gebaut. Das war wohl der Grund, warum sich dort zwischen den schmucklosen Spitzbögen einige Novizen zum Spiel zusammengefunden hatten. Hier war ausreichend Platz für Tenez, wie man das moderne französische Klosterspiel mit Brettern und einem Ball nannte. Ich hatte mich vor ein paar Wochen bei den Dominikanern ebenfalls daran versucht, wenn auch ohne großen Erfolg.

Einige ältere Cordeliers, die Hände in den Ärmeln gefaltet, schritten hinter den Tenezspielern im Viereck einher. Am Rand des Innenhofes erblickte ich Occam, der inmitten einiger Brüder auf dem Rasen beim Brunnen saß. Ausnahmsweise führte nicht der große Logiker das Wort, sondern ein anderer Mönch. Seine physische Erscheinung war so eindrucksvoll, dass sie noch die Aufmerksamkeit des zerstreutesten Beobachters auf sich gezogen hätte. Seine hohe Gestalt überragte die eines gewöhnlichen Mannes, und durch ihre Schlankheit wirkte sie sogar noch größer. Als er meiner gewahr wurde – ein Dominikaner fiel hier natürlich sofort auf –, schwieg der Mönch und betrachtete mich aus scharfen, durchdringenden Augen.

Occam übernahm die Vorstellung: William, das ist Bruder Wittekind, der deutsche Dominikanernovize, von dem ich soeben erzählte. Er muss morgen seinen Meister vor die Inquisition begleiten. Wir sollten einander beistehen. Diese deutschen Dominikaner sind das erste Wild von Papst Joans großer Treibjagd. Danach kommen wir dran.

Der hagere Franziskaner mit einem langgezogenen Gesicht voller Sommersprossen verbeugte sich unmerklich. Flaumig-helle Haarbüschel wuchsen aus seinen Ohren. Er blickte misstrauisch, fast mürrisch und mochte ungefähr fünfzig Lenze zählen. Ein grauer Dachs?, dachte ich. Oder eher, nach der schmalen, leicht gebogenen Nase zu urteilen, ein Adler?

Vor dir steht ein alter Freund, stellte Occam mir den Mann vor. Es ist Bruder William von Baskerville. Er ist gestern erst bei uns angekommen über die Pässe der Alpen, und hat drüben in Italien Dinge gesehen, die ein ganz anderes Licht auf unsere Vorgänge hier in Avignon werfen. Ist es nicht so, William?

Der dünne Engländer nickte mir zu und sagte erst einmal gar nichts. Stattdessen betrachtete er mich so eindringlich von Kopf bis Fuß, so dass ich mich schnell ungut fühlte. Occam bemerkte das, führte mich zu zwei weiteren Mönchen und stellte mich vor. Bruder Bonagratia da Bergamo war ein sicher siebzigjähriger Italiener, weißhaarig, mit gebeugtem Rücken. Er hielt auf dem Schoß einen Folianten, in dem er mit Papierstreifen etliche Seiten markiert hatte. Occam erklärte mir, dass Bruder Bonagratia schon vor fünf Jahren die Bekanntschaft des hiesigen Kerkers gemacht hatte, weil er als Prokurator der Franziskaner gegen Joans Urteil zur Armutsfrage offiziellen Einspruch eingelegt hatte. Lange war er dafür inhaftiert worden. Bonagratia beachtete mich kaum und murmelte irgendwelche Paragraphen vor sich hin, als stünde er immer noch vor seinen Richtern und müsste das römische Recht auslegen. Ich war mir beim Blick in seine trüben Augen nicht sicher, ob er nach seiner Kerkerhaft noch völlig bei Verstand war. Aber wenn nicht, hätte Occam mich sicher vorgewarnt.

Ein weiterer Mönch, untersetzt und um die vierzig Jahre alt, warf nun schon zum dritten Mal eine Metallkugel über den Rasen, maß die Strecke sorgsam mit Schritten ab und untersuchte mit den Fingern die entstandene Kuhle im Boden. Er schaute nicht auf, als Occam ihn mir vorstellte:

Das ist Bruder Franciscus de Marchia. Er hat Michele da Cesena nach Avignon begleitet und war im April dabei, als der Papst unseren Ordensgeneral verhaften ließ. Wie durch ein Wunder blieb Franciscus damals auf freiem Fuß. Ebenso wie dein Meister war Bruder Franciscus früher Professor in Paris. Du beobachtest hier, was das Einzige ist, das ihm vielleicht noch mehr bedeutet als die Sicherheit von Michele da Cesena: seine geliebte Ballistik. Bruder Franciscus kann wie kein zweiter Gelehrter die Flugbahnen von festen Körpern berechnen. Damit du nicht denkst, nur die Dominikaner hätten bedeutende Physiker in ihren Reihen.

Ich schaute Occam an und fragte mich, ob ich etwas sagen sollte. Aber der Logiker aus Oxford wies nur mit der Hand auf Bruder Franciscus, der in der Hocke schon wieder mit schwingenden Bewegungen seine sonderbare Kugel warf und sogleich mit den Fingern allerlei Berechnungen ausführte. Als er fertig war, grüßte mich der Sonderling endlich mit hurtigem Kopfnicken. Dabei erklärte er mit großer Wichtigkeit:

Die Theorie des Impetus konnte bisher weder von Avicenna noch von Roger Bacon, noch gar durch den Esel Thomas von Aquino zu einem logischen Abschluss gebracht werden. Diese Ehre hat der Herr mir demütigem Diener vorbehalten.

Als ich ihn immer noch irritiert anschaute, dozierte Franciscus weiter: Was du da durch die Luft fliegen sahst, ist das Projektil, von dem wir nicht wissen, warum es gerade so weit fliegt, wie es fliegt. Diese Kugel beschreibt eine Parabel und fällt schließlich auf die Erde. Warum geschieht dies? Und wo endet die Parabel?

Ich wusste es nicht; es war mir völlig egal. Aber Franciscus, das zeigte er deutlich, war diese Frage ganz und gar nicht gleichgültig.

Ich habe entdeckt, führte er mit sonorer Dozentenstimme aus, dass beim Werfen jedem Gegenstand eine Kraft eingeflößt wird, ich nenne sie die Virtus derelicta. Aus dieser Kraft des Werfers heraus bewegt sich das Objekt, bis die Virtus derelicta vollständig aufgebraucht ist. Dann ruht der Gegenstand.

Er verwies auf seine Kugel im Gras, als sei sie der Stein der Weisen:

Wenn wir einem Objekt endlose Virtus derelicta einflößen könnten, dann hätten wir, wonach alle Philosophen suchen: das Perpetuum mobile, einen ewig bewegten Apparat. Einstweilen müssen wir die Virtus derelicta genau untersuchen, um zu begreifen, wieso manche Objekte fliegen, fallen oder liegen. Oder was passiert, wenn Objekte zusammenstoßen und dabei wieder andere Objekte bewegen. Die Gegenstände kollidieren im Raum. Um das auszurechnen, benötigt man zwei Kugeln. In meinen berühmten Pariser Vorlesungen zur Ballistik …

Das reicht, Franciscus, unterbrach ihn Occam, der diese Lektion sicher schon öfter gehört hatte. Wir wollen unseren jungen dominikanischen Gast nicht überfordern.

Der Ballistiker blickte säuerlich, hob seine Kugel wieder auf, schwang den rechten Arm und warf sie exakt in dieselbe Kuhle wie vorhin. Das war in der Tat ein beachtlicher Treffer, doch ich fragte mich, was das alles sollte. Was waren das für Sonderlinge, mit denen Occam sich in seinem Konvent umgab? Wenn dieser William von Baskerville genauso verschroben war wie die beiden Italiener, dann würde ich hier nichts über Inquisitionsprozesse lernen. Hatte Occam mich etwa nur herbestellt, weil er Wind von meiner Schachtel bekommen hatte und mich im franziskanischen Kreuzverhör besser ausfragen konnte? Oder gab es hier tatsächlich etwas zu erfahren, das dem Meister und mir morgen nützlich war?

Als hätte er meine Gedanken erraten, erklärte mir Occam nun: Bruder William hat den berühmten Inquisitor Bernard Gui soeben erst in einem Ketzerverfahren erleben müssen. William hat es uns gestern berichtet. Es war ein zweifelhaftes Schauspiel, das wie immer mit Folter und Scheiterhaufen endete. Darum bin ich mir seit der

Pfingstmesse vollkommen sicher, dass niemand anderer als der Bluthund Gui morgen früh eure Verhandlung leiten wird. Sonst hätten sie nämlich nicht bis zu seiner Ankunft gewartet und hätten auch unseren armen Michele da Cesena viel schneller vor Gericht gezerrt. Einzig Bernard Gui hatte dem Papst für seine furchtbaren Pläne noch gefehlt. Was meinst du, William?

Der lange Brite blickte bedenklich drein und sagte: Dunkle Tage sind angebrochen, nicht nur für unseren Orden der Minderbrüder. Nein, das gilt für alle, die sich Joan in den Weg stellen.

Ich rief verzweifelt: Gibt es denn keine Möglichkeit, aus einem Prozess unter Bernard Gui lebend herauszukommen?

Occam machte mir ein Zeichen, leiser zu sprechen. Er zog Bruder William am Ärmel mit sich und raunte mir zu: Nicht einmal hier können wir frei sprechen. Aymarus von Albi, der Guardian dieses Klosters, steht in der Armutsfrage treu auf Seiten des Papstes. Schaut euch nur die Bauarbeiten an, sogar sündhaft teure Glasfenster mit bunten Bildern sollen wir bekommen. Aymarus macht kein Hehl daraus, dass er uns Spiritualen um Michele da Cesena verabscheut, mich kann er sowieso nicht leiden. Und er hat seine Ohren überall.

Occam deutete auf zwei ältere Brüder, die bei ihrem Auf- und Abschreiten verdächtig nahe an uns herangekommen waren:

Die müssen wirklich nicht mitbekommen, was wir besprechen.

Occam flüsterte mir ins Ohr: Wenn du irgendetwas Wichtiges in der Stadt herausgefunden hast, dann erzählst du uns das besser in der Bibliothek. Da sind wir sicherer.

William machte Bonagratia und Franciscus ein Zeichen, die beiden hochgelehrten Italiener humpelten hinter uns drein. Am Refektorium vorbei schritten wir durch einen langen Korridor, dessen Türen zu den Mönchszellen führten. Gegenüber lag das Dormitorium der Novizen. Am Ende des Ganges, eine Treppe hoch, befand sich der Eingang zur Bibliothek. Nur ein einzelner Mönch saß hier an einem Pult und schrieb eifrig. An den Wänden des Saals waren bis unter die Decke Regale angebracht, in denen hunderte von Folianten in großer Unordnung herumlagen. Wir kamen näher, und Occam stellte mich seinem alten

Mitbruder vor. Aus einem graumelierten Bart lächelte der Mönch mich an. Auf der Nase trug er einen dieser seltenen Berylle, ein Lesegerät aus Holz und Glas, wie ich es von Mitbrüdern in Köln und Straßburg kannte. Durch den Beryll traf mich sein listiger Blick.

Occam legte dem Mönch eine Hand auf die Schulter und erklärte: Das ist mein lieber Freund Humbert, unser Bibliothekar. Ohne seine seltenen Bücher und ohne die Gespräche mit ihm wäre ich während der vier Jahre in dieser Geisteswüste schon längst verrückt geworden. Niemand kennt die Stadt besser als Humbert von Alexandria.

Alexandria?, rief ich. Gründung und Ruhestatt Alexanders des Großen, nördlichster Hafen des Nils, Ort der größten Bibliothek, die es jemals gab, und heute im Besitz der Heiden. Stammst du wirklich von dort?

Humbert lächelte vielsagend und antwortete mit einer überraschenden Fistelstimme: Wer in Alexandria, der Stadt der Millionen Bücher, geboren wurde, der muss einfach Bibliothekar werden. Das ist so vorbestimmt.

Ein krächzender Eichelhäher?, überlegte ich. Eine Eule wie mein Meister? Nein, am besten schien mir ein alter Rabe.

Wir ließen uns an einem langen Tisch nieder, die beiden Italiener, gebeugt über dicke Folianten, etwas abseits am Fenster.

William von Baskerville erzählte nun mit markantem englischen Akzent: Immer wenn ich den Namen Gui höre, schäme ich mich, dass ich einst selbst als Inquisitor tätig war. Das ist die fürchterlichste Profession für einen Kleriker. Aber wenn es je einen Inquisitor gab, der mit allergrößter Leidenschaft mordet, dann ist es dieser. Bernard Gui ist teuflisch einfallsreich. Den Prozess in einem italienischen Cluniazenserkloster, bei dem ich leider im Winter zugegen war, hat er aus dem Nichts improvisiert, er hat im Verhör armen Brüdern ihre lange zurückliegende Zugehörigkeit zur Armutsbewegung nachgewiesen, sie mitgeschleppt und das ganze Kloster in einer Mischung aus Angst und Schock zurückgelassen. Die verwirrten Mönche sind schließlich durch ein Meer von Blut gewatet, das im Feuer verdampfte. Im Flammenschein ist mir die Fratze des Antichrist erschienen. Nun existiert die ehrwürdige Abtei nicht mehr, sie ist mitsamt den Büchern verbrannt. Nur ihr Name bleibt, und vielleicht nicht einmal der.

Abscheulich, rief Bruder Humbert. So etwas kann sich keine menschliche Phantasie ausdenken!

Das alles klang nach einer Lesung aus der Apokalypse. Wäre mir nicht schon vorher angst und bange um meinen Meister gewesen, dann war es jetzt endgültig so weit. Dieser Bruder William wusste alles über die große Gefahr, in der wir schwebten. Er war offenbar ein sehr mutiger Mann, weil er aus freiem Willen nach Avignon gekommen war, um seinem Ordensgeneral Michele gegen den Papst beizustehen.

Bruder William ergriff nun wieder das Wort, blickte mich scharf an und ging auf meine Frage von vorhin ein: Du zweifelst, ob jemand lebend aus den Fängen Bernard Guis herauskommen kann? Das ist eine mehr als berechtigte Frage. Ich weiß von keinem einzigen Fall, bei dem dieser Greifer sich ohne Leichen zufriedengab. Es gibt diesmal aber einen entscheidenden Unterschied zu anderen Verfahren, den wir zu unserem Vorteil nutzen können. Doch wir müssen es klug anstellen.

Occam, Humbert und ich blickten gespannt auf den einstigen Inquisitor, der nun gegen die Inquisition zu kämpfen bereit war. Bruder William erhob seine Hand, stocherte mit dem rechten Zeigefinger in der Luft herum und sprach:

Der Papst ist in Avignon oberster Gerichtsherr. Er steht mit seinem Urteil über allen Inquisitoren, ja sogar über dem Gesetz. Das endgültige Urteil reserviert Joan darum gerne für sich persönlich, auf diese Weise hat er die Gelegenheit, sich als gnädiger Richter zu erweisen. Es gibt Beispiele dafür. Unseren ehrwürdigen Mitbruder Ubertin di Casale beorderte er gleich mehrmals nach Avignon. Ubertins heftige Papstkritik muss Joan fürchterlich erbost haben, im Armutsstreit hat Ubertin den Reichtum der Kirche als Teufelswerk gegeißelt. Und dennoch hat der Papst diesen Widersacher, der sich formell niemals unterworfen hat, unbehelligt ziehen lassen. Und auch du, Occam, hättest in den vier Jahren am Hof des Papstes schon lange im Kerker verschmachten können, aber du bist immer noch ein freier Mann. Ich schließe daraus, dass dieser Papst ebenso schlau wie sparsam ist. Er vermeidet eine Hinrichtung, wenn es ein Machtwort auch tut. Wenn ihr euch am Ende Joans Gnade unterwerft – und das gilt für deinen Meister aus Köln genauso wie für Michele da Cesena oder für dich, Occam –, dann wird der Papst Bernard Guis Todesurteil überstimmen.

Aber mein Meister will Gerechtigkeit, nicht Unterwerfung, warf ich ein.

Auch Occam schüttelte den Kopf: Ehe ich meinen Ruf als Denker für immer zerstöre, zahle ich lieber den höchsten Preis, mein eigenes Leben. So kann ich wenigstens mein Werk retten.

Humbert von Alexandria hatte sich die Debatte angehört und hob beschwichtigend die Hände: Ich bitte euch, systematisch zu denken. Ich bin nämlich anderer Meinung als Bruder William und fürchte, dass wir auf die Milde dieses Papstes nicht mehr hoffen können. Seit Ludwig der Bayer ihn in Rom aufs Äußerste herausfordert, herrscht offener Krieg. Sollten die Berater des Kaisers tatsächlich auf die Idee kommen, einen eigenen Papst zu küren, womöglich sogar einen Franziskaner, dann wird Joan von einem Fuchs zu einem reißenden Tiger. Weder Michele da Cesena noch Occam und auch kein aufmüpfiger Prediger aus Deutschland wird dann mehr lebend davonkommen. Joan muss nach Italien ein Zeichen senden und allen Anhängern des Kaisers und allen abtrünnigen Franziskanern klarmachen, dass es fortan keine Gnade außerhalb der päpstlichen Lehre mehr gibt. Theologie ist seit heute eine Frage von Leben und Tod. Ein Scheiterhaufen mit Michele, gleich hier vor dem Palast in Avignon und gleich daneben dein Meister aus Köln – das wäre wie der berühmte Leuchtturm im Hafen von Alexandria, der mit seinem Feuerschein alle Schiffe aus schwerer See wieder in den Hafen lenkt.

Wir schwiegen alle betreten. Wahrscheinlich hatte Humbert recht, es gab keinen Grund mehr, vom Papst Milde zu erhoffen. William, der die Kurie nicht aus nächster Nähe kannte, war zu optimistisch gewesen. Er schaute betreten drein, weil seine Deduktion zu kurz gegriffen hatte. Ich meinerseits verwünschte die lange Reise, bei der wir viel kostbare Zeit verloren hatten. Dann kam der Meister krank hier an und lag über Wochen im Dominikanerkloster darnieder. Auch dadurch verzögerte sich unser Prozess. Wären wir bloß schneller gewesen, dann drohten wir jetzt nicht beim Duell zwischen Kaiser und Papst zerrieben zu werden. Oder waren die ganzen Verzögerungen gar bewusst herbeigeführt worden? Hatte sich das Inquisitionsgericht vielleicht darum so lange mit uns aufgehalten, damit dem Papst genau jetzt eine Handvoll berühmter Ketzer aus ganz Europa für seinen Rachefeldzug zur Verfügung stand?

Ich entschied mich wegen der akuten Gefahr, all mein Wissen hier und jetzt mit den Gelehrten zu teilen. Ganz auf mich allein gestellt, konnte ich ohnehin nichts bewirken. Also erzählte ich den Franziskanern, dass ich gerade eben den Mörder im Haus des Marschalls hatte verschwinden sehen. Dass die Späher der päpstlichen Kämmerer und die Söldner der Kurie nach nichts anderem suchten als nach dem verschwundenen Gold des Kardinals Bernard de Garve. Und zu guter Letzt kam das Wichtigste: Ich hatte durch einen verrückten Zufall Serges geheimnisvolle Schachtel aufgestöbert.

Als ich geendet hatte, blieb es lange still in der Bibliothek. Occam ließ sich nicht anmerken, ob er über den Goldschatz oder die Kumpanei des Bären irgendwelche Vermutungen anstellte. Er blieb völlig unbewegt, obwohl ihm auffallen musste, dass ich ihm heute Morgen nichts von meinem Fund verraten hatte.

Bruder William, ganz der Logiker, befragte mich nun systematisch nach dem Kästchen. Wie schwer war es? Wie breit, wie lang, wie hoch? Gab es einen Geruch ab? Welche Farbe hatte das Metall? Wie dicht schlossen die Kanten? Wo war es verborgen gewesen und wie lange? Hatte irgendjemand die Schachtel gesehen? Gab es Auffälligkeiten? Gab es Geräusche, wenn man sie schüttelte?

Ich erstattete getreulich Bericht. Auch die sonderbare Inschrift vergaß ich nicht zu erwähnen, wenn ich in der Klosterkirche auch nur den Anfang hatte lesen können: Wer dies Gut der Kammer mutwillig öffnet, den verschlinge der Rachen …

Occam lachte sarkastisch: Gut der Kammer … Da haben wir es doch. Dieser Kleriker namens Serge hat sich am Schatz des Papstes vergriffen. Ein plumper Diebstahl durch einen Diener, der sein Geld beim Würfeln verspielt hat. Es geht um nichts anderes als Geldsorgen, wie sie alle in Avignon plagen.

William schüttelte den Kopf: Du hättest recht, wenn es sich um das verschwundene Gold des Kardinals handelte. Aber dazu ist diese Schachtel viel zu klein und viel zu leicht. Es muss hier um etwas anderes gehen.

William rieb sich das Kinn, während er auf und ab ging. Schließlich wandte er sich an den Bibliothekar:

Bruder Humbert, du weißt doch alles über die Ämter der Kurie und ihre Gebräuche?

Humbert machte mit den Handflächen eine abwägende Geste, die zu bedeuten schien: vielleicht, vielleicht auch nicht.

William ging in seinen Folgerungen weiter: Es wäre doch möglich, dass die Kammer wichtige Dokumente in besonders gesicherten Behältern transportiert, aus denen sie nicht entwendet werden können und in denen sie nicht durch Wasser oder Feuer gefährdet sind. Ich denke an Wechselbriefe über riesige Summen, an das schriftliche Kapital des Papstes, das von Boten quer durch Europa transportiert wird. Oder Urkunden, die ihrem Besitzer die Macht über ein Bistum oder eine Abtei bestätigen.

Daran hatte ich noch nicht gedacht. Das konnte die Lösung des Rätsels bedeuten. Doch Humbert zog die Stirn in Falten und kraulte kopfschüttelnd seinen Bart:

Das ergibt doch alles keinen Sinn. Jeder Wechselbrief, jede Urkunde liegt in doppelter Ausführung im Archiv des Papstpalastes. So ein Dokument kann natürlich jederzeit abhandenkommen, aber dann kehrt der Eigentümer eben zurück und lässt sich sein Bistum erneut bestätigen. Welcher Strauchdieb könnte denn mit dem Pergament nach Chartres oder Barcelona reiten und rufen: Seht her, ich bin der neue Bischof! Niemand würde ihm glauben. Und die Wechselbriefe über hohe Beträge werden immer nur einem Vertrauensmann des Bankhauses oder der Kurie ausgezahlt. Solch ein Wechsel bringt keinem Räuber auch nur einen Groschen ein. Soweit ich weiß, tragen die Kuriere diese Pergamente ganz simpel in einer Ledertasche bei sich und würden sie weder sichern noch mit Waffen verteidigen. Wer will schon für ein nutzloses Stück Pergament sterben?

Wieder hatte Williams Scharfsinn zu nichts geführt. Wir schwiegen. Da fiel mir noch das winzige Wappen ein, das ich an einer Ecke des Kästchens entdeckt hatte: ein Kreuz, das an den Enden auf Laub oder Blüten hinauslief. Ich beschrieb es den Mönchen so genau wie möglich.

Sogleich erhob sich Humbert und suchte in einem Regal nach einem Buch. Er schnaufte und grummelte und zog schließlich mit Mühe unter einem Stapel einen dicken Band hervor.

Das ist das Wappenbuch der Provence, erklärte er. Mir kommt es so vor, als hätte ich diese Signatur schon einmal gesehen. Auf der ersten Seite war ein ähnliches Kreuz abgebildet, rot ausgemalt mit zwölf goldenen Punkten an den Enden. Der Bibliothekar hielt es mir hin.

Ist es das? Das ist das Wappen der Provence.

Ich schüttelte den Kopf: Es war ganz ähnlich, aber hier sind keine Blätter.

Da hörte ich Occams meckerndes Lachen. Der Engländer schlug sich vor die Stirn und rief: Hier sind die größten Logiker des Franziskanerordens versammelt. Was kann da schon herauskommen außer Unfug? Wir Gelehrten sind so töricht! Wir sind die Weisen, die vor lauter Klugheit den Beryll nicht sehen, den wir auf der Nase tragen. Das Rätsel dieser Schachtel ist für Denker unseres Kalibers viel zu einfach.

Wir alle schauten ihn entgeistert an. Occam kramte kichernd eine Münze aus seinem Beutel und warf sie vor mir auf den Tisch. Ist es das?

Auf der Münze war ein Bischof mit Stab und Mitra abgebildet. IOHES PAPA COMES VENASINI, entzifferte ich mühsam die Buchstaben am Rand und blickte erneut fragend zu Occam.

Auf diesem Geldstück, sagte Occam, ist der alte Joan auf seinem Thron als Graf des Venaissin abgebildet, wie es sich für einen Groschen gehört. Wir alle tragen eine solche Münze in der Tasche herum – dem Armutsgebot zum Trotz. Und nun musst du den Groschen umdrehen, Wittekind.

Ich konnte einen Ausruf des Erstaunens nicht unterdrücken. Tatsächlich zeigte die Rückseite genau dasselbe Wappen, das auf dem Kästchen eingraviert war. Occam hatte ein besseres Gedächtnis als wir anderen. Oder mehr Erfahrung mit Geld.

Ein Groschen der Grafschaft Venaissin?, fragte William von Baskerville ungläubig. Wozu soll das denn gut sein? Die Schachtel ist sicher keine Spendenbüchse voller Kleingeld, wie sie die Bettelmönche herumtragen.

Humbert von Alexandria rieb sich wieder seinen Bart. Er sah so aus, als hätte er einen Schlüssel für unser Geheimnis gefunden. Er sagte: So langsam klärt sich das Bild. Wir dürfen nicht länger im Papstpalast nach dem Geheimnis der Schachtel suchen. Sie gehört überhaupt nicht nach Avignon. Denn das Wappen auf unseren kleinen Münzen ist zugleich auch das Wappen der Münze selbst.

Welcher Münze?, wollte ich wissen. Wie meinst du das?

Ich meine die Münze, den Ort, die Produktionsstätte, erklärte Humbert. Das Geld, das Joan ausgibt, stammt nicht aus Avignon. Der Papst darf hier nämlich keine Münzen produzieren, denn in der Stadt ist der Graf der Provence der Herrscher. Der Papst hat an seinem Wohnort kein Recht, Münzen zu prägen. Nur als Graf des umliegenden Comtat Venaissin kann der Papst eigenes Geld herstellen. Darum lässt er sich auch als Graf des Comtat auf den Groschen abbilden. Seine Münze, die dieses Geld herstellt, befindet sich nicht in Avignon, sondern im Städtchen Sorgas, ein paar Meilen nordwärts. Da hat Joan erst kürzlich ein großes Schloss erbaut. Direkt bei der einzigen Brücke über die Ouvèze werden hohe Zölle kassiert, und genau dort lässt er hinter dicken Mauern die Reichtümer einlagern, die für seine Münzstätte bestimmt sind. Die Burg von Sorgas, in die kein Fremder jemals hineinkommt, ist Joans größter Geldspeicher.

Und was soll uns das kleine Kreuz auf dem Groschen verraten?, wollte Occam wissen.

Humbert faltete seine Hände vor dem Bauch:

Dass unser deutscher Freund etwas gefunden hat, das der päpstlichen Münzstätte gehört. Dieser ermordete Kleriker hat die Schachtel offenbar gestohlen, damit sie nicht in Sorgas ankommt. Das Eigentum der Kammer ist aus der Kurie von Avignon verschwunden und wird in der Münze von Sorgas vermisst. Dort im Schloss müssen wir suchen, denn dort weiß man genau, worum es sich handelt. Doch wahrscheinlich ist die ganze Sache geheim, sonst hätten die Sergenten ganz einfach Zettel mit einer Beschreibung der Schachtel ausgehängt. Wir jedoch sind ihnen gegenüber in einer bevorrechteten Lage, denn wir können direkt in der Schachtel nachsehen.

Alle nickten und blickten mich an. Ich fühlte mich unbehaglich, weil ich mir zwar vorgenommen hatte, über meinen Fund zu sprechen. Herausrücken wollte ich ihn aber nicht.

Occam fügte im Kopf die fehlenden Teile des Rätsels zusammen und kam nun zu einer logischen Conclusio: Wir sollten auf jeden Fall schneller sein als dieser dicke Unhold, der Serge und Bruno umgebracht hat. Denn das eine scheint mir jetzt bewiesen: Dieser Bär, den keiner in Avignon kennt, wurde auf das verschwundene Kästchen angesetzt. Mir scheint, die päpstliche Kämmerei traut den eigenen Sergenten nicht, denn die sind für Unterschlagung und Bestechlichkeit berüchtigt. Ich nehme an, dass deswegen Arnaud de Trian einen speziellen Agenten angeheuert hat, der in seinem Privatpalast wohnt und auf eigene Faust nach dem Gegenstand sucht. Seine Methoden haben bereits zwei Todesopfer gefordert, aber er hat nichts gefunden. Noch nicht.

William von Baskerville rief: Ist dieser Arnaud de Trian nicht auch Rektor des Comtat Venaissin? Das passt doch genau! Der Ort Sorgas mit der Münze fällt unter Arnauds Jurisdiktion. Bei diesem zwielichtigen Marschall laufen alle Fäden zusammen, darum beherbergt er auch den Mörder. Der Bär kann nach Belieben morden, denn für die päpstliche Justiz vollzieht er ein bereits feststehendes Urteil: die Todesstrafe für Diebe wichtiger päpstlicher Geldsachen.

Doch was könnten das deiner Meinung nach für Geldsachen sein?, hakte Occam nach. Tatsächlich Dokumente? Oder Schuldscheine? Hatten wir diese Hypothese nicht bereits ausgeschlossen? Nach meinem bewährten Grundsatz der Parsimonie dürfen wir nicht weiter aufs Geratewohl herumspekulieren.

Was ist Parsimonie?, wollte ich wissen.

Occam warf sich in die Brust: Das heißt Sparsamkeit beim Denken. Gerade wir Bettelmönche müssen mit so wenig Hypothesen wie möglich auskommen, das war immer schon mein Grundsatz. Nur nicht um die Ecke denken! Was sich einfach erklären lässt, darf man nicht unnötig verkomplizieren. Es muss eine messerscharfe Erklärung für das Geheimnis der eisernen Schachtel geben.

William sagte trocken: Wir müssen nur draufkommen.

Wieder schauten wir uns betreten an. So genial meine Mitstreiter auch waren, so systematisch sie dachten, so logisch ihre Folgerungen wirkten – wir traten immer nur auf der Stelle.

Mir fielen die Wachspuppen ein, von denen Rik erzählt hatte. Möglich, dass auch bei der Münze des Papstes mit Zauberei gearbeitet wurde. Geldfälscher und Diebe gingen sicher mit ausgefallenen Methoden zu Werk. Vielleicht verwahrte meine Schachtel irgendwelchen Zauberkram. Doch Occam hatte recht, auch das war nur eine neue unnütze Hypothese. Alles blieb Spekulation, solange wir nicht nachgesehen hatten. Ich behielt die Idee mit den Wachspuppen darum lieber für mich, obwohl sie mir gar nicht so unwahrscheinlich erschien.

William hingegen fühlte sich als Logiker von Occams sparsamem Denken herausgefordert: Wir gehen am besten von der Prima Materia dieser Causa aus: eine Ursache, eine Wirkung. Jede Münzwerkstatt arbeitet mit Metall; also dürfte es sich hier um die Probe eines sehr seltenen Metalls handeln, mit dem die Metallurgen in Sorgas heimlich für den Papst experimentieren. Ich kenne nur ein einziges Material, das dafür in Frage kommt: Elektron.

Alle horchten auf. Ich hatte dieses Wort noch nie gehört, auch Occam und Humbert schienen von der Idee überrascht. William fuhr triumphierend fort:

Elektron ist eine so uralte wie rare Legierung aus Gold und Silber. Mein Lehrer Roger Bacon schreibt darüber in seinem Werk »De Mirabili Potestate Artis et Naturae«. Elektron ist sehr schwer in stabiler Mischung herzustellen. Es glänzt wunderschön wie Bernstein, daher der Name, denn Elektron ist das griechische Wort für Bernstein. Kein europäischer Herrscher hat in jüngerer Zeit Geld aus Elektron hergestellt. Und nur Joan verwahrt große Mengen von Gold und Silber in seinen Speichern, um genug von diesem seltenen Stoff zusammenzuschmelzen. Eine Metallprobe in der Schachtel könnte die exakte Legierung festlegen, die die päpstliche Kämmerei vorgeschrieben hat. Das kommt alles vom Gewicht und von der Größe hin. Und muss um jeden Preis vor neugierigen Blicken geschützt werden. Ich bin mir sicher, es ist dieses unschätzbare Stück Elektron, das niemals in Sorgas ankam und nun von der Miliz gesucht wird.

Das war eine Möglichkeit, die sogar den Skeptiker Occam zu überzeugen schien. William reckte sich noch höher, als er ohnehin schon war, und lächelte. Er war sichtlich stolz, denn er hatte mit den Mitteln des Geistes in meine Schachtel hineingesehen. Ich fragte mich, ob Eitelkeit eine notwendige oder eine hinreichende Bedingung für professorale Gelehrsamkeit war. Ich entschied, dass es besser war, dieses Problem den anwesenden Scholastikern nicht auch noch zur Klärung vorzulegen.

Da ließ sich wieder Humberts Fistelstimme vernehmen:

Kein Wunder, dass unsere Spur zur Münzstätte von Sorgas führt. Sie ist die eigentliche Kathedrale des Papstes. Da materialisiert sich jeden Tag seine Religion. Das Geld und nur das Geld ist Joans Allerheiligstes. Es ist die Form, in der er seine kostbarsten Sendschreiben ausgibt: Münzen mit seinem Abbild. Dieser Papst hat verstanden, dass man Geld nur mit den richtigen Bildern und Buchstaben darauf akzeptiert. Diese Botschaften verheißen den Adressaten Seligkeit in Form von Besitz. Es dreht sich bei unserem Rätsel letztlich alles um Zeichen und um deren Bedeutungen. Mit rohem Metall kann kein Mensch etwas anfangen. Niemand kann Brot oder Wein mit einem Brocken Silber oder einem Körnchen Gold kaufen. Erst indem der Papst das Metall beschriftet und alle Menschen die Zeichen lesen, erhält es seinen Wert.

Humbert nahm die kleine Münze zwischen die Finger und erhob sie mit beiden Händen wie die Hostie beim Messopfer und fuhr nach einer andachtsvollen Pause fort:

Warum aber glauben alle Menschen an diese bare Münze? Wie kann sie sich in jedes Gut der Welt verwandeln? Es ist Zauberei. Es sind einzig die Zeichen auf dem Geld, die ihm seinen Wert verleihen. Und warum? Weil die Menschen an diese Zeichen glauben. Das ist eine fromme Operation, die Joan als Bankier begeistern muss: Sein eigenes Abbild verwandelt seine tote Habe in nutzbaren Reichtum. Indem die Menschen päpstliches Geld verwenden, zeigen sie, dass sie an den Papst glauben. Das gilt für alle, sogar für Häretiker, für Juden und für den deutschen Kaiser. Die Worte auf den Münzen sind Joans Heilige Schrift. Dieses unscheinbare Stückchen Metall ist die höchste Gestalt, die ein Glaube überhaupt annehmen kann.

Amen, kicherte Occam. Das war eine vorbildliche Predigt, mein lieber Humbert. Ich kann sie in deinem Namen der päpstlichen Theologenschule anbieten, dort wird sie dann dem Papst für seinen Sermon zu Trinitatis untergeschoben. Es bleibt für heute aber noch eine wichtigere Frage offen. Warum diese bedrohliche Gravierung auf der Schachtel?

Nun ergriff der Universalgelehrte William von Baskerville erneut das Wort: Das ist simpel. Wir haben es mit einer uralten Methode zu tun. Es handelt sich um eine apotropäische Warnung. Sie soll Diebe und Räuber vom Aufbrechen der Schachtel abhalten, indem teuflische Flüche auf die Übeltäter herabbeschworen werden. So etwas einzugravieren geht schnell und kann einfache Seelen tief verängstigen. Wer dies Gut der Kammer mutwillig öffnet, den verschlinge der Rachen … Das klingt doch überaus bedrohlich.

Humbert kicherte: Trotzdem dürfte die Warnung nutzlos sein, denn die meisten Diebe können gar nicht lesen. Und die klügeren, die es vielleicht können, werden durch solch einen Spruch erst recht angespornt, die Schachtel aufzubrechen. Was, wenn ich in einer Bibliothek lesen würde, dass hinter der nächsten Tür die verbotenen Werke lagern, die ich bei Höllenstrafe nicht lesen darf? Finis Africae! Betreten verboten! Wohin würde ich wohl zuerst meine Nase stecken? Nein, wenn ich etwas Geheimes so verbergen will, dass es keiner findet, dann lege ich es ganz offensichtlich und ungeschützt dorthin, wo es alle sehen. Denn da, wo es jeder findet, sucht es gewiss niemand.

So hat es Serge ja auch mit seiner Schachtel gemacht, als er sie öffentlich im Badehaus abgegeben hat, bestätigte ich.

Und wo ist sie nun?, fragte mich Occam. Diese vermaledeite Schachtel, wo hast du sie genau versteckt?

Schon wieder trieb mich dieser Occam in die Enge. Ich errötete, denn mir war gar nicht recht, das Geheimnis des Thomasaltars hier vor den Mönchen zu lüften. Aber wenn ich nicht verriet, dass ich die Schachtel im Schrein verstaut hatte, dann wüssten die Franziskaner genau, dass ich ihnen misstraute. Was sollte ich bloß machen? Am Ende unserer gelehrten Disputation befand ich mich in einem klassischen Dilemma. Wie der Esel des Logikers Buridan, der zwischen zwei Haufen Stroh so lange unschlüssig in der Mitte stehen bleibt, bis er verhungert. Und genau wie Buridans Esel wiegte ich den Kopf und sagte nichts.

Es war der gutmütige Humbert von Alexandria, der mir nach einer Weile aus der Klemme half: Wieso sollte unser dominikanischer Freund uns sein Geheimnis verraten? Dann gibt es weitere Mitwisser, die dadurch in Gefahr geraten können. Ich persönlich bin froh, dass ich das Versteck nicht kenne. Ich schlage vor, dass Bruder William, der wie jeder Schüler des großen Roger Bacon sich auch als Mechaniker bewährt hat, hier in der Klosterschmiede aus Draht und anderem Eisen einen Nachschlüssel anfertigt. Und wenn das nicht möglich sein sollte, meinetwegen ein scharfes Brecheisen oder eine stabile Metallsäge. Sobald wir in den kommenden Tagen das passende Werkzeug in der Hand haben, können William und Occam der Schachtel zu Leibe rücken wie einem hartnäckigen logischen Problem. Wenn wir die Hypothese geknackt haben, werden wir wissen, was wir jetzt nur vermuten können.

Ich warf Humbert einen dankbaren Blick zu. Er erhob sich und deutete freundlich zum Ausgang der Bibliothek. Unsere Disputation war beendet.

Als wir schon fast bei der Tür waren, bemerkte ich, wie Humbert sich noch kurz zur Wand drehte und einen schmalen Band, der unter seinem Pult gelegen hatte, unter dem Überwurf seiner Kutte versteckte. Das musste das Buch sein, das er bei unserer Ankunft kopiert hatte. Warum wollte er nicht, dass wir es bemerkten? Und warum sollte es nicht in der Bibliothek offen herumliegen? Es gab also auch hier unter den Spiritualen ein Geheimnis, das ich zu lüften hatte. Und ich wusste auch schon, wie.

Die Franziskaner, auch die Italiener Bonagratia und Franciscus, begleiteten mich durch den Korridor zum Kreuzgang, wo sie vor der Vesper noch etwas Abendluft schöpfen wollten. Als wir schon beinahe draußen waren, schlug ich mir mit der Hand vor den Kopf und erklärte, dass ich den Groschen des Papstes in der Bibliothek vergessen habe.

Ich lachte: So wohlhabend, dass ich auf eine Münze verzichten könnte, bin ich nun auch wieder nicht.

Und schon war ich losgerannt in Richtung Bibliothek. Ich war mir sicher, dass die alten Mönche mir nicht folgen würden, und so war es auch. In der Bibliothek griff ich mir den Groschen und ging dann sofort zum Schreibpult des Bibliothekars. Neben dem Buch, an dem er arbeitete, lag ein dicker Foliant, die »Summa contra Gentiles« des Thomas von Aquino. Ich stutzte. Wollte Humbert dieses langweilige Werk, das ohnehin schon in allen Klosterbibliotheken in mehrfacher Ausfertigung vorhanden war, tatsächlich noch ein weiteres Mal kopieren? Ich schlug sein Schreibexemplar auf und las tatsächlich: Summa contra Gentiles.

Ich entzifferte im Proömium die Worte des Aquinaten, der Missionaren in aller Welt die Wahrheit des christlichen Glaubens bewies. Dann blätterte ich um. Doch nach drei Zeilen ergab der Text keinen Sinn mehr. Statt Ableitungen über das erste Prinzip Gottes standen da Worte über Freiheit und Sicherheit der Bürger in einem guten Staatswesen und über den frevlerischen Hochmut der Kirche. Dieser ganz andere Text war aber nicht durchlaufend geschrieben, sondern fand sich immer nur in jeweils jeder dritten Zeile. Ich musste lächeln. Humbert hielt sich an seine eigene Regel, etwas am besten dort zu verstecken, wo es jeder finden kann und deshalb niemand sucht.

Mir war sofort klar: Diese »Summa contra Gentiles« enthielt ein verbotenes Werk. Und ich konnte mir schon nach den ersten Zeilen denken, um welchen Traktat es sich handelte. Es war der »Defensor Pacis« des Marsilius von Padua, den Joan heute Morgen von der Kanzel herab zur Verbrennung bestimmt hatte, weil die Herrschaft des

Papstes dort mit logischen Argumenten in Frage gestellt wurde. Wer dieses Buch besaß oder gar kopierte, hatte sein eigenes Todesurteil unterzeichnet. Was für eine Tollkühnheit! Dieser unscheinbare Bruder Humbert trug den »Defensor Pacis« gerade seelenruhig im Kreuzgang unter seinem Habit mit sich herum! Ich pfiff durch die Zähne, als ich an das Nest von Verschwörern dachte, in das ich geraten war. Diese Spiritualen waren mutige Männer und erwiesen sich im Vergleich mit den satten Dominikanern, bei denen ich wohnte, als Quell verbotenen Wissens. In diesem Punkt hatte Occam wirklich nicht übertrieben.

Ich lief die Treppe hinab, dann über den Korridor, bis ich die Gruppe meiner Franziskaner im Kreuzgang entdeckte. Franciscus hatte seine wunderlichen Experimente mit der Wurfkugel wiederaufgenommen, Bonagratia schaute den Novizen beim Tenez zu. Occam und William sangen gemeinsam ein englisches Lied, von dem ich nur die Wörter »Virgin Mary« verstand. Und Humbert betete versonnen seinen Rosenkranz. Es sah so harmlos aus, doch hier saßen Umstürzler, die den Papst herausforderten. Ob sie sogar Pläne schmiedeten, Michele da Cesena aus dem Kerker zu befreien? Diese Franziskaner waren bewundernswert kaltblütig, und das musste man in des Teufels Küche wohl auch sein. Mit einer Verbeugung und einigen höflichen Dankesworten versprach ich, spätestens übermorgen wiederzukommen.

Humbert lächelte mich an, als ginge es um eine unterbrochene Lehrstunde zu den Thesen des Roger Bacon.

Wir müssen bald einmal unser physikalisches Problem diskutieren, mit welcher Gegenkraft eine eiserne Schachtel zu sprengen ist, sagte er vernehmlich.

Ich nickte eifrig.

KAPITEL 22

Ich fand meinen Meister, wo ich ihn vermutet hatte: auf dem Steinboden kniend, in einer Seitenkapelle der Dominikanerkirche. Mit gepeinigter Miene starrte er empor zu seinem Gott, doch der sah ihn nicht. Der Meister weinte und schlug sich mit der Faust gegen die Brust, als wäre er in diesem Moment ein Blutzeuge vom Hügel Golgatha. Christi Kopf mit der spitzen Dornenkrone hing starr zur Seite, die Augen geschlossen. Sein abgezehrter Körper war bis herab zu den Waden übersät von blutigen Wunden. Im knochigen Brustkasten, unter dem das Herz nicht mehr schlug, konnte man jede einzelne Rippe erkennen. Doch an diesem speziellen Kruzifixus unserer Klosterkirche faszinierten mich vor allem die Füße, riesengroße, verkrampfte Zehenkrallen mit weit herausstehenden Adern. Durch beide übereinanderliegenden Knöchel hatten die Henkersknechte einen mächtigen Nagel getrieben. Jesus war am Kreuz in diesem Moment gestorben, die ganze Figur sprach von nichts anderem als von dem furchtbaren Leid, dem Schmerz, der Folter, die der Mann hatte erdulden müssen. Das also war Gott.

Bei den Dominikanern, erst in meiner westfälischen Stadt, dann in Köln, gehörten die Exerzitien vor dem Kreuz zum täglichen Pensum der Novizen. Wir sollten in Eiseskälte wie bei Sommerhitze auf Knien mit dem gepeinigten Christus leiden und seinen grausamen Tod als Erlösung der gesamten Menschheit begreifen. Am besten war es, selbst in Gedanken am Kreuz zu hängen und über unsere irdische Bestimmung blutige Tränen zu weinen. Ich hatte diese vermeintliche Nachfolge des Herrn immer gehasst. Was da oben hing, war ein Stück bearbeitetes Holz. Und der geschundene Leib, den es darstellte, bot einen abstoßenden Anblick.

Wie konnte das höchste, heiligste und reinste Prinzip des Universums in malträtiertem Fleisch verkörpert sein? Was hatte der Schöpfer von Sternenhimmel und Ozeanen da verloren? Ein einzelner Unschuldiger hatte vor weit über tausend Jahren unter den Römern in der Stadt Jerusalem gelitten, schlimm genug. Doch worin bestand der

Zusammenhang zwischen Jesus und dem Leiden eines sterbenden Bauern hier in der Provence. Oder mit meinen eigenen Sorgen und Ängsten? Ich hatte das noch nie begriffen. Was wurde besser für einen Verurteilten, dem der Henker auf der Rhonebrücke die Gedärme herausriss, wenn das Opfer dabei daran dachte, dass auch Jesus von Nazareth hingerichtet worden war? Wurde es dann erträglicher? Und mehr noch: Mit welchem Recht produzierte diese Kirche, deren Diener unablässig über die Hinrichtung Christi Tränen vergossen, tausende und abertausende von eigenen Opfern?

Mein Jesus, verlass mich nicht!, stammelte der Meister leise auf Deutsch zum Kruzifix empor. Ich bin ein Sünder und stelle mich deiner unendlichen Gnade anheim. Du bist das Urprinzip der Welt, du bist der Kreis, dessen Mittelpunkt überall ist und dessen Radius sich unermesslich übers Universum erstreckt. Ich glaube fest an dich. An den Vater, den Sohn, den Heiligen Geist.

Ich schaute zum Meister, dann zum gemarterten Bildnis und konnte mir keinen ungeeigneteren Helfer und Fürsprecher vorstellen. Wenn das da oben Christus sein sollte, dann hatte der Mann genug eigene Probleme. Schon die abstrakte Vorstellung von Gott als geistigem Prinzip leuchtete mir schwerlich ein, denn diese Welt bestand nun einmal nicht aus Geist, sondern aus Materie. Trotzdem drehte sich seit vielen Jahrhunderten die gesamte Theologie, auch die des Meisters, um die unsichtbare Seele und den göttlichen Funken, der ihr innewohnte. Wenn die Theologen selber daran glaubten, dann hätten sie doch besser die siegreiche Seele Christi dargestellt – und nicht den verwesenden Körper. Aber wie die Seele aussah, wusste kein Mensch. Niemand hatte sie je zu Gesicht bekommen. Nur Papst Joan verordnete mit seiner üblichen Rigidität, dass die Seele als ein fester Bestandteil des Körpers zu gelten hatte. Jeder, der ihm in diesem Punkt widersprach, war ein Ketzer. Punkt.

Ich hätte Gott anders dargestellt, ganz sicher nicht als Opfer einer qualvollen Hinrichtung. Vielleicht als schönes Mädchen, das nicht weint und vor Schmerzen schreit, sondern lacht und singt und den Menschen glücklich zuwinkt. Es gab wenig genug Anlass zur Freude in dieser Welt. Warum sollten wir im Angesicht Gottes jeden Gedanken an Spaß und Lust verdammen? Warum immer nur Schmerzen und Leiden? Es war eine Theologie des Todes, welche die Christen den Menschen aufzwangen. Ihr Kadaverglaube beherrschte die Welt, wie sie war. Diese Welt war nicht gut; und sie machten sie noch schlechter.

Sohn Gottes, Sohn des Allmächtigen, per Vermittlung einer Taube in einer Jungfrau entstanden, murmelte mein Meister.

Wer hatte sich das alles bloß ausgedacht? In gewisser Weise konnte ich den Papst verstehen. Die ganze Geschichte war so unglaubhaft, man musste sie den Menschen einprügeln. Und wenn sie es dann immer noch nicht begriffen, musste man die Zweifler eben zu Tode quälen. Das war eine unwiderlegbare Theologie.

Der Meister ächzte gequält: Bitten wir unseren Herrn, dass wir ein Mensch werden, wie er selbst es in Jerusalem war. Und dass wir in den Frieden versetzt werden, der Jesus selbst allzeit ist. Dazu verhelfe uns Gott. Amen.

Ich griff ihm unter die Achsel und half ihm hoch. Niemand außer mir wusste, dass ein paar Schritte entfernt die geheimnisvolle Schachtel im Schrein des Thomasaltars ruhte. Es war nicht daran zu denken, sie jetzt herauszuholen, da die Mönche gerade zur Vesper in die Kirche strömten. Ich hatte mir einen anderen Plan zurechtgelegt.

Als wir in unsere Zelle kamen, lagen da ein großes Stück Seife und eine Bürste neben einem Eimer Wasser.

Ich habe das vorhin geholt, sagte der Meister, damit du deinen Habit reinigen kannst. Wir müssen morgen würdig und sauber unsere Lehre vor dem Gericht des Papstes verteidigen.

Ich blickte an mir herunter und bemerkte erst jetzt die vielen Flecken. Der Stoff sprach mit Blut und Staub und Kot von meinen Abenteuern der letzten Tage. Ich schämte mich doppelt. Einmal mehr wurde mir klar, in welche Gewalt und Gefahren ich mich in Avignon verstrickt hatte. Zum anderen schämte ich mich, dass mein alter Meister bei den Laienbrüdern in der Küche Eimer, Bürste und Seife erbeten und beides mühselig über die Treppe herangeschleppt hatte, damit er sich morgen im Palast meiner nicht schämen musste.

Ich streifte mir schuldbewusst in einem dunklen Winkel den Habit vom Leib, hockte mich hin und bearbeitete den rauen Stoff mit Bürste und Seifenwasser.

Dir selbst würde eine kleine Reinigung auch nicht schaden, riet mir der Meister nun schon etwas versöhnlicher. Deine Haare sind fettig, dein Gesicht ist voll Staub. Er lächelte: Aber ich weiß, deine Seele ist rein.

Der alte Mann gab sich Mühe, die Trauer über sein Schicksal nicht auch zwischen uns beide treten zu lassen. Das rechnete ich ihm hoch an. Zumal er natürlich längst begriffen hatte, dass an Rechtgläubigkeit bei mir nicht zu denken war. Sein eigener tiefer Glaube weinte bitterlich um das Opfer seines Gottes, forderte dieses Opfer aber nicht von anderen. Wie hatte er in Deutschland immer gepredigt?

Hast du dich selben liep, so hast du alle menschen liep als dich selben.

Ihm, den ich seit Jahren begleitete, konnte ich diesen Satz mit voller Seele abnehmen. Er liebte nicht nur die Menschheit, sondern jeden einzelnen Menschen. Jener Leitsatz war für mich mehr wert als alle päpstliche Doktrinen.

Ich erzählte dem Meister, was ich über unsere Richter herausgefunden hatte:

Der berühmte Inquisitor Bernard Gui ist in Avignon angekommen. Es sieht ganz danach aus, als wenn er das Verfahren leiten wird.

Der Meister zog eine Braue hoch und atmete tief durch.

Ich kenne diesen Gui noch aus Paris, sagte er mit belegter Stimme. Ein sehr mittelmäßiger Theologe, er weiß das selbst. Dafür hat er sich zum Geschöpf dieses Papstes gemacht. Gui lebt wie ein Hund, der beißt, wenn er soll.

Eher wie ein Wolf, der tötet, wenn er darf, ergänzte ich.

Der Meister entgegnete unverzagt: Ist es nicht egal, wer da morgen über uns zu Gericht sitzt? Ich habe keine Angst um mein Leben, denn ich werde mich notfalls dem Urteil des Papstes unterwerfen. Wenn ich keine Absicht habe, Ketzer zu sein, kann ich nach aller Logik auch keiner sein. Für die Sünde bedarf es des Willens. Ich wollte niemals sündigen. Also kann mich niemand strafen.

Aber, wendete ich ein, hast du das nicht schon vor über einem Jahr in Köln so gemacht? Dein feierlicher Widerruf hat dir die penible Untersuchung deiner Lehre nicht erspart. Alles ging von vorne los. Wenn man ganz oben – beim Kölner Bischof und bei der Inquisition – nicht vorhätte, dir an den Kragen zu gehen, dann wären wir doch gar nicht hier. Deine Werke könnten die Richter aus den Büchern und Akten beurteilen. Ich fürchte, es geht jetzt um dein Leben.

Der Meister blickte ernst: Glaubst du, der Papst hält sich nicht an seine eigenen Regeln? Dann könnte er mich auch mit Meuchelmördern aus dem Weg räumen. Nein, Joan ist ein Fanatiker des Rechts und will meine Lehre nach strengen Maßstäben beurteilen. Das kann er haben. Und wenn ich ihm oder seinen Richtern nur einen einzigen der beanstandeten Sätze besser erläutern kann, dann hat sich diese beschwerliche Reise gelohnt. Um unsere Sicherheit mach dir keine Sorgen, ich reiße dich nicht ins Unglück.

Ich war nicht überzeugt, ob der Meister selbst daran glaubte. Doch er wollte mir meine Angst nehmen. Die Nacht war lind, kaum windig, so dass ich auch ohne meinen Habit – er trocknete am Fenster – unter der groben Decke nicht fror. Ob der Meister in dieser Nacht ein Auge zutat, ich weiß es nicht. Ich war so aufgeregt, dass ich die meiste Zeit wach blieb.

Als ich draußen die ersten Vogelstimmen hörte, war es noch dunkel. Ich zog mir den immer noch etwas feuchten Habit über und lief zur Kirche. Wo war mein Messer?, fragte ich mich auf dem Gang des Dormitoriums. Das hatte ich unterm Stroh meines Lagers in der Eile liegenlassen. Doch wozu brauchte ich im Konvent schon ein Messer? Der furchtsame Occam hatte nicht unrecht: Wer immer nur bewaffnet herumläuft, der zieht Gewalt förmlich an. Ich hatte es erlebt.

Im Dämmerschein der menschenleeren Klosterkirche stand ich vor dem Altar des Thomas von Aquino. Der Pflock am Schrein war schnell gelöst, ich zog die Schachtel heraus und wollte mit ihr aus dem Südportal in den Garten laufen, wo bald die Sonne aufgehen würde. Da stellte sich mir eine Gestalt in den Weg, die wie aus dem Nichts hinter einem Pfeiler auftauchte. Ich wandte mich um und erblickte beim Hauptportal einen zweiten Schatten.

Will hier etwa einer Kirchengut stehlen?, rief eine Stimme. Ich erkannte sie nicht sofort, aber den rheinischen Singsang hatte ich schon öfter gehört.

Unser kleiner Novize soll heute seinen Meister vor Gericht begleiten, rief die andere Gestalt mit demselben Tonfall. Aber das können wir nicht zulassen. Ein Dieb, der beim Papst die Ehre unseres Ordens befleckt! Was hast du denn da? Gib schon her!

Während ich von einer Säule zur nächsten auswich, um zu einem der beiden Portale durchzuschlüpfen, überlegte ich, wieso Hermann de Summo und Wilhelm von Nidecke mir ausgerechnet jetzt auflauerten. Mir wurde klar: Die beiden Verbrecher waren nicht nur ins Kloster gekommen, um uns für den Erzbischof von Köln im Auge zu behalten. Sie wollten mehr: unser Leben. Dafür hatten sie unsere Zelle bewacht, so dass es an diesem Morgen kein Problem für sie war, mir zu folgen.

Ich bemerkte, dass jeder der beiden ein langes Messer in der Hand hielt. Mit ihrem dummen Grinsen hätten die beiden grobschlächtigen Männer fast wie Zwillinge gewirkt, doch Nidecke hatte unter kurzen Locken nur noch ein Ohr, und Summo eine Glatze, war dafür aber größer und noch breiter als sein Spießgeselle. Sie waren die abstoßendsten Mönche, die mir in meinem Leben begegnet waren. Unser Generalvikar Nikolaus hatte sie wegen ihrer Lügen und Gewalttaten in den Kölner Ordenskerker geworfen. Nicht lange genug, dachte ich und griff nach meinem Messer. Doch in meinem Ärmel war kein Messer.

Du musst uns deinen Schatz gar nicht herausrücken, Süßer, rief Nidecke mit verstellt hoher Stimme. Wir holen ihn uns schon selber.

Er hoffte offenbar auf reiche Beute und sprang mit großen Sätzen auf mich zu. Doch es gelang mir, hinter einem Pfeiler aus seiner Reichweite zu verschwinden. Niemand konnte mir hier und jetzt zu Hilfe kommen. Ich hatte eigens die Stunde ausgewählt, da vor der Morgenandacht die Kirche verlassen dalag. Beiden Verbrechern schien ihre Jagd Freude zu bereiten. Sie lachten, während sie mich einkreisten. Ich dachte an Niklas, der Verteidigung einzig als Angriff durchgehen ließ. Überrasche deine Feinde, geh direkt auf den größten los, hatte er gesagt. Tu nie das Vernünftige! Tu das Unerwartete!

Ich schnellte an Nidecke vorbei, wich seinem Messerstoß aus und warf ihm das Metallkistchen ins Gesicht. Dann rannte ich auf Hermann de Summo zu, der in seiner Massigkeit längst nicht so alert wirkte. Hermann fuchtelte mit seinem Messer vor mir herum, ich tauchte ab und trat ihm von unten vor den Arm, aber entgegen meiner Hoffnung hielt er seine Waffe weiter in der Hand. Den Tritt konnte er jedoch nicht abfedern, er wankte rückwärts und war für einen Moment ohne Deckung. Meine Faust traf ihn von der Seite mit voller Wucht am Ohr, er schrie auf. Er war schlicht zu langsam oder zu betäubt, mir nun seinerseits das Messer in den Leib zu rammen, wie ein geübter Mörder das getan hätte. Ich konnte seinen dicken Arm packen und von mir wegdrehen, während mein Gesicht seinem so nahe kam, dass ich den fauligen Atem des Glatzkopfes roch.

Was nun? Hermann war zu groß und stark für mich. Von hinten hörte ich die Schritte des zweiten Angreifers herbeistampfen. Es schien aussichtslos. Mit letzter Kraft riss ich Hermann herum, so dass ich mit dem Rücken zur Wand hinter seinem Körper etwas Deckung fand. Hermann geriet aus dem Gleichgewicht, ich konnte ihn mit einem Ruck herumzerren und seinen Messerarm gleichzeitig mit beiden Händen von mir wegstrecken. Wilhelm kam mit voller Wucht herangestürmt, um mich von hinten zu erstechen. Doch plötzlich war es nicht mehr mein Rücken, gegen den er anrannte, sondern Hermanns Messer. So rammte seine Klinge nicht in meinen, sondern in den feisten Leib seines Spießgesellen. Und er wurde im selben Augenblick ein paar Handbreit tiefer von dessen Waffe getroffen. Ich spürte, wie die doppelte Last der Schurken mich an die kalte Mauer presste.

Es gab keinen Schrei, nur einen Plumps, als ob ein schwerer Sack umfiele. Ich hörte ein heiseres Röcheln und schob mich zwischen den Leibern und der Kirchenwand zur Seite. Hermann de Summo war tot. Herzstich. Er lag am Boden, er blutete kaum, seine Glatze glänzte im ersten Licht des Morgens. Hätten wir das zu dritt für ein Ritterspiel mit Holzmessern geübt, es hätte hundert Proben gebraucht, um ihn so sauber zu treffen.

Auch Wilhelm von Nidecke war umgefallen. Doch nun stemmte er sich mit lautem Stöhnen auf die Knie, dann stand er unsicher auf, indes ich zur Sicherheit ein paar Schritte Abstand nahm. Der Mann hatte jetzt zwei Messer, eines in der Hand, eines im Bauch. Verwundert blickte er an sich herab und tastete mit der Linken am Griff der Waffe seines Freundes, die ihm aus dem Habit ragte. Er zog und zog, doch er bekam das Messer nicht aus dem Leib. Dann drehte er sich zur Seite, sah mich und begriff die Lage. Mit einem Grunzen wollte er sich auf mich stürzen, doch es gab in seinem Innern etwas, das ihn hinderte. Das war das Blut, das ihm nun aus dem Mund troff und ihm den Atem nahm. Er verzog das Schweinsgesicht, an dem ein Ohr fehlte, zu einer wütenden Fratze, stemmte die Messerhand empor und wollte auf mich losgehen. Ich wich zurück. Der erste Schritt gelang ihm noch ganz gut, der zweite war schon viel unbeholfener.

In Litauen gibt es eine alte Weisheit: Wenn dein Gegner in den Knien zittert, musst du nur abwarten, nicht davonlaufen. In der Tat zitterte Wilhelm nun sonderbar, seine Knie wackelten krampfhaft, er krümmte sich in der Leiste und erbrach plötzlich einen ganzen Strom von Blut. Der Stich von Hermanns Messer, in das er gelaufen war, hatte ihn nicht ganz so perfekt erwischt wie sein eigener den Freund. Doch es war auch so genug. Noch einmal richtete Wilhelm sich auf und blickte mir ins Gesicht, aber für Wut und Verwünschungen hatte er keine Kraft mehr. Vielleicht sah er mich auch gar nicht. Seine Augen brachen, seine Lippen und seine Nase troffen vor Blut, seine Kehle gurgelte, seine Hand ließ das Messer fallen. Dann kippte er vornüber und knallte mit voller Kraft aufs Gesicht, das Messer immer noch in seinem Bauch.

Sonderbar, ich dachte in diesem Augenblick nur daran, wie froh der Meister sein konnte, denn mein Habit hatte keinen Fleck abbekommen. Ich überprüfte den Stoff auf Blut, dann griff ich mir die Schachtel, die vor der Thomaskapelle am Boden lag, und rannte zum Südportal. Das Haupttor quietschte in den Angeln. Es waren die ersten Mönche, die verschlafen zur Matutin kamen. Sie würden eine Überraschung erleben.

Hinter der Kirche im Garten war noch alles ruhig. Ich rannte zur

Hütte von Ramon. Wie erwartet lehnte er an seiner Tür, um dem Konzert der Vögel zu lauschen. Als ich mich zu ihm hinhockte, blinzelte er erst langsam, richtete sich dann halb auf. Sein bäuerlicher Instinkt hatte erfasst, dass etwas nicht stimmte.

Hör zu, Ramon, flüsterte ich. Was ich hier in der Hand habe, ist sehr wertvoll. Viele Leute sind dahinter her wie der Teufel nach den armen Seelen. Ich kann es nicht bei mir behalten, aber wenn du mein Freund bist, dann musst du diese Schachtel für mich verstecken. Und mit niemandem darüber reden. Das ist meine große Bitte.

Ramon sagte nichts und betrachtete das Kistchen in meiner Hand.

Ist es gefährlich?, fragte er.

Nicht, wenn es keiner findet, sagte ich. Solange niemand weiß, dass du es hast, ist alles gut. Ich werde es nicht verraten, und du auch nicht.

Ramon schaute unsicher und überlegte.

Was ist drin?, wollte er wissen.

Ich gestand, dass ich das nicht wusste. Aber es ist irgendein Geheimnis, das sogar den Papst beunruhigt.

Er lächelte listig und sagte: Wenn der Herr Papst mit all seiner Macht diese Schachtel sucht, dann zeige ich, Ramon aus Lansac, dem Herrn Papst, dass er nicht alles kriegt, was er will. So hat Gott es gewollt.

Ich musste lachen, wohl auch weil nun erst die Spannung der Todesgefahr von mir abfiel. Ramon nahm mir die Schachtel ab und versprach mir, für unser gemeinsames Geheimnis ein nicht minder geheimes Versteck zu finden. Seine Hütte, seine Beete, seine Stallungen boten Raum genug. Ich blickte ihm dankbar in die Augen und ging in einem Bogen die Mauer entlang und dann zurück zur Kirche.

Durch die hohen Fenster schien inzwischen die Morgensonne. An der Wand hinter dem dritten Pfeiler des Seitenschiffs, wo die beiden Leichen lagen, gab es bereits einen Auflauf von Mönchen. Alle riefen durcheinander und drängten nach vorne, um einen Blick auf die Toten zu erhaschen. An Stundengebet war nicht zu denken. Stattdessen kam Bruder Deodat herein, gefolgt vom Prior persönlich. Gaucelins sonst so gepolsterte Stellung als Vorsteher seiner Gemeinschaft war in den letzten Tagen erschüttert worden. Hätte Deodat ihn nicht ziemlich unsanft am Ärmel zum Ort der Tat geführt, der Prior hätte sich sicher hinter dem Hauptaltar verkrochen und geweint wie ein Kind. Gaucelin war bleich wie Klosterkäse und rief mit schriller Stimme:

Nicht schon wieder ein Toter! Nicht schon wieder ein Toter! Heiliger Thomas von Aquino, womit habe ich das verdient?

Ich stellte mich unauffällig ins nördliche Seitenschiff, wo alle jetzt auf Bruder Deodat starrten, der erst bei dem einen Toten, dann beim anderen niederkniete und vergeblich ihren Puls suchte. Er blickte unter Hermanns Augenlider und schüttelte den Kopf. Dann zog er mit einem glucksenden Geräusch das Messer aus Wilhelms blutigem Bauch, nachdem er seine Leiche mühsam auf den Rücken gedreht hatte. Wilhelm von Nideckes Kinn fiel auf seine Brust, so dass er mit aufgerissenem Rachen wie ein erlegter Wolf aussah, dem die Jäger bereits ein Ohr als Trophäe abgeschnitten haben. Ich hatte schon klügere Wölfe gesehen und vor allem lebendigere.

Während Deodat angeekelt auf das Blut auf seinem sonst so sauberen Habit starrte, begriff Gaucelin langsam, dass die Vorsehung ihm diesmal nicht einen, sondern gleich zwei Tote beschert hatte.

Er schrie verzweifelt: Das sind diese beiden Deutschen. Verfluchte Allemands! Seit dieser Kölner Ketzer uns zur Last fällt, ruht ein Fluch auf unserer Gemeinschaft. Hier ist Grund und Boden des heiligen Thomas von Aquino!, rief er und schlug dreimal das Kreuzzeichen, was sofort von allen Mitbrüdern nachgeahmt wurde.

Dann schrie er: Unser Konvent darf keine deutsche Mördergrube werden! Ich versichere euch, mich trifft keine Schuld. Unser Kloster ist rein. Der Bischof von Köln hatte mir diese Unholde in einem Schreiben eigens ans Herz gelegt. Und nun das!

Bruder Deodat blickte mit zwei blutigen Messern in der Hand auf die beiden Leichen, die schon lebend ein Ausbund von Hässlichkeit gewesen waren. Im Zusammenspiel mit ihren gebleckten Zähnen, mit aufgerissenen Augen und dem vielen Blut sah das alles fürchterlich aus. So als hätten sich zwei Unterteufel beim Hickhack um eine Sünderseele gegenseitig massakriert. Nicht viel anders war es ja auch zugegangen. Ich war der Sünder gewesen, um den sie sich gestritten hatten, aber das wusste außer mir niemand. Meine Seele hatten sie nicht bekommen.

Gaucelin hatte mich mit seinen Elefantenäuglein erspäht und zeigte mit dem Finger auf mich: Novize! Sag deinem Meister, dass er hier nicht mehr willkommen ist. Sobald die Inquisition heute ihr Urteil gefällt hat, müsst ihr fort. Aber wahrscheinlich kerkern sie euch sowieso ein.

Ich verbeugte mich demütig und versicherte, dass genau dies unser Wille sei: fortgehen. Außerdem hätten wir mit den Toten niemals ein Wort gesprochen, was alle anwesenden Mitbrüder bestätigen konnten. Andererseits seien die beiden bereits in Köln durch Gewalttaten aufgefallen und hätten deswegen lange im Kerker des Ordens eingesessen. Bischof Heinrich, sonst so ein bedachtsamer Kirchenfürst, müsse sie verkehrt eingeschätzt haben.

Ich musste den Meister nicht verständigen, er kam langsamen Schrittes durchs Hauptportal und wirkte beim Anblick der beiden Toten wie vor den Kopf geschlagen. Er schlug ein Kreuz und sprach ein stilles Gebet.

Was ist hier passiert?, fragte er.

Ich zuckte mit den Schultern und verwies auf Bruder Deodat.

Der hatte erkannt, dass die Häufung unnatürlicher Tode mittlerweile zu einer Bedrohung des ganzen Konvents wurde. Sachlich wie immer legte er vor seinen Zuhörern die Umstände dar:

Ganz offensichtlich sind diese beiden übel beleumundeten Brüder aus Köln – und er blickte dabei düster zum Meister und zu mir herüber – vor dem Altar unserer Kirche in Streit geraten. Unser Herrgott hat sie für diese Lästerung bestraft und befohlen, dass der Teufel ihre Seelen holt. Jeden der beiden Sünder hat für diese Abirrung die verdiente Strafe in dieser und in jener Welt ereilt. Es ist die Strafe, die allen droht, die sich an einem Mitbruder – und das auch noch an geweihtem Ort! – vergreifen. Gottes Weisheit hat uns durch ihr wechselseitiges Opfer die Suche nach Tätern erspart. Einen Prozess müssen wir nicht führen. Der Fall ist gelöst.

Alle Anwesenden nickten erleichtert, zustimmendes Raunen war von den Mönchen zu hören, während Prior Gaucelin hoffnungsfroh rief: Wir brauchen also nicht die Sergenten und auch nicht die päpstlichen Richter herbeizurufen?

Wir dürfen es gar nicht, antwortete Deodat entschieden. Das wäre eine Verletzung der Ordensregeln, die bei fatalen Unfällen eine kurze Totenmesse und die sofortige Bestattung vorschreiben. Der Prior ist Gott für diese Taten Rechenschaft schuldig, und keineswegs dem weltlichen Marschall des Papstes. Wir müssen nicht einmal unser Gotteshaus von der Sünde reinigen und neu weihen, denn dieser, ich möchte sagen, grässliche Unfall kannte die sofortige Bestrafung der Sünder. Jede möglicherweise verwerfliche Tat wurde durch das Opfer des Täters wieder ausgeglichen, wechselseitig, wie ich schon sagte.

Prior Gaucelin stimmte begeistert zu: Lieber Bruder Deodat, das ist eine eindrucksvolle Deduktion, die der Gelehrsamkeit unseres Konvents Ehre macht: Wo der Täter zugleich das Opfer ist, sind alle Opfer gesühnt und alle Täter bestraft. Deodat, was sollte ich ohne dich anfangen? Lass sofort die beiden Verworfenen wegtragen, die Gnade Gottes sei ihren Seelen anempfohlen. Sie haben sie wahrlich nötig. Da sie keine Mitbrüder dieses Konventes waren, wird vor dem Mittagessen eine kurze Totenmesse in der Kapelle des heiligen Thomas genügen. Danach sogleich das stille Begräbnis. Aber ganz am Rand des Friedhofes.

Gaucelin kehrte wankenden Schrittes zum Frühstück in seine Gemächer zurück, Bruder Deodat erteilte die notwendigen Anweisungen und blickte dabei so grämlich drein, als sehne er sich nach einem Lehrstuhl der Medizin an der Universität von Montpellier. Ich konnte es ihm nachfühlen. Was für einen Trottel hatte er zum Prior! Immer wieder schaute Deodat zum Meister und zu mir herüber. Wären seine Blicke Dolche gewesen, ich wäre nicht so unverletzt davongekommen wie beim Angriff von Hermann und Wilhelm.

Mach mir nichts vor! Du weißt doch genau, was hier vorgefallen ist, sprich!, forderte mich mein Meister mit leiser Stimme auf. Erst stiehlst du dich in der Nacht fort aus deinem Bett, und kaum bist du weg, passiert hier ein Gemetzel. Wittekind, Wittekind, was hast du nur wieder angerichtet? Gewalt begleitet dich auf Schritt und Tritt. Dein Seelenheil ist in Gefahr. Als wäre heute nicht alles schon schwer genug für uns beide.

Ich schaute so unschuldig wie möglich und sagte: Der Erzbischof von Köln wollte sichergehen, dass wir nicht lebend hier wegkommen. Selbst dann nicht, wenn die Inquisition uns aus ihren Krallen entlässt. Mit diesem Auftrag sind die beiden Verbrecher uns nachgereist, sie waren angesetzt auf unser Blut. Sie wollten mich zuerst umbringen, damit du ganz allein vor den Inquisitoren erscheinen musst. Aber ihr Plan, mich zu töten, ist, wie du siehst, missglückt. Und ich habe niemandem ein Haar gekrümmt, das schwöre ich. Immerhin, Bischof Heinrich, deinem Erzfeind, sind wir entwischt. Das ist doch gar kein übles Vorzeichen.

Ich streifte die Ärmel meines Habits weit zurück und fügte hinzu: Ich habe übrigens heute Morgen mein Messer nicht dabei.

Der Meister schaute den Leichen angewidert nach. Sie wurden gerade von Laienbrüdern fortgetragen, gewickelt in einfache Tücher. Ein anderer kam mit Besen, Eimer und Wischbürste, um den Boden vom Blut zu reinigen. Mein Meister fragte nicht weiter, sondern schüttelte nur den Kopf.

Dann sagte er: Zur dritten Stunde müssen wir aufbrechen zum Papstpalast. Hoffentlich verkaufen wir unsere Haut teurer als diese beiden unseligen Kreaturen.

KAPITEL 23

Am Portal des Papstpalastes empfing uns ein graugesichtiger Kleriker. Im Durchgang unter der großen Loggia stand mein einziger Bekannter bei der Kurie, Hans aus Trier. Den großen Spieß in der Hand, blickte der Torhüter so gutmütig drein, als erschienen der Meister und ich zu einer frommen Wallfahrt und nicht zu einem Verhör, das für uns tödlich ausgehen konnte.

Vor dem Tor der Audienzhalle wurde uns beschieden, noch eine Weile zu warten. Offensichtlich war das Konsistorium noch nicht vollständig versammelt. Seltsam, aber ich empfand es als eine Ehre, dass sich nicht irgendwelche Auditoren des päpstlichen Gerichts, sondern die berühmtesten Theologen und Inquisitoren Europas mit dem Meister befassen würden. So unbedeutend, wie uns hier seit Monaten immer wieder zu verstehen gegeben wurde, war der Fall des berühmtesten deutschen Dominikanerpredigers also doch nicht.

Ich freute mich über die Gelegenheit, mich umzusehen. Denn – ich hatte es erfahren – in den Palast kamen gewöhnliche Menschen nicht hinein. Von einem veritablen Palast konnte freilich keine Rede sein. Eher handelte es sich um ein befestigtes Dorf mitten in der Stadt. Der alte Wohnsitz des Bischofs mit dem uralten Trouillas-Turm ragte links von uns vier Stockwerke hoch in den wolkenlosen Himmel. An diesen nicht übermäßig großen Palast aus grauem Felsgestein hatte der Papst zum Innenhof eine Loggia anbauen lassen, deren vergoldete Gewölbe man von unserem Standort gut erkennen konnte. Dort oben also verbrachte Joan bei schönem Wetter die Abende, empfing Gäste zum Essen und konnte sich jederzeit in seine Gemächer dahinter zurückziehen. Einen zweiten Turm am hinteren Ende des Bischofspalastes hatte er für seine Bedürfnisse erst vor ein paar Jahren angebaut. Turris Pape nannten ihn die Passanten, wenn sie von draußen vor der Kathedrale ehrfürchtig zu den Fenstern emporblickten: der Turm des Papstes.

Dort musste sich außer der Wohnung seines Günstlings Arno de Via die berühmte Camera Secreta befinden, wo der Greis – wie man sich erzählte – von früh bis spät über seinen Dokumenten saß, Gesandte empfing und unermüdlich seinen Geheimschreibern Befehle erteilte. Neben dem Papstturm stand die kleine Stefanskirche, die Joan beschlagnahmt und als Privatkapelle hergerichtet hatte. Durch das ebenerdige Portal konnten die Höflinge zur Messe gehen. Der Papst selbst und seine Günstlinge gelangten über einen hölzernen Laubengang direkt aus dem Palast in die Kirche. Wie die Kathedrale nebenan war auch die Stefanskirche als Bau eher unscheinbar. An einer prachtvollen Hofkapelle mit bunten Fenstern, wie sie etwa der französische König in

Paris sein Eigen nannte, war Joan nicht gelegen. Kirchen schienen diesen Papst nicht zu interessieren.

Auch sonst hatte man sich hier ohne Verschwendung im alten Baubestand eingerichtet. Nahezu der ganze Palastbezirk bestand aus aufgestockten Steinhäusern, die früher Bürgern der Stadt gehört hatten. Man hatte sie für den Papst einzig mit Steinloggien und hölzernen Lauben kreuz und quer miteinander verbunden. Alles wirkte so geschäftig und zugleich so planlos wie anderswo in Avignon auch, nur dass hier ausschließlich Kleriker umherliefen. Ich erblickte Durchgänge und Gassen, dazwischen Freiflächen, auf denen Pferde aus Trögen fraßen, es gab bei einem Lattenzaun einen kleinen Gemüsegarten und sogar ein Fischbecken. Ganz am hinteren Ende stapelte sich Feuerholz, und aus zwei mächtigen Schornsteinen hinter der Audienz stieg Rauch auf. Das Mittagessen für den Stellvertreter Christi und seine engsten Kurtisans wurde bereits zubereitet und selbstverständlich jeden Tag frisches Brot gebacken. In den Fels waren einige Treppen geschlagen worden, von denen ich nicht erkennen konnte, ob sie zum Weinkeller, zur Holzkohle oder zu den berühmten Geldspeichern führten.

Jedenfalls konnte ich mich nicht genug wundern, wie beschaulich es in der Zentrale der Christenheit zuging. Ich hatte mir abweisende Paläste, endlose Korridore und kalte Hallen vorgestellt, aber keine windschiefen Wohngebäude, von denen etliche aus unverputztem Fachwerk bestanden. Sicher, in den Türen drängelten sich Kleriker, die mit Mappen und Taschen aneinander vorbeimussten. Auf dem Hof warteten ebenso wie wir noch weitere Bittsteller im Freien, bis sie vorgelassen wurden. Man hörte laute Stimmen durch die Fensterlaibungen rufen. Bis unter die offenen Dachluken war alles dicht an dicht belebt. Nicht einmal am zweiten Pfingsttag durften hier die Geschäfte ruhen. Wenn in diesen Bauten tatsächlich hunderte von Experten der Kammer und der Kanzlei arbeiteten, dann hatten sie sich mit sehr wenig Raum zu begnügen.

Dieser sonderbare Papst hatte seine Verwaltung systematisch aufgestockt, doch seine Verwaltungsgebäude wirkten zusammengestückelt. Einzig der neu gebaute Audienzsaal mit seinen Spitzbogenfenstern und seinem glänzenden Schieferdach sowie die Befestigungsmauern, die das ganze Ensemble umschlossen, waren Fremdkörper. Das waren die einzigen herrschaftlichen Baumaßnahmen in diesem sonderbaren Dorf voller Kleriker. Ein großer Neubau in Gestalt eines Palastes oder wenigstens eines Rathauses mit Treppen und Sälen, Zinnen und Aufgängen und einer standesgemäßen Papstkapelle wäre das naheliegendste Projekt für den schwerreichen Stellvertreter Christi gewesen. Doch wollte Joan die Jahre, die ihm auf dem Thron Petri verblieben, augenscheinlich nicht auf einer Baustelle verbringen. Oder – Rik hatte es mir gestern erklärt – der Papst benötigte seinen Reichtum für etwas anderes.

Von innen ertönten drei dumpfe Schläge ans hölzerne Portal, die beiden Flügel öffneten sich, und wir durften zum Prozess eintreten. Der Meister gab sich einen Ruck und trat festen Schrittes in den Audienzsaal, ich in gebührender Entfernung dahinter mit seinem Rechtfertigungsschreiben in der Tasche. Hier, wo der Papst an anderen Tagen fremdländische Delegationen empfing oder das vollständige Konsistorium der Kardinäle in Verwaltungsfragen tagte, suchte ich vergeblich nach dem runden Tisch, nach dem das Gericht seinen Namen trug, und an dem die kirchlichen Prozesse gewöhnlich ausgetragen wurden. Diese Rota, das große Rad, musste sich anderswo im Palastbezirk befinden und war für unseren Anlass wohl zu klein. Unsere hohen Richter saßen stattdessen hinter einer Bank auf einer Balustrade und blickten von oben auf den Meister und mich herab.

Zwei der vier Inquisitoren, die außen sitzenden Bertrand de Turre und Raymond de Montsucjouls, trugen das rote Gewand der Kardinäle mit weißen Mützen und hatten ihren purpurnen Hut mit den Quasten vor sich auf die Tafel gelegt. In ihrer Mitte thronten die beiden Vorsitzenden, zur Linken Jaume Nouvel, der weiße Kardinal, der in seinem Cluniazenserhabit mit neugierigem Lächeln den Meister und sogar mich musterte. Und neben ihm Bernard Gui, mit asketischem Gesicht und grauen kalten Augen, die den Meister betrachteten wie ein lästiges Insekt. Als Einziger unter den hohen Geistlichen war Gui nicht Kardinal, sondern nur gewöhnlicher Bischof, trug aber trotz seines Amtes den weißen Habit der Dominikaner, darüber allerdings einen schwarzen Chormantel. Wir verbeugten uns ehrerbietig. Es war sonderbar, aber ich empfand in diesem Augenblick keine Angst mehr, sondern sah das Tribunal beinahe wie ein Mysterienspiel, in dem wir die Rolle der Sünder übernommen hatten. Was ging uns dieses Spektakel überhaupt an? Ich sollte es erfahren.

Bei den Dominikanern in der Provinz Teutonia, begann Gui mit schneidender Stimme, gibt es einen gewissen Mönch, einen Prediger sogar, den sie in jenen Landen den Meister nennen. Dieser Meister, angeblich Doktor und Professor der Theologie, will mehr wissen, als nötig ist. Durch seine verderbliche Neugierde ist er zur Beute des Bösen geworden und hat Lügen verbreitet, die unsere heilige Inquisition als gotteslästerlich betrachtet. Mit seinen Predigten hat er das einfache Volk verführt und den wahren Glauben vernebelt. Seine blasphemischen Umtriebe haben Unkraut auf dem Acker des Herrn ausgesät; dieses Unkraut rücksichtlos mit der Wurzel auszurotten – dafür hat das Konsistorium sich heute versammelt. Der Prozess ist eröffnet.

Mein Meister senkte den Kopf und schloss die Augen. Sein Gesicht war bei diesen Worten fahl geworden. Er wirkte auf einen Schlag mutlos und hinfällig. Auch ich schaute nach dieser harschen Eröffnung auf die Bodenfliesen, während Jaume Nouvel das Wort ergriff. Obwohl sich auch dieser Kardinal in den Pyrenäen als unermüdlicher Ketzerjäger bewährt hatte, wie ich von Occam wusste, klang seine Stimme wohlmeinender als das metallische Organ Bernard Guis:

Von den einundfünfzig inkriminierten Lehrsätzen, die der Bischof von Köln uns zusandte, haben wir bereits dreiundzwanzig ausgenommen. Was du, Meister, darin lehrst, klingt zwar verdächtig nach Häresie, aber mit viel gutem Willen können wir diese Aussagen noch mit dem rechten Glauben in Übereinstimmung bringen. Du siehst also, dass wir dir voller Vertrauen entgegenkommen und bereit sind, deine Frömmigkeit, erwiesen in langen Jahren im Dienst deines Ordens, zu achten und zu respektieren.

Der Meister blickte dankbar zu Nouvel empor. Der fuhr fort:

Über die verbliebenen achtundzwanzig Artikel müssen wir jedoch heute in deiner Anwesenheit urteilen, und du wirst – einmal als Häretiker überführt – Gelegenheit bekommen, sie zu widerrufen. Ob das an deinem dir vorbestimmten Schicksal etwas bessern kann, wird sich weisen.

Die beiden Inquisitoren am Rand nickten mit heruntergezogenen Mundwinkeln und zogen allerlei Papiere heran, die ihnen Auditoren von hinten auf die Gerichtsbank legten. Stand das Urteil etwa bereits fest? Oder würde der Meister Gelegenheit bekommen, den Zusammenhang seiner Worte darzulegen? Niemand wusste besser als ich, wie fromm dieser alte Mönch in seinem Wesensgrund war. Er hatte die feinsten Verästelungen der Scholastik studiert und ausgelegt, aber jetzt mit bald siebzig Jahren wollte er die Paragraphen und Herleitungen hinter sich lassen und einfach nur glauben. Vernunft und Religion waren für ihn dasselbe geworden. Nie hätte er Menschen zum Abfall von der katholischen Lehre aufstacheln wollen, nie hatte er anderes verkündet als Frieden, Demut und Weisheit aus dem Wort Gottes heraus. Der Gerechte muss eins werden mit der Gerechtigkeit, hatte der Meister stets gepredigt, dann prallt an ihm alle Falschheit und Bosheit der Welt ab. Ob ihm diese Worte gerade durch den Kopf gingen? Wir würden sehen, wie viel Wahrheit in ihnen war.

Wir hörten nun die heisere Stimme des alten Franziskanerkardinals Bertrand de Turre: Im fünften Artikel, so lese ich, hast du behauptet, man könne Gott nicht gut nennen. Das sei so unwahr, wie Weißes schwarz zu nennen. Nun, was ist Gott denn deiner Meinung nach, wenn er nicht gut ist?

Der Meister räusperte sich und erklärte: Ich habe niemals behauptet, Gott sei nicht gut. Ich wollte nur ausdrücken, dass er jenseits von Gut und Böse steht, er thront über allem. Seine göttliche Wahrheit schwebt so himmelweit über unseren menschlichen Kategorien, dass wir ihn mit moralischen Zuschreibungen nur vermenschlichen und nicht begreifen.

Was wir richtig oder falsch begreifen, das musst du uns nicht erklären!, zischte der erheblich jüngere Benediktiner Raymond de Montsucjouls, der erst seit ein paar Monaten Kardinal war. Er rief:

Ebenso arrogant wie du sind einst vor mir die franziskanischen Armutsprediger aufgetreten, aber es hat ihnen nichts geholfen. Mäßige dich! Deine Ansicht stellt sich über Gottes Güte und ist eindeutig häretisch, genau wie deine unverschämte Aussage, Gott sei sogar in der Sünde anwesend.

Der Meister bat demütig um Verzeihung und wollte eine Erklärung stammeln, als Gui bereits den nächsten Artikel aufrief: Es wird immer schlimmer! Du findest also, dass Bittgebete nichts nützen und man von Gott für gute Taten keinen Lohn erwarten darf. Gott, sagst du, ist unser Freund, der uns liebt, und kein Herr, der uns straft und belohnt. Das ist pure Ketzerei! Wer so denkt, der stellt sich mit Gott auf du und du. Niemand, der Gott zum Freund hat, brauchte noch einen Priester, der ihn als Mittler mithilfe der Sakramente auf den Weg der Gnade führt. Niemand würde sich mehr bemühen, der Kirche die ihr zustehenden Abgaben zu zahlen oder Almosen zu spenden. Niemand würde mehr mithilfe der heiligen Kirche nach Rettung streben. So zu denken bringt alle göttliche Herrschaft zum Einsturz! Wer die Knechtschaft der Menschen aufhebt, ist ein Erzketzer. Gott ist unser strafender Herr, genau wie sein Stellvertreter, der Papst.

Bernard Gui hatte bei seiner Suada keinen Blick in seine Papiere geworfen. Er hatte sich glänzend vorbereitet und kannte alle Argumente gegen den Meister auswendig. Dieser Inquisitor wusste aus Erfahrung, wie man mit eingeschüchterten Angeklagten umgeht.

Nun kommt das Übelste, erklärte Jaume Nouvel mit großer Wichtigkeit: Du hast gelehrt, jeder Mensch könne durch Glauben und Taten edel werden wie Christus selbst. Ja, du sagst, Gott könne ohne den einzelnen Menschen gar nicht existieren, und jeder von uns erzeuge in sich beständig das göttliche Wort. Was ist das denn für ein blasphemischer Unsinn! Auf diesem teuflischen Weg gelangst du spornstreichs zur Leugnung der Dreieinigkeit von Vater, Sohn und Heiligem Geist. Und genau das hast du ja auch behauptet: Gott ist nicht in Zahlen trennbar, sondern steht über der Trinität. Wer so etwas sagt, der muss leider brennen, erst auf dem Scheiterhaufen und dann auf ewig in der Hölle.

Ich verkrampfte immer mehr und fühlte, wie mir im Magen flau wurde. Der Meister neben mir blickte nur noch auf seine Fußspitzen.

Eminenzen, ich darf zusammenfassen, sagte Bernard Gui kühl. Wir stehen vor einem eindeutigen Verfahren mit einem unzweifelhaften Urteil. Dieser irregeleitete – und in die Irre leitende! – Mönch da unten gehört für mich zur übelsten Sekte der Gottesleugner, was schlimmer ist als alle Untaten der Ketzer zusammengenommen. Dieser falsche Meister hat sein Gerede von einem direkten Zugang zum Allerhöchsten so weit getrieben, dass für ihn das Göttliche überall wohnt. Er ist ein Pantheist! Es gibt für ihn keine Unterscheidungen mehr, keine Autoritäten und keine Vermittlung der heiligen Kirche unter der Oberhoheit des Papstes. Ich bin schon lange Inquisitor, doch solche widersinnigen und verrückten Aussagen sind mir noch niemals untergekommen. Wenn wir schon einen dummen Bauern aus dem Midi verbrennen müssen, weil er hartnäckig der Lehre der Katharer anhängt, dann kann ich mir keine Strafe vorstellen, die für diesen vermeintlich hochgelehrten Professor überhaupt angemessen wäre.

Da rief mein Meister laut vernehmlich: Ich beuge mich nur dem Urteil des Papstes. Auf seinen Ruf bin ich zu Fuß von Köln nach Avignon gekommen. Sollte ich aus Versehen Irrlehren vertreten haben, kann ich vom Heiligen Vater Vergebung erhoffen, wenn ich meine Fehler widerrufe. Gottes Gnade ist größer als Gottes Gericht, wie schon der heilige Augustinus lehrt. Im Angesicht des Papstes werde ich an seine Güte appellieren und, falls nötig, ein förmliches Schuldbekenntnis ablegen. Aber nur in der Anwesenheit des Stellvertreters Christi. Euer Gericht ist für mich nicht mehr zuständig.

Der Meister hatte seine Rechtfertigung, an der er seit Monaten gearbeitet hatte, in keinem einzigen Paragraphen vorbringen können. Ich trug das Konvolut noch immer in der Tasche bei mir. Die viele Arbeit war fruchtlos geblieben. Bei diesem Gericht stand alles vorher fest, zuvörderst das Urteil. Wir hatten einem Spektakel beigewohnt, dessen Rollen vorher geschrieben worden waren. Jedes Mal hatte dem Meister ein anderer Inquisitor die Rede abgeschnitten, man wollte ihn nicht anhören, sondern richten. Nun atmete der Meister aufgeregt und wartete ab. Seinen letzten Schachzug hatte er sich für diesen Notfall überlegt: Unterwerfung und Appell direkt beim Papst. Ich war mir sicher, dass sein Fluchtplan nach all den schweren Anschuldigungen nichts mehr nützen würde. Mein Meister war verloren, und ich mit ihm.

Doch vollkommen anders, als ich erwartet hatte, schrie weder Gui noch einer seiner Richterkollegen empört auf. Niemand wies den Meister für seine Kühnheit zurecht. Stand das auch im Text des Schauspiels, zu dem man uns herbestellt hatte? Alle Kardinäle schwiegen bedächtig. Sie klappten ihre Mappen zu und blickten in tödlicher Ruhe zu uns herab. Jaume Nouvel lächelte sogar und nickte dem Meister aufmunternd zu.

Nichts anderes, erklärte er, als diesen Gnadenappell, hatten wir von dir erwartet. Du hast eine ähnliche Unterwerfung bereits voriges Jahr vor dem Kölner Erzbischof vollzogen und in Köln deinen Irrtümern öffentlich abgeschworen. Es ist nur folgerichtig, dass du dieses Recht beim Papst erneut begehrst. Unser Herr Papst Joan, der Zweiundzwanzigste seines Namens, ist der Herrscher über das Seelenheil der Welt. Unser Papst ist viele Jahre älter als du und dennoch jeden Tag vom Sonnenaufgang bis in die Nacht mit dem Regiment der Christenheit beschäftigt, wenn du Vermessener auch geschrieben hast, das könne jeder Christenmensch ganz für sich allein erledigen. Du sollst nun erfahren, wie gütig unser Papst ist, und wie sehr er sich jedes Schicksal jeder einzelnen Seele zu Herzen nimmt.

Ich begriff nicht mehr, was hier vorging. Waren wir verdammt? Oder freigesprochen?

Jaume Nouvel nickte jedem seiner drei Richterkollegen einzeln zu und bekundete: Wir haben heute sorgfältig unsere Pflicht als Inquisitoren getan. Das Urteil über deine falsche Lehre, Meister, steht fest. Es kann nicht mehr zurückgenommen werden. Du bist jetzt ein überführter Häretiker. Deine Lehre wird verdammt. Und du weißt, dass dir in dieser Welt nur mehr einer helfen kann. Nur dem Papst steht es noch frei, deinen Körper vor dem Feuer und deine Seele vor der Hölle zu retten. Durch Gnade und Vergebung, nicht aber durch einen Freispruch. Wisse, dass der Papst uns Richter für den Fall deines demütigen Appells beauftragt hat, dir eine außergewöhnliche Ehre zuteilwerden zu lassen, wenn ich für meinen Teil auch überzeugt bin, dass du diese Ehre nicht verdienst.

Bernard Gui kommentierte diese Worte mit höhnischem Lachen, und die beiden anderen Inquisitoren blickten uns schon gar nicht mehr an, sondern wandten sich auf ihren Sitzen schroff vom Meister ab, als hätte er eine ansteckende Krankheit.

Trotz deiner Aufsässigkeit, fuhr Nouvel fort, wirst du, Meister, dieser großen Ehre, die nur sehr wenigen Auserwählten widerfährt, teilhaftig werden. Der Stellvertreter Christi lädt dich für Donnerstagabend, eine Stunde vor Sonnenuntergang, zur privaten Audienz in seinen Palast. Er will dich Sünder sehen, dir deine Irrtümer erklären und dir persönlich ins Gewissen reden. Du bekommst eine allerletzte Gelegenheit, dich zu retten.

Ich war völlig überrascht. Sollte William von Baskerville tatsächlich richtig vermutet haben? Wollte der Papst persönlich der ganzen Welt seine Milde beweisen und den Meister, zwar abgestraft, doch begnadigt, unversehrt wieder nach Hause entlassen? Ich konnte es kaum glauben. Und auch der Meister, der als erfahrener Theologe sicher das Schlimmste befürchtet hatte, starrte die Inquisitoren mit offenem Mund an.

Bernard Gui sprach als Vorsitzender die Schlussworte: Ja, du hast richtig gehört. Der Heilige Vater erweist dir sogar die ganz besondere Gunst, mit dir zu Abend zu speisen und dann über dein Schicksal zu befinden. Nicht allen Ketzern ergeht es so gnadenvoll wie dir! Bis dahin darfst du Avignon nicht verlassen, nicht am Messopfer teilnehmen und schon gar nicht predigen. Gastfreundschaft im Konvent der Dominikaner sei dir bis auf weiteres noch gewährt, wir werden es Prior Gaucelin wissen lassen. Du hast jetzt Anlass und Gelegenheit genug, auf Knien im zerknirschten Gebet zu büßen und in der rückhaltlosen Beichte bei deinen Ordensbrüdern deine Sünden zu bekennen. Du bist entlassen.

Der Meister und ich standen da wie betäubt. Die vier Inquisitoren erhoben sich und schritten zur Tür hinter ihrer Richterbank. Noch bevor sie den Ausgang erreicht hatten, erdröhnte mit ohrenbetäubendem

Schall die große Papstglocke der Kathedrale, die ich zuletzt nach der Pfingstmesse gehört hatte. Unterm Urteilsspruch erschien mir der dumpfe Ton wie das Geläut des Jüngsten Gerichts. Auch die Inquisitoren hielten inne und tuschelten miteinander. Da rissen schon aufgeregte Kleriker das Hauptportal der Audienzhalle auf und stürmten herein:

Wehe uns! Der Antichrist ist auf Erden erschienen! Der Erzböse hat auf dem Thron Petri Platz genommen! Die heilige Kirche wankt in ihren Grundfesten, und kein Herrscher der Welt eilt ihr zu Hilfe! Wehe, wehe! Wir sind verloren!

Alles lief krakeelend und weinend durcheinander. Den Meister und mich, die wir uns inmitten des Tumultes bei den Händen hielten, beachtete niemand mehr. Was war geschehen? Wer sollte der Antichrist sein, der plötzlich auf Erden erschienen war?

Die Glocke dröhnte weiter, und immer mehr Kleriker stürzten aus den Gebäuden der Kammer und der Kanzlei auf den Innenhof. Jetzt erst begriff ich, wie viele Menschen in diesen Häusern beschäftigt waren. Es war ein einziges Gedränge. Hinter der Audienz standen, umringt von ihren Auditoren und Sekretären, unsere vier Richter. Sie schienen ebenfalls nicht zu begreifen, was da geschah. In diesem Augenblick traten im Schall zweier Posaunen die vier Kardinalsneffen Joans in vollem Ornat auf die Loggia des Papstes heraus. Von hoch oben schlugen sie das Kreuz über die Menge und baten mit lauter Stimme um Ruhe. Dann schlugen Trommeln, und es erschien unter einem Baldachin, den vier Diakone hielten, der Papst persönlich. Der kleine Mann trug ein prächtiges Brokatgewand mit glänzender Stola und hatte die Tiara mit den drei goldenen Kronen auf dem Kopf. Der Papst hob die Arme, es wurde totenstill.

Meine Kinder, rief er sichtlich erregt, wir müssen euch Fürchterliches kundtun. Satan hat sein Haupt erhoben und richtet es mit Macht gegen die heilige Kirche und damit gegen uns, euren Papst.

Joan, hilf! Hilf deinen Knechten!, schrien einige junge Kleriker, alle anderen schwiegen gespannt.

In dieser Stunde, fuhr Joan fort, haben wir aus Rom böse Kunde erhalten. Es ist eingetroffen, was wir befürchteten, aber angesichts des immer wachsamen Erzengels Gabriel nicht für möglich hielten. Vor genau elf Tagen ist geschehen, was der Erdkreis seit einhundertfünfzig Jahren nicht erblicken musste: Verführt vom Bösen, maßt sich ein abtrünniger Kleriker in Rom, in unserer heiligen Stadt, das Amt des Papstes an.

Überall um uns herum sanken Männer auf die Knie und bekreuzigten sich. Wütendes Geheul erfüllte das Palastgelände. Auch die vier Inquisitoren hatten den Ausdruck beständiger Überlegenheit verloren. Der alte Bertrand de Turre wackelte mit dem Kopf und riss immer wieder seinen zahnlosen Mund auf. Raymond de Montsucjouls lag betend auf den Knien, und selbst Bernard Gui und Jaume Nouvel blickten mit aufgerissenen Augen zur Loggia empor.

Erneut ertönte die hohe, aber kräftige Stimme Joans: Habt keine Angst, meine Kinder. Wir, der Papst, sind bin bei euch, wir schützen euch. In unser geliebtes Avignon wird der Antichrist niemals vordringen. Beruhigt euch! Hier nun verkündigen wir euch den Ablauf der Geschehnisse, wie ihn unsere Boten überliefert haben: Der teuflische Ludwig, der sich voll Unverschämtheit Kaiser nennt und den wir vor vier Jahren bereits exkommuniziert haben, wird bei seinen Untaten von verstoßenen Ketzern beraten. Niemand anderes als einer von ihnen, Marsilius von Padua, der Autor des Höllentraktates »Defensor Pacis«, hat Ludwig in Italien eingeflüstert, die Kirche zu spalten. Ludwig ließ letzte Woche in Rom irgendeinen Franziskaner, Pietro Rainalducci seines Namens, zum Papst ernennen – gegen jedes Kirchenrecht und in Schändung meiner kanonischen Wahl, die alle Welt seit mehr als zehn Jahren anerkennt.

Joan schien sich immer besser in den Griff zu bekommen. Er richtete sich auf. Seine Stimme wurde selbstsicherer und erhielt sogar einen höhnischen Beiklang:

Dieser erbärmliche Konvent von Abtrünnigen im Lateranpalast und im Dom von Sankt Peter wird bald in alle Winde zerstreut werden. Ich verfluche sie! In die Hölle mit ihnen! Niemand wird ihrer Anmaßung Folge leisten, niemand wird diesem falschen Papst Gehör schenken. Stellt euch vor, meine Kinder, der Antipapst nennt sich Niccolò. Und er ist verheiratet!

Ein Hurenbock! Das ist der Antichrist!, schrien zahlreiche Kleriker voller Wut und schüttelten ihre Fäuste. Sogar mein Meister wirkte von den Neuigkeiten überrascht und hing dem Papst an den Lippen.

Joan hatte sich jetzt in Rage geredet. Man konnte seinen Speichel spritzen sehen, während er keifte: Ein verheirateter Papst! Seine verstoßene Gattin kann sich in Italien auf die Kanzeln stellen und verkünden, welche Nachtmütze ihr Gemahl trägt, welche Grütze sie ihm kocht und wie er beim Beischlaf grunzt. Die Welt steht Kopf, meine Kinder.

Joan hatte die Angst der Kleriker geschickt in Gelächter verwandelt. Signora Pontifex. Madame Päpstin, wieherten einige belustigte Mönche immer wieder.

Und Joan schrie: In wessen Bett schläft die neue Päpstin denn im Lateran? Liest sie selber die Messe, oder wäscht sie ihrem Mann die Unterhosen?

Der Papst von Avignon war wieder Herr der Lage. Sogar seine Neffen neben ihm auf der Loggia lachten aus vollem Hals, bis Joan allen mit einer Handbewegung zu schweigen gebot:

Meine Boten aus Rom wissen aus sicherem Munde, was jetzt geschehen wird. Der falsche Papst Niccolò wird vom falschen Kaiser Ludwig gezwungen, den Bayern noch einmal zu krönen und dann falsche Kardinäle zu ernennen. Was aber an legitimen Bischöfen und Vertretern der Kirche in Rom war, ist längst aus der Stadt geflohen. Verzagt also nicht, meine Kinder! Der Allmächtige straft bereits die Rebellen. Gleichzeitig mit der Wahl des schändlichen Gegenpapstes hat unser Vikar in Italien, König Robert von Neapel, mit seiner Flotte den römischen Hafen Ostia erobert und in Brand gesetzt. Gottes Strafgericht hat begonnen.

Jubel brandete auf. Man ließ Papst Joan und König Robert hochleben und fluchte laut auf alle Deutschen und auf alle Franziskaner.

Dieses teuflische Regiment wird bald in sich zusammenstürzen, überschrie Joan die Menge. Es kann nur einen rechtmäßigen Papst geben, und das sind wir. Wo wir sind, lebt die Kirche des heiligen Petrus unerschütterbar weiter. Wir sind der Fels von Avignon, auf dem Christus seinen Palast erbaute. Wo der Papst ist, ist Rom. Ubi Papa, ibi Roma!

Tausendfach wiederholte die Menge den Ruf: Ubi Papa, ibi Roma! Ich zog den Meister mit mir, bevor es sich die Ersten überlegten und die Menge gegen deutsche Ketzer zur Hetzjagd aufstachelten. Draußen vor dem Tor hatte sich wegen des Geläuts der Sturmglocke ebenfalls eine große Ansammlung gebildet. Ich erblickte am Portal Arnaud de Trian, der gemeinsam mit über einem Dutzend Sergenten zu Pferd die Menschen in die Gassen zurücktrieb. Gleichzeitig mischten sich Kleriker unter die Bürger und erzählten den Neugierigen, was in Rom vorgefallen war, und mit welchen Worten der Papst ihnen Trost und Mut zugesprochen hatte.

Es lebe Papst Joan! Ubi Papa, ibi Roma!, erscholl jetzt aus den Gassen der Stadt. Ich stellte mir vor, dass man in Rom denselben Schlachtruf hören konnte, nur umgekehrt: Ubi Roma, ibi Papa. In Rom lebt der Papst. Das war die bedrohliche Botschaft des Gegenpapstes, welche die Diplomaten der Kurie jetzt mithilfe von Diplomaten und Sendschreiben in ganz Europa zu bekämpfen hatten. Nicht auszudenken, was geschähe, wenn Königreiche wie England, Kastilien, Dänemark oder reiche Fürstentümer wie Flandern oder Piemont dem neuen Papst huldigen würden. Unmengen von Steuern würden nicht mehr bezahlt, die lukrativen Ernennungen für Bistümer und Abteien würden verfallen, die Gläubigen würden ihre Almosen nach Rom spenden und wieder beginnen, in großer Zahl in die Ewige Stadt zum Papst Niccolò zu pilgern. Es gab viel Arbeit für Joans Soldaten, die in Bologna und Florenz unter dem Befehl seines Neffen Bertrand du Pouget standen und Stadt für Stadt hinter dem rechtmäßigen Papst versammeln mussten. Auch der König von Frankreich musste dazu gebracht werden, seine Garnison in Villeneuve aufzustocken und Avignon gegen mögliche Angriffe zu schützen, notfalls sogar mit einem Heer. Jeder Herrscher der Christenheit musste dringend auf Joans Seite gezogen werden.

Es sah wirklich so aus, als hätte Occam mit seiner Prophezeiung recht behalten. Eine Revolte brach von Italien los gegen den Papst. Vielleicht war bereits eine Kriegsmacht unterwegs. Das war unsere Hoffnung. Wer würde da noch an den Meister und seinen Prozess denken? Oder kam es umgekehrt? Hatte Humbert von Alexandria nicht vorhergesagt, dass ein Gegenpapst in Rom den schlauen Fuchs Joan in einen reißenden Tiger verwandeln würde? Wie konnte er einen rebellischen Franziskaner wie Michele da Cesena in seinem Kerker jetzt noch am Leben lassen, da ein anderer rebellischer Franziskaner sich vom Kaiser die Mitra des römischen Bischofs hatte aufsetzen lassen? Und wieso sollte Joan einem Feind der kirchlichen Hierarchie wie meinem Meister beim Abendessen vergeben, wenn der Papst die Festigkeit dieser Hierarchie dringender benötigte denn je? Die Welt stand in der Tat auf dem Kopf. Das Rad der Fortuna drehte sich mächtig. Doch ich wusste nicht, ob wir durch diese Revolte nach oben gerissen würden oder ganz nach unten.

Mein Meister schien wie immer seinen eigenen Gedanken nachzuhängen. Ich bahnte uns durch die vielen Menschen, die zum Palast strömten, den Weg zurück in den Konvent. Bei Saint-Agricol wies mein Meister hinunter zum Fluss:

Der Anlass ist bedeutend genug, nicht sogleich wieder im Stumpfsinn dieses Klosters zu versinken, mein lieber Wittekind. Wir müssen uns auch einmal etwas gönnen.

Seine vorher so hoffnungslosen Augen hatten wieder zu leuchten begonnen wie einst im Rheinland. Der Meister blickte mir ins Gesicht und meinte:

Ich spendiere dir einen guten Becher Wein.

Das hatte der Meister die ganze Zeit in Avignon noch nie gemacht. Am liebsten wäre ich jetzt mit ihm hinüber zu Rik in die Pasture des Oiseaux gegangen, man konnte den weitläufigen Bau am Fluss gut erkennen. Vielleicht konnte ich ihm dort einige meiner neuen Bekannten vorstellen. Doch der Meister nahm mit einer kleinen Schenke bei der Porte Pertuis vorlieb. Genüsslich an einem Becher weißen Burgunders schlürfend, hellten sich seine Züge immer mehr auf.

Mein Wittekind, meinte er schließlich, ich glaube, Gott hat uns doch nicht verlassen. Dieser Gegenpapst, ob ein kurzes Strohfeuer oder eine langwierige Revolte, ist unsere Rettung. Dass der Papst mir nichts Böses will, daran zweifle ich seit der Einladung zur Audienz nicht mehr. Er hätte mich doch einfach von seinen Inquisitoren aburteilen, festnehmen und der weltlichen Gerichtsbarkeit überantworten können. Das Urteil ist gefällt, jeder Einspruch ist unmöglich. Doch der Papst hat andere Pläne mit mir. Ich kenne die Inquisitoren. Sie haben uns absichtlich große Angst eingeflößt, damit wir von nun an brav sind und nicht mehr zu widersprechen wagen.

Aber hast du nicht gehört, was sie über deine Lehre gesagt haben?, warf ich ein. Du bist ein Häretiker, deine Lehrsätze sind gotteslästerlich, du bist ein Unkraut auf dem Acker des Herrn, das mit der Wurzel ausgerottet gehört.

Das haben Gui und Nouvel gesagt, aber nicht der Papst, verbesserte mich der Meister. Solche Drohungen gehören seit jeher zum Handwerk der Inquisition. Ein Richter ist besonders böse, damit ein anderer besonders gütig erscheint und dich verwirrt. Doch inzwischen hat die Kurie andere Sorgen, als einen müden Dominikanerprediger aus Köln mitsamt seinem Novizen einzusperren. Wir fallen hier im Gewimmel doch kaum noch auf. Merkst du das nicht? Von heute an wendet sich alles zum Guten. Wir sind gerettet, denn Gott hat meine Gebete erhört. Nächste Woche sind wir beide schon weit fort aus Avignon.

KAPITEL 24

Ich brauchte eine Weile, um Ramon in seinem Garten aufzustöbern. Er saß ganz hinten bei der Klostermauer auf einem Stein und dengelte seine Sichel. Eine kleine weiße Katze schaute ihm dabei zu. Ramon hatte das Gerät auf einen Klotz gelegt und schlug sorgsam mit einem Hammer auf die Schneide ein, immer wieder. Ich schaute ihm eine Zeitlang zu. Ramon hielt inne, klopfte noch zweimal auf seine Sichel, fuhr mit dem Finger über die Schneide und blickte mich dann blinzelnd an. Er sagte:

Die beiden Deutschen, die sich heute früh in der Kirche ihre Messer in die Bäuche gesteckt haben, die sind schon unter der Erde. Wenn Bruder Deodat etwas in die Hand nimmt, dann geht es immer hurtig. Morgens Bärenhunger, mittags begraben, sagen sie bei uns in Lansac. Hast du die beiden gekannt?

Flüchtig, antwortete ich. Keine Leute, die man vermissen würde.

Und was ist mit deinem Meister?, wollte Ramon wissen. Wird er jetzt verbrannt?

Nein, wird er nicht, sagte ich. Jedenfalls nicht sofort. Er soll den Papst zum Essen treffen, Joan will die Sache persönlich entscheiden.

Ramon verzog den Mund: Das sieht gar nicht gut aus. Bei uns in Lansac gibt es ein Sprichwort. Wer sich mit dem Teufel zum Essen hinsetzt, der scheißt hinterher seine Seele aus.

Meinst du etwa, dass dieser Papst ein Teufel ist?, fragte ich.

Ramon überlegte ein Weilchen und sagte dann: Ein Engel ist er jedenfalls nicht. Wir werden ja sehen.

Ich nickte: Was meinst du, hast du Zeit nachzusehen, was in der Schachtel ist?

Er drohte mir mit dem Arm: Deine vermaledeite Schachtel habe ich so gut versteckt, dass keiner sie jemals mehr findet. Vielleicht nicht einmal ich selbst. Weißt du was? Ich habe sie in die Rhone geworfen.

Ich erschrak, aber Ramon grinste nur, stand auf und beruhigte mich: Nein, natürlich nicht. Ich sollte sie doch für dich verwahren, Albarino. Ich hole deine Kiste, und du wartest hier. Mein Versteck ist so gut und so geheim, da ist es besser, wenn du nicht dahinterkommst. Du verplapperst dich am Ende noch.

Er verschwand für eine Zeit, die gerade einmal für zwei Vaterunser gereicht hätte. Dann stand er wieder vor mir mit der Metallschachtel in der Hand. Sie war von grauem Staub verdreckt und stank abscheulich. Ramon wischte sie sorgsam mit einer Handvoll Blättern sauber. Doch ein Geheimnis war sein Versteck für mich nicht mehr. Der Vogeldreck, der zu Boden fiel, hätte auch dümmeren Menschen als mir verraten, dass Ramon die Schachtel in den Taubenturm gelegt hatte. Das war kein schlechter Einfall. Zum Häuschen, das auf einem Pfahl zwischen Apfelbäumen, Beeten und Klostermauer stand, musste man über eine Leiter hochsteigen. Jener hölzerne Taubenturm war Ramons Eierreserve; er hatte das Häuschen mit den Einfluglöchern und der großen Klappe selbst gezimmert. Nur wer gegen Gestank unempfindlich war und sehr gerne Eier verzehrte, also niemand außer Ramon, machte sich die Mühe, da hinaufzusteigen. Dann noch in der dicken Lage von Mist zwischen Federn und aufgeregt glucksenden Tauben nach einer Schachtel zu wühlen – wer würde schon auf diese Idee kommen? Ramon war nicht dumm.

Er drückte mir die Schachtel in die Hand, und immer noch wusste ich nicht, ob eine Wachspuppe, ein Juwelenhalsband oder eine Probe Elektron oder irgendetwas ganz anderes darin verborgen war. Ich hatte von den Hypothesen der Logiker genug und wollte auch nicht mehr auf die Franziskaner warten. Ich hatte die Schachtel gefunden, niemandem außer mir stand es zu, sie aufzumachen – mit welchem Mittel auch immer. Wie hatte Aristoteles so treffend geschrieben? Die Anschauung liegt aller Erkenntnis zugrunde. Ramon kehrte zurück mit einer Axt, einem Hammer, einer Säge und einem Spaten. Auch er wollte es wissen.

Wir untersuchten noch einmal den haarfeinen Spalt in der Mitte, den das Schloss zusammenhielt. Ramon wog den Hammer in der Hand und meinte: Wenn ich ein paar Mal ganz fest draufhaue, müsste die Kiste zerspringen. Was meinst du?

Ich schüttelte den Kopf. Den Hammer und die Säge können wir vergessen. Das gibt höchstens Beulen, oder das Sägeblatt bricht ab. Wenn das Ding aus Holz wäre … Aber so? Ich schlage vor, du nimmst gleich die Axt.

Wir legten die Schachtel auf einen Stein, und Ramon schlug zu, wenn auch nicht mit voller Wucht. Das Kistchen flog durch die Luft, die Axt hatte nur eine Kerbe hinterlassen. Das Metall war überaus hart. Das machte unser Unterfangen komplizierter als gedacht.

Wenn wir in diesen Spalt ein kleines Stemmeisen stecken könnten, sagte Ramon, dann würde ich es von der Seite aufbrechen. Die Klinge der Sense ist nicht fein genug. Es ist verzwickt. Da muss wirklich etwas Kostbares drin sein, sonst würde sich niemand eine solche Mühe machen.

Ich wusste auch nicht weiter, in Schmiedearbeit hatte ich keinerlei Erfahrung. Ramon zeigte mit gerunzelter Stirn auf seinen Spaten: Wir müssen das Ding zwischen zwei großen Steinen einklemmen und es eine Weile bearbeiten, dann könnte es aufgehen. Aber ich bin mir nicht sicher, ob der Inhalt dabei nicht kaputtgeht. Was, wenn es wertvolle Reliquien vom heiligen Thomas sind?

Ramon hatte recht, mir war das jetzt aber egal. Ich sagte: Versuchen wir es, dann hat die Ungewissheit ein Ende.

Ramon nahm die Schachtel noch einmal in die Hand und zeigte auf die kleine Inschrift: Was steht da? Du kannst doch lesen.

Ich las ihm die vollständige Botschaft vor: Wer dies Gut der Kammer mutwillig öffnet, den verschlinge der Rachen der Hölle in alle Ewigkeit.

Ramon ließ den Spaten fallen und rief: Eine Verwünschung! Dann dürfen wir die Schachtel nicht öffnen! Unsere Seelen wären verloren. Was bist du unvorsichtig, Albarino! Wenn ich nicht so klug wäre, dich die Inschrift entziffern zu lassen, wären wir jetzt in alle Ewigkeit verflucht. Ich will gar nicht daran denken!

Ich lachte und meinte, dass der Besitzer aus Vorsicht eine Warnung eingraviert hatte. Das habe überhaupt keine Bedeutung. Diese Buchstaben seien völlig harmlos.

Harmlos?, empörte sich Ramon. Du hast keine Ahnung, was Buchstaben alles anrichten können. Wurden die Zehn Gebote von Gott nicht auch mit Buchstaben auf die Gesetzestafeln geschrieben? Ohne Buchstaben wüssten wir nichts von den Wundern Christi, die in der Bibel aufgelistet sind. Selbst der Herr Papst schreibt seine Bannflüche sorgsam Buchstabe für Buchstabe auf, damit sie gut funktionieren. Du spielst hier immer den Klugen, aber du hast überhaupt keine Ahnung.

Ramon hatte Angst bekommen. Ich kannte ihn. Keine Macht der Welt konnte ihn jetzt noch dazu bringen, die verfluchte Kiste aufzuhebeln. Seine Werkzeuge schaffte er schnell beiseite. Der weise Humbert von Alexandria hatte unrecht gehabt. Es gab sehr wohl Menschen, die sich von einer apotropäischen Schrift einschüchtern ließen. Vor allem, wenn sie sie nicht lesen konnten. Ich entschied mich, nun doch erst morgen oder übermorgen, wenn Bruder Williams Spezialwerkzeuge fertig waren, mit den Franziskanern zurückzukommen und ohne Ramon ans Werk zu gehen. So war die Wahrscheinlichkeit größer, dass wir mit dem Kästchen nicht zugleich auch den wertvollen Inhalt zertrümmerten.

Ich gab also nach: Du hast wie immer recht, Ramon. Wir wollen den Herrn Teufel nicht herausfordern. Am besten, du verbirgst unseren Schatz wieder in deinem Geheimversteck. Und ich denke noch einmal in Ruhe über alles nach. Vielleicht lässt sich der Eigentümer herausfinden, der kann das Ding mit seinem Schlüssel aufsperren. Du erinnerst dich, dass nur das mutwillige Öffnen verboten ist. Vom Schlüssel stand da nichts.

Ramon grinste erleichtert: Du bist zwar manchmal ungestüm und wild, Albarino, wahrscheinlich weil du nur ein ungehobelter Deutscher bist. Aber wenn dir ein kluger Provenzale wie ich gut zuredet, dann nimmst sogar du Vernunft an. Treib den Schlüssel auf. Es liegt doch auf der Hand, warum wir mit Hammer und Spaten nicht weiterkommen: Gott hat es so gewollt.

Ich setzte mich ein paar Schritte weiter in die Sonne, die mich angenehm wärmte. Der Meister saß jetzt in seiner kalten Zelle und dachte sich kluge Worte aus, die er dem Papst entgegnen wollte. Seit wir aus dem Palast gekommen waren, wirkte er wie geschmeichelt, dass er bald in Joans Höhle dem alten Fuchs persönlich seinen Fall erklären durfte. Prediger gegen Papst – der Meister schien dieses Duell herbeizusehnen. Kein Katholik konnte sich dem Ruf des Stellvertreters Christi entziehen. Ich hingegen hatte meine Zweifel, ob dieser Papst der Mann war, sich von einem Häretiker irgendetwas sagen zu lassen. So oder so – es war unsere letzte Hoffnung. Den richtigen Moment für eine Flucht hatten wir schon vor langer Zeit verpasst.

Wir kriegen Mistral, rief Ramon, das liegt in der Luft. Siehst du die hohe Wolke da? Daran kann man erkennen, wie stark es weht.

Und?

Mir ging dieser Mistral, der die Schindeln von den Dächern wehte, der die Baumkronen zerzauste und den Menschen in Avignon die Köpfe verdrehte, gehörig gegen den Strich. Man kam hier niemals zur Ruhe. Im April hatte es fast jeden Tag von Norden gepustet wie aus einem Blasebalg.

Ich würde sagen, es wird nicht so schlimm diesmal, beruhigte mich Ramon, der einen Finger nassgemacht hatte und in die Luft hielt. Er zeigte auf ein paar Vögel, die trotz des Windes mit schrillen Schreien hoch am Himmel umeinander flogen, sich gegenseitig zu jagen schienen und immer wieder kopfüber herabstießen.

Weißt du, was das für Vögel sind?

Ich schüttelte den Kopf: Schwalben?

Ramon schaute mich belustigt an: Du Dummkopf, das sind Falciots. Schwarze Luftgeister, die spät im Frühling hier ankommen und vor dem Ende des Sommers schon wieder verschwinden. Keiner weiß, wo sie im Winter bleiben. Keiner außer deinem Ramon.

Mir waren diese Tiere fremd. Bei uns daheim gab es sie nicht, oder ich hatte vorher nie auf sie geachtet. Erst mit Ramon, der die Zeichen des Himmels las wie ein Buch, hatte ich begonnen, die Stimmen und den Flug der Vögel genauer zu studieren. Ich fragte, wo die Falciots denn seiner Ansicht nach den Winter verbringen.

Ramon blinzelte ins Licht: Das ist doch sonnenklar. Sie fliegen dahin, wo die meisten Menschen auch gerne wären: in den Himmel. Auf der Erde taugen sie zu nichts. Wenn ein Falciot am Boden landet, dann muss er verhungern. Er hat keine Beine und kommt mit den langen Flügeln nicht mehr hoch. Solltest du mal einen finden, dann tu ihm den Gefallen und wirf ihn in die Luft. Dann ist er gerettet, und dir bringt er Glück.

Aber sie müssen irgendwann mal landen und ausruhen, warf ich ein, das machen alle anderen Vögel doch auch.

Ramon erklärte gewichtig: Der Falciot gärtnert inmitten der Luft. Wenn er die Flügel zusammenlegt, dann sieht das aus wie zwei Sicheln. So wie ich mit dieser Sichel mein Gemüse ernte, so erntet der Falciot die Luft. Schnippschnapp, sieh, wie die da oben sich um die Luft streiten, die sie sich gegenseitig abgeschnitten haben. Der Himmel ist ihr Acker. Sie ernähren sich von den Wolken.

Das war schon wieder eine von Ramons wunderlichen Naturhistorien, auf die nicht einmal Albertus Magnus gekommen wäre, ja nicht einmal der antike Physiologus, der alle Tiere der Welt, der Meere und der Träume genau eingeteilt und beschrieben hatte.

Du meinst also wirklich, dass diese Vögel ganz hoch bis ins Himmelreich fliegen können?

Das weiß ich genau, sagte Ramon und strich sich stolz über den Bauch, als wäre er schon einmal mitgeflogen. Wer auf der Erde keinen Halt braucht, der kann nur im Himmel leben. Der Falciot liebt sein Weibchen in der Luft, er trinkt die Luft, er frisst die Luft, und er schläft in der Luft. Und was ist der Grund dafür?

Gott hat es so gewollt, sagte ich. Ramon lächelte zufrieden.

Dieser Gärtner war der glücklichste Mensch, der mir in Avignon begegnet war. Ramon hatte im Kloster zwischen Taubenturm, Beeten und Weinfass seinen sicheren Ort gefunden, während ihm Liturgie und Doktrin völlig gleichgültig waren. Ich dachte an die zahllosen Bauern, die wie er im Midi, am Rhein und überall in der Welt jeden Tag die Erde beackerten, säten, ernteten und so für den Winter vorsorgten. Sie waren unendlich viel nützlicher als die Philosophen, die mit ihren Weisheiten erklärten, warum die Gelehrten und die Bewaffneten immer recht hatten, und die Bauern und die Armen nie etwas zu sagen bekamen. Die Ackersleute mussten schuften und von ihrer Ernte dem Grundbesitzer, dem Priester, dem Professor so viel abgeben, dass sie selber Hunger litten. Im Kloster bei mir daheim hatte ein Novize im Garten ein verbotenes Lied gesungen, bis sie ihn erwischten und auspeitschten:

Als Adam grub und Eva spann, wo war da der Edelmann?

Dabei besagte der Vers nichts als die Wahrheit. Ein strafender Engel hatte uns Menschen aus dem Paradies verstoßen, und nun gab es Grafen und Könige, Priester und Bischöfe. Und wenn die Adligen und Bischöfe Streit bekamen, dann brachten sie einander nicht gegenseitig um. Nein, zuerst verwüsteten die Soldaten die Felder, hackten dann die Obstbäume um, raubten die Vorräte, verbrannten die Dörfer, vergewaltigten die Bäuerinnen und folterten zum Schluss deren Männer zu Tode. Danach wurden für die überlebenden Bauern Steuern und Abgaben erhöht, bis zum nächsten Krieg. Und Krieg zwischen den Mächtigen herrschte eigentlich immer. Papst Joan führte seit Jahren mit seinem vielen Geld verheerende Feldzüge in ganz Italien. Die Franzosen kämpften mit den Flamen, die Kastilier gegen die Mauren, die Griechen gegen die Türken. Die ganze Welt war ein Schlachtfeld, und die Soldaten hatten noch viel mehr Bauern umgebracht als alle Inquisitoren zusammen. Das war der Lauf der Welt. Aber wer hatte das so gewollt?

Ramon wusste, dass er daran nichts ändern konnte. Er hatte begriffen, dass er einen grausamen Tod sterben würde, wenn er aufbegehrte. Er organisierte lieber gutes Essen und Trinken für den Prior und für seine Mitbrüder, die ihn im Gegenzug als Trottel vom Dorf verachteten, weil sie über ihren Büchern die Geheimnisse der Dreieinigkeit und der Jungfräulichkeit Mariens studierten.

Ramon wich allen Gelehrten aus. Er duckte sich, wenn er geschlagen wurde, er diente brav, wenn man es ihm befahl. Er wollte überleben und so oft wie möglich gut essen. In den Ritterromanen, die ich so liebte, zogen Helden in ferne Länder und retteten bedrohte Jungfrauen. Doch der wahre Held, der in keinem Roman vorkam, hieß Ramon, der noch nie woanders gewesen war als in Lansac und in Avignon. Ritter oder Adelsfräulein, Papst oder Gegenpapst – ich konnte ohne alle gut auskommen. Ohne Ramon war ich in diesen bösen Tagen verloren.

Warum hast du solchen Respekt vor den Buchstaben?, wollte ich wissen. Du verstehst sie doch nicht. Was kann das Gekritzel dir denn anhaben?

Ramon dengelte wieder an seiner Sichel. Zwischen den Schlägen erklärte er es mir:

Buchstaben sind mächtige Zauberzeichen, mit denen es sich kein Bauer und kein Laienbruder verderben darf. In Buchstaben steht geschrieben, wo der Acker meines Bruders endet und wie viel er von der Ernte dem Priester, wie viel dem Rektor des Comtat abgeben muss.

Aus Buchstaben bestehen die Verträge zwischen den Königen, wenn sie Frieden schließen oder gegen ihre Feinde Krieg machen. Buchstaben bilden das Psalmbuch, das die gelehrten Mönche hier im Kloster beten und zur Belohnung nicht arbeiten müssen – anders als wir dummen Laienbrüder. Wer die Buchstaben hat, der hat die Macht. Und ich will es mir mit der Macht nicht verderben. Darum ist es besser, wenn deine Schachtel geschlossen bleibt. Die Buchstaben sagen nein.

Ramon setzte sich auf und blickte wieder zum Himmel, wo die Falciots herumflogen.

Immer wenn ich die Sichel dengele, sagte er versonnen, muss ich an den Tod denken. Ob ich dann wohl auch da oben hinfliegen muss wie die Vögel?

Warum musst du an den Tod denken?, wollte ich wissen.

Der Tod, heißt es bei uns in Lansac, kommt mit der Sichel vorbei und schneidet deinen Lebensfaden ab. Schnippschnapp. Dann ist es vorbei. Aber weißt du, Albarino, ich will gar nicht da oben zu den Falciots in den Himmel. Was soll ein Bauer wie ich denn in den Wolken? Ich habe keine Flügel, sondern zwei Beine.

Wohin willst du denn, wenn du tot bist?, fragte ich.

Er wies mit dem Zeigefinger nach unten: Ich will bei der Erde bleiben, für immer. So eine feuchte Scholle nach einem Frühlingsregen, wenn du sie umgräbst und weißt, dass später alles Gute aus ihrer Fruchtbarkeit entspringt, das ist das wahre Leben. Die Wolken da oben sind nichts für einen Bauern. Ich will bei meinen Salatbeeten sein, die ich mit Taubenmist dünge. Bei den Weinstöcken, die mir den Abendtrunk schenken. Bei den Kühen und Ziegen und meinetwegen bei den Mäusen oder den Ameisen, die sich auch ihren Teil holen dürfen. Wenn der Tod einmal mit der Sichel kommt und meinen Faden abschneidet, dann bleibe ich hier – egal was alle Prediger vom Paradies verkünden. Ganz unten ist die brennende Hölle mit den Teufeln, ganz oben ist der Himmel mit den Engeln und den Falciots. Aber in der Mitte dazwischen, da ist das fruchtbare Leben. Und da gehört Ramon hin.

Ich legte ihm eine Hand auf die Schulter und bekräftigte: Jeder

Mensch bekommt das Paradies, das er verdient. So predigt es mein Meister. Und du, Ramon, hast dir deines redlich verdient. Mach dir also keine Sorgen.

Mein Freund setzte sich auf, bot mir aus seinem Ziegenhautbeutel einen Schluck Brunnenwasser an. Er erklärte mir, dass er jetzt dem Prior frischen Salat, Radieschen und ein paar Taubeneier zu bringen hatte. Am Mittwoch drehe ich dann den beiden fettesten Tauben den Hals um, Gaucelin will unbedingt eine für die Suppe zum Abendessen.

Und die andere?, fragte ich, obwohl ich bereits ahnte, wofür sie bestimmt war.

Die andere essen du und ich, mit einem Humpen Rotwein aus Lansac dazu, grinste Ramon. Das ist Gottes Wille.

Ich nahm mir vor, diesmal die Verabredung nicht zu verpassen.

KAPITEL 25

Als ich ins Dormitorium zurückkehrte, stand ein kleiner Junge vor unserer Zellentür und verhandelte mit meinem Meister in einer sonderbaren Mischung aus Französisch, Provenzalisch, Italienisch und Lateinisch. Das Kind war ungefähr zehn Jahre alt, trug ein langes braunes Hemd mit ebensolchen Hosen und eine blaue Mütze, die allein schon wegen der Farbe kostbar wirkte. Ich hatte den Jungen noch nie gesehen. Der Meister, der sich bei all dem Kauderwelsch mit Händen und Füßen verständlich zu machen versuchte, schien sich mit dem Kind keinen Rat zu wissen.

Da bist du ja, rief er mir zu. Dieser Junge hier sucht irgendetwas oder irgendwen, wenn ich ihn richtig verstanden habe. Wer weiß, wie er überhaupt ins Kloster hereingekommen ist. Es gelingt mir nicht, aus seinem merkwürdigen Latein schlau zu werden. Sein Französisch ist mangelhaft, ich spreche kaum Provenzalisch, also sieh du bitte zu, was unser Besucher begehrt. Vale!

Der Meister verschwand in unserer Zelle, und das Kind fragte mich mit ernstem Blick: Bist du Bambinobianco?

Ich runzelte die Stirn? Was wollte dieser Knabe? Immerhin sprach er Provenzalisch.

Ich verstehe nicht, wen du meinst, sagte ich.

Francesco di Arezzo hat mich geschickt, um Bambinobianco abzuholen, wiederholte das Kind. Er hat gesagt, du bist heute Abend beim Kardinal Napoleone Orsini zum Mahl geladen. Bist du nicht Bambinobianco?

Ich übersetzte meinen Namen in das bisschen Italienisch, das ich mir in Köln angeeignet hatte, und musste lachen. Wittekind, das weiße Kind, Bambinobianco. Das passte zu Francesco, der zwischen den Sprachen hin und her sprang und gerne mit Worten spielte.

Jetzt verstehe ich, sagte ich. Ja, dieser Bambinobianco steht vor dir. Und wer bist du?

Der Junge nahm seine Mütze ab und stellte sich vor: Ich bin Lapo Corboli, der Sohn des Kaufmanns Rico Corboli. Francesco di Arezzo ist gerade bei meinem Vater im Kontor und schickt mich mit einem Auftrag. Er will dich in einer wichtigen Angelegenheit sprechen. Danach geht ihr dann gemeinsam zum Kardinal.

Ein italienisches Kind also. Der Kleine war hübsch, hatte lange braune Locken und kluge Augen. Und er konnte sich durchsetzen. Erst hatte er den Bruder an der Pforte überzeugt, ihn hereinzulassen. Und sogar zum Meister konnte er sich durchfragen und ließ sich von ihm nicht abwimmeln. Was für eine wichtige Angelegenheit das wohl war, in der Francesco mich so plötzlich befragen wollte? Ging es wieder um den Schatz des Kardinals de Garve? Oder hatte er etwa durch Mica, den Badewärter, Wind von meinem Metallkästchen bekommen?

Ich verschwand kurz in der Zelle, um mein Messer einzustecken, und folgte dann dem Jungen. Der schritt mit wichtiger Miene vor mir her wie ein Knappe beim Turnier. Der Kleine sah sich neugierig im Kloster um, augenscheinlich war er noch nie hier gewesen. Auf der Straße kannte er sich umso besser aus und lotste mich, während seine dunklen Locken vom Mistral gezaust wurden, durch schmale Gässchen bei der Principale-Kirche. Wir gelangten ins italienische Viertel rund um den Cambio, wo alle Bankhäuser und Kaufleute ihren Sitz hatten, die mit dem Papst Geschäfte machten. Es ging hier ebenso drangvoll zu wie überall in der inneren Stadt, wenn das Leben zwischen Mauleseln, Lastträgern und Notaren in weiten roten Mänteln hier nicht gar noch beengter wirkte.

Dafür waren die Häuser der Italiener solider, die Läden massiver als anderswo, außerdem waren alle Gassen gepflastert und auffallend sauber gefegt. Hier, wo ich an jeder Ecke auf den Firmenschildern Namen wie Baroncelli, Dal Poggio, Bonacorsi entdeckte, hauste das große Geld. Das waren die Bankhäuser aus der Toskana, von denen in Avignon nicht nur hinter vorgehaltener Hand hasserfüllt als von den »Blutsaugern« gesprochen wurde. Dieser Hass war so spürbar wie die Abneigung gegen die Juden, doch in der Carriera, die nur ein paar Schritte weiter lag, herrschte die Armut. Und niemals hätten es die reichen Italiener gestattet, sich nachts und an Feiertagen hinter bewachten Toren einsperren zu lassen. Sie wussten sich zu schützen und zu wappnen. Vor einigen Steinhäusern bemerkte ich Wächter, die an kurzen Ketten riesige Saupacker festhielten, die mit ihrem großen Gebiss eigentlich zur Wildschweinjagd verwendet wurden, aber auch alle Räuber füglich abschreckten.

Gleich hinter dem Cambio lenkte der kleine Lapo mich in eine Nebengasse. Der Name Corboli stand am zweiten Haus in diskreten Lettern auf einem Holzschild. Die Eingangstür des schmalen Wohnturms, zu dem Lapo mich geführt hatte, wirkte von außen unbedeutend. Nach dreimaligem Klopfen öffnete ein schlanker Mann um die dreißig und ließ uns ein. Der Mann stellte sich als der Patron persönlich vor. Rico Corboli, mit dichtem, dunkelhaarigem Schopf und olivenbrauner Haut, sah aus wie der typische Italiener. Sein angenehmes Äußeres wurde nur dadurch beeinträchtigt, dass sein linkes Auge blutunterlaufen ins Leere starrte.

Konnte diese Versehrtheit einer der Fehden geschuldet sein, von denen man sich in Avignon so viel erzählte? Keine Italienersippe, die gegenüber Rivalen im Geschäft oder in Familiendingen nicht die Blutrache fürchten musste. Immer wieder wurden frühmorgens die Söhne von Bankiers erschlagen beim Cambio aufgefunden oder endeten im Stadtgraben mit durchschnittener Kehle. Die Justiz des Papstes, der die Fremden eigentlich unterstanden, stieß bei ihren Ermittlungen auf Fels. Niemand aus der italienischen Kolonie gab den Sergenten Auskunft, denn es handelte sich in der Regel um Angelegenheiten noch aus der Generation der Onkel oder gar der Großväter in Pistoia, Lucca, Florenz. Weil ein Heißsporn in der Heimat einst dem Nachbarn die Tochter entführt oder im Rat der Stadt den Großvater beleidigt hatte, musste viele Jahre später ein Neffe in der Provence verbluten.

Zuweilen kam es draußen vor der Stadt, irgendwo in den menschenleeren Hügeln östlich der Rhone, zu regelrechten Schlachten, bei denen die Fraktionen der Kaufleute zu Pferd und schwer bewaffnet ihre Fehden austrugen. Guelfen gegen Ghibellinen, Florentiner gegen Pisaner, Bankiers gegen Händler – kein Außenstehender konnte die Feindschaften durchschauen, die für die welschen Kaufleute über Ehre und Schande, Leben und Tod entschieden. Weil die Italiener nicht nur ihre Frauen, auch ihre Diener und sogar ihre Kleidung und Esswaren am liebsten aus der alten Heimat importierten, lebten sie mitten in Avignon wie unter dem Himmel ihrer Heimat. Sie gingen zur Messe in eigenen Kapellen mit italienischen Priestern, bildeten eine Bruderschaft bei den Augustinern, feierten zu den Festtagen ihrer Heiligen gemeinsame Bankette. Und dann starben sie, wenn das Schicksal es wollte, hier in der Provence einen italienischen Tod. Sollte eine solche Blutrache die Angelegenheit sein, in der Francesco mich unbedingt sprechen wollte? Ich fühlte mich unbehaglich.

Rico Corboli grüßte mich mit kurzem Kopfnicken und führte mich zu ebener Erde in einen Raum mit Holzvertäfelung. Obwohl es draußen noch hell war, brannten hier im Dämmer mindestens zehn Kerzen. Man zeigte sich wohlhabend. Der Boden war bunt gefliest, Seidenteppiche hingen an den Wänden, vor denen bemalte Truhen im Halbdunkel standen. Holzstühle mit geschnitzten Armlehnen vollendeten die Einrichtung. Auf einem davon saß Francesco. Wie so oft zeigte er mir sein unergründliches Lächeln:

Schön, Bambinobianco, dass du gleich kommen konntest. Du musst mir verzeihen, aber ich konnte mir deinen sonderbaren germanischen Namen nicht merken, daher habe ich ihn für den kleinen Lapo neu erfunden. Ein schlaues Kerlchen, unser Lapo. Ich wusste, dass er in diesem Dominikanerkloster voller eingebildeter Franzosen einen Deutschen nicht verfehlen würde. Wie heißt du denn nun richtig?

Bambinobianco ist schon in Ordnung, sagte ich, der Name gefällt mir beinahe besser als Wittekind. Weißes Kind oder Kind des Waldes, so etwas bedeutet mein Name. Ich muss damit ein Leben lang Kind bleiben, das ist mein Schicksal.

Candido träfe es auf Toskanisch wohl noch besser als Bianco, warf Rico Corboli ein.

Für meine Ohren wirkten alle italienischen Ableitungen schöner als das raue Original. Mir tat es wieder einmal leid, dass ich kaum Italienisch sprach, wenngleich mir in Köln ein Mitbruder aus Mailand erzählt hatte, dass es diese Sprache ohnehin nicht gab. Was wir für Italienisch erachteten, das waren für die Italiener allesamt lateinische Dialekte. Und von diesem sogenannten Volgare war für meinen Mitbruder in Köln das Lombardische das schönste Idiom. Für Venezianer war es das Venezianische, für Neapolitaner das Neapolitanische, für Römer das Römische, hatte er hinzugefügt und erläutert, dass deswegen in Italien niemals ein König, ein Kaiser, ein Papst jemals das Sagen bekäme: Wir sind alle Patrioten unserer Stadt, wir reden mit unserer Zunge, und wir hassen von ganzem Herzen unsere Nachbarn. Hoch Mailand! Nieder mit Genua! Italiener sind wir nur beim Essen und bei der Kleidung.

Ob daher die vielen blutigen Fehden kamen? Lag es daran, dass seit vielen Jahren mit dem Geld der Kirche und den Steuern des Kaisers zwischen den Städten Italiens eine Schlacht nach der anderen ausgetragen wurde? Die Guelfen hielten auf Gedeih und Verderb zum Papst, die Ghibellinen genauso verbissen zum Kaiser. War es verwunderlich, dass heute halb Italien in Flammen stand und die Gewalt sogar vor abgelegenen Klöstern nicht mehr Halt machte? William von Baskerville hatte von den Verheerungen erzählt.

Hör zu, riss mich Francesco aus meinen Gedanken. Ich habe dich herbestellt, weil Rico Corboli und ich auf der Suche nach etwas sehr Wertvollem sind. Messer Rico würde dafür einen gewaltigen Betrag bezahlen, und ich habe ihm gesagt, dass du der einzige Mensch in der Stadt bist, der ihm und mir weiterhelfen kann. Bitte enttäusche mich nicht!

Ich war auf der Hut. Sollte das eine freundliche Bitte sein, oder war es eine Drohung? Bis zu diesem Moment war Francesco außer Ramon mein einziger Bekannter in Avignon, der nicht hinter dem Kästchen oder dem Gold des Kardinals her gewesen war. Ich hatte geglaubt, dass den Italiener all diese Intrigen zwischen Papst und Bettelorden nicht interessierten. Doch nun merkte ich, dass auch Francesco geheime Pläne verfolgte. Und wieder drehte es sich um mich. Mir wurde schlagartig klar, wieso er ausgerechnet einen unbedeutenden Novizen zum Festmahl beim reichsten aller Kardinäle mitnehmen wollte. Auch die italienische Meute hatte die Spur des Goldes gerochen und glaubte, dass ich den Schlüssel dazu in der Hand hielt. Und war es nicht beinahe so?

Hör zu, Francesco, seufzte ich, schon den Sergenten und auch Shimon habe ich erklärt, dass ich nichts vom verschwundenen Schatz des Kardinals de Garve weiß. Mein Meister und ich haben keinen Zugang zu irgendwelchem Gold. Ich weiß noch nicht einmal Bescheid über diesen Krieg zwischen Papst Joan und Kaiser Ludwig. Mein Meister und ich sind harmlos, wehrlos, ahnungslos. Nur dass uns das in Avignon kein Mensch glauben will. Doch ich kann nur wiederholen: Wir sind nicht freiwillig hier und würden nichts lieber als morgen früh aufbrechen und zurück nach Deutschland wandern. Wir wollen nichts mit den Fehden und Geschäften in Avignon zu tun haben. Wertvolle Dinge haben wir keine.

Corboli und Francesco schauten einander fragend an, Corboli schüttelte leicht den Kopf und fragte Francesco halblaut etwas auf Toskanisch, was ich in groben Zügen verstand: Du wolltest für ihn bürgen. Aber kann man dem Mann trauen?

Sein totes weißes Auge hatte der Kaufmann halb zugekniffen, die rechte Hand langte zum Gürtel, wo er gewiss ein Messer trug. Hatten es nun auch diese Südländer auf meine Schachtel abgesehen?

Francesco nahm erneut das Wort: Mein lieber Freund, du verstehst mich nicht. Oder du willst mich nicht verstehen. Natürlich haben wir Italiener schon lange vom verschwundenen Goldsack dieses alten Kardinals aus der Gascogne gehört, aber darum geht es mir nicht. Gold haben die Italiener genug. Wir suchen etwas ganz anderes, das viel wertvoller ist.

Mir platzte die Geduld, und ich rief: Sicher, ich weiß, ich höre das Lied seit Tagen! Es geht euch um dieses verfluchte Schatzkästlein, für das Serge und Bruno sterben mussten, und das die Sergenten in der ganzen Stadt nicht finden können. Möge das verfluchte Kistchen im Rachen der Hölle verschwinden, wo es hingehört!

Am liebsten hätte ich mir auf die Zunge gebissen. Das war unbedacht, denn nun hatte ich den Italienern verraten, dass ich viel mehr wusste, als ich zugeben wollte. Aber inzwischen war mir die Geheimnistuerei egal. Wenn im Schlangennest Avignon alle Vipern hinter mir her waren, dann sollten sie endlich zubeißen. Ich hatte keine Kraft mehr, mit verdeckten Karten zu spielen.

Wie viel wollt ihr für die Schachtel bezahlen?, fragte ich rundheraus. Gold habt ihr doch mehr als genug.

Erneut blickten sich Corboli und Francesco verständnislos an.

Francesco begann aufs Neue: Du hast am Papsthof reichlich Federn gelassen, mein lieber Bambinobianco. Ich kenne das aus eigener Erfahrung. Auch mein französischer Freund Philippe de Vitry kommt hier gewöhnlich mit guter Laune an. Und wenn er die gierigen Kleriker der Kanzlei, die anderen Pfründenjäger und die bestechlichen Notare ein paar Tage lang aus nächster Nähe erlebt, dann ist er nur noch ein Bündel von Wut und Verzweiflung. Wir werden Philippe übrigens heute Abend noch sehen und können ihn fragen, ob er endlich wie beabsichtigt Domherr in Arras oder Verdun oder sonst wo werden konnte. Aber nun beruhige dich erst einmal mit deiner sonderbaren Schachtel. Mich interessiert eine ganz andere Schachtel, nämlich diese hier.

Francesco stand auf, öffnete eine der großen bemalten Truhen an der Wand und zog eine Schatulle hervor, die er mir mit Aplomb vor die Nase hielt.

Wir sollten uns endlich recht verstehen, verkündete er. Rico Corboli und ich suchen nach solch einer Ware wie dieser, und die ist wertvoller als alles Gold und alle Juwelen der Welt.

Ich blickte Francesco an. Was konnte das sein?

Der Poet nickte mir aufmunternd zu:

Schnür das Paket ruhig auf, aber vorsichtig!

Ich öffnete die mit einem Band umwickelte Schatulle aus Leder und zog ein Manuskript hervor. Es handelte sich um lose Blätter Pergamentes, an den Rändern von Mäusen zernagt, aufgeraut und stellenweise verblichen. Was sollte das nun wieder bedeuten? War das die Schatzkarte des Kardinals de Garve?

Nimm und lies!, befahl mir Francesco und stellte zwei Kerzen auf einen Klapptisch neben meinem Stuhl

Ich rollte die Blätter vorsichtig auf und entzifferte die Schriftzeichen:

Scr. Romae Id. Ian. a. u. c. 698, M. Cicero S. D. L. L. Lucceio Q. F.

Ich las die Zeichen noch einmal und atmete tief. Das konnte nicht sein! Ich hatte einen Brief von Cicero in der Hand! So etwas gab es nicht. Und wer sollte dieser Mann sein, dem der römische Senator geschrieben hatte? So gründlich ich den alten Marcus Tullius in Köln und den Klöstern am Rhein auch studiert hatte, von diesem Adressaten hatte ich noch nie gehört.

Quia videbam Italici belli et civilis historiam a te paene esse perfectam, so las ich in den schiefen Zeilen, bis die Schrift abbrach. Der Text war unvollständig. War das eine Fälschung, und wollten die Italiener sie teuer verkaufen? Doch sicher nicht an mich, einen armen Novizen? Und was hatte dieses römische Manuskript in Avignon verloren?

Da staunst du!, rief Francesco. Wir haben dich nicht für eine Nichtigkeit aus deinem Konvent hergebeten. Was du da vor dir siehst, ist heilige Schrift: ein echter Brief Ciceros an seinen Freund Lucceius, der die Geschichte des römischen Bürgerkriegs aufgeschrieben hat. Ich habe den Text seit heute Mittag studiert. Cicero erwähnt auf diesen Seiten noch andere antike Historiker, die über Kriege geschrieben haben: Kallisthenes, Timaeus, Polybios. Nur wenige kennen wir mit Namen, ihre Werke kennen wir leider überhaupt nicht. Fast alles der antiken Wissensschätze ist, wie du weißt, von den Goten und den Vandalen und all den anderen Barbaren aus dem Norden zerstört worden. Aber wir können mit diesen Zeilen immerhin in die Antike schauen, direkt in die Endzeit der Römischen Republik. Der Brief, den du in deiner Hand hältst, führt uns vor, wie Cicero mit seinem Freund spricht, er erzählt vom Alltag und erklärt die Politik seiner Zeit. Niemand außer uns hat diese Zeilen je gelesen. Du trinkst gerade aus der süßesten Quelle des Wissens und Denkens. Und was noch wichtiger ist: Wir erfahren durch dieses verstümmelte Exemplar, dass es noch viele andere solche Briefe geben muss. Es ist unsere Pflicht, sie zu finden.

Unsere heiligste Pflicht!, rief Messer Corboli aufgeregt. Darum hat Francesco mir heute von dir erzählt. Er hat mir versichert, dass du zwar aus Germania kommst, aber dass du ein außergewöhnlich kluger Mönch bist und ganze Passagen aus Ciceros »Rhetorica« aus dem Kopf hersagen kannst. Ich hatte das in Avignon für unmöglich gehalten, aber genau solch einen Mönch wie dich suche ich seit Jahren. Du kannst uns helfen. Und vielleicht eine Menge Gold dabei verdienen.

Um Gold musste es in Avignon früher oder später ja gehen, das war ich inzwischen gewohnt. Doch diesmal störte mich das nicht. Meine Hände zitterten, denn ich fühlte mich in engem Kontakt mit der Welt der alten Römer, mit Cäsar und Augustus, mit Cicero und Seneca. Welcher gelehrte Mensch träumte nicht von jener versunkenen Welt! Die Werke der antiken Denker bestanden aus immer wieder abgeschriebenen Kopien, die zufällig bis in unsere Zeit überlebt hatten. Was die christlichen Eiferer im Lauf der Jahrhunderte in die Finger bekommen hatten, wurde von ihnen für immer zerstört. Dass es immer noch unbekannte Texte von Cicero oder Livius geben sollte, waren Gerüchte. Ich hatte von Klöstern in den Ardennen gehört, in deren Bibliotheken unbekannte griechische Traktate lagen, welche die

Mönche nicht lesen konnten. Was, wenn dort tatsächlich ein weiteres Werk des Aristoteles, etwa sein verschollener Traktat über die Komödie, zum Vorschein käme? Bei uns Dominikanern hatte sich noch niemand auf die Suche nach antiken Manuskripten gemacht, um nicht in den Verdacht des Heidentums und der Ketzerei zu geraten. Die Italiener waren uns wieder einmal voraus.

Wo habt ihr das Fragment gefunden?, wollte ich wissen.

Rico Corboli erzählte, dass diese Fragmente aus einem berühmten Skriptorium Italiens stammten, welches im Winter einem großen Feuer zum Opfer gefallen war. Alle Gelehrten, die davon erfahren hatten, trauerten über unschätzbare Buchbestände, die bei dieser Katastrophe zusammen mit dem Bibliothekar und dem Abt zugrunde gegangen waren. Nur angekohlte Fragmente waren übrig geblieben.

Was ich da hörte, stimmte überein mit der verwüsteten Bibliothek, von der William von Baskerville uns erzählt hatte. Bernard Gui hatte dort Ketzer der Armutsbewegung gejagt. In der Folge war das ganze Kloster wie auf einem Scheiterhaufen der Inquisition vernichtet worden. Jetzt fielen mir Brandspuren an der Schriftrolle Ciceros auf, das Pergament roch sogar noch nach Rauch. Was für ein Glück, dass dieses Manuskript die Katastrophe überlebt hatte.

Ich konnte, fuhr Corboli fort, über verschlüsselte Notizen auf der Rückseite rekonstruieren, dass sich die Briefe Ciceros einst im Besitz des Bischofs Leo von Vercelli befanden. Das ist aber sehr lange her. Alle Philologen hielten die Existenz der Korrespondenz des Marcus Tullius für eine Fabel. Diese Abschrift beweist, dass es Ciceros Briefe an seine Freunde tatsächlich gibt. Und Bischof Leo erwähnt hunderte davon.

Ich rief aufgeregt: Der vollständige Briefwechsel wäre ein Fund, der unser Wissen über das römische Heidentum unglaublich bereichern würde. Und ihr, Messer Corboli, habt diese Briefe tatsächlich gefunden und für die Menschheit gerettet?

Leider nicht, mischte sich Francesco ein. Aus der verbrannten Bibliothek konnten nur ein paar Fragmente gerettet werden. Ein geheimnisvoller Franziskaner, der zu Fuß über die Berge gekommen ist, hat das Pergament Messer Corboli vor zwei Tagen angeboten und für eine unverschämt hohe Summe verkauft. Du musst wissen, dass mein Freund Corboli neben vielen anderen Verpflichtungen der bedeutendste Buchhändler von Avignon ist. Nur leider kauft der päpstliche Hof nichts Namhaftes, sondern ausnahmslos liturgische Werke mit vergoldeten Initialen und Heiligenbildern.

Immerhin nährt das meine Familie, kommentierte Corboli sachlich.

Der kleine Lapo kam herein und bot jedem von uns ein Glas an. Es war tatsächlich ein echtes grünes Glas mit Wein. Ich hatte noch nie aus einem solch kostbaren Zierrat getrunken. Sogar das Konfekt von Zucker und Früchten, das ich dazu gereicht bekam, lag auf einem Glasteller. Welch Reichtum! Durch die Türöffnung sah ich das verschleierte Gesicht einer Frau, die, gehüllt in feinstes Tuch, in unseren Raum spähte. Ich konnte nur ihre dunklen Augen erkennen, mehr ließen die Italiener von ihren Frauen Fremde nicht sehen.

Francesco brachte das Gespräch nochmals auf die Pergamentblätter, die er mir aus den Händen genommen und wieder sorgsam in die Schatulle gebettet hatte: In dieser verstümmelten Form verhelfen uns die Schriften zu nichts, außer zur Erkenntnis, dass sie kostbare Erinnerungen an den göttlichen Cicero darstellen. Der Text aber ist, wie du sahst, halb verbrannt und verblichen, es gibt weitere Schäden durch Wasser, Staub, Dreck. Ich musste weinen, als ich die paar Blätter in Augenschein nahm. Denn es sieht wegen des Index so aus, als sei die Ausgabe ursprünglich vollständig gewesen – bis zu diesem verfluchten Klosterbrand. Wer weiß, welche Meisterwerke in der Bibliothek für immer in den Flammen vernichtet wurden.

Francesco reckte sich und erhob feierlich die Stimme, als wäre er selbst zu Marcus Tullius Cicero geworden, der vor einem römischen Gericht gegen einen Feind plädiert:

Wir sind nichts als erbärmliche Barbaren! Quo usque tandem! Wann hat dieses dunkle Zeitalter endlich ein Ende? Wir leben in der Epoche der verlausten Goten und struppigen Franken. Wir sind Barbaren, die nicht einmal mehr fähig sind, auf die Schultern der antiken Riesen zu klettern, um von dort aus in die Weite zu blicken. Wir waten an der Rhone und am Rhein im Kot! Unser ewiges Rom ist öde und verwaist. Und ausgerechnet der ungewaschene Franzose will ganz Europa Kultur beibringen! Eine Schande! Weine, oh Menschheit, weine! Wenn wir nicht viel mehr von solchen Texten zu retten vermögen, die uns echte Humanitas lehren und nicht nur diese hündische Christenlehre, wenn wir nicht für alle Zeit auf du und du stehen dürfen mit Cicero, Seneca, Cato, Lucrez, ja, wenn unsere Welt nicht aus der Weisheit der Antike wiedergeboren wird – dann sehe ich für unsere Zukunft schwarz.

Rico Corboli sprang auf und reichte Francesco bewegt die Hand. Die beiden Italiener hatten meine volle Zustimmung, aber ich wusste immer noch nicht, wofür sie mich eigentlich herbeigerufen hatten. Was sollte das für ein Gut sein, das sie mir so teuer bezahlen wollten? Ich wiederholte meine Frage, worauf Rico Corboli sein verbliebenes Auge auf mich richtete und mich endlich in seine Pläne einweihte:

Seit Francesco mir von dir erzählt hat, sehe ich dich vor mir, wie du wieder zurück nach Germania gehst und in unserem Auftrag die Bibliotheken alter Klöster nach genau solchen Werken durchsuchst. Römische Literatur! Das hat bei euch im Norden noch niemand gefunden, weil niemand wie wir alle Hoffnung auf die Antike setzt. Doch wir haben wahrlich genug christliche Dogmatik, die die Hirne der Klügsten verklebt. Ich kann dir sogar verraten, wo genau du nach Schätzen suchen musst: In den Signaturen des Bischofs Leo von Vercelli stand der Name des Klosters Lorsch, das liegt, wenn ich nicht irre, irgendwo am Rhein. In jenen Landschaften kennst du dich doch bestens aus, wie mein toskanischer Freund hier mir sagte.

Ich blickte Francesco fragend an, und der erklärte: In den Akten der Inquisition war sehr leicht herauszufinden, dass du mit deinem Meister viele Klöster der Dominikanerinnen zwischen Köln und Basel inspiziert hast. Was immer dein Lehrer dabei für ketzerische Lehren predigte, ist mir gleichgültig. Aber hättest du Idiot dabei doch deine Nase in die Bibliotheken gesteckt! Es müssen unglaubliche Schätze bei euch Hyperboreern im Verborgenen liegen. Sie aufzufinden ist die Gelegenheit deines Lebens.

Der Italiener wusste nicht, dass er mit seinen Vorwürfen übertrieb. Ich hatte wahrlich jede Gelegenheit genutzt, in den Klöstern seltene Bücher aufzustöbern. Allerdings hatten wir für eine gründliche Suche auf unseren Reisen kaum Zeit gefunden.

Das Allerbeste an meinem Vorschlag ist aber, so fügte Francesco hinzu, dass du für ein vollständiges Epistular Ciceros bei Rico Corboli einen ganzen Beutel voll Gold herausholen kannst. Komm her mit deinen Funden, dann kannst du deine ärmliche Kutte wegwerfen und allen Hunger als Bettelmönch vergessen. Wittekind, du musst als reicher Mann niemals mehr arbeiten, weil kein Geringerer als Cicero dir dein Vermögen verdient. Auch die begehrtesten Frauen sind dir dann gewogen. Ihr habt doch sicher schöne Frauen bei euch in Deutschland, für die sich zu leben lohnt, oder sogar zu sterben? Du bist nur ein Novize und nicht einmal geweiht. Was hast du zu verlieren? Zieh in unserem Auftrag den Rhein entlang und forsche nach den Helden der griechischen und römischen Welt! Da tut sich für einen klugen Kopf wie dich ein wundervolles Leben auf.

Das also war das rätselhafte Gut, das kostbarer war als alles Gold und alle Edelsteine im Papstpalast. Mit dem Schatz des Kardinals, mit Serges geheimnisvoller Schachtel hatten diese Italiener nichts im Sinn. Es handelte sich um ein Missverständnis. Und zugleich um eine einmalige Gelegenheit für mich.

Ich trank vorsichtig das Glas süßen Weins leer und leckte mir die Lippen. Der Hausherr informierte mich, dass dies ein edler Tropfen aus Tusculum sei, also vom Weinberg des göttlichen Marcus Tullius Cicero.

Das schöne Tusculum, fügte Francesco hinzu, wurde vor gut hundert Jahren dem Erdboden gleichgemacht. Alles ausgelöscht, ruiniert, verbrannt, genau wie die Briefe Ciceros. Bei einem Krieg des Papstes Coelestin, der genauso ein blutgieriger Verbrecher war wie unser Joan. Du begreifst jetzt, wie wichtig unsere Aufgabe ist: Wir müssen unsere wahre Kultur unbedingt vor den Barbaren von heute retten. Diese französischen Päpste verbrennen die Welt und reißen alles Wissen mit sich in den Abgrund!

Ich dankte den beiden Italienern für das Vertrauen, es war tatsächlich eine Gelegenheit und ein mögliches Abenteuer noch dazu. Ich versprach, dass ich den Auftrag, wenn irgend möglich, erfüllen wollte.

Das Problem ist nur, sagte ich, dass der Prozess meines Meisters keineswegs im Guten zu Ende gegangen ist. Der Papst wird noch in dieser Woche in letzter Instanz über uns richten. Erst danach wissen wir, ob wir überhaupt nach Deutschland zurückkehren dürfen. Oder ob uns der Kerker droht, vielleicht gar Schlimmeres.

Rico Corboli sagte ernst: Mein Freund, du weißt jetzt, wo ich wohne. Das nächste Mal muss mein Lapo dich nicht herbeischleppen. Du musst dich vielleicht um deinen Meister sorgen, aber ich kann mir nicht vorstellen, dass ein Bannfluch auch deine Zukunft vernichtet. Es herrschen bewegte Tage, du hast sicher vom römischen Gegenpapst Niccolò gehört. Kaiser Ludwig bedroht uns mit einem Kriegszug nach Avignon. Aber wir Italiener haben unsere eigenen Boten aus der Heimat, wir wissen sicher, dass Ludwig bereits die Mittel ausgehen, um Soldaten auszurüsten und mit einem Heer bis an die Rhone zu ziehen. Dieser tollkühne Bayer muss froh sein, wenn er es am Ende mit heiler Haut zurück nach München schafft. So viel immerhin verdanken wir dem Geld des alten Joan. Er sichert unsere Grenzen, wenn er für meinen Geschmack auch viel zu wenige Bücher erwirbt. Ein Buchhändler wird kein reicher Mann in Avignon.

Glaube diesem einäugigen Banditen Corboli kein Wort, lachte Francesco, er ist im tiefsten Abgrund seiner Seele auch nur ein Krämer. Bevor du nach Germania zurückkehrst, lass dir von ihm einen ordentlichen Vorschuss geben. Seine Truhen sind voll. Du bist in meinen Augen jetzt schon ein gemachter Mann, Wittekind. Bücher und Miniaturen sind Gold wert, sie haben Corboli zu einem reichen Mann gemacht, von seiner Heirat mit einer Bonarcorsi zu schweigen. Messer Rico begleitet uns heute Abend übrigens zu seinem besten Kunden. Napoleone Orsini mildert sein Heimweh nach Italien mit Prachtausgaben von Kirchenvätern wie Hieronymus, Ambrosius, Chrysostomus. Und gegen einen Heiden wie Boethius oder Seneca hat er auch nichts einzuwenden, wenn die Werke nur kostbar ausgestattet sind.

Wie viele von euch Italienern leben in Avignon?, wollte ich wissen.

Corboli erzählte, dass es sicher dreitausend seien, die meisten von ihnen Toskaner, davon wieder die meisten aus der papsttreuen Hochburg Florenz.

Die Eingesessenen hassen uns, konstatierte er bitter. Weil wir die Mercatores Curie Romane sind, die offiziellen Händler des Papstes, der seinen eigenen Landsleuten nicht traut. Die Profite an seinem Geldverkehr machen ausschließlich die Bankhäuser von Florenz, die luxuriösen Waren liefern wir Italiener obendrauf. Mein direkter Nachbar ist Niccolò Benci, der dem Papst und den Kardinälen das prunkvollste Messgeschirr beschafft. Die herrlichsten Gewänder, sogar die aus Flandern, gehen bei meinem Landsmann Domenico Palarcioni über den Tisch, Papier und Seide für Dokumente liefert Paolo Sabatini aus Asti, Musikinstrumente wie Orgeln, Fiedeln, Glockenspiele hat niemand auf Lager außer dem Römer Paolo degli Garganti. Unsere Liste ist lang, und genau das macht die Franzosen so neidisch. Ihr reichster Händler heißt Pelleprat, der liefert dem Palast das Brennholz.

Francesco machte eine abfällige Bewegung mit den Fingern, als zähle er Geld: Mir gehen eure Geschäfte zu gut, zumal ich selbst nicht viel daran verdiene. Jedenfalls nicht genug. Ich fürchte, die Revolte in Rom mit Kaiser und Gegenpapst könnte in Avignon zu einem Volksaufstand gegen uns Italiener führen. Dann fließt Blut. Ich ziehe mich in den kommenden Monaten lieber aufs Land zurück. Das Festmahl heute bei Napoleone ist einstweilen mein letztes Trankopfer am Hof des Papstes.

Wohin wirst du gehen, fragte Rico Corboli, der plötzlich besorgt klang.

Francesco begann zu rezitieren: Chiare, fresche e dolci acque. Ich gehe direkt an die reine, frische und süße Quelle der Sorgue, deren Kanal hier in der Stadt bei den Dominikanern als Kloake in die Rhone mündet, vom Papst und seinen schmutzigen Geschäften verdreckt. Ich laufe mit Bedacht in die entgegengesetzte Richtung, denn mein Lebensprinzip ist wie bei der Literatur, dass wir stets zu den Quellen zurückkehren müssen. Cicero, Vergil, Horaz. Am Anfang ist alles gut, dann kommt nach dem Goldenen Zeitalter nur mehr der Niedergang. Schaut euch um!

Das war eine traurige Nachricht. Auf Francescos Hilfe konnte ich bei dem, was uns beim Prozess erwartete, also nicht mehr hoffen. Wenn man auf diesen unruhigen Geist überhaupt bauen konnte. Immerhin, bevor Francesco aus Avignon fortging, hatte er mich noch mit Rico Corboli in Verbindung gebracht. Daher seine Eile heute Abend. Für die vage Hoffnung auf Briefe Ciceros erwies er sich als mein Wohltäter, falls ich jemals lebend aus Avignon herauskäme.

Rico Corboli und seine Frau, die nun wieder ihren Kopf durch die Tür streckte, wirkten von Francescos Fluchtplänen beunruhigt. Ich sah, wie die beiden finstere Blicke wechselten und einander Zeichen mit den Händen machten.

Corboli sagte: Ich will hoffen, Francesco, dass du mit deiner Schwarzmalerei unrecht behältst. Aber deine Verbindungen in die Kurie und in die Stadt sind ausgezeichnet, du wirst allerhand gehört haben vom gärenden Unmut gegen uns Italiener. Vielleicht weißt du mehr als ich?

Francesco nickte und legte seinen Arm um den kleinen Lapo, der uns noch Wein nachgeschenkt hatte: Ich muss dich und die Deinen nicht daran erinnern, dass in den letzten Wochen dieser schmutzige Sienese, Municcio di Jacopo, alle Waagen in den Wechselstuben der Stadt genau geprüft hat. Das war eine komplizierte Arbeit, und sie war sorgsam vorbereitet. Joan hat gerochen, dass seine Kämmerer beim Umwechseln des vielen Geldes immer wieder hohe Beträge verlieren. Ich habe erfahren, dass von den dreiundvierzig Geldwechslern sechsunddreißig mit falschen Gewichten gearbeitet haben. Sie müssen jetzt hohe Strafen zahlen. Bisher hat Joan die Augen zugedrückt, aber nun greift er gegen die Italiener durch.

Und was bedeutet das nach deiner Ansicht?, fragte Corboli.

Francesco schlug mit der Handkante in die Luft wie mit einem Beil: Schluss mit den Privilegien. Er braucht euch Geldleute aus der Toskana nicht mehr, er hat jetzt seine eigenen klerikalen Bankiers in der Kämmerei, er hat seine Kontrolleure beim Geldtausch, er wird auch neue Konditionen bei seinen Wechselbriefen einfordern, sonst holt er einfach neue Geldhäuser in die Stadt. In Venedig und Genua lecken sie sich die Finger, wenn sie und nicht mehr die Florentiner für den reichsten Mann der Welt die Finanzgeschäfte besorgen dürfen. Und dann kann Joan endlich den wichtigsten und endgültigen Schritt tun, auf den er schon lange wartet. Ich habe davon in der Kammer munkeln hören.

Als erfahrener Rhetoriker unterbrach sich Francesco an der wichtigsten Stelle selbst. So hatte es Cicero ihn gelehrt: Schüre die Erwartungen und halte dein Publikum hin, bis es dir an den Lippen hängt. Corboli und ich hingen an seinen Lippen.

Sag schon, rief Corboli, wohin führt dieser endgültige Schritt?

Francesco lächelte wissend: Joan will sich wie einst König Midas selbst vergolden. Er wird sein Konterfei mit der Tiara und dem Zepter in der Münze von Sorgas verewigen lassen. Mit einem neu geprägten Papstgulden ist er autark, und die anderen Währungen müssen ihm folgen, nicht umgekehrt. Bald hat dieser Bankier, der den Papst nur spielt, sein Ziel erreicht. Niemand ist dann mächtiger als Joan.

War es das?, fragte ich mich. War dies endlich die Lösung des Rätsels? Lag ein brandneuer Goldgulden, wie ihn noch kein Bankier in Händen gehalten hatte, in meiner geheimnisvollen Schatulle? Bevor William den Verschluss nicht fachmännisch aufhebelte, konnte ich Aufschluss über den Inhalt nur an einem einzigen Ort bekommen, nämlich in Sorgas. Zur päpstlichen Münzstätte führten alle Hinweise. Ich entschloss mich, gleich morgen früh dorthin zu gehen und mich gründlich umzuhören. Der Weg war nicht weit, bei Mistral würde es keinesfalls regnen, und am dritten Pfingsttag gab es in Avignon für mich ohnehin nichts Wichtiges zu tun. Der Meister fastete und betete unablässig in unserer Zelle, um sich für das entscheidende Treffen mit dem Heiligen Vater vorzubereiten. Wenn ich abends zurückkehrte, wusste ich vielleicht genug und konnte mit den Franziskanern bereden, was wir mit der Schachtel anfangen sollten.

Ich fragte Francesco, welchen Wanderweg er morgen zu seinem Domizil auf dem Land gewählt hatte.

Er erklärte feierlich: Das ist keine Wanderung, sondern eine Wallfahrt. Ich will mich in der Quelle läutern nach viel zu viel Schmutz in dieser Kapitale der Lüge und der Gier, die sich fälschlich Hauptstadt der Christenheit nennt. Addio, Babylon! Daher werde ich mit meinem Cicero in der Tasche am Wasser entlangpilgern, erst nordwärts an der Ouvèze über Sorgas bis Bédarrides, dann biege ich ab zum Hauptstrom der Sorgue und kehre geläutert heim zur Quelle in den Frieden der Natur. Dorthin, wo mich kein Hass der Menschen erreicht.

Ich fragte: Hast du etwas dagegen, wenn ich dich begleite? Ich möchte, bevor der Prozess gegen meinen Meister zu Ende geht, endlich auch einmal etwas vom Comtat Venaissin sehen, wo der Papst regiert. Für mich gilt das Verbot, die Stadt zu verlassen, nicht. Aber ich kenne mich nicht gut aus, und die Landstraßen sind zu zweit bestimmt sicherer.

Francesco war einverstanden: Man könnte langsam meinen, wir beide wären unzertrennlich. Erst in der Pasture, dann im Badehaus, heute hier im Italienerviertel, nachher noch beim Kardinal Napoleone Orsini. Und morgen eine gemeinsame Wanderung durchs liebliche Comtat. Warum nicht? Auf dem Rückweg musst du allerdings alleine zurechtkommen.

Der Italiener zeigte seine schönen Zähne, aber aus dem breiten Lächeln konnte ich nicht erschließen, ob er meine Pläne, die Münze in Sorgas zu untersuchen, durchschaut hatte – oder ob er einfach nur froh war über Reisegesellschaft. Dieser Francesco, den ich immer schwerer einzuschätzen vermochte, floh im richtigen Moment aus Avignon, um sich zu reinigen, wie er das nannte. Er wusste genau, dass niemand sauber blieb, der wie er zwischen den Kardinälen, der Kammer, der Kanzlei herumspionierte, der die Kleriker aushorchte und obskure Botendienste verrichtete. Vielleicht hatte er Wind bekommen von drohender Gewalt, von Aufruhr und Verhaftungen. Vielleicht waren auch einfach seine Ersparnisse aufgebraucht. Doch auch ich suchte nach Läuterung. Denn ich wusste nun: Auf dieser Schachtel lastete ein Fluch. Sie enthielt das Geheimnis des Königs Midas, dessen Berührung alles in Gold verwandelte. Morgen würde ich unterwegs sein zu den Ursprüngen dieses Geheimnisses.

KAPITEL 26

Rico Corboli war treppauf in seine Privaträume verschwunden, um sich umzukleiden und um den kostbaren Kodex einzupacken, den er dem Kardinal heute verkaufen wollte. Noch bevor wir zum Festmahl aufbrachen, erhielt ich von Francesco eine weitere Lektion:

Du weißt hoffentlich, dass wir gleich eine Audienz beim Papst haben.

Ich blickte ihn erstaunt an.

Nicht beim wirklichen Papst, fuhr Francesco fort, aber bei dem Mann, der eigentlich Papst sein sollte. Napoleone wurde von einer der mächtigsten Adelsfamilien von Rom vor vierzig Jahren, also als junger Mann und ohne jede kirchliche Karriere, zum Kardinal befördert. Sein Onkel saß damals im Namen der Orsini auf dem Thron der Päpste, mehrere Vettern waren bereits Kardinäle. Und was du nicht weißt: Napoleone trägt seinen sonderbaren Namen nach einem Urahnen, den vor über hundert Jahren dein Ordensgründer, der heilige Dominikus, persönlich geheilt haben soll, nachdem jener Napoleone als Kind vom Pferd gefallen war. Ein Wunder! Der Mann, der uns heute bewirtet, stinkt vor Heiligkeit. Der Heilige Stuhl ist für ihn, was für dich der Schemel in deiner Zelle ist: der einzig passende Sitz für seinen Hintern. Die Orsini haben das Papsttum im Blut, ihre Bestimmung ist, in ihren Augen jedenfalls, das Bischofsamt von Rom. Für dieses Ziel hat Napoleone einst in Paris bei den berühmtesten Professoren Jura studiert, dafür ist er als halbes Kind ins Kardinalskollegium eingerückt und hat sofort wichtige Aufgaben bei der Verwaltung des Kirchenstaates übernommen. Er ist kein Theologe, er ist ein gerissener Politiker, das gibt er selbst zu.

Und warum ist dieser Napoleone dann nicht wie geplant Papst geworden?

Francesco lachte bitter: Das ist die Tragödie seines Lebens. Dass wir alle hier im provinziellen Avignon sitzen und unter Joans Regiment ächzen, ist Napoleone Orsinis Schuld. Er hat sich für Geld an den französischen König verkauft, nachdem der größenwahnsinnige Papst Bonifaz vor fünfundzwanzig Jahren in seiner Burg Anagni von französischen Söldnern verprügelt wurde. Nur durch den Einfluss von Napoleone wurde danach Clemens Papst, dieser vermaledeite Gascogner. Der holte die Kurie nach Frankreich und ernannte seine Landsleute in großer Zahl zu Kardinälen. Seither gibt es keine italienische Mehrheit mehr, die Franzosen zu überstimmen und den Papst zurückzuholen, wohin er gehört: nach Rom.

Ich wollte wissen, warum der studierte Napoleone Orsini so dumm war, sich von den Franzosen hinters Licht führen zu lassen.

Francesco holte tief Luft: Ich muss es leider so sagen, eigentlich haben wir Italiener das Chaos selbst geschaffen. Der Zweikampf der Adelssippen Orsini und Colonna um die Macht in Rom war vor über zwanzig Jahren so heftig, dass sich die Italiener unter den Kardinälen gegenseitig blockierten. Nicht einmal mit dem Messer am Hals hätte Napoleone einen Colonna gewählt, und umgekehrt kein Colonna jemals Napoleone zum Papst gekürt. Nur deswegen konnte Clemens als Erzbischof von Bordeaux damals überhaupt zum Papst gewählt werden. Es war Napoleones eigene Idee. Ein dummer Außenstehender sollte für eine Weile das Amt verwalten, bis dann eine Mehrheit für Napoleone Orsini zustande käme. Aber niemals soll man Geschäfte auf Treu und Glauben mit den Franzosen machen, das ist das Erste, was du hier in Avignon lernst. Unser schlauer Napoleone hatte nicht damit gerechnet, dass die Franzosen in einem Umsturz das Papsttum übernehmen und die Italiener demütigen würden. Es war ja auch seit Petrus noch nie vorgekommen, dass die gesamte Verwaltung aus dem Kirchenstaat abgezogen und in ein anderes Land transferiert wurde.

Als Clemens dann starb, sagte ich, kam doch die ideale Gelegenheit, die französische Usurpation wieder rückgängig zu machen. So hatte es Napoleone, wie du sagst, doch ohnehin geplant.

Francesco schüttelte den Kopf: Da war die römische Messe gesungen. Die Orsini waren gemeinsam mit den Colonna plötzlich ein Nichts gegen die vielen neuen Franzosen. Die italienische Minderheit reichte gerade noch aus, um die Wahl eines französischen Papstes in

Lyon endlos hinauszuzögern. Aber was sollte das bringen? Du hast sicher gehört, dass unser Joan als schlauer Fuchs den Sterbenden spielte, und dass es ein zweites Mal Napoleone Orsini war, der den Ausschlag gab für die Wahl. Napoleone hielt sich für besonders schlau: In ein paar Monaten, also nach dem schnellen Tod des Greises aus Cahors, wollte Napoleone die Kurie glanzvoll übernehmen und im Triumph als Papst nach Rom zurückkehren. Du weißt, dass es ganz anders kam. Wir sind immer noch hier. Das Ganze ist jetzt zwölf Jahre her. Und Joan hat das Papsttum inzwischen so teuflisch sicher in Avignon installiert, und hat so viele seiner Gefährten und Verwandten zu Kardinälen ernannt, dass ich fürchte, der Nachfolger des Petrus kehrt niemals wieder nach Italien zurück. Rom ist heute eine verfallene Stadt, eine Braut ohne Bräutigam, eine verlassene Königin, die nach ihrem König schreit. Doch dieser Papst ist taub wie eine Wachtel aus dem Quercy.

Und was machte Napoleone Orsini die ganze Zeit?, fragte ich.

Du wirst es gleich sehen, antwortete mir Francesco. Er muss mit jedem Monat, den der uralte Joan munter weiterregiert, seine eigene Lebenshoffnung tiefer beerdigen. Unser einst so mächtiger Orsini ahnt inzwischen, dass er anders als sein Onkel niemals Papst werden kann. Und statt zum strahlenden Kirchenfürsten, der seine Familie erneut an der Spitze der Christenheit inthronisiert, wird er zu einer tragischen Figur, die im Exil verdorrt. Jeden Morgen wacht Napoleone auf und denkt: Eigentlich müsste ich Papst sein, aber ich habe alles verkehrt gemacht. Ich weiß nicht, ob er an seiner Schuld zugrunde geht. Er ist nicht der Mann für Schuldgefühle. Jeder Schwächere jedoch wäre schon längst unter diesem Schicksal zerbrochen.

Ich konnte mir vorstellen, dass der Italiener Francesco bei jeder Verschwörung mitmachen würde, die dem Exil der Päpste in Avignon ein Ende bereiten könnte. Das war gewiss der eigentliche Grund, warum er selbst in einer Stadt ausharrte, die er abgrundtief hasste. Doch auch er verließ nun die Stadt. Hatte auch er die Hoffnung aufgegeben?

Du musst den alten Napoleone aber keineswegs bemitleiden, fuhr er fort. Er ist immer noch einer der reichsten Männer der Christenheit.

Riesige Ländereien im Latium gehören ihm als Oberhaupt der Familie Orsini, diese Einkünfte stehen ihm zu und werden über die Banken hier abgeliefert. Dazu kommen die Steuern und Gebühren für seinen Sitz im Kardinalskollegium. Und weil ihm das immer noch nicht ausreicht, verkauft er seine Gunst an fremde Herrscher. Zuerst an Philipp den Schönen von Frankreich, dann an König Jayme von Aragon. Und gleichzeitig spioniert er immer dreister für den Erzfeind von Joan.

Doch nicht für den deutschen Kaiser?, warf ich ein.

Genau für den, sagte Francesco. Napoleone informiert Ludwig gegen fürstliche Bezahlung über die Politik des Papstes. Im Augenblick ist es, wie ich höre, der König von Schottland, der ebenfalls den bewährten Napoleone für sich arbeiten lassen will. Für das entsprechende Geld ist fast jeder Kardinal eine Hure, die jedem ihre Gunst schenkt. Das Gold ist Napoleones Droge, die ihm den Schmerz lindert, nicht Papst zu sein. Und dann unterstützt Orsini noch die Franziskaner, wo er kann.

Aber die sind doch die Verfechter der totalen Armut der Kirche, sagte ich staunend.

Francesco lächelte: Mit Politik hast du dich bei deinen Studien wohl noch nicht viel befasst. Dort gilt das Gesetz, dass die Feinde meines Feindes meine Freunde sind. Die Franziskaner sind dem Papst verhasst, also liebt Napoleone sie. Er schützte den Armutsprediger Ubertin di Casale, indem er ihn als Hauskaplan anstellte. Er umgibt sich mit Bettelmönchen und wird irgendwann bei den Franziskanern von Avignon sein Grab erhalten; er hat es schon bezahlt.

Was gefällt einem so reichen Mann an der Armut?, fragte ich.

Francesco erklärte: Sehr reiche Menschen kleiden sich zuweilen gern mit dem Büßerkleid, sie finden das Radikale schick. Und längst nicht alle Franziskaner sind solche Fanatiker, dass sie sich nicht auch schmieren ließen. Außerdem kann man mit den Jüngern des Franziskus Politik betreiben. Im Moment sind es ihre geheimen Boten, im Habit armer Bettelmönche, die den Kaiser in Italien mit den Nachrichten vom Papsthof beliefern. Immer befinden sich unter den Botschaften verschlüsselte Briefe von Napoleone, in denen er dem deutschen Herrscher Vorschläge macht, wie er dem Papst am besten schadet. Gut möglich, dass die Idee für einen franziskanischen Gegenpapst aus dem Palast Napoleone Orsinis stammt.

Ahnt Joan denn nichts von diesen Umtrieben? Warum bestraft er Napoleone nicht?, wollte ich wissen.

Francesco seufzte: Politik, mein Freund, das ist alles hohe Politik. Natürlich weiß der Papst ganz genau, dass Napoleone sein Feind ist. Er bezeichnet ihn im Konsistorium stets als Ghibellinen, also als Freund des Kaisers. Gleichzeitig respektiert Joan, dass Napoleone vor langer Zeit in Italien zum Kardinal geweiht wurde. Es ist für den Papst viel zu kompliziert, einen rechtmäßigen Fürsten der Kirche einzukerkern, wenn er dessen Schuld nur schwer beweisen kann. Joan mag keine Komplikationen. Seit der Papst seiner Herrschaft sicher ist und weiß, dass dieser Orsini ihm nicht mehr schaden kann, hält er ihn sich wie eines der kostbaren Tiere in seiner Menagerie. Napoleone ist seine Pardelkatze oder sein Dromedar. Auf Joan und die anderen Franzosen wirkt so ein Kuriosum aus fernen Ländern als lebender Beweis ihrer Allmacht.

Rico Corboli trat mit einer großen Ledertasche über der Schulter ein. Er trug über einem langen Hemd aus Mechelner Tuch einen kostbaren blauen Brokatmantel mit weiten Ärmeln und eine ebensolche Mütze, deren Schleppe ihm über die Schulter fiel. Dieser geradezu königliche Aufzug verlieh dem Mann, der nun eine Augenklappe umgebunden hatte, eine eigentümliche Autorität. Gut möglich, dass Corboli an diesem Abend als Sachwalter seiner Landsleute bei Napoleone erscheinen sollte, um Sicherheitsfragen mit den Wächtern des Kardinals zu besprechen. Wie sich die Kinder Italiens gegen einen möglichen Angriff der Franzosen verteidigen würden, konnte bald über Leben und Tod entscheiden. Mir war immer noch unklar, was ausgerechnet ich als Deutscher in diesem unentwirrbaren Knäuel von Spionage und Gewalt verloren hatte. Warum ließ sich Francesco gerade von mir begleiten? Ich fragte es ihn geradeheraus.

Der Italiener klärte mich auf: Du bist eingeladen als eine Art Spielzeug. Es ist uns Italienern langweilig an den Wassern der Rhone. Der Papst spielt mit dem Leben deines Meisters. Da will sich auch Napoleone Orsini in Gesellschaft aufheitern. Du wirst sehen, dass er immer noch der kultivierteste Mensch der ganzen Stadt ist und von allen Kardinälen und Gesandten das prächtigste Haus führt. Neugierig ist er, feinsinnig, und er will Nachrichten von allen fernen Ländern hören, in die er selbst – gekettet an seinen Feind Joan – niemals mehr reisen kann. Mach dir also nicht zu viele Gedanken. Wenn es in der Stadt blutig und gefährlich wird, dann noch nicht heute Nacht.

Ich überlegte, ob das ein tröstliches Schlusswort der Lektion sein sollte oder nicht doch eine Warnung, dass ich mir in Avignon des Lebens nicht mehr sicher sein konnte. Bei Francesco wusste man nie. Er war wie der Mistral, der draußen mit voller Kraft wehte: Er kam und ging, wie er wollte. Er brachte schönen Sonnenschein und schlimmen Sturm zugleich.

Vom Cambio der Italiener über die Grande Rue war es ein kurzer Weg zur Livree de Venise, der Stadtresidenz Napoleones. Mit einem massigen Turm und umgeben von abgesperrten Gassen, lag sie uneinnehmbar an einer Ausfallstraße nach Süden. Gelb livrierte Schildknappen geleiteten uns durch eine von Fackeln beleuchtete Einfahrt in einen großen Hof. Ich konnte in eine Küche blicken, wo bereits Zicklein und Spanferkel auf Bratspießen gewendet wurden und in mächtigen Kupferkesseln allerlei Suppen brodelten. Fässer voller eingesalzenem Fisch standen herum, sicher fünf Köche samt Gehilfen machten sich mit den Speisen zu schaffen. Ich war noch nie bei einem Kardinal zu Gast gewesen und war gespannt, was mich erwartete.

Wir folgten einem edel livrierten Majordomus, der in der Hand ein Zepter schwenkte, über eine steinerne Außentreppe ins obere Stockwerk. Über dem Eingang zum Festsaal war das Wappenschild des Hausherrn befestigt, schräg rot-weiß gestreift und mit einer dunklen Rose darüber. War das die schwarze Rose der schönen Lisabeta?

An der Rückwand des Saales loderte in einem Kamin ein großes Feuer. Dicht davor saß ein Mann auf einem Polsterstuhl. Er war weit über sechzig, von mittlerer Statur mit dichtem weißen Haar, olivenfarbener Haut und dunklen Augen, die mit gedämpfter Neugierde auf uns ruhten. Gekleidet war er in einen weiten, in eine lange Schleppe auslaufenden Seidenmantel purpurner Farbe, womit er Corbolis blaues Prachtgewand noch in den Schatten stellte. Ich erinnerte mich aus der Naturgeschichte des Albertus, dass für eine kleine Menge dieses Purpurs Taucher tausende von Schnecken aus dem Meer Phöniziens emporholen mussten. Im flackernden Schein des Kamins wirkte Napoleone Orsini durch seinen schillernden Mantel wie gebadet in rotem Licht, was seiner gelassen sitzenden Gestalt etwas Königliches gab. Selbst seine Füße steckten in purpurnen Seidenpantoffeln. Mit tiefen Verbeugungen näherten sich Francesco und Corboli, ich ahmte sie unbeholfen nach und küsste wie sie den imposanten Saphir an Napoleones Finger.

Mit sonorer Stimme hieß uns der Gastgeber in seinem bescheidenen Heim zu Avignon willkommen. Huldvoll erkundigte sich der Kirchenfürst nach meinem Namen und meinem Stand, er verzichtete darauf, die rauen deutschen Worte mit seinem römischen Munde zu formen. Dann gewährte er uns mit einem Wink, auf den Polstern Platz zu nehmen.

Wir wollen es halten wie die Alten, sagte er etwas geziert, und darum genau wie unsere Ahnen, die Römer, bei einem Gastmahl ungezwungen auf Lateinisch über die Welt und die Weisheit plaudern. Unter Freunden sozusagen, denn wir Fremden müssen im kalten Exil bei den Franzosen und Provenzalen unsere Trauer überwinden und uns gemeinsam am Feuer der Gelehrsamkeit wärmen, die unter diesem Papst die heilige Kirche verlassen hat wie eine verstoßene Magd.

Napoleone rieb sich die Hände und schüttelte sich, als hätten wir nicht Ende Mai, sondern tiefen Winter. Es ist kalt, rief er. Draußen weht wieder dieser Höllenwind, der mich noch verrückt macht. Legt Holz nach, Kinder.

Eine Schar schwarzgelockter Jünglinge, dem Aussehen nach allesamt Italiener, eilte herbei, um den Kamin weiter anzufachen. Mir wurde heiß, doch diesen Römer fror es ersichtlich nach der Sonne seiner Heimat. Ihm perlte kein Tropfen von der Stirn, obgleich er dicht bei den Flammen thronte. Während mir unter meinem Habit der Schweiß herablief, bemerkte ich, dass Napoleone im Flammenschein tatsächlich zitterte und sich von einem seiner Diener eine Decke aus Hermelin über die Knie breiten ließ.

Dann durfte der Buchhändler vortreten. Rico Corboli legte dem Kardinal einen prächtigen Kodex der »Confessiones« des heiligen Augustin vor. Napoleone betrachtete das Werk eingehend, wendete auf dem Tisch schweigend den versilberten Prachteinband aus Ebenholztafeln und schenkte seine Aufmerksamkeit schließlich den buntgoldenen Miniaturen.

Der Kardinal zog eine Braue hoch: Woher beziehst du solch unmäßige Pracht, Corboli?

Der Angesprochene verbeugte sich und sagte: Diese einzigartige Ausgabe wurde von frommen Mönchen in der Kartause von Parma erstellt und ausgemalt. Ich bitte die regelmäßige Kalligraphie zu beachten, die dem Auge angenehm ist und die Worte des heiligen Augustinus wie Perlen dem Auge des Lesers übermittelt. Sämtliche Miniaturen sind mit Blattgold hinterlegt und wurden von den größten Meistern der Buchmalerei Norditaliens geschaffen. Schaut hier, wie die dunkle Scharlachtinte die Figur des Augustinus in seiner Gelehrtenstube umfasst und dem Raum dadurch Tiefe verleiht. Bemerkt die noble Physiognomie des Heiligen! Und dann lenkt euren Blick auf die exquisiten Figuren von Fabeltieren! Das ist eine Qualität ohnegleichen.

Ich habe aus flämischer Schule bedeutendere Buchmalereien in meinem Besitz, urteilte Napoleone mürrisch. Wenn ich auch zugebe, dass dieser Kodex durchaus Qualitäten aufweist. Mein Kämmerer sagte mir, dass du sechshundert Goldflorin für das Werk verlangst. Du bist ein Halsabschneider. Ich biete dir vierhundert.

Corboli verzog das Gesicht, als hätte man ihn vergiftet. Er verbeugte sich erneut und klagte: Eminenz, bei diesem Preis lege ich noch Geld dazu. Ihr müsst bedenken, dass es niemanden in Avignon gibt, der bisher solch ein Prachtstück sein Eigen nennt. Ich kenne die Sammlung von Kardinal Giovanni Colonna, und der wäre ganz versessen auf diese Ausgabe der »Confessiones«.

Schon gut, brummte Napoleone, ihr Händler seid allesamt Blutegel und saugt selbst eure italienischen Landsleute aus, weil ihr wisst, dass wir im Exil den Trost der Kunst dringend benötigen. Ich gebe dir fünfhundert Florin, das ist mein letztes Wort.

Corboli beugte den Kopf und war entlassen. Er wurde vom Kämmerer Orsinis aus dem Saal geführt, der nun mit ihm die Transaktion zu besprechen hatte. Im selben Moment wurde unter Geklirr von Sporen ein langer, dünner Mann hereingeführt. Er war von Kopf bis Fuß gekleidet in kariertes Wolltuch und trug einen Rock nach Frauenart. Ein roter Backenbart umrahmte ein Gesicht voller Sommersprossen. Francesco und ich erhoben uns, während der neue Gast dem Kardinal umständlich den Ring küsste und uns dann mit herabhängenden Mundwinkeln zunickte. Der Majordomus stellte uns den neuen Besucher als Ritter Angus Macduffin vor, den soeben ernannten Gesandten ihrer Majestät, des schottischen Königs. Wie sich schnell herausstellte, verständigte sich Macduffin ausschließlich in unverständlichen englischen oder keltischen Ausdrücken, sein Latein war mehr als mangelhaft, und er konnte nicht einmal Französisch, obwohl Napoleone, der gut Französisch sprach, dieses Idiom ohnehin in seinem Haushalt verboten hatte.

Was ist das denn für ein schottisches Rindvieh?, brummte der Kardinal auf Latein zu Francesco herüber. Es wird immer peinlicher, wen uns diese gekrönten Häupter als Sachwalter nach Avignon schicken. Jetzt muss ich morgen noch einen Dolmetscher dieser englischen Sprache herbeibestellen, die kein zivilisierter Mensch benötigt, und die so hässlich klingt wie ein grunzender Frosch. Und das alles nur, um ein paar Groschen aus Edinburgh zu erhalten.

Macduffin, der überdies penetrant nach Fisch roch, hatte außer dem Namen seiner Hauptstadt kein Wort verstanden. Hilflos lächelte er den Kardinal an. Den Rest des Abends richtete Napoleone Orsini an diesen Gast nicht mehr das Wort und betrachtete ihn nur von Zeit zu Zeit angewidert aus den Augenwinkeln, als hätte er ein Stück Stockfisch vor sich. Auch mir erschienen Macduffins Habitus und sein Gesichtsausdruck wie der eines Kindes. Wenn alle Diplomaten so dümmlich waren, dann wunderte es mich nicht, warum auf dem ganzen Kontinent immer neue Kriege aufflammten und die Königreiche sich nie länger als ein paar Monate auf einen Waffenstillstand verständigen konnten.

Wir wollen sehr hoffen, mein lieber Francesco, dass dein deutscher Freund nicht auch so ein Idiot ist wie dieser ungeschickte Gesandte, sagte Napoleone und blickte mir dabei forschend ins Gesicht. Seine Züge hellten sich auf, als ich ihm auf Latein beschied, dass der Unterricht bei uns in Deutschland sich mit Frankreich durchaus messen könne. Dann befragte der Kardinal mich ausführlich nach meiner westfälischen Heimat. Napoleone, der sich überraschend gut auskannte, wollte alles wissen über die Salinen am Hellweg und die Waffenschmieden im Sauerland, wollte erfahren, wie lukrativ der Export dieser Produkte in den Ostseeraum war. Dass ich an diesem Handel selber teilgenommen hatte und mit kostbarem Handelsgut bis nach Danzig gesegelt war, verschwieg ich lieber, sonst hätten die Fragen gar kein Ende genommen.

Schließlich durfte ich Napoleone behilflich sein, seine Kenntnisse über das Rheinland auf den neuesten Stand zu bringen. Er bat um meine Einschätzung des Kölner Erzbischofs, den er für einen ruchlosen Speichellecker des Papstes hielt, was ich rundheraus bestätigen konnte. Wie stand es mit der Macht der Bürgerschaft in Köln, Mainz und Trier gegenüber den bischöflichen Feudalherren? Gab es Verbindungen und Sympathien der rheinischen Städte zu den aufsässigen Flamen in Brügge, Gent und Ypern? Hatte König Ludwig einigen Rückhalt im Norden und im Westen, oder war er ausschließlich auf seine Hausmacht in Bayern beschränkt? Sogar über die Verbrennung von Begardenpredigern in Köln unter Bischof Heinrich war dieser neugierige Italiener bereits auf dem Laufenden.

Mit zusammengekniffenen Augen und weggedrehtem Haupt hörte er sich meine Ausführungen an, unterbrach mich nur hier und da für Zwischenfragen. Er schien sich jede Einzelheit meiner Rede genau einzuprägen. Wenn Napoleone sein Wissen an Europas gekrönte Häupter verkaufte und für seine Klienten Rechte, Einkünfte und Ämter bei der Kurie vermittelte, dann tat er dies nicht als reiner Schmarotzer. Sein Horizont umspannte den gesamten Kontinent. So konnte er mühelos die Summen einschätzen, die in jeder Stadt, in jeder Landschaft für die Kirche zu holen waren. Träumte dieser Mann immer noch davon, Papst zu werden?

Als Napoleone genug gehört hatte, hob er die beringte Hand und lobte Francesco: Gut gemacht, Arezzaner. Dieser aufgeweckte junge Mann könnte es, wenn er zu den Franziskanern und nicht zu den Dominikanern gehörte, noch weit bringen in der Kirche. Vielleicht sogar in meinen Diensten.

Und er wandte sich huldvoll mir zu: Du hast dir dein Abendessen verdient. Aber vorher hören wir uns noch die neuesten Werke des Philippe de Vitry an. Das ist eine Form von Frömmigkeit, die sogar mir behagt. Theologie ohne Gesang sollte verboten werden, meint ihr nicht auch?

Wir nickten demütig. Napoleone Orsini ließ sich von zwei hübschen Schildknappen in engen gelben Hosen aus seinem Sessel helfen und schritt uns und dem glubschäugigen Schotten schleppenden Schrittes in die Privatkapelle voran. In diesem Aufzug wirkte der Kardinal noch älter als der Papst, obwohl der ihm wohl zwanzig Jahre voraus war. Ich fragte mich, ob Macht die Menschen vielleicht weniger abnutzte als das Warten auf die Macht.

Er leidet an der Gicht, flüsterte Francesco mir ins Ohr. Aber er ist uns heute Abend wohlgesonnen. Der Kodex der »Confessiones« hat ihm besser gefallen, als er vor dem Händler zeigen durfte. Er hat für sich einen guten Preis ausgehandelt. Deine Berichte aus Germania waren präzise und originell, das hatte ich auch nicht anders erwartet. Und dann gibt es noch diesen karierten Idioten, an dessen Dummheit Napoleone seine Wut auf die Welt ablassen kann. Uns lässt er in Ruhe. Es wird ein feiner Abend, verlass dich darauf.

Die Kapelle war ausgeschmückt mit den schönsten Malereien, die ich in meinem ganzen Leben gesehen hatte. Ich stand staunend vor Darstellungen der Lebensgeschichte des heiligen Nikolaus, welche die Seitenwände dicht an dicht bedeckten. Der Heilige wurde vom Maler vorgestellt als Jüngling in braunem Gewand, wie er nachts drei Jungfrauen heimlich Gold auf die Fensterbank legte, damit ihr armer Vater, ein Alter mit weißem Bart, die Mädchen nicht in ein Hurenhaus verkaufen musste. Mit Mut und Geschick hatte der Maler das Haus einfach aufgeschnitten, so dass man das Bett der Familie ebenso erkennen konnte wie den geblümten Stuck an der Wand und die geschnitzten Deckenbalken. Ich konnte mich nicht sattsehen. Auf einem weiteren Gemälde fiel der fliegende Nikolaus mit Mitra und brokatenem Bischofsmantel einem breitbeinig dastehenden Henker in den Arm, der drei unschuldig verurteilten Kaufleuten soeben die Köpfe abschlagen wollte. Das Ganze fand statt vor einem wundersam getürmten Stadtpalast mit Erkern, Einlegearbeiten aus Stein und sogar einem Bäumchen auf dem Dach. Alle Farben leuchteten im Schein der Kerzen, vor allem die funkelnde Aureole des Nikolaus erhellte den Heiligen in überirdischem Licht, dieweil zwei lebensnah geschilderte Bürger mit Leinenmützen und putzigen Ohrenklappen die ganze Szene beobachteten. Einer der beiden glich Francesco aufs Haar.

Bist du das etwa?, fragte ich.

Francesco schmunzelte und erzählte mir, dass er zufällig bei Napoleone zu Besuch gewesen war, als vor zwei Jahren der Maler, ein hochbegabter Umbrer namens Palmerino di Guido, an diesen Gemälden gearbeitet hatte.

Wir kamen ins Gespräch über den großen Dante, erzählte Francesco. Wir freundeten uns an, und ich saß hier, während Palmerino die Heiligenlegende malte. Ich erzählte ihm dabei von Bologna und meiner Zeit an der Universität, Palmerino plauderte seinerseits über seine Vaterstadt Gubbio in der Nähe von Assisi. Dort hatte der Maler bereits für eine von Napoleone gestiftete Kapelle in der Kirche des heiligen Franziskus gearbeitet. Seit damals hat unser Kardinal sein Herz an die Franziskaner verloren. Ganz besonders an ihre Maler. Ich fühle mich immer geehrt, wenn ich hierherkomme und mein eigenes Abbild an der Wand betrachten darf. In den letzten beiden Jahren sind viele Kardinäle und andere hohen Würdenträger der Kirche hier erschienen, um diese Meisterwerke zu bewundern. Nur der Papst natürlich nicht.

Ich konnte Francescos Bewunderung für die italienische Kunst nachvollziehen. Menschen derart lebendig, mit Gesichtern voller

Gefühlsregungen zu malen bedeutete ganz große Meisterschaft, wie es sie bei uns in Deutschland nicht gab. Es bedurfte großen Könnens, um die Harmonie der Farben in ganz kurzer Zeit in den nassen Putz zu bannen. Ich war überwältigt vom Gemälde, auf dem der heilige Nikolaus einem sündigen Konsul verzeiht, der mit dem Strick um den Hals vor dem Kathedralportal kniet, indessen die gesamte Bürgerschaft für den Mann um Gnade fleht. Ich stand wahrlich vor Gemälden, die eines Papstes würdig waren.

Das sah der Auftraggeber offenbar ebenso. Vorne in der Apsis, wo die Schildknappen für ihren Herrn eine breite Kirchenbank mit Polstern aufgestellt hatten, erblickte ich das beinahe lebensgroße Abbild Napoleone Orsinis. Der Kardinal war ein paar Jahre jünger als heute dargestellt, mit noch schwarzem Haar und faltenlosem Antlitz. Er trug ein prächtig mit roten Rosen besticktes Brokatgewand und über der Schulter eine goldbestickte Stola. Kein Geringerer als der heilige Franziskus selbst hatte auf dem Gemälde Napoleones Hand ergriffen und empfahl den Kardinal dem Gottessohn. Jesus stand übergroß unter einem Baldachin in weißer Stola, die Bibel in der Hand, und schien mit der Rechten alle Anwesenden zu segnen, vor allem natürlich Napoleone Orsini.

Unser Gastgeber wandte sich mühsam auf seinem Sessel um, bemerkte meine Bewunderung und nickte sich selbst zufrieden zu. Er hatte all dies bestellt und bezahlt. Und er sah, dass es gut war.

Durch einen schmalen Zugang bei der Apsis traten nun acht Sänger in schlichten grünen Gewändern in den Raum. Sie stellten sich im Halbrund zueinander auf. Ein neunter Musiker, niemand anderer als Philippe de Vitry, baute sich vor ihnen auf und gab den Einsatz. Ich hatte in Köln in einer viel größeren Kirche eine ganze Messe des begnadeten Philippe anhören dürfen, doch in diesem intimen Rahmen wurde ich bereits nach wenigen Augenblicken von noch größeren Glücksgefühlen erfüllt.

Zu Beginn ließen sich Zeilen von Psalmen oder Liturgie noch deutlich auseinanderhalten und wurden in einer Phrase gesungen. Dann fächerten sich die aufeinander abgestimmten Sänger auf, wanden sich in hohen und tiefen Lagen umeinander. In jubilierenden Passagen schienen die Noten auf der Stelle zu hüpfen, tanzten dann wieder abwärts, um sich mit den lang ausgehaltenen Tönen der tieferen Stimmen zu vereinigen. Nach kurzer Zeit wiegte ich den Kopf und war der Gegenwart, war Avignon und dem Prozess des Meisters entrückt. Nicht einmal an das Geheimnis der Schachtel und an die tödliche Jagd nach Gold musste ich noch denken.

Philippe ging bald vom Messgesang zu freieren Motetten über, die er offenbar für diesen Anlass eigens komponiert hatte:

Vos quid admiramini, virgines ...

Philippes Stimme schritt selbst in engelhaftem Sopran voran, dann folgten in kunstvoller Harmonie und Verzögerung die anderen Stimmlagen. Napoleone streckte sich behaglich auf seinen Polstern, als spüre er die Gicht nicht mehr. Francesco hielt die Augen geschlossen und lächelte, diesmal ohne jede Zweideutigkeit. Nur der tumbe Schotte auf der Bank neben uns schien mit zur Schulter gesunkenem Kopf tief und fest zu schlafen. Die raffinierte Farbenskala der Töne, die der Raum mit kaum merklichem Widerhall zu uns und dann wieder zurücktrug, erreichte den Schotten nicht. Als Macduffin gar zu schnarchen begann, schlug ihm der Majordomus mit seinem Zepter unsanft auf den Kopf.

Philippes Sängern gelang, was nach den Regeln der aristotelischen Philosophie nicht einmal Gott selbst möglich ist: die Gesetze der Natur zu brechen. Die Zeit stand für mich still, mein Atem kehrte in sich selbst zurück, mein Denken lief rückwärts zum Ursprung von allem. Auch der Raum der kleinen Kapelle öffnete sich weit, bis zum Himmelszelt und darüber hinaus bis an die Grenzen des Universums. Als Philippe mit der Hand das Zeichen für den abschließenden, lang angehaltenen Zusammenklang gab, hatte ich wie nie zuvor am eigenen Leib begriffen, wieso die Musik gemeinsam mit der Arithmetik, der Geometrie und der Astronomie zum erhabenen Quadrivium in den sieben freien Künsten zählte. Nur hier wurden die regellosen Laute des Schalls, die uns als Krach ärgern und stören, durch kunstvolles Spiel in Ordnung übersetzt. In mathematischem Gleichklang verwandelte sich diese musikalische Ordnung der Welt in beglückende

Sinneserfahrung. Sosehr mich die Malerei in der Kapelle ergriffen hatte, eine reinere Kunst als die Musik gab es nicht. Vielleicht war ihre Harmonie jener göttliche Funken, nach dem die Menschen suchten als Gegenmittel gegen die Unordnung der Welt. Und der Papst war dafür taub.

Napoleone ließ sich ächzend von zwei Dienern aus der Kapelle geleiten und lächelte uns in milder Euphorie zu, ohne den aufschreckenden Ritter Angus Macduffin eines Blickes zu würdigen. Wir folgten dem Kardinal zu Tisch. Die Kochkunst, die wir nun genießen sollten, zählte zwar nicht zu den sieben Artes Liberales. Ich war mir aber sicher, dass sie in diesem Haushalt dennoch auf dem denkbar höchsten Stand praktiziert wurde.

KAPITEL 27

Gebratenen Reiher kannte ich aus Preußen, wo man die auffliegenden Vögel mit großen Bögen erlegte. Bei einem Festmahl des Großmeisters in Königsberg hatte ich als Knappe nach Tisch ein paar Bissen abbekommen. Gebratenen Kranich jedoch kostete ich hier zum ersten Mal in meinem Leben, aber das Fleisch des Reihers, den die Köche im Erdgeschoss am Spieß brieten, war zarter und schmeckte längst nicht so streng. Napoleone Orsini verzichtete mit leidendem Blick auf beides und ließ sich einen schwer gewürzten Wein reichen. Dazu kaute er vorsichtig, als schone er alle seine verbliebenen Zähne, auf einer Grütze, die immerhin mit weichem Aal und Zander angereichert war. Wir durften uns auch davon bedienen. Zudem gab es Hechtklöße von fettem Fisch aus Burgund, wie der Majordomus stolz vermerkte. Ich nahm auch davon, genau wie vom Konfekt mit Mandeln und Pistazien, das man zu schwerem Zypernwein als Zwischengericht reichte. So eine Gelegenheit zum Schlemmen gab es im Leben eines Bettelmönchs nicht zweimal.

Francesco war versessen auf die Süßigkeiten und nahm sie doppelt, was kein Problem war, weil unser Gastgeber die Nüsse nicht kauen konnte. Ähnliches galt für den blutleeren Schotten. Macduffin hatte die ganze Zeit wie ein Verdurstender einen Becher Wein nach dem anderen heruntergeschüttet und dann plötzlich lallend um den Abschied gebeten. Macduffin schlief fast im Stehen ein und sah in seiner karierten Tracht jammervoll drein, als er vom Majordomus aus dem Saal geschoben wurde. Wir vermissten diesen Botschafter von den Gestaden des Nordmeers nicht und sprachen weiter den Köstlichkeiten zu.

Das Festmahl anlässlich von Philippe de Vitrys Konzert verdiente seinen Namen vollauf. Nach dem Rotwein und einem Weißen aus dem Jura, der mir zu aufdringlich nach Nüssen schmeckte, gab es noch belgisches Braunbier aus kleinen Fässern, die unter Bläserfanfaren in den Speisesaal gerollt wurden. Zwei von Philippes Musikern, die eigentlich gemeinsam mit den Domestiken im Erdgeschoss verköstigt wurden, erfreuten uns mit Flöten- und Lautenspiel. Es ging hier wirklich zu wie im fetten Reich Cockaigne, zu dem man als Kardinal naturgemäß jederzeit Zutritt erhielt. In Avignon war genügend Geld im Umlauf, um selbst an gewöhnlichen Werktagen Mengen von Leckereien auf die Tafel zu zaubern, die arme Werkleute ihr ganzes Leben nicht zu sehen bekamen.

Mir drehte sich längst der Kopf, doch es ging immer weiter. Der Majordomus kündigte jeden Gang gesondert an: frische Beeren, geeist mit Schnee vom Mont Ventoux, der während des letzten Winters in einem tiefen Keller zwischen Strohmatten eingelagert worden war. Braten vom jungen Rehbock aus den Wäldern des Luberon. Mit Sommertrüffeln und Speck gespickte Wachteln. Und dutzende gemästete Ortolane. Diese Vögelchen zerkauten und schluckten wir im Ganzen mit einem Tuch über dem Kopf, während Napoleone uns neidisch dabei zusah und einen mit Honig gesüßten Hirsebrei mümmelte, von dem ich nur aus Höflichkeit einen Löffel probierte. Immerhin konnte der Kardinal danach vom zarten Stockfisch genießen, der, wie er mit säuerlicher Miene erklärte, auch die Lieblingsspeise von Papst Joan darstellte. Das hatten die beiden wenigstens gemeinsam.

Zum Schluss kam der Schwan. Die beiden Hauptköche, die uns der Hausherr als Meister ihres Faches aus Latium und Andalusien anpries, hatten den großen Vogel nach dem Braten wieder mit seinen Federn geschmückt und trugen das Tier auf einer Silberplatte herein. Ich war satt und nahm vom Augenschmaus nur ein kleines Stück, das recht zäh zu kauen war. Der größte Anteil vom gestorbenen Schwan ging an die Musiker und die Domestiken.

Die Schlemmerei hatte in einer kleineren Kammer stattgefunden; sie wurde trotz der milden Mainacht vom Kamin noch mehr aufgeheizt als der Empfangssaal. Dem Gastgeber war immer noch kühl. Mir jedoch trieb das schwere Essen den Schweiß auf die Stirn. Nur Francesco schien die Hitze nichts auszumachen. Er griff munter zu, scherzte auf Italienisch mit dem Kardinal und plauderte entgegen der Vorlieben Napoleones auf Französisch mit Philippe, der sich gleich zu Beginn der Völlerei zu uns gesellt hatte. Auch einer seiner Sänger, ein strohhaariger Flame namens Nicolaas van Bouchout, war an den Tisch des Gastgebers geladen worden. Nicolaas sollte künftig als Sachwalter Philippes in Avignon verbleiben, hier unter den Chorknaben schöne Stimmen entdecken und die Jungen an die Kunst der Polyphonie heranführen.

Napoleone war ein großer Liebhaber der Ars nova, der raffiniertesten und modernsten Gesangsweise aus Nordfrankreich, schon allein, weil der Papst sich vehement gegen diesen verzögerten Schöngesang ausgesprochen hatte. Philippe suchte deswegen zum päpstlichen Haushalt und seiner Kapelle keinen Kontakt mehr und schaute sich lieber unter den Kardinälen nach Gönnern um. Wenn ich richtig verstand, wohnte er bei einem unlängst ernannten Italiener, Giovanni Colonna. Der langgliedrige Philippe war durch die Darbietung seiner Kunst sichtlich aufgeblüht. Alle Spannung der letzten Tage fiel von ihm ab. Gemeinsam mit Francesco empfahl er Napoleone Orsini den Aufbau einer eigenen Kapelle und verwies dafür auf das Talent von Nicolaas van Bouchout.

Der alte Kardinal winkte ab: So herrlich dieses Konzert war, so kommt es für meine Ambitionen doch zu spät. Ich habe keine Geduld mehr. Jahre müsste man Zeit haben, um kundige Sänger in ganz Europa ausfindig zu machen. Solch eine Musik braucht ihre Zeit, und meine Ohren werden immer tauber. Ich höre, Meister Philippe, dass du bei Giovanni Colonna bereits Fuß gefasst hast? Eine gute Idee. Auch unser Francesco hier sollte sich dort in Dienst begeben und mit seinem exzellenten Latein einen guten Sekretär abgeben. Was habe ich gichtiger Greis euch Musikern und Dichtern schon noch zu bieten? Der Papst wird euch keinen Krümel von seinem Kuchen abgeben. Ich muss weinen, wenn ich daran denke, dass ich diesem Banausen die Krone aufs Haupt gesetzt habe.

Philippe versprach, Napoleone seine neuesten Motetten zu widmen und ihm eine Handschrift der Noten zurückzulassen. Es sah ganz so aus, als hätte sich der Kardinal bereits vorab für das Konzert erkenntlich gezeigt.

Philippe beklagte sich erneut über die Barbarei von Avignon: Hier haben nur die Juristen und Bankiers das Sagen. Es gibt keine Metropole in Europa mit so wenigen und so schlechten Antiphonaren und Musikern. Ausgerechnet in der Zentrale der Christenheit will man mit festlicher Liturgie nichts zu tun haben. Diese Rechtsverdreher aus Montpellier und Toulouse hören im Gesang nur störendes Beiwerk ihrer juristischen Litaneien. Joans Privatkämmerer Aymar Ameilh hat mir das gestern ganz unverblümt zugegeben, als ich ihm den Ankauf von Notenhandschriften und eine Verbesserung der Gesangskunst in der Hauskapelle ans Herz legte. Er benötige das Geld anderswo dringender und wolle keine goldenen Eier in ein Nest pikardischer Singdrosseln legen. So eine Frechheit! Der ganze Reichtum hier ist ohne Seele. In Avignon gibt es Geld im Überfluss – wie in Florenz, Paris oder in Brügge. Aber anders als dort hat hier niemand Sinn für Schönheit.

Fast niemand, verbesserte ihn Napoleone Orsini und trank einen Schluck Zypernwein aus einem Kelch, der mit ziselierten Goldschmiedearbeiten anderswo höchstens zur Messe Verwendung gefunden hätte. Er erhob seinen Pokal und sagte feierlich: Solange noch italienische Kardinäle in diesem französischen Saustall geduldet werden, darf die

Kurie darauf hoffen, dass auch die Künste nicht völlig in Vergessenheit geraten. Salute!

Napoleone erzählte nun, wie er vor einigen Jahren den berühmten Maler Giotto di Bondone aus Florenz nach Avignon locken wollte:

Das ist – und ich beziehe da die Musiker mit ein – der größte lebende Künstler überhaupt. Ein Genius, wie die Welt keinen zweiten kennt. Ich hätte ihn persönlich mit dem Schiff in Pisa abgeholt und mit Gold überschüttet.

Das mit dem größten Genius kannst du aber nur sagen, weil unser Dante vor sieben Jahren gestorben ist, warf Francesco ein.

Der Kardinal hielt kurz inne, sah seinem Landsmann die etwas respektlose Zwischenbemerkung nach und hob den Pokal auf den Dichter der »Göttlichen Komödie«, der in seiner Dichtung – Francesco wies feinsinnig darauf hin – Papst Joan in die tiefste Hölle verdammt hatte. Dann erzählte Napoleone weiter von der unvergleichlichen Meisterschaft, mit welcher Giotto seine Gemälde ausführe. Den Menschen seiner Bilder trete man nicht wie den frommen Puppen entgegen, die hier in Avignon Christus, Maria und die Heiligen darstellten.

Nein, rief Napoleone, zum ersten Mal seit der Antike kann Malerei wieder die Wirklichkeit zeigen. Giotto blickt in die Seelen der Menschen. Endlich kehrt die Kunst zurück zur Wahrheit. Und wo sitzt der Herr der Christenheit? Wo sitze ich deswegen auch? In einem Nest in der Provinz, wo die besten Meister kritzeln und pinseln wie in Florenz die Kinder, die Giotto in seiner Werkstatt den Boden fegen lässt. Wenn ich euch erzählen würde, wie viel Florine ich dem Meister Giotto für die Reise nach Avignon geboten habe! Die Absage kam per Brief aus Florenz, und Giotto hatte sie nicht einmal persönlich geschrieben. Der Maler sei zu wichtigen Aufträgen nach Neapel abgereist, hieß es. Giotto hat Avignon nicht nötig, aber Avignon braucht Giotto! Es ist ein Elend! In Italien wird die Kunst gerade neu geboren. Und ich sitze hier und starre auf diesen ausgedörrten Stockfisch Joan.

Francesco in seiner gewohnten Verbindlichkeit konnte Napoleone etwas trösten, indem er auf die Gemälde der Nikolauskapelle verwies, die wir gerade bewundert hatten: Deine Bilder sind für den engen

Horizont der Franzosen und Provenzalen völlig neuartig. Und dass sie von einem Schüler Giottos stammen, zeugt von der Wertschätzung, derer ihr euch in Italien immer noch erfreut, Eminenz. Die Kunst wird zwar gerade in Florenz neu geboren. Doch ihr seid als Botschafter des Schönen in Avignon tätig, als Geburtshelfer einer neuen Epoche, die hoffentlich bald den Papst wieder ins Mutterland aller Kultur zurückbringen wird. Dafür muss die Nachwelt euch jetzt schon Lorbeerkränze winden.

Der alte Kardinal erwies sich als überaus empfänglich für solche Schmeicheleien. Darum ließ er Francesco noch einmal seinen Saphir küssen, legte ihm segnend die Hand auf den Schopf und befragte dann Philippe de Vitry nach der ersehnten Domherrenstelle:

Hat sich meine Empfehlung in der Kanzlei bezahlt gemacht? In Verdun ist doch gerade eine fette Pfründe frei geworden. Ich habe darauf bestanden, dass niemand anderer sie erhält als unser größter Musiker, also du.

Ich merkte, dass genau dieser Sitz im Chorgestühl von Verdun das Honorar für diesen Abend gewesen war. Nur zum Vergnügen hatte Philippe nicht auf eigene Kosten acht Sänger die weite Reise von Paris machen lassen. Ein Konzert bei Napoleone Orsini bedeutete für sie ein Privileg, aber nicht wegen der Ehre, die keinen Künstler satt machte. Jede der Noten, denen ich heute verzückt gelauscht hatte, wurde mit schwerem Geld aufgewogen. Wieder erwies sich, dass alle Wege in dieser Stadt zum Gold führten.

Philippe reckte sich etwas ungelenk noch höher, als er sowieso schon war, und strahlte: Für diese Fürsorge, Eminenz, war das Konzert nur ein bescheidener Gegenwert. Noch in dieser Woche kann ich auf die Ernennungsurkunde rechnen und dann in Verdun Anspruch auf meine Einkünfte erheben. Die Abfassung des Dokumentes ist bereits bezahlt.

Auch Philippe, der mir mit seinem langen Hals und seiner hohen Stimme wie ein Schwan erschien, küsste dem Kardinal dankbar den Ring. Er wurde dafür gestreichelt wie ein Jagdhund.

Und den Ortsdispens?, fragte Napoleone. Hast du dir den auch schon geben lassen? Du willst doch nicht in diesem kalten Nest an der Maas versauern, sondern weiter bei Hofe in Paris und Meaux um den französischen König herumwieseln, oder etwa nicht?

Philippe schaute verlegen und gab zu, dass es mit dem Ortsdispens in der Kanzlei noch gewisse Probleme gab.

Napoleone schlug dem erschreckten Franzosen auf die Schulter und versprach, sich auch um diese entscheidende Kleinigkeit zu kümmern: Dafür kann ich bei deinem nächsten Besuch eine weitere Darbietung deiner Musiker erwarten? Gerne auch etwas ausführlicher und mit mehr Instrumenten?

Es war eine rhetorische Frage, denn hier am Tisch befahl nur einer, wenn dieser eine sich heute Abend auch den Anschein jovialer Geselligkeit gab. Sogar mir, dem unbekannten Kundschafter aus Germania, der bescheiden am anderen Ende der Tafel der Konversation lauschte, hatte der Kardinal kurz mit seinem Pokal zugetrunken.

Nicolaas van Bouchout rechts neben mir blickte versteinert und verschwitzt ins Leere. Er sah aus wie nach einem Besuch in Micas Dampfbad. Dem Flamen, den niemand am Tisch beachtet hatte, musste spätestens jetzt klargeworden sein, dass fortan Dienstmusik und Bittstellerei, Liebedienern und Katzbuckeln sein Leben unter den Fürsten der Kurie bestimmen würde. Auch das stilsichere Küssen von Ringen, dachte ich, sollte er schon einmal üben. Vom Gesang allein konnte in Avignon niemand leben. Im Gegenzug durfte Nicolaas bei den italienischen Kardinälen seiner Leidenschaft leben und mit begabten Schülern an den Klängen feilen. Und es gab an guten Tagen Kranich, Schwan und Ortolan.

Als die Köche uns – ich muss sagen, zu meinem Schrecken – noch einen Topf voller dampfender Kuttelwürste hereintrugen, stellte sich ein Unbekannter neben dem Sessel des Kardinals auf und verbeugte sich tief:

Eminenz, der Himmel ist uns günstig, sagte er durch die Nase mit breitem englischen Akzent, aber in makellosem Latein: Ich habe, während ihr den Genüssen der Musik und der Küche fröntet, auf dem Dach im Sturm ausgeharrt und die Sterne beobachtet. Wie schon Albertus

Magnus herausgefunden hat: Einzig die richtige Konstellation von Mond und Sternen evoziert die Dämonen. Da morgen Vollmond herrscht, müssen wir uns eilen, vor der Herrschaft Lunas noch die Beschwörungen auszuführen, durch die ihr, teuerste Eminenz, endlich eine Antwort auf eure wichtige Frage erhalten werdet.

Francesco verdrehte die Augen, allerdings zu mir geneigt, dass nur ich es sehen konnte. Er beugte sich vor und flüsterte: Johannes Anglicus, der berühmte Magier. Er wohnt hier in der Livree als enger Vertrauter des Kardinals. Ich hatte gehofft, dass seine Gegenwart uns heute erspart bleibt. Nun ja, jedes Festmahl hat seinen Preis.

Johannes Anglicus, er mochte höchstens dreißig Lenze zählen, schob sich auf den Ehrenplatz zur Rechten des Kardinals und sprach mit erstaunlichem Appetit den Kuttelwürsten zu. Dabei war er ein mageres Männlein, gebeugt, schwarzhaarig, mit Fischaugen, schwammigem Gesicht und lang gebogener Nase. Sein ganzes Gesicht war von Pockennarben verunstaltet. Den Rest verbarg ein dunkelblauer Umhang, auf den goldene Sterne gestickt waren. Auch Anglicus schien die Hitze im Raum wenig auszumachen, was kein Wunder war, wenn er wirklich seit Stunden auf dem Dach im Mistral ausgeharrt hatte.

Napoleone präsentierte uns seinen Hausgenossen so selbstgefällig, wie ein Bauer eine Kuh vorführt, die besonders viel Milch gibt: Ihr seht vor euch den größten Magier des Erdenkreises. Magister John Dastyn aus Oxford, der uns seit Jahren die Horoskope stellt und zum Nutzen meines Hauses den Kontakt sucht mit den Dämonen der Ober- und der Unterwelt, damit sie mir nicht schaden können.

Francesco sprach den Briten von der Seite an: Ich frage mich genau wie der Papst, ob Dämonologie und Astrologie nicht alle Tore öffnen zur verwerflichen Häresie? Wie kannst du als guter Christ verkehren mit den Geistern der Hölle, ohne selbst durchtränkt zu werden von höllischem Geist?

Dastyn kaute ungerührt zu Ende, entfernte mit dem kleinen Finger ein Stück Kutteln aus dem Kiefer und antwortete sehr von oben herab, indem er sich nur halb zum Frager drehte: Papst Joan hat in seiner Bulle »Super illius specula« die Dämonologie genau definiert. Den teuflischen Geistern können wir mit unseren Praktiken gar nicht begegnen, weil diese in der Hölle eingekerkert sind. Wir sprechen mit den Geistern des Fegefeuers, die sowohl böse als auch gute Auswirkungen auf unser Tun haben können. Man muss nur die richtigen ansprechen.

Philippe de Vitry wirkte seit dem Erscheinen des Magiers überaus aufgeregt. Der Musiker biss sich auf die Lippen und rückte auf seinem Stuhl herum. Hoffte auch er auf Erscheinungen der Magie?

Für mich, bekannte Philippe, ist wie für die meisten Professoren der Sorbonne die Dämonologie eine bedeutende Wissenschaft. Die Astrologie gehört zu den Artes Liberales, auch handelt sie wie die Theologie vom Einfluss höherer Kräfte auf unser Schicksal. Daher kann ich Menschen wie Magister John nur bewundern, denn sie stellen sich zum Nutzen der Allgemeinheit den Dämonen entgegen. Waren es nicht böse Nekromanten, die einst die Gattin des französischen Königs Philippe mithilfe geweihter Wachspuppen ermordeten? Erlitt nicht der päpstliche Neffe Jacques de Via dasselbe schlimme Schicksal? Es gibt Verbrecher, die mit den Mächten der Finsternis paktieren. Also muss die Wissenschaft im Namen Christi einen Gegenzauber finden!

Dastyn nickte Philippe huldvoll zu: Gut gesprochen. Das ist selbstverständlich eine Aufgabe für studierte Experten, und sie ist sehr gefährlich. Es ist zuweilen sogar notwendig, Übeltäter unter meinen Kollegen zu verbrennen. So geschehen vor zwei Jahren erst in des Papstes Heimatstadt Cahors. Da haben gewöhnliche Geistliche Münzen mit dem königlichen Abbild in Bleifiguren umgegossen und mit Flüchen beladen. Die geistliche Gerichtsbarkeit war schnell mit ihnen fertig, nun sind sie Asche. Nur Magie im Dienst der Kirche ist gestattet, darum bin ich hier.

Da erschienen sie aufs Neue, diese getauften Wachsfiguren, die dämonischen Bleiformen und sogar die umgewidmeten Münzen – alles verdächtige Gegenstände, auf die ich in den vergangenen Tagen immer wieder gestoßen war. Es schien unter diesem Papst kein Verbrechen zu geben, in das nicht auch Dämonen verwickelt waren. Wer herrschte in der Stadt des Papstes? Der Allmächtige oder die Geister der Unterwelt?

Francesco warf ein, dass es sich in Cahors, der Stadt der Banken, wohl nur um Münzfälscher gehandelt habe, die das Königshaus nachäffen wollten. Schließlich verspottete man Philippe und seine Söhne wegen der dauernden Metallverschlechterung und des staatlichen Betrugs beim Münzgewicht als Könige der Geldfälscher.

So oder so, entgegnete Dastyn kühl. Die Strafe ist für beide Vergehen dieselbe, jedenfalls wenn sich gewöhnliche Bürger oder Kleriker an Münzen vergreifen. Bei Königen ist das etwas anderes. Doch der entscheidende Unterschied besteht letztlich zwischen weißer und schwarzer Magie. Ich bin ein weißer Magier und berufe mich auf die Ars Notoria des berühmten Zisterziensers Jean de Morigny, der mit seinen Formeln und Praktiken sogar die Jungfrau Maria herbeibeschwören konnte. Das ist eine Kunst, die auch bei unserem Papst, und ganz besonders bei meinem Herrn und Meister Napoleone – und er verbeugte sich vor dem Gastgeber – auf Wohlwollen stößt. Wer diese meine Gabe anzweifeln will, sollte seine Zunge hüten.

Der Teufel ist übermächtig, stieß der Kardinal tonlos hervor. Er versucht die Menschen, wo er nur kann, und versteckt, was sie mit ganzer Seele suchen. Ehe Satan obsiegt, ist es unsere Pflicht, mithilfe unserer Nekromanten die Wahrheit zu finden. Ein Magier wie Johannes Anglicus macht die gefährlichste Arbeit, die es überhaupt gibt. Er riskiert für uns nicht nur sein Leben, sondern seine ewige Seligkeit.

Wieder schüttete Francesco Essig in den Wein: Als vor noch nicht einem Jahr in Bologna die Inquisition den Arzt Cecco d'Ascoli auf dem Scheiterhaufen verbrannte, warf sie dem hochgelehrten Mann Ketzertum und Zauberei vor. Ich kannte diesen Cecco aus Bologna, er war ein liebenswerter Professor. War er zu weit gegangen? Hat er sich den Mächten der Hölle ausgeliefert? Oder war das nur ein Missverständnis der Justiz?

Napoleone Orsini schüttelte den Kopf: Ich weiß, Francesco, dass du nicht an Magie und Astrologie glaubst. Aber gerade ein Verehrer der Antike wie du muss doch zugeben, dass auch Cicero und Seneca ihre Auguren hatten, die den Flug der Vögel oder die Eingeweide von Schafen für ihre Vorhersagen konsultierten. Wenn unsere großen Ahnen die Magie ernst nahmen, dann ist es mir als Römer eine Ehre, das weiterhin zu tun. Es gelingt mir seit Jahren, Magister John vor den Verfolgungen der Inquisition zu schützen. Bei mir ist er seines Lebens sicher.

Dastyn machte eine verächtliche Handbewegung gegenüber Francesco und rief: Was versteht ein Laie wie dieser Toskaner schon von den Geheimnissen der Transmutation? Vom Aufstieg der Elemente mittels Alchimie bis zum Stein der Weisen? Oder von der günstigsten Konstellation der Sterne? Ich arbeite in meinem Laboratorium Tag und Nacht an der Schöpfung neuer Stoffe, ich richte meine Augen in den Nachthimmel, solange keine Wolken mir die Botschaft der Sterne verhüllen. Wer hingegen seine Nase nur in Bücher oder Weinbecher steckt, der wird für immer ein Unwissender bleiben.

Der Kardinal hatte seit der Ankunft Dastyns seine gönnerhafte Sicherheit eingebüßt und wirkte nicht mehr wie der mächtige Patron, sondern eher wie der Patient dieses diabolischen Engländers. Napoleone machte eine beschwichtigende Geste mit den Händen und rief: Meine Kinder, liebe Gäste und Hausfreunde, wir wollen nach solch einem harmonischen Abend nicht in Streit geraten. Der Magister wird uns nun vorführen, wie rechtgläubig und vorsichtig er ist, und wie segensreich seine weiße Magie für unser aller Wohlergehen wirkt.

Dastyn kündigte an, er werde jetzt mit seinen Gehilfen die Zeremonie im großen Saal vorbereiten. Wir sollten uns eine Weile gedulden, dann werde nach seinen Berechnungen die Stunde der Dämonen anbrechen.

Wir treten nun ein ins Haus des Gottes Mars, rief er, raffte seinen Umhang um die Schultern und verschwand.

Während Philippe de Vitry und der Kardinal sich wie zwei Eingeweihte zunickten, perlte Nicolaas van Bouchout weiter der Schweiß von der Stirn. Seine Haut war fahlgelb geworden, was sich nicht allein dem schweren Essen zuschreiben ließ. Der Flame hatte den ganzen Abend kaum etwas gesagt, vielleicht schämte er sich seines Lateins. Nun wurde er zum lebenden Beispiel, welche Furcht die Dämonenbeschwörung bei ängstlichen Seelen auslösen kann. Nicolaas schwitzte und zitterte zugleich.

Einzig Francesco gab sich ungerührt wie einer, der deutlich zeigt, dass ihm die Mächte der höheren Sphären nichts anhaben können, weil er mit den Wonnen der niederen Sphären rundum ausgelastet ist. Und ich? Wollte ich mit Magister John eintreten ins Haus des Mars? Ich wusste nicht, was ich von dem zwielichtigen Magier halten sollte. Mein Meister hätte die Veranstaltung mit einer höflichen Verbeugung verlassen, aber das konnte ich mir als kleiner Tischgenosse dieser großen Männer nicht erlauben. Außerdem war ich neugierig, ob ich am eigenen Leibe die Wirkung der Wachspuppen erleben sollte, von denen man mir so viel berichtet hatte. Vielleicht würden die Sterne Licht in das Geheimnis der Morde der letzten Tage werfen.

Der Kardinal beruhigte uns vorsorglich, dass es keine Gefahr für unsere Unversehrtheit gebe. Er verwies auf seine juristischen Studien, die ihn vor langer Zeit schon an der Sorbonne mit der Dämonologie in Kontakt gebracht hatten. Es gebe genaue Regeln, an die sich Magister John halten würde.

Napoleone folgerte: Indem wir mit den Geistern Kontakt aufnehmen, schließen wir einen Pakt mit ihnen. Niemand darf einen solchen Pakt brechen. Selbst der Teufel hat sich durch seine Unterschrift oftmals den Menschen verpflichtet, denn er ist zu schwach, die göttlichen Gesetze zu brechen. Ist ein Magier juristisch gebildet wie Johannes Anglicus, verfasst er seine Beschwörungen dermaßen schlau, dass den Dämonen die Hände gebunden sind.

Wenn sie denn welche haben, rief Francesco, dem der Wein die Zunge gelöst hatte. Vielleicht sind sie ja aus Nebel und Wind geformt und kriechen uns in die Nase oder in andere Körperlöcher.

Philippe verbat sich derartigen Spott und gestand, dass ihm in Paris ein Magier die Domherrenstelle in Verdun vorhergesagt hatte. Wenn das kein Beweis war, wolle er auf der Stelle tot niedersinken. Oder, schlimmer noch, nie mehr singen und komponieren.

Der Kardinal pflichtete dem Musiker bei und berichtete, dass die Spiritualen unter den Franziskanern ihm darum so nahestanden, weil sie sich nicht nur mit der Armutsfrage, sondern auch mit Dämonenbeschwörungen auskannten.

In einer mystischen Vision, so verkündete Napoleone, hat der Mönch Angelo Clareno vor einiger Zeit erschaut, wie der Teufel mit einem Kelch zu Papst Joan geflogen ist und ihm den Trunk der Zwietracht ins Ohr einflößte. Das hat den Papst zum Antichrist gemacht. Und weil er weiß, dass meine Franziskaner und ich seine teuflischen Ränke durchschauen, hasst er uns abgrundtief. Er verdammt alle Theologen und Dämonologen, die ihm auf die Schliche kommen. Der Papst bekämpft vor allem deshalb die Spiritualen, damit niemals bekannt wird, dass der Papst mit der Hölle verkehrt. Das ist der wahre Grund für all die Kriege und all die Verbrechen am Papsthof. Wenn ich Johannes Anglicus und seinen Abwehrzauber nicht hätte, hätte mich Joan schon längst mit seinen Flüchen zermalmt.

Der alte Kardinal zitterte bei diesen Worten. Ich stellte mir vor, wie die beiden ewigen Widersacher Joan und Napoleone seit vielen Jahren einander mit Wachspuppen, Nadeln, Dämonenbeschwörungen und Horoskopen zu schaden versuchten und ihre Strahlen zwischen den Palästen hin und her schickten. Wenn diese Zwietracht ihren Alltag bestimmte, dann stand es schlecht um die Christenheit, denn ihre Führer waren entweder verrückt oder vom Teufel besessen. Francesco machte im Halbdunkel eine wischende Geste mit der Hand und wies sich mit dem Finger auf die Stirn. Da rief uns John Dastyn zur Zeremonie.

Im Saal war es nahezu dunkel. Der Brite stand mit weitem Umhang mit dem Rücken zur Glut in einem Kreis aus Kreide, den seine Gehilfen auf dem Boden gezogen hatten. Außer im Kamin glühten noch Kohlenstücke in zwei Becken. Dastyn trug zu seinem nachtblauen Mantel eine spitze, hohe Mütze, ebenfalls aus dunkler Seide und ebenfalls mit goldenen Sternen bestickt. In der Hand hielt er einen langen Stab mit einem silbernen Affen am Ende. Der Brite rezitierte mit kehligen Lauten einen Zauberspruch:

Bagali laca bachahé
Lamac ahi alabahé
Karrelyos lamac lamec bachalyos
Cabahagi wawawum sabalyos baryloas
samahac et famyloas …

Schnell warf er jeweils eine Handvoll Pulver in die beiden Kohlebecken, worauf grellrote Flammen emporschossen, gefolgt von gelbem Dampf und Zischen. Nicolaas hielt sich an meiner Schulter fest und zitterte am ganzen Leib. Der Kardinal und Philippe waren auf die Knie niedergesunken und starrten den Zauberer an. Francesco lehnte an der Wand.

Lagozatha cabyolas, rief Dastyn nun, harrahya, harrahya!

Von irgendwo im Raum hörten wir wie durch ein Rohr ein hallendes Lachen, dann das Kreischen einer Katze, worauf der Magier sich zuckend ins Dunkel bewegte und mit den Armen wilde Bewegungen vollführte und schrie.

Sag, wo du bist, zeige dich endlich!

Und er hub erneut mit seinem Zauberspruch an:

Harrahya, Bagali laca bachahé! Lamac lamec bachalyos! Füge dich, gehorche mir!

Vor lauter Rauch konnte man kaum mehr die Hand vor Augen sehen, nur der herumhüpfende Magier warf vor dem Feuerschein schwarze Schatten. Dann fiel Dastyn plötzlich polternd neben einer schwarzen Katze, die in einem Käfig saß, auf den Boden, woraufhin zwei Helfershelfer herbeisprangen und ihn auf eine Matte zogen, die sie im Kreide- und Kupferkreis ausgebreitet hatten. Der Rauch verzog sich nun und gab den Blick auf die zertrampelte Spitzmütze frei, die bei der Wand am Boden lag. Es sah aus wie nach einem Kampf. Dastyn grinste mit sabbernden Lippen und murmelte Unverständliches, indessen seine Assistenten ihn ausführlich mit Weihwasser besprenkelten.

Nur langsam wichen die Grimassen aus des Magiers Gesicht. Er öffnete mühsam die Augen, reckte sich und ließ sich beim Aufstehen helfen.

Es war ein hartes Ringen, erklärte der Nekromant seinem Patron, aber wir sind noch nicht fertig. Wir müssen kämpfen, denn der Dämon will uns sein Geheimnis noch nicht verraten.

Nicolaas winselte und bedeckte seine Augen mit den Händen; er wollte nicht länger dabei zusehen, wie der unsichtbare Dämon in die Welt der Musik und der Tafelfreuden eindrang. Dastyn schritt zu einem Tisch, nahm eine Kupferschale und schüttete aus einer Phiole Tropfen einer grauen Substanz hinein. Damit ging er zu uns, hielt jedem Einzelnen die Schale hin und verkündete feierlich:

Das ist die geheimnisvolle Substanz Mercurius, benannt nach dem Stern und dem vielgestaltigen Gott, in dessen Haus wir nun eintreten werden. Nun wendet sich das Schicksal von Mars zu Mercurius. Ihm obliegt die Verwandlung aller Metalle und ihre Veredelung zum Stein der Weisen. Nun geschieht es!

Philippe wollte die enteilende Substanz berühren, doch Anglicus fuhr mit einem Schrei des Entsetzens zurück: Nicht berühren! Das würde die gesamte Beschwörung entheiligen. Nur Berufene dürfen mit Mercurius Umgang pflegen.

Ich sah, dass in der Schale eine silbrige Masse hin und her zuckte wie eine gefangene Eidechse. Der Magier schien die flüchtige Substanz zu berühren, führte den Finger an die Lippen und leckte daran. Danach wand er sich wie unter Schmerzen, seine Augen verdrehten sich, und er wirkte erneut abwesend. Als führe ihn jemand anderer bei der Hand, schritt er zum Kamin, dort ließ er sich eine kleine Kristallkugel reichen und blickte durch das Glas in die Flammen.

Ich sehe, rief er laut, ich sehe, ich sehe! Ich sehe den Gegenstand, den du suchst, mein Kardinal Napoleone. Ich sehe die unschätzbare Schachtel aus Metall, sie ist noch unversehrt.

Ich zuckte zusammen. Das war nicht möglich! Meine Schachtel! Woher sollte Dastyn, woher Napoleone von ihrem Geheimnis erfahren haben? Außer Ramon und mir wusste niemand, wo sich die Schachtel befand und dass sie intakt war.

Sie ist, sie ist, sie ist, stammelte der Magier, sie ist immer noch hier in Avignon. Ich spüre ihre Anwesenheit, gar nicht weit von hier. Ich sehe eine Kirche. Doch wehe, die Schachtel ist in unberufenen Händen! Man hat sie entfremdet und von ihren legitimen Herren entfernt!

Mit einem Mal spürte ich die Hitze im Raum nicht mehr. Der kalte Schweiß brach mir aus, und meine Hände begannen zu zittern. Ich hatte das für unmöglich gehalten, doch der Nekromant kam mir mit seinem Zauber auf die Spur. Ich sah mich um nach den Portalen. Konnte ich weglaufen, oder waren die Ausgänge verriegelt?

Ich sehe, ich sehe, rief Dastyn aufs Neue. Ich sehe eine Kapelle, dann sehe ich die Kirche der Dominikaner, dann sehe ich eine Leiche, schrecklich zugerichtet. Und Würfel, viele Würfel, wie wenn um Seelen gespielt würde. Noch eine Leiche. Wehe!

Mir wurde übel, mein Atem hatte ausgesetzt. In Avignon regierten die Dämonen. Nur so konnte es sein. Wie anders als durch Geister war das Verhängnis, unter dem ich stand, zu erklären? Ausgerechnet ich, der ich die Schachtel gefunden hatte, nahm an einer geheimen Zeremonie teil, bei der sie herbeibeschworen wurde. Waren es keine Menschen, sondern Dämonen, die mich verfolgten?

Dastyn gab einen schrillen Schmerzenslaut von sich und sank zusammen.

Er zieht sich zurück, verkündete er tonlos und verharrte noch eine Weile auf den Knien: Mehr wird er uns heute nicht verraten.

Ich seufzte tief; ich war vielleicht noch einmal davongekommen. Dastyns Diener trockneten den verschwitzten Engländer mit einem Tuch ab und hüllten ihn in eine schwarze Decke. Statt des Zauberhutes, der die Zeremonie nicht überstanden hatte, stülpten sie ihm eine schwarze Zipfelmütze über den Kopf. Dastyn nahm einen tiefen Zug Würzwein aus einem Becher, schüttelte sich und riss einen Fensterladen auf, so dass der Nachtwind den stickigen Raum belüften konnte. Einen Moment blickte er zum Firmament empor und schüttelte den Kopf.

Nicolaas saß in einer Ecke wie ein verschrecktes Kind auf dem Boden und biss an seinen Nägeln. Wenn er in Avignon Karriere machen wollte, musste dieser Musiker viel härter werden, das war klar. Philippe stand mit leuchtenden Augen neben dem Kardinal, der mit gewickelten Gichtfüßen auf seinem Polsterstuhl ruhte und den Magier anstarrte.

Dämonen haben uns alles genommen, Dämonen müssen uns alles wiederbringen, sagte er gewichtig. Doch wenn sie uns zürnen, nehmen sie uns am Ende alles.

Als Francesco, den die Zeremonie als Einzigen nicht beeindruckt zu haben schien, Napoleone Orsini fragend anschaute, sagte der nur knapp:

Mir ist ein sehr wichtiger Gegenstand abhandengekommen.

Als Francesco die Schultern fragend hob, wurde der Kardinal ausführlicher:

Magister John sollte diesen Gegenstand mithilfe der Dämonen ausfindig machen. Beinahe hätte es geklappt. Aber mehr müsst ihr nicht wissen. Es würde euch nur in Gefahr bringen, außerdem handelt es sich um eine Angelegenheit zwischen dem Papst und mir.

John Dastyn kam in seiner schwarzen Montur heran, verbeugte sich tief und sagte: Ihr habt es mit eigenen Sinnen erlebt, Eminenz. Mehr war aus den Geistern leider nicht herauszubekommen.

Er schielte mit bösem Blick zu Francesco und meinte säuerlich:

Mag sein, dass irgendein Zweifler hier im Raum den Dämonen den Mund verschlossen hat. Doch hoffe ich, dass ich euch wenigstens ein bisschen von Nutzen sein konnte.

Der Kardinal nickte gnädig und seufzte: Ich weiß nicht, ob unsere Suche überhaupt noch einen Nutzen hat. Es ist bereits zu viel Menschenblut geflossen. Vielleicht wird dessen Fluch auf mich zurückfallen.

Dastyn schüttelte dienstfertig den Kopf: Eminenz, das kann ich ausschließen. Ich habe heute in den Sternen entdeckt, dass eure Konstellation weiter günstig bleibt. Nichts ist verloren. Wenn ihr euch selbst überzeugen wollt, werden wir wie so oft den Himmel in euer Heim herunterholen.

Napoleone nickt zustimmend. Dastyn ließ sich vom Majordomus des Kardinals einen Beutel reichen, ging damit zu seinem Zauberkreis und legte unter beständigem Gemurmel Goldmünzen auf den Boden. Es handelte sich um eine genaue Ordnung, die der Magier auf dem Holzboden mit Kreide eingezeichnet hatte. Dann setzte er sich seinen reichlich zerbeulten Zauberhut wieder auf, hüllte sich in den Sternenumhang und hieß einen Gehilfen, den Fensterladen wieder zu schließen.

Nicolaas' Gesichtsausdruck war abzulesen, dass er um Gnade flehte, auf dass der Teufelsbeschwörer an ein Ende kam. Philippe stellte sich neugierig wie bei einem Konzert neben dem Zauberkreis auf, wurde jedoch von Dastyn herrisch zurückgewunken. Der Kardinal starrte mit versteinerter Miene auf den Fußboden.

Dastyn rief wieder mit schnarrender Stimme in den Saal und schritt dabei sorgsam die Goldmünzen am Boden ab: Kräfte des Himmels, ewige Mächte der Galaxie, gewährt uns am Segen spendenden Tag vor Vollmond Einblick in die Geschicke des Herrn dieses großen Hauses. Ursa maior! Konstellation des Großen Bären! Himmelsspur der vergöttlichten Nymphe Kallisto! In deinen Strahlen ruht das Geschick aller, die von dir abstammen. Arkas, großer Jäger, wache über Gesundheit und Glück der Orsini! Wie die goldenen Gestirne des Weltalls, so mögen auch die goldenen Schätze der Erde eurem Schicksal gewogen sein! Napoleone, Abkömmling des Göttervaters Zeus, Großer Bär des Himmels, dein Wohlergehen sei gesichert!

Dastyn hatte, auf jede Münze mit seinem Zauberstab weisend, das Sternbild auf dem Fußboden zweimal zeremoniell abgeschritten, während er seine Beschwörungen sprach. Doch ich hörte vor Aufregung kaum mehr hin.

Der Große Bär! Napoleone Orsini, nicht der dicke Mörder war der große Bär! Nicht weil er so aussah wie das Raubtier, sondern weil er so hieß: Orso, Ursus – das war der Schutzpatron seiner Sippe. Ursus hieß das wichtigste Sternzeichen am Himmel, aus dem die Orsini ihre göttliche Abkunft herleiteten. Von diesem Bären hatte Serge gesprochen, als er mit gebrochenen Knochen ein letztes Mal zu Bewusstsein kam: Ein Gruß vom Bären. Er wusste, seine Folter war ein Gruß von Napoleone Orsini. Ich war endlich im Herzen der Intrige angekommen.

Und doch begriff ich immer noch nicht, was sich in der vermaledeiten Schachtel verbarg. Dafür wusste ich jetzt, wer hinter allem stand und wer sie am verzweifeltsten suchte: mein Gastgeber.

Mir ist ein Gegenstand abhandengekommen, hatte der Kardinal zu Francesco gesagt. Zu viel Menschenblut ist geflossen. Es passte alles zusammen. Genau wie die Goldmünzen am Boden, die den Großen

Bären bezeichneten, und die der Majordomus gerade sorgfältig wieder einsammelte und in den Beutel steckte. Gold, immer wieder Gold. Aus nichts anderem als aus tödlichem Gold bestand der Gruß vom Bären.

Napoleone hatte sich unabsichtlich verraten: Es ging hier um eine Angelegenheit zwischen dem Papst und seinem Widersacher, der so gerne Papst geworden wäre. Und in dieses epochale Duell war ich hineingetappt. Das erklärte auch, warum Arnaud de Trian als Anführer der päpstlichen Miliz persönlich nach der Schachtel suchte. Doch warum hatte dieser Schläger im Auftrag des Bären Orsini bei seiner Suche grausam gemordet? Ich verstand es nicht, immerhin hatte ich jetzt eine begründete Ahnung, warum meine Schatulle wichtiger war als das Leben Einzelner; von einem simplen Diebstahl konnte keine Rede sein.

Die anderen waren im Nebenraum verschwunden, und Francesco riss mich aus meinen Gedanken: Warum so nachdenklich? Du wirst mir als nüchterner Teutone doch nicht auch an die Dämonologie verlorengehen? Es wäre eine Schande, wenn dieser Scharlatan von zahnlosem Engländer dir nach solch einem Festessen die Nachtruhe raubte. Das alles war nur eine Täuschung, wenn auch eine sorgsam vorbereitete. Wie das Mysterienspiel zu Ostern, bei dem der Gekreuzigte plötzlich lebendig wie ein Kaninchen dem Grab entsteigt. Oder der heilige Bartholomäus, dem sie vor der Kirche die blutende Haut abziehen und der dann plötzlich gesund und munter über die Bühne hüpft. Mundus vult decipi, sage ich als Lateiner, wenn ich diesen Mummenschanz betrachte: Die Welt will betrogen sein.

Francesco lachte und wies auf den Nebenraum: Nimm doch nur so einen kultivierten Mann wie Napoleone. Da kommt ein Zwerg mit einem Kittel voller Sterne, lässt sein Pülverchen furzen, und schon erblickt unser Kardinal in Dampf und Feuerschein Belial und Lucifer persönlich. Ich sehe, ich sehe, ich sehe … nichts! Das ist doch alles nur zum Lachen.

Mir war gar nicht zum Lachen zu Mute. Doch meine Befürchtungen wollte ich Francesco nicht verraten. Wir nahmen Abschied von Philippe und seinen Musikern, die eine Eskorte mit Fackeln zur Residenz des Kardinals Giovanni Colonna geleitete. Francesco hatte schon beim Eintreffen für uns eine Gästekammer erbeten, die der Majordomus oben unterm Dach eilfertig hatte herrichten lassen. Wir küssten dem ermatteten Kardinal Orsini erneut den Ring und entfernten uns über die Treppe nach oben.

Das war die weiße Magie, kommentierte Francesco, sie ist schlimm genug. Doch ich bin mir nicht sicher, ob jetzt, da alle Zeugen gegangen sind, nicht die schwarze Magie drankommt. Das geht dann so: Dastyn packt eine getaufte Wachspuppe von Joan aus, und Napoleone durchbohrt sie mit Nadeln. Möglich wäre es. In Wahrheit nimmt Dastyn Sold von beiden Seiten. Er verkauft, wie mir in der Kurie anvertraut wurde, Wasser mit Blattgold als Lebenselixier an den Papst. Joan hofft, damit hundert Jahre alt zu werden. Für gutes Geld und im Namen Napoleones würde Dastyn denselben Papst verfluchen, den er gestern gesegnet hat. So kommen die Magier an ihren Reichtum, wenn sie nicht vorher auf dem Scheiterhaufen enden.

In der winzigen Dachkammer stand für Francesco und mich ein einziges Bett. Platz war knapp in Avignon. Francesco zog sich, als wir uns hingelegt hatten, den Mantel über den Kopf und kicherte: Seien wir froh, dass wir hier so abgelegen residieren. In dieser Livree ist nachts auf den Treppen und in den Betten eine Menge los, da kann man die sonderbarsten Überraschungen erleben. Ich war schon oft hier, ich weiß, wovon ich spreche. Jegliches Ding hier atmet Lüge – die Luft, die Erde, die Häuser und vor allem die Schlafzimmer. Ich sehe, ich sehe, ich sehe … lieber nichts mehr für heute!

Dann schlief der Italiener ein. Von sonderbaren Überraschungen konnte auch ich ein Lied singen. Mir rauschte der Kopf, ich konnte wieder einmal nicht einschlafen. Es war verrückt. Ich war zu Gast geladen beim Großen Bären, dessen Gestirn seit vier Tagen meine Existenz in Avignon überschattete. Würde der Bär mich ins Verderben führen?

KAPITEL 28

An einem sonnigen, warmen Tag über Land zu wandern – ich hatte während der Wintermonate in der Stadt beinahe vergessen, wie schön das ist. Auf unserer Reise nach Avignon hatten der Meister und ich im Spätherbst über viele Wochen jeden Tag unsere Füße gebraucht, meist entlang der Flüsse. Erst den Rhein hinauf, waren wir dann dem Doubs und der Saone gefolgt, schließlich nach Süden am linken Ufer der Rhone gewandert. Nun gingen Francesco und ich diesen Weg zurück, wenn auch nur ein Stück.

Wir waren in Napoleone Orsinis Livree bald nach Morgengrauen aufgebrochen. Francesco hatte einen langen Tagesmarsch vor sich, von einem Frühstück konnte nach der Völlerei des Abends keine Rede sein. Kühles Wasser war, was uns jetzt guttat. Wir querten die Stadt ostwärts, zwischen den Klöstern der Augustiner und Karmeliter hindurch. Dann stießen wir hinter der einstigen Porte Saint-Lazare, wo es zum Leprosenspital ging, auf den mächtigen Fluss. Trotz der frühen Stunde kam uns an der Rhone bereits reger Verkehr entgegen: Bauern mit Körben voll Geflügel, Karren mit frischem Grünzeug aus dem Comtat, gezogen von Kindern oder Eseln. Zur linken Hand erblickten wir auf der Rhone Lastkähne, die unter dem Geschrei der Ruderleute mit Vieh oder Holz auf den Stadthafen zuhielten. Die Fluten der Rhone und ihrer Abzweigungen trieben alle paar hundert Schritt eine Mühle an, in der Öl gepresst oder Korn gemahlen wurde. An Seitenkanälen hatten sich Tuchfärber und Wollkämmer eingerichtet, die die Wasserkraft zum Walken und Spülen der Stoffe nutzten. Noch dahinter strömte der breite Fluss durch dichte Auwälder, in deren Wipfeln Kormorane und Reiher aus der Ferne zu uns herüberblickten.

Es ist ein reiches Land, das Comtat Venaissin, sagte Francesco. Die Päpste, die sich diese Grafschaft vor hundert Jahren als Belohnung für die Ermordung der Katharer unter den Nagel gerissen haben, waren gut beraten. Drüben in Frankreich versickert alles Wasser im Kalkstein, da liegt ein wild zerklüftetes Land beinahe ohne Menschen. Hier auf unserer Seite führen die Quellen der Berge das ganze Jahr frisches Wasser in die Ebene. Mit Kanälen und Schleusen lässt sich nahezu alles bewässern. Bald wird schon das erste Obst reif. Weiter im Norden liegen Hügel, die wie gemacht sind für Weinbau. Dazwischen wächst auf den Feldern das Getreide. Holz findet sich in den Wäldern im Osten, es ist alles da.

Francesco machte eine weite Geste mit dem Arm:

Die alten Römer, meine Vorfahren, wussten genau, warum sie hier an der Rhone, zwischen Vienne und Vaison, Hauptstadt, Garnison und Verwaltung von ganz Gallien konzentrierten. Viele tausend Müßiggänger lassen sich aus dieser fruchtbaren Erde ernähren, früher waren es Beamte und Legionäre des Imperiums, heute sind es Kleriker und Anwälte des Pontifex. Die Bauern hier könnten reich sein wie die sorgenfreien Hirten der Antike, wenn der Papst ihnen nicht alles wegnähme.

Francesco zeigte auf einen massiven Karren, der uns zwischen acht berittenen Sergenten entgegenrumpelte: Da kommt der erste Kollektor mit Steuereinnahmen. Das Geld ist gewiss für die Speicher der päpstlichen Kammer bestimmt. Dafür mussten die Menschen in Orange oder Carpentras hart arbeiten, jetzt wird es gezählt und wandert später in einem noch größeren, schwer bewachten Zug von Mauleseln Richtung Italien, um die Schulden des Papstes für seinen Krieg und seine Hofhaltung zu bezahlen. So wird das reichste Land arm.

Wir traten zur Seite, so dass der Kollektor auf dem Wagen an uns vorbeirollen konnte. Schwer bewaffnete Männer mit Helmen und Spießen, die den einsamen Kleriker im warmen Reisemantel vor Unbill behüteten, trabten hinterher.

Die kommen aus Sorgas, wusste Francesco, das ist die erste Station, wenn das Geld hinter der Brücke über die Ouvèze sicheren päpstlichen Boden erreicht.

Nach Sorgas wollten wir auch.

Ich hatte mich durchgerungen, Francesco alles über die Morde an Serge und Bruno zu erzählen. Der Italiener hatte die Stadt verlassen und konnte mich jetzt schwerlich in Avignon verraten. Außerdem verdankte ich es ihm, dass ich im »Heißen Topf« die Schachtel entdeckte. Francesco hatte mich zum Kardinal Orsini mitgenommen, und er musste bemerkt haben, wie mir die Dämonenbeschwörung von Johannes Anglicus in die Knochen gefahren war. Ich hatte mich im Buchkontor von Rico Corboli ohnehin verraten, als ich von meiner Schachtel sprach.

Francesco war wendisch wie der Wind, aber gewiss nicht dumm. Er musste längst ahnen, dass das Geheimnis des Napoleone Orsini und mein eigenes Schicksal irgendwie zusammenhingen. In Avignon hatte ich Francesco nicht so recht über den Weg getraut. Er machte den Mittelsmann zwischen Kardinälen und Kurie, kannte alle Welt in der Kammer und der Kanzlei, ging ein und aus in der Pasture und in einem teuren Badehaus, das er sich eigentlich nicht leisten konnte. Sein undurchsichtiger Bruder Gherardo verfolgte ihn wie ein Schatten. Immer kommentierte Francesco alles ironisch, und immer schien er auf der Suche nach Einkünften zu sein. Nun jedoch verließ dieser quecksilbrige Mann die Stadt. Ich konnte mir gewiss sein, dass ich ihm nie wieder begegnen würde. Wenn sich der Poet einen Reim auf all die Rätsel machen und ich davon profitieren konnte, dann musste ich ihm reinen Wein einschenken.

Francesco unterbrach mich kein einziges Mal, während ich ihm im Gehen entlang des großen Flusses die ganze Geschichte von Anfang an berichtete. Ich beschrieb ihm die Schachtel und machte auch kein Hehl daraus, wie sehr mich die Prophezeiungen des Johannes Anglicus erschreckt hatten. Waren hier wirklich Dämonen im Spiel? Konnte dieser schmierige Dastyn durch Vermittlung der Unterwelt erfahren haben, wo sich das von allen gesuchte Kistchen befand? War ich jetzt in Gefahr?

Du machst dir zu viele Gedanken, beruhigte mich Francesco, wir wissen doch beide, dass es keine Dämonen und keine weiße oder schwarze oder karierte Magie gibt. Ich habe in Bologna genug Aristoteles studiert, um zu begreifen, dass die Materie allem Sein zugrunde liegt und der Geist uns nur in unsere eigene Innenwelt entführt. Das ist eine spannende, zuweilen schmerzliche Reise. Aber von Mensch zu

Mensch fliegen die Gedanken nicht einmal mithilfe von Feuerwerk, Qualm und Zaubersprüchen. Das müsstest auch du auf deiner Dominikanerschule in Köln mitbekommen haben. Uns bleiben nur die Worte mit ihrem ganz eigenen Zauber, das sage ich dir als Dichter.

Aber woher wusste dieser Dastyn dann alles?, fragte ich. Er sah in seiner Kugel die Jakobskapelle, er sah unsere Dominikanerkirche, er sah die Leichen, die sich wie in einem Fluch mit dem Schicksal der Schachtel verbinden. Er wusste sogar von Bruno, dem Würfelspieler. Es muss einen geheimen Zusammenhang geben. Oder glaubst du, Dastyn ist ein Spion und hat mich die ganze Zeit überwacht?

Francesco schüttelte den Kopf: Denk doch nach! Alles, was der Zauberer verkündet hat, könnte jedes Kind in Avignon auch wissen. Ihr habt Serge in der Kapelle an der Rhone entdeckt. Also hat Dastyn eine Kapelle gesehen. Dann lag das Opfer über Nacht bewusstlos bei den Dominikanern, und das Erste, was man da erblickt, ist eure große Kirche. Und die fatalen Würfelspiele, von denen der Zauberer unkte, sind allen Sergenten bekannt, sie haben beim Bretonen schließlich die Leiche des Spielers gefunden. Dastyn musste seine Assistenten nur beauftragen, sich für seine Prophezeiung ein bisschen in der Stadt und bei der Miliz umzuhören. Und fertig war sein großes Dämonentheater.

Und woher, fragte ich, konnte er wissen, dass die Schachtel sich noch in Avignon befindet?

Francesco lachte: Das weiß er nicht, und der Kardinal weiß es schon gar nicht. Aber Napoleone hofft es. Diese Hoffnung hat ihm sein Magier bestätigt, weil er nicht dumm ist. Schließlich sollte Napoleone mit der Darbietung zufrieden sein. Ich höre den hässlichen Gnom noch stöhnen: Mehr wird der Dämon uns heute nicht verraten. Zum Lachen! Mehr konnte Dastyn gar nicht erzählen! Und das, was er gesehen hat, war seine eigene heiße Luft.

Francesco hatte mir die Augen geöffnet. Was die Schachtel anging, war er der Ansicht, dass sie gar nichts anderes enthalten konnte als einen brandneuen Goldflorin des Papstes, den noch niemand gesehen hatte und auf den Napoleone für seine kaiserlichen Spitzel ganz versessen war. Was sonst?

Während wir am Flussufer eine Pause machten, erzählte mir Francesco: Seit Wochen munkeln die Kleriker in der Kämmerei davon, dass Joan einen großen Schlag gegen die italienischen Städte vorbereitet, weil ihn die Italiener mit ihren Goldmünzen betrügen. Den Wechselkurs bestimmen nämlich stets die Herren von Florenz und Venedig, nicht der Papst. So verliert der Geizhals wertvolle Prozente. Sogar seine eigene Währung hier im Venaissin muss er den Italienern anpassen. Um die Verluste zu minimieren, hat Joan gerade jetzt die Geldwechsler und ihre Waagen streng kontrollieren lassen. Es ist verrückt, aber der Papst ist abhängig von fremden Goldwährungen, obwohl er selber mehr Gold besitzt als die beiden Handelsstädte zusammen. Diese finanzielle Übermacht soll aufhören. Als Schöpfer einer neuen Münze wird Joan wirtschaftlich zu dem, was er rechtlich immer schon beansprucht: Herr zu sein über ganz Italien. Und genau das fürchtet Napoleone, fürchtet auch Kaiser Ludwig. Ich bin mir sicher, Napoleone wollte die neue Währung als Erster in die Hände bekommen und sie dem Kaiser zuspielen. Aber das hat nicht geklappt.

Das leuchtete mir ein. Für solch ein Geheimnis zu töten wäre für die Kurie eine Kleinigkeit. Und für Napoleone auch. Ihm vor allem musste das Verschwinden der Münze, mit der er seine Spitzeldienste krönen konnte, eine Katastrophe bedeuten.

Francesco sagte: Du solltest dir keine allzu großen Hoffnungen machen, mehr herauszubekommen. An Schloss Sorgas bin ich schon öfter vorbeigewandert. Nicht einmal vor dem Schlafzimmer des Papstes stehen so viele Schwerbewaffnete wie am Kastell der Ouvèzebrücke. Da kommt keine Maus ohne Kontrolle hinein. Der Papst weiß genau, wie er seine Schätze hütet, und er lässt sich nicht gerne in die Kasse blicken. Einem deutschen Novizen dürften seine Buchhalter die Geheimnisse der Münzstätte zuallerletzt aufdecken. Ich fürchte, dass dies für dich eine vergebliche Wanderung wird.

Selbstverständlich war ich enttäuscht. Aber auf halber Strecke umzukehren, wäre unsinnig gewesen. Vielleicht gab es ja doch eine Möglichkeit hineinzukommen. Was hatte ich schon zu verlieren?

Zur Rechten bogen wir ab bei der Einmündung der Ouvèze, die

jetzt im Frühjahr immer noch große Mengen klaren Gebirgswassers in die Ebene führte. Nun ging der Weg geradeaus zur Brücke von Sorgas.

Ich fragte Francesco, ob er oben an der Quelle des Flusses ein Haus sein Eigen nenne.

Der Italiener lächelte wehmütig: Wie gerne würde ich das! Ich wüsste auch schon, wo, aber ich kann mir kein eigenes Domus leisten. Ich habe ein Landhaus gemietet, um ein paar Wochen zur Ruhe zu kommen, vielleicht auch länger. In Avignon, diesem Pfuhl des Lasters, verzehrt mich der Kummer. Kummer über Italien, das den Papst verloren hat. Und über mich, der ich zusammen mit meinem Bruder unser väterliches Erbe verschleudert habe. Die Höflinge Joans haben für das Schöne und Heilige nur Verachtung übrig und beten nur eines an: das Geld. Und ich habe kaum noch welches.

Und warum gehst du nicht ganz fort und nach Italien?, wollte ich wissen.

So einfach ist das nicht, erklärte mir Francesco. Ich habe mir einen Plan gemacht, wie ich aus meinen Schulden herauskommen kann. Aber dafür brauche ich sorgsam beschriebenes Pergament mit meiner Literatur, die ich verkaufen kann. Oben an der Quelle mache ich endlich ernst mit dem Dichten. Ich formuliere ein paar flammende Reden an die Kirche und die ganze Welt, alles auf Latein im Stil Ciceros. Darüber hinaus liebäugle ich mit Liebesgedichten, die möglichst edel und gelehrt von den Vorzügen meiner Madonna Laura handeln und die ich spendablen Gönnern widmen kann.

Warum Liebe?, fragte ich erstaunt.

Von Liebe, belehrte mich Francesco, lesen die Leute nunmal am liebsten. Gerade verfeinerte Kardinäle wie die Colonna. Für diese Leute muss ich unbedingt von der Sehnsucht und vom Leiden dichten, denn das ist doch, was sie selber alle empfinden. Sie haben alle Heimweh. Du hast Napoleone gestern erlebt. Er stirbt vor Verlangen nach Italien.

Aber ob der sich nach einer schönen jungen Frau wie Laura verzehrt? In seinem Palast habe ich ausschließlich junge Männer gesehen, warf ich zweifelnd ein.

Das macht nichts, erklärte Francesco. Es geht um die Empfindung.

Alle Italiener in Avignon sehnen sich nach der Heimat, sie baden in Erinnerungen, die ihnen immer mehr entschwinden. Da ist es genau richtig, wenn meine Liebe zu Madonna Laura niemals in Erfüllung geht. Schließlich ist sie verheiratet und hat einen rachsüchtigen Ehemann. Meine Liebe – ob zu Italien oder einer Frau – bleibt ein Traum wie bei einem Kleriker, dem die Liebe verboten ist. Oder bei einem Kardinal, dem die Abreise verboten ist.

Dann gestand mir Francesco, dass es außer der unsichtbaren Laura noch eine sehr sichtbare Frau in Avignon gab, die mindestens ebenso sehr Ursache seines Kummers war wie das Heimweh nach seinem Vaterland:

Du hast sie ja selbst erlebt in der Pasture. Lisabeta de Pictia. Das ist die vollkommenste Frau überhaupt. Ich weiß nicht, woher sie voriges Jahr aufgetaucht ist, diese geheimnisvolle Schwarze Rose. Aber seit ich sie singen hörte und tanzen sah, raubt sie mir den Verstand. Ich träume von ihr bei Nacht und sogar bei Tag. Unablässig denke ich an ihre Augen aus Eis, ihre Hüften, ihre grazilen Fesseln und ihren blonden Schopf! Ihre Stimme beschert mir eine Ohnmacht, wenn ich nur an eines ihrer Lieder denke. Ich würde den Rest meiner gesamten Habe hingeben, wenn ich in diese goldenen Locken einmal meine Hände vergraben könnte. Wenn ich meine Lippen fest an ihre drückte. Nur eine Nacht, eine einzige Nacht!

Kein Zweifel, dieser Mann war hoffnungslos zerfressen vom Verlangen. Ich verstand jetzt, wieso Francesco der Stadt, in der Lisabeta lebte, um jeden Preis entfliehen wollte. Das Objekt seiner Begierde war noch viel unerreichbarer als dieses belanglose Mädchen Laura. Kein Mann hätte die Rache von Arnaud de Trian überlebt, wenn er dessen Eifersucht angestachelt hätte. Und sogar Arnaud, dieser mächtige Neffe des Papstes, war derart besorgt um Lisabetas alleinige Gunst, dass er sie nicht mehr vor anderen Männern auftreten lassen wollte.

Lisabeta erschien mir plötzlich gegenüber dem hässlichen Dastyn als die größere Zauberin. Den Beschwörungen des Engländers hatte Francesco mühelos widerstanden; der Magie der Sängerin war er erlegen. Der Toskaner hatte seine Abreise genau geplant. Heute war der letzte Tag, an dem er dem Gesang seiner Traumgeliebten lauschen und ihren Tanz bewundern durfte. Francesco hätte den Schmerz des Abschieds kaum überstanden. Darum also suchte er die Einsamkeit der Natur.

Mit einem Mal erhob mein Reisebegleiter die Arme und begann zu deklamieren:

Erano i capei d'oro a l'aura sparsi
che n'mille dolci nodi gli avolgea,
e 'l vago lume oltra misura ardea
di quei begli occhi, ch'or ne son sì scarsi.

Wie gefällt dir das?, fragte er mich.

Ich kann doch kein Toskanisch, erinnerte ich ihn. Ich muss aber zugeben, dass deine Sprache fast so wunderschön klingt wie die Musik Philippe de Vitrys.

Das Kompliment nahm Francesco gerne an: In diesen Zeilen schwärme ich von Lisabetas goldenen Haaren, die mit tausend goldenen Locken mich umwehen. Hast du das nicht auch gesehen, als sie für uns gesungen hat: diesen Heiligenschein aus Licht, diesen Glanz ihrer Augen? Das erlischt jetzt alles für mich, für immer.

Ich umarmte den verzweifelten Francesco. Stets war er mir so selbstsicher und wissend erschienen, doch hier am Ufer der wilden Ouvèze eröffnete er mir, dass dies alles nur Fassade war.

Mein Bruder Gherardo, gestand er mir, will unbedingt ins Kloster. Jetzt, da unsere Ersparnisse fast aufgebraucht sind, sagt er der Welt Lebewohl. Ich habe, wie du weißt, mit einigem Erfolg gerade noch ein letztes Bankgeschäft getätigt. Doch wenn dieses Geld aufgebraucht ist, bin ich am Ende. Ich brauche zum Überleben Ruhm als Dichter und kultivierte Mäzene, obwohl die Musen diese Stadt längst verlassen haben. Es ist zum Verzweifeln: Avignon ist für mich eine Kloake, in der sich der Dreck des Weltalls angesammelt hat. Doch genau in dieser Gosse muss ich mir eine Stellung suchen, die mich ernährt. Bisher hat mich Lisabeta an die Stadt gebunden, nun sind es nur noch meine Schulden.

In der Ferne erblickten wir den Gipfel des Mont Ventoux, der noch im Mai vom letzten Schnee des Winters bedeckt war.

Mir kam ein Gedanke, wie meinem Freund vielleicht zu helfen war:

Steig doch da oben auf diesen Berg und beschreibe ausführlich das Abenteuer der Wanderung, so wie die Eroberung einer wilden Burg in einem Ritterroman. Nur eben in Wirklichkeit. Wie kalt und gefährlich es da oben ist, welche Bäume da wachsen, und wie weit man von dort aus sehen kann. Mit solch einem Bericht wirst du bei den Lesern in ganz Europa auf einen Schlag berühmt.

Bist du verrückt geworden?, winkte Francesco ab. Auf dem Gipfel erfriert ein Italiener wie ich sofort. Nie käme ich auf die Idee, beim Steigen auf Berge mein Leben aufs Spiel zu setzen. Ich will berühmt werden. Verstehst du? Aber sterben will ich dafür nicht.

Ich ließ nicht locker: Dann erfinde das Ganze doch einfach. Im Erfinden bist du gut, das merkt man an deinen Liebesversen. Befrage irgendeinen Hirten, der da oben seine Ziegen grasen lässt, wie es auf dem Gipfel aussieht. Und dann tust du so, als ob du der erste Mensch warst, der je den berühmten Gipfel der Winde entjungfert hat. Das ist doch auch eine Art von Liebespoesie nach Art der Trobadors, wie sie dir so gefällt. Francesco di Arezzo, der kühne Eroberer der Natur.

Mein Begleiter wurde nachdenklich. Vielleicht ist der Einfall gar nicht so schlecht, murmelte er.

Dann deklamierte er seine neuesten Eingebungen:

S'amor non è, che dunque è quel ch'io sento?
Ma s'egli è amor, perdio, che cosa et quale?

Er übersetzte für mich:

Was ist das, was ich in mir fühle, wenn es nicht Liebe ist?
Und wenn das Liebe ist, oh Gott, was bedeutet sie dann?

Auf seine ergreifende Frage konnte ich Francesco auch keine Antwort geben. Ich hatte den Habit eines Klerikers übergezogen, was nicht hieß, dass ich die Liebe der Frauen nicht kannte. Sie war schön gewesen. Doch so schrecklich, wie Francesco für Lisabeta litt, hatte mich noch nie das Gefühl für eine Frau gepackt. Und ich zweifelte, ob das jemals geschehen könnte. Um es mit seinen Versen zu sagen: Wenn das, was er durchmachte, die Liebe war, dann war sie nichts für mich. Mir wäre schon gedient, dachte ich, wenn ich das Rätsel der Schachtel und die Pläne der päpstlichen Münze ergründen könnte. Wahrscheinlich aber würde ich heute ähnlich niedergeschlagen nach Avignon zurückwandern wie Francesco auf seiner Pilgerfahrt in die andere Richtung.

Gefangen in unseren tristen Gedanken, wanderten wir dem Städtchen Sorgas entgegen, dessen Kirchturm sich am Horizont bereits abzeichnete. Gerade überholte uns auf der breiten Heerstraße ein Maultierkarren, ganz ähnlich dem massiven Gefährt des Steuereinnehmers von heute Morgen. Zwei bewaffnete Sergenten bildeten das Geleit. Als der kleine Tross an uns vorbeirollte, drehte sich der Mann auf dem Bock um und rief:

Francesco di Arezzo! Beim heiligen Dionysius von Paris, der seinen Kopf in den Händen spazieren trägt! Wenn das nicht Gottes Vorsehung ist, die uns an so einem schönen Morgen zueinander führt. Steig auf und fahr mit!

Der Kutscher war ein Kleriker in feinem flämischen Wollstoff, noch keine vierzig, sehr schlank, ja fast asketisch, mit scharfen blauen Augen und mit um die Tonsur kurz geschorenem Grauhaar. Eine angenehme Erscheinung, dachte ich bei mir. Francesco flüsterte mir ins Ohr:

Jean de Meudon. Nimm dich vor dem in Acht! Das ist der gefährlichste Mann von ganz Avignon.

KAPITEL 29

Francesco, der sonst so gesellig war, lehnte das Angebot mitzufahren mit förmlichen Worten ab. Doch der Kleriker ließ nicht locker und meinte, wir müssten ihm auf der letzten Meile bis zum Kastell von Sorgas unbedingt Gesellschaft leisten. Ihm sei langweilig. Mit seinen scharfen Zügen und einer herablassenden Art, wie sie den Parisern eigen ist, ließ Jean de Meudon durchblicken, dass er Widerspruch nicht duldete.

Francesco gab nach und flüsterte mir zu: Vielleicht kann er dir ja bei der Münzstätte weiterhelfen.

Wir stiegen auf den kleinen Wagen, Francesco vorne auf den Bock. Ich hockte mich hinten auf die Ladefläche zur Fracht, die aus einer einzigen Kiste bestand. Das Maultier zockelte im Schritt gemächlich vor sich hin. Francesco zeigte auf die schweren Eisenbeschläge:

Goldtransport?

Der Fahrer schüttelte den Kopf: Würde ich mich mit einem Schatz im Gepäck mit diesen zwei fußlahmen Wächtern allein auf die Landstraße trauen? Nein, da drin liegt nur verbeultes Silberzeug, das wir vor drei Wochen in der Livree des Kardinals de Garve gefunden haben. Seine Geldbestände hat der alte Geizknochen kurz vor seinem Tod zur Seite geschafft. Der Himmel, oder besser, der Teufel weiß, wie er die verstecken konnte. Wir haben in der Kämmerei die kümmerlichen Reste inventarisiert und zugewartet. Jetzt hat Gasbard de Laval die Hoffnung aufgegeben, dass außer den paar Kerzenleuchtern und Hostienschachteln noch weitere Schätze hinzukommen. Weil nach dem Pfingstfest die Herstellung von Silbergroschen wieder losgeht, muss ein vereidigter Experte die Bestände auffüllen. Der Schmelzofen soll schließlich nicht umsonst brennen. Es ist für jemanden von meinem Rang eigentlich Kleinkram, aber der muss auch erledigt werden.

Francesco bekannte, dass er noch nie im Kastell von Sorgas Zutritt zur Münze erhalten habe. Ob das wohl möglich sei?

Jean de Meudon blickte den Italiener abschätzig an:

Sei froh, dass ihr heute erst kommt. Vor drei Wochen hätten sie euch gar nicht über die Landstraße gelassen. Da überwachten dutzende von Sergenten den Weg vom Papstpalast bis zum Kastell. Ich habe in meinen vielen Jahren bei der Kammer noch nie solche Goldtransporte mitgemacht. Wir haben Kisten über Kisten zur Münze befördert. Und dann geschah – nichts, gar nichts. Es ist verrückt, aber man munkelt ja allerlei in diesen Tagen. Scheint, als wären die Florine und Dukaten aus Italien unserem Herrn Papst nicht mehr gut genug.

Francesco schaute mich vielsagend an und sagte: Vielleicht hat der Papst plötzlich Angst, dass der deutsche Kaiser in die Provence einmarschiert, und will nur seine Ersparnisse in Sicherheit bringen.

Jean de Meudon musterte den Italiener mit höhnischem Blick, als wollte er sagen: Willst du mich auf den Arm nehmen? Wir sind doch beide nicht dumm und wissen ganz genau, dass Joan vor niemandem Angst haben muss. Und schon gar nicht vor Kaiser Ludwig.

Woher mochten die beiden Männer sich kennen? Und warum war Francesco derart auf der Hut vor diesem feinen Kirchenmann? Der Mann verstand offensichtlich allerhand vom Geld und war im päpstlichen Dienst reichlich hochmütig geworden, wirkte aber ansonsten sehr kultiviert. Mit dem Daumen wies Jean de Meudon nach hinten auf mich:

Ausländer? Freund von dir?

Als er sich umsah und mich genau musterte, bemerkte ich in den Augen einen stechenden Blick, grundiert von einer undefinierbaren Gier, die der Mann kaum verbergen konnte.

Francesco erklärte beiläufig, dass ich ein deutscher Dominikanernovize sei, der seinen Prior in Geldgeschäften nach Avignon begleitet habe.

Nach erledigter Arbeit, fabulierte Francesco, überlegt mein junger Freund, ob er vielleicht hierbleibt und sich um eine Beschäftigung bei der päpstlichen Kammer bewirbt. Es gefällt ihm in der sonnigen Provence. Er ist nicht dumm, rechnet gut und spricht mehrere Sprachen, vor allem Hoch- und Niederdeutsch. Ich könnte mir vorstellen, dass ihr so jemanden gebrauchen könnt.

Jean de Meudon drehte sich erneut um und musterte mich von oben bis unten, während sein Maultier auf der breiten Straße den Weg von alleine fand. Da war wieder dieser unangenehm herrische Blick, den der Kleriker auch mit seinem breiten Lächeln nicht kaschieren konnte.

Ja, sagte er in gedehntem Französisch, könnte sein, dass ich für den Jungen Verwendung habe. Die päpstliche Kammer wächst mit jeder Woche. Zuletzt haben sie sogar einen Böhmen eingestellt. Aber das war ein schielender Dickwanst, nicht so ein hübscher Kerl wie dieser hier.

Ich schaute auf meine Füße neben der Silberkiste und schwieg. Nicht aber Jean de Meudon.

Vielleicht, schlug er vor, sollte ich dem kleinen Deutschen unsere Münze zeigen. Was meinst du, Francesco? Wenn ich dich armen Poeten mit dem vielen Geld der Kurie leider nie beeindrucken konnte, dann dürfte der Anblick des Metalls unseren Novizen da hinten gewiss umwerfen. In ganz Deutschland gibt es nicht so viel Gold und Silber wie in Sorgas. Und wir haben unterirdische Speicher im Kastell, sehr geheime Kammern, in die kein Laie seine Nase stecken darf.

Der Kleriker rief mir auf Latein über die Schulter zu: Hör auf mich, mein Kleiner, wo Jean de Meudon ist, da ist auch Geld!

Und an Francesco auf Französisch: Wie heißt der Junge denn?

Bartholomäus, antwortete Francesco. Du kannst gerne Bart zu ihm sagen. Und übrigens, er spricht ganz gut Französisch und versteht jedes Wort.

Jean de Meudon drehte sich wieder um und musterte mich mit demselben Behagen, mit dem Napoleone gestern Abend den gebratenen Schwan betrachtet hatte.

Er sagte: Du bist polyglott? Gut so. Bart, das klingt süß. Ich habe immer etwas für die Deutschen übriggehabt. Sie sind so, wie soll ich sagen, angenehm ungehobelt. Und blond ist er auch.

Eigentlich hätte ich im Stillen mein Glück preisen sollen; das schwer bewachte Tor zur Münze tat sich mir auf. Doch ich fragte mich, ob ich wirklich mit Jean de Meudon und ohne Francesco das Kastell besichtigen wollte. Anderseits war ich alt genug und konnte auf mich aufpassen. Es gab keine andere Möglichkeit hineinzukommen.

Der Karren, die zwei Reiter immer hinterdrein, rumpelte jetzt durch die Gassen von Sorgas. Das Städtchen lag am letzten Pfingsttag wie ausgestorben im Sonnenschein. Nur hier und da erblickte ich zwischen herumlaufenden Hunden und Schweinen einen Menschen. Eine Frau säuberte mit Eimer und Reisigbesen ihre Schwelle. Kinder hüpften um die Ecken. Ein paar zerlumpte Alte lausten sich an einem Brunnen gegenseitig. Auf einem Anger lagen zwei Männer Arm in Arm im Gras und schliefen ihren Rausch aus. Die Feierlichkeiten des Heiligen Geistes hatten die unheiligen Körper ermüdet.

Unser kleiner Konvoi steuerte jetzt auf das Kastell zu, das mit seinen hohen Mauern und fünf massiven Türmen am anderen Ende des Städtchens nicht zu übersehen war. Als wir näher kamen, grüßten zwei Vorposten ihre Kollegen zu Pferd. Jean de Meudon winkte wie ein alter Bekannter lässig hinüber. Dann hielt unser Wagen auf dem Vorplatz, wo weitere Wächter mit Lanzen und Stöcken gerade den Wagen eines Kollektors von unten kontrollierten. Sogar die Sättel der Begleitpferde suchten sie ab. Aus diesen Mauern kam niemand ohne gründliche Inspektion heraus – und hinein ließen sie einen schon gar nicht. Auf der linken Seite umschlossen die Mauern einen breiten Gang, der unter einem Turm direkt auf die Brücke hinauslief. Allen Karren, allen Reitern, allen Fußgängern, die von Norden kamen, blieb keine Wahl, als hier die reißende Ouvèze zu überqueren und hinter der Brücke erst einmal im Kastell zu halten. So mussten alle ohne Ausnahme ihren Zoll zahlen, bevor die Wächter sie nach Avignon weiterziehen ließen. Genau hier lag Joans reichste Schatzkiste, und er hielt streng die Hand darauf.

Francesco sprang ab, dankte Jean de Meudon knapp und nahm mich zur Seite: Mein Freund, du hast großes Glück, sagte er. Oder Pech, wie man es nimmt. Dieser Mann kann dich, wenn du nett zu ihm bist, in alle Geheimnisse der Münzstätte einweihen. Er kennt sie wie kaum ein Zweiter. Doch hüte dich vor Jean de Meudon! Er ist der größte Gierschlund von Avignon. Und wie du bemerkt hast, ist er nicht an Geld allein interessiert. Wenngleich das Geld sein eigentliches Elexier ist.

Woher kennst du den Mann?, wollte ich wissen.

Francesco machte eine abfällige Handbewegung: Wenn du in Avignon bei Kardinälen oder Bischöfen eine Stelle suchst, triffst du über kurz oder lang auf Jean de Meudon, und dann fordert er Gegenleistungen für seine Vermittlung. Ich hatte Probleme, ihn wieder loszuwerden, als er merkte, wie dringend ich einen Posten benötige. Der Mann ist berüchtigt, hat aber einiges zu bieten. Kein Kleriker besetzt fettere Pfründe als er. Er verwaltet die Vermögen mehrerer Bistümer und zapft als Kaplan und Prokurateur immer neue Geldquellen an, meist als Spießgeselle des Kardinals Guilhem Peyre de Godin. Das ist ein uralter Gascogner und der einzige Mensch der Stadt, der womöglich noch gieriger ist als Jean selbst. Die beiden Raffzähne harmonieren besser miteinander als die Sänger von Philippe de Vitry. Wo andere irgendwann genug haben vom Reichtum, bleiben sie unersättlich.

Ich schaute hinüber zu Jean de Meudon. So diabolisch, wie Francesco ihn schilderte, sah der Mann gar nicht aus. Der Italiener bemerkte meinen Blick und schüttelte unmerklich den Kopf:

Lass dich von seinem seriösen Äußeren nicht täuschen. Jeans Spezialität besteht darin, von der Kanzlei herrenlose weltliche Güter in kirchliche Stiftungen überschreiben zu lassen und sie dann über die Kämmerei auszuplündern. Die legitimen Erben werden eiskalt enteignet, denn sie bekommen nach jahrelangem Prozess nichts als überschuldete Ruinen zurück. Ich wiederhole meine Warnung: Wenn Jean de Meudon dir Posten oder Geld bietet, dann ist das Schlimme daran, dass er das auch wahrmachen kann. Er ist einflussreich und schlau wie kein Zweiter. Aber wenn du mit ihm ins Geschäft kommst, dann zahlst du einen hohen Preis. Bedenke das!

Ist das der Grund, warum du mich Bartholomäus getauft hast?, fragte ich.

Francesco nickte: Du wirst schon merken, dass es besser ist, wenn dieser Mann nicht zu viel über dich erfährt. Und wenn du dich anders entscheidest, dann erklärst du Jean eben, dass ich mich geirrt habe und dass du in Wahrheit ein Wittekind bist. Das wird ihn amüsieren.

Ich dankte Francesco für seinen Rat und sagte ihm zum Abschied eine glänzende Zukunft als Dichter und Diplomat in italienischen Diensten voraus. Tief in meinem Herzen glaubte ich aber nicht daran. Es wäre schon viel gewonnen, dachte ich, wenn dieser liebeskranke Italiener seinen Kummer auf dem Land ein wenig vergessen könnte. Zu Ruhm und Geld würde ein so sensibler Mensch wie Francesco in der Schlangengrube Avignon niemals kommen. Um unter den Franzosen und den Provenzalen zu überleben, wirkte er auf mich viel zu grüblerisch und vor allem zu stolz. Auch Jean de Meudon hatte ihn nicht verführen können. Und sein Mutterland, das arme Italien, blieb auf ewig verwaist und ruiniert. Francesco trug sein Exil mit sich herum, wahrscheinlich für immer.

Mir wurde klar, dass wir uns niemals wiedersehen würden, und ich drückte ihm fest die Hand:

Wie sagt man bei euch? Grazie!

Francesco lächelte sein Lächeln, das alles bedeuten konnte, und begab sich, ohne die Brücke zu passieren, auf die Landstraße, die rechts am Kastell am Ufer der Ouvèze entlangführte – und dann immer weiter durchs Comtat Venaissin hinauf durch Hügel und Fels zur Quelle der Sorgue, wo er seine Sorgen von sich abwaschen wollte. Ich winkte, aber Francesco drehte sich nicht mehr um. Nach ein paar Schritten war er hinter der Mauer verschwunden.

An der Pforte redete Jean de Meudon angeregt mit den Wächtern, die er allesamt gut zu kennen schien. Dann zeigte er auf mich und erklärte: Das ist Bart, ein neuer Domestik. Wir werden bald öfter gemeinsam kommen. Ich erkläre ihm heute die Arbeit der Münze, damit er sich beim nächsten Mal allein zurechtfindet. Ich bürge für ihn.

Ich lächelte freundlich und dachte, dass ich trotz aller Widrigkeiten einen Glückstag hatte: Ich kam hinein ins Allerheiligste, zum Quell des päpstlichen Reichtums. Ich hatte mein Ziel erreicht.

Während wir unter Fallgittern und Schießscharten durch einen langen Bogengang ins Innere der Burg schritten, legte Jean de Meudon einen Arm um meine Schultern und flüsterte mir ins Ohr:

Wir fahren nachher natürlich zusammen zurück.

Auch er, dachte ich, hat sein Ziel erreicht.

Wie das Geld, das alle Welt im Beutel trägt, erzeugt wird – darüber hatte ich mir vorher keine Gedanken gemacht. Warum auch? Ich hatte in meinem ganzen Leben niemals etwas anderes besessen als ein paar Kupferpfennige. Von Goldbarren, wie sie hier lagerten, hatte ich nicht einmal geträumt. Doch hinter den mächtigen Mauern von Kastell Sorgas ging es gar nicht so geschäftig zu, wie ich erwartet hatte. Die meisten Werkleute lungerten im Hof herum, spielten Karten oder würfelten. Einige Knechte schliefen auf Strohsäcken, so dass ich nicht anders konnte, als Jean fragend anzusehen.

Heute ist noch Feiertag, erklärte er mir. Morgen in aller Frühe heizen die Knappen mit Kohle den Schmelzofen an, von da an geht es hier sehr laut zu. Dann wird gehämmert, und es wird heiß.

Aber diese Männer feiern ja gar nicht wie die Bauern das Pfingstfest, sie sind alle bei ihrer Arbeit geblieben, warf ich ein.

Du bist hier nicht in einer Brauerei, erklärte mir Jean, sondern in einer Münzstätte. Hier dürfen nur der Garde des Monnaies und der Prevot herein und hinaus, wie sie das gerade wollen. Die beiden sind die obersten Werkleute, Münzmeister und Präfekt. Alle anderen – und wir reden von drei Dutzend Mann – sind erfahrene Kleriker der Kammer, die das Rohmetall und die fertigen Münzen überwachen. Dazu kommt das Einlagern, Wiegen, Zählen, Verzeichnen, nochmal Gegenwiegen. Verstehst du? Sie schauen sich andauernd auf die Finger. Papst Joan kann nicht ertragen, wenn ihm am Ende auch nur ein Groschen fehlt. Und darum dürfen die Werkleute, wenn sie einmal unter Vertrag sind, bis zum Schluss der Saison nicht wieder hinaus. Sie am Tor zu kontrollieren macht zu viel Arbeit. Du wirst gleich sehen, dass sie nachher sogar unter deinem Habit und vielleicht noch tiefer nachschauen, ob du kein Metall mit nach draußen schmuggelst. Für das Kastell und die Brücke hat der Marschall bei Tag und bei Nacht fünfzig Sergenten zur Bewachung abgestellt, erheblich mehr als für den Papstpalast.

Also habt ihr die Arbeiter hier eingesperrt?, wollte ich wissen.

Leider, seit Wochen, seufzte Jean. Was das die Kämmerei kostet! So langsam werden die Männer mürbe. Es sind fast alles Italiener, weil es da unten die besten Münzschläger gibt. Man hat sie in Pistoia und

Lucca angeworben, sie sind nach Avignon gereist für ein ganz großes Werk. Und dann ist alles ins Stocken geraten. Ich darf darüber eigentlich gar nicht sprechen, aber du hast ja sowieso keine Ahnung. Mach deine ersten Erfahrungen im Geldgeschäft! Rede ruhig mal mit dem obersten Münzmeister! Den Mann kenne ich noch vom letzten Jahr, als wir den besten Kammerflorin geschlagen haben, den es im Comtat Venaissin je gab.

Jean de Meudon eilte mit mir durch mehrere Säle voller massiver Holzbänke und Baumstümpfe, neben denen das Werkzeug auf dem Boden verstreut lag: Hämmer, Bolzen, Zangen in allen Größen. Immer stand auf einem Kontortisch daneben eine Waage. In einem Saal nahm an diesem Tisch ein Kleriker sorgsame Eintragungen in einem Bilanzbuch vor. Daneben saß ein Mann um die fünfzig, dessen dunklen Zügen man den Italiener schon von weitem ansah. Scharfe Augen mit dunklen Ringen, leicht gebeugter Rücken, schlank und schwarzhaarig – genau wie ihn hatte ich mir auch Francescos Vater vorgestellt, der ihm vor zwei Jahren eine Menge Geld hinterlassen hatte.

Das ist Messer Pochino di Dracho aus Pistoia, stellte mir Jean den Mann vor, er ist der Meister, dem hier alles untersteht.

Jean de Meudon unterrichtete den Italiener kurz, dass ich als Neuling Einblick in die Arbeit der Münze erhalten sollte. Er, Jean, müsse jetzt seine Silberlieferung wiegen und abzeichnen lassen. Danach wollte er die Prägung von morgen mit den zuständigen Kammerklerikern besprechen.

Pochino di Dracho grüßte mich in passablem Provenzalisch und schien gar nicht abgeneigt, mir die Grundlagen seines Fachs zu erklären. Augenscheinlich liebte der Mann seine Arbeit, wenn er auch im Augenblick nichts zu tun hatte.

Wir gingen hinaus in den Innenhof, wo neben einem Schmelzofen im Boden irdene Formen und Tröge gestapelt waren, daneben lagerte unter einem Bogengang haufenweise Holzkohle.

Hier schmelzen wir das Metall und hämmern nebenan auf den Blöcken den Zain.

Ich wusste nicht, was der Zain sein sollte. Messer Dracho erklärte mir, wie aus dem Metall erst dünne Bleche, Zaine eben, gehämmert und dann aus den Blechen mit einem schweren Hammer die Schrötlinge herausgestanzt wurden. Diese brachten die Münzknechte in den Prägesaal, den mir Dracho danach vorführte. Er wies auf einen festen Block, in den morgen Gehilfen den Unterstempel einklemmen würden. Dann, erklärte er mir, wurde der Schrotling daraufgelegt, und der Schmied schlug per Hand mit dem Oberstempel in einem Arbeitsgang die fertige Münze. Dieweil musste ein Knappe mit einer Zange den Münzstock mit dem Schrotling gut festhalten, damit nichts verrutschte.

Der Münzmeister erklärte: Kein Bröckchen Metall darf uns verlorengehen, alle Überreste des Prägevorgangs werden wieder eingeschmolzen und erneut verwendet. Wir arbeiten schließlich mit dem wertvollsten Gut, das es auf der Welt gibt.

Mir fiel plötzlich die Hypothese Williams von Baskerville ein, und ich fragte Messer Dracho nach einer Münze aus Elektron. Ich hätte davon gehört, dass solche Kostbarkeiten nur ganz selten legiert würden. Vielleicht ja in Sorgas?

Der Italiener schüttelte den Kopf: Wir wären ja verrückt, aus unserem vielen Gold Elektron zu schmelzen. Alle Welt sucht nach Geld aus reinem Metall, deshalb mischen wir in unser Gold keinen Silberkram. Auf so eine dumme Idee kann nur kommen, wer von Münzen nicht die geringste Ahnung hat.

Gut, dass Bruder William diese Worte nicht anhören musste. Seine Idee mit der Legierung aus Elektron hatte uns Bettelmönchen zwar imponiert, aber nicht diesem erfahrenen Geldschläger. Pochino di Dracho wusste genau, wovon er redete.

Ich fragte: Und der Münzmeister persönlich erschafft mit einem einzigen Schlag die harte Währung, die dann draußen jahrelang von Hand zu Hand geht?

Messer Dracho verneinte: Das habe ich als Münzschmied vor vielen Jahren gemacht, inzwischen fehlen mir dafür die Kräfte. Jetzt sind die Jüngeren dran. Aber bei einem goldenen Florin oder Dukaten benötigt auch ein erfahrener Münzschmied mehrere Schläge mit einem großen Hammer. Das Gold ist zwar weich, aber zugleich so wertvoll, dass der kleinste Fehler alles ruiniert. Außer Kraft braucht man ein gutes Auge und viel Erfahrung, damit die Genauigkeit stimmt. Jede Münze muss gleich aussehen.

Ist es nicht langweilig, der Arbeit nur noch zuzuschauen?, erkundigte ich mich.

Pochino di Dracho streckte die Brust heraus und sagte: Mir als Münzmeister fällt immer noch die wichtigste Aufgabe von allen zu. Ich entwerfe und schneide die Prägestempel. Das ist höllisch schwierig. Ich musste sie zuerst nach den Vorgaben des Kämmerers zeichnen, ganz genau bis in die kleinste Kleinigkeit. Erst als danach der Papst die Gestalt der Münze abgesegnet hat, wurde hier in Sorgas ein gehärtetes Eisen gegossen und dabei in einer Tonform geprägt, so dass der Stempel die Hohlform der späteren Münze darstellt. Was auf der Münze erhaben sein soll, ist auf dem Stempel eingraviert. Und umgekehrt. Du kannst dir vorstellen, dass man für diese Fertigkeiten viele Jahre Erfahrung braucht.

Mir ging plötzlich ein Licht auf. Als wäre ich längst eingeweiht in die Geheimnisse der päpstlichen Kammer, sagte ich so beiläufig wie möglich:

Und all die schwierige Vorarbeit für den neuen Florin von Papst Joan hat bisher keine Früchte getragen. Das ist ein Skandal, der immer mehr Zeit und Geld frisst! In Avignon wächst der Unmut von Tag zu Tag. Ich verrate kein Geheimnis, wenn ich sage, dass es allen bei uns im Palast immer noch unverständlich bleibt, wie die Schachtel mit den beiden Prägestempeln einfach so verschwinden konnte.

Messer Dracho nickte zustimmend und fügte wehmütig an: Seit über zwei Wochen ist nun alles bis in jede Kleinigkeit vorbereitet. Wir haben die Schmelzöfen für besonders hohe Temperaturen neu ausgekleidet und alle Prägehämmer ausgetauscht. Sogar die Holzblöcke habe ich glätten und polieren lassen. Diese Münze sollte die Krönung meines Lebenswerkes werden. Der Stellvertreter Christi schaut auf mich, habe ich mir immer gesagt. Seit Jahrhunderten hat es solch eine reine Legierung und eine derart feine Prägung nicht mehr gegeben. Nicht einmal der alte Augustalis von Kaiser Friedrich in Sizilien reicht an meinen Goldjoan heran. Sogar die Kaiser der alten Römer wollen wir übertreffen! Und jetzt? Kein einziges Exemplar haben wir hergestellt. Ich kann mir denken, dass sie im Palast fast verrückt werden vor Wut. Möge der Papst mich nicht verfluchen!

Das war es also! Stempel! Pochino di Dracho hatte, ohne es zu wollen, das Geheimnis der Schachtel enthüllt. Francesco war wie immer bestens informiert gewesen, es drehte sich tatsächlich um die Goldmünze, von der so viele Gerüchte umgingen. Bloß enthielt mein Metallkästchen kein Geldstück, sondern den Hohlraum dafür. Die eiserne Schatulle, die jetzt bei Ramon im Taubendreck lag, war nicht bestimmt für Gift, für Urkunden oder für Wachspuppen. Sie umschloss nicht einmal das Jungfernexemplar des geheimnisumwobenen Goldjoan. Nein, mein Fund enthielt die beiden eisernen Prägestempel für die Vorder- und Rückseite einer neuartigen Währung. Daher war die Schachtel auch so leicht – und zugleich so unersetzlich. Ohne Stempel keine Münze.

Ich stellte mir in groben Zügen vor, was mit dem Kästchen geschehen war. Kämmerer Gasbard de Laval und vielleicht sogar Papst Joan persönlich hatten den Entwurf Pochino di Drachos vor über zwei Wochen freigegeben. Doch auf dem Weg vom Papstpalast nach Sorgas hatte irgendjemand die Schachtel mit den Stempeln entwendet. Dieser jemand war Serge, der für die Kammer seit Jahren Botendienste ausführte. Während der Kleriker sich mit den Prägestempeln versteckte, suchte die Kurie die ganze Stadt nach ihm ab. Darum also hatten die Sergenten auf der Brücke plötzlich so scharf die Ausfuhr überwacht, darum waren verdächtige Bankhäuser durchsucht worden – alles vergeblich. Serge war, als ihn sein Mörder aufstöberte, lieber gestorben, als die Schachtel preiszugeben. Und er war vorsichtig genug gewesen, seinen gewieften Kumpel Bruno zwar als Vermittler einzuschalten, ihm jedoch das Versteck im Badehaus nicht zu verraten.

Ich fragte Messer Dracho, warum er denn nicht längst zwei neue Prägestempel gefertigt hatte.

Der Münzmeister erklärte: Das habe ich dem Kämmerer auch vorgeschlagen, wenn das auch mehrere Wochen dauert. Doch Gasbard de

Laval hat es mir rundheraus verboten. Diese neue Münze sollte ein Unikat werden, der strahlende Beweis der päpstlichen Oberhoheit. Jede Kleinigkeit hat der Papst persönlich abgesegnet, schließlich zeigt das Abbild niemand anderen als ihn selbst. Wenn die Münzstempel gestohlen wurden, dann bedeutet das, dass unser Goldjoan Konkurrenz bekommen sollte. Fälscher sind immer und überall am Werk. So kam hier alles zum Stillstand. Ich wusste, dass unser Herr Papst viele Feinde hat. Aber dass sie so teuflisch sein würden, meine Prägestempel zu stehlen! Darauf muss man erst einmal kommen. Die beiden Formen wurden kaum bewacht, weil das Metall ja nichts wert ist. Und dann geschieht das Undenkbare!

Und was nun?, fragte ich mit besorgter Miene.

Der Toskaner reckte die geballten Fäuste zur Decke: Wenn ich das wüsste! Sollte der Stempel in den nächsten Tagen gefunden werden, könnten wir vor der Sommerhitze vielleicht noch mit der Arbeit durchkommen. Doch ich fürchte, dass die päpstliche Kammer aus Furcht vor Fälschern die ganze Prägung abbrechen will. Es hängt zu viel am Erfolg der neuen Münze. Zudem soll der Papst sehr abergläubisch sein. Vielleicht will er erst die Sterne befragen. Du hast ihn sicher bereits persönlich erlebt?

Ich bejahte kennerhaft: In der Tat, Papst Joan nimmt peinliche Rücksicht auf die Dämonen, die seinen frommen Werken schaden, wo sie nur können. Wenn die Kräfte der Unterwelt deinem Werk entgegenstehen und auf den Stempeln Gottes Segen nicht ruht, dann wird Papst Joan am Firmament eine günstigere Konstellation suchen lassen. Ich kenne persönlich den Nekromanten Johannes Anglicus, das ist ein berühmter Wissenschaftler. Ein Horoskop von ihm kann Monate in Anspruch nehmen.

Pochino di Dracho kreuzte die Finger und stieß einen unhörbaren Fluch aus:

Wenn das so ist, dann bin ich mit meinen Männern vergeblich nach Sorgas gereist. All die Arbeit! Und die Zeit! Oh, la Madonna! Noch nie ist so eine Schweinerei vorgekommen. Künftig benötigen wir sogar für Prägestempel eine eigene Eskorte. Die Sitten verfallen, die Zeiten sind schlecht, die Welt steht auf dem Kopf! Aber wenn sogar die Könige in ihrer Gier sich angewöhnen, ihre eigenen Münzen nach Belieben zu verschlechtern, und Kupfer unters Gold mischen, dann müssen wir uns nicht wundern, wenn Banditen irgendwann die Münzstätten stürmen und ihr Geld selber schlagen wollen. Weh unserem armen Handwerk!

Ich pflichtete Messer Dracho bei und dankte ihm für seine Ausführungen. Ich wusste jetzt genug. Der Mann aus Pistoia hatte mir mehr geholfen, als ihm klar sein konnte. Indessen kehrte Jean de Meudon von der Silberwaage zurück.

Wir können abfahren, Bart!

Ich verabschiedete mich vom Münzmeister mit einer tiefen Verbeugung und begab mich mit dem Franzosen zurück zum Hauptportal. Dort untersuchten mich zwei Sergenten tatsächlich bis unter meinen Habit, schauten zwischen meinen Sandalen und den Zehen nach und inspizierten zum Schluss sogar meinen Rachen. Geld und Gold waren schwerer zu schmuggeln als Gedanken.

Eine einzige Frage beschäftigte mich noch, nachdem ich das Geheimnis aufgedeckt hatte. Warum suchte ausgerechnet Napoleone Orsini so verzweifelt nach der Schachtel? Nicht Napoleone, sondern dem Papst waren die Prägestempel abhandengekommen. Ob vielleicht Napoleone Orsini hinter dem Diebstahl steckte? So musste es sein: Serge hatte seine Beute aber aus irgendwelchen Gründen nicht bei seinem Auftraggeber abgeliefert. Warum? Und was hatte Kardinal Orsini davon, wenn er die Prägestempel entwenden ließ? Der alte Italiener musste den Papst so sehr hassen, dass er jede Gelegenheit wahrnahm, Joan in die Suppe zu spucken. Sicher wurde Napoleone verrückt beim Gedanken, dass eine unvergleichliche Goldmünze vom Abbild seines ewigen Rivalen geziert würde. Oder steckte hinter dem Diebstahl etwas ganz anderes? Gab es einen Plan, den ich nicht kannte, und den auch der Scharfsinn der Franziskaner nicht zu entschlüsseln vermochte?

Während mir das alles durch den Kopf ging, wurde auch mein Begleiter auf Edelmetall untersucht, wenngleich eher lax. Offenbar waren sich die Wächter sicher, dass dieser Mann es nicht nötig hatte, sich mit kleinen Diebstählen abzugeben. Ob Jean de Meudon von den verschwundenen Prägestempeln wusste? Das war bei seiner herausgehobenen Position in der Kammer mehr als wahrscheinlich, doch warum hätte er gerade mir diesen peinlichen Fall auf die Nase binden sollen? Mir war nicht wohl beim Gedanken an die gemeinsame Rückfahrt. Francesco hatte mich vor dem Franzosen gewarnt. Aber andererseits – was sollte schon geschehen? Wir befanden uns auf der Landstraße in Gesellschaft zweier Wächter. Behüteter war ich in meinem ganzen Leben noch nie gereist.

Diese armen Münzschmiede, sagte ich beim Hinausgehen zu Jean de Meudon. Sie haben seit Wochen nichts zu tun und dürfen trotzdem nicht hinaus. Ein Hundeleben.

Sie sind ja auch nichts Besseres als Hunde, meinte Jean, italienische Hunde noch dazu. Die sollen sich mal nicht beschweren. Schließlich werden sie für ihr Nichtstun hervorragend bezahlt. Viel zu gut, für meinen Geschmack. Andererseits, wer mit Gold und Silber arbeitet, muss etwas kassieren, damit er nicht auf dumme Gedanken kommt. Wir von der Kämmerei stehlen ja auch nichts. Das haben wir gar nicht nötig.

Jean de Meudon wirkte zufrieden mit seinem Geschäft. Wahrscheinlich gab es für einen Metalltransport am Feiertag eine Provision. Als wir die letzten Häuser von Sorgas hinter uns hatten, suchte der Franzose in seinem Beutel nach ein paar Groschen, winkte die beiden Reiter zur Kutsche heran und reichte ihnen die Münzen:

Da habt ihr Trinkgeld, sagte er, ihr könnt jetzt vorausreiten. Wir haben keine Ladung mehr auf dem Wagen, es gibt nichts zu bewachen. Gönnt euch in Avignon zum Ausklang des Pfingstfestes ein Bier auf meine Kosten.

Die beiden Sergenten, gegerbte Söldner mit grauen Haaren, nahmen das Angebot gerne an und trabten fort. Ich war allein mit Jean de Meudon, der das Maultier im Schritt seinen Weg finden ließ. Er hatte keine Eile.

Weißt du, Bart, sinnierte er, vor zehn Jahren, da wäre solch ein Trinkgeld von zwei Groschen ein Fest für mich gewesen. Mit nichts als meinem Gewand auf dem Leib kam ich damals aus Paris in Avignon an. Ich hatte nichts außer den niederen Weihen. Kein Studium, kein Geld, keine Freunde, keine Empfehlungen. Nichts. Die Vorsehung wollte, dass ich bei einem Notar als Schreiber unterkam und dafür wenigstens Essen und eine Pritsche erhielt. Papst Joan richtete damals gerade seine Verwaltung im Bischofspalast ein, das erwies sich als mein Glück.

Jean de Meudon blickte mit versonnenem Lächeln über die Landstraße, als käme uns dort der arme Kleriker entgegen, der er damals gewesen war. Der Pariser empfand tiefen Stolz auf seinen Werdegang, daran wollte er mich Anteil nehmen lassen:

Ich konnte ein paar Grundstücksangelegenheiten des Königs von Frankreich regeln. Für den Agenten des Bischofs von Amiens bekam ich einen Prozess über ausstehende Steuern in die Hand. Der Bischof war zufrieden, ich wurde bald Prokureur seiner Einkünfte. So ging es aufwärts. Du musst wissen, dass viele Bischöfe lieber in Avignon hängenbleiben, als in irgendwelchen Residenzen in den Pyrenäen oder in der Bretagne zu versauern. Dicht beim Papst können sie immer neue Pfarreien, Grundstücke, Pachtgüter oder sogar ganze Dörfer für sich und ihre Familien ergattern. Jede Woche wird hier eine fette Pfründe fällig; man muss sie nur kriegen. Die klügsten Kleriker leben gut unter der Sonne der Provence, und ihre Kathedralen sehen sie nicht einmal von weitem. Anstatt Messen zu lesen und Pfarreien zu inspizieren, genießen sie lieber das Leben und lassen ihre Sachwalter die Einkünfte einsammeln. An solche Leute habe ich mich gehalten. So vermittelte ich mit gutem Ertrag erst die päpstlichen Benefizien aus dem Bistum Amiens, dann für das Domkapitel von Bourges, dann die Einkünfte der königlichen Sainte-Chapelle zu Paris. Es spricht sich am Papsthof schnell herum, wenn jemand eine Nase für Geld hat. Aus diesem Grund machte mich Kardinal Guilhem Peyre de Godin zu seinem Kaplan. Seither sind alle Sorgen für mich Vergangenheit.

Ich fragte mich, warum Jean de Meudon dem Novizen eines Bettelordens seinen Lebensgang derart leutselig erzählte. Offensichtlich wollte er mir zeigen, dass ich nicht neben einem gewöhnlichen Kleriker durchs Comtat zockelte, sondern dass er über bedeutende Einkünfte verfügte. Ich sollte wissen, dass hier jede Menge Geld auf dem Wagen saß.

Bart, was siehst du da drüben?, fragte er mich und zeigte nach links, wo ein paar Bauern mit Hacken und Sicheln in den Feldern fuhrwerkten. Nicht einmal am Pfingstfest konnten sich diese armen Kerle erlauben, von ihren Äckern fortzubleiben. Wenn Unkraut und Vögel den Ertrag schädigten, würden sie im Winter hungern.

Meinst du die Bauern da hinten?, fragte ich zurück.

Aber Bart! Das sind doch keine Bauern, lachte Jean de Meudon, das sind Mistkäfer. Die stochern ihr Leben lang in der Scheiße und krabbeln auf ihren schlammigen Äckern herum. Und hinterher kommt der Kollektor unserer Kirche oder der Steuerpächter des Grundherrn und nimmt ihnen das meiste wieder weg. Mistkäfer eben. Ich sage dir, dass in diesem Moment solche Stinker für meine Schatulle – und zwar ausschließlich für mich! – in halb Frankreich den Boden durchwühlen. Neben dir sitzt ein Domherr von Notre-Dame in Paris, von Noyon, von Évreux, von Compiègne, von Guérande und von Mortain. Von den meisten dieser Orte hast du noch nie gehört, aber in meiner Heimat im Langue d'Oil sind überall die Böden fett und die Ernten reichlich. Zahllose Mistkäfer im Land des französischen Königs machen meine Kasse in Avignon voll und voller. Würdest du nicht auch gerne eine Truhe mit Münzen dein Eigen nennen? Oder ein gutes Pferd?

Ich antwortete störrisch: Der Philosoph Seneca hat geschrieben, dass es zwei Arten von Reichtum gibt. Die eine besteht darin, immer mehr Geld zu verdienen. Die andere ist meine: zufrieden zu sein mit dem, was man hat.

Jean de Meudon lachte auf: Seneca war ein Heide, der sich auf Befehl seines Herrn selbst töten musste, und dessen Fleisch seit ewigen Zeiten verfault ist. Die Seele deines Seneca schmort in der Hölle. Aber mit mir kannst du in Avignon den Himmel auf Erden genießen. Ich besitze ein großes Haus mit Dienern und Weinkeller, ich habe einen hübschen Landsitz im Luberon, ich halte mir mehrere Pferde und einen maurischen Sklaven.

Ich fragte Jean, ob er denn kein schlechtes Gewissen habe, den armen Menschen den Ertrag ihrer Arbeit wegzunehmen.

Wieder antwortete mir ein hartes Lachen: Gewissen? Ich mache doch nichts Verbotenes? Schon der heilige Augustinus hat gesagt, dass die Obrigkeit nichts anderes ist als eine Räuberbande. Recht hat er. Die Obrigkeit bestimmt die Gesetze, verstehst du? Wenn ein hungriger Strauchdieb diesen Bauern da hinten einen Kohlkopf raubt und sie den Dieb erwischen, dann hängt die Justiz ihn auf. Ich nehme meinen Bauern viel, viel mehr weg, aber was ich mache, ist völlig legal. Das musst du dir merken fürs Leben, mein kleiner Bart: Die legalen Verbrechen sind immer die größten.

Jean de Meudon lachte aus vollem Hals. Auf dem Bock wollte er seinen Arm um mich legen, doch ich rückte so weit wie möglich von dem Mann weg. Er war mir widerlich. Dabei hatte ich nichts gegen Männer, die Männer lieben. Warum auch? Im Konvent meiner westfälischen Stadt und später in Köln und eigentlich überall im Orden hatte ich Paare von Mönchen erlebt, die seit Jahren einander ergeben waren, sich bis ins Alter stützten und bei Krankheiten pflegten. Wenn solche Mitbrüder abends untergehakt zum Chorgesang humpelten, wussten alle Mönche von ihrer Liebe. Draußen in der Stadt hätte man sie dafür verbrannt, aber unser Prior in Westfalen schaute in die andere Richtung. Christus war schließlich auch nicht zimperlich, der war sogar mit zwölf jungen Männern durchs Heilige Land gezogen.

Nein, dieser Jean de Meudon war mir zuwider, weil er ein Gierschlund war, der die Menschen als Mistkäfer betrachtete und die anderen ausschließlich für seinen eigenen Genuss einspannte. Danach zertrampelte er sie dann. Auch mich würde er wegwerfen, wenn er seinen Spaß gehabt hätte, und dann das Silbergeld seiner vielen Pfründen einem anderen Jüngling vor die Nase halten. Ich konnte mir vorstellen, dass schon mancher unerfahrene Kleriker auf seine Angebote hereingefallen war. Das war die Gefahr, vor der Francesco mich warnen wollte. Aber ich befand mich hier auf dem Karren nicht wirklich in Gefahr. Ich würde mich nicht kaufen lassen, um mich für den Rest meines Lebens am stets gefüllten Trog der Kurie zu mästen. Ich wollte für kein

Geld der Welt in Avignon bleiben und vor Bischöfen und Kardinälen liebedienern. Übermorgen Abend würde ich den Meister zum Papst begleiten. Danach würden wir sehen, wie wir aus der eigentlichen Gefahr – den Klauen Joans – heil wieder herauskämen. Und dann würde ich weit weggehen vom Papst und all den Jeans de Meudon dieser Welt.

Da lenkte der Franzose das Maultier auf einen Pfad, der links des Weges in ein Gehölz führte. Ich erinnerte Jean daran, dass wir nach Avignon wollten, doch er fand, nun sei der richtige Moment für eine ausgiebige Rast gekommen. Als sich das Blätterdach über uns geschlossen hatte, packte er mich am Nacken, zog mich zu sich und versuchte, mich zu küssen. Ich sträubte mich, aber er schob mit einer resoluten Bewegung die Arme weg, fasste mir zwischen die Beine und rief:

Wenn du denkst, ich biete dir das Himmelreich ohne gute Taten, dann bist du bei mir auf dem Holzweg. Bist du ja auch wirklich. Hier endet die Straße.

Jean de Meudon musste über seinen Witz lachen. Hinter seiner Grimasse erkannte ich den stechenden Blick, mit dem er mich am Anfang gemustert hatte. Ich riss mich los, sprang vom Kutschbock und lief ins Gebüsch. Er hastete hinterher. Für einen Mann seines Alters war er gut in Form, schlank und rank, schnell und stark. Sein Ehrgeiz hatte ihn konserviert. An einem Baum packte er mich am Arm und zog mich im Halbdunkel herab auf den Boden. Seine Hände schoben meinen Habit hoch, doch ich strampelte heftig und machte mich los. Er sprang auf, zog einen Dolch und stieß hervor:

Einen Jean de Meudon weist man nicht ab! Du dummer Allemand. Wenn du nichts anderes sein willst als ein Mistkäfer, dann wirst du sterben wie ein Mistkäfer.

Er schritt mit dem Messer in der Hand langsam auf mich zu. Ich blickte mich um, aber hinter mir war nur eine grüne Wand aus Gestrüpp und verschlungenem Wurzelwerk. In meinen Ohren raunte die Stimme von Niklas: Wenn du deinen Feind fällen willst, dann denk nicht nach!

Ich dachte nicht nach, machte zwei große Schritte und wich dem

Stoß seines Armes mühelos aus. Jean neigte zur Selbstüberschätzung; er war kein erfahrener Meuchelmörder, sondern ein Mann der Finanzen. Ich packte seine Messerhand, drehte sie ein wenig, bis es wehtat, und riss dem Angreifer mit meinem Fuß das Standbein weg. Als er auf dem Waldboden lag, hebelte ich noch ein bisschen an seinem Arm. Jean de Meudon schrie auf, ließ das Messer fallen, griff aber gleichzeitig mit der anderen Hand nach meinem Haar und riss daran. Er war Gegenwehr nicht gewohnt. Vielleicht konnte er nicht einmal verstehen, dass sich ein dummer Novize seinem Willen nicht fügte. Ein Ellbogenstoß gegen sein Kinn beendete den Angriff, sein Kopf schlug nach hinten gegen einen Baumstamm. Seinen verdrehten Augen nach zu schließen, war Jean de Meudon ohnmächtig, doch ich verpasste ihm zur Sicherheit noch einen Faustschlag auf die Schläfe. Da lag er. Ich band ihm mit seinem Gürtel die Hände hinter dem Rücken zusammen und schaute ihn mir in aller Ruhe an.

Der Hof des Papstes war eine Schlangengrube. Zum vierten Mal in kurzer Zeit musste ich um mein Leben kämpfen. Ein normaler Novize hätte das nie und nimmer überlebt, denn normalen Novizen brachte man Beten und Singen bei, dazu noch Lesen und Gehorchen. Zu Kämpfern bildete sie kein Kirchenvater aus. Ich fand wieder einmal, dass die Regel des heiligen Benedikt, die man mir viel zu oft im Refektorium beim Essen vorgelesen hatte, ein Buch war, das vor allem aus Lücken bestand. Ich konnte diese Lücken füllen.

Nach einiger Überlegung nahm ich Jean de Meudons rechten Fuß, drehte ruckartig daran, so dass er durch den Schmerz der Verstauchung wieder zu sich kam und aufheulte. Sein rasender Blick war sofort wieder da:

Glaub nicht, dass du mir so davonkommst, du Mistkäfer!

Im Augenblick, sagte ich, bist du der Käfer, der wehrlos auf dem Rücken zappelt. Du hättest mich längst zertreten, weil du ein Mensch der Obrigkeit bist und deine Verbrechen immer legal sind. Aber wenn du weiter frech bist, dann steche ich dich ab wie ein Schwein. Obwohl eine solche Tat dir vielleicht illegal vorkommt, wirst du das Urteil in der Hölle mitbekommen.

Ich hielt sein Messer in der Hand, kratzte mir damit Dreck vom Waldboden unter den Fingernägeln weg und setzte ihm dann die Klinge auf den Oberschenkel.

Ich steche nun zu, sagte ich lächelnd, du wirst in der nächsten Stunde ganz langsam verbluten. Und keine fette Pfründe, kein Geld der Welt, kein Bischof kann dich retten.

Nun bemerkte ich zum ersten Mal so etwas wie Angst in seinen Augen, Dieser Mensch hatte noch nie darüber nachgedacht, dass nicht ein anderer, sondern er selbst zum Opfer seiner Taten werden könnte. Das war für ihn das Gesetz der Welt: Es gab Täter und Opfer. Er gehörte immer zu den Tätern und kam davon; die Opfer blieben zurück. Es machte mir Spaß, sein Gesetz zu brechen.

Ich hatte erwartet, dass der reiche Kleriker nun um sein Leben winseln würde, dass er mir seine Pferde und sein Haus und seinen maurischen Sklaven verspräche. Doch nichts davon geschah. Jean de Meudon blickte mich unter halb geschlossenen Lidern lauernd an. Feige war er nicht.

Ich dachte einen Augenblick nach. Wenn ich meinen Feind am Leben ließ, dann würde er mich im Konvent der Dominikaner aufspüren und ohne Gnade verhaften und umbringen lassen. Daran gab es keinen Zweifel. Ich fühlte keine Bedenken, einen Menschen zu töten, der mich töten wollte. Ich hatte das bereits getan, einmal oben im Norden bei den Heiden, einmal vor den Toren von Basel bei einem nächtlichen Straßenraub. Letztlich hatte ich es auch mit etwas Geschick hinbekommen, dass sich Hermann de Summo und Wilhelm von Nidecke gegenseitig aus dem Weg räumten. Mir taten diese Räuber nicht leid. Sie oder ich, das war die Frage gewesen. Und es hatte sie getroffen. Allerdings, einen Wehrlosen abzuschlachten war etwas anderes. Selbst wenn dieser Wehrlose ein Mann vom Schlag des Jean de Meudon war.

Ich packte den schwarzen Horngriff von Jeans Dolch und stieß zu, allerdings nicht so tief, wie er es verdiente. Der Franzose hatte sich in der Gewalt und stöhnte nur kurz auf. Ich zog das Messer heraus, wischte es an seinem teuren Gewand ab und sagte:

Du bekommst jetzt von mir eine Gnade gewährt. Pass gut auf!

Diese Wunde ist nicht allzu tief, aber du solltest dich nicht zu weit von hier fortschleppen, denn dabei fließt viel Blut. Bleib besser liegen und halte die Hand auf die Wunde. Wenn du Glück hast, hört irgendwer dein Geschrei. Oder du bist schon ohnmächtig, und ein Bauer – in deinen Augen ein stinkender Mistkäfer – findet dich beim Holzholen. Vielleicht plündert er deine Sachen, vielleicht rettet er dich. Das soll Gott entscheiden, der dir deine vielen Reichtümer geschenkt hat. Oder Gott findet es gerechter, wenn du hier im Wald verreckst, und deine Habe verfällt dem Papst. Der kann nämlich jeden Groschen gebrauchen. Und noch ein Ratschlag: Du solltest in Zukunft weniger ans Geld denken und mehr beten. Fang jetzt damit an.

Ich ließ Jean de Meudon zurück. Er schonte seine Kräfte und schrie nicht einmal einen Fluch hinter mir her. Kein feiger, kein würdeloser Mann, dachte ich bei mir. Nur ein Lump. Ich spannte das Maultier aus, gab ihm einen kräftigen Schlag auf die Kruppe und jagte es ins Unterholz. Ich wollte es meinem Widersacher nicht zu einfach machen. Sollte er mit dem Leben davonkommen, käme er frühestens spätabends in Avignon an. Könnte er anderntags Häscher losschicken, würden die morgen oder übermorgen im Konvent vergeblich nach einem Novizen namens Bart fragen. So einfach war ich nicht zu finden, dafür musste Jean de Meudon erst wieder gesund werden. Ich bewunderte Francescos Weitsicht und rechnete mir aus, dass ich, wenn der Finanzmann in ein paar Tagen oder Wochen selber nach mir suchen könnte, die Stadt bereits verlassen hätte. Oder Gott spräche sein Urteil, und Jean de Meudons Leiche würde schon heute Nacht von den Wildschweinen gefressen werden. Mir war es gleich.

KAPITEL 30

Für den Rückweg zum Konvent umging ich den belebten Heerweg an der Rhone, hielt mich auf Ackerpfaden Richtung Süden und wanderte in großem Bogen um das Leprosenhaus entlang des Flüsschens Durançole, in dessen trübem Wasser ich Jeans ziselierten Dolch nicht ohne Wehmut versenkte. Zuletzt führte der Weg in die Stadt über eine Straße, die man Rue des Allemands nannte. Dabei gab es hier gar keine Deutschen außer mir.

Bei den Dominikanern suchte ich zuerst nach Ramon, doch der war – so erklärte mir ein Laienbruder – für eines seiner Tauschgeschäfte den Fluss hinuntergezogen, wo er für die Küche Gaucelins frische Hechte auftreiben wollte. In der Fastenzeit hatte Ramon dort unten bei Tarascon, wohl von denselben Lieferanten, mehrere Biber besorgt, die sich der Prior braten ließ, weil die fetten Tierchen wegen ihres schuppigen Schwanzes vom Kirchenrecht zu Fischen erklärt wurden. So hatte die Theologie die armen Biber zum Verspeisen an Fastentagen freigegeben, wovon freilich nur die reichsten Kleriker profitierten. Ramon hatte natürlich einige für uns abgezweigt. Sie schmeckten gar nicht übel. Gott hatte ihr Schicksal nicht anders gewollt.

Heute war es für unsere vermaledeite Schachtel ohnehin zu spät geworden. Morgen früh würde ich bei besserem Licht mit William und Occam das Schloss brechen. Was wir dann finden würden, darüber hatte ich nach meinem Gespräch mit Messer Pochino di Dracho ohnehin keinen Zweifel mehr. Vielleicht sollte ich einfach den Taubenturm hochsteigen, dachte ich, das vermaledeite Kästchen aus dem Mist wühlen und in der Rhone versenken. Ich ließ es sein, denn dafür war ich dann doch zu neugierig.

In unserer Zelle angekommen, traf ich den Meister nicht an. Ich fand ihn im Garten auf einer Bank sitzend. Als er mich erblickte, sprang er auf und kam eilig auf mich zu. Der gebeugte Mann hatte Freudentränen in den Augen:

Wittekind, ein Wunder ist geschehen! Meine Gebete sind erhört worden. Gott hat uns die weite Reise doch nicht umsonst machen lassen.

Welches Wunder war geschehen? Hatte der Papst den Meister begnadigt, und wir durften endlich nach Hause? Ich konnte es mir nicht vorstellen.

Der Meister erzählte mir, wie er am Morgen zur Pforte gerufen worden war. Dort erwartete ihn die junge Schwester Alazais aus dem Kloster der Klarissen. Die Nonne bat ihn um ein Gespräch hinter der Trennwand. Sie erzählte, dass sie vor zwei Monaten über eine Schwester aus Helvetien mit Mitschriften von Predigten des Meisters in Kontakt gekommen war. Obwohl ihnen ihre Vorsteherin das eigenständige Studium theologischer Schriften untersagt hatte, befassten sich inzwischen acht weitere, vorwiegend junge Klarissen heimlich mit der Lehre des Meisters. Jedenfalls so gut dies die Übersetzung der helvetischen Schwester aus dem Hochdeutschen und die wenigen lateinischen Predigten, derer sie habhaft werden konnten, zuließen. Da sei vor wenigen Wochen die Nachricht hinter ihre Mauern gedrungen, dass der Autor der Predigten, also der hochberühmte Meister persönlich, sich seit einiger Zeit in Avignon aufhalte. Einige aus der Gemeinschaft hielten dies für ein falsches Gerücht, andere hingegen für ein Zeichen des Himmels und wollten sich sofort mit dem Meister in Verbindung setzen. Wieder andere warnten vor den Konsequenzen. Der Meister wurde von der Inquisition angeklagt und konnte mit seiner Lehre wehrlose Adepten leicht in den Abgrund reißen. Wieder andere, zu denen die junge Schwester Alazais selbst zählte, verwiesen auf das hohe Alter des Meisters, der, wie man hörte, von der Reise und vom Prozess arg mitgenommen sei. Kurz, die Schwestern kamen zu keiner Entscheidung und einigten sich darauf, den Meister fortan in ihre Gebete einzuschließen und auf einen guten Ausgang des Prozesses zu hoffen. Nun aber hätten sie Gerüchte gehört, das Urteil sei gefällt, und der Papst habe sich persönlich die Begnadigung vorbehalten, die, wie sie meinten, ohne jeden Zweifel erfolgen werde. Weil die frommen Schwestern fürchteten, dass der Meister eilig die Stadt verlassen könnte, wollten sie ihn demütig um eine Unterweisung aus seinem Munde bitten.

Der Meister erzählte mir, dass er diese wundervolle Nachricht zuerst kaum fassen konnte. Doch schließlich überzeugte ihn Schwester Alazais. Sie kamen überein, dass der Meister sich am Abend des Mittwochs, also morgen, zwischen Vesper und Komplet im Garten des Konvents einfinden solle. Die Schwestern würden dort mithilfe eines Blumengitters die angemessene Distanz wahren, doch so, dass sie seinen Worten bequem würden lauschen können. Ihre Vorsteherin befinde sich bei Verwandten in Malaucène und würde nichts mitbekommen. Der Meister hatte noch eingewandt, dass die Inquisitoren ihm bis auf weiteres Predigten untersagt hatten. Doch konnte Schwester Alazais das Verbot mit einer List entkräften. Es handele sich hier keineswegs um eine Predigt, da man sich nicht in der Kirche treffe, sondern um ein Gespräch zur Einkehr im Geiste des wahren Glaubens. Das sei immer erlaubt.

Ich bin noch nicht von der Welt vergessen, sagte der Meister gerührt, all mein Wirken war nicht vergebens, wenn solche frommen Frauen unerkannt und still meine Gedanken studieren. Wie herrlich, wenn ich ihnen zu ihrem Tagwerk Kraft und Tröstung spenden kann.

Es war ein schönes Bild, den niedergedrückten Alten mit einem Mal derart beseelt anzutreffen. Mein Meister hatte bereits begonnen, an seinem Vortrag für die Klarissen zu feilen. Für ihn, der früher regelmäßig und über viele Wochen durch das Land an Rhein und Mosel gewandert war, um alle Tage einen anderen Frauenkonvent zu visitieren und dort zu predigen, bedeutete die unverhoffte Einladung zu den Klarissen ein Pfingstwunder. Seit Monaten hatte er außer mit mir zu niemandem von Gott gesprochen, und auch diese Gespräche waren – sicher durch mein Zutun – zuletzt immer seltener geworden. Nun würden wieder fromme Christenmenschen, und wenn es auch nur acht oder neun demütige Schwestern waren, seine Unterweisung anhören und versuchen, seinem Beispiel zu folgen. Ich hoffte inständig, dass dieser Weg nicht für alle Beteiligten auf einem Scheiterhaufen enden würde. In Avignon war alles möglich.

Du wirst doch mitkommen?, fragte der Meister beinahe ängstlich.

Ich musste an die Jünger denken, die Jesus von Nazareth in der

Nacht vor seiner Festnahme in den Garten Gethsemane begleitet hatten und ihm dann doch nicht helfen konnten.

Natürlich bin ich dabei, bestätigte ich. Nach all meinen Abenteuern in dieser Kloake der Christenheit tut mir nicht nur die Gesellschaft friedlicher Schwestern der Armut not, sondern auch deine Unterweisung. Du wirst deinen Weg nicht alleine gehen.

Der Meister drückte mir die Hand. Ich konnte ihm freilich die verstörende Nachricht nicht ersparen, dass womöglich ein weiterer rachsüchtiger Kleriker hinter mir her war und ich deshalb heute Nacht wieder nicht im Konvent schlafen konnte.

Hast du mit Worten gesündigt? Oder hast du gar Gewalt ausgeübt?, fragte der Meister erschrocken.

Ich gestand ihm, dass es ganz ohne Gewalt diesmal nicht gegangen war: Du willst doch, dass ich dich morgen zu deiner Unterweisung und dann zum Papst begleite? Dann musst du wissen, dass ich mich wehren musste, um mit heiler Haut zu entkommen. Aber ich schwöre dir bei Gott, dass ich mein Messer nicht eingesetzt habe, obwohl ich in Lebensgefahr schwebte.

Das stimmte tatsächlich; ich hatte den Dolch von Jean de Meudon benutzt. Der Meister betrachtete mich zweifelnd und sagte:

Aus dir werde ich niemals schlau, Wittekind. Bei dir stehen Rettung und Verdammnis auf eines Messers Schneide. Aber wenn du jetzt unbedingt gehen musst, dann gehe mit Gott.

Der Meister machte eine Segensgeste. Ich drehte mich noch einmal um und rief: Sollte jemand nach einem deutschen Novizen namens Bart oder Bartholomäus fragen, dann sag einfach, der sei abgereist.

Der Meister ging kopfschüttelnd ins Dormitorium.

Den Weg in die Carriera hatte ich nun schon öfter vergeblich unternommen. Ob ich heute mehr Glück hatte? Nach dem Abschluss des Pfingstfestes wurde die Judengasse wieder aufgesperrt, und ich hoffte, Shimon endlich daheim anzutreffen. Er suchte vor allem nach dem Gold des Kardinals Bernard de Garve, doch ich konnte dem Juden berichten, was der Mörder von Serge und Bruno, vor dem Shimon mich in letzter Sekunde retten konnte, eigentlich aufspüren wollte. Sollten es der Marschall oder der Kämmerer auch noch darauf anlegen, den Raub der Prägestempel den Juden anzuhängen, konnte Shimon seine Gemeinde mit meiner Hilfe entlasten.

Am Tor fragte ich den erstbesten Knaben nach Shimon. Der schickte seinerseits einen anderen Jungen los. Als andere Kinder meinen Habit erblickten, versteckten sie sich in den Häusern, aber auf ihre berechtigte Furcht vor Dominikanern konnte ich heute keine Rücksicht nehmen. Nach wenigen Augenblicken erschien Shimon und führte mich in dasselbe kleine Gemach, durch dessen Fensterklappe ich die Carriera vor kurzem erst unsanft betreten hatte. Ich berichtete ihm von der Schachtel und von meinen heutigen Nachforschungen in Sorgas, die das Rätsel des Inhalts gelöst hatten, bevor wir den Metallbeschlag aufbrachen.

Shimon schaute nachdenklich: Wieso wurden für diese Prägestempel, die nur der Papst zu Geld machen kann, zwei Menschen getötet?

Ich erinnerte ihn, dass ich beinahe der dritte gewesen wäre.

Shimon lachte bitter: Immer dasselbe. Es ist die Gier. Diese Geschäfte mit Geld und Wechselbriefen, Goldschätzen und Steuerkollektoren vergiften die Stadt und gefährden die Sicherheit unserer Gemeinde. Alle Welt sagt, die Juden denken nur ans Geld, aber außer ein paar Pfandleihegeschäften, Lumpensammeln und etwas Handel sind uns keine Gewerbe erlaubt. Nur Ärzte haben wir im Überfluss. Dafür sind wir von Bankhäusern umgeben, die Millionen Goldflorine in ganz Europa herumschieben. Konvois mit Geld aus allen Kirchenprovinzen rumpeln an unserer schäbigen Carriera vorbei – immer in die päpstliche Kammer, die das Gold und Silber tonnenweise hortet. Unsere Nachbarn sind Kardinäle, die ihre Livrees mit Teppichen ausschmücken und ihre dicken Finger mit Juwelen beringen. Und nun erfahre ich von dir, dass der Papst nichts anderes im Sinn hat, als die wertvollste Goldmünze aller Zeiten in Umlauf zu bringen. Ist das nun zum Lachen oder zum Weinen? Wer ist hier habgierig und denkt nur ans Geld? Am liebsten würde ich meine Sachen packen und wieder nach Osten ziehen, wo wir herkamen. Da haben sie zwar meinen Vater totgeschlagen, aber wenigstens sind die Menschen da alle gleich arm.

Ich war auch da, sagte ich leise.

Was meinst du? In Polen oder in Galizien?, fragte Shimon.

Da war ich auch, sagte ich, aber ich kam noch weiter nach Osten. Dorthin, wo unsere Welt zu Ende ist und hinter der Grenze aus Wald und Eis eine andere Welt beginnt. Das ist die Welt, von der die Christen nichts wissen. Ich war da, ich habe alles mit eigenen Augen gesehen.

Du warst bei den Heiden in Litauen?, rief Shimon. Das glaube ich dir nicht. Niemand kehrt lebend von dort zurück. Es gibt in die Wälder nur einen Weg hinein und keinen Weg heraus. Das hat unser Rabbiner Chaim von Kroke oft gesagt. Er selbst führte seine Gemeinde nach Osten in die galizische Löwenstadt und hat dort verkündet, dass für uns Juden keine Hoffnung besteht, den Christen jemals zu entkommen: Gott hat uns mit einem Exil gestraft, das keinen Ausgang hat. Wo die Welt der Christen endet, sagte Rabbi Chaim, da müssen auch wir Juden stehenbleiben. Darum sind mein Onkel, sind Lorena und ich später wieder nach Westen gezogen. Der leuchtende Bernstein von jenen Gestaden, mit dem mein Onkel Handel treibt, ernährt uns bis heute. Aber meine Erinnerungen an die fernen Länder im Osten sind nicht gut. Wenn es wirklich wahr ist, was du sagst, dann will ich erfahren, wie du ins Land der Heiden gelangt bist, was du dort erlebt hast. Und wie du wieder herauskamst.

Bis zum Konzert von Lorena und Lisabeta war noch genug Zeit. Die Pasture konnte warten. Ich bat Shimon um einen Becher Bier und begann, mein Leben zu erzählen.

KAPITEL 31

In Westfalen bin ich aufgewachsen. Meinen Vater habe ich nie gekannt, die Mutter starb bei meiner Geburt. Doch ich hatte Glück. Mein Onkel Diderik, der für Kaufleute als Fuhrknecht arbeitete, bezahlte für mich im Gedenken an seine Schwester eine Amme. Danach kam ich ins Waisenhaus, auch hier hätte es schlimmer kommen können. Wir wurden nicht oft geschlagen, wir hatten zu essen und mussten nur zweimal die Woche zum Betteln in die Stadt, bei Schnee und Eis sogar nur einmal.

Ich erinnere mich noch an die trüben Wintertage, wenn wir zwischen den grünen Mauern und Kirchtürmen meiner Stadt zum Markt und zu den Häusern der Reichen zogen, zehn Kinder mit Bettelschalen in den halb erfrorenen Händen, dazu die angelernte Litanei:

Wir sind die Waisenkinder,
kleine arme Sünder.
Gebt, ihr guten Leute,
dass wir nicht hungern heute.

Ab und zu bekam ich einen Kanten schimmliges Brot, die wenigen Groschen mussten wir bei unserem Wärter abliefern.

Als ich sechs Jahre alt war, brachte mich Onkel Diderik bei einem Kaufmann unter. Bei diesem Hildebrand van der Lake wurde ich zum Gehilfen, der im Kontor und im Lager alles macht: putzen, aufräumen, Säcke schleppen, Fässer rollen, Mäuse fangen, Sand ausstreuen. Als ich größer wurde, begleitete ich wie mein Onkel Transporte mit Gütern. Eisenbarren und Holzkohle aus dem Sauerland oder Heringsfässer via Duisburg in unsere Stadt herein. Salz, Wein, Tuch brachten wir aus der Stadt hinaus, bis wir im Norden auf die Handelsstraßen in Richtung Ostsee stießen und alles den Konvois der Hanse übergaben. Es war kein übles Leben, wenn ich auch außer Essen, Schlägen und einem Strohsack unter der Treppe nichts für die Schufterei bekam. Dafür lernte ich im Kontor von anderen Gehilfen lesen, schreiben und etwas rechnen.

Mit vierzehn durfte ich, worauf ich lange gehofft hatte, den ganzen Frachtweg entlang der Weser bis Bremen mitmachen. Mit fünfzehn ging es bis Lübeck. Ich bewährte mich mit den Mauleseln und Ochsen, war stark genug zu helfen, die Karren aus dem Schlamm zu wuchten und sie nachts mit einem Knüppel gegen Räuber zu bewachen. Im Jahr danach begleitete ich den Sohn des Kaufmanns, Tönnies, um über die Ostsee eine Ladung Schwerter und Rüstungen aus Iserlohn zu Handelsgenossen, dem Kaufmann Vecinkhusen, nach Riga zu bringen. Mit Tönnies, obwohl nur zwei Jahre älter als ich, war überhaupt nicht gut Kirschen essen. Er war bereits auf dem Landweg nach Lübeck herrisch und ließ mich bei jeder Gelegenheit spüren, dass er der Kaufmann war und ich nur der Knecht. Ich lenkte im Regen den Karren, wechselte die Gespanne, schlief im verlausten Stroh mit dem Zugvieh. Später auf dem Schiff kontrollierte ich die Wachstücher und Kisten auf Nässe und zitterte danach auf Deck im Sturmwind. Er dagegen lag im Trockenen und verschwendete später das Reisegeld in den Gaststuben und Gildehäusern von Stralsund mit teurem Wein, Braten und Huren. An den Rosinen in meinem Brei wurde noch gespart. Mir war bald klar, dass dies mein ganzes Leben so weitergehen würde: knechten und hungern für die reichen Herren, die am Ende für die Waren riesige Gewinne einstrichen. Niemals würde ich mehr als ein paar Groschen übrig behalten – erbärmliches Geld, das mir meine Patrone dann für die Kost wieder abzogen. Ich wollte dieses Leben nicht.

Als Tönnies mir in Danzig vor anderen Kaufleuten wegen einer Nichtigkeit ins Gesicht schlug, hatte ich genug. Ich lief weg und versteckte mich draußen vor der Stadt, bis unsere Kogge nach Riga ausgelaufen war. Ich hatte während der Reise phantastische Erzählungen von den Preußenfahrern gehört. Im Land Litauen sträubten sich immer noch die Heiden gegen ihre Taufe. Prächtige Ritter aus Deutschland, Frankreich, Böhmen zogen deswegen jedes Jahr in den Kreuzzug gegen die Ungläubigen. Ich hatte in Lübeck ein paar dieser Gotteskrieger bewundert, mit bunten Wimpeln, Rüstungen, Knappen und Zeltern ausgestattet, bestiegen sie unter den bewundernden Blicken der Landleute die Schiffe, die zum Deutschen Orden ins Kriegsgebiet segelten.

Ich fühlte mich so stark und war so dumm wie andere Sechzehnjährige auch, die nichts zu verlieren haben und nicht mehr zurückwollen in ihr bisheriges Leben. Ich verdingte mich in Danzig einige Wochen lang als Tagelöhner, dann kam die Gelegenheit. Einem deutschen Preußenfahrer, dem Ritter Retz von Fretz, war auf See ein Pferdeknecht gestorben. Als im Hafen die Kunde laut wurde, dass ein mutiger Kerl für den litauischen Kreuzzug gesucht wurde, war ich sofort zur Stelle. Retz von Fretz wirkte zwar noch hochmütiger als Tönnies van der Lake, doch unter ihm litt ich wenigstens für ein hohes Ziel. Kämpfen und Ruhm erwerben gegen die Heiden. Aventiure hieß das in den Ritterromanen.

In der Marienburg bekam ich mit, dass die Deutschherren auf nichts mehr Wert legten als eine strenge Rangordnung. Die Ehrerbietung, das untertänige Grüßen und der genau geregelte Vorrang bei Essen, Wohnen, Messe in den gewaltigen Räumlichkeiten der Burg waren viel wichtiger als die Verbreitung des Glaubens. Ich lernte die fünf Ämter der Gebietiger kennen, wusste bald zwischen Spittler, Tressler und Großkomtur zu unterscheiden. Es war wie überall, nur schlimmer. Die Drecksarbeit in den Aborten und Ställen erledigten Kriegsgefangene, die bei Geldnöten auch als Sklaven auf Schiffe verkauft wurden. Knapp über ihnen standen die Turkopolen, die noch als bekehrte Mauren aus den Feldzügen des Heiligen Landes oder als Bankerte von Ordensleuten in den Osten geraten waren. Es gab schlecht entlohnte Bauern und Dienstleute. Darüber standen die Graumäntler, die man wegen ihres halben Ritterkreuzes auf dem Mantel auch Halbbrüder nannte. Sie hatten sich zwar lebenslang dem Orden verpflichtet, wurden als einfache Leute jedoch von den Adligen und Patriziern mit Verachtung behandelt. Es war eine einzige Leiter von Titeln, Wappen und Ehren im Namen des heiligen Krieges.

In der Marienburg trafen wir auch auf den Ordensprediger Peter von Dusburg, einen aufgedunsenen Fanatiker, der uns einprägte, dass wir so viele Feinde wie möglich zu ermorden hätten, egal mit welchen Mitteln. Dusburg, der selbst kein Schwert halten konnte, predigte jeden Tag, schon der heilige Bernhard von Clairvaux habe das Töten eines Heiden zur gottgefälligen Tat erklärt. Christus werde uns dafür mit dem Himmelreich belohnen. Die Geschichte seines Ordens beschrieb Peter von Dusburg als Abfolge himmlischen Wirkens. Gott kämpfte mit uns; der Teufel musste vor uns zurückweichen. Dass die Mauren vor vielen Jahren die Ordensritter schmählich aus Jerusalem verjagt hatten, war für Dusburg nur ein Schachzug der Vorsehung. Denn jetzt hatte der Orden Gelegenheit, anstatt der Menschen im Heiligen Land die Litauer in Massen abzuschlachten und dann das ganze Gebiet für sich allein zu behalten. Ich fragte mich, wo in Litauen wohl das Grab Christi zu finden sei, für das sich die Kreuzfahrer einst auf den Weg nach Osten gemacht hatten. Doch ich sagte nichts, denn ich begriff, dass es hier um nichts als Blut und Beute ging. Wir zogen zu Land auf genau geplantem Weg weiter ostwärts.

Bei einem Festmahl in der Ordensburg von Königsberg, wo sich die Krieger für den winterlichen Zug sammelten, musste ich die ganze Zeit das rot-schwarze Wappenschild des Retz von Fretz hochhalten. Mein Herr erhielt vom Landmeister Friedrich von Wildenberg den Ritterschlag und ein paar verbeulte Silberpokale. Danach zogen wir weiter gegen Sonnenaufgang in die Schalauerburg, die, ganz aus Holz und mit Erdwällen verschanzt, auf einer Insel in der Memel lag. Hier war Ultima Thule, die Grenze der Christenheit, hier warteten wir auf unseren Einsatzbefehl.

Nicht erst während des Festmahls hatte ich mitbekommen, dass mein Herr bei den Ordenskriegern nicht viel galt. Zwar kam der rheinische Ritter mit eigenen Mitteln für seine Kriegsausstattung auf, doch war Retz von Fretz noch jung, unbeherrscht und einzig darauf bedacht, bei jeder Gelegenheit die hohe Abkunft seiner Vorväter zu betonen. Doch was bedeutete sein kleines Stück Land bei Koblenz in einem Staat adliger Kriegsherren, die gegen die Litauer jedes Jahr Herzöge, Bischöfe und sogar Könige zu Waffenhelfern beorderten? Retz von Fretz wollte unbedingt auf die Winterreysa gehen, so nannte man die Kriegszüge ab November. Zu Weihnachten, verkündete der Ritter allen, werde er mit abgeschnittenen Heidenköpfen am Sattelzeug zu seiner Verlobung in der väterlichen Burg zurückerwartet.

Die Winterreysa, so erzählten mir erfahrene Knappen in der Schalauerburg, war eine gefährliche Sache. Wir saßen hier direkt auf dem Grenzfluss, doch dahinter kamen keine Dörfer und Städte, Felder und Weinberge wie daheim, sondern nichts als endlose Waldwüsten, in deren sumpfigem Grund zu jeder anderen Jahreszeit die Pferde versanken und die Fußläufer im Unterholz steckenblieben. Nur bei Frost kamen Ritter auf den gefrorenen Flüssen voran, doch durfte es nicht zu stark schneien, denn dann war meist der Rückweg abgeschnitten. Oft mussten in der Not die Pferde geschlachtet werden, und den Knappen froren, wenn sie die Strapazen überhaupt überlebten, die Zehen und die Finger ab. Jede Gruppe von zwei bis vier Berittenen hatte den eigenen Vorrat an Heu für die Pferde und Schwarzbrot für die Menschen mitzuschleppen. Nur Feuerholz gab es genug in den riesigen Wäldern, aus denen sich im umkämpften Grenzland außer ein paar halbwilden Jägern alle Menschen schon lange zurückgezogen hatten. Die Waldwüste zu durchqueren war eine teuflische Aufgabe. Von vielen Rittern, die im Winter gen Osten zogen, hatte man nie wieder etwas gehört.

In der Schalauerburg wie im ganzen Preußenland kannte niemand etwas anderes als den Krieg. Seit Generationen versuchten die Ordensritter, die Litauer ebenso mit dem Schwert zu bekehren wie zuvor die Pruzzen, die sie dabei ausgerottet hatten und in deren altem Land wir jetzt auf ihren Festungen saßen. Doch die Litauer waren schlauer und zäher als die Pruzzen. Im Sommer nutzten sie die Zeit, um hinter der Grenze undurchdringliche Verhaue über die Wege zu legen. Die Litauer saßen in kleinen Dörfern mit Holzhütten tief im Hinterland. Wenn ihre Kundschafter die schwer bewaffneten Ritter in der Nähe ausfindig gemacht hatten, verschwanden alle Dorfbewohner in der Wildnis. Nur selten war es den Angreifern gelungen, mehr als ein paar Dutzend Menschen in ihren Wohnungen zu überraschen. Wenn das geschah, wurden wegen der knappen Rationen meist keine Gefangenen gemacht. Nur was sich an Vorrat – Pelzen, Honig, Wachs – rauben ließ, sammelten die Eindringlinge in den Nachtlagern und schleppten schnell alles weg, was die verbrannten Dörfer hergegeben hatten. Berge von Leichen blieben zurück.

Für einige hartgesottene Ritter bedeutete die Winterreysa eine lustige Abwechslung, eine von Gott gesegnete Menschenjagd, bei der man blonde Frauen vergewaltigen konnte und für den kargen Winter Güter zum Tauschhandel in den deutschen Häfen abfielen. Weil aber die Litauer ihrerseits für Sklaven aus dem Osten gute Schwerter eingetauscht hatten und unter ihrem Großfürsten Gediminas die Verteidigung immer besser organisierten, bedurfte man für eine erfolgreiche Winterreysa einer Vorhut, die sich, geführt von Kundschaftern, in die Hölle aus Schnee und Eis vorwagte und die begehbaren Wege erkundete. Für solchen wagemutigen Dienst kam Retz von Fretz gerade recht.

Turkopolen und Graumäntler, die aus dem Niemandsland wiedergekehrt waren, erzählten Schauergeschichten vom wilden Wald. Reiter und Pferde konnten in dünn überfrorenen Sumpflöchern in wenigen Augenblicken versinken und wurden nie mehr gesehen. Das Eis der Flussläufe, vor allem der wilden Dwina, konnte von einem Augenblick auf den anderen unterspült werden und brechen; dann gab es aus den kalten Fluten für Tier und Mensch kein Entrinnen. Vor allem jetzt im frühen Winter bestand die Gefahr, hungrigen Bären zu begegnen, die Menschenfleisch gerochen hatten. Oder man konnte auf riesige Auerochsen mit breiten Hörnern treffen, an deren dichtem Fell selbst die schwersten Speere abprallten und die jeden Widerstand niedertrampelten. Große Wolfsrudel umzingelten Gruppen von Rittern, wenn ihr Hunger auf Pferdefleisch größer war als die Angst vor den Reitern. Dann trafen die christlichen Krieger immer wieder auf Geistersiedlungen, welche die Ordensmänner im Vorjahr selbst abgebrannt hatten oder die von den Litauern bewusst zerstört worden waren. Zuweilen fanden sich auf dem Anger rauchende Scheiterhaufen, in denen die schauernden Ordensleute die Überreste von gefangenen Gefährten entdeckten, denen vor ihrem Tod die Haut abgezogen oder langsam ein Pfahl durch den lebendigen Leib getrieben worden war. Entlang der wenigen Wege schreckten die Litauer bewusst ihre Feinde, indem sie die augenlosen Köpfe von Menschen, Wölfen oder Pferden in die kahlen Baumwipfel hängten.

Das Schlimmste aber, so berichteten alle Wiederkehrer, war die winterliche Stille. Als wären die Töne in der Luft gefroren, ließ sich kein Vogel im eisigen Wald vernehmen. Während das Unterholz immer dichter wurde, sahen die Krieger über Tage keinen Menschen. Und wenn irgendwann auf einer öden Heide die Deckung der Bäume wegfiel, dann heulte plötzlich der Kriegsschrei der Litauer auf ihren kleinen wendigen Pferden: Yanda!

Yanda hieß das Schreckenswort, bei dem auch altgediente Graumäntler erzitterten. Denn die Litauer hatten noch weniger als die Ordensleute Gründe, ihre überwältigten Feinde wieder freizugeben, auch nicht gegen Lösegeld. Man wusste von stolzen Rittern, die ihre siegreichen Gegner unter Tränen um den Gnadenstoß angebettelt hatten, weil sie sich fürchteten, die Folter der Heiden nicht ohne Verwünschungen Gottes zu ertragen. Andere hatten sich, wenn das Gefecht schlecht ablief, ins eigene Schwert gestürzt, obgleich sie sich damit sicher sein konnten, ihr Seelenheil zu verlieren.

Erst an der Feuerstelle der Schalauerburg, über deren Gräben die Memel die ersten Eisschollen trieb, wurde mir klar, auf welch tödliches Abenteuer ich mich eingelassen hatte. In den beiden letzten Jahren, so berichtete ein Bürger aus Riga, der zu unverschämten Preisen Schwerter und Dolche an die Krieger verhökerte, waren die Litauer unter Fürst Gediminas zum geordneten Gegenangriff übergegangen. Sie hatten bei Überfällen ins Preußenland bis hinab zur Ostseeküste tausende Siedler auf ihren Höfen niedergemetzelt und sicher über hundert Ordensritter ins Waldreich verschleppt. Die Gefangenen würden ausnahmslos den heidnischen Göttern geopfert werden, allen voran dem Totenrichter Piccolos.

Der alte Koch der Schalauerburg, der nie auch nur einen Fuß auf die andere Seite des Flusses ins Niemandsland gesetzt hätte, klärte mich auf über die Regeln dieses tödlichen Spiels, das sich als Kreuzzug verkleidete. Kamen Fürsten oder gekrönte Häupter zum ritterlichen Abenteuer ins Preußenland, dann unternahmen die Hochmeister mit ihnen genau geplante Abstecher ins Waldland. Sie hauten gemeinsam ein paar Honigsammler oder Köhler zusammen, dann plünderten sie die Beute aus Waben, Eichhörnchenfellen, Wachsblöcken. Dann ließ man die Fürsten aus dem Westen geschnitzte Götterfiguren und Silberkessel finden, welche die Ordensleute vorher selbst bei verlassenen Dörfern deponiert hatten. Mit der Beute kehrte die Gesellschaft im Triumph nach Königsberg oder auf die Marienburg zurück. Die hohen Adligen ließen sich für ihre Heldentaten von Dichtern und Chronisten feiern. Dafür flossen später reichliche Zuwendungen aus ihren Ländereien in Frankreich, Flandern, Böhmen an den Ordensstaat, der immer knapp war an flüssigem Geld.

Ihre eigenen, sorgfältig vorbereiteten Eroberungszüge unternahmen die Ordenskrieger am liebsten im dunkelsten Januar und nahmen dabei selten Gäste mit. Da ging es dann um die Zerstörung von ausgekundschafteten Holzburgen, die Errichtung von Brückenköpfen oder Vorratslagern entlang der Flüsse, wohin man im Sommer per Boot zu gelangen hoffte. Die Krieger dieser Feldzüge kehrten mehrheitlich aus dem Heidenland zurück, aber nur, weil die Litauer sich vor ihnen zurückgezogen hatten. Im nächsten Herbst oder Winter wurden die Vorposten dann häufig von den Einheimischen abgebrannt, und die Köpfe der Besatzung baumelten in den Bäumen.

Dann gab es noch ab Ende November die Kundschafterzüge, bei denen die erfahrenen deutschen Grenzkrieger herausfinden wollten, wie blutgierig die Litauer in diesem Jahr aufgelegt waren. Für solche Vorhut – der Koch der Schalauerburg verwendete das Wort Köder – waren eitle Junker wie Retz von Fretz, die nichts vom Krieg begriffen, gerade gut genug. Mein Herr hielt es schon für eine Kriegstat, wenn er auf seinem Ross gepanzert in ein Dorf wehrloser Moselbauern hineinritt und sich die schönste Bäuerin zum Vergewaltigen aussuchte. Aber dies hier war eine ganz andere Sache. Heidenfutter, so nannte der alte Koch kichernd meinen Herrn, wenn der ungeduldig über den Schlosshof stolzierte, sein Schwert in der Luft schwenkte und dabei von seiner fernen Verlobten träumte.

Es war hoffnungslos. Diesen verbohrten Junker von seinem Kriegszug in den litauischen Wald abzubringen wäre schwieriger als ein Messerkampf gegen einen Auerochsen. Ich war gefangen, denn aus der Schalauerburg gab es für uns Kreuzzügler nur einen Ausweg, und der führte mit dem Floß über die Memel, die die Litauer Nemunas nannten, ins Reich ihres Wassergottes Potrimpo. Dahinter lag nichts mehr, nur das totenstille Niemandsland.

An einem bitterkalten Tag gegen Ende November bestiegen wir – das waren acht gepanzerte Ritter mit einigen Knappen und Lasttieren – die Flöße. Zwei wortkarge Kundschafter, die in der Sprache des Grenzlandes Leitslute hießen, schritten uns auf schmalen Pfaden voran. Ich ging mit den anderen Knechten zu Fuß den Reitern hinterher. Es gab gerade einmal ein paar Stunden Helligkeit, dann begann das große Frieren, denn wir durften in den ersten Tagen keine Feuer zum Wärmen entzünden. Nachts hörten wir aus der Ferne heulende Wolfsrudel, von denen sich bei Licht ebenso wenige Anzeichen fanden wie Hinweise auf andere Tiere. Ich fürchtete, dass unsere Spuren im Schnee für die litauischen Späher wie eine Einladung wirkten, und dass man uns in bequemer Distanz folgen und bei bester Gelegenheit abschlachten konnte. Trotzdem marschierten und ritten wir immer tiefer in die Wildnis hinein. Ich versuchte, nicht an die blutigen Geschichten vom Küchenfeuer der Schalauerburg zu denken. Es gelang mir nicht.

Am vierten Tag – uns war die ganze Zeit niemand begegnet außer einem gewaltigen Elch, der sich sofort ins Gebüsch zurückzog – zog unser Tross an einem so gut wie zugefrorenen Fluss entlang, den unsere Kundschafter überqueren wollten, wo das Eis uns vielleicht trug. An einer Biegung berieten sich die beiden finsteren Männer in ihren Fellmänteln in einer uns unbekannten Sprache. Sie gerieten in Streit, schrien sich Unflätiges zu, machten unkeusche Gesten mit den Händen. Dann stieg jeder auf eines der kleinen Litauerpferde, die sie die ganze Zeit am Zügel gehalten hatten, und ritten im Galopp in entgegengesetzte Richtungen davon. Wir waren allein.

Mein Ritter sah inzwischen so aus, als glaube er nicht mehr an seine Verlobung zu Weihnachten in einer beheizten Burg bei Koblenz. Aus seinen Augen sprach die nackte Angst, denn wir alle wussten nicht, wie wir aus dieser weißen Hölle je wieder herauskommen sollten. Als die Ritter sich nach kurzem Kriegsrat entschieden, in den eigenen Spuren umzukehren, begann dichter Schneefall. In ein paar Stunden würde es dunkeln, und alle Wegmarken wären morgen zugeschneit. Ich machte mich mit dem Gedanken ans Sterben vertraut. Ich hatte sechzehn Jahre gelebt, das war mehr Zeit, als viele andere gehabt hatten. Und ich hatte Menschen mehr leiden sehen als mich selbst. Vielleicht war es nicht schlecht, wenn es nun vorbei war.

Nach einer Nacht, in der wir ein großes Feuer zum Wärmen entzündet hatten, versuchte unsere verlorene Schar einen Weg zu entdecken. Wir liefen im Gänsemarsch über Waldpfade, die immer wieder in undurchdringliches Gestrüpp mündeten. Dann kehrten wir zurück zum Fluss und marschierten das Eis entlang. Auf einer Lichtung hatte mein Ritter den Sichtkontakt zu seinem Vordermann verloren, sein Pferd scheute immer wieder, und wir blieben zurück. Da kamen wie aus dem Nichts die Pfeile. Die Litauer schrien nicht, um unsere Vorderleute nicht aufmerksam zu machen. Und sie zielten einzig auf das kopfscheue Reittier des Ritters. Das Pferd wieherte, brach aus und stürzte dann mit einem Pfeil im Auge zu Boden. Hinter einem Baum sprang ein Krieger hervor, schnellte auf den gestürzten Retz von Fretz zu und stach ihm mit einem langen Dolch genau zwischen Helm und Brustwehr in den Hals. Er gurgelte kurz wie ein lecker Brunnentrog und zappelte mit Armen und Beinen. Dann war er tot. Heidenfutter.

Ich hatte mich in mein Los ergeben. Diese Welt war zu kalt für mich. Wozu weglaufen? Wozu kämpfen? Der Tod erschien mir wie der Bruder, den ich nie gehabt hatte.

Ein Krieger in Fellmantel mit Bibermütze und Langmesser stand grinsend vor mir. Ich breitete die Arme aus, schloss die Augen und wartete auf den Todesstoß. Da hörte ich eine Stimme:

Wie wäre es mit einem Schluck Met? Wir haben heute noch einen weiten Weg zu gehen.

Konnte ich meinen Augen, als ich sie langsam wieder öffnete, wirklich trauen? Außer dem jungen Mann war niemand sonst zu sehen. Unsere Vorhut war augenscheinlich weitergeritten, ohne auf uns zu achten. Es war still im Wald. Hatte ein einziger Heidenkrieger genügt, uns zu überfallen und Retz von Fretz zu töten? Überdies war dieser Mann, wie seine Sprache mir verriet, ein Deutscher. Ich nahm wie betäubt einen Schluck Honigwein aus dem Fellbeutel, den der Mann mir hinhielt. Wärme stieg in mir auf. Ich wischte mir den Mund ab und fragte:

Wo sind die anderen?

Welche anderen?, entgegnete mein Gegenüber. Er war ein schmaler Kerl mit spitzer Nase, hoher Stirn und braunen Strähnen. Dieses Männlein konnte unmöglich gewagt haben, den gepanzerten Streiter allein und zu Fuß anzugreifen. Ich schüttelte den Kopf, als wäre das alles ein merkwürdiger Traum, aus dem ich endlich aufwachen wollte.

Töte mich!, forderte ich ihn auf. Dann ist Ruhe.

Bist du dir da ganz sicher?, lachte der Mann. Hier ist es doch schon ruhig genug. Ich habe darüber nachgedacht, dich auch zu erstechen. Das hätte ich gemacht, wenn du dich gewehrt hättest. Aber so kamen wir drum herum. In der Wildnis darf man seine Kräfte nicht vergeuden, das ist ganz wichtig. Das wirst du noch lernen. Und jetzt hole ich uns Proviant.

Der Mann ging zum Pferd des Ritters, das keuchend und blutend am Boden lag.

Schade, sagte er mitleidig, ein schönes Tier.

Dann schnitt er dem Ross die Kehle durch. Während dampfendes Blut sich in den Schnee ergoss, stapfte der Krieger in dicken Fellstiefeln los, um das verschreckte Saumtier einzufangen, das sich ins Unterholz geflüchtet hatte. Der Mann prüfte sorgfältig die Menge Hafer, Heu, Brot, Essgeschirr und alles andere, was das Pferd in Säcken und Taschen beförderte. Danach zog er die beiden Pfeile aus dem toten Schlachtross, wischte sie ab, steckte sie wieder ein und schnitt mit dem Messer mehrere große Stücke aus der Kruppe. Dann band er das Fleisch auf dem Saumpferd fest. Die ganze Zeit über sagte er nichts. Erst jetzt sprach er wieder:

Ich bin Niklas. Wie heißt du?

Ich nannte meinen Namen und wollte wissen, was nun mit mir geschehen würde.

Der Mann holte etwas Schwarzbrot aus einem unserer Säcke, reichte mir ein Stück, kaute an seinem Teil und sagte: Genau wie dir ging es mir vor fünf Jahren, als die Litauer mich gefangen genommen haben. Auch damals verblutete ein Ritter neben mir im Schnee, auch damals hatte ich Angst zu sterben. Allerdings hatte man mich gefesselt, was wir uns bei dir sparen können. Du willst wissen, was nun kommt? Wir müssen laufen, sehr weit laufen und unsere Kräfte gut einteilen. Und dann wirst du leben, Wittekind, aber auf der anderen Seite, bei den Heiden. Es wird dir nicht schlecht gefallen.

Niklas ergriff die Zügel des Saumpferds und stapfte den Fluss entlang. Er musste mich nicht antreiben, ich folgte ihm. Er erkannte genau, wo sich der zugefrorene Fluss sicher queren ließ. Dann ging es auf verschlungenen Pfaden durch den eisigen Wald, in dem sich mein Begleiter zurechtfand wie auf einer Heerstraße. Als es dunkelte, entzündete der Mann geschickt ein kleines Feuer, auf dem wir uns den Pferdebraten zubereiteten und dazu in einem kleinen Topf Schneewasser heiß machten. Im Vorrat des Retz von Fretz entdeckten wir sogar einen Tonkrug mit Kornschnaps, der auf mich wie Medizin wirkte. Niklas schnallte zwei zusammengerollte Leinendecken vom Pferd, gab mir die eine, wickelte sich in die andere und rückte nah zum Feuer.

Das ist ein Luxus, erklärte er zufrieden, den ich seit zwei Wochen entbehre.

Dann fragte er mich aus und erzählte schließlich von seinem Leben, das in vieler Hinsicht meinem eigenen ähnelte. Niklas war in seinem früheren Leben ein Lüneburger Brauknecht gewesen. Auch er war mit Händlern nach Lübeck gegangen, auch ihn zog es auf See Richtung Stralsund und Danzig. Auch er hatte irgendwann von der Plackerei genug und schloss sich Rittern an, die zum Heidenkreuzzug nach Litauen wollten. Auch sein Patron wurde bei einem winterlichen Überfall getötet, während man ihn selbst als Kriegsbeute in ein abgelegenes Dorf verschleppte. Niklas wusste, dass ihn ein grausamer Tod erwartete. Doch es kam anders. Die Krieger hatten ihn als Menschenopfer vorgesehen, aber eine Weise Frau setzte sich für ihn ein.

Solche Frauen, erklärte er mir, beschwören bei den Litauern mit Trommeln und Tänzen die Welt der Geister. Sie haben in den Dörfern großen Einfluss. Meine Retterin hatte offenbar bei ihren Orakeln herausgefunden, dass die Götter mein Leben nicht annehmen und sich sogar für meine Opferung rächen würden. Vielleicht brauchte sie aber schlicht einen neuen Knecht, was weiß ich. Ich kam jedenfalls in die Hütte der Alten und schleppte Holz und Wasser für sie. Dafür brachte sie mir das meiste bei, was man für das Leben im Wald benötigt. Schon im Frühjahr sprach ich etwas Litauisch und durfte mit den Kriegern auf die Jagd ziehen. Meine Beschützerin hatte erklärt, dass ich unter der Huld der Schicksalsgöttin Laima stand. Das gilt jetzt auch für dich. Übersetzt auf Deutsch kann man genauso gut sagen: Wir haben beide verdammtes Glück gehabt.

Inzwischen bewohnte Niklas eine eigene Hütte in seinem Dorf und hatte eine litauische Frau genommen, die sich um die Hühner und die Schweine kümmerte, Beeren und Pilze sammelte und einen kleinen Acker mit Hafer bewirtschaftete, während Niklas auf die Jagd ging und fischte. Es sei, sagte er, ein einfaches, aber ein schönes Leben.

Schöner jedenfalls, meinte Niklas, als in Lüneburg Bier zu brauen oder in Stralsund Fässer auf Schiffe zu schleppen.

In diesem Winter hatte ihn seine Dorfgemeinschaft erstmals ausgesucht, ins Niemandsland zu ziehen und dort nach Eindringlingen zu spähen. Das war eine große Ehre. Niklas war nur mit Rucksack, Pfeil und Bogen sowie seinem Messer in die Wildnis gegangen, wo die Götter alles bereitstellten, was ein Waldläufer zum Überleben benötigt. Der einsame Krieger hatte sich von rohen Eichhörnchen und Mäusen ernährt, hatte in Eislöchern geangelt und tief im Gebüsch an Feuern aus Baumrinde und Totholz die eisigen Nächte überstanden. Dann stieß er auf unsere Spur. Er war uns einen Tag lang unbemerkt gefolgt, hatte im Schnee gelesen, wie uns die Kundschafter im Stich gelassen hatten. Dann musste er nur noch warten, bis ihm das Heidenfutter in den Schoß fiel. Als der unerfahrene Retz von Fretz bei seinen Kameraden außer Sicht war, genügten zwei Pfeile für sein Pferd und ein gut gesetzter Stich für den Reiter. Das Schwert des Retz von Fretz würde Niklas im Dorf große Ehre machen, das Saumpferd konnte er tauschen, denn sein Acker gab nicht genug Winterfutter her. Aber Beute war nicht allein der Grund für den Angriff gewesen. Niklas erzählte ohne Regung, dass er jeden Ordenskrieger und Ritter tötete, den er erwischen konnte. Er hasste sie nicht. Er wusste nur genau, dass sie in diesem Krieg ihn, seine Frau, seine Dorfleute ohne Gnade abschlachten würden, wenn die Christen nur die Gelegenheit dazu bekämen.

Je weniger von euch aus dem Wald wieder herauskommen, erklärte mir Niklas, desto weniger gehen hinein. Die einzigen Waffen, die wir haben, sind unsere Wendigkeit und eure Angst.

Wir wanderten über zwei Wochen durch den großen Wald. Die Litauer hatten sich, wie Niklas mir erklärte, hinter einen Grenzwall zurückgezogen, für dessen Querung die Christenkrieger viele Tage benötigten. Das war die Spanne, in der Gediminas und seine Krieger auch die größten Kontingente der Eindringlinge aufspüren und überfallen oder wenigstens zur Umkehr zwingen mussten. Kamen die gepanzerten Deutschen durch, gab es für die Dörfer und Felder entlang der großen Flüsse keinen Schutz mehr.

Erst im vorigen Sommer hatten litauische Einheiten tief im Land gerade noch einen Einfall von mehreren Dutzend Ordenskriegern abgefangen. Niklas war dabei gewesen, wie sie aus dem Hinterhalt alle niedermetzeln konnten und den Kommandeur Gerhard Rude gefangen nahmen. Rude war ein ranghoher Ritter. Dieser gefürchtete Vogt von Sambien wurde in der Hauptstadt Vilnius langsam im Rauch gedörrt und schließlich erstickt, damit Gediminas seinen unversehrten Leichnam als Trophäe konservieren konnte. Seitdem stand der gedörrte Rude in vollem Ornat neben dem Thron des Fürsten. Niklas sagte mir:

Wenn du diese frommen Ordenskrieger beim Morden erlebt hast, dann willst du kein Christ mehr sein. Bekehrung durch sie heißt Ausrottung. Weil die Litauer das wissen, sterben sie lieber, als sich zu ergeben. Auch dies geschah in diesem Jahr: Eine unserer hölzernen Grenzfestungen hinter dem Niemandsland wurde von den Rittern umzingelt. Als die Lage aussichtslos wurde, ließen sich die litauischen Krieger einer nach dem anderen von der Weisen Frau abstechen. Sie tötete sich, lachend und singend, als Letzte.

Am Ende unserer Wanderung kamen wir zu Niklas' Dorf. Ich hatte ihn gefragt, wie er in der Wildnis den Weg findet. Er hatte nur gelächelt: Du musst dir Marken merken, und dann immer fähig sein, den Anschluss zu finden. Das hat dein Ritter nicht geschafft, er hat den Anschluss verloren und musste sterben.

Das war Niklas' erste Lektion, viele andere sollten folgen. Ich lernte von ihm alles Wichtige: wie man im Winter im Wald eine Nacht unter Laubbergen überlebt, wie man Fische aus dem Eisloch zieht, wie Krähen und Elstern gefangen und gebraten werden, wie man blutende Wunden mit Birkenrinde schließt, und wie man eine Holzhütte baut, aus welcher der Rauch durch ein Loch in der Decke abzieht. Niklas' Frau Birute hatte eine Schwester, Danguole. Sie besuchte uns oft, und ich erfuhr von ihr in den Nächten, was ich von den Frauen noch nicht wusste. Es war eine schöne Zeit.

Vor allem die Jagd im Wald war herrlich. Wir kletterten auf hohe Bäume, um Hähereier aus Nestern zu rauben. Holten wir uns Honig, dann musste ich rauchenden Reisig halten und damit die angreifenden Bienen vertreiben, während Niklas die Waben plünderte. Wir stellten Fallen, in denen wir Hasen und Wildhühner fingen. Einmal begegneten wir einem Bären. Ich dachte, das sei unser sicherer Tod. Doch es geschah etwas Unglaubliches: Der kleine Niklas, ganz Sehnen und Muskeln, griff das riesige Tier nur mit seinem Messer an. Er erlegte den Bären nicht, aber der Mut des Menschen beeindruckte den Herrn des Waldes dermaßen, dass er brummend abzog.

Im Dorf erteilten mir Niklas und die anderen Männer Lektionen im Kämpfen: wie man einen Gegner mit bloßen Händen niederringt und ihm den Arm bricht. Wie man mit dem Messer angreift, und wie man einem Messer ausweicht. Zum Schluss bekam ich noch Unterricht im

Bogenschießen. Niklas war zufrieden mit meinen Fortschritten und sagte: Nun kannst du dich beim Großkhan genauso sehen lassen wie im Hansehof von Nowgorod, beim Kaiser ebenso wie beim Papst.

Niklas hatte sich, seit er die Seiten gewechselt hatte, viele Gedanken über die Menschen gemacht. Er fragte nicht mehr nach Richtig und Falsch, sondern betrachtete jedes Zusammenleben als eine Ordnung, die nach ihrem Funktionieren beurteilt werden musste. Es störte ihn nicht, dass die Litauer viele Götter verehrten, weil die Litauer gut damit zurechtkamen. Daher fand er die Frage nach Gott verkehrt gestellt. Er sagte: Die Ordnung, die unser Leben tragen kann, ist in Ordnung. Dass Menschen mit einem völlig anderen Blickwinkel, in diesem Fall die Ordensritter, seine Lebensweise vernichten wollten, war für Niklas sogar verständlich. Diese Außenstehenden kannten nur ihre eigene Ordnung und wollten die ganze Welt nach diesem Vorbild einrichten.

Man kann, erklärte er mir, höchstens die Art verändern, in der die anderen denken und sprechen, nicht aber die Wirklichkeit. Denn alles Zusammenleben besteht einzig und allein aus Sprechen. Wenn du sagst, es gibt nur einen Gott, dann gibt es auch nur einen. Wenn du zusätzlich die Dreieinigkeit einführst, dann gibt es eben drei. Und wenn die Litauer an Diveriks, den Gott in Gestalt eines Hasen, glauben, dann ist Gott eben ein Hase.

Niklas betrachtete alle Menschen und alle Lebensweisen von außen, sogar sich selbst. Er bemühte sich, hinter einem Spiegelglas zu stehen und die anderen dabei zu beobachten, wie sie sich selbst im Spiegel beobachten.

Er sagte: Fast alle Menschen glauben, die Abspiegelung ihrer Gedanken sei die Wahrheit. Aber es gibt keine Wahrheit außer derjenigen, auf die sich die Menschen geeinigt haben. Setzt sich eine neue Redeweise durch, dann ändert sich die Lebensweise, ändert sich das gesamte Denken. Und das, was alle für Wahrheit halten, bekommt einen neuen Namen. Bevor Christus geboren wurde, hieß Gott Jupiter und Juno und Mercur. Seitdem heißt er Jesus, Heiliger Geist und Maria.

Niklas feierte die litauischen Beschwörungen mit Tänzen und Trünken in der Hütte der Weisen Frau. Er sang dabei stundenlang und rief die Namen von Göttern wie Nenadey, Telyavel oder Potrimpo, weil es die anderen auch so machten. Das war jetzt die Wahrheit, doch sie hatte für Niklas keine Bedeutung.

Er wiederholte stets: Die Wahrheit ist offen. Nur die Lüge ist eine geschlossene Ordnung. Darum funktioniert die Lüge auch so gut, um andere zu überzeugen.

Dies alles zu empfinden und zu denken, sagte er, sei eine große Gelegenheit, die nur diejenigen bekämen, die wie wir das Glück hatten, auf die andere Seite des Spiegels zu wechseln. Niklas betonte, dass er die Litauer beobachte, aber dass die Litauer sich selber nicht beobachteten und daher nicht anders seien als die Ordensritter, die auch nur in ihren eigenen Spiegel blickten. Für mich waren solche Lektionen in langen Winternächten schwer zu begreifen.

Im Frühling zog ein litauischer Krieger mit vier kriegsgefangenen Russen durch unser Dorf; er hatte sie im Norden erbeutet und wollte sie in Vilnius als Sklaven verkaufen. Bei der Rast an unserem See rannte einer der Sklaven davon. Der Litauer schoss ihm einen Pfeil in den Rücken und schnitt dem Sklaven vor unseren Augen den Kopf ab.

Damit die anderen nicht auf ähnliche Gedanken kommen, erklärte der Mann Niklas. Dann fesselte er seinen Sklaven die Arme, peitschte sie durch und zog mit den armen Teufeln weiter durch den Wald.

Du siehst, sagte Niklas, dass die Menschen hier nicht anders sind als überall. Das ist die Lektion: Die Menschen sind immer gleich. Nur die Wörter, mit denen die Mächtigen ihre Macht rechtfertigen und die Machtlosen unterjochen, sind ein bisschen unterschiedlich. Lernst du die Wörter, weißt du, wie die Macht arbeitet, und du kannst dich anpassen. Würden die Ordensritter irgendwann siegen, müsste man sich ihrer Ordnung angleichen. Nur die Sprache würde sich ändern, aber die niederträchtigen Menschen würden mit neuen Wörtern böse bleiben, die Armen würden durch neue Gebote ausgebeutet, die Götter würden durch eine neue Theologie unbegreiflich bleiben. Und die Priester blieben mächtig wie immer.

Solange es funktioniert, funktioniert es eben, sagte Niklas mit vieldeutigem Lächeln.

Niklas verehrte Großfürst Gediminas, weil der sich alle Möglichkeiten zu handeln und zu sprechen offenhielt. Unter seiner Herrschaft eroberten die erfahrenen Grenzkrieger des Westens derzeit im Osten und Norden riesige Gebiete. Was die Ordensritter die Litauer an Gewalt und Zerstörung gelehrt hatten, taten diese nun Tataren und Russen und Ruthenen an. In Litauens Hauptstadt Vilnius, so erzählte Niklas voller Bewunderung, beteten die Tataren in ihren eigenen Tempeln. Es gab orthodoxe und armenische Kirchen, eine Synagoge für die Juden und eine Moschee für die maurischen Sklavenhändler. Mitten im Krieg gegen die Ordensritter hatte Gediminas einen franziskanischen Konvent direkt neben seiner Burg bauen lassen. In Briefen an den Papst und den Hochmeister rühmte sich der Großfürst, dass seine Söhne sich allesamt taufen ließen. Das Christentum werde bald in ganz Litauen Staatsreligion sein.

Ich staunte über diese Vorhersage, denn in unserem Dorf beteten alle ausschließlich zu den alten Göttern: zu Laima, der Herrin des Waldes, zu Potrimpo, dem Herrn der Flüsse, zu Percunnos, dem Herrn der Blitze, und zu Picollos, dem Herrn der Toten.

Müsst ihr bald etwa alle übertreten und euch taufen lassen, fragte ich ungläubig.

Niklas lachte nur: Gediminas ist nicht dumm, er ist ein Mensch wie du und ich und sitzt hinter dem Spiegel. Gediminas sagt dem Papst und dem Hochmeister bloß in ihrer Sprache, was sie hören wollen. Und dann tut er, was er selber will. Wenn Gediminas das passt, ändert er je nach Beobachtung seine Wörter. Er ist nicht besser als der Hochmeister. Die beiden sind keine Feinde, sondern Zwillingsbrüder. Warum aber sollte Gediminas auf Menschenopfer und den Krieg gegen die Christen verzichten, wenn seine Häuptlinge und seine Krieger, von denen seine Macht abhängt, ihren Spaß dabei haben? Bisher hat er immer gesiegt.

Diese Betrachtungen von Niklas über die Wörter und die Macht, über die Wahrheit und den Glauben versuchte ich mir einzuprägen. Ich wusste nicht, ob ich mein ganzes Leben mit meinem Freund im Wald verbringen wollte. Doch ich hatte begriffen, dass mir sein Wissen überall nützlich war.

Im Spätsommer nahm Niklas mich mit auf einen Feldzug ins Niemandsland. Ein Brückenkopf der Ordensritter musste zerstört werden, bevor die Christen dort dauerhaft Fuß fassen konnten. Ich wunderte mich, dass ich mitkommen durfte, doch Niklas erklärte mir die Spielregeln:

Ich habe dich gefangen, du bist in litauischen Worten mein Eigentum. Du bist nur ein Gegenstand, jedenfalls solange ich dich nicht vor der Dorfgemeinschaft freigelassen habe. Daher kann ich dich jetzt in den Krieg mitnehmen genau wie mein Messer und meinen Rucksack. Wenn ich will, ersteche und brate ich dich, und du dienst mir als Proviant. Oder du kämpfst für mich. Das ist nach unseren Gesetzen völlig legal, kicherte er, wenn auch nicht egal. Besonders für dich.

Diesmal waren etwa hundert Krieger am Zug beteiligt. Weil es Sommer war, benutzten die Litauer lange Holzkähne, die wir zweimal über weite Strecken durch den Wald tragen mussten, bis wir zur Holzburg der Ordensritter am Fluss Neris gelangten. Ich war an der Seite von Niklas dabei, als die Krieger sich nackt auszogen. Wir näherten uns dem Bollwerk unter Wasser. Wir saßen dabei im Uferdickicht und atmeten durch abgeschnittene Schilfrohre, die wir aus dem Wasser ragen ließen, ohne dass die Wächter uns entdecken konnten. In der Dämmerung stiegen wir, die Messer zwischen den Zähnen, an die Palisade, kletterten an Seilen die Stämme hoch und machten die Besatzung Mann für Mann nieder. Es fiel mir weniger schwer als befürchtet. Alles ging ganz schnell. Aus dem Durchgang, den wir bewachten, drangen mit erhobenem Schwert zwei Ordensbrüder herein. Es war dunkel, ich konnte keine Gesichter, sondern nur Schatten erkennen. Wie Niklas mich gelehrt hatte, wich ich dem Schlag geduckt zur Seite aus, ging direkt auf meinen Widersacher los und stach ihm in den Hals. Niklas hatte mit dem zweiten Angreifer dasselbe gemacht. Er wischte seine Klinge am Mantel seines Opfers sauber, genau wie damals im Wald bei Retz von Fretz. Niklas sagte: Was haben sie auch hier zu suchen?

Keiner von der Besatzung kam mit dem Leben davon. Erst ganz am Ende ließen alle, auch ich, den heulenden Kriegsruf ertönen: Yanda, yanda, yanda. Wir rieben uns mit dem Blut der Toten ein, tranken ihren

Schnaps und tanzten im Saal der Burg, bevor wir alles verbrannten. Beladen mit Essensvorräten und Waffen, ruderten wir auf unseren Kähnen bis nach Vilnius. Die Hauptstadt fand ich nicht beeindruckend, alles bestand aus Holzbauten. Das Kastell des großen Gediminas war mickrig und besaß nur einen einzigen festen Turm aus Stein.

Und so entschied ich mich bei unserem Siegesfest in Vilnius, bei dem es viel Met, viel Braten und eine für mich kaum verständliche Ansprache von Großfürst Gediminas gab, wieder nach Hause zurückzukehren. Der schnauzbärtige Herrscher glich mit schlauer Miene und markigen Worten den anderen Machtmenschen, die mir im Leben begegnet waren. Ich hatte von Niklas gelernt, dass Herrscher und Beherrschte überall gleich waren, und dass es nur darauf ankam, sie zu beobachten. Ich machte mir keine Hoffnungen mehr. Es gab nur Worte, keine Wahrheiten. Nur Namen, keine Identitäten. Mehr konnte ich hier nicht lernen.

Eines jedoch fehlte mir für mein eigenes Leben, nun, da ich klettern und jagen, schwimmen und angeln, kämpfen und töten gelernt hatte. Ich wollte studieren. Dafür brauchte ich Schrift und Bücher, und beides gab es im Wald nicht. In der kleinen Holzhütte, mitten im großen Wald, reifte mein Entschluss, zu den Dominikanern zu gehen und mir bei den Predigermönchen zu holen, was meine Abkunft mir verwehrt hatte: Bildung und Wissen.

Damals kannte ich den Satz des Cicero noch nicht, der beschreibt, wonach ich mich in Litauen sehnte:

Historiam nescire est semper puerum esse.

Cicero, der Römer, wusste wie immer Bescheid. Wer die Geschichte nicht kennt, bleibt für immer ein Kind. Ich wollte erwachsen werden, auch weil ich fürchtete, dass die schriftlosen Litauer den Angriffen der Christen nicht lange widerstehen würden. Und dass die Netze des Wissens, mit denen der Westen sie umzingelte, diese Waldmenschen irgendwann einfangen würden. Dann kämen die Ordensritter und würden die Litauer in ihren Dörfern umbringen. Oder die Litauer würden sich vorher bekehren, und sie würden werden wie ihre Feinde. Mit Gediminas, dem Luchs im Niemandsland, hatte dieser Prozess schon begonnen.

Ich gestand Niklas meine Befürchtungen. Er lächelte, so als hätte er all das bereits lange vor mir durchdacht, und meinte nur:

Sollen sie nur kommen. Wenn es in Vilnius die erste Universität gibt, dann werde ich eben Professor. Bis dahin bleibe ich Jäger und Krieger, weil das im Moment zur Ordnung gehört.

Im Herbst brachen wir beide auf zu unserem letzten gemeinsamen Zug durch die Wildnis. Niklas führte mich erst per Kahn auf dem Fluss Nemunas, dann entlang von Sümpfen und Buschwäldern in den Süden. Wir wanderten über Wochen durch die Einsamkeit und umgingen alle Ansiedlungen. Ich wollte über den Landweg in die Heimat zurückkehren und nicht über den Norden und die See, wo ich in Königsberg, Danzig oder Riga fürchten musste, auf Menschen zu treffen, die sich an mich und meinen Ritter erinnerten. Irgendwann stießen wir auf die ersten größeren Dörfer. Hier war Litauen zu Ende, und Galizien begann. Niklas zeigte mir eine Landstraße, über die ich in einem Tagesmarsch zur Löwenstadt gelangen würde. Von dort aus führte die große polnische Handelsstraße über Krakau und Breslau in meine Heimat.

Niklas betrachtete mich lange wie ein Pferd, das er dressiert und zugeritten hatte und das nun all seine Kunststücke kannte. Ich umarmte ihn:

Du hast mir ein Leben gerettet und ein neues Leben dazu geschenkt. Das ist ein Leben mehr, als die Schicksalsgöttin Laima einem Menschen zugesteht. Wo immer wir in Zukunft sein werden, sitzen wir beide hinter dem Spiegel und schauen dem Geschehen zu. Möge dein Messer niemals stumpf werden! Und mögen deine Wörter niemals verwirrender sein als die Welt, die sie beschreiben!

Niklas sagte nichts. Er zog mein Messer aus der Scheide an meinem Gürtel und steckte sein eigenes hinein. Das und sein Denken sind die Waffen, die mich bis heute begleiten.

KAPITEL 33

Shimon hatte sich meine Geschichte angehört, ohne mich nur ein Mal zu unterbrechen. Als ich fertig war, schwieg er lange. Draußen war es dunkel geworden.

Du bist kein gewöhnlicher Christ und denkst nicht wie ein Dominikaner, weil du auf die andere Seite gewechselt bist. Bedenke aber: Wir Juden werden hinter dem Spiegel geboren. Und wir können nicht einfach herüberspringen wie dein Freund Niklas. Wie sollten wir Juden Gott in Form eines Hasen oder eines gekreuzigten Mannes anbeten? Unser Gott hat keine Form, er hat noch nicht einmal einen Namen.

Ich sagte: Weil ihr für die Christen nicht zu begreifen seid, werden sie euch immer hassen. Sie dringen mit aller Macht auf die andere Seite, um dort alles abzutöten, das nicht ist wie sie. Ohne Kreuzzug gibt es kein Christentum. Und jeder Kreuzzug, das sagt schon der Name, ist immer ein Aufruf, die Juden umzubringen, die Jesus gekreuzigt haben. Selbst wenn ihr euch nach Vilnius zum Großherzog Gediminas flüchten könntet, werden sie irgendwann kommen und euch auch dort ausrotten. Ihr könntet euch nur anpassen.

Shimon schüttelte den Kopf: Wir können uns nicht anpassen. Wir können unser Gesetz nicht einfach wie einen Roman übersetzen und neue Namen einfügen, weil unseren Feinden die überlieferten Namen nicht passen. Wir können nicht zu Jesus Messias sagen, wenn unser Erlöser nicht erschienen ist. Schau dir diese unfertige Welt an! Solange sie nicht besser wird, tragen wir das Gesetz unseres Gottes mit uns. Es steht in einem Buch, dessen Gebote immer dieselbe bleiben.

Dann, sagte ich, ist dieses Buch zugleich euer Exil. So wie die Päpste seit jeher den Talmud verbrennen, so werden sie in ihrem Hass nicht aufhören, auch euch Juden zu verbrennen. Ich habe bei Niklas gelernt, dass dieser Hass nicht mein Leben kosten soll, und mir darum den Habit der Dominikaner übergezogen. Mein Tier ist nicht der unbeugsame Löwe von Juda, sondern die neugierige Schlange des Paradieses. Ihre Lehre ist einfach: Versuchungen muss man nachgeben, denn alle

Menschen müssen sich durch diese Welt irgendwie hindurch winden. Je behänder und listiger, desto besser.

Nein, rief Shimon, wir Juden müssen damit aufhören, uns alle Zeit demütig zu beugen. Wir müssen uns wehren! Ich finde mich nicht damit ab, dass es auf ewig dieselben Sieger gibt. Wir, die ihr zu Abweichlern erklärt, müssen nicht auf ewig zu den Verlierern gehören. Ich werde alles dafür tun, damit wir nicht im Kampf unterliegen. Unser hart verdientes Geld, das der Papst uns immer wieder wegnehmen will, benötigen wir, um damit Waffen zu kaufen.

Jetzt war es an mir, den Kopf zu schütteln: Schau doch in die Carriera. Da sitzen tausend arme Juden, umgeben von mehr als dreißigtausend Christen. Wenn die es darauf anlegen, verbrennt ihr in ein paar Stunden zu Asche oder verblutet allesamt auf den Gassen. Wie so oft. Du kannst es nicht verhindern.

Dann, sagte Shimon grimmig, sollen wenigstens so viele von denen mit uns sterben, wie wir vorher zu fassen kriegen. Ich will nicht auf ewig zu den Schafen gehören, die sich zur Schlachtbank führen lassen.

Und ich nicht zu den reißenden Wölfen, sagte ich. Das ist doch schon mal ein Anfang.

Es war später Abend geworden. Zeit, um in die Pasture des Oiseaux aufzubrechen. Shimon fragte mich, ob ich mich wieder verkleiden wolle. Ich fand nicht, dass das nötig war. Es kamen auch andere Kleriker in ihrem Habit ins Gasthaus. Letztlich fiel man in Avignon in einem geistlichen Gewand weniger auf als in einem weltlichen. Ich fragte nach Lorena, und Shimon gab mir Bescheid:

Sie ist schon seit heute Mittag unten am Fluss und probiert mit den Musikern. Sie ist sehr aufgeregt. Ich bin es auch.

Ich merkte Shimons Blick an, dass er den Auftritt seiner Kusine nicht billigte. Aber er konnte nichts gegen ihre Sturheit machen. Sie unterstand nicht seiner Obhut, sie war nicht einmal mehr eine Jüdin, für die das Gesetz der Carriera galt. Doch an seinen traurigen Augen war abzulesen, wie sehr Shimon seine Kusine jetzt schon vermisste.

Draußen auf dem Platz neben der Synagoge beschien der Vollmond eine Bank, auf der ganz allein Shimons Onkel Jizchak saß und zum

Himmel emporblickte. Der Greis mit dem weißen Vollbart, versunken ins stumme Zwiegespräch mit seinem Gott, bemerkte uns nicht, bis Shimon ihn ansprach:

Onkel Jizchak, dieser Jüngling war auch in der Löwenstadt, anderthalb tausend Meilen von hier, als du dort mit meinem Vater den Bernsteinhandel begründet hast. Stell dir das vor! Er hätte schon vor acht Jahren unter der Burg von Fürst Daniil im Armenierviertel in unseren Laden kommen und sich einen Rosenkranz aus Bernstein kaufen können. Die Welt ist ein Dorf, findest du nicht?

Der alte Mann schaute mich mit wässrigen Augen an und versuchte zu lächeln. Ich glaubte nicht, dass ihm die Gemeinsamkeit unserer Schicksale viel bedeutete. Reb Jizchak Spira wirkte unsäglich traurig. Warum sollte dieser gebrochene Mann ausgerechnet von einem Dominikaner Trost erhoffen?

Denkst du an Lorena?, fragte sein Neffe.

Der Alte antwortete etwas auf Hebräisch, das ich nicht verstehen konnte und gab uns mit einem Wink der Hand das Geleit. Shimon verabschiedete sich seinerseits auf Hebräisch von seinem Onkel. Ich verbeugte mich schweigend.

Mein Begleiter war wie immer vorsichtig. Wir stiegen diesmal aus der anderen Klappe der Carriera auf eine Gasse gegenüber der Kommende der Hospitaliter. Als wir durch das verlassene Italienerviertel zur Rhone hinuntergingen, fragte ich Shimon, ob Onkel Jizchak um seine Tochter trauere.

Das muss er erst, erklärte mir Shimon, sobald sie sich offiziell von uns lossagt. Sie will aber vorher noch einmal zu ihrem Vater kommen, um sich in Ruhe von ihm zu verabschieden. Das wird sehr schwer für beide. Danach beginnen die Tage des Weinens. Für Lorena dauern sie hoffentlich nicht so lange, und Onkel Jizchak wird hoffentlich nicht daran sterben.

Und was hat dein Onkel gerade auf Hebräisch gesagt?

Shimon atmete schwer: dass er fortwill aus Avignon und von Yerushalayim träumt. Dass er sich verzehrt nach der Herrlichkeit von König Salomos Tempel.

Und was hast du ihm geantwortet?

Shimon blieb stehen und sah mir direkt in die Augen: dass Yerushalayim zerstört ist und der Tempel Salomos genauso. Dass wir Juden für alle Zeit in Ruinen leben müssen. Trost gibt es für unsereinen nur im Gesetz.

Vor der Pasture des Oiseaux herrschte noch größeres Gedränge als beim letzten Mal. Ein Pulk von Gestalten in langen Mänteln wartete auf Einlass. Im Ufernebel dampften Pferde und wurden von Knechten abgerieben. Die Reiter mussten von weit her gekommen sein. Vielleicht auch darum hatte sich Lisabeta für ihr letztes Konzert eine Vollmondnacht ausgesucht. Es war so hell, dass ich schon von weitem die drahtige Gestalt von Rik van Haarlem erkennen konnte, wie er an der Pforte von einem Besucher zum nächsten eilte, Hände küsste, Verbeugungen machte und seiner Kundschaft die Tür aufhielt.

Ich ging mit Shimon auf die Rückseite der Pasture, um die Musiker zu begrüßen. Johann, Charles und Artur beugten sich gerade herunter zu einem Mann, der am Boden aus einer Schüssel aß. Ich war kaum überrascht, auf den blinden Bettler zu treffen. Sein Anblick war mir inzwischen vertraut, zudem hatte er sich bereits bei meinem ersten Besuch an der Pasture herumgetrieben. Augenscheinlich wusste er, dass er hier die ganze Nacht über bestens versorgt sein würde. Die drei Mauren grüßten mich mit der Hand auf dem Herzen; ich tat es ihnen nach. Als ich auch dem Bettler einen guten Abend wünschte, erkannte der Alte meine Stimme.

Ah, der Allemand, schmatzte er mit vollem Mund. Du brauchst für mich niemanden mehr zu suchen. Der Kreislauf dieser teuflischen Welt ist für mich abgeschlossen. Bald kann ich in Ruhe sterben. Heute esse ich noch stofflichen Brei, heute ist das Fest der Kinder Kains. Danach gibt es für mich nur noch überstoffliches Brot. Gib mir den Friedenskuss, Allemand!

Ich hockte mich hin und spürte den rauen Kuss des Verrückten. Er wedelte mit den Armen, bis er meine Hand zu fassen bekam, und hielt sie fest. Dann rülpste er zufrieden und lehnte sich an die Mauer.

Das Ende der Welt ist da, meine Brüder, rief der Bettler und starrte leeren Blickes in die Nacht. Das Ende kommt, auch wenn ihr nicht daran glaubt! Und das ist gut so.

Shimon kam herbei, schüttelte verständnislos den Kopf und zog mich am Habit durch den Hintereingang.

Wir müssen einen guten Platz finden, raunte er mir zu, ich will meine Kusine bei ihrem ersten Auftritt von nahem sehen. Und notfalls beschützen.

Wen mochte Shimon fürchten? Wusste er von Menschen, denen die Verbindung zwischen dem holländischen Waffenhändler und der Jüdin nicht passte? Seitlich an der Wand war noch etwas freier Raum. Shimon winkte ein Schankmädchen herbei und ließ uns beiden Rotwein bringen. Selten hatte mich ein Getränk besser gelabt als dieses, denn mir war vom vielen Erzählen die Kehle ausgetrocknet. Shimon erkundigte sich nach Francesco.

Hast du nicht mitbekommen, dass er die Stadt verlassen hat? Du kennst ja seinen Liebeskummer wegen Lisabeta. Den will er in der Quelle der Sorgue ertränken.

Hoffentlich ertränkt er sich nicht gleich mit, sagte Shimon.

Er wies mit dem Finger auf den Komponisten Philippe de Vitry, der gegenüber an der Wand lehnte und an seinem Becher nippte. Er hatte unser Kommen nicht bemerkt. Im hinteren Teil des Raums stand das Publikum, fast ausschließlich Männer, nun dicht gedrängt. Die vom Rauch der Kerzen und Fackeln geschwängerte Luft wurde immer stickiger. An den wenigen Tischen saßen gemischte Gesellschaften mit geschmückten Frauen und grauhaarigen Bürgern in Samtgewändern. Nur der Tisch ganz vorne, wo die Musiker und die Sängerinnen auftraten, war noch unbesetzt. Rik ließ die Künstler warten. Der wichtigste Gast fehlte noch.

Plötzlich hörte man laute Stimmen, die Menschen an den Tischen drehten sich um, eine Gasse entstand. Arnaud de Trian schritt mit drei schwarzgekleideten Leibwächtern an seinen Platz. In einem der Männer erkannte ich den Schläger mit der Narbe, der mich in der verlassenen Livree von Kardinal de Garve so übel zugerichtet hatte. Hätte es noch eines Beweises bedurft, dass es damals Arnaud de Trian war, der aus dem Nebenraum die Befehle für meine Folter erteilte, dann bekam ich ihn jetzt geliefert. Die Gruppe des Marschalls wurde sogleich mit Wein, Konfekt und kaltem Braten versorgt.

Dann kamen Artur, Charles und Johann gemeinsam mit Lorena durch die Hintertür herein. Die Musiker begannen sofort zu spielen. Lorena jedoch wirkte längst nicht so gelöst wie am Sonntag, als sie in Riks Wohnung ihre Lieder eingeübt hatte. Die Blicke all der unbekannten Männer aus dem Dunkel schienen dem Mädchen Furcht einzuflößen. Ich konnte an den fahrigen Bewegungen ihrer Hände, ihrer gebeugten Haltung und ihrem Blinzeln bemerken, dass dieses ranke Mädchen alles andere war als eine erfahrene Sängerin.

Ich versenkte mich in die geschickt verzögerten Rhythmen der Musiker, lauschte ihrer traurigen Melodie, dann setzte Lorenas Gesang ein:

Wie wenig ich doch von der Liebe wusste! Tot ist das Herz, das den süßen Geschmack der Liebe nicht kennt.

Es war nicht dasselbe. Lorenas Stimme klang nicht strahlend und selbstgewiss, sondern verkrampft, beinahe schrill. Ihre Tanzbewegungen in dem bodenlangen, hochgeschlossenen Leinenkleid wirkten eckig. Ihre Arme streckten sich nicht wie sehnsüchtig nach einem Liebhaber aus, sondern hilflos, als suche eine Gestrauchelte Stütze. An Shimons gerunzelter Stirn las ich ab, dass er sich nicht mehr fragte, ob dieser Auftritt eine gute Idee war. Er wusste, es war keine gute Idee.

Poton es poton, sospir es sospir, sang das Mädchen.

Wenn auch die Zeit vergeht, Seufzer und Küsse bleiben.

Das war der Refrain einer uralten provenzalischen Weise. Lorena wiederholte ihn drei Mal, ihre Stimme fing sich, so dass der Applaus am Ende einigermaßen freundlich war. Nur einer im Raum klatschte nicht. Arnaud de Trian starrte Lorena an. Er stand langsam auf und schritt auf die Sängerin zu. Es wurde so still im Raum, dass man seine Sporen klirren hörte. Rik trat einen Schritt vor, hielt aber inne. Shimon griff unter seinen Ärmel, wo er stets ein Messer verbarg. Ich fasste seinen Arm und schüttelte heftig den Kopf. Die Leibwächter des Marschalls hätten jeden Angreifer mit einem Hieb niedergestreckt. Arnaud de Trian griff sich Lorenas Hand und führte sie zu seinem offenen Mund, als wolle er einen gebratenen Singvogel verschlingen. Gierig küsste er den Handrücken des Mädchens, schnaufte dabei und musterte sie aus der Nähe von oben bis unten. Dann trat er einen Schritt zurück, applaudierte ganz für sich allein und tönte:

Ein Hoch auf die schönste aller Sängerinnen!

Er drehte sich um und befahl seinen Leuten mit einer Geste, Lorena zuzujubeln; seine Leibwächter und manche Gäste stimmten mit ein, aber längst nicht alle. Indessen gelang es dem Mädchen, feuerrot im Gesicht, sich an den Musikern vorbei durch den Hinterausgang zu drängen.

Während Arnaud de Trian in aller Ruhe wieder zu seinem Platz zurückschritt, erteilte Rik den Musikern ein Zeichen. Sie begannen mit einer ihrer verschleppten Tanzweisen, doch Arnaud de Trian sprang plötzlich auf und schrie:

Genug von dem afrikanischen Zeug! Ich will die andere Sängerin hören! Ich will meine Sängerin. Die Frau, die mein Eigentum ist!

Nach einem Augenblick teilte sich der Vorhang, und heraus trat Lisabeta. Im Publikum war ein Raunen zu hören. Sie wirkte keineswegs wütend, wie ich erwartet hatte. Sie lächelte. Heute trug sie ein kostbares Kleid aus Goldbrokat, das über der Brust tief ausgeschnitten war. Vergoldete Bänder fielen ihr aus den halblangen blonden Haaren, in denen Fasanenfedern steckten. Ihre rotlackierten Holztrippen waren heute noch schmaler und höher als beim letzten Mal, doch schritt sie auf ihnen derart sicher einher, als wäre sie barfuß. Mit einem Blick kalt wie Eis reckte sie die schwarze Rose in ihrer Hand empor. Die Blume wirkte wie ein Liebespfand. Gleichzeitig lachte die Sängerin ihrem Gebieter Arnaud de Trian, der sich lauernd auf seinen Schemel duckte, ins Gesicht.

Was für ein überirdischer Anblick! Noch nie hatte ich eine derart stolze Frau erlebt. Kein Mann im Saal wandte auch nur für ein Augenzwinkern seinen Blick ab. Selbst Shimon atmete schwer, und ich musste an Francesco denken, der jetzt in seiner Klause in den Bergen an Sehnsucht litt und keusche Liebesverse schmiedete, ohne Lisabeta zu vergessen. Wie recht er hatte. Ihre roten Lippen lachten uns an, ihre Zunge formte den Wohllaut der provenzalischen Worte, die von guter Liebe und gutem Gold sangen. Die sinnliche Stimme Lisabetas wiederholte immer aufs Neue die beiden Wörter, die sich in ihrer Sprache gegenseitig zu befruchten schienen:

Gold und Liebe, Liebe und Gold.

Artur trommelte dazu einen wilden Rhythmus, Johanns Schalmei stöhnte auf, und Lisabeta wiegte sich in den Hüften. Sie kam ohne jede Hast zu Arnaud de Trians Tisch und beugte sich mit geschürzten Lippen zu ihm hinunter.

Amors et aurs, seufzte sie, aurs et amors.

Beim Schlussakkord warf Lisabeta die schwarze Rose Arnaud de Trian ins Gesicht, drehte sich um und war mit schnellen Schritten aus dem Saal verschwunden. Niemand klatschte, niemand atmete. Es war totenstill. Auf dem Boden vor Arnaud lag die schwarze Rose.

Der Marschall stürzte einen Becher Wein herunter, erhob sich und blickte wütend im Raum umher, als wolle er jeden Einzelnen von uns, die wir seine Schmach mit angesehen hatten, fesseln und abführen lassen.

Dann wandte er sich mit zusammengekniffenen Augen Charles, Artur und Johann zu, die an ihren Plätzen stehen geblieben waren. Arnaud de Trian war völlig betrunken und teufelte mit spritzendem Speichel auf die Musiker ein:

Schluss mit der Heidenmusik! Ihr Mauren habt ausgespielt! Wenn ich morgen noch einen von euch in Avignon antreffe, dann hacke ich euch die Finger ab!

Der Mann tat einen Schritt auf Johann zu und holte mit der Faust aus zum Schlag. Der Hüne erhob den Arm, um seinen Kopf zu schützen. Doch da war bereits Rik aus der Menge hervorgeschossen und riss den Marschall von hinten um. Dessen Leibwachen versuchten, ihre Schwerter zu ziehen. Doch einige Schankknechte hatten sie im Gewühl so dicht umstellt, dass sie nicht ausholen und zuschlagen konnten. Frauen schrien spitz, Männerstimmen drohten, eine allgemeine Schlägerei begann, bei der Menschen taumelten und Tische und Stühle zu

Bruch gingen. Als Ersten sah ich Philippe de Vitry das Weite suchen. Shimon drängte sich zur Hintertür hinaus, um die weinende Lorena in Sicherheit zu bringen. Wo aber war Lisabeta geblieben?

Rik stellte sich vor seine Musiker, die ihre Instrumente an sich pressten. Ich kämpfte mich zu ihm durch, und wir prügelten gemeinsam jeden weg, der Charles, Johann und Artur zu nahe kam. Arnaud de Trian befahl seinen Männern den Abzug; die schwarzgekleideten Leibwächter bahnten dem schwankenden Marschall den Weg. Dann verzogen sich auch die anderen Gäste.

Zurück blieben die Schankknechte, die Mägde, die Musiker und Rik, der zwischen den zertrümmerten Bänken und Tischen mit leerem Blick auf dem Boden saß. Sein schwarzes Gewand war vom Hals bis zur Hüfte zerrissen. Etwas Blut rann ihm über die Schläfe. Ich ging zu ihm und legte ihm eine Hand auf die Schulter. Ich musste nichts sagen, weil Rik selbst am besten wusste, dass er heute Abend den Schutz seines launischen Patrons eingebüßt hatte. Arnaud de Trian war jetzt ein Feind. Es würde keine Auftritte einer provenzalischen Sängerin mehr geben, keine maurische Musik, keine Nächte mit Wein und Mohnpulver. Es gab am Ufer der Rhone keine Pasture des Oiseaux mehr; es war vorbei.

Ich fragte Rik, wie es jetzt für ihn und seine Leute weitergehen sollte. Er sah mit zerzaustem Haar und Stirnglatze plötzlich älter aus, als er ohnehin schon war. Sein Gesicht war so grau wie mein Habit.

Er habe, erklärte Rik, schon länger Vorsorge getroffen, weil er stets mit einem solchen Angriff rechnen musste. Artur, Charles und Johann würden heute Nacht noch mit einem Boot über die Rhone nach Süden aus der Stadt in Sicherheit gebracht.

Ich habe Freunde unter den Schiffern, erklärte mir Rik, diese Ribeyraux kennen jeden Strudel und jede Untiefe und legen mit ihren breiten Kähnen auch nachts ab, vor allem jetzt bei Vollmond. In den Häfen am Mittelmeer gibt es viele Schwarze, da fallen meine drei Musiker gar nicht auf. Sie haben Adressen, wo sie Zuflucht finden. Und Lorena ist mit Shimon unterwegs in die Carriera, da sucht sie niemand.

Der Holländer deutete an, dass er selbst in der Stadt bei guten Freunden ein Unterkommen vorbereitet hatte, wo er noch so lange auf

Lorena warten würde, bis er mit ihr ebenfalls auf einem Boot aus Avignon verschwinden konnte. Seine Leute würden sich heute Nacht noch von seiner Habe holen, was zu gebrauchen war. Dann konnte Arnaud mit Sonnenaufgang seine Sergenten schicken, sie würden nichts von Wert mehr finden. Ich nahm an, dass Rik in den vergangenen zwei Jahren mit seinem Gasthaus eine Menge Geld eingenommen und gut verwahrt hatte. Das stand ihm zur Verfügung für einen neuen Anfang. Vielleicht war es gar nicht das erste Mal, dass sein Geschäft über Nacht zu Bruch gegangen war. Als Händler, der zwischen Heiden und Christen Waffen geschmuggelt und den Menschen verbotene Schlaftrünke serviert hatte, musste dieser Mann allzeit auf der Hut sein.

Ich gab Rik die Hand und versicherte ihn meiner Freundschaft, obwohl ich wusste, dass ihm das in dieser Lage wenig nützte. Wahrscheinlich würden wir uns nicht wiedersehen, in Avignon sicher nicht.

Du hast meine Musiker tapfer rausgehauen, dafür danke ich dir, erklärte mir Rik, der schon wieder sein trauriges Lächeln aufgesetzt hatte.

Ich versuchte, ihn aufzumuntern: Vielleicht kannst du mit Lorena jetzt die große Reise nach Osten antreten. Womöglich erreicht ihr schon in ein paar Wochen die Orte deiner Träume: Athen, Jerusalem, Alexandria. Das Mittelmeer reicht weit. Vielleicht gelangt ihr noch weiter in den Orient, nach Persepolis oder sogar wie Willem van Rubroeck bis zu den Mongolen.

Rik zuckte mit den Schultern. Er hatte mir bereits gestanden, dass er mehr Glück gehabt hatte, als er vom Leben noch erwarten konnte. Er war entschlossen, dieses Glück mit aller Macht zu verteidigen.

Pass gut auf sie auf!, rief ich.

Im Hinausgehen fiel mein Blick auf die schwarze Rose. Ich bückte mich, nahm die Blume und trat hinaus in die Vollmondnacht. Mit der Rhone zu meiner Rechten lief ich ziellos zur Stadt hinaus. Ich sah die dunklen Umfassungen des Dominikanerkonvents, wo mein Meister um diese Stunde gewiss tief und fest schlief. Ich ging vorbei am Wehrturm unseres Klosters, der wie immer von Fledermäusen umflogen wurde. Als eine Wolke den Mond freigab, vermeinte ich, an der Mauer eine Gestalt zu sehen. Ramon konnte es nicht sein, der hatte nachts großen Respekt vor dem Fluss und seinen Wassergeistern. Es war etwas Metallisches, das durch die Strahlen der Mondnacht zu mir herüberfunkelte. Saß da etwa Lisabeta ganz allein, nachdem sie sich aus dem Tumult im Gasthaus gerettet hatte? Konnte ich wagen, mit ihr zu sprechen? Als ich näher kam, war die Erscheinung nicht mehr zu sehen. Meine Augen hatten mich getäuscht, und ich musste lächeln. Befand ich mich schon auf demselben abschüssigen Pfad ins Liebesleid wie Francesco? Musste ich von der unerreichbaren Schönheit dieser Frau so lange träumen, bis ich wie der Poet daran zerbrach?

Ich umging das Uferschilf und hüpfte über den stinkenden Matsch der Einmündung des Sorguekanals. Die Rhone war wirklich ein gnädiger Fluss. Sie nahm alles auf und befreite Avignon vom Dreck. Und umgekehrt. Denn in diesem Augenblick befreite sie auf ihrem breiten Bett auch Charles, Artur und Johann von allem Hass und Dreck, der in Avignon zurückblieb. Ob mir je wieder das Glück beschert würde, die drei Mauren musizieren zu hören? Ich stellte mich am Ufer auf und winkte hinaus ins Dunkel des Flussbettes, obwohl dort draußen nichts zu erkennen war außer dem Nebel einer Vollmondnacht.

Irgendwann stand ich vor der Kapelle der Jakobspilger, wo am Freitag vor Pfingsten alles begonnen hatte. Mit abgebröckeltem Putz und zerbrochenen Fenstern erinnerte mich das Gebäude an die Vergänglichkeit allen Menschenwerks. Sogar die Paläste des ewigen Rom lagen in Trümmern. Das Athen des Aristoteles gab es nicht mehr. Und auch der Tempel Salomos, nach dem Jizchak sich so sehnte, war nichts als eine Ruine. Alles vergeht, nur die nackten Namen bleiben. Das hatte ich vor Jahren irgendwo gelesen. Aber es stimmte nicht. Denn nicht einmal die Namen blieben. Am Ende wäre alles verschwunden, was wir jemals gemacht und gedacht und geträumt hatten. Mein Meister lehrte, dass Gott die Welt allzeit neu erschuf. Das bedeutete aber auch, dass er die bestehende Welt immer wieder zerstört. Wenn das wirklich so war, dann gab es nur einen Halt: die Gegenwart, die immer da war, obgleich sie schon vergangen und verweht war, wenn man nur an sie dachte.

Doch es gab sie, diese Gegenwart. Sie war realer als alle Worte der Sehnsucht. Selten empfand ich ihren Atem so tief wie an diesem verrückten Tag. Ich hatte frühmorgens mit Francesco über die Geheimnisse der Liebe disputiert. Ich hatte im Goldspeicher des Papstes das Rätsel der Schachtel gelöst. Ein gieriger Kleriker hatte versucht, mich umzubringen. Ich hatte mich gegenüber Shimon in die Erinnerung an Litauen und an meinen Freund Niklas versenkt. Ich hatte die schönste aller Frauen bei ihrem letzten Konzert erlebt. Und ich hatte für meine Freunde mit bloßen Händen gekämpft. Ob das alles bald oder später verginge, ob sich jemals jemand daran erinnerte oder irgendwann in einem Buch davon lesen würde – das war gleichgültig. Denn all das war heute zu einem Teil von mir geworden. Ich lebte. Ich war da. Noch nie hatte ich mich mit jeder Faser so gefreut, dass ich lebte.

Ich schob die Holztür auf, die schräg in den Angeln hing. Die Kapelle wirkte im Mondlicht noch genauso schäbig wie vor vier Tagen, als wir den blutenden Serge hier gefunden hatten. Überall lag Gerümpel herum, aber das störte mich nicht. Im Chor nisteten Tauben, die bei meinem späten Kommen durch die zerbrochenen Fenster davonflatterten. Von draußen war das Fiepen der Fledermäuse zu hören, die über dem Fluss im Mondlicht nach Beute haschten. Ich hörte die Rhone, wie sie rauschte und die Gegenwart davonspülte. Ich kauerte mich in eine Ecke, lehnte mich an die Wand und atmete tief. Dann zog ich mir die Kapuze übers Gesicht. In meiner Hand hielt ich die schwarze Rose.

KAPITEL 34

Die Sonne ging auf hinter den Türmen der Stadt. Mit einem Bad in der Rhone machte ich meine steifen Knochen wieder geschmeidig. Danach überquerte ich die Sorgue beim Pont-Fract und bestellte mir gegenüber dem Franziskanerkonvent im Roten Hut ein Frühmahl. Ich hatte dort mit Occam schon einmal gut gegessen und wurde auch diesmal nicht enttäuscht. Der Wirt, ein gemütlicher Provenzale mit Schnauzbart, brachte mir einen Teller mit gebratenen Eiern und Wurst, dazu heiße

Salzgrütze und einen großen Becher Dünnbier. Ich verzehrte alles in Ruhe, leckte den Teller ab und nahm mir für mein späteres Leben vor, in einer fremden Stadt stets bei den Hurenhäusern zu frühstücken. Da waren die Kunden besonders hungrig und besonders großzügig; ihre gute Laune hob die Qualität der Speisen.

Mit ein paar Schritten war ich beim Pförtner, der mich ohne Fragen hineinließ, als ich meinen Besuch beim Bibliothekar Humbert anmeldete. Ich kannte den Weg. Die Baustelle an der Kirche wimmelte an diesem Morgen von Arbeitern. Ich machte einen Bogen um den Kran, an dem Bauleute einen steinernen Wasserspeier in Teufelsgestalt zum Kirchturm hievten. Wenn die Seile ihre Last nicht trugen, wollte ich nicht vom Teufel erschlagen werden. Das konnte die Inquisition erledigen.

In der Bibliothek hockten meine Franziskaner. Die beiden Italiener Bonagratia da Bergamo und Franciscus de Marchia saßen abseits und versenkten ihre Nasen wie beim letzten Mal in dicke Folianten, während Occam, Bruder William und der Bibliothekar Humbert miteinander disputierten, wie es wohl ihre Gewohnheit war.

Da kommt ja endlich unser dominikanischer Bruder, rief William von Baskerville und schwenkte seinen Beryll: Ich dachte schon, du hättest uns vergessen. Meine Instrumente sind so gut wie fertig. Ich habe ein ganz feines Brecheisen geschmiedet, ohne diese Sehhilfe hätte ich das Werkzeug nie so haarfein hinbekommen. Damit muss deine Schachtel endgültig ihr Geheimnis preisgeben.

Ich erzählte den Mönchen, wie ich mit meinen Nachforschungen in Sorgas bei Münzmeister Pochino di Dracho das Geheimnis bereits ergründen konnte, ohne die Schachtel zu öffnen. Auf den Inhalt, zwei Prägestempel für eine besonders wertvolle Goldmünze, war keiner der Gelehrten gekommen. Bruder William meinte beinahe beleidigt:

Erst die Empirie, so lehrt Aristoteles, wird uns endgültige Gewissheit bescheren. Nur was ich mit eigenen Augen gesehen habe, kann ich auch glauben.

Hast du Gott denn bereits mit deinen eigenen Augen geschaut?, warf Humbert ein. Gott ist unsichtbar, und wir müssen ihn doch mit unseren Hypothesen und Folgerungen logisch beweisen. Falls uns das je gelingt.

Occam grinste: Das schaffen eher Dominikaner wie der heilige Thomas von Aquino: Es gibt Gott, weil es Gott geben muss. Ende der Diskussion. Das ist ein klassischer Zirkelschluss. Ich bin schon zufrieden, wenn meine Dialektik beschreibt, dass Gegenstände real sind, aber unsere Begriffe von ihnen nur Akte der Sprache.

William machte seinem Freund ein mahnendes Zeichen mit dem Finger, als wollte er sagen: Bring uns nicht noch weiter in Gefahr!

Humbert von Alexandria erklärte beschwichtigend: Ich bin überzeugt, dass unser Freund Wittekind mit der bloßen Kraft des Fragens dem Geheimnis auf den Grund gehen konnte. Der Verstand hat wie immer gesiegt, und wir werden mit den Mitteln der Empirie nichts anderes vorfinden als zwei kleine Prägestempel aus Eisen.

Bruder William war immer noch nicht überzeugt: Dann erkläre uns doch als Kenner der Kurie, was dieses Eisen so wertvoll macht, dass mehrere Menschen dafür umgebracht wurden und die Leute des Marschalls immer noch wie verrückt nach den Stempeln suchen.

Humbert stand auf und zog unter einem Stapel im Regal ein schmales Buch hervor.

Er erklärte: Ich glaube, ich habe die Antwort gefunden. In diesem Traktat finden sich Abbildungen aller Währungen, die zurzeit im Umlauf sind. Seit dem Kaiser Friedrich von Hohenstaufen, der schon lange tot ist, ist es vor allem der König von Frankreich, der sich auf seinem Goldroyal mit Krone und Zepter abbilden lässt. Damit zeigt der König, dass er allen anderen Monarchen Europas voransteht. Kein deutscher König oder Kaiser hat heutzutage genügend Gold, es den Franzosen gleichzutun. Und nun schaut einmal hier!

Humbert machte eine bedeutungsvolle Pause und verwies auf drei ganz ähnliche Münzbilder in leuchtendem Goldgelb: Da haben wir erst einmal den Dukaten aus Venedig, der zeigt auf der einen Seite Christus, auf der anderen den Dogen in Gesellschaft des heiligen Markus. Hier daneben befindet sich der Florin, wie der Name sagt, ist das die Goldmünze von Florenz. Die zeigt keinen Herrscher, sondern nur das Lilienwappen der Stadt und auf der anderen Seite die Figur von Johannes dem Täufer, dem Schutzheiligen der Stadt. Dieser Florin ist die reinste und sicherste Währung der Welt; kein Herrscher kann das Metall verunreinigen, kein Usurpator vermag es zu fälschen.

Occam und William, seinen Beryll auf der Nase, betrachteten die Münzbilder eingehend. Humbert fuhr fort:

Das nächste Bild hier zeigt die Goldmünze, die Papst Joan seit sechs Jahren in Sorgas ausgibt und mit der er seine Kriege, seine riesige Hofhaltung und den ganzen Luxus der Kardinäle bezahlt. Wir in Avignon kriegen diese Münze kaum zu Gesicht. Ich kann mich nicht erinnern, dass ich jemals eine in der Hand halten durfte. Was fällt euch an dem Bild auf?

Occam las laut die Beischrift am Rand der gemalten Münze: Iohannes. Da ist der Papst abgebildet.

Nein, sagte Humbert, du hast das B. dahinter übersehen. Das bedeutet Iohannes Baptista, Johannes der Täufer. Genau wie auf dem Florin aus Italien.

Ich rief erstaunt: Die Münze des Papstes sieht fast identisch aus wie der italienische Florin! Vorne ein Täufer und hinten eine Lilie, die bei uns allerdings nicht der Stadt Florenz, sondern dem ersten aller Päpste gewidmet ist: Sankt Petrus.

Genau, stimmte mir Humbert zu. Joan tritt mit seiner Goldmünze als eine Art offizieller Fälscher auf. Er will den Florin, der seit Generationen überall in Europa als sicherste Währung akzeptiert wird, ganz bewusst nachahmen. Nur so kann er sich sicher sein, dass er dafür überall die Güter und Soldaten bekommt, die er braucht. Das machen andere Herrscher genauso: auf die Vorderseite Täufer und Lilie, und dann kleingeschrieben ihre Signatur, ob es sich um den Herzog von Savoyen oder andere italienische Städte handelt. Alle wollen so wirken wie das Original aus Florenz, weil ihre Münze nur dann ebenso viel wert ist wie ein Florin. Versteht ihr? Florenz gibt sozusagen den Takt der Musik vor, nach dem alle anderen tanzen. Auch der Papst.

Occam gab freimütig zu: Wenn ich mich mit Gold auskennen würde, wäre ich sicher nicht in den Bettelorden eingetreten.

Humbert lächelte: Ich für meinen Teil lebe lange genug im reichen Avignon und weiß deswegen genau, wie Joan wirtschaftet. Für ihn, den reichsten Herrscher der Christenheit, muss es eine Schande sein, mit den Münzen nach Art der Kaufleute von Florenz seine Rechnungen zu bezahlen. Dazu darf Joan noch nicht einmal hier in Avignon sein eigenes Palastgeld schlagen, sondern muss das als Graf des unbedeutenden Comtat Venaissin drüben in Sorgas tun. Jede seiner provinziellen Goldmünzen demütigt den Papst. Daher hat Wittekind ganz richtig zugehört, als ihm der Münzmeister den Plan des neuen Goldjoan verriet. Es ist ganz einfach: Johannes wird ersetzt durch Johannes. Der Täufer Johannes in seinem Lammfell verschwindet, und der Papst Joan mit seiner Glorie erscheint. Ist diese neue Münze erst einmal allgemein akzeptiert, kann unser Papst den Wert seines Geldes selbst festsetzen, er kann all sein Gold umschmelzen und die Florentiner Vorherrschaft auf den Märkten brechen. Dann laufen nicht mehr in der Toskana, sondern hier in Avignon alle Fäden des Bankwesens zusammen. Es ist ein gewaltiger Plan, für den Joan allerdings erst einmal genug Gold horten musste. Jetzt ist es so weit.

Doch warum, fragte Occam, stiehlt jemand diese wertlosen Stempel? Damit lässt sich der neue Gulden des Papstes doch nicht verhindern. Sein gesamtes Gold bleibt dem Papst weiterhin erhalten.

Verhindern lässt sich durch den Diebstahl nichts, sagte Humbert und schlug sein Münzbuch wieder zu. Aber der Plan lässt sich bedeutend verzögern. Diese Verzögerung scheint mir die Ursache der unseligen Mordgeschichte zu sein.

Wir blickten den Bibliothekar fragend an.

Ich weiß das natürlich nicht genau, erklärte er, aber so etwa muss sich alles abgespielt haben: Ein einflussreicher Mensch am Papsthof hat von dem Münzplan erfahren. Das war nicht so schwer, denn die Vorbereitungen, all das nach Sorgas abtransportierte Gold und die Bestallung der Münzmeister aus der Toskana – so bedeutsame Vorbereitungen ließen sich keinesfalls geheim halten. Und dann reifte bei unserem geheimnisvollen Verschwörer ein Gegenplan, der so genial ist, dass ich mich wundere, warum ich nicht gleich darauf gekommen bin.

Bruder William rief verärgert: Nun rück endlich mit der Sprache heraus!

Der Bibliothekar faltete die Hände vor seinem Bauch und wiederholte genüsslich: Es ist eine Hypothese, doch eine nach deinem Prinzip der Parsimonität, Occam. Sie ist einfach, und sie erklärt alles. Darum muss sie stimmen. Also, dieser Bösewicht, der dem Papst unbedingt schaden will, möchte sich in den Besitz der Prägestempel bringen. Denn dann, so weiß er, werden die Kleriker der Kämmerei und die Sergenten verzweifelt nach den verschwundenen Utensilien suchen. Kein Stempel, keine Goldmünze. Es ist zwar nichts Wertvolles abhandengekommen, doch man muss über Wochen die ganze Stadt auf den Kopf stellen. Dann gibt man die Hoffnung auf, und es wird ein Stempel nachgemacht. Das dauert alles mindestens acht Wochen, wie dieser Münzmeister Dracho unserem guten Wittekind verraten hat.

Und wozu das alles?, fragte ich.

Nun, sagte Humbert, in dieser kostbaren Zeit muss es für die Verschwörer schnell gehen. Die Prägestempel müssen gleich nach dem Diebstahl außer Landes gebracht werden, am besten dorthin, wo man Erfahrungen im Münzschlagen hat. Wo kann das sein?

Italien!, rief Occam, dessen Miene anzeigte, dass er zu verstehen begann.

Genau, Italien, bestätigte Humbert. Dort sitzen in einer funktionierenden Münzstätte die Arbeiter schon bereit, aber sie schlagen natürlich mit den Stempeln keinen feinen, wertvollen, perfekten Goldjoan, sondern eine schlechte Kopie. Irgendeine Münze aus unreinem Kupfermetall, wie sie die französischen Könige oder die Visconti in Mailand in ihrer Geldnot seit Jahren auf den Markt werfen. Katzengold, wie man das nennt. Vielleicht dachten unsere Verschwörer sogar an eine plumpe Fälschung, die nur oberflächlich mit Blattgold überzogen wird und jeder Händler sofort durchschaut. Irgendein Pfusch sollte es wohl werden.

Und was hätten die Fälscher davon?, fragte William von Baskerville, immer noch nicht restlos überzeugt.

Humbert kam nun wie ein Universitätsprofessor zu seiner Conclusio: Während hier der Betrieb immer noch ruht, bringen die Fälscher bereits ihre Münze unter die Leute, und zwar mit dem originalen Prägestempel des Papstes. Säckeweise, ganze Wagenladungen in Mailand und Pisa, Florenz und Bologna. Immer mehr. Am Ende tauchen die Münzen auch im Ausland auf, in Marseille und Barcelona, auf Mallorca und am Rhein, in Flandern und in England. Geld hat die Eigenschaft, dass es wandert. Und überall verbreitet diese neue Münze eine einzige Botschaft. Welche kann das sein?

Ich rief: Die nachgemachte Münze schreit es förmlich heraus, dass der Papst ein Fälscher ist! Alle betrogenen Menschen werden denken, dass dem geizigen Joan sein Gold zu schade ist für die Münze, die sein Abbild zeigt. Oder man meint, der Papst hat kein Gold mehr und betrügt die Käufer nicht anders als der bankrotte französische König.

So ist es!, triumphierte Humbert. Wir können die Botschaft dieser Fälscher sogar noch drastischer formulieren: Papst Joan ist am Ende, seine Kriege haben seine Kasse geleert, kein Bankier schenkt diesem Pfuscher mehr Glauben. Das wäre eine Katastrophe für Joan, denn seine eigentliche Lehre ist die Theologie des Geldes. Daran vor allem sollen alle seine katholischen Untertanen glauben. Wenn Joan aber seinen Kredit verspielt, dann glaubt ihm auch keiner mehr seine Bannflüche und Sendschreiben. Kredit bedeutet ja nichts anderes als Glauben.

Occam pfiff durch die Zähne: Bruder Humbert, du bist ein genialer Kopf. Der Verlust des Kredits könnte schnell dazu führen, dass die Kardinäle aufständisch werden und den Alten zwingen, wieder nach Italien zu gehen, denn an den Gräbern von Petrus und Paulus kann niemand zweifeln. An der Münze von Sorgas und am Bankier aus Cahors jedoch sehr wohl. Das ist wirklich teuflisch ausgedacht!

Bruder William führte den Gedanken fort: Und nicht zu vergessen: Ein Gegenpapst in Rom steht schon bereit, ein bescheidener Franziskaner als Antipode zum Geldfälscher Joan! Ich stimme Occam zu: Humbert, du bist klüger als alle Professoren in Bologna zusammen.

Humberts Augen funkelten, doch er gab sich bescheiden: Ich habe den Plan nicht ins Werk gesetzt, meine lieben Mitbrüder. Teuflisch genial war der Kopf, der sich diese Sache ausgedacht hat. Und ich glaube sogar zu wissen, wer das war: niemand anderer als Napoleone Orsini!

Natürlich, rief ich aufgeregt. Napoleone will dem Papst seit Jahren schon Schaden zufügen. Und er ließ seinen Zauberer nach der Schachtel suchen. So fügen sich die Teile des Mosaiks zusammen!

Bruder William war jetzt überzeugt: Nur Napoleone Orsini hasst den Papst mit jeder Faser und möchte so schnell wie möglich nach Italien zurückkehren. Nur Napoleone konnte frühzeitig von der neuen Münze erfahren. Und nur Napoleone hat in Italien politische Kontakte, um eine ganze Münzstätte den Goldjoan kopieren zu lassen und Avignon dadurch zu ruinieren. In Florenz, in Pisa, in Rom selbst – überall könnte man das machen.

Ich wette auf Genua, warf Occam ein. Genua liegt höchstens zehn Tagesreisen über Fluss oder Meer von hier, gleich hinter den Seealpen. Je schneller das ganze Gepräge vonstattengeht, desto besser. Wenn die echten Münzen aus Sorgas mit ein, zwei Monaten Verspätung überhaupt noch herauskommen, dann sind die Falschmünzen mit dem echten Prägestempel des Papstes bereits über den Hafen von Genua am gesamten Mittelmeer bis nach Arabien in Umlauf gebracht worden, und kein Händler akzeptiert mehr den Goldjoan. Der Papst, der die Welt regieren will, ist zum Gespött der Welt geworden. Das ist …

William fiel ihm ins Wort: Doch das Ganze funktioniert nur, wenn alles schnell und reibungslos klappt. In der Spanne von gut sechs Wochen ist der angerichtete Schaden so gewaltig, dass Joans Thron ins Wanken käme.

Humbert von Alexandria blickte in die Runde: Ja, genau so dürfte alles geplant gewesen sein. Nur dann ist Napoleone etwas Unvorhergesehenes passiert. Der Teufel hat sich in einer Kleinigkeit versteckt.

Ich rief: Serge hat den Prägestempel gestohlen, als er ihn nach Sorgas brachte. Aber dann hat er ihn nicht wie vereinbart sofort bei Napoleone abgeliefert, sondern versteckt und ist untergetaucht. Das hat ihm wahrscheinlich sein Würfelfreund Bruno geraten.

Und warum hätte er das tun sollen?, fragte William von Baskerville.

Ich erklärte es ihm: Die dürre Rixande hat mir in ihrem Elend doch gesagt, dass Serge mit ihr weggehen wollte. Er sagte: Bald sind wir reich! Serge war die Belohnung des Kardinals nicht hoch genug. Er kam dahinter, wie unschätzbar wichtig die Schachtel für Napoleone war, und hat immer mehr Geld verlangt. Gleichzeitig hat er gedroht, die Stempel dem Papst für noch mehr Geld zurück zu verkaufen. Das war ein gefährliches Spiel. Als mein Meister und ich Serge mit zerschlagenen Knochen in der Kapelle fanden, hatte er dieses Spiel verloren. Einer von Napoleones Häschern machte ihn ausfindig und folterte ihn, bis Serge bewusstlos wurde. Dann kamen wir zufällig dazwischen.

Aber dieser Serge hat das Versteck im Badehaus seinem Peiniger nicht verraten, meinte Occam. Lieber wollte er sterben und die Schachtel verrotten lassen. Und so bekamen weder der Papst noch Napoleone Orsini die begehrten Prägestempel in die Hände, sondern ein naiver Dominikanernovize aus Deutschland.

Alle schauten mich an.

Ich überhörte Occams Beleidigung und fügte nur hinzu: Nun müssen wir nur noch im Taubenturm nachsehen, ob unsere Folgerungen richtig waren. Dann ist der Fall gelöst.

Was machen wir mit den Stempeln?, fragte William von Baskerville.

Wir werfen sie in die Rhone, schlug ich vor.

Humbert pflichtete mir bei: Das wäre wohl das Beste. Inzwischen nützen sie Napoleone ohnehin nichts mehr, er kann keine falsche Münze schlagen, denn seinen Zeitvorsprung hat er verspielt. Bevor in ein paar Monaten sein falscher Goldjoan herauskäme, könnte der Papst die Fälschung über seine Kollektoren und Bischöfe in ganz Europa ankündigen. Joan ist auf der Hut, er dürfte inzwischen begriffen haben, was da für ein teuflischer Anschlag auf seinen Kredit geplant war. Münzmeister Dracho hat Wittekind verraten, dass sein Lieblingsprojekt nicht zustande kommt: Der Papst wird vorerst keine neue Münze prägen, sondern bleibt lieber beim bewährten, wenn auch schwächeren Kammerflorin aus dem Comtat Venaissin. Damit wird der Papst nicht zum Herrn des Geldes in ganz Europa, aber immerhin kann er damit seine Waren und seine Soldaten ehrlich bezahlen. Joan wird irgendwann vielleicht einen veränderten Prägestempel mit anderer Inschrift schneiden lassen und ihn bewachen wie seinen Augapfel. In ein paar Jahren wird dieser Goldjoan auf den Tischen der Bankiers und Wechselstuben in ganz Europa liegen und den Kredit des Papstes verewigen.

Occam fasste zusammern: Der alte Napoleone hat Pech gehabt, wie immer. Alles in seinem Leben ist schiefgegangen. Er ist schuld, dass die Päpste aus Rom wegzogen. Er ist schuld an der Wahl von Joan. Und nun ist es ihm misslungen, den Glauben an den Papst und seine Münze zu untergraben. Darum kann niemand mehr die Kurie nach Italien zurückholen. Dieser Orsini kann einem fast leidtun.

Ich dachte an den Magier John Dastyn, der für Napoleone die Schachtel ausfindig machen sollte. Diese sinistre Beschwörung mit Qualm und Quecksilber, der ich beigewohnt hatte, war die letzte verzweifelte Hoffnung des alten Italieners gewesen. Nun war es für seinen Plan zu spät, so genial er auch ausgeheckt war. Papst Joan hatte das Spiel um die Macht wieder einmal gewonnen. Und vielleicht hatte ihn das Verschwinden der Prägestempel sogar noch kriegerischer gestimmt. Als Joan merkte, dass der Franziskanerfreund Orsini an seinem Thron sägte, blies er zum Gegenangriff auf die Armutsbewegung der Franziskaner. Alle Ketzer in Avignon empfindet er nun, in die Enge getrieben, als tödliche Bedrohung für seine Doktrin des Geldes. Auf diese Weise hing der Prozess gegen Occam und Michele da Cesena, hing also auch das Schicksal meines Meisters mit der verfluchten Goldmünze zusammen – einer Münze, die es gar nicht gab.

Da schlug sich Occam plötzlich gegen den Kopf und rief: Wir haben mit unserer Logik noch nicht die ganze Geschichte enthüllt. Was sind wir nur für Idioten gewesen! Wir sind selber Teil des Plans! Oh Gott, Bruder William, du hast uns doch selbst von den Gerüchten in Italien berichtet, der Kaiser würde in diesen Wochen mit viel Geld ein Heer anwerben und an dessen Spitze nach Avignon ziehen, um hier seinen Franziskanerpapst zu installieren.

William riss die Augen auf: Und du meinst …

Genau das meine ich, rief Occam mit meckernder Stimme: Dieses Heer sollte natürlich in Italien mit dem Falschgeld des Goldjoan angeworben werden! Das wäre die Vollendung von Napoleone Orsinis Plan gewesen: den Papst mit seiner eigenen Münze aus dem Amt zu treiben! So hätte sich der Teufelskreis geschlossen: Soldaten mit wertlosen Münzen zu kaufen, auf denen Joans Kopf und Krone abgebildet sind. Dieselben Soldaten, die ihm dann Kopf und Krone rauben sollen. Und jetzt wird es dieses Heer nicht geben, weil der Kaiser kein Geld in der Tasche hat, nicht einmal das falsche. Alles hing an diesen verfluchten Prägestempeln, die der heruntergekommene Spieler versteckt hat. Und nun ist für unsere franziskanische Sache alles verloren.

Ich wusste genau, was die Bettelmönche in diesem Augenblick dachten. Es war keinerlei Hilfe für ihre Armutsbewegung aus Italien zu erwarten. Michele da Cesena würde in seinem Kerker verrotten, wenn der Papst ihn nicht sehr bald erwürgen ließ. Und der gewaltige Plan ihres Fürsprechers und Mäzens Napoleone, der die Ordnung von ganz Europa umstürzen wollte, drohte die Franziskaner ihrerseits in den Abgrund zu reißen.

Wir müssen jetzt sehen, stieß Occam nach einer schmerzlichen Pause hervor, wie wir aus Avignon verschwinden. Ich wollte unbedingt unseren Ordensgeneral ausfindig machen, ihm bei seinem Prozess beistehen oder ihn notfalls mit Bestechung aus dem Kerker befreien. Ich hatte genau wie du, William, fest auf ein Heer aus Italien gehofft. Aber nun haben wir herausgefunden, dass wir Spiritualen nur überleben können, wenn wir aus dem Dunstkreis dieses Mörderpapstes verschwinden. Wir müssen untertauchen, mit oder ohne unseren General.

Und wohin können wir noch fliehen?, fragte William von Baskerville mutlos. Seine hohe Gestalt wirkte mit einem Mal gealtert. Er hatte es in Italien nicht vermocht, ein ganzes Kloster vor dem Untergang zu retten. Seinen besten Freund im Kerker dem Tod preiszugeben musste diesem kämpferischen Mann nun den Rest geben.

Wir müssen zum Kaiser nach Rom!, rief Occam. Wer soll uns denn sonst noch schützen? Ich weiß nur noch nicht, wie wir aus der Stadt hinauskommen.

Der kühle Logiker aus Oxford, der mit diesen Worten seinen Ordensgeneral geopfert hatte, zog den hochgewachsenen William am Ärmel zur Tür. Offenbar wollte er mit ihm etwas besprechen, das die anderen – vor allem ich – um keinen Preis mithören sollten. Es ging, vermutete ich, um die Fluchtpläne. William rief mir zu, noch eine Weile auf ihn zu warten. Dann konnten wir den feinen Meißel abholen, um den letzten Akt des Dramas, wie er sagte, gemeinsam durchzuspielen. Doch war das Drama nicht bereits gespielt, und wir befanden uns nur mehr im Epilog?

Ich wurde misstrauisch. Warum jetzt diese Geheimnistuerei, wo wir doch gemeinsam die Lösung des Rätsels gefunden hatten? Wollten sich die beiden Engländer etwa allein absetzen und die anderen Franziskaner wehrlos ihrem Schicksal überlassen? Dem windigen Occam war solch ein Vorgehen zuzutrauen, in einer verzweifelten Lage wie jetzt allemal. Der Philosoph setzte alles daran, seine eigene Haut zu retten.

Die beiden Italiener Franciscus de Marchia und Bonagratia da Bergamo erhoben sich von ihren Plätzen und verabschiedeten sich. Sie wollten, so erklärten sie, in ihren Zellen für das Heil des in seinen Grundfesten gefährdeten Franziskanerordens beten.

Ich blieb mit Humbert von Alexandria zurück, der alles mit dem Gleichmut eines Eremiten angehört hatte. Ging das diesen Hüter der Bücher nichts an? Auch er verbarg, wie ich wusste, in seinem Pult ein Geheimnis, welches das ganze Kloster, vor allem aber ihn selbst in allergrößte Gefahr bringen konnte: den »Defensor Pacis«.

Humbert schien meine Gedanken zu lesen: Du bist beim letzten Mal nicht nur in die Bibliothek zurückgekehrt, um den vergessenen Groschen zu holen. Du wolltest herumschnüffeln, was ich gerade kopiere. Gibst du es zu?

Ich nickte schuldbewusst, doch der graubärtige Humbert blickte mich keineswegs drohend an, sondern liebenswürdig wie ein Großvater, der seinen Enkel erwischt, wie der aus der Vorratskammer ein paar Äpfel stibitzt. Humbert von Alexandria schien um sein großes Geheimnis nicht sonderlich besorgt zu sein:

Wenn du wissen willst, wieso ich den »Defensor Pacis« des Marsilius von Padua abschreibe, obwohl der Papst das bei Höllenstrafen verboten hat, dann komm morgen noch einmal her. Es handelt sich um eine längere Geschichte. Außerdem willst du doch wohl vor allem erfahren, was in dem Buch drinsteht, oder nicht?

Ich nickte erneut und fragte: Hast du keine Angst, dass ich dich verrate?

Humbert lächelte: Wenn du uns hättest verraten wollen, hättest du das schon längst gemacht. Ich fürchte nicht dich, sondern dass es hier im Kloster gefährliche Spione des Papstes gibt. Vielleicht sind sie sogar ganz in unserer Nähe. In Avignon gibt es überall Spitzel. Aber ein deutscher Dominikanernovize gehört nicht dazu. Habe ich recht?

Ich lächelte ihn an. Dieser Humbert von Alexandria mit seinem Beryll war wirklich ein weiser Mann. Was mochte ihn in den Konvent im Schatten der feindlichen Kurie verschlagen haben? Die Bibliothek, die er hütete, war unbedeutend, aber er hatte sie aus eigener Kraft mit seltenen Büchern ausgestattet. Sein Guardian hielt es mit dem Geld Napoleone Orsinis, baute die Kirche prächtig aus und stand im Armutsstreit auf Seiten des Papstes. Humbert hatte kaum Freunde. Überall in Avignon lauerten Verräter. Wer sollte den »Defensor Pacis« ausgerechnet hier jemals lesen? Und die wenigen Gefährten, die der Bibliothekar gefunden hatte, bereiteten gerade ihre Flucht vor, ohne ihn auch nur einzuweihen. Aber Bruder Humbert schienen all diese Widrigkeiten in seinem Gleichmut nicht zu beeindrucken. Wie ein heiliger Augustinus in seiner Gelehrtenkammer saß er an seinem Pult und begann nun tatsächlich, mit einem kleinen Messer seine Gänsefeder zu schärfen. Was immer noch an Grauenvollem geschehen sollte, er würde weiter das Buch kopieren, dessen Rettung er sich vorgenommen hatte. Ich schaute ihn bewundernd an, und Humbert lächelte erneut:

Es wäre doch gar kein übler Tod, für ein Buch zu sterben, sagte er und überprüfte zufrieden seine angespitzte Gänsefeder. Einen Ägypter aus Alexandria hatte ich mir ganz anders vorgestellt. Humbert sah mit seinem Beryll auf der Nase eher aus, wie ich mir einen italienischen Professor vorstellte.

Kommst du wirklich aus Alexandria?, fragte ich.

Er antwortete: Ich komme wirklich aus Alexandria. Das kann ich beschwören.

Dann begann er, in aller Ruhe seine Worte niederzuschreiben.

KAPITEL 35

William von Baskerville hatte mich nach einer Weile in der Bibliothek abgeholt und dann noch zur Klosterschmiede bei der Baustelle geführt. Dort feilte ein Laienbruder mit geschickten Handgriffen gerade das Brecheisen fertig, das William für unseren Zweck entworfen hatte. Der Engländer hatte eigens gute Holzkohle besorgt, wie er mir stolz erklärte, und das Feuer mit einem Blasebalg unter Zugabe von Ochsenhorn und Salz auf eine besonders hohe Temperatur angefacht. Das Metall wurde von ihm und dem Schmied sorgsam gefaltet, so entstand härtester Damaszenerstahl. Dieses wertvolle Metall wies jetzt eine scharfe Schneide auf, beinahe wie ein filigraner Dolch. Nur viel fester, wie William mir versicherte. Ich war überzeugt, dass die Schachtel, die für uns eigentlich keine Geheimnisse mehr barg, diesem Stemmeisen keinen Widerstand entgegenzusetzen hatte.

Occam wollte uns nicht zu den Dominikanern begleiten. Es war klar, dass er fieberhaft die Flucht organisierte, wie er das heimlich mit William besprochen hatte. Pferde mussten gemietet, Führer mit Kenntnis des Geländes gefunden, Nebenstraßen ausgekundschaftet und sichere Rastplätze verabredet werden. Obendrein benötigten die Mönche Geld und Proviant. Occam war von Natur aus misstrauisch, und so versuchte ich gar nicht erst, seinen Landsmann William über die Flucht auszufragen. Das hätte nur Ärger gegeben. Wenn sich die beiden Briten noch in dieser Nacht vor dem Papst in Sicherheit bringen wollten, dann würden sie es mir nicht verraten. Und ich konnte sie nicht begleiten, denn mein Schicksal zwang mich, in Avignon zu bleiben. Niemals hätte ich meinen Meister überzeugen können, vor der Audienz beim Papst das Weite zu suchen. Hoffentlich war es danach nicht zu spät.

Über den Arbeiten in der Schmiede war es beinahe Mittag geworden. Doch es gab keinen Grund zur Eile, weil Bruder William wie auch ich jeden Zweifel am Inhalt der metallenen Schachtel verworfen hatte. Was wir finden würden, war klar: Münzstempel mit dem Abbild des Papstes. Es ging hier nur mehr um die empirische Bestätigung unseres

Scharfsinns. Gemächlich liefen wir den Sorguekanal entlang, der uns zum Dominikanerkloster führte.

Sollen wir die Schachtel wirklich im Fluss versenken?, fragte ich Bruder William mit einem Blick auf die Rhone.

Sein klarer Blick traf mich, und er entgegnete: Das scheint mir das Klügste. Geben wir unseren Fund bei den Sergenten ab, werden wir sofort als Verdächtige verhaftet. Und liefern wir ihn an Napoleone Orsini, sind wir als Mitwisser in Lebensgefahr. Die Prägestempel nützen zwar niemandem mehr, doch sind sie immer noch eine große Bedrohung für jeden, der sie in Händen hält. Viele Menschen hatten Gründe, alle Spuren ihrer Verwicklung in diese schmutzige Angelegenheit zu verwischen. Einige davon sind bereits tot.

Wir kamen hinter Kirche und Kreuzgang zum Garten, wo unweit von Ramons Schuppen der Taubenturm stand. Noch bevor wir dort anlangten, erblickte ich in einem Beet einen Dominikaner, der hingestreckt auf dem Boden lag, das Gesicht nach unten. Ich rannte los und drehte die Gestalt um. Es war Ramon. An seiner Schläfe klaffte eine Wunde, seine leutseligen Augen waren gebrochen, in seinem breiten Gesicht zeichnete sich ein staunendes Lächeln ab. Ramon war tot.

Ich sank in die Knie, hob die Hände zum Gesicht und brach in Schluchzen aus.

Von hinten ergriffen mich die starken Arme Williams von Baskerville unter den Achseln. Er legte meinen Kopf tröstend an seine Schulter und strich mir über den Kopf. Doch der Schmerz ließ nicht nach. Ich schloss die Augen, als könnte ich damit ungeschehen machen, was ich deutlich vor mir gesehen hatte. Warum musste der arme Ramon sterben? Er war der Ochse, der geduldig den Pflug zog und damit die Versorgung des Klosters sicherte. Nie hatte er einem Menschen etwas zu Leide getan. Wie konnte jemand Ramon erschlagen, wenn dieser einfache Bauer keinen Feind hatte? Lag ein Fluch auf mir? Ich verwünschte mich selbst, dass ich dem Gärtner die Schachtel übergeben hatte. Niemand anderer als ich war schuld an Ramons Tod! Bei dieser Einsicht versagten die Beine mir den Dienst.

Von hinten hörte ich die schneidende Stimme von Bruder Deodat:

Hört das denn nie auf? Diese Brüder sterben ja wie die Fliegen.

Einer von den Laienbrüdern, die im Garten arbeiteten, musste Ramons Leiche entdeckt und den Arzt verständigt haben. Deodat schritt zum leblosen Körper Ramons, fühlte seinen Puls, zog ein Lid hoch und richtete sich dann auf.

Nichts zu machen, konstatierte er. Der Dummkopf ist auf der betauten Erde ausgerutscht. Wahrscheinlich war er wieder einmal betrunken.

Deodat stieß mit dem Fuß an eine steinerne Beetkante neben Ramons Kopf, auf der Blutflecken zu sehen waren:

Da ist der Unglücksvogel aufgeschlagen. Hätte er mal auf seine Füße geachtet. Nun müssen wir für den Konvent einen neuen Gärtner suchen.

Bruder Deodat wischte sich die Hände am Habit ab und befahl zwei Arbeitern, die neben ihm standen, aus seiner Krankenstube eine Trage zu besorgen, um die Leiche wegzubringen. Er selber gab bereits Anweisungen für die Totenmesse:

Wir werden den Gärtner heute Nachmittag noch beerdigen. Wenn Prior Gaucelin von dem Unfall erfährt, wird er ohnmächtig. Es ist wirklich zu dumm dieser Tage. Wie die Fliegen sterben sie …

Die Männer gingen davon. Ich stand immer noch wie betäubt und schaute auf den Boden. Das war die fruchtbare Erde, in die Ramon nach seinem Tod zurückkehren wollte. Mit dem Gesicht auf dem Boden zwischen zwei Salatköpfen hatte ich ihn gefunden. Neben ihm lag seine Hacke. Sein leutseliger Ausdruck, der wirkte, als glaube er nicht an seinen eigenen Tod, ging mir durch Mark und Bein.

Uns bleibt nur ganz wenig Zeit, hörte ich hinter mir die leise Stimme von Bruder William. Wenn du deinem toten Freund noch einen Dienst erweisen möchtest, dann hilfst du mir jetzt sofort. Reiß dich zusammen und komm zu dir! Eines ist doch sonnenklar: Dieser Mann ist nicht verunglückt. Er ist ermordet worden.

Ich schüttelte mich und schaute Bruder William an. Mit seiner hohen Gestalt und seiner Hakennase wirkte er plötzlich nicht mehr wie ein gebrochener Franziskaner, sondern wie ein Adler, der die Welt von oben überblickt und Dinge sieht, die andere nicht erkennen. Er zog seinen Beryll aus dem Ärmel, kniete sich bei Ramon nieder und untersuchte die Leiche gründlich. Während ich mir Tränen und Rotz aus dem Gesicht wischte, murmelte William unverständliche Worte auf Englisch und nickte sich selber zu. Er erklärte:

Genau wie ich befürchtet hatte, dein Freund ist nicht hier gestorben, sondern da drüben.

William wies in Richtung des Taubenturms. In der Tat waren auf dem Boden Blutflecken zu sehen, die zu Ramons Leiche führten. Obendrein entdeckte nun auch ich die Schleifspuren seiner Füße. Unter den Armen hatte der Mörder ihn bis zum Beet geschleift und mit dem Kopf an der Steinkante abgelegt.

Ich stammelte: Es sollte alles so aussehen, als sei Ramon hier gestürzt. Aber warum?

William ging schnellen Schrittes die feine Blutspur entlang und erklärte mir über die Schulter: Damit ein Idiot wie dieser hochnäsige Mediziner den Tod für einen Unfall hält. Bei einem Laienbruder schaut ein gelehrter Mönch nicht so genau hin. Das wusste unser Mörder. Er ist nicht dumm.

Ein paar Schritte vor dem Taubenturm hielt William inne und winkte mir zu:

Taubenmist ist ein wunderbares Pergament, auf dem die Füße der Menschen deutlich lesbare Schriftzüge hinterlassen. Schau hier!

Bruder William, seinen Beryll auf der Nase, ging in die Knie, um den grauen Staub aus der Nähe zu studieren. Dann schritt er zum Taubenturm, neben dem eine Leiter auf dem Boden lag. Er umrundete den Turm und folgte schließlich einer Spur, die nur er bemerkte, bis zur Klostermauer. Dabei murmelte er wieder etwas auf Englisch, nickte von Zeit zu Zeit und verzog schmerzlich den Mund, als hätte er auf etwas Bitteres gebissen.

Ein Teufel ist er, sagte er mehr zu sich, ein Teufel, nein, schlimmer: ein feiger Verräter! Jetzt wird mir alles klar.

Ich stand immer noch wie betäubt. Was hatte diese Untersuchung noch für einen Sinn? Ramon war tot und wurde auch durch Williams

Spurenlesen nicht wieder lebendig. Dann aber stieg die Wut in mir hoch. Ich wollte den Menschen töten, der meinen Freund ermordet hatte. Doch dafür mussten wir ihn erst einmal finden. Ich dachte an den mysteriösen dicken Mann, der schon einmal genau hier über die Mauer geklettert war, um Serge in der Krankenstube zu erwürgen. Er hätte jederzeit wiederkommen können. Doch woher sollte der Bär wissen, wo Ramon die Schachtel versteckt hatte? Das alles ergab keinen Sinn. Ich näherte mich Bruder William, der augenscheinlich etwas Wichtiges gefunden hatte.

Schau hier!, forderte mich der Engländer auf. Da unten im Taubenmist neben der Leiter siehst du deutlich die Fußspur eines Menschen. Unter dem Turm bricht die Spur ab, weil der Mörder dort auf die Leiter stieg, um die Schachtel herunterzuholen. Wir könnten oben nachsehen, doch ich bin mir auch so völlig sicher, dass wir sie nicht mehr bei den Nestern finden.

Ich blickte Bruder William staunend an. In Litauen hatte mir Niklas erklärt, wie man im verschneiten Wald die Spuren von Bären und Wölfen liest, wie man aus ihrem mehr oder weniger getrockneten Mist erkennt, wie viel Zeit seit ihrem Durchziehen vergangen ist. Niklas konnte am Ruf des Hähers erkennen, ob ein Raubtier oder ein Mensch sich näherte. Und er konnte den Schrei des Falken nachahmen, um Waldhühner aufzuscheuchen, um sie dann mit dem Bogen abzuschießen. Vor allem im frischen Schnee deutete Niklas wie ein Hellseher, welche Tiere und Menschen sich im Wald bewegten. Dass sich auch mitten in der Stadt ähnliche Spuren lesen ließen, hatte ich niemals zuvor bedacht.

Bruder William stakste weiter auf Zehenspitzen umher und zeigte erneut auf die Spuren:

Dann wollte der Mönch mit der Schachtel weglaufen, aber er drehte sich noch einmal um. Siehst du, wie sich hier die Spuren im Taubenmist auf der Stelle umkehren?

Ich fragte: Woher weißt du, dass wir es mit einem Mönch zu tun haben?

William zog eine Braue hoch und zeigte auf das glatte, scharfe Profil der Spur: Das stammt von keinem weichen Schuh, sondern eindeutig von einer harten Sandale, wie nur wir Bettelmönche sie tragen.

Wieder musste ich seinem Scharfsinn Bewunderung zollen.

In einem bestimmten Augenblick, fuhr William fort, wurde der Mörder gestört, und zwar von deinem Freund, der herbeilief und den Dieb der Schachtel auf frischer Tat ertappte. Das war sein Todesurteil. Nach der Tat rannte der Mörder weg und kletterte über die Klostermauer. Ich weiß jetzt, welchem Orden der Verbrecher angehört, ich kenne sogar den Namen des Mörders. Er ist uns sehr vertraut, Wittekind, leider. Du kennst ihn auch.

Ich stand mit offenem Mund. Wie wollte Bruder William das alles aus ein paar Spuren im Mist herausgelesen haben? Die Welt der Zeichen erwies sich bei genauem Studium als Buch, aber mir blieb die Schrift ein Rätsel.

Inzwischen kamen weitere Laienbrüder und knieten weinend bei Ramons Leiche nieder. Sie sprachen Gebete und berührten den Toten, als könnten sie ihm dadurch noch einmal nahekommen. Wenigstens die arbeitenden Dominikaner hatten den Mann aus Lansac geschätzt, hatten gerne mit ihm geplaudert und sicher häufig von seinen Tauschgeschäften mit Eiern und Fischen, Hühnern und Trüffeln etwas abbekommen. Einem alten, von Geburt an stummen Bruder, der den ganzen Tag in den Feldern hinter dem Konvent die Erde hackte und Unkraut jätete, liefen Tränen der Trauer und des Unverständnisses über die Wangen, als Ramon weggetragen wurde. Auch mir war wieder zum Weinen, doch ich beherrschte mich.

William blickte dem Leichnam hinterher. Seine grauen Augen blitzten, und sein Habit flatterte im Flusswind. Er wirkte nun nicht mehr wie ein demütiger Cordelier, sondern wie ein rächender Prophet im Kampf mit allem Bösen, das die Welt beherrscht. William führte mich fort vom Ort der Tat, und wir setzten uns auf den Boden bei der Klostermauer, genau dorthin, wo ich zuletzt mit Ramon über den Flug der Falciots und das himmlische Paradies gesprochen hatte. Der Wunsch nach Rache stieg wieder in mir auf. Ich wollte unbedingt erfahren, was Bruder William im Taubenmist über den Mörder herausgefunden hatte.

Er begann mit trauriger Stimme: Der Bettelmönch, der hier gemordet hat, war im Taubenturm auf der Suche nach unserer Schachtel. Er wusste ganz genau, dass sie sich hier befand.

Das geht nicht, warf ich ein, niemand hat je davon erfahren. Nur Ramon und ich wussten vom Versteck.

Du irrst dich, mein lieber Wittekind, lächelte William bitter. Es gibt noch fünf weitere Menschen, die von deinem Geheimnis wussten. Denk nach!

Mir wurde nicht gleich klar, worauf Bruder William hinauswollte.

Ich helfe dir auf die Sprünge, ermunterte er mich: Wir waren doch beide dabei, als du heute Vormittag in der Bibliothek sagtest, jetzt müssten wir nur noch im Taubenturm nachsehen und die Schachtel aufbrechen, um unsere Hypothese mit den Prägestempeln endgültig zu überprüfen.

Sicher, gab ich zu, aber da befanden wir uns doch schon auf dem Weg hierher. Und obendrein waren wir unter uns. Oder fürchtest du, dass hinter der Tür ein Spion meine Worte belauscht hat?

Es war kein Spion, sondern der Mörder selbst, erklärte William. Und er hat nicht von ferne gelauscht, er saß ganz unverdächtig bei uns.

Ich erschauerte: Du willst doch nicht sagen, dass Occam oder gar der alte Humbert von Alexandria …? Das ist undenkbar. Und selbst wenn sie es versucht hätten, wie konnten sie so schnell hierherlaufen?

Ich schluchzte auf und musste an den armen Ramon denken, der in diesem Moment in der Klosterkirche aufgebahrt wurde. William legte den Arm um mich und malte mir aus, was sich unter dem Taubenturm abgespielt hatte:

Punkt eins: das Motiv. Als sich der Mörder – zu dem Zeitpunkt war er noch ein bloßer Dieb – beim Raub der Schachtel ertappt sah, gab es nur einen Grund, deinen Ramon umzubringen: Der Dieb wollte um keinen Preis erkannt werden. Wenn es ihm nur um die Schachtel gegangen wäre, hätte er weglaufen und über die Mauer klettern können. Sein Vorsprung von etwa zehn Schritten war auf diese kurze Entfernung völlig ausreichend, um Ramon abzuschütteln. Also schaltete er den Gärtner nicht als Verfolger aus, sondern als Mitwisser.

Der Mörder kehrte also um und erschlug kaltblütig meinen Freund, weil der ihn gesehen hatte?, fragte ich.

Nein, so war es nicht ganz, erklärte mir Bruder William. Der Mörder handelte viel tückischer. Dein Freund hat seinen Tod nicht kommen sehen, bis zum allerletzten Augenblick war ihm nicht klar, dass er in Todesgefahr schwebte. Damit wären wir bei Punkt zwei: Heimtücke. Dein Gärtner war ein kräftiger Mann. Obendrein hatte er seine Hacke bei sich, die wir hier im Beet gefunden haben. Welcher Dieb, der gerade von der Leiter stieg, sollte ihm gefährlich werden? Nein, dein Ramon hat sich völlig sicher gefühlt – bis zum Augenblick seines Todes.

Ich zitterte, als ich mir den gutmütigen Bauern aus Lansac vorstellte, der zu seinen Tauben lief, weil er glaubte, ihm wolle jemand ein paar Eier rauben. Dieses Missverständnis musste er mit dem Leben bezahlen.

Bruder William setzte mit grimmigem Blick seine Rekonstruktion fort: Punkt drei, die Tatwaffe. Als Ramon den Dieb erwischte, stand der unter dem Taubenturm. Alles wirkte wie ein harmloser Mundraub. Doch dann zog der Mann, von dem wir beide wissen, dass er ein Bettelmönch war, die Waffe aus seinem Habit. Er tötete seinen Widersacher damit aus zehn Schritt Entfernung.

Ich starrte William am; langsam dämmerte mir etwas.

Du meinst, mutmaßte ich, der Mörder hat Ramon gar nicht erschlagen. Nicht mit einem Knüppel oder einem Stein, sondern mit einer …

William nickte mir zu: Genau, jetzt hast also auch du begriffen, wie es abgelaufen ist. Er hat ihn totgeschossen.

Ich sah im Geist eine Metallkugel durch die Luft fliegen, exakt gezielt und geworfen. So wie das nur ein Mann vermag, der seit Jahren das Werfen übt. Ein Ballistiker.

Impetustheorie, sagte ich tonlos: Durch die Kraft des Werfers wird dem Objekt eine Kraft eingeflößt. Das Projektil beschreibt eine Parabel und trifft. Dann ist die Kraft aufgebraucht, das Projektil hat sein Ziel erreicht. Und das Opfer ist tot.

William seufzte: Von dieser Hypothese müssen wir wohl oder übel ausgehen. Der Mörder war niemand anderer als mein franziskanischer

Mitbruder, der berühmte Franciscus de Marchia. Ich hatte diesen Gelehrten schon länger als Spitzel im Verdacht. Wieso wohl wurde er nicht gleichfalls in den Kerker geworfen, als die Sergenten vorigen Monat Michele da Cesena verhafteten? Warum kam er unbehelligt aus dem Palast wieder heraus und saß seither immer bei uns herum, als wäre nichts geschehen? Seine verschrobene Art, das Werfen mit seiner Kugel, seine Berechnungen und sein abwesender Blick, das ist nichts als Tarnung. Sogar sein Hinken sollte uns täuschen. Heute Morgen hatte dieser falsche Franciscus genug Zeit, von den Cordeliers zu den Dominikanern herüberzugehen, während wir in der Schmiede auf das fertige Brecheisen warteten. Aber langsam gehumpelt wie im Konvent ist er dabei sicher nicht. Der Mann ist schneller und beweglicher, als er tut.

Ich schauderte. In diesem Moment erst wurde mir vollends bewusst, dass ich den arglosen Ramon auf dem Gewissen hatte. Niemals, so lange ich lebte, würde ich mir verzeihen, dass ich aus Unaufmerksamkeit das Geheimnis des Taubenturms selber ausgeplaudert hatte. Ich hatte Ramon versprochen, dass es keine Gefahr für ihn gab. Ich hatte geschworen zu schweigen, doch ich selbst hatte meinen Schwur gebrochen. Ich wollte sterben.

William nahm mich bei den Schultern und sagte: Du darfst dir keine Vorwürfe machen. Wir sind alle Opfer einer teuflischen Verwirrung. Bedenke, dass auch ich als erfahrener Aufdecker von Spionen und Mördern nichts Greifbares mitbekommen habe. Es war unmöglich zu durchschauen, dass dieser Franciscus ein Spitzel ist. Und schon gar nicht, was dann für eine Tragödie geschehen würde.

Aber warum, fragte ich hoffnungslos, hat der Verbrecher für diese nutzlosen Stempel einen Unschuldigen getötet? Er wusste doch, was er da finden würde.

Bruder William erklärte es mir: Franciscus war genau wie wir hinter der Schachtel her. Bloß wollte er sie so schnell wie möglich der Kämmerei des Papstes zurückerstatten. Von diesen Leuten wird er bezahlt. Du kannst Gift darauf nehmen, dass Franciscus in diesem Augenblick das Kästchen dem Kämmerer Gasbard de Laval persönlich aushändigt. Jetzt ist der Prägestempel endlich wieder dort, woher er kam. Unser

Franciscus de Marchia hatte genug Zeit, in den letzten zwei Tagen das Kloster der Dominikaner zu erkunden. Denn dass sich die Schachtel hier irgendwo befand, erfuhr er ja bereits von dir. Als er dann heute Morgen Aufschluss über das Versteck im Taubenturm bekam, zog er sich aus der Bibliothek zurück, um zu beten, wie er sagte. In Wahrheit lief er gleich los. Er stieg hier über die Mauer, kletterte auf die Leiter, fingerte die Schachtel aus dem Dreck. Dann wurde er von Ramon überrascht. Eigentlich konnte der Dieb jetzt leicht entkommen, doch wenn Ramon ihn als Franziskaner genau beschrieben hätte, wäre die Deckung des Spions aufgeflogen. Wir hätten Ramon nur zu den Cordeliers bringen müssen, da hätte er den Dieb erkannt, und die sorgfältige Tarnung, in der er uns aushorchte, wäre aufgeflogen. Einzig darum hat dieser teuflische Mönch den Gärtner getötet.

Ich bring ihn um, schrie ich und sprang auf. Doch Bruder William hielt mich fest und ermahnte mich mit lauter Stimme:

Das wirst du nicht tun, Wittekind! Für deine Dominikanerbrüder ist dies kein Mord, sondern ein Unfall. Niemand kann sie vom Gegenteil überzeugen, weil sie nicht noch einen Skandal in ihren Mauern wollen. Du hast diesen mitleidlosen Arzt gerade erlebt. Und euer dicker Prior, von dessen Dummheit man mir Wunderdinge erzählt hat, wird für einen Laienbruder wie Ramon nicht einmal seinen Mittagsschlaf unterbrechen.

Aber Franciscus de Marchia kann doch nicht einfach so davonkommen!, rief ich verzweifelt. Ein Mörder! Und ein Spion dazu!

William von Baskerville nickte bedauernd: Ich befürchte doch. Wenn Franciscus jetzt etwas zustößt, ob durch deine oder meine Hand, dann haben wir nicht nur den Guardian der Franziskaner auf dem Hals, der uns fremde Mönche ohnehin schon als Armutsbrüder im Verdacht hat. Auch die Sergenten und die Kleriker der Kurie würden heute noch kommen und uns alle verhaften. Wir hingegen können Franciscus nicht der Obrigkeit ausliefern, denn für die arbeitet er. Doch wie sollen wir dann unsererseits noch aus Avignon entkommen? Nein, wir müssen unsere Pläne ab sofort vor Franciscus verbergen, das ist klar. Ansonsten aber halten wir einstweilen still und tun so, als wüssten wir nichts von seinem doppelten Spiel. Mein lieber Wittekind, du musst lernen, deine Rache für später aufzuheben. Wobei ich dir rate, im Geist der christlichen Nächstenliebe und der Versöhnlichkeit des heiligen Franz von Assisi auf Rache überhaupt zu verzichten.

Ich war völlig anderer Meinung, doch konnte ich dem weisen Briten für den Augenblick nicht widersprechen. Er hatte den Täter überführt und durchschaut. Dieser Franciscus würde bald humpelnd mit irgendeiner Ausrede bei den Cordeliers erscheinen und seine diabolischen Würfe mit der Eisenkugel im Kreuzgang wiederaufnehmen. Er musste annehmen, dass es keine Zeugen gibt und deswegen auch keine Gefahr für ihn selbst. Und doch war Franciscus verraten worden, nämlich von den Tauben und ihrem Mist. Ich wollte noch erfahren, wie Bruder William so schnell den Hergang der Tat rekonstruieren konnte.

Es war gar nicht so schwer, erklärte er mir: Du hast in deiner Trauer und deiner Wut natürlich nichts erkannt. Aber ich habe sogleich die Blutspur verfolgt und dabei nicht allein den Ort entdeckt, wo Ramon von der Kugel getroffen wurde. Ein paar Schritte daneben im Gras wischte der Täter seine merkwürdige Waffe ab, da konnte ich unter den Blutflecken die Rundung der Kugel in den Halmen als Abdruck erkennen. Diese Rundung passte genau zur Wunde am Schädel, so dass ich ausschließen konnte, dass das Opfer auf eine eckige Kante gefallen war. Als ich dann noch den unverwechselbaren Abdruck der Sandalen sah, war mir alles klar. Ich hatte das Pergament der Natur entziffert, die Schrift im Taubendreck hatte mir ihr grauenvolles Geheimnis verraten.

Und doch bin ich schuld an Ramons Tod, murmelte ich trotzig, darum werde ich ihn rächen!

William richtete sich hoch auf und blickte auf mich herab wie ein Prophet des Alten Testaments.

Nichts wirst du tun!, herrschte er mich an. Ich befehle es dir! Wenn du meinst, du könntest deine Privatrache über das Gedeihen meines Ordens stellen, dann werde ich dich unschädlich machen. Du weißt, dass ich nicht scherze. Wir haben heute, wenn auch unter dem schmerzlichen Opfer eines Menschenlebens, eine ganze Menge gelernt. Wir wissen jetzt, dass es einen Spion in unseren Reihen gibt, der vor nichts zurückschreckt. Dieses Wissen kann uns künftig noch allen das Leben retten. Setze also nicht auch noch deine eigene Zukunft aufs Spiel, indem du dich meinen Anweisungen in den Weg stellst. Es ist schon genug Blut geflossen für diese vermaledeite Schachtel.

Ich nickte beschämt. Der Mann, in dem ich nichts als einen sterilen Logiker gesehen hatte, überragte mich nicht allein an Körpergröße. Der Engländer vermochte, was mir wegen meiner Jugend nur schwer gelang: Er hatte seine Leidenschaften im Griff und konnte sich im Dienst des Guten verstellen. Ich für meinen Teil musste das Schwierigste noch lernen, nämlich in den Seelen der Menschen zu lesen, ohne sie in meine Seele blicken zu lassen.

William von Baskerville zog mich mit sich zur Klostermauer. Wir kletterten nacheinander über die Bresche. Als hätte es dessen noch bedurft, entdeckte der Engländer an einer Ziegelkante ein Stück braunen Stoffes wie vom Habit eines Franziskaners. William nahm den Fetzen in die Hand und hielt das Beweisstück triumphierend in die Höhe. Wir wussten jetzt ganz sicher, wer Ramon Lansac ermordet hatte.

Wie ursprünglich geplant, gingen wir noch zum Ufer der Rhone. Wir stellten uns an den Fluss, der allen Unrat von Avignon wegspülte. Nur meine Trauer konnten die Wellen nicht forttragen. William griff in seinen Habit und zog die stählerne Brechstange hervor, die er unter großen Mühen angefertigt hatte, und die niemals benutzt worden war. Bruder William reichte sie mir. Ich warf das Brecheisen in die Fluten, wo es sofort versank.

KAPITEL 36

Ramons Leichenbegängnis war die traurigste Stunde meines Lebens. Wie betäubt kniete ich neben meinem Meister in der Klosterkirche. Für die wenigen Laienbrüder und Arbeiter, die zum Abschied ihres Gärtners erschienen waren, wirkte das hohe Gewölbe mit den großen Fenstern viel zu weiträumig und erhaben. Doch was bedeutete diese Frage nach Groß und Klein, Enge und Weite für Ramon jetzt noch? Welchen Raum nahm ein Toter ein, dessen Körper zu Staub wurde und dessen Seele sich, wie die Theologen sagten, ins Unendliche weitete? Konnte Ramon seinem Requiem lauschen? Wo war er jetzt?

Ein alter Provenzale, der sonst beim Chorgesang mit eingefallenen Zügen auf seinem Stuhl saß, zelebrierte die Messe. Vielleicht war auch dieser Mann in seiner Jugend ein Bauer gewesen. Der alte Mönch sagte seine lateinischen Formeln und Anrufungen ohne jede Klage, als bedeute der Tod das alltäglichste Sein, wie Wässern und Pflügen, Säen und Ernten. Und war es nicht genau so? Neben mir sprach der Meister mit Ernst und Innigkeit die lateinischen Worte der Liturgie nach, verbeugte und bekreuzigte sich, wo es vorgeschrieben war, sang voller Inbrunst die uralten Litaneien, die immer gleichen Melodien der Fürbitten, die dem Gestorbenen zu ewiger Ruhe verhelfen sollen. Der Meister ging auf in seiner Frömmigkeit. Mich hingegen hielt die Taubheit, die mich seit dem Mord an meinem Freund nicht mehr losgelassen hatte, weiter umfangen. Ich starrte auf den Körper ohne Leben, der vor dem Altar in einem Tuch auf dem Boden lag und darauf wartete, wieder zu der Erde zu werden, aus der er gekommen war. Für niemanden passten diese Worte so gut wie für Ramon. Doch war dieses Bündel überhaupt noch Ramon?

Während wir alle zu einem letzten Totengedenken die Köpfe senkten, wurde mir klar, dass wir Lebenden gar nicht für die Seele des Toten beteten. Wir beteten für uns selbst. Ramon hatte alles hinter sich. Er litt nicht mehr, er hoffte auf nichts mehr, er aß, er trank nicht mehr und träumte auch nicht mehr vom Flug der Vögel am Himmel. Unsere

Hilfe benötigte er nicht. Denn wie alle Toten ruhte er schmerzlos in seiner eigenen Ewigkeit. Das Leiden jedoch ist für die bestimmt, die übrig bleiben. Ich fühlte das nur zu genau. Wir hatten uns zur Messe versammelt, um uns das Leben ohne Ramon vorzustellen. Ohne sein Lächeln, ohne seine verschrobenen Ansichten zur Natur der Welt, nicht zuletzt ohne sein herzhaftes Essen. Uns, nicht Ramon, blieb die Last weiterzuleben. Davon und nur davon handelte die Liturgie. Wieso sonst würde sie den Tod als ewige Ruhe und warmes Licht feiern, wenn das Leben etwas anderes bedeutete als stete Unruhe und kalte Dunkelheit? Ich fühlte mich unruhig, wenn ich an den feigen Franciscus de Marchia dachte. Und ich fühlte den eisigen Dämmer, der den Meister und mich inmitten all unserer Feinde in Avignon immer drohender umschloss. Damit mussten wir leben. Doch der einzige Mensch außer dem Meister, der mir hier seine Freundschaft erwiesen hatte, musste sein Vertrauen in mich mit dem Leben bezahlen.

Alle Trauer ist Selbstmitleid, dachte ich. Ich hatte an diesem Morgen gar nicht um Ramon geheult, sondern um mich selbst ohne Ramon. Er war – nach Niklas, den ich in Litauen zurückließ – so etwas wie ein Bruder gewesen, den ich nie hatte. So wie der Meister der Vater für mich war, den ich gleichfalls nie kennengelernt hatte. Jetzt war also die Zeit gekommen, ohne Bruder und ohne Vater durchs Leben zu gehen – so oder so. Ramon war tot, Niklas fern und vielleicht ebenfalls schon lange tot. Mein Meister war in diesen Monaten erschreckend schwach geworden und würde auch ohne die Rache der Inquisition nicht mehr lange leben. Er ahnte, dass ich den Orden verlassen wollte. Vielleicht würden sich in ein paar Tagen schon unsere Wege trennen. Das Leben war eine Reise; jede Begegnung trug den Abschied bereits in sich. Und der Tod war der große Abschied unter den vielen kleinen Trennungen, die wir jeden Tag und jede Stunde erlebten.

Mir fielen Predigten des Meisters ein, die ich bisher nie recht begriffen hatte. Gott ist das Sein, hatte der Meister mit Nachdruck gelehrt. Er ist alles. Er wird in uns geboren. Es gibt kein Außen jenseits von ihm. Gott erschafft diese Welt in jedem Augenblick neu. Wenn das stimmte, dann war es unsere einzige Aufgabe zuzulassen, jeden Augenblick neu erschaffen zu werden, und dann jeden Augenblick mit vollem Bewusstsein zu erleben. Denn jeder dieser Augenblicke des Daseins war zugleich der erste und der letzte. Das meinte der Meister wohl: Es gab keine Zeit, alles war Ewigkeit.

Da flossen mir wieder die Tränen, denn ich spürte, dass Ramon nicht nur tot war. Er war endlich frei.

Der Priester schlug über der Leiche das Kreuzzeichen, sechs Arbeiter aus dem Garten trugen ihn auf dem Totenbrett ins Freie, wo er sein ganzes Leben verbracht hatte. Wir schritten hinterher, die Vögel sangen, und ich weinte unablässig. Zugleich wusste ich jetzt, dass alles genau so sein musste, wie es war. Ich hörte Ramons Stimme: Gott hat es so gewollt.

Mein Meister, obgleich er Ramon kaum gekannt hatte, betete noch lange am Grab, als die anderen bereits gegangen waren. Da kamen zwei Klarissen und knieten sich neben ihn. Ich dachte an die Franziskanerinnen, vor denen er heute Abend sprechen würde. Doch eine junge Schwester namens Alazais war nicht dabei. Es stellte sich heraus, dass dies Ramons Schwestern aus Lansac waren, Henriette und Bertrande, die im Kloster der Klarissen Kranke pflegten und Wäsche wuschen. Ramon hatte mir niemals von ihnen erzählt, doch gewiss trafen sich die Geschwister von Zeit zu Zeit. Die beiden Frauen mit ihren offenen Gesichtern fragten nicht nach dem Sterben ihres Bruders und wirkten beinahe heiter. Für sie schien es keinen Unterschied zu machen, dass es den Jungen, mit dem sie in Lansac aufgewachsen waren, nicht mehr gab. Offenbar hatten sie mir etwas voraus. Sie trauerten nicht um sich, sondern freuten sich für ihn. Er ist jetzt im Himmel, beteuerten beide mit freudigem Lächeln. Ich verriet ihnen nicht, dass Ramon da gar nicht hinwollte.

Indes der Meister in unserer Zelle seine Predigt vorbereitete, ging ich in den Garten und setzte mich an die Bretterwand der Kate, wo ich mit Ramon so oft dem Vogelgesang gelauscht hatte. Auch jetzt erscholl wieder das gewaltige Konzert der Natur, das die Töne der Menschen nur unzulänglich nachahmen können. Von den Fischteichen des Papstes huschte ein schillernder Eisvogel direkt über mir in Richtung Rhone.

Ich hatte bei Plinius gelesen, dass die alten Römer und Griechen glaubten, der Eisvogel trage die Seele der Toten davon. Weil er mit ihnen hoch in den Himmel fliege, habe sein Gefieder leuchtende Himmelsfarbe angenommen. Und wer den Trauergesang dieses Vogels höre, dem werde Macht und Reichtum beschert. Hatte der Eisvogel Ramons Seele abgeholt? Und hatte er mir etwas zugerufen? Ich konnte es schwer entscheiden, doch nach Macht und Reichtum stand mir nicht der Sinn.

Wohin die Jagd nach Reichtum führte, hatte ich erlebt. Serge und Bruno waren dafür gestorben, Napoleone Orsini hatte sein ganzes Leben vergeblich nach Macht gestrebt und ging dafür immer noch über Leichen, Ihr Handeln hatte ihnen allen nichts eingebracht. Wäre ich nicht so vermessen gewesen, dem Geheimnis der Schachtel hinterherzulaufen, würde Ramon noch leben. Der Meister hatte gepredigt, dass wir Menschen arm werden sollen in unserem Willen. So wenig sollen wir begehren, als verharrten wir noch in der Zeit vor unserer Geburt. Nur der ist ein wahrer Mensch, sagte der Meister, der nichts erkennt und nichts begehrt. Ich hatte nicht gut genug zugehört. Durch Nichtstun, dachte ich, bleibt nichts ungeordnet. Ich hatte zu viel getan.

Über solchen Gedanken schlief ich im Garten ein. Ich wurde erst wach, als mich jemand unsanft am Ärmel zog. Vor mir stand Occam. Ich konnte mir denken, warum der kleine Franziskaner herübergekommen war.

In seinem meckernden Tonfall kam er sofort zur Sache:

Untersteh dich und komm unserem Bruder Franciscus de Marchia zu nahe! Wir können nichts beweisen, wir können nicht einmal beweisen, dass dein Gärtner ermordet wurde. Ich will dir noch einmal einschärfen, dass ein Toter, der auch nicht mehr lebendig wird, keineswegs unser aller Sicherheit und die Zukunft des Franziskanerordens gefährden darf. Wir sind zu allem entschlossen. Ist das klar?

Keine Sorge, Occam, ich bin ganz gelassen. Von mir droht keine Gefahr.

Occam sollte glauben, dass ich den Tod von Franciscus de Marchia nicht mehr begehrte. Jedenfalls nicht jetzt.

Occam erzählte mir, dass der scheinheilige Ballistiker zu Mittag mitsamt seiner Kugel wieder im Konvent aufgetaucht war. Er habe, erklärte er, in der Principalekirche vor dem wundertätigen Madonnenbild für die Rettung von Michele da Cesena gebetet.

Und wenn das auch alles gelogen ist, ergänzte Occam, so müssen wir unbedingt gute Miene zu seiner Verstellung machen. Andernfalls erfährt die Kurie, dass wir ihren Agenten entdeckt haben. Die sofortige Verhaftung wäre uns sicher. Solange sie im Palast aber hoffen können, über ihren Agenten Wichtiges von den Plänen der Franziskaner zu erfahren, lassen sie uns in Ruhe. Verstanden?

Ich hatte verstanden. Occam verkündete nun aufgeregt die neuesten Nachrichten aus Rom. Kaiser Ludwig, so lauteten die Gerüchte, würde sich vom Gegenpapst Niccolò erneut krönen lassen und vor dem Volk von Rom feierlich die Absetzung von Papst Joan erklären. Dieser Prozess nach altem Kirchenrecht sei das Werk der Franziskaner, erklärte Occam stolz. Mir waren die Mächtigen mit ihren Kronen und Bannflüchen gleichgültig. Ich hoffte auf keinen Kaiser mehr; Ramon war es, der mir fehlte. Doch das konnte Occam in seinem politischen Eifer nicht begreifen. Darum sagte ich lieber nichts.

Erst als der Franziskaner fortging, fiel mir ein, was ich ihn schon länger hatte fragen wollen:

Occam, worin besteht überhaupt deine Ketzerei, wegen derer dich der Papst nach Avignon kommen ließ? Was hast du mit deinen Büchern denn so Schlimmes verbrochen?

Occam lachte und drehte sich im Weggehen zu mir um: Das ist in kurzen Worten nicht zu sagen, und vielleicht dauert gerade deswegen mein Prozess so lange. Ich will es so zusammenfassen: Ich habe in meinen Traktaten darauf beharrt, dass den universellen Begriffen, die wir uns von der Welt machen, keine Wirklichkeit entspricht. Verstehst du?

Nicht ganz, gab ich zu.

Occam erklärte es mir: Nimm das Wort Güte oder das Wort Glaube. Nur wenn du Gutes tust oder wenn du etwas glaubst, werden diese Begriffe durch dich real. Dann bist du gütig oder gläubig. Aber für sich selbst sind die Wörter bedeutungslos. Güte und Glaube kann niemand anfassen. Es sind Begriffe, die niemand begreifen kann.

Ich pfiff durch die Zähne: Solche Ideen können dem Papst nicht gefallen. Nehmen wir das Wort Gott. Wenn kein Mensch Gott sagt und kein Mensch Gott begreift, dann ist der Begriff inexistent. Das ist die schlimmste Ketzerei, die ich je vernommen habe. Dagegen ist sogar mein Meister ein frommer Mann.

Occam kicherte: Dein Meister ist ein Idiot. Er spricht seine pantheistischen Dummheiten viel zu ungeschminkt aus. Ich dagegen habe meine Gedanken zu den Begriffen und den Namen der Dinge hinter allerhand komplizierter Logik versteckt. Die Inquisitoren haben deswegen bis heute Schwierigkeiten, mir etwas Konkretes nachzuweisen. Jede Anhörung endete, sobald ich meine wichtigste These vorbrachte: Gott ist der größte und vollkommenste Begriff, den wir uns denken können. Es gibt nichts Wahreres als Gott.

Aber wenn das Wort Gott niemand ausspricht, wiederholte ich seinen Gedanken, dann gibt es ihn nicht mehr. Das ist großartig! Sobald diese Theologen aufhören, nach Gott zu fragen, werden sie endlich die korrekte Antwort erhalten: sein Schweigen.

Occam lachte und machte sich auf den Weg.

Du bist gar nicht so dumm, rief er über die Schulter zu mir zurück, du hättest einen besseren Lehrer verdient.

KAPITEL 37

Nun war die Stunde gekommen, da im Garten der Klarissen die Nonnen um Schwester Alazais der Unterweisung durch den Meister harrten.

Ich holte ihn in der Zelle ab. Um den schmutzigen Bourg gegenüber des Konvents zu vermeiden, machten wir einen kleinen Umweg rechter Hand durch die Rue des Masses und gingen an der Livree von Kardinal Napoleone Orsini vorbei. Aus dem Tor kam uns mit Posaunenschall ein großer Zug von Reitern und Wagen entgegen. Nach einer Eskorte von sechs Knappen in gelber Uniform trotteten zwei Maulesel an uns vorbei, die eine prächtige Sänfte trugen. Drinnen saß in rotem Samtgewand der Kardinal und blickte gelangweilt auf die Gasse. Sein Gesicht mit den mürben Wangen und den nahezu schwarzen Augen schaute in die Ferne, als entschwinde dort die Tiara des Papstes. Falls der Kirchenfürst mich nach dem festlichen Konzert und Abendessen wiedererkannte, war ihm das nicht anzumerken. Direkt hinter der Sänfte rumpelte ein Karren, auf dessen Bock John Dastyn neben dem Kutscher hockte. Der englische Zauberer trug eine rabenschwarze Kutte und einen spitzen Hut in derselben Farbe. Dastyn schien mich bemerkt zu haben, denn er beschrieb mit seinem silbernen Magierstab eine kreisförmige Geste und lächelte mir zu.

Der Meister wollte wissen, wer das denn sei.

Das ist Johannes Anglicus, der größte Theologe von Avignon, antwortete ich. Er ist klüger als Occam, klüger als der Papst und sogar noch klüger als du. Denn er beschwört Gott nicht mit Worten, sondern ausschließlich mit Feuerwerk und Quecksilber, Wachspuppen und Sternzeichen. Und er hat einen schwarzen Kater. So kommt er nie mit der Inquisition in Konflikt.

Der Meister schnaubte verächtlich durch die Nase. Noch viele Reiter und Wagen zogen an uns vorbei. Napoleones Haushalt umfasste mindestens zehn Dutzend Personen. Nachdem die letzten Karren voller Töpfe und Fässer an uns entlang gerollt waren, ging ich zum verbliebenen Torwächter und fragte, ob dies wohl der großmächtige Kardinal Orsini persönlich gewesen sei.

So ist es, mein Sohn, beschied mich der alte Mann, gleichfalls in die gelbe Uniform des Hauses Orsini gekleidet. Unser Kardinal ist des Stadtlebens müde. Er hat Tag und Nacht gearbeitet und bei der Kurie seine Dienste mehr als erfüllt. Nun wünscht er, in seiner Livree draußen auf dem Land zur Ruhe zu kommen.

In Villeneuve ja wohl nicht, warf ich ein, dort baut er doch gerade einen neuen Palast.

Du bist gut auf dem Laufenden, lobte mich der Wächter. Kardinal Orsini nennt drei Livreen sein Eigen, nicht gerechnet die Besitztümer in Italien natürlich. Heute brach seine Eminenz auf zur Jagdlivree in den Hügeln von Venasque. Der Kardinal ist zwar betagt und jagt selbst nicht mehr, doch munden ihm die Krammetsvögel, die dort in dieser Jahreszeit gefangen werden, ganz besonders. Eminenz wird in den nächsten Wochen nicht nach Avignon zurückkehren und in der guten Luft des Comtat Venaissin die verdiente Ruhe pflegen.

Ich hatte genug gehört. Napoleone Orsinis verwegener Plan, den Papst mit seiner eigenen Goldmünze aus dem Amt und aus dem Land zu jagen, war gescheitert. Der Kardinal hatte das eingesehen und zog es vor, mitsamt seinem Hausstand das Weite zu suchen. Er würde erst zurückkehren, wenn sich alle Nachforschungen um Goldmünzen und Mörder, Spiritualen und Häretiker wieder gelegt hatten. Auf Napoleone Orsinis Protektion konnte kein Franziskaner mehr bauen. Occam und William waren gut beraten, das Weite zu suchen.

Nun trennten uns nur noch wenige Schritte vom Konvent der Klarissen, einem grauen Gemäuer mit einer kleinen Kirche daneben. Schwester Alazais wartete auf der Gasse und führte uns hinten herum zu einer Pforte, über die wir in den Garten gelangten, wo hinter einem Holzgitter mit herrlich duftenden Rosen noch weitere Schwestern auf den Meister warteten. Durch das Spalier konnte ich hier und da einen ehrfurchtsvollen Blick erhaschen, mehr war von den verschleierten Nonnen nicht zu sehen. Der Meister grüßte alle mit einer tiefen Verbeugung und begann seine Unterweisung:

Ich will euch vom Tod sprechen. Denn heute Morgen erst ist ein Freund meines jungen Begleiters Wittekind gestorben, und ich nehme den Fortgang unseres fleißigen Mitbruders Ramon – manche von euch werden ihn vielleicht gekannt haben – zum Anlass, von unser aller Heimkehr zu Gott zu reden. Alles, was wir in dieser Welt leiden, ist endlich. Das kommt, weil das Leben selbst tödlich ist. Und das muss auch so sein. Wir müssen lernen, uns zu den Dingen der Welt so zu verhalten, als ob wir bereits tot wären. Nicht Liebe noch Leiden soll uns in unserer Gegenwart stören.

Mir war, als würde der Meister nicht nur für die Schwestern des Klarissenklosters predigen, sondern auch für mich, den er schon so lange kannte und der seiner Lehre dennoch immer mehr entglitt. Vielleicht sprach mein Meister zwischen den vielen blühenden Rosen in der Abendsonne sogar ganz besonders zu mir, seinem letzten Schüler.

Gott, fuhr der Meister fort, stirbt selbst nicht. Alle Dinge werden in ihm lebendig. Wenn unsere Seelen eintreten sollen in das helle Licht der Vernunft, dann müssen sie die Schmerzen und Trennungen dieser Welt ablegen und sich richten auf das Einswerden mit dem Ewigen. Wir müssen uns läutern vom Leben, das kein wahres ist, und hinübergehen in die Wahrheit des Todes. Dafür sind wir da. Und ihr Schwestern macht diesen Schritt zum Wahren, zum Gerechten bereits jeden Tag, indem ihr den Schwachen helft, indem ihr die Kranken pflegt und euch aufopfert für das Wichtigste auf der Welt, nämlich für die Gerechtigkeit.

Amen, rief eine begeisterte Stimme hinter dem Rosenspalier. Und die anderen Schwestern, es mochten vielleicht sechs sein, stimmten ein.

Mit Nachdruck verkündete der Meister nun: Gott will nichts als die Einheit, darum hat er Mann und Frau als Zweiheit geschaffen, die zur Einheit streben. Lasst euch nicht irremachen von den Predigern der Trennung, die den Mann über die Frau stellen und den Katholiken über den Heiden. In Christus sind wir weder Frau noch Mann, weder Jude noch Grieche, weder Herr noch Knecht, sondern wir sind alle gleich! Wir sind alle Kinder Gottes.

Noch nie hatte ich den alten Mönch derart emphatisch sprechen hören. Er schien ganz beseelt nach den langen Monaten der Einsamkeit und den vielen Anfeindungen, denen wir in Avignon ausgesetzt gewesen waren.

Was der Mensch liebt, rief der Meister, das ist der Mensch. Und wenn wir Gott wirklich lieben, dann werden wir selber göttlich. Und brauchen dann keine Sakramente, keine Gebete, kein Fasten und keine Messopfer, ja nicht einmal mehr gute Taten, um mit ihm in unserer Versenkung eins zu werden. Wir müssen nur lieben, dann liebt uns Gott. So vollkommen und unerreichbar uns das Allerhöchste erscheint – wenn wir es lieben, sind wir ihm nah. Gott ist das Fernnahe, das uns mitten aus unserem Alltag in die Ewigkeit trägt.

Ich bemerkte durch das Rosengitter, wie einige Schwestern bei diesen Worten auf die Knie fielen und die Hände falteten. Der Meister ging an der trennenden Wand vorbei und blickte jetzt den Unterwiesenen direkt in die Augen. Nichts sollte seine Lehre mehr verschleiern.

Unser Geist, rief er aus, muss frei werden! Nur wenn wir frei sind, können wir uns von aller Anhaftung irdischer Interessen reinigen, so dass wir uns förmlich selbst vernichten in Gott. Am Ende müssen wir uns sogar noch von der Vorstellung des Allerhöchsten befreien, wir müssen Gott als Bild loswerden. Denkt stets daran! Wir müssen uns befreien von dem Gott, den uns diese Kirche predigt, und wir müssen dabei unsere Selbstheit vergessen. Wenn wir aller Dinge, ja sogar Gottes ledig werden und zurückfließen in den grundlosen Abgrund unseres Ursprungs, dann haben wir schon zu Lebzeiten unseren Tod überwunden.

Nun blickte der Meister mir ins Gesicht und sagte leise: Was ist das Ende? Was ist der Tod? Er ist die Finsternis, in der Gott sich vor uns verbirgt. Das Ende ist unerkannt, wurde nie erkannt und wird auch niemals erkannt werden. Selbst Gott erkennt sich nicht im Tod, denn er ist ewiges Leben.

Der kleine Mann mit den krummen Beinen, dem Eulengesicht und den schütteren weißen Locken raffte sich auf und wirkte plötzlich viel größer, als er war.

Wisst ihr, wandte er sich wieder den Schwestern zu, was Gott ist? Ihr wollt von ganzem Herzen wissen, was Gott ist?

Ja, riefen sie wie aus einem Mund.

Dann, fuhr der Meister fort, sucht ihn nicht vor den Altären und in den Büchern, nicht in den Verboten und nicht den Trennungen! Gott ist das Sein selbst. Und weil auch ihr seid, habt ihr Teil an der Göttlichkeit. Meine lieben Töchter, ihr seid göttlich. Lasst euch das niemals ausreden! Kein Papst, kein Bischof, kein Priester, keine Schrift von Menschenhand kann euch diese Gewissheit nehmen. Behaltet diese meine Worte in euren Herzen!

Dann breitete der Meister seine Arme wie Flügel aus, als wolle er damit in die Lüfte aufsteigen, und er rief: Dass wir derart, als freie und gleiche Menschen aus der zeitlichen Welt in die Ewigkeit Gottes hineinsterben dürfen, dass wir es damit unserem guten und ehrlichen

Bruder Ramon, der uns vorausgegangen ist, gleichtun können, dazu verhelfe uns Gott.

Amen, riefen alle Schwestern. Und dann taten sie etwas, was ich bei den vielen Predigten des Meisters in den rheinischen Klöstern noch nie zuvor erlebt hatte. Sie kamen auf den Meister zu, dankten ihm und umarmten ihn unter Tränen, jede einzelne.

Ich blickte hinauf zum Himmelszelt, wo sich in der Dämmerung die ersten Sterne zeigten und gerade der Mond aufging. Der Meister hatte alles begriffen: Nichts war geschaffen, nichts würde am Jüngsten Tag in Flammen stehen. Denn all das, all die Sterne und der Mond und die Erde waren – anders als die Kirche lehrte – ewig. Und auch wir Menschen waren unsterblich, weil wir ein Teil von alldem waren. Es ging gar nicht um das Leben nach dem Tod, im Fegefeuer, in der Hölle oder im Paradies, von dem uns die Theologen ihre Märchen erzählten. Es ging um das Leben vor unserer Geburt. Das war die Ewigkeit, die wir kannten. Die nie begann und niemals endete. Endlich – das hatte der schlaue Occam erkannt – war nur der Gott der Menschenwörter, so groß und gewaltig die Theologen ihn auch schilderten. Dieser Gott endete bereits, wenn der Mund die Luft aushauchte, während er Gottes Namen aussprach. Mit solchen Worten hatte mein Meister nichts mehr gemein.

Die Schwestern begleiteten uns zur Gartenpforte und versprachen dem Meister, seine Unterweisung nie zu vergessen. Schwester Alazais wollte die Predigt sogar aus dem Gedächtnis aufschreiben und im Konvent bewahren.

Ergriffen dankte ihnen der Meister. Seine Segenshand zitterte, und seine Stimme gleichfalls, als er den frommen Schwestern zum Abschied noch eine Ermahnung gab: Eure Hilfe für die Armen ist wichtiger als jeder Messgesang und jedes Gebet. Lasst alles stehen und liegen, wenn ihr einem Armen einen Teller Suppe oder einem Kranken eine Medizin bringen könnt. Ihr seid die wahren Töchter Gottes, denn euer Tun ist Liebe. Ihr seid die Liebe. Diese Liebe, die nimmer aufhört, ist zugleich die Ewigkeit, die euch niemand nehmen kann. Vergesst das nie!

Dann schloss er die Pforte hinter sich und wirkte dabei so geschwächt und gleichzeitig so glücklich, als wäre dies die endgültige Predigt seines langen Lebens gewesen. Was konnte nun noch kommen? Ich verstand, warum mein Meister nichts fürchtete, keinen Papst und keinen Scheiterhaufen. Er hatte den Tod überwunden.

Ich wäre froh gewesen, hätte ich dasselbe von mir sagen können. Doch für das Hinsterben in Liebe fehlte mir des Meisters Einverständnis mit der Welt. Wenn alles so einfach und gut geregelt war, woher dann das endlose Leiden, all der Schmerz, die Ungerechtigkeit, wie ich sie jeden Tag erlebte? Warum überhaupt der lange Umweg vom Nichtgeborensein zum Nichtmehrleben? Ich freute mich über die Nähe des Meisters und noch mehr für die frommen Schwestern der Armut, die sichtlich von seinen Worten erhoben worden waren. Doch in meinem Innern fehlte die entscheidende Saite, welche diese Rede des göttlichen Trostes zum Klingen bringen sollte.

Sicher, die Lehre des Meisters stand weit über den Verboten und Doktrinen der Kirche, die ich seit meinen Gesprächen mit Niklas gelernt hatte, als Spiegelungen der Macht abzutun. Diese Theologie nahmen weder ich noch der Meister ernst. Doch stand seine Predigt der Liebe und der Gerechtigkeit auch hoch genug für meine Vorstellung des Höchsten? Auf meine Fragen zur lieblosen Schlechtigkeit von Gottes bester Welt wusste auch der Meister keine Antwort. Ich nahm es ihm nicht übel, denn eine Antwort gab es wahrscheinlich nicht.

Wir schritten im Dämmer durch die nun ruhigen Gassen der Vorstadt zu unserem Konvent. Ich wollte nach dieser Predigt um keinen Preis in der engen Zelle verbleiben. Ich hatte außerdem noch eine Verabredung. Der Meister, der sich abends stets zurückzog, schien meine Gedanken gelesen zu haben.

Lass uns draußen den vollen Mond bewundern, schlug er vor. Es ist so eine herrliche Nacht.

Ich sagte dem Meister nicht, dass nicht heute, sondern gestern Vollmond gewesen war. Ich hatte die runde Scheibe, die sich in den Fluten der Rhone spiegelte, lange bewundert, während ich an eine ganz andere Liebe gedacht hatte als jene, die der Meister den Schwestern anpries.

Ich hatte im Mondlicht von den Umarmungen Lisabetas geträumt und war dabei, wie ich fand, nicht minder beseelt gewesen als bei den Worten des Meisters im Klarissengarten.

Der Tod, so wusste ich nun, war eine einfache Sache, die kein Mensch verstand und die uns dennoch nicht ängstigen musste. Er kam sowieso. Die Liebe dagegen, von der mein Meister ebenfalls gesprochen hatte, war eine kompliziertere Sache. Es gab sie in vielerlei Gestalt. Anders als der Meister und die Klarissen das mit dem Keuschheitsgebot beschworen hatten, nahm ich mir vor, die vielgestaltige Liebe mit allen Fasern zu ergründen, nicht nur mit dem Geist. Wenn Gott alles war, wie der Meister verkündet hatte, dann war auch der Körper Lisabetas ein Teil der Herrlichkeit Gottes. Ich wollte diese Wonnen auskosten. Nur leider würde Lisabeta mich nicht einmal den Staub ihrer Schuhe küssen lassen. In diesem Punkt war die geistige Liebe der Nonnen erheblich einfacher.

Ich tat gut daran, dieses theologische Problem heute Abend nicht mit dem Meister zu besprechen. Vollmond oder nicht, er hatte in dieser Nacht Wichtigeres mit mir vor: Ich sollte ihm die Beichte seines Lebens abnehmen.

KAPITEL 38

Aus unserer Zelle holten wir den Vorrat, den wir beide für diesen Abend zurückgelegt hatten. Wir setzten uns beim Friedhof des Klosters auf eine Mauer, und mein Meister zog aus seinem Beutel Brot, Nüsse und ein großes Stück Käse hervor.

Du hast doch immer dein Messer dabei, sagte er beiläufig und reichte mir alles. Ich schnitt große Stücke ab und gab dem Meister meinerseits meinen Bocksbeutel. Ich hatte am Nachmittag aus Ramons Fass Rotwein abgezapft, bevor der Vorrat in Prior Gaucelins Wohnung verschwand. Wir kauten schweigend und blickten gen Himmel. In der mondhellen Nacht umflatterten uns die Fledermäuse aus der Klosterbastion und schnappten nach Motten, von den feuchten Wiesen an der Rhone war der schnarrende Ruf der Nachtschwalben zu hören.

Als er mit dem Essen fertig war, begann der Meister plötzlich zu singen:

Oweh, war sint verswunden alliu miniu jar!
Ist mir min leben getroumet, oder ist es war?
daz ich je wande ez waere, was daz allez iht?
das nach han ich geslafen und enweiz es niht.

Wohin sind meine Jahre verschwunden? Träumte ich mein Leben, oder ist es wahr? Gibt es das alles nicht, was ich für wirklich hielt? Habe ich nur geschlafen und weiß es nicht?

Dieses Klagelied hatte ich noch niemals vernommen, schon gar nicht aus dem Mund dieses Mannes. Der Meister sang immer weiter, sein Lied handelte vom Altern und vom Verlust der Welt, von der Einsamkeit inmitten falscher Freunde und der bitteren Galle, die sich im Honig des Lebens verbirgt.

Außerhalb der Kirche hatte ich den Meister noch niemals singen hören. Er hatte für einen alten Mann eine helle Stimme. Sein Klagelied handelte von der Vergeblichkeit und von unserem Weinen, das sogar die wilden Vögel betrübt. Wie passten diese Gedanken zu der hoffnungsvollen Predigt bei den Klarissen? War das Dasein für meinen Meister, der stets in allem einen Sinn fand, plötzlich hoffnungslos geworden? Außen grün und rot, doch innen schwarz und tot?

Das hat mein Großvater mir oft vorgesungen, erklärte der Meister, als er sein Lied beendet hatte. Das war, bevor mich meine Eltern ins Kloster gaben. Da war ich ein ganz kleiner Junge. Damals habe ich das Lied nicht verstanden. Doch je älter und schwächer ich werde, desto wahrer erscheinen mir diese Worte unseres größten Dichters. Es wird mir immer schwieriger, jeden Morgen frische Kraft zu finden und frohgemut weiterzumachen. Wenn ich nur daran denke, was uns morgen beim Papst erwartet! Das Leben ist eine Last, Wittekind.

Ich war wie vor den Kopf gestoßen, das hatte ich nicht erwartet. Ich nahm einen Schluck aus dem Ziegenbeutel und bot ihn erneut dem Meister an:

Gott hat uns dieses Mittel gegeben, die Lebenslast ein bisschen zu erleichtern. In vino veritas!

Der Meister trank selten Wein. Doch in dieser zauberischen Nacht nahm er gierig einen Zug vom provenzalischen Tropfen. Ramons Trunk war nicht mit Gewürzen vermischt und mit Wasser verdünnt wie der saure Klosterwein, sondern schmeckte nach Kirschen und Walnüssen, er war erdig wie der Boden, auf dem die Reben gewachsen waren. Wein aus Lansac.

Ich fragte den Meister, ob unsere Reise nach Avignon ihm tatsächlich alle Lebensfreude genommen habe. Er blickte über die Gräber hinweg zur Kirche, deren Schiff sich schwarz vom Nachthimmel abhob. Der Meister seufzte tief und schaute mir ins Gesicht:

Du denkst, mein Wittekind, ich bin stets der unverdrossene Prediger, der wie ein Wachhund die Schäfchen beieinanderhält und hinter der Fahne des wahren Glaubens sammelt? Du denkst, ich verkünde Hoffnung. Aber ich spiele dir wie allen anderen etwas vor. Ich bin der Prediger der Hoffnungslosigkeit.

Ich schüttelte den Kopf: Das kann ich widerlegen, Meister. Ich habe oft genug erlebt, wie deine Worte die Menschen getröstet und ihren Zweifel gemindert haben. Gerade eben noch hast du den frommen Schwestern große Zuversicht vermittelt.

Aber mir nicht!, rief der Meister schmerzlich: Das ist es ja gerade! Ich flöße den anderen Hoffnung ein und werde dabei innerlich immer leerer und schlaffer wie dieser Bocksbeutel.

Dieses Bekenntnis erschütterte mich. Ich konnte nicht verstehen, wie ausgerechnet der großartigste aller Prediger, der noch für jeden Schmerz tröstende Worte fand, innerlich derart verzweifeln konnte.

Ich fragte: Hast du uns nicht soeben erst gelehrt, wie man den Tod überwindet?

Ach was! Wie man das Leben aushält, das habe ich euch gelehrt, rief der Meister. Das ist seit Jahren der einzige Nutzen meiner Rede. Ich habe viel zu lange in Paris an der Universität studiert und gelehrt.

Normalweise soll ein Theologe die Nase in seine Bücher stecken und über den Begriffen und Syllogismen die Welt vergessen. Doch in der größten Stadt der Christenheit geht das nicht. Ich habe in Paris aus nächster Nähe mitbekommen, was die Menschen einander antun. Und dass kein frommes Wort selbst die mildesten und friedlichsten Leute vor der Rache der Mächtigen schützen kann.

Der Meister wies auf das frische Grab Ramons und lachte bitter: Die Zeit, da ich in Frankreich lebte, regierte König Philipp, den sie den Schönen nennen, der aber ganz anders heißen müsste: der Böse. Ich erlebte, wie seine Amtsleute die Menschen immer fester in den Griff bekamen, wie für Philipps Gier immer neue Steuern aus den Händlern von Paris herausgepresst wurden. An jedem Stadttor, auf jeder Brücke errichtete dieser König, beraten von seinen Juristen, befestigte Zollstationen. Am Ende mussten sogar die ärmsten Bettler mit dem reichsten Herrn der Christenheit ihre Almosen teilen. Doch dieser Philipp hatte immer noch nicht genug.

Der Meister nahm noch einen Schluck und blickte finster zum Fluss hinüber, an dessen anderem Ufer das Königreich Frankreich lag.

Er erzählte: Als ich im Jahr 1300 – du warst damals noch nicht auf der Welt – aus Thüringen nach Paris wiederkehrte, machten unter uns Professoren schlimme Gerüchte die Runde. Der König hatte seine Spitzel in unseren Orden, aber auch bei den Franziskanern, Augustinern und vor allem bei den Templern eingeschleust und hörte jede Predigt, jedes Gespräch mit. Anfangs verstand ich nicht, was dem König das bringen sollte. Doch dann begriff ich nur zu gut, dass, wer alles kassieren will, zuerst alles wissen muss. Unterwürfige Staatsdiener verkleideten sich als Studenten und Theologen, schrieben sogar meine Vorlesungen mit und sperrten vor allem in den Konventen die Ohren auf. Sergenten verwandelten sich in Pferdeknechte und Boten, um die Briefe der Templer zu öffnen und ihre Reisen zu überwachen. So erfuhren die Berater des Königs, wie sehr sich die Templer an Stiftungen, Erbschaften und vor allem an den Spenden für Kreuzzüge bereichert hatten. Mir wurde diese Sphäre des Misstrauens widerlich. Ich legte meine Pariser Dozentur bald nieder und ging aus Paris fort. Ich arbeitete danach lieber in Böhmen und im Rheinland als Provinzial unseres Ordens und kümmerte mich um Mildtätigkeit und echte Frömmigkeit in unseren Klöstern. Das erschien mir besser, als fruchtlose Forschung im Herzen der Finsternis zu betreiben, zu dem Paris für mich geworden war. Professor wollte ich niemals wieder sein.

Und doch bist du noch einmal an die Sorbonne zurückgekehrt, warf ich ein.

Der Meister nickte grimmig: Das war 1311, als das Generalkapitel mir mein Amt wegnahm und mich erneut nach Paris zwang. Die braven Theologen fürchteten bereits meine Predigten, welche die strenge Unterwerfungslehre der Päpste nicht widerspiegelten. Als ich im Sommer 1311 an der Sorbonne ankam, hatte sich alles verändert. In einer geheimen Aktion war König Philipp etwas Ungeheuerliches gelungen: Er hatte 1307 anderthalbtausend Templer im ganzen Land verhaftet. In einer einzigen Nacht wurden auf königlichen Befehl alle diese Kleriker zwischen dem Kanal und den Pyrenäen eingekerkert. Auf dieses perfide Ziel hatten die Juristen des Monarchen über Jahre im Geheimen hingearbeitet. Während ich an der Sorbonne den Sentenzenkommentar des Petrus Lombardus mit meinen verängstigten Studenten durchnahm, wurden in ganz Frankreich Templer gefoltert und ermordet. Und zwar im Namen desselben Gottes, dessen Güte ich den jungen Menschen logisch einwandfrei beweisen sollte. Es war grauenvoll.

Der Meister nahm noch einen Schluck Wein, mir schauderte von seinen Worten. Ich hatte wie jedermann von der Verfolgung der französischen Templer gehört, doch hatte der Meister niemals mit mir über seine eigenen Erfahrungen mit den Ausrottungen in Paris gesprochen.

Ich war dabei!, rief er. Ich habe alles miterlebt. Papst Clemens, den der König nach Frankreich gezwungen hatte, versuchte die absurden Anklagen wenigstens aufzuschieben. Schwarze Messen mit Katzen und Teufeln sollten die Templer gefeiert haben. Sie küssten sich dabei auf den Hintern, wütete die Propaganda des Königs. Die Templer entweihten die Hostie, schworen Gott ab. Keine Häresie, keine Widerwärtigkeit, die sie nicht begangen hatten. Nicht nur uns Professoren an der Sorbonne, nein, auch noch der letzten Marktfrau war klar, dass diese Anklagen frei erfunden waren.

Aber warum konntet ihr nichts dagegen tun? Schließlich ist es Aufgabe der Pariser Theologen, die Rechtgläubigkeit und die Wahrheit des Christentums zu verteidigen!, rief ich.

Der Meister lachte: Längst hatten an der Sorbonne die Juristen die Macht übernommen. An der Universität wurden von Speichelleckern des Königs immer neue Gutachten erstellt, die jeden Mord, jeden Raub des Staates rechtfertigten. Mein lieber Wittekind, damals habe ich als studierter Mann gelernt, dass man sich vor der Wissenschaft in Acht nehmen muss, weil ihre Knechte die Fahne immer in den Wind der Macht halten. Ich erinnere mich noch an Jean de Pouilly, einen Theologieprofessor an der Sorbonne. Dieser ehrlose Lump forderte in seinen Sendschreiben, untermauert mit Bibelsprüchen, die sofortige Verbrennung aller Templer und verherrlichte König Philipp in den buntesten Farben als Verteidiger des wahren Glaubens, ja als zweiten Christus. Du kannst dir nicht vorstellen, wie mich solche Würmer im Darm der Mächtigen anekeln! Und stell dir vor, ich habe diesen Mann neulich in Avignon auf der Gasse gesehen. Natürlich, ein Jean de Puilly sucht immer die Nähe der Macht.

Der Meister schüttelte sich vor Ekel.

Wie ging die Sache weiter?, fragte ich.

Der Meister fuhr fort: Die riesigen Besitztümer der Templer, die sicher keine milden Bettelmönche, aber ganz gewiss keine Ketzer waren, wurden nach und nach dem König übertragen. Philipps Berater waren meist bei den Verhören zugegen und fälschten alle Protokolle. Philipp lenkte die Folterknechte der Inquisitoren nach Belieben und berief am Ende ein abendländisches Konzil nach Vienne an der Rhone, wo vor allem Franzosen anwesend waren und alle Staatsverbrechen von unserer Kirche abgesegnet wurden. Papst Clemens, ich gebe es zu, setzte Philipp hinhaltenden Widerstand entgegen, aber am Ende musste er kapitulieren. Aufrechte Menschen, die es natürlich auch in Paris gab und die alles mit eigenen Augen gesehen hatten, erzählten mir Schauerliches von den Verbrennungen der Templer in den Jahren nach 1307.

Mitten in Paris und in vielen anderen Städten Frankreichs loderten damals die Menschenfackeln. In Sens massakrierten sie vierundfünfzig Templer auf einem großen Scheiterhaufen gleichzeitig, weil sie öffentlich den Anklagen widersprochen und Philipp als Henker des Teufels beschuldigt hatten. Doch das war noch nicht das Fürchterlichste.

Was kann es Schlimmeres geben als so einen Massenmord?, wollte ich wissen.

Das Schlimmste, sagte der Meister, war die Grabesruhe, die sich danach auf das ganze Land legte. Es regierte nur noch die Angst, denn die Bluthunde des Königs, die sich maßlos an den Opfern bereicherten, hatten es längst nicht mehr nur auf die Templer abgesehen. Sie wollten die Kontrolle über Herzen und Hirne aller Untertanen übernehmen. Ich war nach Paris gekommen, um Vorlesungen an der Universität zu halten. Doch ich selber lernte damals beim König von Frankreich die wichtigste Lektion meines Lebens: Jeder Staat ernährt seine Diener mit dem Blut seiner Untertanen. Und der Staat kennt keine Gnade. Merkst du nicht, was Papst Joan aus der Kirche gemacht hat? Er hat sie nach dem Vorbild seines alten Freundes Philipp von Frankreich in ein Staatswesen verwandelt, in eine Krake, die ihre Untertanen mit denselben Mitteln ausplündert und, wenn sie sich widersetzen, ohne Gnade umbringt. Es war diese Erkenntnis, die fortan meine Theologie prägen sollte.

Aber du sprichst in deinen Predigten überhaupt nicht vom Staat, geschweige von König Philipp oder vom Massenmord an den Templern, wandte ich ein.

Das tue ich mit voller Absicht, erklärte der Meister. Hätte ich wie die Franziskaner den Reichtum und den Machtmissbrauch von Papst und Bischöfen angeprangert, wäre ich bereits in Köln auf dem Scheiterhaufen des Bischofs gelandet. Das wäre nicht das Schlimmste gewesen, denn mein eigenes Opfer hätte ich gerne verantwortet. Doch ich dachte an die vielen armen Menschen. Das sind fromme Seelen wie die Klarissen von heute Abend oder fleißige Bürger in den Städten, die ihre Steuern kaum mehr aufbringen. Würde ich diese Leute aufhetzen gegen den allmächtigen Staat, dann triebe ich sie in den sicheren Tod.

Daher erdachte ich eine neue Theologie, welche die Menschen vor der mörderischen Obrigkeit in Schutz nimmt, indem sie ihnen den Weg nach innen weist. Dort liegt der einzige Frieden, der in dieser bösen Welt zu finden ist. Begreifst du nun, Wittekind?

Ich überlegte. Die Predigten des Meisters erschienen mir plötzlich in einem ganz anderen Licht. Offenbar hatten seine Beschwörungen der inneren Seelenruhe und Gelassenheit nicht allein zum Ziel, die Menschen näher zu Gott zu bringen. Der Meister wollte seine Zuhörer zugleich vom Staat entfernen. Ich hatte immer nur den weltfremden Mönch in ihm gesehen, weil er anders als die Franziskaner zu den Ungerechtigkeiten der Welt eisern geschwiegen hatte. Doch nun lernte ich, dass er – ganz ähnlich wie Niklas in Litauen – das Funktionieren der weltlichen Mächte durchdacht und daraus seine Folgerungen gezogen hatte.

Ich habe es doch erlebt!, rief er noch einmal aus. Wenn ich auch bedaure, dass ich 1311 zu spät nach Paris gekommen bin. Ein Jahr vorher wurde Marguerite, der wundervollste Mensch, den Gott uns in unser elendes Zeitalter gesandt hat, erbarmungslos ermordet. Vielleicht war es auch besser, dass ich nicht dabei war. Der Anblick ihres brennenden Körpers hätte mir das Herz gebrochen und mich für immer verstummen lassen.

Wen meinst du?, fragte ich, und ein Verdacht keimte in mir auf.

Ernst und versonnen schien der Meister in seiner Erinnerung zu forschen. Der Erinnerung an einen Menschen, dem er niemals hatte begegnen können. Oder etwa doch?

Er begann aufs Neue: Du kennst die Bewegung der Beginen. Das sind die vielen braven Frauen, die sich ohne Ordensgelübde in unseren Städten zu gemeinsamem Leben der Gottesfurcht, der Arbeit und der frommen Versenkung zusammentun. Die wichtigste Begine hieß Marguerite Porete. Mir war die Gnade beschert, diese bemerkenswerte Frau kennenzulernen.

Du hast Marguerite Porete selbst erlebt?, rief ich aus. Mit ihr gesprochen? Warum hast du mir das nie erzählt?

Der Meister sagte lange nichts und schien zu überlegen. Fürchtete er, zu viel von dieser gefährlichen Geschichte zu verraten? Ich hatte bei heimlichen Gesprächen im Kölner Generalstudium zuerst den Namen Marguerite Porete, dann Wunderdinge von ihrer Lehre flüstern hören. Brüder aus dem Hennegau, woher die Prophetin stammte, vermittelten uns einiges Wissen über sie. Demnach hatte sie in ihrem Beginenkonvent in Valenciennes vor vielen Jahren ein hochgelehrtes und zugleich gefährliches Buch verfasst: »Spiegel der einfachen Seelen«. Viel mehr konnte ich nicht über ihr Werk erfahren, weil die belgischen Brüder entweder nichts Genaues erzählen wollten oder vom Provinzial schnell versetzt worden waren, als ihre Kenntnisse herauskamen. Es handelte sich um verbotene Früchte, die wir Novizen um keinen Preis pflücken durften. Marguerite Porete, so erfuhr ich nur, war verbrannt worden wie alle Exemplare ihrer Schrift. Und mit dieser von Legenden umstrickten Ketzerin hatte der Meister engen Umgang gepflegt?

Mein lieber Wittekind, erklärte er schließlich, ich wollte dich nicht auch noch in den Strudel der Häresie hineinziehen, der mich zu verschlingen droht. Doch nun finde ich, dass du die Geschichte ruhig erfahren sollst. Auf meinem Weg von Deutschland nach Paris kam ich im Jahr 1300 durch Valenciennes. Ich erfuhr von Mitbrüdern von den Predigten der Marguerite und begab mich zu einer Unterweisung in den Beginenhof. Sie war damals schon weit über vierzig, eine auf den ersten Blick herb wirkende Frau, doch das war nur die Schale. Darunter verbarg sie einen Quell unendlicher Milde. Ihre Rede erklärte mir, der ich so lange als Gelehrter vergeblich in den Traktaten der Philosophen danach gesucht hatte, den Aufstieg der Seele zur unerfasslichen Präsenz Gottes. Es ist ein kompliziertes Denken, ich kann dich hoffentlich später einmal darin einführen. Für heute nur so viel: Marguerite teilt das Christentum in die Kleine Kirche der Lügner, das sind die Bischöfe und Theologen, die den Seelen Furcht einflößen, um sie zu knechten. Die Große Kirche jedoch besteht aus den erleuchteten Seelen, denen es in demütiger Versenkung und durch tägliche Läuterung gelingt, ähnlich wie Gott zu werden. Eine solche Seele, der die Irrtümer dieser Welt nichtig wurden, benötigt keine Priester und keine Theologie des Schreckens mehr. Eine gereinigte Seele ist frei.

Ich rief: Das ist doch genau das, was du heute Abend den Klarissen gepredigt hast!

Natürlich, sagte der Meister. Mein bestes Denken ist nichts als eine Abspiegelung der Genialität von Marguerite. Ich wurde im Beginenhof zu Valenciennes zum Jünger ihrer Seelenkunde und kehrte auch 1303 auf dem Heimweg bei den Beginen wieder ein. Es waren die schönsten Tage meines Lebens. Ich bin für die Welt der berühmte Meister der Theologie, doch in Wahrheit bin ich der bescheidene Schüler dieser Begine von Valenciennes. Als ich 1311 auf dem Weg zu meiner zweiten Professorenzeit erneut durch die Stadt kam, lag der wunderschöne Beginenhof geplündert da. Und ihre mächtigen Feinde hatten Marguerite in Paris ermordet. Seither versuche ich, ihr geheimes Wissen weiterzutragen.

Ich wollte jetzt unbedingt vom Meister erfahren, was damals geschehen war.

Er erklärte es mir: Natürlich war es ein Inquisitor von uns Dominikanern, der Marguerite den Garaus machte. Guillaume de Paris, der schleimigste und brutalste aller Henkersknechte von König Philipp. Erst erledigte dieser Inquisitor 1307 die Drecksarbeit der Templerprozesse, dann fielen die Beginen in seine blutigen Hände. Guillaume sorgte bereits 1308 für Marguerites Festnahme. Beinahe zwei Dutzend Theologen beugten sich unter dem Druck der Inquisition über ihr Werk. Zuerst war es meinem geschätzten Kollegen, dem Pariser Theologen Godefroid de Fontaines, noch gelungen, Marguerite freizusprechen. Dann aber wurde sie von der gut funktionierenden Knochenmühle des Königs zerrieben. Was das wirklich Unfassbare an diesem Prozess war, erweist sich im Verhalten der heiligen Marguerite, wie ich sie dir gegenüber nennen will. Kannst du dir vorstellen, was diese Frau den Inquisitoren entgegnete?

Ich schüttelte den Kopf.

Sie sagte gar nichts, erklärte der Meister mit Leuchten in den Augen. In ihrem Buch stand bereits geschrieben, keine weltliche Macht könne eine freie Seele vor Gericht laden. Und genau so kam es. Meine Lehrerin schwieg zwei Jahre lang eisern, lehnte jede Erklärung, jede

Entschuldigung, jede Berufung und jeden Gnadenappell ab, bis die erbosten Schergen Philipps und des Papstes sie schließlich im Juni 1310 in Paris auf dem Scheiterhaufen verbrannten. Nicht einmal in den lodernden Flammen soll Marguerite geschrien oder auch nur vor Schmerzen geseufzt haben. Der reine Spiegel ihrer Seele blieb für die Mörder blind.

Mein verehrter Meister war seine Lehre also einer Frau schuldig. Einer Frau, die nie eine Schule oder eine Universität von innen gesehen hatte, weil das den Frauen verboten war. Nur mit ihrem Nachdenken und ihrer Vergeistigung war es Marguerite Porete gelungen, die Dogmen und Hierarchien der Kirche zu brechen. Diesen Sieg hatte man ihr nicht nehmen können. Das Leben schon.

In der Folge, so rundete der Meister seine Erzählung ab, wurde das freie Beginentum vom Konzil zu Vienne verboten, wir haben noch 1325 in Köln die Nachwirkungen erlebt, als unser Feind, Bischof Heinrich, den männlichen Zweig der Bewegung, die Begarden, verbrennen ließ. Die Botschaft der Mächtigen ist deutlich, sie haben alle ihre Lektion von König Philipp gelernt: Jede Selbständigkeit der Untertanen, jede Frömmigkeit, die an den Priestern vorbei zu Gott strebt, muss ausgerottet werden. Wegen dieser Doktrin sind wir heute in Avignon.

Ich blickte den Meister an, der bei seinen letzten Worten fröstelnd die Arme vor der Brust verschränkte.

Du versuchst also, sagte ich, deinen Zuhörern allen deinen Zweifeln zum Trotz den Glauben zu bewahren, damit sie nicht mit der Obrigkeit in Konflikt geraten und auf den Scheiterhaufen kommen?

Das ist mein einziges Ziel, antwortete der Meister. Was hätte es bei aller Berechtigung einer Revolte denn für einen Sinn, die Menschen aufzustacheln, wenn sie am Ende dafür in Massen sterben müssen. Die Mächtigen sind immer stärker. Schau nur auf die Armutsbewegung der Franziskaner. Wie viele Aufsässige wurden in Norditalien niedergemetzelt! Die ersten Mönche brannten vor drei Jahren in Marseille, und nun sitzt sogar der Ordensgeneral Michele da Cesena im Kerker dieser Stadt. Meinst du, ich wüsste nicht, wie recht die Franziskaner mit ihrem Hass auf diese gierige Kirche aus Gold und Kredit haben? Doch ich fürchte, diese Rebellen werden ihren Mut mit dem Leben bezahlen.

Der Meister schaute auf zum nahezu vollen Mond, der über der Rhone hoch am Himmel stand, und erklärte:

Jede Seele, die sich – meinetwegen aus Resignation – nach meiner Predigt in eine Klosterzelle zurückzieht und dort geistig von den Fesseln der Macht befreit, ist für mich eine gewonnene Seele. Marguerite Poretes Schicksal hat mich gelehrt, dass gerade die weisesten und arglosesten Menschen gegen die Bosheit der Herrschenden keine Mittel finden. Wir haben die Schlacht verloren, sobald wir kämpfen. Daher müssen wir unseren Henkern nach innen entkommen.

Bei diesen Worten wurde auch mir kalt. Ich wusste nicht, ob dies der Nacht und dem aufkommenden Wind geschuldet war oder meiner Hoffnungslosigkeit.

Ich sagte: Deine Erzählung lässt mich an die Lehre der Katharer denken, die hier im Midi lebten. Sie sahen in der Kirche das unumstößliche Reich des Teufels, von dem wir uns fernhalten müssen, um ins Paradies kommen zu können.

Von der Lehre der Katharer weiß ich nichts, beschied mir der Meister knapp, ich weiß nur eines: Die Inquisition ist vor hundert Jahren im Feldzug gegen diese Lehre überhaupt erst gegründet worden. Die Katharer wurden ausgerottet bis auf die letzte Frau, bis auf den letzten Mann. Sogar die Knochen ihrer Friedhöfe hat man ausgegraben und zermahlen, ihre Schriften wurden verbrannt. Es gibt keine Katharer mehr. So sieht der Triumph der Kirche aus.

Und doch gehören wir beide dem Orden an, der die wichtigsten Inquisitoren stellt, wandte ich ein.

Doch wir beide werden keine Inquisitoren, rief der Meister. Ich nicht und du nicht! Das sehe ich, das weiß ich. Aber im Habit der Dominikaner können wir überall predigen und auf diese Weise das Schlimmste verhüten: den Massenmord im Namen des Glaubens. Als Dominikaner habe ich Marguerites verbotenes Buch der zunichte gewordenen Seelen, dessen Exemplare alle verbrannt wurden, so gut wie auswendig gelernt. Ich trage ihre Botschaft in mir weiter. So rette ich Seelen – nicht vor der Hölle, die es nicht gibt, sondern vor dem Papst und seinen Henkern. Unsere Worte können die Mächtigen daran hindern, das Blut ihrer Untertanen zu trinken. Das ist doch nicht wenig! Ich habe mich entschieden, auf diese Weise für das Gute zu kämpfen. Und ich werde auch morgen vor dem Papst meine alte Haut so teuer wie möglich verkaufen. Notfalls durch Verstellung und Unterwerfung. Auf keinen Fall will ich enden wie Jacques de Molay.

Du meinst den letzten Gebieter des Templerordens?, fragte ich.

Diesen Mann habe ich mit meinen eigenen Augen sterben sehen, erklärte der Meister düster. Nie werde ich jenen Schreckenstag vergessen, den 18. März 1314 in Paris. Mir war bereits meine Abordnung nach Straßburg als Generalvikar zugestellt worden. Ich hatte meine Sachen gepackt und ging vom anderen Ufer der Seine zur Kathedrale von Notre-Dame, um mich von dem herrlichen Bauwerk zu verabschieden. Da erblickte ich vor der Kirche vier alte Männer in weißen Büßergewändern mit Papierhüten auf dem Kopf. Das waren die letzten der Templer. Selten hatte ich derart geschundene Gestalten gesehen. Es handelte sich um die ranghöchsten Ordensleute, die nach sieben Jahren in den Kerkern des Königs noch am Leben waren, darunter der Großmeister Jacques de Molay persönlich. Alle vier hatten sich, wie ich bereits wusste, an den Papst gewandt, um ihre Unschuld zu beweisen. Als den Männern ihr Gnadenurteil, lebenslange Kerkerhaft in Ketten, verkündet wurde, schrien sie erzürnt von Verrat und Betrug. Der Großmeister widerrief mit einem Gefährten lautstark alle Untaten, die sie unter der Folter zugegeben hatten, und beschimpfte Papst und König als Mörder. Sie hingegen, die Templer, hätten allzeit als gute Christen gelebt.

Damit hatten die Templer ihr eigenes Todesurteil gesprochen. Schon auf dem Generalstudium in Köln wurde mir dieser Grundsatz des Kirchenrechts eingeprägt: Ein verurteilter Häretiker, der sein Geständnis widerruft, ist als Abtrünniger des Glaubens sofort dem Tod verfallen. Ich fragte den Meister gespannt:

Und du hast mit angesehen, was dann geschah?

Ja, nickte er ernst, ich wollte mir alles für den Rest meines Lebens einprägen. Es war ein kalter und regnerischer Tag, dieser 18. März in Paris. Die alten Männer wurden am Portal von Notre-Dame festgebunden und zitterten in ihren Büßergewändern. Ich bemerkte die Spuren schlimmster Misshandlungen. An den Armen von Jacques de Molay standen die nackten Knochen heraus, denn sie hatten ihm mit Zangen Haut und Fleisch vom Körper gerissen. Man hatte mir erzählt, wie die Foltermeister Philippes zu Werke gingen. Vielen Templern wurden mit Gewichten die Hoden abgerissen, die Fußsohlen verbrannt oder alle Knochen zerschlagen, ganz ähnlich dem armen Mann, den wir am Freitag in der Jakobskapelle gefunden haben. Nicht einmal diese Qualen führten dazu, dass alle Opfer die Lügen gestanden, die man ihnen eingab. Die Mutigsten starben lieber vor Schmerzen. Ich fürchte, ich hätte alles gesagt, was sie von mir verlangten. Menschen können abgrundtief grausam sein. Sie sind die erhabenste aller Schöpfungen Gottes – und zugleich die schlimmste.

Und was geschah dann?

Ich wartete bis zur Dunkelheit in einer Taverne an der Seine, erzählte der Meister weiter. Dann kamen Knechte und schichteten einen Holzstapel auf. Später erfuhr ich, dass Philippe und seine Berater ihren Massenmord, der sich über so viele Jahre hingezogen hatte, endlich abschließen wollten. Sie gingen deshalb ohne kirchliches Urteil ans Werk, aber das machte jetzt auch keinen Unterschied mehr. Die Templer wurden herbeigezerrt, an Pfähle gebunden und kurzerhand angezündet. Legenden erzählen bis heute, Jacques de Molay hätte in den Flammen den König und den Papst verflucht. Und tatsächlich kamen Philippe wie Clemens dann auch innerhalb des folgenden Jahres um. Doch ich weiß genau, dass es an jenem Abend in Paris keinen Fluch gab. Der weißbärtige Mann mit seinen vielen Wunden war dafür viel zu schwach. Er sprach für sich ein Gebet und warf dann mit wehendem Haar, als die Flammen ihn schon umzüngelten, einen Blick über die johlende Menge. Was für ein Blick! Mein Wittekind, diesen Blick werde ich nie vergessen, er war schlimmer als jeder Fluch. Dann hörte ich nur noch Schmerzensschreie und wandte mich ab. Am Morgen danach reiste ich aus Frankreich fort, um nie wieder zurückzukehren.

Auch vom Mord an den letzten Templern hatte der Meister mir noch nie zuvor erzählt. Seine Lebensbeichte ergriff mich noch mehr als seine Predigt im Garten der Klarissen. So gut ich geglaubt hatte, diesen wundersamen Mann zu kennen, so überraschend kam diese Wendung. Der Denker der Stille war in Wahrheit ein Widerstandskämpfer gegen die Schreie, die in ganz Europa von den Scheiterhaufen gellten. Darüber musste ich erst einmal in Ruhe nachdenken.

Dem Meister war kalt geworden, er stand auf, um sich in der Zelle schlafen zu legen. Ich versprach, bald nachzukommen.

Ich habe noch eine Verabredung, erklärte ich ihm.

Der Meister zog überrascht eine Braue hoch, fragte aber nicht weiter und entfernte sich gebeugt. Auch ich stand nun auf und ging hinüber zum frischesten Grab auf dem Friedhof der Dominikaner. Die Erde der Provence lag mit nachtfeuchten Schollen zu einem Hügel aufgehäuft, unter dem mein Freund Ramon ruhte. In diese fruchtbare Erde und nicht in den windigen Himmel hatte er zurückkehren wollen. Ich nahm einen Schluck Rotwein aus Lansac und leerte den Rest über dem Grab aus.

Leb wohl, mein Freund!

Ich drückte sorgfältig die letzten Tropfen aus dem Beutel und sah zu, wie sie in der feuchten Erde versickerten. Dann holte ich aus meinem Habit ein kleines Holzbrett hervor, auf welches ich am Nachmittag Ramons Grabspruch geritzt hatte. Ich steckte das Brett in die Erde. Wer weiß, wie lange es hier stehen bleiben würde. Ich hatte darauf einen Sinnspruch geritzt, der nicht nur dem Toten, sondern auch den Lebenden galt:

Etiam si omnes, ego non!

Auch wenn alle mitmachen, ich nicht!

Nun konnte ich endlich schlafen gehen.

Franciscus de Marchia! Ich wachte auf mit diesem Namen und sah vor mir das Gesicht des Spions. Wegen seines krummen Rückens und seiner Theorien der Ballistik hatte ich diesen Mann für einen Gelehrten gehalten. Dass dieser Eindruck verkehrt war, hätte ich mit etwas Nachdenken selber erkennen können. Wieso stieg ein so tumber Trottel zum engsten Vertrauten des Franziskanergenerals auf? Warum hätte sich Michele da Cesena ausgerechnet von diesem verschrobenen Physiker zum Papst begleiten lassen, wenn der Mann unter seiner Maske keinerlei Ahnung von Politik hatte? Und obendrein war er, wie sich gezeigt hatte, ein gefährlicher Kämpfer. Diesen Franciscus de Marchia umgab ein Geheimnis. Er hatte es mit seiner Eisenkugel verteidigt und dafür nicht gezögert, Ramon umzubringen. Und trotzdem war mir streng verboten worden, Franciscus für seine Tat zur Verantwortung zu ziehen. Die anderen Franziskaner schützten einen überführten Mörder. Welche Gründe gab es für dieses Unrecht?

Mir blieb ein Tag, um das herauszufinden. Am Abend würde ich den Meister zur Privataudienz beim Papst begleiten. Was danach mit uns geschehen würde, war völlig ungewiss. Dass ich mich später noch an Franciscus rächen könnte, war aus zwei Gründen unwahrscheinlich. Mein Meister und ich müssten im günstigsten Fall schnell nordwärts aus Avignon verschwinden. Und die Franziskaner würden dasselbe in Richtung Süden versuchen, um sich irgendwie zum Kaiser nach Italien durchzuschlagen. Occam und William wollten nicht ebenso wie ihr Ordensgeneral im Kerker der Inquisition verschwinden. Ich würde diese Franziskaner niemals wiedersehen.

Darum brach ich am Vormittag auf zum Kloster der Cordeliers und ließ meinen Meister über seiner Verteidigungsschrift zurück. Seine Bekenntnisse hatten meine Furcht verkleinert. Der Meister war gar kein weltfremder Gottesprediger, der für seine Lehre glückselig in den Tod gehen würde. Er hatte mir versprochen, sich dem Papst zu unterwerfen und sich zu verstellen, was unsere Gefahr merklich reduzierte.

Notfalls würden wir im Büßerhemd und auf Knien aus dem Palast herausrutschen. Doch wir würden überleben.

Der Weg durch den sumpfigen Bourg und entlang Saint-Didier war mir inzwischen gut vertraut. Hinter den Klarissen gab es einen Auflauf, weil in einer engen Gasse ein Esel stehen geblieben war und sich weigerte, seinen Karren durch den Matsch zu ziehen. Der Fuhrmann schlug mit seiner Gerte auf das magere Tier ein, aber es schnaufte nur und bewegte sich keinen Schritt. Da zog der Besitzer einen Stock aus dem Karren und prügelte den Esel mit aller Kraft, erst auf den Rücken, dann hinten auf den Kopf, am Ende auf die Nase und zwischen die Augen. Die Umstehenden warteten gespannt. Als am Kopf des Tieres Blut austrat, blickte der Esel sich voll Angst um, aber der Fuhrmann war derart in Wut, dass ihn nichts mehr hielt. Irgendwann entfuhr dem Esel ein hoher Schrei, und er fiel einfach um. Den Karren riss er dabei mit. Er lag nun mit gestreckten Beinen im Dreck. Selbst jetzt noch schlug der Fuhrmann ohne Unterlass auf den Körper des geschundenen Tieres ein. Die Zunge hing ihm aus dem Mund, weißer Geifer tropfte heraus. Dann zuckten alle Gliedmaßen gleichzeitig, das war der Tod.

Sogleich begannen Menschen im Pulk zu lachen und rissen Witze über den Fuhrmann, dessen Karren jetzt nicht mehr fuhr. Er solle sich doch selbst davor spannen, er sei ja auch nichts anderes als ein dummer Esel. Ob es jetzt die ganze Woche bei ihm Eselswurst oder gebratene Eselsohren zu essen gebe? Der Fuhrmann, alt und grau und in halb zerrissenem Kittel, hörte nicht hin, sondern fiel auf die Knie. Sicher war der Esel samt Karren sein einziger Besitz, und er hatte kein Geld, sich ein neues Tier zu kaufen. Es war ihm anzusehen, dass er plötzlich nicht mehr wusste, wie es weitergehen sollte. Eine Weile blieb alles still, dann heulte auch der Fuhrmann schrill und unheimlich auf, ganz ähnlich wie soeben noch sein Tier. Der Mann sank in den Schlamm und umarmte den blutenden Esel. Einige Umstehende lachten. Die meisten gingen weiter und ließen Mensch und Tier in ihrem Leid zurück. Das also war das Leben. Es gefiel mir nicht.

Das Wetter hatte sich seit dem Vollmond gedreht. Statt kaltem Mistral wehte nun ein klebriger Scirocco von Süden herauf. Die Sonne war hinter dunklen Wolken verschwunden, die sich ungut über der Rhone auftürmten. Die Schiffer mussten zusehen, dass sie vor dem Unwetter anlandeten. Und die Bauern fürchteten an solch einem Tag um ihre Ernte. Es war so schwül geworden, dass mir der Habit an den schweißigen Beinen klebte. Vielleicht, dachte ich, war die Welt gar nicht für Menschen geschaffen. Gehörten wir wirklich hierher? Viele Monate war es zu kalt, und alle froren. Dann wurde es zu warm, dazwischen stürmte es, regnete es, schneite es. In einem Jahr war es zu trocken, im nächsten vernichtete Regen die Ernten, dann wieder erfror die Frucht auf den Feldern. Angenehm war es nie, immer mussten die Menschen ums Überleben kämpfen. Welcher böse Geist hatte sich das alles ausgedacht? Die Christen hatten dafür keine Erklärung, die Katharer schon. Wahrscheinlich waren sie deswegen ausgerottet worden.

Der Pförtner bei den Cordeliers ließ mich ohne Nachfragen ein. Ich ging schnurstracks zur Bibliothek, öffnete die schwere Holztür aber nur einen Spaltbreit. Wie ich erwartet hatte, saßen die Aufrührer beisammen, Franciscus de Marchia und Bonagratia da Bergamo über dicken Folianten. Humbert, Occam und William waren wie immer ins Gespräch vertieft. Keiner von ihnen hatte mich bemerkt. Ich schlich zurück in den Zellengang. Occam hatte mir am Sonntag seine Tür gezeigt, nebenan musste Franciscus mit dem alten Bonagratia untergekommen sein. Ich schob die Tür links auf, dort stand nur ein Bett, überall lagen Bücher und Pergamentrollen auf dem Boden. Das war offenbar die Zelle des Bibliothekars. Hinter der Tür rechter Hand befanden sich zwei einfache Betten, auf einem lag eine Schrift, ich las den Titel »Liber Sextus Bonifacii«. Das war Kirchenrecht und gehörte gewiss Bonagratia da Bergamo. Also begann ich unter dem Strohsack der anderen Pritsche zu suchen. Was ich zu finden hoffte, war mir noch unklar. Eine Belohnung für die Ablieferung der Metallschachtel? Ein verschlüsseltes Pergament mit Anweisungen der Kurie? Eine Waffe, die der Spion für seine Drecksarbeit benötigte? Ich wollte irgendeinen Beweis in die Hände bekommen, dass Ramons Tod kein Versehen, sondern geplant gewesen war.

Als ich in der Bettstatt nichts fand, untersuchte ich zuerst das

Fenster. Dann schaute ich nach, ob Franciscus draußen vor dem Laden etwas verborgen hatte. Zum Schluss kniete ich nieder, um die Bodenfliesen abzusuchen. Tatsächlich wackelte hinten an der Wand eine Kachel. Ich zog mein Messer, um sie an der Fuge zu lockern. Schließlich konnte ich sie anheben und entdeckte darunter einen Zwischenraum. Ich griff hinein.

Im selben Moment, in dem ich von hinten jemanden eintreten hörte, hatte mich der Mann auch schon um den Brustkorb gepackt und presste meine Arme gegen den Leib. Mein Messer hatte mir der Angreifer mit einer geschickten Bewegung aus der Hand geschlagen, so dass es gegen die Mauer flog und außer Reichweite liegen blieb. Dafür spürte ich nun selbst ein Messer am Hals, während ich mit dem Gesicht nach unten zu Boden gedrückt wurde.

Eine Bewegung, und du bist tot, stieß der Mann hervor.

Ich spürte die Klinge unter dem Kinn. In meiner Stellung konnte ich nur Füße in Sandalen erkennen, doch die Stimme des Angreifers verriet mir, dass dies Franciscus de Marchia war. Ich staunte, wie viel Kraft in diesem beinahe Buckligen von sicher mehr als vierzig Jahren steckte.

Du denkst wohl, ich bin ein verblödeter Bücherwurm, sagte er. Natürlich habe ich gesehen, wie du gerade durch die Tür gespäht hast. Ich habe dich ohnehin erwartet. Du bist zu neugierig, das ist dein Verhängnis. Und jetzt, Dominikaner, wirst du hier im Staub genauso erbärmlich verrecken wie gestern dein Spießgeselle in der Taubenscheiße.

Ich schloss die Augen, und mir war wundersam wohl bei dem Gedanken, dass Ramon und ich bald durch denselben Mörder verbunden wären. Gleichzeitig musste ich an meinen Meister denken, wie er ohne meine Unterstützung durchs Portal des Papstpalastes schritt. Seltsam, welch genaue Bilder uns in unseren letzten Augenblicken durch den Kopf schießen. Ich sah die grünen Sandsteinmauern meiner Stadt, ich sah mich auf einer in den Wellen schaukelnden Kogge, ich erblickte Niklas im Schnee des Waldes, ich sah die Türme von Köln und dann mich selbst mit Francesco di Arezzo und Jean de Meudon vor dem Schloss von Sorgas. Das war es also gewesen.

Lass ihn leben, Franciscus! Es lohnt die Mühe nicht, erkannte ich die Stimme von Occam. Der italienische Spion lockerte seinen Griff und stieß mich zur Wand, ich konnte mich jetzt umdrehen und erblickte den Engländer, der seinem Mitbruder begütigend die Hand auf die Schulter gelegt hatte. Doch Franciscus de Marchia richtete seine Waffe immer noch gegen mich, tat dann einen schnellen Schritt zur Seite und setzte seinen Fuß auf mein Messer.

Was hat der Kerl hier herumzuschnüffeln?, stieß der Italiener hervor.

Occam zeigte mit dem Finger auf mich und sagte: Schau ihn dir an, ein junger Heißsporn, der nicht über den Tod seines Freundes hinwegkommt. Ich hatte ihn gewarnt, sich dir zu nähern. Aber so einer will nicht hören. Er ist neugierig, das stimmt, aber an wen soll er uns jetzt noch verraten? Er hat keinen Auftraggeber, Franciscus, das müsstest gerade du doch am besten wissen.

Ihr steckt alle unter einer Decke, rief ich, Occam, du bist ein elender Lügner. Du wusstest die ganze Zeit vom Doppelspiel dieses Italieners, du hast mich nur in die Stadt geschickt, um mich auszuhorchen. Und jetzt deckst du auch noch einen Mord. Ehrlichkeit, Ehre, Treue – das sind für dich hohle Begriffe, die dir nichts bedeuten, sobald der Schall des Wortes verhaucht ist.

Ich war dermaßen wütend, dass ich jede Vorsicht fahren ließ. Mit einem Mal hingen mir alle Ränkeschmiede und Spitzel, von denen Avignon voll war, zum Halse heraus. Hier herrschte nichts als der Verrat. Von mir aus sollten sie mich abstechen.

Occam lächelte: Du kannst dankbar sein, dass ich dir gerade das Leben rette. Aber Dankbarkeit ist auch für dich ein flüchtiger Begriff, der schnell verfliegt.

Occam hob mein Messer auf und reichte es vorsichtig an Franciscus weiter, als halte er eine giftige Kröte in der Hand.

Du bist es doch, sagte er, der hier mit einer Waffe einbricht. Du weißt, dass ich Waffen verabscheue. Kein ehrlicher Mönch darf jemals eine tragen.

Und dein Freund Franciscus?, fragte ich. Der ist ein Friedensengel?

Occam schüttelte den Kopf, als habe er es mit einem kleinen Kind zu tun, und wandte sich an seinen Mitbruder: Erzähl unserem Novizen, warum du eine Ausnahme bist und dein Messer bei dir haben musst. Und was es mit deiner Eisenkugel auf sich hat. Vielleicht kommt unser germanischer Wüterich dann zur Vernunft.

Franciscus behielt die Waffe in der Hand und sprach:

Niemand anderer als ich bin verantwortlich für das Leben unseres Ordensgenerals. Ich war von Anfang an dagegen, dass er ohne Garantien zum Papst ging, aber Michele glaubte an Joans Versprechen auf freies Geleit. Darum sitzt unser General nun im Kerker, und ich konnte ihm gegen die Übermacht nicht helfen.

Und darum hast du sofort die Seiten gewechselt und spionierst jetzt für den Papst, sagte ich abfällig.

Wenn du weiter so frech bist, sagte Franciscus, überlege ich es mir noch anders. Ich warne dich.

Occam lächelte wieder sein ungutes Lächeln und wiegelte ab: Du warst auch einst jung und heißblütig, Franciscus. Ich habe immer gesagt, der kleine Deutsche ist nicht übel, und ich hatte im Grunde recht. Er hat uns nie verraten, und er hat die Kiste aufgestöbert, die am Ende wenigstens dir etwas genützt hat. Erzähl es ihm ruhig.

Franciscus steckte sein Messer immer noch nicht ein. Ein böser Wachhund, dachte ich, als er mir im bellenden Tonfall seine Sicht zu erklären begann:

Wenn du wüsstest, Dominikaner, wie oft ich schon in Italien Anschläge auf das Leben unseres Ordensgenerals abwehren musste. Wir führen mit unserem Armutsstreit Krieg gegen einen Feind, dem jedes Mittel recht ist. Man hat mehrmals versucht, Michele da Cesena zu vergiften. Einmal brachen in einem Konvent in Rimini die Deckenbalken über ihm, und ich konnte ihn noch im letzten Moment zur Seite reißen. Zweimal versuchten Mörder, ihn hinterrücks zu erdolchen. Und nur weil ich einiges vom Kämpfen verstehe und meine Kugel genau werfe, sind jetzt die Meuchler tot und nicht die letzte Hoffnung der Christenheit.

Verstehst du jetzt endlich?, fragte Occam. Wir Franziskaner haben alles auf eine Karte gesetzt und tun es noch. Unsere Mitbrüder aus ganz Europa wählen gerade in Bologna den Mann zu ihrem Oberhaupt, den der Papst in Ketten legen ließ. Wir fordern die höchste Macht der Welt heraus. Darum auch ist unser bester Mann, William von Baskerville, hierhergekommen. Und darum musste Bruder Franciscus so tun, als wolle er für die Kurie spionieren.

Anders wäre ich nicht wieder aus dem Palast herausgekommen, fügte Franciscus an. Hier im Konvent planen wir seit Wochen, wie wir unser Oberhaupt befreien können. Gleichzeitig beliefern Occam und ich diesen Oberschnüffler Armand de Belvézer mit harmlosen Nachrichten über Boten aus Italien und über Verschwörer, die es gar nicht gibt. Deine Schachtel kam mir wie gerufen. Du hast mit unserer Hilfe herausbekommen, was drin ist, dass Napoleone irgendwie dahintersteckt und dass sie niemandem mehr dienlich ist. Vor allem wusste ich durch dich endlich, warum die Kurie das Kästchen so verzweifelt suchte. Du kannst dir nicht vorstellen, wie respektvoll Armand de Belvézer mich anschaute, als ich ihm die Metallschachtel überreichte. Der Papst werde höchst erfreut sein. Man wisse jetzt, dass man sich auf meine Dienste rückhaltlos verlassen könne. Du kannst dich trösten, Dominikaner, unwichtig war dein Fund ganz und gar nicht. Wenn die Schachtel dir auch nichts nützt, mich hat sie von jedem Verdacht reingewaschen.

Occam setzte die Erzählung fort: Weil die Sergenten unserem Franciscus trauen, konnten wir von ihnen erfahren, in welchem Verließ Michele angekettet wurde, nämlich direkt unter dem Papstpalast. Wir haben heute früh alles ausgekundschaftet, aber es gibt keine Möglichkeit, ihn mit Gewalt zu befreien. Erst heute Nachmittag erfahre ich, ob wir vielleicht einen der Wärter mit sehr viel Geld bestechen können. Es ist höchste Zeit, denn lange schaut sich die Kurie nicht mehr an, dass wir hier im Kloster die Armutsbewegung repräsentieren und keine Anstalten machen, uns dem Papst zu unterwerfen. Heute muss sich alles entscheiden, hörst du? Nicht nur für deinen einsamen störrischen Prediger aus Köln, den keiner kennt. Genauso auch für uns!

Und weil das alles so furchtbar entscheidend ist fürs Wohl der

Christenheit, musste mein Freund Ramon sterben, warf ich ein. Er hatte nichts mit alldem zu schaffen!

Er war ein Trottel, rief Franciscus. Er hätte bloß in die andere Richtung schauen müssen. Ich hatte die Schachtel schon in der Hand und wäre wenige Augenblicke später über die Mauer davongeklettert. Aber nein! Dieser Esel musste angelaufen kommen. Durfte ich meine Tarnung auffliegen lassen? Wer könnte dann noch für die Befreiung Micheles arbeiten?

Der Italiener zeigte mit dem Finger auf mich: Gerade du solltest mir dankbar sein. Hätten mich die Dominikaner festgehalten und mitsamt der Schachtel den Sergenten übergeben, dann wärst du sofort dran gewesen. Kein anderer als du hattest schließlich das Kästchen versteckt. Was hättest du denen denn erzählt, woher du es hattest? Von zwei Ermordeten geraubt? Oder zufällig beim Beten unterm Altar eurer Kirche gefunden? Oder hatten ein paar Täubchen die Schachtel mit den Schnäbeln ins Nest getragen? Du beschimpfst mich als Mörder, dabei hast du es mir zu verdanken, dass du nicht in Ketten liegst!

Ich senkte den Blick. Es gelang mir nicht, meine Verantwortung abzuwälzen. Am Ende war immer ich der Schuldige. Wäre ich nicht so übereifrig gewesen und hätte nicht mit allen Mitteln versucht, zwischen dem verletzten Serge und dem Meister eine Verbindung herzustellen – eine Verbindung, die es nie gegeben hatte! –, wäre nichts passiert. Und hätte ich nicht nach dem Überall auf mich in der ganzen Stadt nach Gründen dafür gesucht, wären der Meister und ich niemals in diese üble Angelegenheit hineingezogen worden. Ich hatte mich als Mittelpunkt begriffen, obwohl ich nicht einmal eine Randfigur war. Ohne meine Eitelkeit würde Ramon noch leben. Die Franziskaner hatten recht. Nicht Franciscus de Marchia war schuldig. Ich war es.

Occam forderte mich auf, auf der Stelle einen Eid abzulegen, dass ich weder Franciscus noch ihm jemals wieder nachstellen würde, dann könnte ich gehen.

Bei wem lassen wir dich Ketzer denn schwören?, fragte Occam. Beim heiligen Dominikus? So fromm kommst du mir nicht vor. Du schwörst uns besser beim Leben deines Meisters, dass du deine Nase nicht mehr in unsere Angelegenheiten stecken wirst.

So tat ich es. Ich fühlte mich mutlos und fragte mich, was ich bei den Franziskanern überhaupt noch verloren hatte. Diese Mönche wurden nicht mehr meine Freunde, das hatte Occam mir deutlich gezeigt. Mir gingen seine ersten Worte nicht aus dem Sinn, als Franciscus mir die Kehle durchschneiden wollte: Es lohnt die Mühe nicht. Das allein war sein Argument, das Franciscus überzeugt hatte, mich am Leben zu lassen. Wozu eine blutende Leiche wegschleppen? Warum bei einem nutzlosen Mord entdeckt werden? Wen konnte ein dummer Novize denn schon verraten? Das war inzwischen mein Rang. Occams Großzügigkeit verriet mir, dass er an meinem Schicksal jedes Interesse verloren hatte. Ich hatte mich für meinen Meister entschieden. Nun musste ich eben allein durchkommen.

Der sonst so wieselige Occam wirkte gelassen, verdächtig gelassen. Mit dem Geld, das sein Mitbruder William beim Buchhändler Corboli für seine verbrannten Manuskripte herausgeholt hatte, war es Occam gewiss gelungen, für diese Nacht eine Flucht aus Avignon zu organisieren. Den verzweifelten Michele da Cesena im Kerker würden seine Freunde aufgeben, wenn sie ihn nicht doch noch über Bestechung frei bekämen. Sonst gingen sie eben ohne ihn.

Mit gewisser Berechtigung konnte sich Occam dann Hoffnungen machen, zum neuen Ordensgeneral der Franziskaner gewählt zu werden. Der Philosoph aus Oxford hatte dem Papst in Avignon als Angeklagter die Stirn geboten. Dazu bewunderte ihn die gelehrte Welt Europas als genialen Denker. Das alles musste ihn zum offiziellen Gegenspieler des Papstes geradezu prädestinieren. Ich konnte mir vorstellen, dass der ehrgeizige Engländer mit dieser Wendung nach Jahren der Agonie gar nicht unzufrieden war. Ehre und Macht warteten in Italien auf ihn. Er musste nur noch aus der Stadt entkommen.

Auch Franciscus de Marchia schien durch meinen Eid beruhigt und händigte mir sogar mein Messer aus. Hier im Konvent würden wir einander nicht mehr aus den Augen lassen und dem anderen nicht mehr ungeschützt den Rücken zukehren. Was immer dieser Italiener für die Sicherheit seines Obersten tun konnte, ich wusste nun von ihm selbst, dass er Ramon umgebracht hatte und dass er nötigenfalls keinen Moment zögern würde, auch mich aus dem Weg zu räumen. Dieser Mann blieb mein Feind. Mir war es recht, dass diese Spiritualen der Armutsbewegung aus Avignon verschwanden, genau wie ihr Gönner Napoleone Orsini. Die Luft wurde reiner.

In der Bibliothek setzte ich mich zu Humbert von Alexandria. Der alte Bücherliebhaber hatte seinen Beryll auf die Nase geklemmt und schrieb Buchstabe für Buchstabe das Manuskript ab, das vor ihm auf dem Pult ausgebreitet war. Während ich Bruder Humbert begrüßte, flüsterte Occam mit den anderen. Der alte Bonagratia blieb wie ein zerzauster Rabe vor seinem Folianten sitzen. Occam, William und Franciscus wollten sich, wie sie uns erklärten, in den Kreuzgang begeben, um ein wenig frische Luft zu schnappen.

Dieser Franciskus spielt ein doppeltes Spiel, sagte ich zu Humbert, nachdem der sein Buch zugeklappt, seinen Beryll abgenommen hatte und mich nun zwinkernd betrachtete.

Der Bibliothekar lächelte zu meinen Worten: Ich weiß nicht, ob doppeltes Spiel der richtige Begriff ist. Vielleicht spielt er seine Partie auch drei- oder vierfach, oder er hat längst jeden Überblick verloren. Occam ist überzeugt, dass Franciscus für ihn arbeitet, während Armand de Belvézer glaubt, er würde uns alle als päpstlicher Spion aushorchen. Im Kerker erhofft sich unser Ordensgeneral Rettung von Franciscus, doch vielleicht hat gerade dieser Freund den armen Michele bereits eiskalt geopfert.

Humbert verkündete das alles so gleichmütig, als spreche er vom Anrühren einer Gallapfeltinte oder vom korrekten Anspitzen einer Gänsefeder. Der rundliche Graubart mit der hohen Stimme tat alles, um mir deutlich zu machen, dass ihn die Ordenspolitik nichts anging.

Dir ist doch hoffentlich klar, fuhr er fort, dass der Papst längst seine Pläne für die Franziskaner fertig hat. Alle hiesigen Mönche, die im Konvent zum Papst und nicht zu den Armutsbrüdern halten, wissen von diesen Plänen. Michele da Cesena wird nie mehr das Licht der Sonne erblicken. Er ist verloren. Kardinal Bertrand de Turre, den du bei eurem Ketzerprozess erlebt hast und der auch Franziskaner ist, wird ihn als Ordensgeneral beerben und die Franziskaner von allen Spiritualen säubern. Sogar der Name des neuen Ordensgenerals für die Zeit danach steht schon fest, es ist Bertrands Neffe Guiral Ot, natürlich ein Mann hier aus dem Midi.

Ich bewunderte die Gelassenheit Humberts, sein eigener Orden lag ihm augenscheinlich weniger am Herzen als ein Manuskript im Regal. Ich fragte ihn:

Hoffung gibt es also keine mehr?

Humbert winkte müde ab: Es ist vorbei mit der Armutsbewegung, nur diese Fanatiker hier wollen das noch nicht wahrhaben. Und dieser ganze Mummenschanz, der gerade auf dem Generalkapitel in Bologna abläuft, wird viel neues Leid zur Folge haben. Hier in Avignon wird der gesäuberte Orden der Bettelbrüder neu gegründet, genau wie zuvor das Papsttum. Und dann muss nach und nach die ganze Opposition zu Kreuze kriechen. Dieser Opportunist Franciscus de Marchia wird es als Erster tun. Man muss schon so ehrgeizig sein wie Occam oder so beseelt wie Michele da Cesena, um das alles nicht kommen zu sehen. Diese verblendeten Leute setzen ihre Hoffnung auf einen deutschen Kaiser, der mit leeren Taschen in Italien um sein Leben fürchtet.

Und Bruder William?, fragte ich den Bibliothekar.

Humbert überlegte nicht lange: Der Mann ist ohne Fehl, aber schwer zu begreifen. William von Baskerville ist wie der Wind. Die Freundschaft zu Michele trieb ihn her. Er hat versucht, Occam gegen die Inquisition zu beraten. Auch dir wollte er bei deiner Suche nach dem Geheimnis deiner Schachtel helfen. William von Baskerville ist zu jedermann loyal, wenn er auch an niemanden glaubt. Irgendwann wird er so spurlos verschwinden, wie er aufgetaucht ist. Dieser Mönch wirkt auf mich ähnlich rätselhaft wie eine Figur aus einem Roman. Nur habe ich diesen Roman leider nicht geschrieben.

Und was ist mit dem »Defensor Pacis« des Marsilius von Padua?, wollte ich wissen. Den schreibst du doch gerade ab.

Humbert erklärte seufzend: Ich wollte dich nicht in den Machtkampf zwischen Kaiser und Papst hineinziehen, weil mich das Ganze selber nur wenig angeht. »Defensor Pacis«, Verteidiger des Friedens, heißt dieses Buch, aber es trägt den bittersten Krieg in sich.

Warum kopierst du es dann heimlich?, fragte ich.

Humbert lächelte: Es ist eine alte Gewohnheit von mir, fast so etwas wie ein Schwur. Ich habe mir vorgenommen, alles zu unterstützen, was dem Papst schadet. Als William vor einigen Tagen den »Defensor Pacis« vom Kaiserhof aus München mitbrachte, erzählte er mir, dass in der Kanzlei des Kaisers die Kopisten jede Woche ein Exemplar fertigstellen und nach und nach an alle wichtigen Städte, Klöster, Bistümer im Heiligen Römischen Reich schicken. Ich kann die Mühe inzwischen verstehen, denn ich habe alles sorgfältig durchgelesen. Dieser Traktat bedeutet unterm Thron des Papstes so etwas Ähnliches wie dieses neumodische Pulver, das brennt und stinkt und alles kaputtmacht. Wie heißt es gleich?

Schwarzpulver, sagte ich.

Genau, Schwarzpulver, bestätigte Humbert. Wenn die Argumente des Marsilius durchdringen, fliegt Joans Herrschaft in die Lüfte wie ein Topf voller Pulver. Nicht, dass ich glauben würde, dass wir den Papst wirklich so einfach loswürden. Doch schon allein der Gedanke gefällt mir. Darum habe ich mich entschieden, das Buch zu kopieren.

Und damit dein Leben aufs Spiel zu setzen, sagte ich ernst.

Humbert lächelte erneut: Was ist das Leben anderes als ein Spiel? Ich habe dir schon einmal gesagt, dass ich gerne für ein gutes Buch sterben würde. Lieber als für einen schlechten Menschen jedenfalls. Und obendrein sind die Argumente des Marsilius nicht verkehrt. Doch wenn man die Welt mit Argumenten aus Büchern verbessern könnte, dann sähe die Welt nicht so aus, wie sie ist. Mein Grundsatz lautet trotzdem: Wir müssen den Büchern eine reelle Möglichkeit geben, die Menschen zu bessern. Dafür müssen wir sie erstmal abschreiben. Wer ein Buch rettet, der rettet die ganze Welt.

Ich dachte an meinen Meister, der den »Spiegel der einfachen Seelen« von Marguerite Porete auswendig gelernt hatte, um das Werk vor der Vernichtung zu retten. Auch Francesco di Arezzo repetierte täglich seinen Cicero, um richtig reden und denken zu lernen. Es war alles andere als ein Zufall, dass auch Humbert für ein ganz bestimmtes Buch lebte. Bücher waren wichtig, sonst hätte der Papst nicht solche Angst vor ihnen. Weil man mit Büchern die Welt beherrschte, ließ Joan sich von seinen Theologen hunderte Traktate zur Verherrlichung des Papstes schreiben. Und war nicht auch die Bibel, auf der das ganze Christentum fußte, ein Buch? Ohne dieses Buch war Gottes Wort nichts als ein stummer Schrei. Ich war heute noch froh, Litauen verlassen zu haben, um mich in die Welt der Bücher zu stürzen. Es wäre inzwischen höchste Zeit für mich, an einer richtigen Universität zu studieren, wenn ich auch noch nicht wusste, wie ich das anstellen sollte. Und ob ich überhaupt lebend aus Avignon davonkäme.

Humbert erzählte mir, dass Marsilius von Padua einst Professor der Philosophie an der Universität zu Paris gewesen war, genau wie mein Meister. Paris, Oxford, Bologna, vielleicht noch Padua, diese vier Orte bildeten das Viereck der Gelehrsamkeit in Europa. In Paris hatte Marsilius, ein auch in der Medizin hochgebildeter Italiener, vor vier Jahren seinen Traktat herausgebracht und musste deswegen nach Deutschland fliehen. Er hatte die weltliche Macht der Kirche frontal angegriffen. Die These des Marsilius lautete: Schuld an allem Elend in der Welt ist allein die Machtgier der Päpste, deren Herrschaft über die Christenheit nirgendwo in der Bibel verankert steht. Die Bischöfe von Rom sollten sich um die Seelen der Menschen kümmern und nicht versuchen, immer mehr Unordnung in die Welt zu bringen. Mit Argumenten des Aristoteles begründete Marsilius, dass die Ordnung des Staates nicht von Priestern, sondern von einem weltlichen Gesetzgeber garantiert werde. Dieser Kaiser sei für das Wohlergehen aller Untertanen verantwortlich. Ihm müsse die Kirche Steuern zahlen, seiner Gerichtsbarkeit seien auch die Priester unterstellt. Ein Papst, der dies nicht akzeptiere, müsse als Feind des Friedens abgesetzt werden. Und weil Papst Joan als Nachfolger Christi auch noch die Armut Christi verleugne und sich in Gold und Seide hülle, müsse er als Häretiker zusätzlich streng bestraft werden.

Ich pfiff durch die Zähne. Dieser Traktat bedeutete wahrhaftig Schwarzpulver unter dem Stuhl des heiligen Petrus.

Ich fragte: Glaubst du wirklich, dass es auf der Welt gerechter zugehen würde, wenn der Papst dem Kaiser untertan ist und die Kirche nur mehr für die Seelen zuständig ist?

Humbert antwortete mit einer Gegenfrage: Geht es den Bauern oder den Bürgern besser, wenn sie ein König oder ein Herzog ausbeutet und nicht der Bischof? Wohl kaum. Was der Klerus nicht kassiert, das holen sich die Fürsten für ihre Schlösser und Feste, ihre Jagdfalken, ihre erlesene Kleidung und vor allem für ihre immerwährenden Kriege. Nicht weil er ein Kleriker ist, wird der kriegführende Papst zum Verbrecher, sondern weil er wie ein Fürst regiert. Eine Welt ohne Geistliche wäre auch nicht friedlicher und gerechter, das kannst du mir glauben. Marsilius geht – wie Aristoteles – von einem Wohlergehen aller Untertanen als höchstem Ziel des Staates aus. Aber hast du jemals einen Staat gesehen, dessen Herrschern an etwas anderem gelegen wäre als an ihrem eigenen Wohlergehen? Statt zu Verteidigern des Friedens werden alle Könige und Kaiser gewöhnlich zu Verteidigern des Krieges. Darum ist das hier alles, so gut es begründet ist, nur der Wunschtraum eines Gelehrten.

Immerhin, wandte ich ein, haben wir es hiermit schwarz auf weiß, dass die Macht der Kirche auf Anmaßung beruht.

Humbert gab mir recht: Das stimmt, sonst würde ich mir auch nicht solche Mühe beim Kopieren geben. Die Herleitung der Macht des Papsttums als eine endlose Kette von Lügen und Dreistigkeiten – das ist historische Arbeit, für die ich diesen Marsilius wirklich bewundere. Ich kann mir vorstellen, dass es schwierig war, das alles aus den gefälschten Dokumenten der Kirche herauszulesen. Seit Kaiser Konstantin das Christentum zur Staatsreligion erklärte, verbünden sich die Päpste mit der Macht und sind inzwischen selbst genauso geworden wie die schlimmsten römischen Kaiser. Gut, dass sich überhaupt noch jemand traut, daran zu erinnern. Versteckt in der Theologie des heiligen Thomas, wie ich es hier zusammenschreibe, ist diese Abrechnung mit der Kurie die passende Kost für Leser späterer Zeiten.

Humbert nahm das kleine Buch mit dem gefährlichen Traktat in die Hand und streichelte es beinahe zärtlich.

Ich kann als alter Mönch dafür sorgen, dass in Avignon die Wahrheit nicht völlig in Vergessenheit …

In diesem Augenblick wurde mit großem Getöse die Tür der Bibliothek aufgestoßen. Mit einem Knüppel in der Hand stürmte ein Mann herein. Ich kannte seinen starren Blick, ich kannte seinen schwarzen Umhang, ich kannte seine stampfenden Schritte. Es war der brutale Riese, der Serge und Bruno umgebracht und mich durch halb Avignon gejagt hatte. Ich erschrak fürchterlich und griff unwillkürlich nach dem Messer in meinem Ärmel. Auch Humbert erbleichte. Jemand hatte uns verraten, und ich wusste sofort, wer das war. Nun lieferte uns der Spion Franciscus an den Papst aus. Mit dem »Defensor Pacis« in der Hand war Humbert von Alexandria dem Tod verfallen, und ich mit ihm.

Doch zu meiner Überraschung kümmerte sich der Riese überhaupt nicht um uns, sondern ging mit klirrenden Sporen zum anderen Ende des Saales, wo der alte Bonagratia da Bergamo über seinem Folianten seit geraumer Zeit vor sich hin schnarchte. Der alte Italiener schreckte auf, als ihn der Riese am Arm zog.

Mitkommen!, raunzte er nur.

Verwirrt murmelte der Greis irgendetwas Italienisches, das von ferne nach einer Anrufung des heiligen Franz von Assisi klang. Unsanft griff ihn sein Gegenüber unter den Achseln und zerrte ihn aus der Bibliothek. Der Greis war wie ein Grashalm in seinen Armen. Humbert und ich blickten einander verstört an. Was hatte das nun wieder zu bedeuten?

So schnell dies dem alten Bibliothekar möglich war, eilten wir die Treppe hinunter. Im Kreuzgang stand Arnaud de Trian mit Sporen, Brustpanzer und Helm. Er hatte Occam, Franciscus und William bereits die Hände mit Ketten gefesselt. Wir mussten hilflos mit ansehen, wie der brutale Riese die drei Franziskaner nun mit Fußtritten auf einen Karren scheuchte, der im Hof wartete. Ich konnte gerade noch einen Blick von William von Baskerville erhaschen, der Humbert anlächelte und mir mit dem Kopf zunickte wie zu einem letzten Lebewohl. Von Occam, der sich seiner Flucht so sicher gewesen war, war kein Laut zu hören. Die päpstliche Miliz hatte sie alle überrumpelt. Ein paar

Mönche drängten sich an der Wand des Kreuzgangs wie Schafe, in deren Koppel der Wolf eingebrochen ist. Leise Klagerufe waren zu hören, andererseits gehörten die drei Verhafteten nicht zum Konvent, was den Schrecken der Einheimischen in Grenzen hielt. Man hatte gezielt die ausländischen Spiritualen herausgegriffen. Die Spiritualen und den Spion des Papstes, dachte ich bei mir.

Als der gefesselte Bonagratia nicht schnell genug zum Karren humpelte, ergriff ihn der Marschall persönlich an den Füßen und hievte ihn gemeinsam mit seinem Knecht wie einen Sack auf den Karren. Der Riese zog die Plane herunter, alles musste schnell gehen.

Der Wagen setzte sich in Bewegung, der Riese und Arnaud stiegen auf ihre Pferde und stoben davon. Als wir, schwitzend in der schwülen Luft des Mittags, hinterm Tor des Kreuzgangs bei der Baustelle ankamen, war von den Menschenräubern nichts mehr zu sehen. Sogar Humbert von Alexandria, den sonst nichts erschüttern konnte, war von diesem Überfall in Schockstarre versetzt. Seine Hände und seine Beine zitterten, als ich ihn in die Bibliothek zurückführte. Er sank auf den Schemel vor seinem Pult nieder und bedeckte die Stirn mit den Händen.

Ich muss, flüsterte er, zuerst noch einen Satz zu Ende schreiben, den ich abgebrochen hatte, als du kamst. Es geht da um den Skandal, dass der Papst das Recht jeden Tag ungestraft schändet. Und um die Pestilenz aller kirchlichen Übergriffe auf die Freiheit der Menschen.

Während er sorgsam die Buchstaben formte, sagte Humbert mehr zu sich selbst als zu mir: Dieser Marsilius ist ein Autor, der noch viel klüger ist, als ich dachte.

Als er seinen Satz fertiggeschrieben hatte, legte Humbert von Alexandria die Feder beiseite, schloss den Traktat und starrte finster vor sich hin. In einer Aufwallung ergriff er den »Defensor Pacis« und schleuderte das Buch weit von sich. Ich hob den Traktat auf.

Alles vergeblich!, schrie der sonst so ausgeglichene Humbert und schlug sich mit der Faust gegen die Stirn. Alles umsonst! Die ganze Schreiberei, Lesen, Kopieren, Sprachenlernen. Ich glaubte, man könnte wenigstens damit dem bösen Traum entkommen, in den wir hineingeboren werden. Doch das war ein Irrtum. Und leise fügte er hinzu: Jetzt kommen sie sogar in die Bibliothek, um sich die Menschen zu holen. Niemand kann sie aufhalten. Nichts ist mehr sicher, kein Leben, kein Buch, kein Wort, kein Gedanke. Wir haben den Kampf verloren.

Humbert weinte leise. Mir fiel nichts ein, womit ich den alten Mönch trösten konnte. Occam war in den letzten vier Jahren sein einziger Gesprächspartner gewesen. William von Baskervilles Ankunft ließ den Bibliothekar kurzzeitig darauf hoffen, dass es in seinem Orden noch Menschen von Geist und Güte gab. Nun erwartete die verhafteten Spiritualen dasselbe Schicksal wie ihren Ordensgeneral Michele: Kerker und Tod. Es war wohl besser, Bruder Humbert nicht zu verraten, dass ich den Mann, der gerade im Dienst von Arnaud de Trian seine Mitbrüder gefangen genommen hatte, als den Mörder von Serge und Bruno wiedererkannt hatte. Dieser Riese könnte Occam oder Bonagratia mit einer Hand das Genick umdrehen. Es gab wenig Anlass zur Hoffnung für die Spiritualen. Was mit dem Spion Franciscus geschah, war mir gleichgültig. Doch sicher würde gerade dieser Spitzel, der uns alle verraten hatte, als Einziger zur Belohnung aus den Klauen des Papstes entkommen.

Als könnte er meine Gedanken lesen, malte sich auch Humbert die finstere Zukunft aus: Diese Brüder haben heute das letzte Mal das Licht des Tages erblickt, da bin ich mir sicher. Die vier leisten fortan Michele da Cesena im Dunkel seines Kerkers Gesellschaft. Wenn es dem Papst gefällt, wird er sie alle verrotten lassen. Oder dieser verkommene Marschall dreht ihnen den Hals um. Wozu ein Prozess, wenn dabei alle Verbrechen des Papstes zur Sprache kämen? Joans phantastischer Reichtum, seine Kriege in Italien, sein Größenwahn, mit dem er sich über den Kaiser stellt – dafür wird er sich niemals öffentlich rechtfertigen. Er will seine Gegner beseitigen und dann ungestört regieren.

Ich konnte Humberts Verzweiflung nicht länger mit ansehen und hielt ihm sein Buch hin: Wenn wir Joan nicht direkt herausfordern können, dann müssen wir eben im Geheimen Widerstand leisten. Etwa indem wir Bücher kopieren, die beweisen, dass die Macht des Papsttums nichts anderes ist als eine Lüge.

Humbert blickte resigniert: Widerstand im Geheimen? Mein ganzes Leben mache ich nichts anderes. Seit vielen Jahren verstecke ich mich, sammle verbotene Bücher und kritzle Tag für Tag meine Buchstaben gegen das Unrecht aufs Pergament. Und was habe ich damit erreicht? Je tiefer ich mich verkrieche, je mehr ich mich absondere, desto näher rückt der böse Traum mir auf den Leib.

Ich schaute Humbert fragend an, und er erklärte seinen bösen Traum:

Als ich vor vierzig Jahren hier ins Kloster kam, um die Bibliothek aufzubauen, war Avignon ein verschlafenes Bischofsstädtchen mit angenehmem Wetter und guter Luft. Vor allem lagen zwischen mir und dem Papst in Rom tausend Meilen, die Alpen und das Meer. Ich wollte damals unbedingt fort aus Italien, fort vom Papst und seiner Inquisition. Wie töricht! Heute ist der Papst mein Nachbar, ich höre seine Glocke läuten und sehe ihn mit der goldenen Tiara auf seinem Schimmel durch meine Stadt reiten. Seine Späher, seine Söldner, seine Kleriker sind überall. Heute waren sie zum ersten Mal in meiner Bibliothek. Wann werden sie kommen und mich holen? Ich bin zu alt, um zu fliehen.

Humbert griff sich den »Defensor Pacis«, stand auf und zog mich am Ärmel mit. Als wir in seine Zelle traten, blickte er noch einmal auf dem Gang nach rechts und links. Dann verriegelte er sie von innen und kniete sich, genau wie ich vorher in der Zelle des Franciscus de Marchia, bei der Wand auf den Boden. Er schob Manuskripte und Bücher beiseite und lockerte eine Bodenfliese. Aus dem Hohlraum darunter zog er zwei in Wachstuch verpackte Ballen hervor, in jeden waren zwei Bücher gewickelt. Humbert wischte sie vorsichtig ab und legte sie auf den Tisch. Der Franziskaner bot mir seinen einzigen Hocker an, setzte sich selbst auf die Bettstatt und wies auf die Bücher: Das ist mein Besitz – wertvoller als Diamanten, gefährlicher als Schwarzpulver.

Ich blätterte den ersten Einband auf. Der Titel, »Gnosis Luciferi«, sagte mir ebenso wenig wie der Autor: Nazarius Albanensis. Das nächste Buch stammte von einem Petrus di Verona und trug die Überschrift »Haeritici Christiani«. Ein drittes Buch hieß »Historia Patarenii« von einem gewissen Viventius da Cremona. Das letzte Buch war eine abgenutzte Handschrift des Johannesevangeliums in schwarzem Einband. In keiner der vielen Bibliotheken, die ich in den vergangenen Jahren durchstöbert hatte, war mir einer der drei anderen Titel oder Autoren untergekommen.

Das, sagte Humbert von Alexandria, ist alles, was von unserer Lehre übrig geblieben ist. Es sind die einzigen drei Darstellungen von Geschichte und Glauben der Katharer, die kein Inquisitor verfasst hat. Ich habe die Bücher vor vierzig Jahren aus Italien mitgebracht und seither sorgsam gehütet. Ich fürchte, es sind die letzten Exemplare auf der ganzen Welt. Bekäme die Inquisition sie in die Hände, die Bücher wären noch vor Sonnenuntergang ein Raub der Flammen.

Aber deine Heimat ist doch Alexandria, wandte ich ein, das liegt in Ägypten, nicht in Italien.

Humbert antwortete nicht direkt auf meine Frage, sondern griff sich ein anderes Buch: Dieses wirst du auch nicht kennen, aber es ist kein verbotenes Werk, im Gegenteil. Das ist die »Summa de Catharis« des Raynerius Sacconi aus Piacenza. Und in dem anderen Buch hier hat der Autor fast alles daraus abgeschrieben: der Traktat über die Ketzer von Anselmus di Alessandria. Dieser Anselmus ist mein Onkel. Auch er war wie mein Vater und meine Mutter früher ein Katharer, bis er die Seiten wechselte und Inquisitor wurde. Die drei Traktate auf dem Tisch erzählen unsere Geschichte, wie sie wirklich war. Sacconi, mein Onkel, und dieser andere Chronist hier, Petrus Vallium Cernaii, sie haben als Mörder die Geschichte unserer Vernichtung aufgeschrieben. Anselmus di Alessandria, mein Onkel, war der schlimmste Bluthund von allen. Und unsere Heimatstadt Alessandria liegt nicht in Ägypten, wie du glaubtest, sondern im Piemont. Sie ist zu allem Überfluss nach einem Papst benannt, Alexander. Darum trägt sie den Namen Alessandria.

Ich konnte das alles kaum glauben. Dieser alte Mann war also nicht nur Bibliothekar, sondern Häretiker, er war auch kein Ägypter, sondern ein Italiener. Humbert hatte sich vor vierzig Jahren vor dem Papst und der Inquisition nach Avignon geflüchtet. Die vielen theologischen Bände seiner Bibliothek hatte er um die drei wertvollen Chroniken seiner ausgerotteten Brüder und Schwestern herumgebaut, damit kein Verfolger das geheime Wissen seiner Leute ausfindig machen konnte.

Wissen William oder Occam von deiner Vergangenheit?, fragte ich.

Der alte Mann schüttelte den Kopf: Vielleicht haben sie etwas geahnt. Doch ich wollte ihr Gewissen nicht mit weiteren Geheimnissen belasten. All die Jahre habe ich mein Wissen für mich behalten. Doch ich bin mir sicher, dass mich die Häscher des Papstes heute Mittag bloß übersehen haben. Sie werden wiederkommen, vielleicht schon morgen. Vorher sollst wenigstens du die Wahrheit erfahren.

Humbert begann mit leiser Stimme zu erzählen, was er sein Leben lang in seinem Innern verschlossen hatte: Vor genau fünfzig Jahren, anno 1278, war ich als junger Mann Zeuge, wie mein Vater und meine Mutter zusammen mit einhundertsechsundsiebzig anderen Gläubigen verbrannt wurden. In der Arena von Verona hatte der Inquisitor Philippus Pinamonte alle Überlebenden der Festung Sirmione am Gardasee zusammentreiben und auf Scheiterhaufen binden lassen. Nach Sirmione hatten sich die Vorsteher der Gemeinden aus ganz Norditalien geflüchtet. Mich schmuggelten meine Eltern nachts hinaus, damit ich überlebte und hinterher Zeugnis ablegte von dem Morden. Kannst du dir vorstellen, wie das riecht, wenn einhundertachtundsiebzig Menschenleiber wie Fackeln brennen? Wie du dich fühlst, wenn deine Eltern, die immer nur gut zu dir waren, vor deinen Augen von den Flammen aufgefressen werden? Und du nichts machen kannst?

Ich schluckte. Schon wieder saß ich vor einem Augenzeugen, der sich geschworen hatte, den Scheiterhaufen von Unschuldigen nie zu vergessen. Mein Meister hatte den letzten Templern beim Sterben zusehen müssen, Humbert den letzten Katharern. Beide versuchten sie seither, als Bettelmönche das Erbe der Häretiker weiterzutragen.

Humbert berichtete, wie er schon am Tag nach der Verbrennung seiner Eltern bei den Franziskanern eingetreten war. Nur in einem Ordenshabit konnte er sich noch einigermaßen sicher fühlen. Nach einigen Jahren zog er in die Provence, weil es hier noch intakte Gemeinden von Katharern geben sollte. Doch hatte er dort nur noch versprengte Überlebende vorgefunden, die sich flüsternd über die Lehre zu verständigen versuchten und auf der Flucht vor den Mördern der Inquisition rastlos von Ort zu Ort zogen. Die Religion seiner Ahnen starb vor seinen Augen. Und aus der Sicherheit seines Klosters in Avignon musste Humbert miterleben, wie in den Pyrenäen Dorf um Dorf von den letzten Katharern gereinigt und die Unbeugsamsten ermordet wurden.

Humbert zog eine bittere Bilanz: Der letzte unserer Perfecti war Guilhèm Belibaste. Den hat der Bischof von Narbonne vor sieben Jahren verbrannt, nachdem Verräter ihn aus einem Versteck in Hispanien über die Berge gelockt hatten. Seither lebt hier im Midi nur noch ein einziger Katharer, und das ist ein trauriger alter Italiener aus Alessandria, der sich als Bibliothekar der Franziskaner verkleidet.

Ich fragte Humbert, wer denn die Perfecti waren, und ob die Katharer tatsächlich an einen bösen Gott glaubten, der die Welt geschaffen und uns Menschen in die irdische Hölle gesperrt hatte.

Humbert zeigte auf die drei Bücher auf dem Tisch: Da steht alles drin, Wittekind. Das ist die Wahrheit über die Guten Menschen, welche die Christen Häretiker nennen, Abweichler, Teufelsanbeter, Ketzer. Du kannst die Bücher haben, wenn du schwörst, gut auf sie aufzupassen. Ich brauche sie nicht mehr.

Dein Geschenk ehrt mich sehr, erklärte ich. Heute Abend muss ich meinen Meister zur Audienz beim Papst begleiten. Wenn sie uns wieder herauslassen, komme ich, um mir die Bücher zu holen. Und selbst wenn du inzwischen ebenfalls verhaftet wirst, kenne ich jetzt das Versteck.

Humbert erklärte mir in kurzen Zügen die Lehre der Katharer: Unsere Perfecti waren die Eingeweihten, die von Ort zu Ort zogen, um die Wahrheit zu verbreiten. Wir waren eine Kirche des Geistes, ohne Geld und ohne Gebäude, darum konnte uns die Inquisition lange nicht fassen. Wir nahmen keine Steuern und hatten keine Angst vor der Hölle, denn wir wussten immer, dass dies hier die Hölle ist und im Jenseits erst das Glück auf uns wartet. Wir beten keine Reliquien an und kümmern uns nicht um den schmutzigen Leichnam, denn es gibt für uns nur den reinen Geist. Die Christen können getrost unsere Friedhöfe schänden und alle Knochen verbrennen, das betrifft uns nicht. Vor dem Ende des Lebens wird uns das Consolamentum gewährt, das unsere Seelen direkt in den Himmel aufsteigen lässt.

Mir kam es so vor, als hätte ich dieses merkwürdige Wort, Consolamentum, dieser Tage schon einmal gehört, doch ich konnte mich nicht genau erinnern.

Das Consolamentum, erklärte Humbert, ist die Taufe zum Tod, der Eintritt in die wahre Welt. Wir lehnen die christliche Wassertaufe ab, musst du wissen. Durch unseren Segen wird der Glaubende zum Perfekten, danach essen und trinken wir nichts mehr, sondern fasten uns zu Tode. Das ist die Endura, während derer keine schmutzige Materie mehr in uns eindringt und nicht einmal die Folterwerkzeuge der Inquisitoren uns etwas anhaben können. Wir haben dann das schwarze Gewand des Diesseits abgelegt und hüllen uns in weißes Leinen. Wir sprechen das katharische Vaterunser und warten auf den Übergang ins Licht.

Humbert wirkte ebenso beseelt wie traurig, als er mir die Geheimnisse seiner Religion enthüllte. Er erzählte, dass er als letzter Katharer von Avignon niemanden mehr um das Consolamentum bitten könne:

In den guten Zeiten, die ich als Kind noch erleben durfte, kam der Geweihte ins Haus und legte dem Sterbenden das Johannesevangelium auf den Kopf. Das Buch reinigte den Leib durch die Worte der Schrift. Davon zeugt das vierte Buch aus meinem Versteck. Dieses abgeschabte Evangelium des Johannes hat das Sterben zahlreicher guter Menschen begleitet. Doch niemand außer mir selbst wird es mir aufs

Haupt legen, wenn ich einmal sterben muss. Die Geschichte der Katharer ist mit meinem Tod vorbei.

Humbert hatte Tränen in den Augen, als er mir seine Geheimnisse enthüllte. Er wirkte an diesem Mittag, an dem die Sergenten in seine Bibliothek eingedrungen waren, um Jahre gealtert. Mühsam erhob er sich und nestelte aus dem Hohlraum im Boden einen staubigen kleinen Handschuh hervor. Ich blickte ihn fragend an, und er setzte seine Erklärungen fort:

Das ist die letzte Erinnerung an meine liebe Mutter. Doch ich habe den Handschuh nicht deswegen verwahrt. Wir wissen, dass einzig in Worten das Gedächtnis lebt, Materie ist schmutzig. Nein, Wittekind, ich möchte, dass du dir diesen Stoff genau ansiehst. Er erzählt ein Gleichnis.

Und er hielt mir den ausgeblichenen roten Handschuh direkt vors Gesicht. Dann wendete er ihn mit der anderen Hand, und nun war der Handschuh weiß. Ich begriff nicht, was der Alte mir damit sagen wollte.

Das kannst du nicht sofort verstehen, erklärte er mir, aber du musst dir dieses Bild vom gewendeten Handschuh merken. Was ich sagen will, ist dies: Nur die Traktate der Inquisitoren schreiben von Katharern und Häretikern. Die Verfolger schimpfen uns Ketzer, die es mit Katzen treiben und den Teufel anbeten. So haben sie es in ihrer schmutzigen Einbildung auch mit den Templern gemacht. Aber weißt du, mit welchen Worten wir selber über uns sprechen?

Ich schüttelte den Kopf.

Mein Vater und meine Mutter, erinnerte sich Humbert, nannten die Unseren stets Buoni Cristiani, Gute Christen. Wir lasen die Bibel, bloß ohne die Verfälschungen späterer Zeit. Wir lehnten die Taufe mit Wasser ab und zogen die Taufe mit dem Geist vor. Wir sprachen ein Vaterunser, in dem das tägliche Brot durch die Nahrung des Geistes ersetzt wurde. Und wir hielten uns an das Gebot der Armut und Nächstenliebe, wovon die fetten Priester nichts mehr wissen wollen.

Wart ihr also eigentlich Christen?

Andere Christen, bestätigte Humbert: Oder bessere Christen. Ein Gelehrter unter den Perfecti erklärte mir als Kind, dass die falschen

Christen in der Zeit des Kaisers Konstantin zu den Mächtigen übergelaufen waren. Erst seit dem Jahr 313, als der Kaiser ihn bestach, gab es nicht mehr den demütigen Bischof der Gemeinde von Rom, sondern einen machtgierigen Papst, den teuflischen Silvester, der sofort die Herrschaft über alle Länder und Reiche für sich einforderte. Vorher waren die Christen verfolgte Gemeinden mit Predigern gewesen, die von Ort zu Ort zogen und nichts als Trost und geistige Taufe spendeten.

Also genau wie später in der Gemeinde von Katharern, in der du groß geworden bist!, warf ich ein.

Du beginnst zu begreifen, lobte mich Humbert. Es ist wie mit dem Handschuh, den ich auf die andere Seite gestülpt habe. Wir müssen die ganze Geschichte bloß umdrehen, dann sind die sogenannten Katharer die wahren Christen, Buoni Cristiani. Und die Katholiken, die unter dem Papst die Herrschaft der Welt mit Gewalt übernommen haben, das sind die Ketzer, die seit über tausend Jahren ihre Seelen an den Teufel verkaufen.

Die Inquisition besteht also aus Ketzern, die den reinen Glauben ausrotten wollen, folgerte ich. Alles genau umgekehrt zu dem, was sie uns erzählen.

Humbert nickte: Du lernst schnell. Der Papst ist ein großer Häretiker, der alle verfolgt, die Christus wirklich nachfolgen. Mein Ordensgründer, der närrische Franziskus, stammt aus Assisi, einem Ort in Umbrien, der zu seinen Lebzeiten mehrheitlich von Katharern – nennen wir sie besser Gute Christen – bewohnt war. Franz verschenkte all seine Habe, um nur noch der Armut, dem Gebet und dem Geist zu leben. Warum tat er das wohl? Er wollte unter lauter schlechten Katholiken endlich ein guter Christ sein.

Ein Katharer!, rief ich. Franziskus von Assisi war also in Wahrheit ein Abtrünniger.

Humbert nickte: Doch der gute Franziskus machte den Fehler, sich mit seinen Armutsbrüdern dem Papst zu unterwerfen. Der hat sie natürlich zu seinen Knechten erklärt und zur Belohnung mit Reichtümern überschüttet. Seither sind auch die Franziskaner nur noch Ketzer. Schau dir an, wie sie sich zwischen Geld und Wahrheit nicht entscheiden können. Schau dir den prächtigen Kirchenbau hier an. Die Gierigsten von allen werden zu Inquisitoren, Bischöfen, Kardinälen. Und wenn einige von ihnen doch noch, wie die Spiritualen, die richtige Entscheidung treffen und in Armut für den Geist leben wollen, dann bringt der Papst sie um.

Und mein Ordensgründer, der heilige Dominikus?, fragte ich. Was ist mit dem?

Humbert verzog den Mund: Dieser Dominikus stammt aus Spanien und tauchte erstmals hier im Midi auf, als sich dort immer mehr Menschen zu den Buoni Cristiani bekehrten. Mach dir über Dominikus keine Illusionen. Seine Lebensaufgabe war die Ausrottung von Menschen, die anders denken als er. Um das Jahr 1200 wurden wir Buoni Cristiani zu einer großen Gefahr für die Religion des Papstes, sogar große Fürsten bekannten sich erstmals zu uns. Wir blieben immer friedlich und verfolgten die Katholiken niemals, obwohl sie uns auf den Tod hassten. Da rief Papst Innozenz den König von Frankreich mit seinem Heer nach Albi und Toulouse, hetzte sie zum Massenmord auf und teilte sich hinterher die riesige Beute an Land und Gold mit den Franzosen. Dein Dominikus war bei allem in vorderster Linie dabei. Er predigte Gewalt und verkündete, dass der Stock zuschlagen muss, wenn Worte nicht fruchten. Als der reiche Midi in Trümmern lag, gründete der Papst inmitten der Leichenhaufen die Inquisition, um die letzten Überlebenden unter den Guten Christen auch noch auszurotten. Die Bettelorden tranken von unserem Blut. Alles nur, um den Handschuh wieder umzudrehen und die Ketzerpäpste an der Macht zu halten.

Humbert wendete seinen Handschuh erneut. Sein Weiß kam mir mit einem Mal so vor wie die Haut seiner Mutter, und das Rot gemahnte mich an das Blut der Opfer. Das hatte Humbert gemeint.

Er fragte mich: Du kennst als Novize des Predigerordens gewiss euer Motto?

Ich hatte es tausendmal gehört: Pravos exstirpat et ensis et ignis et doctor.

Humbert lachte bitter: Man muss euch Dominikanern immerhin

zugutehalten, dass ihr eure verbrecherischen Anliegen nicht verbergt. Die Schlechten werden durch Schwert, Feuer und Gelehrte ausgerottet. Das Wissen eurer Bibliotheken dient dem Morden. Eure Weisheit wurde in Blut und Tränen gebadet. Wundere dich also nicht, wenn der Papst einen armen alten Herrenhund wie deinen Meister beseitigen will. Dieser zahnlose Dominikaner beißt ihm nicht genug.

Ich erklärte Humbert, dass ich drauf und dran war, meinen Orden zu verlassen, in den ich nur wegen der lateinischen Sprache eingetreten war. Nun, da ich meine Lektionen gelernt und das mörderische Spiel am eigenen Leib erfahren hatte, sollte Schluss sein.

Ich muss, beteuerte ich, nur noch meinen Meister mit heiler Haut aus Avignon hinausschaffen. Wenn du ihn sähest, würdest du dich wundern. Er ist sehr viel eher ein Guter Christ als ein böser Dominikaner.

Wenn ich das nicht hoffte, meinte Humbert, dann hätte ich dich heute nicht eingeweiht. Ich habe sehr wohl mitbekommen, dass es auch bei euch im Norden fromme Menschen gibt, die nicht mehr an die Lügen des Papstes glauben. Beginen, Begarden, Waldenser, Lollarden. Alle diese ehrlichen Leute können die Inquisitoren doch nicht totschlagen und verbrennen. Die Wahrheit wird irgendwann auferstehen. Du bist ein Fremder, du wirst den Papsthof bald verlassen und dann sogar deinen Orden. Ich selber habe das nie erwogen, weil ich den Habit stets für eine gute Tarnung hielt. Nach dem Überfall heute glaube ich, dass es besser ist, wenn du diese unschätzbaren Bücher an dich nimmst. In ihnen steht die Wahrheit geschrieben. Geh zurück in deine Heimat und lege Zeugnis ab von den Guten Christen!

Ich versprach Humbert, am nächsten Tag wiederzukommen und die Traktate abzuholen, um sie später in Deutschland heimlich abzuschreiben. Inständig wie nie hoffte ich, dass der Meister mit seiner Klugheit dem Papst und der Inquisition entkommen könnte. Wie neugierig wäre er wohl, die Seelenlehre der Marguerite Porete mit der Geistlehre der Buoni Cristiani zu vergleichen! Eine neue Welt geheimen Wissens tat sich vor mir auf. Eine Welt, für die sich nicht zu sterben, sondern zu leben lohnte. Die Ketzer waren die Christen. Die Christen waren die Häretiker. Vielleicht gab es noch Hoffnung, diese

Erkenntnis zu verbreiten. Humberts langes Leben im Versteck sollte nicht vergebens gewesen sein.

Ich umarmte den Mönch, der kein Mönch war, und er segnete mich: Buon Cristiano, la benedizione di Dio ti porti a una buona fine.

Auch diesen Friedensgruß hatte ich in den vergangenen Tagen in ganz ähnlicher Form schon einmal gehört. Aber wo?

KAPITEL 41

Draußen hatte es zu regnen begonnen, noch nicht mit der Wucht eines Gewitters, sondern nieselig, so dass mich die Schwüle des Sciroccos nur noch feuchter und klebriger streichelte. Das war die Ruhe vor dem Sturm. Knechte schlossen an den Schenken und Spielhäusern des Hurenviertels die Läden; kein Mädchen ließ sich mehr an den Fenstern blicken. Reiter und Karren mit Lieferungen für den Hof des Papstes eilten Richtung Stadtmitte. Überall machten die Leute, dass sie vor dem Unwetter ein Obdach fanden.

Es wurde auch für mich höchste Zeit, den Meister in unserem Konvent abzuholen, damit wir noch vor dem großen Regen zum Papstpalast gelangten. Doch als ich den stinkenden Kanal der Sorgue entlangeilte, hielt mich am Armenfriedhof beim Pont-Fract ein wunderlicher Anblick auf. Gelehnt an die halb fertige Kapelle saß trotz des Regens ein Mann und sang mit lauter Stimme:

Clerges ce fan pastors e son galiadors.

So ein Reim war in der Stadt des Papstes nicht ungefährlich: Kleriker spielen Hirten, sind aber Betrüger. Das hörten die geistlichen Dienstleute Joans gar nicht gern, doch dem Sänger schien das egal zu sein. Ich kam näher und erkannte den blinden Bettler, der sich Peire Brenon nannte. Heute trug er nicht sein schwarzes Gewand, sondern war in weißes Tuch gehüllt.

Wer hilft mir beim Sterben?, rief der Irre mit unheimlicher Fröhlichkeit. Seine langen weißen Haare wehte der Scirocco in alle Richtungen. Ob auf seinen Wangen Regentropfen oder Tränen herabliefen, ließ sich nicht ausmachen.

Noch lauter schrie er nun: Helft einem armen Bettler, der nur noch nach der Gabe des Todes verlangt! Helft mir bei der Taufe des Geistes!

Die wenigen Fußgänger, die unter den dunklen Wolken vorbeieilten, schüttelten die Köpfe und beachteten den Bettler nicht weiter. Der Blinde versuchte, auf Knien auf den Friedhof zu kriechen. Ich trat zu ihm und grüßte. Er wunderte sich nicht, erneut auf mich zu treffen, und griff fest meinen Arm.

Ah, Allemand, gut, dass du gekommen bist, um Abschied zu nehmen. Ich habe sie gehört, ihre Stimme, ihren himmlischen Gesang. Nun ist es Zeit, diesen schäbigen Körper zu verlassen. Genug gefressen. Ich ergebe mich der Endura, wenn ich auch niemanden gefunden habe, der mir das Consolamentum reicht. Hilf du mir wenigstens zu meinem Grab. Sei ein Guter Christ! Taufe mich mit Geist!

Konnte das Zufall sein? Gerade hatte mir Humbert, der glaubte, der letzte Katharer von Avignon zu sein, die Geheimnisse seiner Religion erklärt. Und nun stieß ich auf einen der Buoni Cristiani, die es nach den Morden der Inquisition eigentlich nicht mehr geben konnte. Ich begriff: Der Bettler Peire Brenon hatte in seinem Spital das schwarze Gewand abgelegt, ließ sich in ein einfaches Leintuch wickeln und dann hier am Friedhof absetzen.

Ob sich in Avignon noch eine Erinnerung an das Todesfasten der Endura gehalten hatte? Ich konnte es nicht sagen. Jedenfalls wusste ich genau, dass dieser verstümmelte Bettler ab jetzt niemals mehr etwas essen oder trinken würde. Betend wartete er auf sein Ende, wenn er auch auf das Consolamentum und auf das Johannesevangelium auf seinem Haupt nicht hoffen konnte.

Diese Stadt erschien mir mit einem Mal wie ein Palimpsest. Wie bei den mehrmals beschriebenen Manuskripten, deren Pergament für einen neuen Text abgeschabt wurde, während der vorherige darunter gerade noch lesbar blieb, las ich nun in Avignon unter dem geschäftigen Leben der Kleriker eine ältere Schrift. Sie erzählte von einer

Religion, deren Rituale hier vor langer Zeit beachtet worden waren, die man brutal unterdrückt hatte, und die immer noch nicht gänzlich verblichen war. So wie Bruder William im Taubendreck den Bericht von Ramons Tod entziffert hatte, so konnte ich im Dreck des Friedhofs ausmachen, dass es unter den Katholiken immer noch Buoni Cristiani gab.

Ich nahm den Bettler unter der Achsel und führte ihn auf den Friedhof. Gleich neben Serges einfachem Grabkreuz war eine frische Grube ausgehoben worden. Ich setzte den Alten auf den Rand des Grabes. Er dankte mir und fragte mich wie an den Tagen zuvor, ob er mir vom Ende der Welt erzählen solle. Diesmal hatte ich die Eingebung, auf den Mann zu hören. Ich hockte mich vor ihn in die Grube. Und Peire Brenon erzählte mir eine traurige Geschichte, die seit vielen Jahren auf den rechten Zuhörer gewartet hatte. Dieser Zuhörer war ich.

Als Peire Brenon fertig war, hatte der Regen erst einmal aufgehört, doch am Horizont leuchteten über den Bergen Blitze auf, die der Alte mit seinen leeren Augenhöhlen nicht sehen konnte. Ferner Donner grollte. Im aufziehenden Unwetter hatte der blinde Bettler das Ende seiner Welt gesehen. Er hatte nicht gelogen. Und ich saß nun zum dritten Mal innerhalb eines Tages neben einem Alten, der den Geruch von Scheiterhaufen nicht mehr loswurde und seit vielen Jahren vom Gespenst der Inquisition verfolgt wurde. Peire Brenon hatte nach der Geschichte seines Sterbens, die zugleich die Geschichte seines Lebens war, nichts mehr zu erzählen. Für mich war es genug.

Mir hatte der Katharer geschenkt, was mir noch fehlte: den Schlüssel für meine Schachtel. Ich wusste nun, was niemand sonst in Avignon ahnen konnte. Ich wusste, wer der prügelnde Riese war, der mich seit Tagen in Schrecken versetzte und dabei zwei Menschen umgebracht hatte. Ich hatte von Peire Brenon erfahren, wie dieser Mann hieß: Burru. Und ich hatte von dem Bettler erfahren, dass er zu Ema gehörte, der betörenden Sängerin, nach deren Stimme es Peire Brenon so sehr verlangt hatte.

Ich gab dem Bettler den Friedenskuss auf die zerfetzten Wangen und sprach, wie es mich Humbert gelehrt hatte, den uralten Segen des Consolamentum:

Que Deu vos aduga a bona fin!

Zum ersten Mal zeigte sich ein friedliches Lächeln auf den verzerrten Zügen des Alten. Er nickte in tiefem Einverständnis. Ich drehte mich um und verließ den Friedhof, während Peire Brenon aufs Neue seine blasphemische Litanei zu singen begann:

Clerges ce fan pastors e son galiadors.

Eigentlich musste ich mich sputen, um rechtzeitig beim Meister anzulangen. Dennoch entschied ich mich, noch einmal zum Konvent der Cordeliers zu eilen, um für den Sterbenden einen Kleriker zu finden, der ihn nicht betrog. Ich war dem blinden Seher für seine Geschichte etwas schuldig. Weil mir nur noch wenig Zeit blieb, hinterließ ich beim Pförtner der Franziskaner eine dringende Botschaft für den Bibliothekar. Humbert von Alexandria solle sich trotz des schlechten Wetters zum Armenfriedhof am Pont-Fract begeben. Dort verlange ein Guter Christ, dass ihm das Evangelium des Johannes aufs Haupt gelegt werde. Der Pförtner blickte mich verständnislos an, doch ich schärfte ihm ein, dass es sich um eine Nachricht von größter Wichtigkeit handle. Bruder Humbert werde sie verstehen.

Um dem Bettler nicht noch einmal zu begegnen, lief ich diesmal beim Klarissenkonvent vorbei zu unserem Konvent. Das flackernde Wetterleuchten riss nicht ab. Lange konnte es nicht mehr dauern. Mir rann in der schwülen Luft der Schweiß übers Gesicht, und ich fragte mich, ob ich es vor der Audienz beim Papst noch kurz ins Badehaus des Klosters schaffen könnte.

An der Ecke von Saint-Didier hörte ich meinen Namen rufen. Es war Philippe de Vitry, den ich zum letzten Mal gesehen hatte, als er bei der Schlägerei in der Pasture des Oiseaux das Weite suchte. Nun stand der Komponist mit breitem Pilgerhut aus Stroh und einer Ledertasche über der Schulter vor mir. Philippe erzählte, dass er seinen Ortsdispens für die Domherrenstelle in Verdun endlich unter Dach und Fach habe. Das Geschäft war gemacht. Keinen Tag länger wollte Philippe in diesem Babylon verweilen. Doch das Boot, auf dem er sich flussaufwärts Richtung Lyon treideln lassen wollte, konnte wegen des drohenden Sturms nicht ablegen. Stundenlang hatte er gewartet und mit dem

Schiffer gestritten. Nun war er mit seinem Gepäck auf dem Weg zurück in die Livree des Kardinals Giovanni Colonna. Dies sei endgültig die letzte Nacht, einen längeren Aufenthalt zwischen diesen Klerikern würde sein schwaches Herz nicht überleben.

Als ich Philippe erzählte, dass ich meinen Meister heute Abend zu einer Audienz beim Papst begleiten würde, fuhr der Musiker zusammen.

Geht nicht dorthin!, rief er. Das ist ein verfluchter Ort voller böser Menschen. Ich habe Tage im Palast verbracht und nicht einen einzigen ehrlichen Menschen getroffen. Und viele Gerüchte habe ich gehört, dass es jetzt allen Ketzern an den Kragen geht. Ihr werdet nicht lebend aus diesem Gefängnis der Seelen und der Leiber entkommen. Flieht aus der Stadt! Flieht trotz des Wetters, notfalls zu Fuß! Geht nicht zum Papst!

Ich versuchte, Philippe zu beruhigen, und erzählte ihm vom Vorhaben meines Meisters, aller Häresie abzuschwören. Deswegen würde ich meinen Meister niemals zur Flucht überreden können.

Der Komponist schüttelte heftig den Kopf, doch er beharrte nicht weiter. Dann erkundigte er sich nach dem Verbleib der drei Musiker Johann, Charles und Artur. Ich berichtete, dass die drei noch in der Nacht der Schlägerei mit dem Boot nach Süden entkommen waren, was Philippe sehr beruhigte. Auch er hatte von Rik van Haarlem seither nichts mehr gehört und am Hafen nur mitbekommen, dass die Pasture des Oiseaux verödet dalag.

Avignon ist verflucht, rief Philippe noch einmal. Da treffe ich auf die einzigen Musiker, von deren Genie ich noch etwas lernen kann. Und dann verjagen diese Barbaren sie, weil sie keine Mauren in der Stadt dulden. Am liebsten würde ich den drei südwärts hinterherfahren, aber ich muss zu meinen Sängern nach Paris.

Ich nahm Abschied vom großen Komponisten und bekannte ihm, dass ich noch niemals solch wundervollen Gesang wie den seiner Kapelle gehört hätte und wohl auch niemals wieder hören werde. Dankbar drückte mir der Franzose die Hand, ergriff seine Reisetasche und ging seines Wegs.

Ich rannte weiter. Am letzten Häusereck vor der alten Porte Briançon wurde ich von hinten beinahe umgerissen. Eine Hand krallte sich um meinen Kehlkopf, als wollte mich jemand erwürgen. Ich röchelte und hörte Shimons Stimme:

Du deutsches Schwein hast uns verraten! Gib es zu! Wo ist sie? Wo haben sie sie hingebracht?

Ich konnte mich mit einem Ruck aus Shimons Umklammerung befreien, erblickte aber sein Messer, das er mit wirrem Blick gegen mich gerichtet hielt.

Ich habe niemanden verraten, dich schon gar nicht!

Shimon wedelte weiter mit seinem Messer und hielt dabei meinen Arm mit dem Futteral meiner eigenen Waffe fest umklammert. Ich versuchte nicht, mit ihm zu kämpfen. Warum auch? Ich hatte nichts getan, und ich war des Kämpfens müde.

Nach und nach erfuhr ich den Grund von Shimons Verzweiflung. Heute Mittag war niemand Geringeres als Marschall Arnaud de Trian in der Carriera aufgetaucht, zusammen mit dem dicken Unhold, von dem ich soeben erfahren hatte, dass er Burru hieß. Arnaud war mit rüden Drohungen zu Onkel Jizchak vorgedrungen, der sich in seiner Kammer gerade unter vielen Tränen von seiner Tochter verabschiedete. Am Abend wollte Shimon seine Kusine in Riks Versteck bringen. Für diese Nacht hatte der Waffenhändler ein Boot organisiert, das die beiden Liebenden die Rhone flussabwärts in Sicherheit bringen sollte.

Alle versuchen sie heute aus dieser Stadt zu fliehen, dachte ich bei mir. Occam und William, Philippe, Rik und Lorena … Doch diese Hure von Babylon hielt alle fest in ihren Fängen.

Es gelang mir mit geduldigem Zureden, Shimon zu überzeugen, dass ich von Lorenas Verbleib nicht das Geringste wusste. Er ließ mich los und senkte sein Messer. Ich konnte ihm nicht übelnehmen, dass er in seiner Furcht jedermann verdächtigte. Seine Freunde aus der Carriera hatten in der ganzen Stadt vergeblich nach Lorena gesucht. In keinem Gefängnis waren die Wärter zu bestechen, niemand wollte etwas gesehen haben. Auch beim Papstpalast war kein Wächter zu einer Auskunft zu bewegen. Shimon berichtete, dass es auch Rik nicht mehr in seinem Versteck hielt. Der Holländer versuchte, mithilfe seiner früheren Schankknechte Lorena ausfindig zu machen. Auch das bisher ohne Erfolg.

Zu allem Überfluss musste ich Shimon nun berichten, dass Arnaud de Trian vor wenigen Stunden die Spiritualen im Franziskanerkonvent verhaftet hatte. Wenn es hier einen Verräter gab, dann war das Franciscus de Marchia. Aber der konnte eigentlich nichts von Lorena wissen; ich hatte nie von ihr erzählt. Für das Mädchen jedoch bedeutete die Entführung durch Arnaud vielleicht noch Schlimmeres als für die Franziskaner. Ich musste an die gierigen Augen des Marschalls denken, mit denen er sie bei ihrem Gesang in der Pasture angestarrt hatte. Und daran, wie er ihr die Hand ableckte. Arnaud war der Mann, der sich holte, was er begehrte. Und wenn er eine Jüdin begehrte, dann war ihr Glaube erst recht kein Grund, auf sie zu verzichten. Der Marschall des Papstes stand über den Gesetzen. Er konnte jeden Menschen in Avignon und im Comtat Venaissin nach Belieben benutzen. William und Occam, Michele da Cesena und nun auch noch Lorena.

Ich teilte meine Einsichten mit Shimon: Dieser Arnaud scheint genau zu wissen, was er will und wo er seine Opfer findet. Aber das passt trotzdem nicht zusammen. Warum ist er persönlich gekommen, um die Spiritualen abzuholen? Er hat doch genug Sergenten, die dergleichen Schmutzarbeit für ihn übernehmen. Dass er deine Kusine selber festnahm, kann ich noch am ehesten verstehen.

Bei diesen Worten zuckte Shimon zusammen. Wir dachten beide das Gleiche. Wie mochte es Lorena gerade ergehen?

Meine einzige Hoffnung, sagte Shimon, beruht auf der Geldgier des Marschalls. Ich rechne damit, dass bald ein Bote an der Carriera auftaucht und anbietet, ihr Leben gegen eine Menge Gold einzutauschen. So machen sie es meist, wenn sie unschuldige Juden in die Fänge bekommen. Mein Onkel wird dafür sorgen, dass wir jede Summe bezahlen. Im Augenblick kann er nur beten. Er hatte sich darauf eingerichtet, Totenwache für seine verlorene Tochter zu sitzen. Doch nicht so. Nicht für diesen perversen Marschall.

Shimon flehte mich an, im Papstpalast die Augen offen zu halten.

Jeder Hinweis war kostbar. Immerhin hatte er halbwegs seine gewohnte Kaltblütigkeit wiedergefunden und schärfte mir ein:

Du bist der Einzige, der heute Wissen aus dem Herzen der Finsternis erlangen kann. So hat alles sein Gutes, sogar die Inquisition. Niemand, den ich kenne, ist je bis zum Papst vorgedrungen. Du musst dabei etwas herausfinden, verstehst du? Wenn in der Stadt niemand etwas von Lorena gehört hat, dann kann sie sich nur im abgeschotteten Palast aufhalten. Du musst es mich wissen lassen! Wir holen sie da raus, auch mit Gewalt. Ich werde auf dem Vorplatz auf dich warten.

Ich versprach alles. Shimon hatte mir gegen meinen Verfolger Burru das Leben gerettet. Es war kein verkehrter Moment, ihm diesen Dienst zurückzuzahlen.

Nun musste ich mich sputen. Als ich in unserer Zelle anlangte, überraschte mich mein Meister mit einem neuen weißen Habit. Auch einen Eimer Wasser und Seife hatte er heraufgetragen. Er meinte:

Je schmutziger die Geschäfte dieses Papstes sind, umso reiner müssen wir vor ihm erscheinen. Er soll uns, die er zu Häretikern erklärt, nicht als ungewaschene Deutsche erleben.

Ich säuberte mich eilig und zog mir den neuen Habit über. Der feste Wollstoff war im teuren Avignon gewiss nicht preiswert zu haben. Ich hatte nicht gewusst, dass der Meister überhaupt Geld mit sich führte. Ich war wieder einmal gerührt über die väterliche Fürsorge, die der alte Mann mir angedeihen ließ. Während er an sich sparte und seinen Habit sorgsam von eigener Hand flickte, dachte er an mein Wohlergehen. Ich dankte ihm. Der Meister winkte nur ab. Er wirkte in dieser Stunde wundersam gelassen, so als könne ihm nichts auf der Welt etwas anhaben.

Dann gingen wir los, im Stich gelassen wie zwei Aussätzige. Kein Dominikaner ließ sich sehen, nicht auf den Gängen, nicht auf dem Hof, selbst der Pförtner grüßte uns nicht. Mit Häretikern, die sich dem Papst auslieferten, wollte im Reich von Prior Gaucelin niemand etwas zu tun haben.

Der warme Sturmwind, der mir den Habit von hinten um die Beine presste, war ein weiteres Vorzeichen für das Gewitter. Inzwischen war von den Bergen des Luberon bereits lauter Donner zu hören. Doch würden wir es noch trockenen Fußes zum Palast schaffen, während bei Saint-Agricol die letzten Marktleute ihre Stände abbauten und sich beeilten, ihre Tiere in Unterstände bei der Rhône zu treiben. Beim alten Kommunalpalast, unter dem das Gefängnis des Marschalls lag, meinte ich kurz, Riks Gesicht hinter einer Mauernische hervorlugen zu sehen. Vielleicht hatte ich mich auch getäuscht.

Ein paar Schritte dahinter meldeten wir uns unter der großen Laterne am Palastportal. Tatsächlich hatte an diesem Abend wieder unser Landsmann Dienst. Hans der Scherer aus Trier schlug mir in seiner gemütlichen Art wie einem alten Trinkkumpan auf die Schulter und trug mir auf, mich nachher bei ihm zu melden. Er würde zum Nachtdienst abgelöst, dann könnten wir gemeinsam einen Humpen in einer Taverne heben. Er kenne eine neue Schenke mit einem besonderen Tropfen aus Burgund. Mein Meister schaute den Torhüter an wie ein Gespenst. Ich wimmelte Hans ab, indem ich ihm versprach, ihn zum Schoppen zu begleiten.

Zwei mit Schwert und Lanze bewaffnete Wächter in gelbroter Livree nahmen uns hinter der Pforte in Empfang und baten uns förmlich, ihnen zu folgen. Sie führten uns wortlos durch den Torgang in den Hof. Alles wirkte harmlos wie eine Einladung zum Mahl bei Freunden. Als Novize im neuen Habit trug ich bei mir die Tasche des Meisters mit seinen vielen Pergamenten, auf denen alle Argumente seine Unschuld bewiesen. Der Papst konnte jedes Wort nachprüfen. Wir waren bestens vorbereitet.

Man führte uns über den Hof an der Audienzhalle vorbei, die um diese Zeit verlassen dalag. Kleriker, die nicht im Palast wohnten, eilten uns entgegen, um vor dem Regen noch ihre Unterkünfte zu erreichen. Linker Hand kamen wir zur Stefanuskirche, der päpstlichen Privatkapelle. Hinter einem Vordach erblickte ich in einem Gehege ein Tier mit langem Hals und weiten Nüstern, das ich nur aus Zeichnungen kannte. Der Papst hielt sich in der Menagerie seines Palastes tatsächlich ein Kamel.

Wir gingen weiter zur Kapelle. Ich bemerkte unter einem Vordach Wandmalereien auf dunkelblauem Grund mit Sternen aus Gold. Alle Fenster waren bunt verglast, im Gewitterlicht konnte ich aber keine

Einzelheiten erkennen. Am Turm von Trouillas führte eine überdachte Holztreppe hinauf in den zweiten Stock, wo wir die steinerne Loggia überquerten, von der aus Joan vor drei Tagen die Krönung des Gegenpapstes verkündet hatte. Das Gewölbe blinkte förmlich vor gemalten Silberblumen auf himmelblauem Grund. Es wirkte, als würden Rosen auf uns herniederregnen.

Überall war der Boden mit lackierten Fliesen bedeckt, ich konnte Bilder von Schlangen und Zentauren, Fischen und Hasen erkennen. Auf die Wand der Loggia hatten Künstler Gemälde mit Goldgrund aufgetragen, von denen Heilige in Prunkgewändern huldvoll auf uns herunterlächelten. Über einen kurzen Korridor, von dem aus eine weitere Treppe in den ersten Stock abging, gelangten wir oben im Papstturm zum Allerheiligsten des Palastes. Direkt vor den Schlafgemächern des Heiligen Vaters lag unser Ziel, die Camera Secreta. Über ein paar Steinstufen erreichten wir einen Vorraum, dessen Fenster schwere Samtvorhänge säumten, dahinter war der Boden durch Schlitze von unten beheizbar. Endlich blieben die Türhüter stehen. Vor einer schweren Holztür wartete ein anderer Wächter in gelb-roter Livree. Er hielt einen Bullenbeißer an der Leine und tuschelte mit den beiden anderen. Dann schüttelte er den Kopf.

Unsere beiden Begleiter zuckten mit den Schultern und gingen wieder in den Korridor hinunter. Der Türwächter winkte den Meister herbei, ließ ihn von dem knurrenden Hund beriechen und kontrollierte ohne jede Hast seinen Habit, schaute in den Ärmeln und der Kapuze nach und fasste dem Meister, dem das sichtlich unangenehm war, sogar zwischen die Beine. Ich musste an das Messer in meinem Futteral denken. Wie konnte ich es loswerden?

Meine Furcht erwies sich als unnötig. Der Wächter entriegelte mit einer Hand die Tür und schob den Meister vorwärts in die Camera Secreta, mit der anderen Hand wies er auf die Tür, durch die wir hereingekommen waren, und sagte über die Schulter zu mir:

Du musst zurück. Geh wieder zum Portal. Du darfst nicht mit.

Meine Tasche mit den Pergamenten schien hier niemanden zu interessieren. Der Meister blickte sich hilfesuchend zu mir um, doch der Wächter schob ihn weiter, schloss die schwere Holztür und entzog ihn meinem Blick. Der Mann mit der Dogge wies mich noch einmal mit einer harschen Handbewegung nach draußen. Dann drehte er sich wieder um und nestelte umständlich an einem großen Schlüsselbund, der an seinem Gürtel hing. Ich hatte die Eingebung, zwar zwei Schritte in Richtung Korridor zu gehen, mich aber noch vor dem Ausgang zwischen Tür und Fenster hinter einem der Samtvorhänge zu verstecken. Wenn die beiden ersten Wächter hinuntergegangen waren, dann musste der Türhüter der Camera Secreta annehmen, dass sie mich zurück zum Hauptportal geleiteten.

Ich hielt den Atem an, als der Türhüter mit seinem Hund an mir vorbeiging. Das Tier knurrte und schnüffelte am Samtstoff. Doch sein Herr zog es resolut mit sich fort und verriegelte von außen die Tür zum Vorraum. Ich blieb allein zurück, setzte meine Tasche ab und trat hinter dem Vorhang hervor. Durch die verglasten Fenster fiel fahles Abendlicht, ich blickte von oben auf das Dach der Kathedrale. Ich musste nun schnell handeln, denn wenn der Wächter mich im Labyrinth der Gänge, Loggien und Treppen irgendwann vermisste, dann würde er mich suchen kommen. Ich schob vorsichtig das Fenster auf und sah tief unten einen Graben voller Gestrüpp, der zum Vorplatz hin mit einer Mauer gesichert war. Gleich rechts von mir lagen die erleuchteten Fenster der Camera Secreta, in der mein Meister verschwunden war.

Ich band mir den Habit mit dem Gürtel hoch, zog meine Sandalen aus, warf sie in den Graben und schwang mich aufs Fenstersims. Mit bloßen Füßen tastete ich mich im Mauerwerk weiter. Gut, dass ich in Litauen geübt hatte, wie man barfuß auf Bäume klettert und Vogelnester aushebt. Bloß nicht in den Abgrund blicken, sagte ich mir. Ich versuchte, mich vor jedem Schritt mit den Fingern an einem Spalt im Gemäuer festzuklammern. Das war leichter als erwartet, denn aus etlichen Fugen ragte noch einer der Balken, an denen beim Bau das Gerüst befestigt war. Auf diesen Tritten kletterte ich in wenigen Augenblicken zum nächsten Fenstersims hinüber und kniete mich schnaufend hin.

Drinnen erblickte ich den Meister, der unruhig auf und ab ging. Sonst war kein Mensch im Raum. Ich klopfte vorsichtig gegen die

Scheibe. Der Meister kam und starrte mich durch das getönte Glas an wie einen Geist. Auf mein Winken öffnete er den Riegel, und ich sprang in die Camera Secreta. Es handelte sich um einen länglichen Raum mit zwei massiven Schränken, einem Käfig, einem Tisch, zwei Sesseln und einer vierstufigen Treppe, die auf der Rückseite zu einer weiteren Tür führte. Dahinter mussten die Wohnräume des Papstes liegen.

Der Meister war von meinem Auftauchen vollkommen verwirrt und schüttelte den Kopf. Ich legte ihm die Hand auf den Mund, wies mit dem Kopf auf die Treppentür, hinter der jetzt Geräusche laut wurden. Ich hatte eigentlich vorgehabt, während des Essens als braver Adlatus neben dem Meister zu stehen und für den Fall der Gefahr irgendwie einen Fluchtweg ausfindig zu machen. Schließlich hatte man dem Meister auch beim Inquisitionsverfahren nicht verboten, einen Assistenten mitzubringen, wie es vor Gericht Sitte war. Auch am Hauptportal hatte man mich durchgelassen. Doch war offenbar im Palast entschieden worden, dass dieser Angeklagte dem Papst ganz allein entgegentreten sollte.

Ich musste schnell verschwinden. Also lief ich zu einem der massiven Schränke, zog die Tür auf und stieß auf Regale voller Pergamente, deren Blei- und Goldsiegel wirr herabhingen. Hinter der Treppentür ertönte das Geräusch von Schlüsseln, auch eine Stimme war zu hören. Im anderen Schrank, der noch größer war, hingen Chorröcke, Alben, Kaseln, Stolen, Pluvialien und Lätze aus Spitzen und Seide. Ich stieg zwischen die Gewänder und zog die Schranktür hinter mir zu, so dass nur ein kleiner Spalt offen blieb, durch den ich einen Teil des Raumes überblicken konnte. Der Meister und ich hatten in diesen wenigen Augenblicken kein Wort miteinander gewechselt. Schon öffnete sich die Tür.

KAPITEL 42

Das Erste, was ich erkennen konnte, war ein stämmiger Kerl, der sich mit Helm und einem langen Schwert an der Treppe aufbaute. Gleich dahinter kam der Papst. Die Tür fiel ins Schloss. Joan trug ein weißes Seidengewand mit goldener Borte, samtene rosa Pantoffeln und eine weiße Leinenmütze mit zwei herabhängenden Bändern. Er lief mit Trippelschritten zu dem Käfig, in dem ich erst jetzt einen Vogel mit dickem Schnabel und grünem Gefieder bemerkte. Der Papst pfiff kurz und warf dem Tier, das aufgeregt auf seiner Stange auf und ab hüpfte, ein paar Nüsse auf den Boden. Der Vogel verschlang sein Futter gierig und machte dabei ein krähendes Geräusch.

Jaja, mein Petrus, rief der Papst fröhlich, so hast du's gern. Friss nur! Wir haben uns lieb, wir zwei.

Dann trippelte Joan zu seinem leicht erhöhten Sessel und nahm gegenüber vom Meister Platz. Auf den schweren Eichentisch legte er etwas, das ich nicht genau erkennen konnte. Mit wachem Blick erwartete der Papst die Ehrenbezeugung seines Gastes.

Der Meister ging zu Joan, fiel vor ihm auf die Knie, dann noch ein zweites Mal, dann direkt vor Joan noch ein drittes Mal. Zum Schluss streckte sich der Meister mit viel Mühe lang auf dem Boden aus und küsste dem Herrn der Kirche den Pantoffel. Als sich der Meister wieder aufrappelte und etwas Sand von seinem Habit wischte, lächelte ihn der Papst an:

Du achtest die Ehren, die uns zustehen. Das gefällt uns.

Joan ließ seine kleinen Augen ausführlich über den Meister schweifen, als wolle er vergleichen, welcher der beiden alten Männer sich besser gehalten habe. Er lächelte erneut. Offenbar war der Ältere mit dem Vergleich zufrieden, und er konnte es auch sein. Gegenüber meinem schlaffen Meister wirkte der Papst spannkräftig und agil. Zwar hatte sich sein Rücken vom vielen Aktenstudium etwas gekrümmt, doch alles andere – die gesunde rosige Haut, die vielen Zähne, vor allem aber die funkelnden Augen – zeugte von Jugend im Körper eines bald

Neunzigjährigen. Zusammen mit der spitzen Nase verlieh ihm das tatsächlich den Habitus eines ergrauten Fuchses. Kein Widersacher war diesem Mann je gewachsen gewesen. Und heute?

Lass dich ansehen, sagte der Papst wie zu einem kranken Kind. Der Meister stand da, krummbeinig und mit herabhängenden Schultern. Joan schien enttäuscht und wiegte den Kopf, als dächte er, so also sieht der Mann aus, der unsere deutschen Schäfchen mit seinen Phantastereien durcheinander bringt. Wir hatten uns dich ganz anders vorgestellt, groß und blond und kräftig.

Aber das sagte der Papst nicht, sondern: Sei uns willkommen, Meister.

Seine Stimme war heiser, aber durchdringend. Die lateinischen Worte kamen stoßweise wie von einem, der seit vielen Jahren das Befehlen gewohnt ist. In den Intervallen schluckte er, so dass ich seinen Adamsapfel im dürren Hals hüpfen sah. Auch die Füße, die in den rosa Pantoffeln über dem Boden baumelten, zuckten ruhelos, genau wie die wimpernlosen Lider. Die Hände krallte der Papst mal fest um seine Armlehne, dann rieb er sie sich vor dem Bauch, dann wieder trommelte er mit den Fingern auf die Tafel. Alles an diesem Mann war in Bewegung. Woher nahm er nur in seinem Alter diese Kraft?

Der Meister entgegnete die ganze Zeit über nichts und senkte nur demütig das Haupt mit den weißen Locken. Sein Gegenüber wies ihm mit einer nachlässigen Handbewegung den anderen Sessel zu. Es lag ein ungutes Schweigen im Raum. Ich konnte vor dem Wetterleuchten des Abendhimmels die Umrisse beider Männer am Tisch gut erkennen.

Wir wollen zuerst etwas essen, begann Joan.

Ein Bursche mit zwei dampfenden Tellern und zwei Bechern Wein kam herein. Es gab eine helle Suppe, der köstliche Duft von Kräutern zog bis in mein Versteck. Als die Teller vor ihnen standen, falteten beide die Hände zum Gebet. Der Meister schloss die Augen, der Papst sprach über der Speise die Segensworte:

Wir danken Gott, dem Herrn, für alles, was uns lange am Leben erhält.

Er sendet das Licht, welches alle Früchte des Feldes sprießen ließ,

Er segne diese Speise, die uns gibt, was wir verdienen.

Amen, sagte der Meister.

Der Papst ergriff seinen Silberlöffel, schlürfte laut und erklärte mit vollem Mund:

Unser Leibgericht! Mehlsuppe mit frischen Steinpilzen. Es sind auch Stückchen von Kaninchenfleisch mit drin. Und viel weißer Pfeffer, der kommt aus Indien. Wie du sicher nicht weißt, sind wir gerade dabei, das ferne Indien dem wahren Glauben zu unterwerfen. Wir haben letzte Woche mit einem Missionar gesprochen, Jordenus Catalanus. Auch er ist ein Dominikaner wie du, aber im Unterschied zu dir ein sehr nützlicher. Er wird für uns ein indisches Erzbistum einrichten. Dann regieren wir über ein Reich, in dem die Sonne niemals untergeht. Gott hat die Welt erschaffen, damit wir sie für ihn beherrschen.

Zwischen seinen Worten hatte der schmächtige Mann immer wieder kräftig zugelangt.

Iss, ermunterte er meinen Meister, Gott ist gnädig, auch Häretiker sollen essen. Schau uns an, mit unserer Diät haben wir bei voller Gesundheit weit über achtzig Jahre erreicht, und ich bin noch lange nicht am Ende. Wir halten uns bei Hofe einen Astrologen, der weiße Magie betreibt, den berühmten Johannes Anglicus. Er prophezeit uns aus den Sternen noch viele Jahre auf dem Thron Petri. Wir werden hundert Jahre alt!

Der Papst kaute, schluckte und redete nahezu gleichzeitig: Ein volles Säkulum wird uns der Herr gewähren, und er tut gut daran. Dieser Anglicus hat es in den Sternen gelesen. Das Wichtigste im Alter ist die richtige Diät. Wir essen nur weiße Speisen, passend zur weißen Magie. Also weißes Brot, Milch und hellen Käse von weißen Ziegen und weißen Kühen. Dazu weiße Trüffeln, weiße Eier, weißen Kohl, weiße Austern und weißen Wein. Greif nur wacker zu, so etwas Gutes wirst du im Leben nicht mehr bekommen. Wir halten uns vier Leibköche, zwei aus Italien, einen aus Frankreich und einen aus Aragon. Bei euch im kalten Deutschland, so hat man uns erzählt, soll es nur üblen Fraß geben. Blutwurst, fetten Kohl, saure Suppe. Sogar das Brot bei euch soll schwarz sein. Stimmt das?

Der Meister nickte abwesend. Der Papst schüttelte sich vor Ekel und achtete gleichzeitig fürsorglich darauf, dass sein Gast seinen Teller leeraß. Draußen donnerte es unablässig.

Der Papst hörte sich gerne reden. Und er war es gewohnt, dass andere ihm zuhörten. Während des Vortrags sank mein Meister auf seinem Stuhl immer mehr zusammen und schaute sogar kurz aus dem Fenster in den Gewitterhimmel. Seinen Wein rührte er nicht an. Ich wusste genau, dass er dem Geschwätz über Milch, indischen Pfeffer und weiße Astrologie keine Bedeutung beimaß. Er wartete ungeduldig, bis Joan endlich zur Sache käme. Doch der Papst hatte keine Eile. Er zog seinen Vortrag in die Länge, lenkte seinen Gegenspieler ab, schläferte ihn mit leeren Worten ein, überzuckerte ihn mit Nebensächlichkeiten, um dann wie ein Raubvogel zuzustoßen.

Als der Bursche die Teller abgeräumt und die Tür wieder hinter sich geschlossen hatte, fragte Joan hart:

Warum begehrst du gegen uns auf?

Der Meister hob den Kopf und antwortete leise: Ich rebelliere gegen niemanden, auch nicht gegen euch. Ich möchte nur, dass alle Menschen den Weg zu Gottes Gerechtigkeit finden.

Dieser Weg, unterbrach ihn der Papst, wurde von uns gebahnt. Er führt über die Befolgung der Doktrin, nicht über dumme Spekulationen zur Unendlichkeit der Welt. Du fabulierst von einem Gott, den die Menschen in der Tiefe ihrer Seele selbst erschaffen. Umgekehrt ist es. Gott hat die Menschen erschaffen und alles für sie geordnet. Warum lehrst du nicht, was der heilige Thomas von Aquino Punkt für Punkt aus Gottes Wort abgeleitet hat?

Der Meister versuchte es erneut: Theologie ist die Kunst, unser endliches Wissen mit dem unendlichen Wissen Gottes in Übereinstimmung zu bringen. Wir müssen sie stetig verbessern. Ich habe, wenn mir das vielleicht auch nicht immer gelungen ist, die adäquaten Worte gesucht, um die Güte und die Präsenz Gottes in allen Dingen zu beschreiben.

Der Papst lachte: Du meinst also, Gott säße auch in dem Sittich da drüben im Käfig? Oder in den Pilzen, die du gerade verzehrt hast?

Solche Spitzfindigkeiten bedeuten keine Theologie, sondern weisen den Pfad zur Häresie. Warum immer diese nutzlosen Spekulationen? Täglich erreichen uns solche dummen Fragen: Hätte Gott die Welt auch anders erschaffen können? War Christus besitzlos? Sind vor Gott alle Menschen gleich? Kann man Gott auch in der Lästerung loben? Das ist doch alles Unsinn! Wir fragen uns immer öfter: Wozu gibt es überhaupt Theologie, wenn doch alles geklärt ist? Wenn die Theologen heute nur mehr Irrlehren predigen, dann werden wir ihre Fakultäten schließen.

Der Meister versuchte, sich zu verteidigen: Zuweilen rede ich aus lauter Liebe zu Gott und zu den Menschen vielleicht zu empathisch, aber doch nur, um …

Liebe?, rief Joan dazwischen. Es zeugt keineswegs von Liebe zu uns, deinem obersten Gebieter, wenn du gotteslästerliche Thesen aufstellst. Gott hat die Welt in unerschütterlicher Ordnung geschaffen, es gibt Richtig und Falsch, Oben und Unten, Arm und Reich. Wer daran rüttelt, ist ein Ketzer. Schau uns an! Glaubst du wirklich, du und wir wären vor Gott gleich? Ein alter Dominikaner, den die Inquisition als Ketzer abgeurteilt hat, und wir, der Herr der ganzen Welt?

Es ist an Gott, darüber zu richten, entgegnete der Meister.

Nein, ist es nicht, stieß sein Gegenüber hervor. Wir, der Papst, sind der Richter. Wer denn sonst? Wir sind kein Theologe, sondern Jurist, und das ist gut so. Würden wir uns in deinen abseitigen Spekulationen verlieren, dann würde hier in der Welt alle Ordnung zusammenbrechen. Christi Reich, so predigst du, sei nicht von dieser Welt. Des Papstes Reich ist es aber sehr wohl! Wir müssen alle Ämter der Kirche ordnen, wir müssen die Könige und Kaiser den Gesetzen Gottes unterwerfen, wir müssen unsere Rechte und Ansprüche aufschreiben, damit sie uns keiner wegnimmt. Kannst du dir mit deiner häretischen Predigerei überhaupt vorstellen, wie viel Arbeit das bedeutet?

Der Meister hatte den Kopf wie eine alte Eule zwischen die Schultern gezogen, schloss die Augen und sagte nichts mehr. Den Papst beeindruckte das keineswegs.

Schon bei Sonnenaufgang, setzte Joan fort, sitzen wir jeden Tag über den Akten, lassen uns über alle offenen Pfründen zwischen Irland und Zypern Bericht erstatten. Wir entscheiden über die nicht vollzogene Ehe eines Grafen in Kalabrien, wir schauen uns die Abrechnung unserer Weingüter im Comtat Venaissin an, wir legen die Steuern für das Bistum Barcelona fest. All das stand heute auf meinem Programm. Nur weil wir mit all der Plackerei gute Erträge erzielen, können wir mit einem Heer in Italien aufmarschieren, damit uns diese ghibellinischen Verbrecher den Kirchenstaat nicht stehlen, den uns Kaiser Konstantin geschenkt hat. Doch wir werden siegen von Genua bis hinab nach Neapel. Bald wird das Reich des Papstes sich von Rom bis zum Comtat Venaissin erstrecken. Im herrlichsten Teil der Welt dürfen nur die herrlichsten Menschen regieren, nämlich die Priester. Heute gehört uns Avignon, morgen gehört uns die Welt!

Joan hielt bei diesen Worten wie ein Prophet des Alten Testaments beide Arme erhoben und war von seinem Sessel aufgesprungen. Er schien mit voller Inbrunst zu sich selbst zu beten. Aus dem Käfig ließ der Sittich sein Krähen vernehmen.

Nur mit dem Geld, rief er, das wir mit unseren eigenen Händen verdienen, können wir die Welt nach Gottes Willen einrichten. Nur mit Reichtümern können wir jeden Tag dreitausend Brote und vier große Fässer Wein an die zerlumpten Nichtstuer dieser Stadt verteilen. Nur mit Geld können wir viele hunderte Kleriker bezahlen, die unsere Rechte verteidigen. Und dann kommst du daher, ein teutonischer Bettelprediger, und sagst frech, dass wir, Gottes Jurist auf Erden, nicht das Recht haben, über dich und deinesgleichen zu richten?

Die Menschen wurden von Gott aus freiem Willen erschaffen, entgegnete mein Meister schlicht. Alle Menschen streben danach, frei zu sein wie Gott selbst. Das ist das höchste Ziel, das uns Gott in dieser Welt gesetzt hat: Freiheit.

Joan lachte heiser auf: Du redest ja irr! Freiheit? Schau dir mal diesen Mann an der Tür da an! Das ist ein Schweizer, er kommt von weit her, von den Gletschern der Alpen. Wir lassen uns unsere Leibwächter ausschließlich von dort schicken. Diese Leute sind bärenstark und treu. Vor allem versteht der Kerl kein Wort von dem, was wir hier reden. Er würde sich aber für uns jederzeit totschlagen lassen und vorher noch jeden zu Brei klopfen, der uns, dem Papst, auch nur ein Haar krümmt. Meinst du wirklich, dieser Schweizer will frei sein? Er steht den ganzen Tag herum und ist glücklich, weil wir ihm zu fressen geben. Ansonsten ist er dumm wie ein Huhn. So sind alle Menschen. Sie wollen regiert werden. Und zwar nicht von theologischen Spekulationen, sondern von klaren Gesetzen. Freiheit! Dass ich nicht lache!

Der Papst hatte sich in Wut geredet und schob dem Meister den Gegenstand zu, den er schon die ganze Zeit auf dem Tisch vor sich liegen hatte.

Weißt du, was das ist?, fragte er. Schau da mal rein! Damit du lernst, dass man die Welt nicht mit sanft geflöteten Predigten regiert.

Fast hätte ich mich in meinem Versteck durch einen Ausruf des Erstaunens verraten. Mein Meister nahm mit verständnislosem Blick die mit Metall beschlagene Schachtel in die Hände, die in den letzten Tagen um mich herum Tod und Gewalt gesät hatte. Der Meister hatte die Schatulle noch nie gesehen. Er klappte den Deckel auf und nahm zwei kleine Gegenstände heraus. Er wusste nicht, was er da in den Händen hielt. Ich schon.

Das sind zwei Eisenstempel, erklärte ihm der Papst. Damit sollten in diesen Tagen die herrlichsten Goldmünzen seit dem Erscheinen Christi geprägt werden. Feindliche Spione haben uns diese einmaligen Werkstücke gestohlen. Doch nun hat die Vorsehung sie ohne unser Zutun wieder zurückgebracht. Da siehst du, wie uns Gott rettet, wenn uns auch stündlich der Teufel angreift, weil er neidisch ist auf unseren Reichtum. Der Böse wollte nicht, dass mein goldenes Antlitz alle anderen Herrscher überstrahlt. Aber Satan wird seinen Willen nicht bekommen!

Der Papst zeigte auf die Prägestempel und rief: Ich werde sie prägen, meine goldenen Hostien! Meine Siegel fürs Paradies! Wenn auch nicht mehr in diesem Jahr.

Der Meister legte die Metallstücke zurück in die Schatulle, zog eine Braue hoch und meinte verächtlich: Geld und Gott gehören nicht zusammen.

Joan machte eine bedeutungsvolle Pause, bevor er lächelnd antwortete: So also kommt dein häretisches Denken in die Welt. Wir wollten das einmal mit unseren eigenen Ohren hören, denn sonst treffen wir hier im Palast immer nur auf Rechtgläubige. Wir wollten unserem Freund und Bruder Bernard Gui nicht glauben, wenn er uns von der stinkenden Allgegenwart des Bösen bei seinen Prozessen erzählte. Darum haben wir dich herbestellt. Wir wollten die Verstocktheit eines unbelehrbaren Sünders einmal mit unseren eigenen Augen betrachten. Da haben wir's. Gold und Gott gehören deiner Meinung nach nicht zusammen?

Der Meister schwieg. Und Joan schüttelte den Kopf, als hätte ein dummes Kind ihm vorgegaukelt, dass die Erde sich um die Sonne dreht und der Mond eine Kugel ist.

Mein sogenannter Meister, sagte er ganz ruhig, wir, der Papst, werden dich heute Abend wahre Gotteskunde lehren. Hör gut zu! Gold ist das Edelste und Teuerste, das es auf der Welt gibt. Nur den Auserwählten Gottes steht das Gold zu. Mit diesem göttlichen Stoff werden wir unsere Aureole prägen lassen. Dann wird es anbrechen, das goldene Zeitalter des Papstes. Unsere Zeit! Du wirst es nicht mitbekommen, denn wir werden dich überleben, wie wir alle Häretiker überlebt haben. Wir haben deine falsche Lehre besiegt, die lästerlich besagt, dass Gott in allen Dingen anwesend ist. Doch Gott existiert nur in einem einzigen Stoff: im Gold. Darum holen wir alles Gold zu uns und beten es an. Alles andere ist Ketzerei.

Der Meister blickte dem Greis, der ihn mit einem grausamen Zug um die Lippen wie ein heiserer Fuchs anbellte, mitten ins Gesicht und sagte schlicht:

Dein Gold will ich dir nicht wegnehmen, Johannes. Doch ich kann kein Ketzer sein, weil das nach dem Recht der Kirche einen Akt des bösen Willens bedeutet. Ich aber will keine Häresie denken oder verbreiten, darum bin ich unschuldig und kann nicht von dir verurteilt werden. Ich habe nicht bewusst gesündigt und werfe mich deiner Gnade zu Füßen.

Das könnte dir so passen!, rief der Papst. Genau diesen Schlich hat uns Bernard Gui, der euresgleichen kennt, vorhergesagt. Bloß keine Lüge konkret ableugnen, dann kommt der Rekurs aufs Kirchenrecht und die Formel von der unabsichtlichen Häresie. Und hinterher noch eine falsche Unterwerfung unter unsere Gnade. Und du denkst, du kommst mir so leicht davon? Nein, deine Ausflüchte behüten dich nicht vor dem Tod, du Meister aus Deutschland!

Mein Meister wirkte von dieser Drohung unbeeindruckt. Konnte die Bosheit der Welt ihn noch erreichen? Er sah für mich in diesem Augenblick so aus, als weile sein Geist bei seiner Lehrerin Marguerite Porete, die ihren Richtern ebenso mutig entgegengetreten war, und die für die Inquisitoren kein einziges Wort übriggehabt hatte. Während der Papst redete und redete, wurde mein Meister immer mehr eins mit der Stille, nach der es ihn so sehr verlangte. Ob er den geifernden Greis gegenüber überhaupt noch wahrnahm?

Joan hatte sich wieder gesetzt und blickte den Meister an, wie ein hungriges Reptil ein Aas betrachtet. Der grüne Vogel, dessen Gefieder im Widerschein der Blitze glänzte, keckerte leise vor sich hin.

Der Papst begann sein Verhör aufs Neue: Du spielst den demütigen Christus vor Pilatus? Nur zu! Wir sind dir für eine Antwort offenbar zu schade. Doch wir sind nicht Pilatus, wir waschen unsere Hände nicht in Unschuld, denn wir haben keine Schuld abzubüßen. Der Papst ist ohne Sünde. Wir sind nicht bloß im Recht. Wir sind das Recht.

Der Meister zeigte weiterhin keine Regung und blickte nun aus dem Fenster hinaus in den Abendhimmel, wo nicht der Papst und die Kirche, sondern die Elemente regierten.

Wer war denn schon dieser Jesus?, rief Joan mit heiserer Stimme. Ein Dorfprediger aus Galiläa, der sich nach ein paar Tagen in Jerusalem wehrlos von der Miliz abschlachten ließ. Schon Papst Bonifazius hat immer gesagt, dass uns das Märchen dieses Mannes jede Menge Geld einbringt. Dieser Jesus war ein Verlierer, an den sich ohne den heiligen Paulus niemand mehr erinnern würde. Paulus war wie wir. Er hat die ganze Arbeit gemacht. Er war der erste wirkliche Priester. Paulus hat Briefe und Gesetze geschrieben, hat die Gemeinden aufgebaut, er hat den Frauen das Schweigen befohlen und die Irrgläubigen verstoßen.

Ohne sein Werk hätte Papst Silvester niemals Kaiser Konstantin bekehren können. Der Apostel Paulus hat das Christentum erschaffen, Papst Silvester wurde vom Kaiser die ganze Welt zu Füßen gelegt. Und uns gehört sie jetzt. Das allein zählt. Jesus ist nichts als ein Name.

Der Meister legte sich die Hände an die Ohren, doch Joan stand auf, ging um den Tisch herum und riss ihm die Arme herunter.

Weißt du, wer Jesus ist?, schrie er. Ich will es dir sagen. Jesus ist unser Stellvertreter im Himmel. Hier auf Erden haben wir das Sagen. Darum komm uns nicht mit deiner Theologie und deinem gütigen Gott. Du kennst den rächenden Gott noch nicht. Aber das wird sich ändern.

Du bist ein Verworfener, flüsterte der Meister endlich. Du hast schon vor langer Zeit deine Seele verkauft. Du lebst in deiner eigenen Hölle, aus der du aus eigener Kraft nie mehr herauskommst. Du tust mir leid. Möge mein gütiger Gott, der auch dein Gott ist, sich deiner erbarmen. Ich werde für dich beten.

Mal sehen, ob du noch dazu kommst, kicherte Joan. Du denkst voller Hochmut, du könntest etwas für unser Seelenheil tun. Tu lieber etwas für deine eigene Errettung vor dem Höllenfeuer. Denn du hast nicht mehr lange zu leben.

Ich weiß, sagte der Meister gleichmütig. Du hast mich zu deinem Vergnügen einbestellt, weil du es liebst, Menschen zu quälen. Und weil du das in der Öffentlichkeit nicht zeigen darfst. Aber du kannst mir nichts mehr anhaben. Ich bin alt. Ich habe mich, seit ich dich reden höre, damit abgefunden, dass ich auf dem Scheiterhaufen sterben muss wie so viele fromme Menschen.

Der Papst schüttelte den Kopf: Du tust uns unrecht, Meister. Wir werden dich nicht auf dem Scheiterhaufen sterben lassen. Du bekommst von uns die Freiheit geschenkt, die deine Theologie feiert. Du bist frei!

Der Meister schaute Joan lange an. Sein Eulengesicht zeigte an, dass er nicht begriff, was hier mit ihm geschah.

Joan fuhr fort: Es ist alles ganz einfach. Du hast gerade ein Gericht mit köstlichen Pilzen genossen, doch das waren gar keine Steinpilze. Die Porcini waren für uns bestimmt. Du hast Amanita gegessen, die uns mein lieber Neffe Imbert du Puy stets frisch aus den Bergen besorgt. Während wir beide miteinander geplaudert haben, hast du bereits begonnen, deine giftigen Pilze zu verdauen. Nun werden diese Pilze dich verdauen. Heute Nacht schon wird es dir sehr schlecht ergehen, du wirst dich erbrechen und vor Schmerzen um Hilfe winseln. Du wirst verfluchen, dass du je geboren wurdest. Die Amanita werden deine Innereien bei lebendigem Leib auffressen. Es gibt keine Hilfe für dich. Du bist ein lebender Leichnam.

Warum?, rief der Meister, der den Papst mit geweiteten Augen anstarrte. Auch mir in meinem Schrank zog es bei der Ankündigung die Gedärme zusammen.

Joan lehnte sich auf seinem Sessel zurück und dozierte genüsslich: Du bist jetzt ein halbes Jahr in Avignon. Wir haben dich wie ein gutes Pilzgericht etwas schmoren lassen, damit du es dir mit deinen Ketzereien überlegst. Aber deine schriftlichen Eingaben haben unseren klügsten Inquisitor Jaume Nouvel überzeugt, dass du uns nur an der Nase herumführst. Formelle Unterwerfung, dann ab nach Hause, und alles bleibt beim Alten. Wir haben befohlen, dass wir noch auf unseren guten Bernard Gui warten, damit bei deinem Todesurteil alles seine Richtigkeit hat. Doch eigentlich wussten wir in pectore bereits im März, dass wir dich töten mussten, um im Rheinland die Verbreitung deiner Ketzerei zu unterbinden.

Im März, rief der Meister, war mein Verfahren doch noch gar nicht abgeschlossen!

Doch, du wusstest nur noch nicht, dass du tot warst, verkündete sein Gegenüber mit hämischem Lächeln. Wir, der unfehlbare Papst, wussten von deinem Sterben, während du zu leben glaubtest. Wir sind der Herr über Leben und Tod. Wir wissen oft schon lange vorher, wer nicht mehr leben darf. Als unser lieber Mitbruder Heinrich von Virneburg, dein Erzbischof, zum wiederholten Male deine Verurteilung forderte, hatten wir ein Einsehen. Wir mussten zum Ende kommen. Wir schrieben dem guten Bischof deswegen Ende April, der Prozess gegen seinen einstigen Dominikaner werde jetzt zu Ende gebracht. Verstehst du nun?

Der Meister schüttelte den Kopf.

Der Papst erklärte weiter: Dein Prozess sollte korrekt geführt werden, schließlich sind wir Jurist. Doch als wir dem Bischof schrieben, warst du bereits ein Toter auf zwei Beinen. Ein ehemals existierender Dominikaner, so haben wir es formuliert. Damit deine Anhänger endlich Ruhe geben, verkündeten wir deinen Tod eben etwas früher. Im Rheinland bist du bereits tot. In den über vier Wochen, die unser Brief nach Köln braucht, konnte sowieso niemand mitbekommen, dass wir dich noch ein bisschen leben ließen. Das Urteil der Inquisition, das deinen Tod legalisiert, haben wir jetzt schriftlich. Heute nun haben wir dich in deiner Erbärmlichkeit erlebt, und wir können deine Lehre mit unwiderleglichen Argumenten verdammen. Deine Akte ist geschlossen. Gottes Ordnung ist wiederhergestellt.

Wozu diese Quälerei?, stieß der Meister hervor. Mordest du gern? Erfreust du dich am Schmerz deiner Opfer?

Der Papst schüttelte den Kopf: In der Tat musste der gute Imbert du Puy schon einige Häretiker und störrische Bischöfe mit Pilzgerichten beseitigen. Doch niemals aus Freude am Quälen, das wäre eine Sünde. Manchmal muss es einfach schneller gehen, als die kanonische Prozessordnung erlaubt. Auch bei dir ist uns an einem öffentlichen Tribunal nichts gelegen. Du bist uns zu unwichtig, da verschwenden wir kein wertvolles Feuerholz. Das heben wir uns auf für die Franziskaner.

Der Papst stand auf, zog ein paar Nüsse aus einer Tasche und warf sie dem grünen Vogel hin, der krähte und das Futter aufpickte.

Joan seufzte laut, wie ein Greis nach einem langen Arbeitstag nur seufzen kann: Bevor wir uns trennen, haben wir noch ein großes Geschenk für dich, obwohl du es eigentlich nicht verdienst.

Du bist der Teufel in Menschengestalt, du hast nichts als tödliches Gift zu verschenken, flüsterte der Meister und fasste sich an den Bauch. Hatten seine Schmerzen bereits begonnen?

Wir haben dir, wie gesagt, die Freiheit geschenkt, sagte der Papst ungerührt. Du bist frei, die Art deines Sterbens zu wählen. Höre nun genau hin, denn für dein Leben nach dem Tod ist das, was ich jetzt sage, von größter Wichtigkeit. Im Jenseits wartet auf dich als Ketzer die Hölle, aber wir sind milde und bescheren dir ein besseres Angedenken im Diesseits. Aber nur wenn du sehr, sehr stark bist.

Der Meister beugte sich vor und krampfte sich in der Magengegend zusammen. Vor Schmerzen riss er die Augen weit auf und stöhnte:

Schweig endlich!

Es geht los, kommentierte Joan wie ein erfahrener Arzt. Wir müssen nun aufbrechen zur Messe in die Kapelle, wo wir den schottischen Gesandten einsegnen. Ein Papst hat bis in die Nachtstunden zu arbeiten. Also – du bekommst jetzt Zeit zum Nachdenken in unserer Camera Secreta. Wenn es ganz dunkel ist, steckt dich dieser brave Schweizer unten in den Kerker zu deinem Ketzerbruder, dem Franziskaner Michele da Cesena. Da kann der schon einmal sehen, was ihn erwartet. Wenn deine Qualen spätestens morgen vorbei sind – und es werden Qualen, die du dir noch gar nicht vorstellen kannst –, dann verkünden wir vor aller Welt, dass du als reuiger Ketzer deine Lehre widerrufen hast und mit unserer Vergebung gestorben bist. So werden deine Anhänger getröstet zur Mutter Kirche zurückkehren. Deine Bücher werden verbrannt, und bald wird sich niemand mehr deiner erinnern.

Was ist das für eine perfide Wahl?, rief der Meister erzürnt und blitzte den Papst mit Augen an, die nichts mehr zu verlieren hatten. Auch ich erwog in diesem Moment, dass ich Joan mit Leichtigkeit erstechen könnte. Doch nur, um sofort danach vom Schweizer Söldner in Stücke gehackt zu werden. Was hatte das für einen Sinn? Mein Meister konnte dadurch nicht mehr gerettet werden.

Der Papst war noch nicht ganz fertig: Die Wahl, die wir dir versprachen, besteht darin, dass du natürlich auch das allerschlimmste Verbrechen gegen Gott begehen kannst, das es gibt: Selbstmord. Du kannst springen.

Der Papst zeigte auf die Fenster.

Dann fährt deine Seele direkt in die Hölle, sogar nach deiner eigenen wirren Theologie. Wenn du dich also aus Angst vor den Schmerzen gegen deinen Schöpfer versündigst und dir das Leben nimmst, dann werden wir das ehrlich verkünden. Der verurteilte Ketzer aus Köln hat sich dem Urteil der Kirche feige entzogen, indem er, vom Teufel verführt, seine Hand gegen sich selbst richtete. Dann bekommst du nicht einmal ein Begräbnis, wirst wie ein Aas in den Fluss geworfen und bist für deine Anhänger für alle Zeit ein Verworfener Gottes. Dieses üble Angedenken kannst du dir ersparen, indem du deine furchtbaren Qualen wie ein Mann erträgst. Du siehst, wie gnädig wir mit dir sind. Du hast die freie Wahl.

Der Papst fand noch eine Nuss in seiner Tasche und warf sie mit Schwung in den Käfig, wo das Geschenk freudig begrüßt wurde.

Joan schlug das Zeichen des Kreuzes über meinen Meister, der dabei schmerzlich zusammenzuckte, als hätte ihn der Teufel berührt. Dann drehte sich der Greis um und trippelte zur Treppentür.

Du kannst, schlug er noch vor, dein Schicksal gerne mit Petrus hier im Käfig beratschlagen. Er ist ein besserer Gesprächspartner als wir. Bernard Gui hat es uns schon oft gesagt, dass wir von Verhören nichts verstehen. Wir lassen die anderen nie zu Wort kommen. Aber was macht das schon? Gehab dich wohl, Meister.

Mit gesenktem Kopf entgegnete der Verurteilte kein Wort. Aus der Tür rief der Papst:

Die Fenster lassen sich ganz leicht öffnen.

Dann zog der Wächter hinter ihm die Tür zu und schloss von außen ab.

Ich kroch langsam aus meinem Versteck hervor. In meinem Kopf drehte sich alles. Ich erhoffte mir schon lange nichts Gutes mehr von den Menschen. Doch ich hatte nicht gedacht, dass ein einziger Mensch derart teuflisch sein konnte. Andererseits – wer kannte den Antichrist besser als der Stellvertreter Christi?

Vorsichtig wie im Traum drehte sich der Meister zu mir um. Er ließ seinen Bauch mit den Händen nicht mehr los. Ich blieb stehen und wusste nicht, was jetzt geschehen sollte. Dann bemerkte ich den Blick meines Meisters. Er schaute mir flehentlich in die Augen mit einer abgrundtiefen Traurigkeit.

Was mochte er in diesem Augenblick denken? Während er als frommer Mönch die Bosheit der Welt immer besser kennenlernte und in seinem Herzen die Worte der Marguerite Porete hin und her wendete, war er zum berühmtesten Prediger unseres Ordens aufgestiegen. Mit der Anzahl seiner Jahre wuchs auch die Anzahl seiner Anhänger – und die Menge seiner Feinde. Nun war mein Meister nur noch ein todgeweihter Mann, in dessen Blick ich die Angst vor den Schmerzen las. Und die Sehnsucht nach Ruhe.

Langsam zog ich mein Messer und näherte mich. Ohne den Blick von mir zu wenden, nickte der Meister zwei Mal in tiefem Einverständnis. Ich stand direkt vor ihm, als er seinen Bauch losließ, meinen Kopf in seine Hände nahm und mich auf den Mund küsste. Im selben Augenblick stieß ich das Messer in sein Herz. Es schmerzte mich mehr als ihn.

Der Meister sackte zusammen, ich ließ seinen Körper sacht auf den Boden gleiten. Auf seinem Gesicht lag dasselbe Lächeln, das ich bei den Klarissen an ihm bewundert hatte. In seiner Predigt hatte er gesagt:

Was ist der Tod? Er ist die Finsternis, in der Gott sich vor uns verbirgt. Das Ende ist unerkannt, wurde nie erkannt und wird auch niemals erkannt werden. Selbst Gott erkennt sich nicht im Tod, denn er ist ewiges Leben.

Ich schloss dem Meister die Augen. Hoffentlich hatte er recht. Dann stand ich noch eine Weile da, und die Tränen liefen mir übers Gesicht. Doch auch sie konnten den Schmutz von Avignon, das mir nun auch meinen Meister geraubt hatte, nicht abwaschen. Ich fühlte mich dreckig in der Camera Secreta des Papstes. Der grüne Vogel im Käfig hüpfte auf seiner Stange und piepste leise vor sich hin. Von draußen kam ein lauter Donnerschlag, der mich weckte. Ich musste fort.

Vom Tisch nahm ich die beiden liegengebliebenen Prägestempel und steckte sie in meinen Beutel. Dann setzte ich mich aufs Fenstersims. Im Gewitter, das nun begann, war mein Abstieg lebensgefährlich. Ich machte mir dennoch die Mühe, das Fenster hinter mir zuzuschieben. Die Wachen und Joan sollten sich ruhig den Kopf zerbrechen, wie es dem Meister gelungen war, sein Seelenheil zu retten.

KAPITEL 43

Die hölzernen Zapfen des Baugerüstes, die aus dem Mauerwerk ragten, dienten meinen nackten Füßen beim Hinabklettern als Stütze, und ich klammerte mich mit den Fingern in den Mauerfugen fest. Meine Hände brannten, und ich riss mir die Haut auf. Immerhin ging es abwärts. Der Regen prasselte, doch wehte er mit heftigen Böen von Süden heran. Die Nordseite des Palastes, an welcher ich gerade hing, blieb gerade trocken genug, so dass ich nicht abrutschte. Etwas unterhalb der Fensterläden im ersten Geschoss verließen mich die Kräfte. Ich holte tief Luft und sprang. Meine Knie schmerzten vom Aufprall, den ich in der Hocke nicht gänzlich abfedern konnte. Ich lag auf dem Bauch. Mein neuer Habit war durchnässt, mit Schlamm bespritzt und wies jetzt einen tiefen Riss an der Seite auf. Doch hatte der dicke Wollstoff, den der Meister für mich ausgesucht hatte, mir gute Dienste geleistet.

Vorsichtig bewegte ich Arme und Beine und war froh, mir nichts gebrochen zu haben. Ich lag verborgen im Gebüsch des Grabens zwischen Bischofspalast und Kathedrale und leckte etwas Blut von meinen brennenden Fingern. Angst musste ich keine haben, hier gab es keine Wächter. Und Menschen, die meine waghalsige Kletterei bemerkt hätten, wären hier auch bei besserem Wetter nicht vorbeigekommen. Mir kam der Gedanke, wie stolz Niklas jetzt auf mich wäre. So viele Nester und Waben hatten wir gemeinsam in großer Höhe ausgehoben. Vielleicht war mein Tier ja die Eidechse, die an Wänden klettern konnte?

Ich erfühlte etwas Hartes im Unterholz und fand tatsächlich meine Sandalen wieder. Ich steckte sie in den Gürtel. Nun musste ich nur noch über die hohe Mauer steigen, die den Papstbezirk von der Stadt trennte. Das war nicht allzu schwierig, denn an der Ecke lag ein Holzstapel als Heizreserve aufgeschichtet. Ich stieg hoch und konnte mich von dort zur Mauerkrone emporziehen. Die Wächter am Eingang saßen bei diesem Unwetter im Trockenen. Es gehörte ohnehin nicht zu ihren Aufgaben aufzupassen, ob jemand von drinnen in die Stadt entfloh. So kam es, dass meinen Sprung auf den menschenleeren Vorplatz niemand bemerkte. Durch Pfützen und Rinnsale lief ich hinunter in die menschenleere Stadt.

Wohin wollte ich überhaupt? In den überschwemmten Gassen bei der Kirche Saint-Etienne wurde mir klar, dass ich in Avignon keine Zuflucht mehr besaß. Zu den Dominikanern konnte ich ebenso wenig wie zu den Cordeliers. Meinem toten Meister durfte ich nicht einmal das Begräbnis ausrichten. Die Pasture des Oiseaux gab es nicht mehr. Und in der Carriera hatten die Juden ganz andere Sorgen, als einen Dominikaner auf der Flucht zu verstecken. Ich war ein Novize ohne Meister und ohne Konvent, stand durchnässt in zerrissenem Habit in einer fremden Stadt in einem fremden Land, ich hatte kaum ein paar Groschen im Beutel und konnte mich jetzt höchstens als Bettler durchhungern. Doch wohin sollte ich gehen?

Mein Meister und Ramon waren tot, alle aufsässigen Franziskaner wurden verhaftet, Lorena hatte der Marschall geraubt, Humbert befand sich selbst in akuter Gefahr. Alle anderen, die ich in Avignon kannte, flohen gerade in sämtliche Himmelsrichtungen. Mir war alles egal. Ich stapfte mit leerem Blick zum Fluss hinunter. Vielleicht war es für mich das Beste, mich in die Rhone zu stürzen und wegtragen zu lassen, bis sich die Fluten über mir schlossen und die Wassergeister meinem Leben ein Ende machten. Warum sollte ich auch in einer Welt weiterleben, in der immer nur Menschen wie der Papst und seine Inquisitoren triumphierten?

An der Porte Saint-Agricol rannte ein einzelner Mensch in meine Richtung. Ich konnte kaum den Umriss ausmachen, erst von nahem sah ich, dass es Shimon war. Als er auf mich stieß, berichtete er atemlos, dass er Lorenas Kerker gefunden hatte. Einer von Riks Schankknechten hatte gesehen, wie der Marschall heute Mittag das Mädchen, quer auf sein Pferd gebunden, in seine Residenz gebracht hatte. Der Stadtpalast lag nur ein paar Schritte von uns entfernt. Shimon war, als er mich traf, in die Carriera losgelaufen, von wo er Bewaffnete herbeiholen wollte. Rik beobachtete indessen Arnaud de Trians Residenz.

Ich packte Shimon am Kragen: Du bist verrückt geworden mit

deinen Bewaffneten. Ihr könnt die Sergenten doch nicht in ihrer eigenen Festung angreifen. Sie würden euch abschlachten wie Schafe. Und selbst für den unwahrscheinlichen Fall, dass ein paar jüdische Kämpfer mit Knüppeln und Messern durchkämen – meinst du, dass Arnaud Lorena unversehrt für euch verwahren würde? Nein, er würde ihr eher die Kehle durchschneiden, als sie auszuliefern.

Shimon erstarrte. Wahrscheinlich fiel ihm obendrein gerade dasselbe ein wie mir: dass in seiner Gemeinde niemand einen Finger für Lorena rühren würde. Er selbst setzte für seine Kusine ungefragt das Leben aufs Spiel. Doch warum sollten die anderen Juden eine Abtrünnige retten, um sie danach einem christlichen Verführer wie Rik zu übergeben?

Ich ergriff Shimon beim Arm. In triefenden Kleidern gingen wir zurück in Richtung von Arnauds Livree, unter deren Portal ich zwei behelmte Sergenten im Trockenen ausmachte. Sie rieben sich die Hände am Holzfeuer einer großen Wärmepfanne und trugen jeder ein Schwert an der Seite. Schon diese beiden Bewaffneten hätten mehr als ein Dutzend Angreifer zurückgeworfen und dann das schwere Tor hinter sich verriegelt. Und drinnen wartete sicher Verstärkung.

Auf der anderen Straßenseite hielt sich Rik unter dem Vordach eines Fachwerkhauses verborgen. Er kniete hinter ein paar leeren Fässern und ließ die Livree des Marschalls nicht aus den Augen. Auch er war vollkommen durchnässt, die wenigen Haare klebten an seinem Kopf. Sein Blick war verzweifelt wie bei einem Kapitän, der sein Schiff durch einen Gewittersturm manövrieren muss, aber Segel und Mastbaum verloren hat. Shimon zitterte in der Dunkelheit und kaute an seinen Nägeln. Ich saß im Regen einfach nur da mit den anderen verlorenen Gestalten und dachte an nichts, weil es nichts zu denken gab. Blitze leuchteten auf, Donner grollte, heftiger Regen spritzte aus allen Richtungen. Während uns die Elemente ihre Macht zeigten, warteten wir nicht einmal mehr auf ein Wunder.

Doch das Wunder geschah.

Rik zog mich am Ärmel. Er hatte als Erster unter dem Torbogen eine schwarze Gestalt mit Kapuze erspäht. Sie sprach kurz mit den

Wächtern und führte dann eine Frau in einem langen Kleid nach draußen. Es war Lorena! Die Gestalt mit der schwarzen Kapuze verschwand wieder nach drinnen, das Mädchen blieb unbehütet im Schüttregen stehen und rührte sich keinen Schritt. Rik und Shimon stürzten zu ihr hin und zogen sie schnell zu unserem Unterstand. Sie weinte mit verzerrtem Gesicht und schüttelte sich heftig, während Rik sie in die Arme nahm. Aus der Nähe konnte ich erkennen, dass ihr Kleid an mehreren Stellen zerrissen war. Sie klammerte sich krampfhaft an den Holländer, während Shimon ihr seinen durchnässten Mantel über die Schultern legte. Nur ganz langsam kam Lorena zur Besinnung und sagte immer wieder:

Lisabeta hat mich gerettet. Die gute Lisabeta.

Unter Schluchzen erzählte Lorena, wie sie heute von Arnaud de Trian aus der Carriera geraubt und in einem Zimmer seines Palastes eingeschlossen worden war. Vor nicht allzu langer Zeit hatte sie der Marschall in einen Saal geführt, wo sie im Fackelschein auf einen riesenhaften Wächter und fünf Bettelmönche getroffen war. Arnaud hatte allen verkündet, dass sie keine Furcht mehr zu haben brauchten. In dieser Nacht noch würden sie gemeinsam Avignon verlassen und von ihm persönlich in Sicherheit gebracht. Das Wetter spiele keine Rolle, alle Vorkehrungen seien getroffen. Dies geschehe nur zu ihrem gemeinsamen Wohl. Lorena hatte geschrien, dass sie nicht in Sicherheit gebracht werden wolle. Sie war auf den Marschall losgestürmt und hatte nach Rik und Shimon und ihrem Vater gerufen, bis der Dicke im schwarzen Umhang sie auf Arnauds Befehl gepackt und wieder in ihrer Kammer eingeschlossen hatte.

Dann war es lange still geblieben im Gebäude. Vor wenigen Augenblicken erst war Lisabeta an Lorenas Tür aufgetaucht, hatte sie aus ihrer Kammer befreit und nach unten begleitet. Von der Treppe aus hatte das Mädchen noch gesehen, wie der dicke Riese zwei zeternde Mönche am Kragen packte und in den Keller zerrte. Währenddessen hatte Lisabeta Lorena an den Wächtern vorbei auf die Gasse geführt und freigelassen.

Lorena schluchzte wieder hemmungslos auf und schmiegte sich an

Rik. Was Arnaud mit ihr gemacht hatte, erzählte sie nicht. Ich konnte es mir auch so vorstellen.

Ansonsten bedeutete ihre Geschichte für mich ein einziges Rätsel. Die Franziskaner hatte der Marschall also nicht ins Gefängnis des Papstes, sondern in seine Privatresidenz verschleppt. Allerdings hatte er bei den Cordeliers nur vier Mönche verhaftet. Hier waren es nach Lorenas Aussage fünf. Hatte sie sich verzählt? Wer war der fünfte? Und wieso sollte Arnaud de Trian die rebellischen Mönche zuerst gefesselt abführen, um ihnen wenig später ihre Befreiung zu verkünden? Weshalb wollte ihr schlimmster Feind, der Oberste aller Sergenten, ihnen helfen und sie sogar auf der Flucht begleiten? Wieso schleppte dann Burru, der Mörder von Serge und Bruno, die Mönche mit Gewalt in den Keller? Und woher war schließlich Lisabeta aufgetaucht, um Lorena freizulassen? All das konnte kein Mensch begreifen.

Rik und Shimon kümmerten meine Fragen nicht. Sie waren glücklich, denn sie hatten Lorena gefunden und wollten sie wegbringen, bevor Arnaud de Trian es sich anders überlegte. Möglicherweise hatte der Marschall von der Freilassung des Mädchens durch Lisabeta gar nichts mitbekommen und würde ihr nachstellen. Höchste Eile war geboten. Beide Männer nahmen die immer noch weinende Lorena in ihre Mitte und brachen auf zu Riks Unterschlupf. Vielleicht noch heute Nacht, allerspätestens morgen würden sie per Boot nach Süden fliehen. Ich hingegen wollte von Lorena erfahren, ob es sich bei den fünf Mönchen um Franziskaner handelte und wie sie genau aussahen. Meine Fragen wimmelte Rik ungeduldig ab:

Deine Mönche gehen uns nichts an. Wir müssen sofort von hier verschwinden, und wenn du nicht verrückt bist, kommst du mit. Auf unserem Boot ist noch ein Platz frei. Ich biete dir das nicht zweimal an.

Ich zögerte. Gerade noch hatte ich keine Hoffnung gehabt, aus Avignon zu entkommen. Jetzt bekam ich die Fahrt auf einem Boot Richtung Mittelmeer angeboten. Was hielt mich ohne meinen Meister hier noch? Ich dachte an die Franziskaner. Sie waren dem Marschall ausgeliefert. Lorena hatte gesehen, wie der Mörder Burru zwei Mönche schlug und nach unten verschleppte. Das ließ für ihr Leben das Schlimmste befürchten. Ich dachte kurz nach. Occam hätte mich in derselben Lage im Stich gelassen. Bonagratia war alt und krank und kannte mich kaum. Um Franciscus de Marchia machte ich mir keine Sorgen, gerade diesem Spion und Mörder würde heute Nacht sicher kein Haar gekrümmt. Leider.

Was kümmerten mich also diese Franziskaner, die mich in ihre Fluchtpläne nicht einmal eingeweiht hatten? Ich war für sie nichts wert, ich war ihnen nichts schuldig. Da erschien vor meinem inneren Auge der Adlerkopf des William von Baskerville. Er hatte uns allen stets mutig geholfen; nun hatte er auf der ganzen Welt keinen Menschen, der ihm helfen konnte. Keinen Menschen außer mir.

Shimon war mit seiner Kusine schon um die Straßenecke verschwunden. Rik schaute mich mit seinen traurigen Augen an und rief: Was zögerst du noch? Entscheide dich!

Ich entschied mich.

KAPITEL 44

Umzuckt von Blitzen, überragte der Palast des Marschalls die umliegenden Häuser, während immer wieder Regenböen auf das Gemäuer niedergingen. Hinter hohen Mauern geschützt, verschanzte sich der Herr des Comtat Venaissin und der städtischen Miliz wie in einer Raubritterburg. Aus dem Inneren des Wehrturms und aus großen Bogenfenstern im ersten Geschoss war am flackernden Licht und an vorüberhuschenden Schatten zu erkennen, dass in den Sälen Leben herrschte. Unten war außer beim Wachfeuer in der Tordurchfahrt alles dunkel. Niemand kam, niemand ging. Was ging bei Arnaud de Trian vor?

Ich lief zur Rückseite, die sich unter einem Zinnenkranz wie eine Festungsmauer zum Fluss hin erstreckte. Auch hier war kein Licht zu sehen. Ich hatte mir vorgenommen, über diese Wand und notfalls übers Dach in den Innenhof zu klettern, als eine Folge von Blitzen eine zusammengekauerte Gestalt beleuchtete. Unter einer Plane harrte in Donner und Sturm ein Söldner aus und bewachte eine kleine Pforte zur Rhone. Auch von dieser Seite gab es also keine Möglichkeit hineinzukommen. Ich suchte in der Dunkelheit die Schmalseite des Palastes ab und fand an der Mauer des Eckturms eine Luke im Boden, die von einem massiven Brett abgedeckt und auch tagsüber von der Straße kaum zu erkennen war. Ich stemmte das Brett mit Mühe hoch und stieß auf einen verputzten Schacht, der nach unten führte. Über diese Rutsche ließen sich Holzscheite und Kohle, die man auf dem Fluss bis zum Palast ruderte, in den Keller schütten. Ein gemauerter Kamin ein paar Schritte weiter verriet mir, dass sich daneben auch die Küche befinden musste, stets mit Brennmaterial bevorratet. Der Bauherr hatte gut geplant und vorgesorgt.

Die Luke war geräumig genug für einen Menschen, daher hielt ich mich am Randstein fest, stemmte die Füße beidseits an die Mauern und ließ mich vorsichtig hinab. Vielleicht konnte ich erkennen, wohin mich dieser Zugang führte. Doch der Keller war zu tief, kein Lichtschein leuchtete, kein Windhauch drang aus dem Schacht zu mir vor. Da glitten meine Hände vom feuchten Putz ab, und ich polterte wie eine Ladung Kaminholz in die Tiefe.

Als ich unten ankam, fiel ich auf etwas Weiches. Ein Mensch schrie auf und stieß mich weg. Ich hörte erschrockene Rufe auf Italienisch, auch auf Englisch. Dann war es wieder still. Die Dunkelheit des Kellers war vollkommen, ich hörte nur das Atmen von Menschen in meiner direkten Nähe. Für alle Fälle zog ich mein Messer und fragte:

Seid ihr die Franziskaner?

Es kam nur ein Schnaufen von der anderen Wandseite. Ich versuchte es noch einmal:

Ich bin es, Wittekind, euer dominikanischer Freund.

Da hörte ich von gegenüber Occams meckerndes Lachen: Und wir dachten schon, der Teufel persönlich kommt von oben durch den Kamin gefahren, um uns zu holen. Aber wozu sollte er uns auch holen? Wir sind bereits in der Hölle.

Nun erklang die sonore Stimme Williams von Baskerville: Es war unklug von dir, uns zu suchen, Wittekind. Man hat uns hier eingesperrt wie wehrlose Blinde, und wir haben keine Waffen. Ich fürchte, es gibt endgültig keinen Ausweg mehr. Die Aussichten für uns fünf sind noch düsterer als die Dunkelheit, die uns umgibt.

Wieso fünf?, fragte ich. Als euch der Marschall bei den Cordeliers entführte, wart ihr nur zu viert.

Ich bin Michele da Cesena, ertönte eine mir unbekannte Stimme. Arnaud de Trian hat mich heute aus dem päpstlichen Kerker befreit und in sein Haus gebracht. Ich dachte, das wäre meine Rettung. Aber es war wohl nur eine Falle, um uns Franziskaner zu vernichten.

In knappen Worten erzählte Occam den Hergang, der genau mit Lorenas Geschichte übereinstimmte. Erst hatte man die Mönche in einem Zimmer eingeschlossen, dann verkündete ihnen Arnaud de Trian die frohe Botschaft, dass sie alle gemeinsam per Boot fliehen würden. Danach aber habe ein schwarzgekleideter Unhold sie hier unten im Keller eingesperrt.

Ich habe ein Messer, ließ ich die Mönche wissen.

Ich konnte davon ausgehen, dass Franciscus de Marchia sein Dolch bereits bei der Verhaftung im Konvent abgenommen worden war. Alle anderen trugen ohnehin aus Prinzip keine Waffen. Ein Messer für sechs Mönche, das machte unsere Aussichten nicht gerade rosig. William von Baskerville erklärte, dass er bereits die Tür mit den Händen abgetastet habe, doch sie sei für einen Ausbruchsversuch viel zu massiv. Auch mit meinem Messer kämen wir da nicht weiter. Ich fügte hinzu:

In den glatten Schacht zu klettern, durch den ich hereingestürzt bin, brauchen wir erst gar nicht zu versuchen. Da kommt kein Mensch hoch.

Es wurde grabesstill. Nur unser Atmen erfüllte die immer stickigere Luft. Niemandem fiel ein zu beten. Welche Hoffnung sollten wir einander in dieser Lage zusprechen? Sollten wir noch einmal auf ein Wunder hoffen?

Nun hörten wir draußen schwere Schritte, ein Schlüsselbund klirrte, die Tür wurde entriegelt und öffnete sich. Im Schein einer Fackel erkannte ich einen schwarzen Umriss, die breite Gestalt schob sich behände herein, griff mit der Rechten den kleinen Occam am Kragen und zerrte ihn in einer schnellen Bewegung mit sich hinaus. Sofort fiel die Tür wieder zu. Alles ging ganz schnell, ich hatte nicht einmal Gelegenheit, das Messer zu zücken. Wir saßen wieder im Dunkeln und horchten angstvoll auf die Geräusche vor der Tür.

Es war nichts zu hören außer einem Röcheln. Danach kam ein dumpfes Geräusch wie von einem Menschen, der auf den Boden stürzt. Dann totale Stille.

Gott sei dem armen Occam gnädig, murmelte Bruder William.

Amen, riefen die anderen.

Lange geschah nichts. Wir alle hielten den Atem an, als bei der Tür erneut Geräusche zu hören waren. Ich drängelte mich an den Mönchen vorbei und riss mein Messer heraus. Wenn wir alle in diesem Keller sterben mussten, dann wollte ich mein Leben so teuer wie möglich verkaufen. Ganz langsam und knarrend öffnete sich die Tür, ein Lichtspalt fiel in unseren Raum. Ich stand mit erhobenem Arm am Eingang, um von der Seite zuzustechen.

Ich bin es, erklang Occams Stimme.

Wir stürzten nach vorne und schoben die Tür auf, nach wenigen Handbreit klemmte sie am mächtigen Leib eines Mannes, der im Vorraum der Länge nach hingeschlagen war. Mit aufgerissenen Augen, die mehr von Überraschung als von Angst zeugten, starrte der Mörder zur Decke. Sein dicker Bauch überragte den Brustkorb, am Gürtel des schwarzen Leinengewandes hing sein Messer. Die Fackel an der Wand beleuchtete die Art seines Todes: Ein sauberer Schnitt zog sich unter dem Kinn quer durch seinen speckigen Hals. Aus der Wunde rann Blut auf den Boden.

William gebot den Italienern, die sogleich in Rufe des Erstaunens ausbrachen, mit einer herrischen Geste zu schweigen. Er wies mit dem Arm nach oben und machte dadurch allen klar, dass wir keineswegs in Sicherheit waren. Dann fragte er Occam mit leiser Stimme:

Kannst du mir verraten, wie du das angestellt hast? Du sagst doch immer, ein Mönch darf keine Waffe auch nur berühren. Woher hast ausgerechnet du ein Messer?

Occam wirkte immer noch erschüttert. Seine Hände zitterten, er lehnte mit einer Hand an der Stirn an der Wand und begann konvulsivisch zu kichern.

Ich habe keinen Dolch, sagte er schließlich. Seht da, auf dem Boden.

Auf den Steinfliesen funkelte etwas Metallisches im Fackelschein. Ich konnte es nicht genau erkennen, doch William bückte sich und hielt am Holzgriff eine winzige Klinge hoch.

Mein Rasiermesser, erklärte Occam. Ich gehe nie ohne mein Rasiermesser vor die Tür. Das ist ja auch keine Waffe.

Während die drei Italiener dem Philosophen auf die Schulter klopften und zum Dank für die Rettung zu einem Gebet niederknieten, blickten William und ich uns mit ungläubigem Kopfschütteln an. Diesmal benötigten wir keinen Taubenmist; der Hergang war für uns beide auch so unschwer zu rekonstruieren. Der Riese hatte sich im Vertrauen auf seine Kraft wahllos den erstbesten Mönch, also Occam, aus dem Dunkel herausgegriffen, um ihn gleich hier vor der Tür zu erwürgen. Während er den kleinen Engländer mit beiden Händen an der Gurgel gepackt hielt, und dessen Beine in der Luft zappelten, griff Occam mit einer Eingebung in seinen Ärmel, zog das Rasiermesser hervor und schnitt seinem Gegner die Kehle durch. Weil man die Mönche vorher – und offenbar zu nachlässig – durchsucht hatte, war der Würger auf diese Attacke nicht vorbereitet. Der Mörder wurde beim Morden ermordet, Auge in Auge mit seinem Opfer, das sich zu wehren wusste. Occam hatte uns gerettet und nahm seine Rasierklinge wieder an sich.

Was nun? William gebot den anderen zu schweigen, und ich konnte in Ruhe einen Blick auf Michele da Cesena werfen. Der Ordensgeneral war ein mittelgroßer Mann, gut fünfzig Jahre alt. Seine weißen Stoppelhaare passten zum kurzen Bart, der ihm im Kerker gewachsen war. Ansonsten hatte ihn die Haft nicht gebrochen. Seine braunen Augen blickten gefasst, seine Haltung war ungebeugt. Erst als er mich anlächelte, sah ich, dass der Italiener kaum noch Zähne im Mund hatte, was ihm das Predigen und Verhandeln sicher nicht erleichterte.

Ehrfürchtig schauten Bonagratia und Franciscus zu ihrem Oberen auf. Nun bemerkte ich, dass Michele an der rechten Hand den goldenen Ring seines Ordens trug. Dieses wertvolle Siegel, das der heilige

Franziskus einst selbst trug, hatten seine Feinde dem Ordensgeneral auch in der Haft nicht abzunehmen gewagt. Dieser Michele war ein bedeutender Mann, tausende Mönche waren ihm bedingungslosen Gehorsam schuldig. Er bot dem Papst mutig die Stirn, doch tollkühn war dieser Mönch sicher nicht. Ich bekam sogleich eine Kostprobe seiner Umsicht. Weil er nur zu gut um die Verdienste Williams von Baskerville wusste, winkte er die anderen Mönche zu sich, ließ dem erfahrenen Spurensucher den Vortritt und zog sich in die angrenzende Küche zurück. William seinerseits nahm mich mit sich, um den Palast abzusuchen. Dem Kellerverlies waren wir zwar entkommen, doch wir saßen immer noch im Palast des Marschalls gefangen.

William bedeutete uns anderen, zuerst den Leichnam des Mörders nach nebenan in die Küche zu ziehen. Es war schwere Arbeit. Wie ein gewaltiges Wildschwein, das für ein Festmahl vorgesehen war, lag der Tote am Ende auf dem Küchenboden neben einem Abfluss, in dessen Dunkel sein Blut langsam sickerte. Diese Küche war mit Töpfen und Pfannen, Tellern und Löffeln, Spießen und Messern sowie allerhand Tiegeln voller Gewürze ausgestattet. Angrenzend entdeckte ich ein kleines Bodenverlies, das mit einem Schloss versperrt war. Genau wie in den anderen Kellerräumen, die William und ich nach und nach inspizierten, trafen wir auf keinen Menschen. Stattdessen stießen wir auf Fässer voller Essig und Öl, Bier und Wein, wir fanden gestapelte Bänke und Stühle für Feste im Hof, Waschzuber und Unmengen Seife und sogar einen tragbaren Badeofen. Ein ganzer Raum diente einzig der Aufbewahrung von Tischdecken und Bettwäsche. In diesem Palast lebten viele Leute, und sie lebten gut. Nur war kein Mensch zu sehen.

Die Italiener und der immer noch bleiche Occam setzten sich an die lange Küchenbank. Über die Leiche auf dem Boden legten wir mehrere leinene Tischdecken, die sich sofort mit Blut vollsogen. William hatte den großen Dolch des Toten an sich genommen und verteilte dann ohne viel Zutrauen verbogene Küchenmesser an die anderen, nur Occam lehnte eine Waffe ab. Zusätzlich griff sich William noch den schweren Bratspieß vom Herd. Derart bewaffnet schlich er mit mir die Kellertreppe hoch, in Erwartung der Sergenten und Hausknechte, an denen wir irgendwie vorbeimussten, um zu entkommen. Aber wie? Zu unserer Überraschung war auch der Innenhof menschenleer. Einige Pferde kauten in einem hölzernen Unterstand Hafer aus einem Trog; zwei große Karren standen daneben. Hier im Erdgeschoss schien es nur Stallungen und Remisen sowie einen erkalteten Backofen zu geben. Alles wirkte verlassen. Nur im Torbogen erahnten wir im Feuerschein die beiden Türhüter, die sich lautstark unterhielten und sich um das Geschehen im Innern des Palastes nicht zu kümmern schienen.

Der Regen hatte nachgelassen, doch tropfte es vom Dach und vom Gebälk weiter kräftig auf den Boden. Die Luft war jetzt kühl, aber nicht mehr schwül. William wies mit dem Finger auf eine überdachte Außentreppe, die abseits vom Sichtbereich der Torwächter aus dem Innenhof ins erste Geschoss führte. Wir schlichen auf Zehenspitzen hinauf, um in den Saal des Nobelgeschosses zu spähen. Dort bot sich uns ein gespenstischer Anblick. Der Festsaal mit prächtig geschnitzter Holzdecke und bunten Wappen an den Wänden wirkte ebenfalls verlassen, nur am entgegengesetzten Ende loderte ein großer Kamin. Davor saß auf Kissen, wie ins Gebet versunken, die Gestalt einer blonden Frau in einem tiefschwarzen Umhang. Ich erkannte sofort Lisabeta. Neben ihr lag ein blau gewandeter Mann, ebenfalls auf Kissen gebettet. Als wir uns näherten, bemerkte ich, dass aus dem Bauch des Hingestreckten der schwarze Horngriff eines Dolches ragte. Das Futteral der Waffe hing neben einem prallen Beutel schlaff an einem Gürtel voller Schlüssel und Siegel. Der Mann war Arnaud de Trian.

Als sie unsere Schritte hörte, drehte sich Lisabeta langsam um. Bei unserem Anblick zuckte sie unmerklich zusammen, sagte aber nichts. William legte den Bratspieß ab und schaute fragend auf den Marschall, der in seinem dunkelblau schillernden Ornat dalag wie im Schlaf. Es war nicht zu sagen, ob Arnaud noch lebte.

Er hat sich mit Burru gestritten, sagte Lisabeta, so als wolle sie Kindern ein altes Märchen erzählen. Das hätte er nicht tun sollen. Burru ist jähzornig und sehr stark. Niemand kommt gegen Burru an. Dann fragte sie: Wo ist er?

Er ist tot, entgegnete William.

Wieder zuckte Lisabeta zusammen, wieder nur ganz kurz. Sie stand auf, ließ den Marschall auf den Kissen zurück und ging auf hohen Holztrippen sehr aufrecht zu uns herüber. Sie hatte sich mit Henna und Ocker um Augen und Mund geschminkt wie für einen Auftritt in der Pasture des Oiseaux. Ihr schwarzer Samtumhang fiel locker um die schlanke Gestalt, sie trug nur einen ziselierten Goldring an der Hand und ein Amulett aus Koralle um den Hals. Ich staunte aufs Neue, wie schön diese Frau war. So finster der Ort unseres Treffens auch wirkte – selbst neben dem leblosen Körper ihres Geliebten, selbst vor uns Mönchen, die sie nicht kannte, bewahrte sie ihre Grazie. Sogar Bruder William betrachtete die rätselhafte Frau voller Bewunderung.

William berichtete ihr, wie der Wächter beim Versuch, einen der Mönche zu erwürgen, ums Leben gekommen war, und dass Burrus Leiche nun in der Küche liege. Dann erkundigte er sich, nun schon etwas drängender und immer mit dem Dolch in der Hand, wie wir am besten aus dem Palast hinauskommen könnten.

Warum sind keine Wächter hier oben?, fügte ich verwundert hinzu. Und warum ist das Personal fort?

Lisabeta schien mich erst jetzt wahrzunehmen. Sie erklärte: Arnaud hat sie alle weggeschickt. Wir wollten heute Nacht fliehen, da kann man keine Zeugen gebrauchen.

Ohne uns um Erlaubnis zu fragen, schritt sie an uns vorbei zur Treppe und hinab in den Keller. In der Küche sank sie bei Burrus Leiche auf die Knie und faltete ihre Hände. Sie weinte. Keiner von uns Mönchen hatte gewagt, sich ihr in den Weg zu stellen oder sie etwas zu fragen. Nun aber riss Occam die Geduld.

Was soll dieses Schauspiel?, rief er wütend. Dieser Mann ist ein Mörder, kein Heiliger. Er wollte mich erwürgen. Anstatt hier zu beten wie Martha am Grab Christi, hilf uns lieber aus der Falle.

Lisabeta wandte den Kopf und schaute Occam an, als wäre er ein störrisches Kind, dem man zu seinem Besten alles erklären muss.

Ich habe alles Recht zu weinen, erklärte sie. Dieser Mann ist mein Bruder. Er war ein rauer Geselle, das stimmt. Doch er bezahlte dafür mit seinem Leben. Ich habe geschworen, ihm ein Begräbnis nach dem

Ritual unserer Heimat auszurichten. Ihr sollt wissen: Burru war ein Katharer.

Bei diesem Wort bekreuzigte sich Bonagratia da Bergamo mit einem Ausruf des Erschreckens. Die anderen schauten sich voll Unverständnis an. Offenbar glaubte keiner der Franziskaner, dass es nach den Feldzügen der Inquisition überhaupt noch Katharer in Avignon gab. Ich wusste, dass das nicht so war.

Lisabeta erhob sich zu ihrer vollen Gestalt und starrte die Mönche an. Beinahe wurde ich im Fackelschein geblendet von ihrer hoheitsvollen Erscheinung.

Sie erklärte: Wir stammen aus den Pyrenäen, Burru und ich. Dort gibt es sehr wohl noch Katharer. Unsere angestammte Religion konnten uns unsere Verfolger niemals nehmen. Ich weiß, dass euch Katholiken der Leichnam eines Ketzers gleichgültig ist. Doch ich bin seine Schwester und habe die Pflicht, Burrus Leichnam vor jeder Schändung zu bewahren. Wir müssen ihn zu einem Begräbnis nach unserer Sitte wegbringen von hier.

Occam war im Gesicht rot angelaufen und rief: Verlangen? Was hast du böses Weib denn zu verlangen? Der Marschall hat uns versprochen, uns in Sicherheit zu bringen. Wir haben sein Wort. Was ist mit der Flucht, die er für uns organisiert hat?

Lisabeta maß den Philosophen mit abfälligem Blick, wandte sich für ihre Antwort dann aber an William, dem sie offenbar mehr Klarsicht zutraute:

Gut. Lasst uns über eure Flucht reden, die auch meine Flucht ist. Oder wir bleiben alle hier und gehen gemeinsam unter. Der Marschall, ihr habt es gesehen, liegt da oben und kann uns nicht mehr begleiten. Ich sagte bereits, dass er und Burru in Streit geraten sind. Jetzt müssen wir gemeinsam das Beste aus der Lage machen. Es ist noch nicht zu spät.

William bat Lisabeta um Erklärungen, und er bekam sie. Sie erzählte, dass Arnaud de Trian schon lange unter den Ungerechtigkeiten des Papstes gelitten habe. Als Joan bei der Pfingstmesse zur Vernichtung der Armutsbewegung aufrief, konnte der Marschall die Gewaltherrschaft seines Onkels nicht länger ertragen und entschied sich, den todgeweihten Michele da Cesena aus dem Palastkerker zu befreien und die anderen Spiritualen aus ihrem Kloster hierher zu entführen. Das war auch der Grund, warum er persönlich mit Burru die Mönche verhaftete, denn die päpstlichen Sergenten durften nichts von seinem Plan erfahren.

Lisabeta erläuterte uns weiter, dass Arnaud de Trian die Mönche in dieser Nacht über die Rhone in den Hafen von Aigues-Mortes verschiffen wollte. Dort am Kai liege ein genuesischer Segler bereit, um die Mönche zu ihrem neuen Schutzherrn, Kaiser Ludwig von Bayern, nach Pisa und dann im Triumph nach Rom zu bringen. Der Marschall hatte sie begleiten wollen, um mit ihnen der Tyrannei seines Onkels zu entfliehen und sich in Italien der Gnade des Kaisers zu unterwerfen. Diesen Teil des Plans habe der Kampf zwischen dem Marschall und Burru leider verunmöglicht. Allerdings liege das Boot unweit von hier weiterhin zur Abfahrt bereit, und das sei unsere einzige Rettung.

Dann gehen wir doch und fahren ab, meinte Occam und schritt zur Tür. Bruder William stellte sich ihm in den Weg.

Wenn ich dich richtig verstanden habe, sagte der Mann aus Baskerville zu Lisabeta, dann bietest du uns hiermit dein Geleit an. Natürlich zu deinen Bedingungen.

Lisabeta nickte: In der Tat. Mit dir kann man wenigstens vernünftig reden. Du hast begriffen, dass ihr ohne mich nicht lebend aus dem Palast hinauskommt. Alles ist von bewaffneten Sergenten umstellt. Nur wer das Kennwort weiß und wer den Wächtern bekannt ist, den lassen sie durch. Mir vertrauen die Sergenten. Euch hingegen würden sie sofort dem Papst ausliefern. Dann ist jeder Einzelne von euch ein toter Mann.

Michele, Bonagratia und Franciscus schauten einander betroffen an. Der Ordensgeneral bestätigte in allen Punkten die Erzählung Lisabetas. Der Marschall habe ihn heute gegen Mittag, unter dem Vorwand eines Verhörs, aus dem Kerker geholt und persönlich bei den Wachen für ihn gebürgt, als sie den Papstpalast verließen. Stets hatte ihn der Marschall höflich behandelt. Michele da Cesena war deshalb überzeugt davon, dass Arnaud die Franziskaner tatsächlich aus den

Fängen des Papstes retten wollte. Genau das hatte er ihnen am Abend im Palast ja auch verkündet.

Und warum, warf Occam ein, hat dieser Unhold hier – und er wies auf den Leichnam unter den blutbefleckten Laken – uns aus lauter Liebenswürdigkeit in den Keller geprügelt? Warum wollte er mich erwürgen?

Lisabeta schaute betroffen zu Boden und sagte dann: Das war ja gerade das Unglück. Als mein Bruder erfuhr, dass auf unserem Boot kein Platz für ihn war, geriet er völlig außer sich. Kein Lohn, kein Hinweis auf ein gutes Pferd unten im Stall konnten ihn beruhigen. Er war, wie ich sagte, ein aufbrausendes Gemüt. Er zog seinen Dolch und stach ihn dem Marschall in den Bauch. Dann verkündete Burru, er werde nun auch euch ermorden. Ich bat ihn auf Knien, wenigstens euch Männer Gottes zu verschonen. Doch Burru war wie im Rausch und berief sich auf die Rache der Katharer an ihren Peinigern. Ich bin nur eine schwache Frau und konnte ihn nicht halten.

Und warum, unterbrach ich, hat der Marschall mittags auch die unschuldige Jüdin Lorena aus der Carriera hierher entführt? Sollte die auch zum Kaiserhof mitkommen?

Lisabeta blickte mich mit großen Augen an, was mich sofort erröten ließ. Diese Frau konnte durch ihre Erscheinung jeden Mann in ihren Bann schlagen. Selbst Occam lauschte ihren Erklärungen inzwischen ohne Widerrede.

Das Mädchen Lorena, so wusste Lisabeta zu berichten, sollte Arnaud de Trian zu Reisegeld verhelfen. Es war kein guter Plan. Ich riet ihm von der Idee ab, aber er bestand darauf, vor unserer Flucht den Juden noch einiges Gold abzupressen. Damit wollte er für euch Mönche die Schiffsleute bezahlen und in Aigues-Mortes Vorräte kaufen. Ich konnte ihn abends überzeugen, dass wir in Italien vom Kaiser und vom Gegenpapst genug Kredit erhalten würden. Arnaud gestattete mir endlich, die arme Lorena freizulassen. Die Erpressung war in meinen Augen nicht nur verwerflich, sondern sie hätte uns auch viel zu viel Zeit gekostet. Lorena ist jetzt frei, dank mir. Doch wir dürfen nicht länger die Zeit mit Reden vergeuden. Wir alle müssen dringend fort von hier! Wenn auch nur ein Diener in den Palast zurückkehrt, oder wenn einer der Sergenten da draußen mitbekommt, dass ihr eigener Marschall den Papst verraten hat und dass ihr Armutsbrüder hier frei herumlauft, dann sind wir alle verloren.

Die Mönche blickten zweifelnd erst zu Bruder William, dann zum Ordensgeneral Michele. Ich nahm das Wort, denn ich hatte die Befreiung Lorenas mit eigenen Augen gesehen und konnte auch diese Erklärung Lisabetas bestätigen. Lisabeta persönlich hatte Lorena auf die Straße geleitet. Occam und die anderen waren beruhigt. Jeder von uns hatte inzwischen begriffen, dass unser Schicksal von Lisabeta abhing.

Sie verkündete gebieterisch: Gebt mir nun Zeit, die Totengebete für meinen Bruder zu sprechen. Ich werde euch danach auf dem Boot nicht länger als eine Stunde begleiten, dann landen wir bei einem geheimen Friedhof der Katharer an, wo ich mit unseren Gefährten meinen Bruder begraben werde, ohne dass sein Körper entweiht und sein Seelenheil von den Christen vernichtet wird. Ihr könnt dieweil mein Angebot beraten und entscheiden, ob ihr leben wollt oder sterben. Ich schließe mich hier ein und halte unsere vorgeschriebene Totenwache. Ihr findet im übernächsten Kellerraum ein Leichenbrett. Wenn ich geendet habe, werdet ihr meinen Bruder damit aus dem hinteren Tor zum Fluss hinübertragen. Bis zum Boot sind es keine zweihundert Schritte.

Aber, warf Occam ein, wozu denn die ganze Mühe? Lassen wir den schweren Kerl doch hier liegen und gehen einfach ohne ihn zum Boot! Mich interessiert seine Leiche nicht.

Lisabeta baute sich vor Occam auf: Ich werde diesen Palast nicht ohne meinen Bruder verlassen. Lieber sterbe ich für Burru als stolze Erbin der Katharer. Oder unsere gemeinsame Flucht geht genauso vonstatten, wie ich es beschrieben habe. Du hast die Wahl.

Bruder William schob die Mönche aus der Küche, während Lisabeta mit dem Leichnam zurückblieb und den Riegel vorlegte. Von drinnen ertönten nun okzitanische Gesänge mit fremdartigen Melodien. Dieselbe Frau, die vorher mit ihrer Kunst die Männer von Avignon betört hatte, weihte ihre betörende Stimme jetzt der Totenklage um ihren Bruder.

Auf der Kellertreppe sitzend, brachte William von Baskerville den widerspenstigen Occam zur Vernunft. Lisabetas Plan sei nicht nur der einzig durchführbare, sondern überhaupt das Beste, was uns in unserer Lage widerfahren konnte. Als fromme Leichenträger eines Verstorbenen würden sechs Mönche, die mitten in der Nacht das Haus des Marschalls verließen, nicht gar so abseitig erscheinen. Jeder Wächter müsste jedoch sofort Verdacht schöpfen, wenn eine Gruppe von Mönchen sich mitten in der Nacht einfach so aus der Stadt schlich.

Der Leichnam des Mörders Burru, schloss William, erweist uns als Tarnung sogar noch einen letzten Dienst. Ich kann diese Lisabeta nur bewundern. Die Frau ist ungemein klug. Ich bin überzeugt, dass wir durch ihren Plan tatsächlich entfliehen können. Dabei war ich vor einer Stunde noch felsenfest überzeugt, dass wir hier drinnen alle dem Tod geweiht sind.

Der alte Bonagratia, der auffällig stille Franciscus, vor allem aber der Ordensgeneral schlossen sich Bruder William an. Occam schaute zur Seite, widersprach aber nicht mehr. Michele da Cesena reckte vor unseren Augen das Siegel des heiligen Franziskus in die Höhe und erklärte feierlich:

Meine Brüder, wir tragen eine große Verantwortung. Es geht hier nicht um unsere kleinen Leben. Wir müssen aus den Fängen dieses häretischen Papstes entkommen, um das Seelenheil aller Franziskaner, aller echten Christen zu retten. Gott ist auf unserer Seite!

Wir lauschten den Klageliedern in der Küche. Dann wurde es still. Die Tür öffnete sich, und Lisabeta stand mit gelöstem Haar vor uns. Hatte ich anfangs geglaubt, in der Brust der Sängerin schlage ein Herz aus Stein, war ich nun bewegt von ihrer Fürsorge für den Toten. Wie erst wäre Humbert von Alexandria von ihrem Katharerglauben ergriffen gewesen! Ich hätte Lisabeta in diesem Augenblick überallhin begleitet, sogar zum Teufel persönlich. Doch am liebsten natürlich in die Freiheit.

Burrus Körper war von seiner Schwester in frische weiße Tücher gehüllt worden. Wir zerrten den Leib auf ein Leichenbrett, das wir tatsächlich im dritten Kellerraum gefunden hatten. Ächzend nahmen wir die Griffe in die Hände und stemmten unsere Last die Treppe hoch. Lisabeta, die schwarze Kapuze übergezogen und Beschwörungen murmelnd, schritt uns mit einer Fackel in der Hand voran wie eine antike Totenpriesterin.

An der Hinterpforte klopfte sie drei Mal. Von außen schloss jemand auf, und ich erkannte das Narbengesicht des Mannes, der mich vor wenigen Tagen in der leerstehenden Livree des Kardinals Bernard de Garve verprügelt hatte. Damals hatten Arnaud, Lisabeta und der Folterknecht unter einer Decke gesteckt. War das hier etwa ein Hinterhalt?

Ich hoffte, dass der Scherge im Dunkeln mein Gesicht nicht erkannte, und zog meine Kapuze tief ins Gesicht. Lisabeta flüsterte dem Mann das Passwort ins Ohr, während wir anderen mit dem Leichenbrett ins Freie schritten. Als ich mich über die Schulter umdrehte, bemerkte ich eine blitzschnelle Bewegung Lisabetas. Der Wächter stöhnte kurz auf und sackte mit einer Stichwunde im Hals zusammen.

Die Hexe hat ihn umgebracht!, schrie Occam, der den Zwischenfall ebenfalls mitbekommen hatte. Sie wird uns alle töten, die Ketzerin!

Wir setzten das Totenbrett ab. William und Michele sprangen mit mir zu Lisabeta. Sie stand mit dem blutigen Dolch in der Hand neben dem Mann, den sie soeben ermordet hatte, und sagte:

Ich werde euch nicht töten, ich habe euch vielmehr das Leben gerettet. Dieser Mann war der treueste Sergent des Marschalls. Sobald wir im Dunkel verschwunden wären, hätte er im Palast nachgesehen, wo sein Meister bleibt. Er hätte nur Augenblicke gebraucht, Arnaud de Trian zu finden. Zusammen mit den beiden Türhütern wäre er noch vor dem Flussufer über uns hergefallen. Außerdem, so fügte die Sängerin verächtlich hinzu, war dieser Mann ein blutiger Geier, der jeden Tod verdient hat. Ich weiß nicht, wie viele Menschen er zu Tode gefoltert hat. Um den ist es wirklich nicht schade.

Ich nickte und erzählte den Brüdern kurz von den Prügeln, die mir der erstochene Sergent vor ein paar Tagen verpasst hatte. Bruder William betrachtete Lisabeta dennoch misstrauisch. Occam rief aufs Neue, dass dieser Katharerhexe nicht zu trauen sei:

Sie soll ihr Messer hergeben! Solange sie eine Waffe hat, sind wir unseres Lebens nicht sicher.

Bruder William stellte sich vor Lisabeta hin und hielt die Hand auf. Ich befürchtete, dass sie erneut zustechen und uns alle ins Verderben reißen würde. Doch nichts dergleichen geschah. Mit demutsvollem Blick zog sie einen zierlichen Dolch aus dem Ärmel ihres Samtmantels, fasste ihn an der Klinge und reichte William den Elfenbeingriff. Der nahm die Waffe mit einer Verbeugung entgegen und übergab sie an Occam, der mit angewidertem Gesichtsausdruck die Szene betrachtet hatte.

Occam nahm den Dolch, der beinahe so winzig war wie sein Rasiermesser, und schleuderte ihn weit fort in den Uferschlamm. Nun konnten wir endlich gehen. Lisabeta trug uns die Fackel voran, sie kannte den Weg genau. Es waren keine zweihundert Schritte bis zu einem kleinen Anleger. Dieser Steg unweit des Dominikanerklosters war mir noch nie aufgefallen und schien eigens den Bedürfnissen des Marschalls zu dienen. Auf unserem Weg mussten wir mehrmals das Brett absetzen, denn vor allem für den alten Bonagratia, aber auch für Occam war die Last des riesigen Mannes allzu beschwerlich. William musste wegen seiner Größe den Griff mit gebeugtem Rücken halten, damit das Brett keine Schieflage bekam. Sogar der drahtige Mann aus Baskerville kam schwer ins Schnaufen.

Occam forderte, dass wir nun, einmal aus dem bewachten Palast entkommen, den Leichnam endlich zurücklassen sollten.

Abermals fuhr ihm Lisabeta ins Wort: Unser Bootsmann kennt mich und legt nur ab, wenn er von mir das Passwort erfährt. Ich habe die Parole vorhin wohlweislich nur geflüstert, damit ihr mich nicht im Stich lasst. Wenn mein Bruder nicht mit aufs Boot kommt, werdet ihr alle noch vor Tagesanbruch wie versprengte Schafe eingefangen und Papst Joan zugetrieben.

Occam schwieg und nahm wieder den Griff des Leichenbrettes. Wir waren ein wundersamer Zug. Sechs Mönche in ihren Kutten mit Kapuzen über dem Kopf, ihnen voran eine Frau, ebenfalls unter einem Kapuzenmantel, und mittendrin der Körper des dicken Burru, der als großer Ballen wie eine kostbare Ladung aufs Lastenboot gehievt wurde. Ich musste beinahe lachen, so absonderlich kam mir das alles vor.

Als Totengräber eines Katharers entkamen franziskanische Widersacher aus der Stadt des Papstes. Und die von allen Männern der Stadt begehrte Sängerin leuchtete uns den Weg.

Endlich langten wir am Steg an, wo tatsächlich ein offenes Langboot angebunden war. Lisabeta begrüßte den Kapitän und seine beiden Ruderleute wie alte Bekannte. Es war deutlich, dass diese Ribeyraux eigens auf sie gewartet hatten. Wir wuchteten das Totenbrett mühselig an Bord und bedurften dabei der Hilfe der Schiffer. Endlich lag Burru wie Ballast in der Bootsmitte.

Die Italiener wischten sich die verschwitzten Hände ab. Als Erster stieg Bonagratia über die Reling, gefolgt von Franciscus, dem die Flucht gar nicht schnell genug gehen konnte. Den ganzen Abend hatte der Spion nichts gesagt, damit kein Verdacht auf ihn fiel. Er war nun wieder der aufmerksame Leibwächter seines Ordensgenerals und wich ihm keinen Schritt von der Seite. Michele da Cesena konnte nicht ahnen, dass Occam und Franciscus sich heute Morgen bereits entschlossen hatten, ihren Obersten im Kerker des Papstes verrotten zu lassen und ohne ihn zu fliehen. Nun streckte derselbe Franciscus de Marchia Michele unterwürfig den Arm aus und half seinem Gebieter ins Boot.

Mir wurde klar, dass ich mich am Spion, der meinen Freund Ramon umgebracht hatte, in dieser Nacht nicht rächen durfte. Selbst wenn es mir gelänge, ihn mitten auf dem Fluss über Bord zu werfen, wäre ich als Nächster an der Reihe gewesen. Die Franziskaner hielten zusammen. Und auch die Schiffer konnten auf dem schwankenden Boot keinen Kampf unter ihren Passagieren zulassen. Ich nahm mir vor, mich mit William von Baskerville über Franciscus zu beratschlagen. William hatte als Spurenleser den Tod Ramons aufgeklärt und wusste bestimmt, wie ich Gerechtigkeit gegenüber diesem Meuchelmörder erlangen könnte. Ich saß bereits auf einer Bank, als Occam seinem Freund William von Baskerville den Arm zum Einsteigen entgegenstreckte. Doch der tat einen Schritt zurück und erklärte vom Ufer aus, dass er nicht mit uns nach Süden fahren werde. Er kenne einen abgelegenen Konvent in den Alpen, wo er den Sommer mit Studium und Wanderungen zu verbringen gedenke.

Ich war schon viel zu lange in Italien, erklärte er. Kaiser Ludwig ist genug gedient mit euch Leuchten der franziskanischen Gelehrsamkeit. Ich ziehe die Einsamkeit des Gebirges vor.

Ich blickte William von Baskerville entsetzt an. Wollte er mich wirklich im Stich lassen? Bruder William ging noch einmal in die Hocke, reichte mir über die Reling die Hand und beugte sich zu meinem Ohr:

Du hast schnell gelernt, Wittekind, flüsterte er. Du kommst künftig auch ohne mich zurecht. Halte dich nicht unnütz mit diesem Lumpen Franciscus auf. Hier geht es um viel mehr als Rache. Du hast sicher gemerkt, dass die ganze Geschichte der Sängerin stinkt. Denk genau nach! Füge alle Indizien sorgsam zusammen und achte dabei vor allem auf die Kleinigkeiten, so wie ich es dich gelehrt habe. Nur so bringst du Licht in das dunkle Geheimnis, vor dem wir immer noch stehen. Trau dich, dich deines Verstandes zu bedienen! Jetzt bist du auf dich allein gestellt. Aber du kannst es schaffen, das Mysterium zu ergründen.

William kniff mich aufmunternd in die Schulter, winkte uns kurz zu und wandte sich ab. Dann verschwand er am Flussufer in der Dunkelheit, als hätte es den Mann aus Baskerville nie gegeben.

Lisabeta hielt ihre Fackel immer noch in der Hand. Ihr Kommando zum Ablegen war zugleich das Passwort: die Schwarze Rose.

KAPITEL 45

Avignon lag hinter mir. Über Schwaden feuchter Luft hinweg sah ich die Türme und Dächer der Stadt in der Nacht verschwinden. Der gierige Papst hatte mich also doch freigegeben. Morgen früh würden für uns Geflüchtete neue Glückssucher eintreffen, würden sich in der Enge einen Platz erkämpfen, bis die Stadt ihnen ein Bröckchen von Joans Schätzen abgab – oder sie ohne Gnade vernichtete. Ich war vor gut fünf Monaten ohne einen Groschen in der Tasche mit meinem Meister angekommen. Ohne einen Groschen und ohne meinen Meister fuhr ich wieder fort. Nur mein Messer war mir geblieben.

Als ich mich noch einmal umdrehte, entdeckte ich weit oben einen winzigen Schein. Das Licht der großen Laterne, die den Eingang zum Papstpalast bewachte, diente den Schiffern der Rhone als Leuchtfeuer. Hinter dieser Laterne lag der Turm, in dem die Wächter nun längst den Körper meines Meisters gefunden hatten. Die Art seines Sterbens musste für sie ein Rätsel bleiben. Doch wenn der Papst Wort hielt, dann würde der Meister ein Armengrab für Kleriker bekommen, irgendwo neben Serge. Der alte Papst hatte seinen ungleichen Zweikampf so oder so gewonnen. Bald würde des Meisters Lehre in einem Sendschreiben in allen Ländern Europas als ketzerisch verdammt. Und von dem Prediger aus Köln wäre bald keine Rede mehr. Außer vielleicht der Nachricht, dass er sich als reuiger Sünder dem Papst unterworfen hatte und in der Gnade der Kirche gestorben war.

Anders als die Flucht des Meisters in den Tod bedeutete die Flucht der Franziskaner ins Leben für Joan eine Katastrophe. Die Männer, die hier mit mir auf dem Boot saßen, hatten mächtige Anhänger in aller Welt. Wenn sie dem Papst seine Rechte absprachen und sich auf die Seite des Kaisers schlugen, dann war die kirchliche Macht in höchster Gefahr. Die aufgeschreckte Kurie würde noch heute Nacht die Machenschaften Arnauds de Trian entdecken. Dann galt es schon morgen, papsttreue Franziskaner an die Spitze des Ordens zu berufen und alle Spiritualen der Armutsbewegung als Ketzer zu verstoßen. Vielleicht eilten zu dieser Stunde bereits Kardinäle und Schreiber durch die Gänge des Palastes zu Versammlungen, auf denen man die nächsten Schritte vorbereitete. Wie viele Mönche Joan treu bleiben würden, hing entscheidend davon ab, wie schnell man über Boten und Gesandte die wichtigsten Äbte, Guardiane und Bischöfe in ganz Europa hinter dem Papst zu sammeln vermochte. Siegen würde wie immer, wer am besten organisiert war.

Zudem stand die Frage im Raum, ob Kaiser Ludwig und sein Gegenpapst Niccolò in Rom dauerhaft Fuß fassen konnten. Der seit Jahrhunderten tobende Kampf zwischen weltlicher und geistlicher Macht stand in dieser Nacht auf des Messers Schneide und forderte alle Kräfte, die der Papst mobilisieren konnte. Ich saß mit seinen grimmigsten Feinden in einem Boot. Doch Joan war gut gerüstet. Ich hatte mit eigenen Augen gesehen, dass er trotz seiner bald neunzig Jahre noch voller Kraft war. Für diesen Greis gab es keine andere Zeit als die Zukunft. Längst hatte ich vom Boot aus die Laterne auf dem Papsthügel aus den Augen verloren, doch ich wusste, dass dieses Licht nicht verlöschen würde.

Unser Boot trieb geschwind in der Strömung. Die Schiffer hatten eine Lampe am Bug befestigt, deren Talglicht, vom Wasser gespiegelt, erstaunlich weit leuchtete. Das war auch nötig, denn unser schwer beladenes Boot lag tief in den Fluten. Ständig schöpfte der Bootsmann mit einem großen Napf Wasser über Bord, das sich zu unseren Füßen zu sammeln begann. Jede hohe Welle, jeder auf den Fluten treibende Baumstamm, jeder Strudel konnte uns gefährlich werden. Ramon hatte mir von riesigen Welsen erzählt, die mit aufgesperrtem Rachen sogar große Boote rammten und zum Kentern brachten. Ich wusste nicht, ob diese Monsterfische eine Legende waren oder Wirklichkeit, doch lauschte ich ängstlich, wenn vor oder neben uns ein Fisch sprang und wieder ins Wasser platschte.

Ein Fluss ist kein totes Wasser, sondern pumpt und pulsiert seine vitale Kraft durch die Welt. Auch die Rhone lebte und führte, wie eine Ader das Blut zum Herzen treibt, unterseeisches Leben tief ins Land herein: Nixen, Wassermänner, Flutgeister, Wellenbräute. Die Provenzalen erzählten sich davon grausige Geschichten. Wir fuhren dahin über die glitschigen Wesen der Tiefe, während rechts und links das dunkle Land an uns vorbeizog, das wir unbedingt meiden mussten. Von Zeit zu Zeit gab der Bootsmann, der am Heck das Steuer führte, dem Späher vorne oder dem Ruderknecht an der Seite ein knappes Kommando. Dann wichen wir einem Hindernis aus, und das Boot richtete sich im Fluss der Rhone wieder gerade, um uns dem Meer entgegenzutreiben. Aber wollte ich zum Meer?

Die Häfen des Mare Nostrum waren lange schon mein Traum gewesen. Was gab es für eine bessere Gelegenheit, als morgen in Aigues-

Mortes mit den Franziskanern auf einen Segler zu steigen und dann in Genua, Pisa, Ostia oder Neapel an Land zu gehen? Wie hatte ich es vor Jahren genossen, von Lübeck über die grauen Fluten der Ostsee bis Danzig zu reisen, stets den salzigen Wind in der Nase. Seither hatte ich das Meer, das mir als Widerschein der Ewigkeit erschien, nicht mehr zu Gesicht bekommen. Ich liebte das Meer. Doch sosehr die Rhone mich auch fortzog zum großen Wasser, es gab für mich hier noch etwas zu erledigen.

Lisabeta hatte ihre schwarze Kapuze tief ins Gesicht gezogen und saß neben der Leiche ihres Bruders an der Reling. Sie war also eine Katharerin, genau wie Burru. Dieser Teil ihrer Geschichte war nicht gelogen, so viel wusste ich. Doch der Rest ihrer Erzählung stimmte nicht zusammen mit dem, was ich in Arnauds Palast mitbekommen hatte. Sicher, ihre Rechtfertigungen klangen jedes Mal überzeugend. Doch auch Bruder William hatte erahnt, dass diese Frau uns nicht die ganze Wahrheit gesagt hatte. Ich musste gründlich nachdenken.

Gott, hatte der Meister gelehrt, wohnt in allen Dingen, die uns umgeben. Diesen Teil seiner Lehre teilte ich nicht. Gott, wenn es ihn denn gab, mochte irgendwo im Universum wohnen, weit weg auf den Sternen oder auf dem Mond. Er hatte uns die Gesetze der Natur geschenkt und hatte die Menschen dann sich selbst überlassen. Diese Welt, davon war ich nach den letzten Geschehnissen überzeugt, hatte er der Obhut des Teufels übergeben, wie das die Katharer glaubten. Und der Teufel hatte sich eingenistet in den Kleinigkeiten, die wir dummen Menschen übersahen und in denen sich unser Schicksal verhedderte. Bei den Kleinigkeiten musste ich anfangen, um die Fäden dieser blutigen Geschichte zu entwirren. Bruder William hatte es mir geraten. Ich trug den Schlüssel zur Lösung bei mir. Nur wo? Was hatte ich übersehen?

Wir sollten die Hexe und ihren Leichnam einfach über Bord werfen, riss mich Occams Stimme aus meinen Gedanken. Der Engländer saß hinten neben dem Schiffer. Es ekelte ihn sichtlich, dem Leichnam des Mannes, der ihn erwürgen wollte, das letzte Geleit zu geben. Michele da Cesena drehte sich zu Occam um und machte eine begütigende Geste. Auch Lisabeta richtete sich aus ihrer Versenkung auf und sagte:

Du musst mir und meinem Bruder nicht mehr lange Gesellschaft leisten, wir sind bald am Ziel. Dann kann euer Pilgerboot ohne den Ballast unreiner Katharer weiterfahren. Glaub mir, auch ich bin heilfroh, dass wir uns nie mehr begegnen werden.

Occam gab keine Ruhe und meckerte, dass es kein Wunder sei, wenn der Papst in der Provence zum Antichrist geworden sei, wenn die Wurzel des Unglaubens hier immer noch im Boden gedeihe.

Ich beugte mich zurück zu dem Mann, der selbst als Häretiker angeklagt war und sogleich nach seiner Flucht Abweichler zu verfolgen begann:

Du hättest beim Papst gut als Inquisitor wirken können, wenn sie dich nur genommen hätten. Aber Joan hat noch willigere Vollstrecker seiner Pläne gefunden als dich, Occam. Du definierst in deinen Traktaten den Wert der Wörter und der Namen. Der Papst ist dir voraus, er definiert nur mehr den Wert des Geldes. Dich hat er nicht gekauft, aber er hätte es gekonnt.

Occam machte eine abfällige Bewegung mit der Hand. Seine Augen starrten ruhelos in die Nacht. Der berühmte Philosoph hatte ein neues Ziel vor sich, die Jahre nutzlosen Abwartens und Taktierens waren auf einen Schlag vorbei. Nachdem er beim Papst nicht ankommen konnte, gab ihm die Armutsbewegung, deren theologische Fragen ihn vorher kein bisschen umgetrieben hatten, den Hebel in die Hand, um sich damit zum Kaiser zu katapultieren. Für den Ballistiker Franciscus de Marchia galt dasselbe: Seine vermaledeite Kugel, die Ramon niedergestreckt hatte, flog jetzt hoch bis zum Thron des Herrschers. Aus Häftlingen des Papstes würden bald Höflinge des Kaisers werden, Bischöfe und Kardinäle womöglich, Botschafter und Berater. Vielleicht würde Michele da Cesena mit dem Siegel des heiligen Franziskus in Rom zum nächsten Papst gekürt und mit der babylonischen Gefangenschaft der Kurie ein Ende machen. So hoffte er gewiss. Mir war die Zukunft der Franziskaner gleichgültig, denn ich dachte angestrengt nach über die Vergangenheit, deren Rätsel ich nicht zu lösen vermochte.

Was ist eigentlich aus deinem Meister geworden?, fragte Occam.

Der Papst hat ihn befreit, antwortete ich knapp.

Occam lächelte wissend: Frei, das ist ein großes Wort.

Er fragte nicht weiter. Vielleicht konnte er sich ausmalen, was abends im Palast vorgefallen war. Ich betrachtete den sonderbaren Briten, der mir bei der Suche nach der Wahrheit in Avignon zum Schicksalsgenossen geworden war. Der Logiker aus Oxford hatte meinen Meister und meine eigene Dummheit oft verspottet. Ich fand, dass er nicht das Recht dazu hatte.

Occam, gib es zu, sagte ich leise, ist es dir nicht völlig egal, ob Christus einst als Bettler oder auf einem Goldesel in Jerusalem ankam? Wie passt du zur Armutsbewegung? Du hattest in Avignon stets einen vollen Beutel. Ich sage dir eins: Für euch radikale Bettelmönche gibt es nur eine Form der Besitzlosigkeit, und das ist der Hungertod.

Occam blickte mich an, eher verwundert als erbost.

Ich fügte hinzu: Von irgendjemandem, der etwas besitzt, müsst ihr schließlich euer Brot, eure Kleidung, euer Obdach erbetteln. Eure Verherrlichung der Armut beruht auf Heuchelei, da hat der Papst nicht unrecht. Die sündigen Menschen ohne Habit und Sandalen sollen schuften und Besitz anhäufen, damit ihr davon euren Teil nehmen und die Laien dafür auch noch verachten könnt. Diese Ethik ist auch nicht besser als der Reichtum des Papstes. Den Widerspruch deiner neuen Lehre musst du als großer Logiker erstmal auflösen.

Occam lachte leise:

Christus hat seinen Antichrist. Der Papst hat jetzt seinen Gegenpapst. Und jede These hat ihre Antithese. Das ist die Logik der Welt. Wir kleinen Sünder zwischen Christus und Teufel müssen uns aus Papst und Gegenpapst einen aussuchen, müssen neben jeder These ihre Antithese ertragen. Das wirst du im Leben schon noch lernen, mein kleiner Wittekind. Es gibt in der Welt niemals schwarz oder weiß. Am Ende mischen sich die Kaiser und die Päpste und die Thesen, und alles wird grau und schmutzig wie unsere Kutten. Gehüllt in Grau, winden und lügen wir uns alle bis zum Tod hindurch. Die Logik hat dafür einen Begriff: Synthese. Die Synthese meines Lebens, in dem ich erst Professor in Oxford war und dann Häretiker in Avignon, hat aus mir jetzt einen Berater des deutschen Kaisers gemacht. Das ist meine

Lehre der Kontingenz: Wir alle leben nach vorne durch Zufälle, die wir im Rückblick zu Notwendigkeiten erklären. In Wahrheit ist alles ein großes Kuddelmuddel.

Originalität war Occams Stärke, und ich war nun mehr denn je davon überzeugt, dass ihm seine Schlauheit am Kaiserhof in München ganz nach oben verhelfen würde.

Ich sagte: Du suchst dir doch bloß einen neuen Herrn, nachdem der alte dich verstoßen hat. Ohne Herr und Meister kommt einer wie du nicht aus.

Ich nehme, sagte Occam trocken, was ich kriegen kann. Das solltest du auch.

Hatte er unrecht? Ich versank wieder in meine Gedanken und bekam ganz plötzlich die Eingebung, was der wirkliche Grund dafür war, warum Burru uns erwürgen sollte. Ich begriff wie in einer Vision, dass es für mich auf diesem Boot einen Menschen gab, der wichtiger war als die Franziskaner, wichtiger als Kaiser Ludwig. Alles war ganz anders gewesen. Und Kleinigkeiten hatten mir die Wahrheit verraten. Doch immer noch zögerte ich mit meiner Entscheidung, was zu tun sei. Mein Leben wollte ich nicht schon wieder in Gefahr bringen. Aber gab es Gewinn ohne Gefahr?

In diesem Augenblick rückte Lisabeta nach hinten, schob Occam zur Seite und gab dem Steuermann Anweisungen. Er drehte unser Boot scharf nach rechts, und in der Dunkelheit tat sich in einem Schilfgürtel bei ein paar Bäumen eine Mündung auf. Wie hatte die Frau sie in der Dunkelheit nur finden können? Mit leisem Plätschern geriet unser Schiff immer weiter ins seichte Uferwasser und glitt dann mit einem Bogen ins Schilfdickicht hinein. Der Bootsmann stieß uns mit einem Ruder noch ein paar Mal nach vorne, dann schob sich der Rumpf mit einem leisen Knirschen aufs Ufer. Wir waren angekommen.

Um den schweren Leichnam an Land zu hieven, mussten außer uns Mönchen auch die beiden Ruderknechte wieder anpacken. Das Brett bog sich durch von der Last. Ächzend setzten wir Burrus Körper ein paar Schritte weiter auf den feuchten Kiesboden. Wo waren wir hier? Einzig Lisabeta schien das genau zu wissen. Sie sprach leise mit dem

Bootsmann und drückte ihm etwas in die Hand, sicher eine Belohnung für die Überfahrt.

Wir Männer stiegen wieder ins Boot und blickten zurück zum Schattenriss der Frau, die bei der Leiche stand wie eine Statue. Ich hörte in meinem Inneren den Widerhall von Occams Worten. Was hatte er gesagt? Das Leben wird nach vorne gelebt und nach hinten verstanden. Jeder muss nehmen, was er kriegen kann. Dann hörte ich im Geist die Stimme von Bruder William: Achte auf die Kleinigkeiten! Du bist jetzt ganz auf dich gestellt! Da wusste ich, was ich zu tun hatte.

Als der Ruderknecht das Boot vom Ufer abstieß, sprang ich von Bord.

Ich drehte mich kurz um und blickte den Franziskanern nach, deren Boot langsam hinter Schilf und Nebel verschwand. Dann stapfte ich durchs seichte Wasser an Land.

KAPITEL 46

Als Lisabeta meine Schritte hörte, stellte sie sich mir in den Weg:

Was willst du hier?

Ich antwortete nichts. Wir beide standen einander gegenüber wie zwei Geister. Dumpf erklang der Ruf von Rohrdommeln. Der Mond wurde von Wolken verdeckt, nur Lisabetas fahler Umriss war zu erkennen. Ich schob sie zur Seite und entdeckte einen Pfad durchs Schilf. Hinter einer Biegung erahnte ich, den Blicken vom Fluss her entzogen, den Schatten einer Hütte. Ich fand den Eingang und ertastete gleich bei der Tür Schwamm und Zunder. Schnell konnte ich ein Talglicht entzünden und mich drinnen umsehen.

Die Wände bestanden aus Holz, das Dach aus Schilfmatten. Der Raum war klein und schlicht, aber alles war da: eine große Liegestatt mit einem Strohsack und Decken, ein Tisch, zwei Stühle, dazu abseits eine Feuerstelle, über der ein Kessel an einer Kette baumelte. Der Lehmboden war sauber gefegt und mit trockener Streu ausgelegt. Hier musste vor kurzem erst jemand Ordnung gemacht haben. Ich kontrollierte, ob nirgendwo Spieße oder Messer herumlagen. Ich fand keine.

Auf einem Stuhl sitzend wärmte ich mich am auflodernden Feuer, als Lisabeta die Matte hinter der Tür beiseitezog. Ich hatte gewusst, dass sie kommen würde.

Ich habe dich gefragt, was du hier willst, wiederholte sie.

Ich schaute mich im Raum um. Der Rauch zog ab, nur ein Rest verteilte sich; so blieben die Mücken fern. Der Erbauer hatte an alles gedacht. Wie zur Bestätigung meiner Gedanken entdeckte ich am Kopfende des Bettes ein Fässchen. Ich zog den Zapfen heraus, hob es an und ließ mir einen Strahl vom Inhalt in den Mund laufen. Es hätte mich überrascht, wenn es kein guter Rotwein gewesen wäre.

Warum fährst du nicht mit den Mönchen zum Meer?, fragte Lisabeta erneut. Du bist hier in großer Gefahr. Wenn meine Katharer kommen, dann weiß ich nicht, ob ich dich schützen kann.

Du musst mich nicht schützen, sagte ich, es gibt hier keine Katharer. Und für den Moment wäre es für mich viel gefährlicher, draußen auszurutschen und mich am Schilf zu schneiden, als hier guten Wein zu trinken. Willst du welchen?

Sie schüttelte den Kopf. Ich war hingerissen vom Ausdruck der Wut, der sich auf ihren Zügen abzeichnete. Ihre Haare umschlossen das Gesicht mit den schmalen Augen, die verachtungsvoll zu mir herübersahen. Auch ihre Lippen verzogen sich. Ich hatte Lisabeta noch niemals lachen gesehen. Ich nahm noch einen tiefen Schluck. So guten Wein hatte ich nur bei Napoleone Orsini bekommen.

Was willst du?, begann sie erneut. Ich schaute sie nur an.

Nach einer Weile sagte sie mit einem Lächeln: Ach so. Und womit willst du mich bezahlen?

Ich antwortete nicht. Sonderbar, Lisabeta war gut zehn Jahre älter als ich, doch trotzdem wirkte ihre Gestalt so jugendlich wie die Lorenas. Ich konnte gut begreifen, warum die Jüdin die Katharerin wie eine große Schwester verehrte. Lisabeta wirkte hinter ihrer kühlen Fassade zerbrechlich wie ein Mädchen, das sich nachts im Wald verlaufen hat und bei der Hütte eines Fremden anklopft. Dabei war es genau umgekehrt. Ich klopfte bei ihr an. Dies war Lisabetas Zuhause, der Rückzugsort ihrer Geheimnisse und ihrer Hoffnungen. Ich hatte, als ich vom Boot sprang, nicht gewusst, was mich erwarten würde. Doch ihr Unterschlupf übertraf alle Vorstellung, die ich mir von der Liebe zwischen Lisabeta und Arnaud de Trian ausgemalt hatte. Diese Liebe hatte keine Zukunft mehr. Doch ich konnte sie vom Ende her verstehen.

Nachdem ich noch einmal vom Wein getrunken hatte, sagte ich:

Deine Geschichte vom fürsorglichen Marschall, der die Spiritualen vor dem Scheiterhaufen rettet, bis das Messer von Burro dazwischenkommt, die war wirklich rührend.

Was weißt denn du?, stieß Lisabeta hervor. Arnaud wollte sie sehr wohl in Sicherheit bringen.

Ich nickte: Das wollte er in der Tat. Und sich selbst dazu. Das ist der wahre Kern deiner Lügen. Ich will dir jetzt erzählen, wie es dazu kam, dass meine franziskanischen Freunde und ich so knapp – und ich hielt Daumen und Zeigefinger zusammen – davon entfernt waren, Mann für Mann erwürgt zu werden.

Lisabetas Lippen waren jetzt fest zusammengepresst. Nicht einmal das konnte sie entstellen.

Du bist oft, begann ich, mit Arnaud de Trian hier gewesen. Er hatte das Geld, aber ich merke der Hütte an, dass du sie geplant hast. Sie ist schlicht und sauber wie ein reines Gefühl. Dieses Gefühl, das du vielleicht dieses eine Mal in deinem Leben empfandest, konnte nicht andauern. Arnaud hat es zerstört, darum hast du ihn zerstört.

Was weißt du schon von mir?, rief sie. Du bist ein Ausländer, ein kleiner Mönch, und du hast von nichts eine Ahnung!

Ich schüttelte den Kopf: Zumindest erkenne ich mit einem Blick, dass dies ein Liebesnest ist. Mit dem Boot von Arnauds Residenz haben wir keine Stunde hierher gebraucht. Niemand kann von der Rhone aus die Hütte sehen, niemand kommt von der Landseite durch den Sumpf. Ihr brauchtet allenfalls einen Vertrauten, der Holz und Wein heranschaffte. Das war natürlich dein Burru, der diesen Ort in eurer Abwesenheit auch als Versteck nutzen konnte. Es waren herrliche Tage und Nächte, du und dein Arnaud zu zweit. Etwas Fischsuppe nach dem Angeln, ein paar gebratene Vögel, mit Pfeil und Bogen erlegt. Wie Tristan und Isolde, so feiertet ihr hier eure Wonnen in aller Heimlichkeit. Wie Tristan und Isolde brauchtet ihr dafür nur ein Boot und ein Bett.

Lisabeta blickte ins Leere, als ich ihre schönsten Tage beschrieb. Nun erst bemerkte ich, dass sie eine Tasche neben sich stehen hatte, die mir im Dunkeln nicht aufgefallen war. Darin fand ich Weißbrot, ein Stück Käse und Speck. Der Proviant war für sie allein, aber er würde auch für zwei reichen. Ich hatte ein Messer zum Schneiden; Lisabeta hatte glücklicherweise keines mehr.

Es hätte so schön weitergehen können, fuhr ich fort. Doch dein Marschall stand unter dem Pantoffel seines Onkels Joan. Arnaud war verheiratet mit einer eifersüchtigen Italienerin, seiner Frau dürfte es nicht gefallen haben, dass ihr Mann sie weit wegschickte, um mit einer Sängerin zusammenzuleben. Der Papst ermahnte seinen Neffen zur Umkehr und verlor das Vertrauen. Danach konnte Arnaud nicht einmal mehr im Comtat Venaissin nach Belieben Geld einziehen, das eigentlich dem Papst zustand. Wenn man so fürstlich lebt wie ihr beiden und die Gattin auf ihrem Schloss in den Alpen hohe Forderungen stellt, dann werden die Mittel knapp. War es nicht so?

Du hast eine blühende Vorstellungskraft, höhnte Lisabeta. Wenn ich nicht wüsste, dass du dein ganzes Leben lang in einer kalten Klosterzelle auf den Knien gerutscht bist, würde ich meinen, du wärst ein Trobador.

Ich lächelte: Um deine Geschichte zu kennen, braucht man nur ein wenig Vorstellungskraft. Ich kann mir gut ausmalen, wie du Arnaud – vielleicht genau hier in der Hütte – zur Flucht aus Avignon überredetest. Das war eine beachtliche Leistung, denn dein Geliebter hatte viel aufzugeben: Macht, Ansehen, die Gunst des Papstes. Ihr wusstet beide, dass es für euch nur eine einzige Zuflucht geben konnte, und die lag beim Erzfeind des Papstes: bei Kaiser Ludwig. Und dann hattest du eine geniale Idee. Wenn dein Marschall dem Kaiser die größten Widersacher Joans als Trophäen präsentierte, konnte Arnaud damit rechnen, von Ludwig dem Bayern mit Ehren und Ämtern überhäuft zu werden.

Wer Michele da Cesena, den Ordensgeneral der Franziskaner, und William von Occam, den berühmtesten Philosophen des Abendlandes, als erklärte Feinde des Papstes dem Kaiser zuführt, der hat ausgesorgt. Warum sollte Arnaud nicht Anspruch erheben auf eine Grafschaft mit eigenen Lehnsleuten irgendwo in der Toskana? Sogar heiraten hättet ihr können mit einem Dispens vom Gegenpapst. Das Leben einer Fürstin stand dir bevor.

Lisabetas Blick war anzumerken, dass meine Version der Wirklichkeit ziemlich nahe kam.

Dein Arnaud tat gehorsam, wie du ihm geraten hattest, erklärte ich weiter. Er befreite heute Morgen den Ordensgeneral aus dem Kerker, entführte heute Mittag persönlich die Franziskaner aus ihrem Konvent und bereitete für heute Nacht das Boot vor. Doch dann lief für dich alles aus dem Ruder, denn der Marschall tauschte dich aus gegen eine Jüngere. Damit hattest du nicht gerechnet. Nicht du solltest neben deinem Geliebten im Boot sitzen, sondern Lorena. Sie war die Neue, die Arnaud seit ihrem Konzert in der Pasture besitzen wollte. Ich war dabei, man musste blind sein, um seine Gier zu übersehen. Alles, was du uns dann im Palast aufgetischt hast, war eine Lüge. Dass Arnaud mit Lorena Geld von den Juden erpressen wollte. Dass er sie schließlich aus purer Mildtätigkeit laufenließ. Zu dumm: Der Raub dieser Jüdin war die Unstimmigkeit deiner Geschichte. Auf dem Boot wurde mir klar, dass nicht du, sondern Lorena die Frau war, die der Marschall mitnehmen wollte.

Lisabeta blickte mich hochmütig an. Und wenn es so war?

Dann, sagte ich, wäre das für dich die Hölle auf Erden geworden. Zerstört der Traum eines Lebens als Gräfin in Italien. Stattdessen wärst du wieder eine Sängerin in irgendwelchen Schuppen gewesen. Begierig angegafft von allen, eine Beute für die reichen Männer jeder Stadt.

Lisabeta starrte mich an, als wäre ich eine Erscheinung. Gaffte ich sie nicht genau so an, wie es auch die Männer in der Pasture des Oiseaux getan hatten? Wie es alle Männer machten? Am liebsten hätte ich sie sofort in die Arme genommen und geküsst, aber ich widerstand und fuhr fort:

Eines steht fest, der Marschall wollte nicht weitermachen wie vorher. Ein wehrloses Mädchen verlockte ihn plötzlich mehr als die Geliebte, die er so lange gehabt hatte. Lorenas Widerwille dürfte einen Mann wie ihn nur aufgestachelt haben. Und nach der Befriedigung seiner Wünsche hätte er das Mädchen wegwerfen können. Dich, die du bereits Macht über ihn gewonnen hattest, alles über ihn wusstest, wäre er nie wieder losgeworden.

Lisabeta stand mit offenem Mund da. Mit niemandem hatte sie über ihre Demütigung geredet. Nun sagte ich ihr alles ins Gesicht.

Sie erwog ihre Worte lange und sagte dann: Du hast recht. Ich war ihm zu unbequem geworden.

Ja, pflichtete ich ihr bei, dieser Arnaud war deiner Liebe nicht wert. Obendrein erwies er sich als dumm und machte einen verhängnisvollen Fehler. Er vertraute sich ausgerechnet Burru an, den du ihm vermittelt hattest und der ihm erst seit kurzer Zeit diente. Nur weil Arnauds reguläre Sergenten nichts erfahren durften, stützte er sich für seine Flucht auf Burrus Kraft und Findigkeit. Dass ihr euch nahestandet, Burru und du, wusste der Marschall nicht. Habe ich recht?

Lisabeta nickte unwillig. Und ich beendete ihre Geschichte:

Als der Marschall Burru heute Nachmittag in den veränderten Plan einweihte und befahl, dich wegzusperren und Lorena mitzunehmen, erfuhrst du sofort von dem Verrat. Burru war treuer als dein Marschall. Abends, als Arnaud alle Bediensteten weggeschickt hatte, gingt ihr beiden zu ihm, und du hast ihm ins Gesicht gesagt, was er ist: ein treuloser Lump, ein Verräter. Dann hast du Arnaud rasend vor Wut sein eigenes Messer in den Leib gerammt. Das war nicht Burru, wie du uns vorgelogen hast, der trug sein Messer nämlich noch am Gürtel. Ja, es ist fürchterlich, dich zur Feindin zu haben. Das hat heute Nacht noch ein zweiter Mann erfahren, der Türhüter mit der Narbe im Gesicht.

Was stört dich meine Abrechnung?, rief Lisabeta kühl. Das alles ist meine Angelegenheit, und ich habe sie auf meine Weise geregelt.

Dabei blieb es leider nicht, erwiderte ich. Deine Mordlust war keineswegs gestillt. Oh nein, es durfte keine Zeugen deiner Flucht geben.

Denn fliehen wolltest du immer noch, nur jetzt eben mit Burru und ohne Arnaud, ohne die Franziskaner, die dir nun nichts mehr nützten. Darum befahlst du Burru, sie im Keller einen nach dem anderen umzubringen; sie sollten nichts von eurer Flucht verraten. Und ich wäre um ein Haar mit ihnen erwürgt worden.

Lisabetas Blick werde ich nie vergessen. Sie war keineswegs beschämt, dass ich sie als Mörderin entlarvt hatte. Sie wirkte vielmehr stolz auf ihren Racheplan, der nur wegen Occams Rasiermesser fehlgeschlagen war. Und auch ich empfand fast so etwas wie Bewunderung, dass sie an Burrus Leichnam in wenigen Augenblicken eine neue Version ihrer Blutgeschichte erfand, mit der sie sich von allen Sünden freisprach.

Lisabeta kam mir bei meinen letzten Worten langsam entgegen, legte mir einen Arm um den Nacken und blickte mir in die Augen. Ich umfasste das Messer in meinem Ärmel.

Schmeichelnd sagte sie: Natürlich hätte ich für einen hübschen Kerl wie dich eine Ausnahme gemacht.

Ihr Kuss schmeckte nach Verrat. Es war ein köstlicher Geschmack. Über die Glückseligkeit hatte ich im Generalstudium zu Köln wieder und wieder debattiert. Für sämtliche Meister der Scholastik bestand das höchste Glück in der Vereinigung des menschlichen Verstandes mit Gott. Wahre Freude war geistige Freude. In dieser Nacht sollte ich erfahren, dass diese Definition nichts anderes ist als Klerikergeschwätz. Die Vereinigung der Körper ist der direkteste Weg zur Glückseligkeit. Und Lisabeta wurde zur Verkünderin dieser Doktrin.

Wir waren allein in ihrem Liebesnest. So allein, wie zwei Menschen überhaupt nur sein konnten. Um uns herum über Meilen nichts als Schilf und Gestrüpp, über dessen Rauschen Rohrdommeln und Nachtigallen nach Weibchen riefen. Seit vielen Monaten hatte ich keine Frau aus der Nähe gesehen. Dass die erste nach so langer Zeit Lisabeta sein würde, hätte ich nicht einmal zu träumen gewagt. In der Pasture des Oiseaux hatte sie mich so wenig wahrgenommen wie eine Fliege an der Wand. Selbst den Dichter Francesco di Arezzo hatte sie für ihre Gunst nicht in Erwägung gezogen. Sie gehörte einem mächtigen

Mann – bis vor wenigen Stunden. Nun war ich alles, was sie hatte. Und sie gab mir alles, was ihr geblieben war.

Wörter sind für die Seligkeit, die ich in den wenigen Stunden mit dieser Frau erlebte, zu profan. Schon an der Herrlichkeit Gottes, die nie ein Mensch gesehen hat, scheiterte die Sprache meines Meisters. Am Ende hatte er resigniert und gepredigt, dass wir angesichts der Glückseligkeit zu schweigen haben. In diesem Punkt stimme ich ihm zu: Wörter sind für die Liebe unzureichend. Sie sind bloßes Geklingel mit Begriffen. Francesco erfand für seine platonische Liebe zu Madonna Laura hilflose Bilder, welche die Liebe mit blühenden Blumen, keuschen Blicken, dem Gott Amor oder dem Sternenhimmel zu ergründen suchten.

Was ich in dieser Nacht mit Lisabeta erlebte, war ganz etwas anderes. Ich erfuhr von ihr, dass die Liebe der Körper anders als die Liebe der Seelen keineswegs auf gegenseitigem Vertrauen beruhen muss. Unsere Liebe war ein Erobern und Belauern, weil keiner dem anderen trauen konnte. Lange blickten wir einander nur an. Irgendwann sah ich im Halbdunkel die Reihen ihrer weißen Zähne. Sie öffnete die Arme und ließ mich das Spiel beginnen. Bis zu dieser Nacht hatte ich wie so viele Männer geglaubt, dass die Liebe zu einer Frau dann zur Erfüllung wird, wenn sie sich bedingungslos hingibt. Doch so ist es nicht.

Wenn ich glaubte, ihr endlich ganz nahe zu sein, scheute Lisabeta vor mir, stieß mich fort, entwand sich meinen Armen und stachelte dadurch meine Begierde nur weiter an. Immer wenn ich wähnte, sie bezwungen zu haben, blitzten mich ihre Katzenaugen an, und sie entzog sich aufs Neue einer Umarmung, nach der es sie doch ebenso inbrünstig wie mich zu verlangen schien. In unserem Fangen und Suchen, in ihrer Abwehr, die zugleich eine Einladung war, kamen wir einander immer näher – freilich nur genau so nahe, wie Lisabeta das wollte. Irgendwann gab ich es auf, und Lisabeta übernahm den Part des Mannes.

Sie war es nun, die meinen Kopf, meine Arme packte und mich eroberte. Sie saß nackt auf mir, der keuchend dabei zusah, wie diese Sängerin mich zu ihrem Instrument machte. Ihre Finger spielten auf meiner Haut Melodien, die ich nie zuvor vernommen hatte. Sie erweckte Resonanzen in meinem Körper, als wäre er eine vibrierende Laute. Sie machte zehrende Pausen nach ihrem Gutdünken und packte mich gleich danach mit Beinen und Armen und sogar ihrem Mund, um mir ihren ureigenen Rhythmus aufzuzwingen. Lisabeta stöhnte und schrie. Zahllose Männer hatte diese Stimme betört, nun war ich allein das Publikum.

Die Liebe, die sie mir nun rückhaltlos gab, war eine Jagd nach ihren Regeln. Sie hatte mich gehetzt und mich erlegt. Und ich – die Beute – wollte, dass sie – die Jägerin – zu keinem Ende käme. Irgendwann stand die Zeit still. Lisabeta war über mir, war in mir, umgab mich. Es gab kein Vorher und kein Nachher. Mein ganzes Leben kulminierte in dem Moment, in dem mein Selbst zu ihrer Musik geworden war. Diese Virtuosin der irdischen Liebe erschuf mit unseren beiden Körpern etwas, das Menschen in ihrem Leben sonst von Gott nicht gewährt bekommen: Harmonie.

Niemals hätte ich angenommen, dass solch ein Gleichklang möglich sei. Lisabeta hatte mich zu einem Teil ihrer selbst gemacht. Es gab mich nur mehr als ihr Vehikel. Ich war restlos zufrieden. Wie ein Kind, das lang genug seine Trommel oder seinen Kreisel geschlagen hat und nun ausruht, blickte Lisabeta ihr Spielzeug an. Sie streichelte sanft den Schweiß auf meinem Körper, fuhr mit den Fingerspitzen über meine Tonsur und küsste mich lange. Der Lampenschein warf an die Wand den Schatten ihres Körpers, der sich über mich beugte und in aller Ruhe untersuchte. Ihre Haarspitzen streiften über meine Haut, ich fühlte ihre Zähne, ihre Fingernägel, ihre Beine rieben sich an meinen. Dann begann alles noch einmal von vorn.

Ich wusste nicht, ob diese Frau bei unserer Vereinigung ihre Wonnen wirklich genoss oder sie mir das alles nur vorspielte. Doch wenn Lisabetas Liebe Lüge war, dann war mir das in meinem Rausch egal.

Ich wusste, dass mir nur eine Nacht blieb, um meine Lust auszukosten, und dass ich für den Rest meines Lebens von der Erinnerung an diese Frau zehren musste. Keinen Augenblick lang würde ich die Augen schließen. Mein Messer lag unter den Steinen am Herd. Würde ich auch nur für die Spanne von drei Vaterunsern einschlafen, würde ich nie wieder aufwachen. Doch nichts war in dieser kurzen Nacht für mich leichter, als wach zu bleiben. Und ich lernte: Wenn Liebe göttlich ist, dann zeigt uns Gott seine Herrlichkeit kurz, viel zu kurz.

KAPITEL 47

Bei Sonnenaufgang nahm Lisabeta ein Bad im Fluss. Ich bewunderte die Vollkommenheit ihres Körpers. Ihre geschmeidigen Bewegungen waren die einer Tänzerin, als sie ihr nasses Haar mit den Händen auswrang und mit einer raschen Bewegung in den Nacken warf. Wie die Göttin Venus stieg sie aus den Fluten. Dann schaute sie mich strahlend an und genoss meine Blicke. Ein Mann hatte sie verlassen, ein anderer war ihr zugefallen. So war ihr Leben.

Die Vögel des Schilfgürtels begrüßten den neuen Tag so laut, dass es meinen Ohren wehtat. Ramon hätte jeder Vogelstimme einen Namen zugewiesen. Doch Ramon war tot. Mein Meister hätte an solch einem Morgen einen Lobgesang auf Gottes Schöpfung angestimmt, doch auch mein Meister war tot. Nur ich war noch da. Ich und Lisabeta.

Lerchen stiegen am Horizont zum Himmel auf, der nach dem Gewitter wieder blau und klar war. Ein milder Wind rauschte im Schilf. Dieser Tag würde schön und warm werden. Hätte nicht im Uferschlamm die Leiche auf dem Brett gelegen, ich hätte mich wie Adam im Paradies gefühlt. Lisabetas Rücken lag an meinem Bauch, ich küsste sie sanft in den Nacken. Dann hielt ich ihr meine Faust vor die Augen, in der ich etwas verbarg.

Ein Geschenk für dich, sagte ich und öffnete die Faust.

Woher hast du das?, schrie Lisabeta.

Sie griff nach meiner Hand, doch ich zog sie weg. Dann wollte sie aufspringen, doch ich hielt sie an den Schultern nieder. Der Anblick der beiden Prägestempel musste die Frau aus der Fassung bringen.

Ich sagte: Leider ist mein Geschenk nicht aus Gold. Amors et aurs, wie du immer so schön gesungen hast, Gold und Liebe gehören zusammen. Nur dass aus diesen Formen niemals Goldmünzen entstehen werden.

Lisabeta blickte mich über die Schulter an. Zum ersten Mal lag in ihren Augen echte Furcht, die Kontrolle zu verlieren. Die Stempel in meiner Hand mussten auf sie wie Zauberei wirken. Sie hatte mich für einen ausgehungerten Novizen gehalten, der bei der Bootsflucht die Gunst der Stunde zu nutzen wusste. Jetzt war ich ihr unheimlich.

Ich las ihr ihre Gedanken vor: Da habt ihr so verzweifelt in ganz Avignon nach den Stempeln gesucht, du und Arnaud, Burru und Napoleone Orsini. Und nun, da niemand mehr mit den Stempeln etwas anfangen kann, bekommst du sie von mir geschenkt.

Lisabeta begann zu zittern, obwohl die Morgensonne uns wärmte.

Wer hat dir diese Stempel gegeben?, fragte sie kalt.

Der Papst persönlich, antwortete ich wahrheitsgemäß. Joan hat keine Verwendung mehr für sie. Nun überreiche ich sie der Frau, die bei der Suche über Leichen ging.

Wer bist du?, schrie sie. Wer? Spionierst du für Papst Joan?

Nicht für den Papst und auch nicht für euren Auftraggeber Napoleone, klärte ich sie auf. Ich bin nur ein Reisender. Mir sind diese Stempel zufällig in die Hände gefallen. Und das sogar mehr als einmal.

Lisabetas Körper ruhte erstarrt an meinem Bauch. Sie war jetzt bereit für eine weitere Geschichte, die von ihrem Schicksal handelte und die sie mir um keinen Preis hatte erzählen wollen. Das musste wieder ich für sie übernehmen:

Als der Narbenmann mich am Samstag in der Livree zusammengeschlagen und Arnaud mich vom Nebenraum aus ausgefragt hat, begriff ich, dass ihr demselben Geheimnis auf der Spur wart wie ich. Arnauds Stimme erkannte ich später wieder. Du hast damals nicht mitbekommen, dass ich dein Gesicht an der Tür wahrgenommen habe. Ein Logiker wie Occam würde sagen: Du hast zwei Qualitäten falsch eingeschätzt. Das waren deine eigene Schönheit, die kein Mann je vergisst, und meine Klugheit, weil du mich für einen dummen Jungen hieltest. Es war ein Fehler, mich damals nicht umzubringen. Aber auch dann hättet ihr die Prägestempel niemals gefunden.

Wo waren sie versteckt?, rief Lisabeta. Hattest du sie damals schon in der Hand?

Nein, sagte ich, dazu kam es erst wenige Stunden später, als ich in einem Badehaus die Wunden pflegte, die euer Folterknecht mir geschlagen hat. Es war Zufall. Oder Gottes Fügung, wie du willst. Jedenfalls kenne ich das Geheimnis der Goldmünze, die es niemals geben wird. Nicht echt und nicht als Fälschung.

Ich schilderte Lisabeta, wie alles abgelaufen war: Napoleone Orsini mit seinen Verbindungen zu Italiens Banken hatte den Plan mit den gestohlenen Prägestempeln geschmiedet. Seine Spione erfuhren von Arnauds Begehren, dem Papst zu entfliehen und ein neues Leben zu beginnen. Er konnte nicht nur die Prägestempel besorgen, er konnte als Marschall sogar die Nachforschungen in die Irre leiten. Man traf sich also und handelte ein fürstliches Honorar aus. Als im April die Franziskaner um Michele da Cesena am Papsthof eintrafen, nahm der Fluchtplan Gestalt an. Alles passte zusammen: Der Italienzug von Kaiser Ludwig, Napoleones internationale Geldfälscherei, die aufsässigen Spiritualen. Der Raub der Stempel gelang. Doch der Dieb selbst, ein gieriger Kleriker aus der Gascogne, schacherte wochenlang um immer mehr Geld und machte den Plan zuschanden.

Lisabeta hielt die ganze Zeit die Augen geschlossen. Hatte ich tief genug gegraben? Hatte ich endlich das Herz dieser Frau erreicht? Wenn es einen Menschen gab, um den sie weinte, hielt ich diesen Menschen gerade in meinen Armen. Es ging ihr genau wie mir, sie hatte nur sich selbst.

Wir studierten gemeinsam die feinen Linien der Prägestempel. Zum ersten Mal hatte ich Gelegenheit, das Meisterwerk des Pochino di Dracho zu bewundern, wenn auch spiegelverkehrt. Auf einem Stempel prangte die päpstliche Lilie, mächtig wie ein Baum und rund wie eine Bischofsmitra. Auf der Rückseite grüßte uns aus der Hohlform der Papst selbst, stolz und erhaben, mit einem ziselierten Umhang, an dessen Rändern Meister Drachos Stichel winzige Brokatborten ins Metall geprägt hatte. Deutlich las man in Hohlschrift den Namen IOHANNES, und natürlich trug der stolze Weltherrscher seine Tiara auf dem

Haupt. Ganz in Gold hätte dies alles einen imperialen Anblick ergeben. Kein Wunder, dass Joan um seine goldenen Hostien getrauert hatte. Noch als Fälschung in vergoldetem Kupfer hätte diese Münze die Menschen in ganz Europa getäuscht. Doch auch als bloße Idee hatte sie jede Menge Verderben gesät. Napoleone Orsini aber würde niemals die Papstkrone tragen. Arnaud de Trian wurde abgestochen, Burru aufgeschlitzt. Und Lisabeta konnte ihre Träume von einer Grafschaft für immer begraben. Von Geld, das niemals geprägt wurde, kann sich kein Mensch etwas kaufen.

Die zärtliche Bewegung, mit der Lisabetas Fingerspitzen über die scharfen Ränder der Stempel strichen, verliehen ihr im Zusammenspiel mit den geschürzten Lippen eine solche Grazie, dass ich ihren Kopf zu mir drehte und sie noch einmal küssen wollte. Doch sie schüttelte mich ab. Die Zeit der Küsse war vorbei; unsere Augen wurden einander fremd. Stattdessen stand sie auf und schleuderte die Metallstücke in weitem Bogen ins Schilf. Damit war unsere gemeinsame Geschichte zu Ende.

An der Seitenwand der Hütte lehnte eine kleine Schaufel, mit der man Asche vom Herd entfernen und nach Hochwassern Uferschlamm abtragen konnte.

Mit dem Ding, fragte ich, willst du Burru allein begraben?

Dies war, wie Francescos Lehrmeister Cicero es definiert hätte, eine rhetorische Frage. Denn dass getreue Katharerfreunde Lisabeta erwarten würden, war natürlich ein weiteres Märchen, das sie uns aufgetischt hatte. Ich wusste von Humbert von Alexandria, dass es keine Gemeinden des Katharerglaubens mehr in der Provence gab. Und selbst wenn, wie hätte Lisabeta jemanden von der Beerdigung verständigen sollen? Diese Leiche sollte kein Begräbnis bekommen. Burrus Überreste waren von Lisabeta dazu bestimmt, im Schlamm der Rhone zu verrotten. Nur sie wusste noch nicht, dass ich das alles schon lange begriffen hatte.

Du musst fort, verkündete sie mir. Unsere Wege trennen sich hier für immer. Wenn die Sergenten mit ihren Hunden das Schilf durchkämmen, dürfen sie uns beide nicht finden. Ich kenne mich gut aus und werde einen Fluchtweg finden. Du aber musst dich allein durchschlagen.

Ich nahm an, dass Burru in der Nähe ein Boot versteckt hatte. Das wollte ich Lisabeta nicht wegnehmen; ich brauchte es nicht. Ich betrachtete den unförmigen Ballen, in dem die Leiche steckte. Das Leinenzeug war voller Blut. Bald, dachte ich, würden die Fliegen kommen, dann die Raben, dann die Wildschweine.

Lisabeta blieb bei ihrer Geschichte: Mag sein. Wenn niemand kommt, um mir zu helfen, muss ich Burru eben alleine begraben. Das gebieten die Vorschriften unserer Religion. Ausschließlich Katharer dürfen dabei sein, wenn die sterbliche Hülle von Katharern in die Erde gesenkt wird. Und nur ich kenne die Hymnen.

Nun hatte sie sich von der Liebhaberin wieder in die keusche Priesterin verwandelt. Wie viele Gesichter hatte diese Frau denn noch? Und welches war ihr wahres?

Ich zog meinen verdreckten Habit wieder an und sah damit mehr aus wie ein Straßenräuber als wie ein Mönch. Nichts anderes als Raub war es auch, was mir nun noch zu tun blieb. Zuerst raubte ich Lisabeta einen allerletzten Abschiedskuss, denn ich wusste, dass sie ihn mir nicht verweigern würde. Ich sehnte mich einmal noch nach ihren Lippen. Sie sehnte sich danach, mich loszuwerden.

Dann ging ich zu Burrus Leiche und sagte:

Eine letzte Geschichte muss ich dir vor unserem Abschied noch erzählen, wenngleich du sie mir um keinen Preis verraten willst. Ich kann das verstehen, denn es ist eine Geschichte von hohem Wert. Doch du hast erneut einen entscheidenden Fehler gemacht.

Lisabeta starrte mich unwillig an. Sicher hätte sie mich am liebsten getreten, damit ich sie endlich in Ruhe ließ. Sie wollte von mir keine Geschichte mehr hören.

Ich begann trotzdem: Nur Menschen, die sich mit den Katharern nicht auskennen, konntest du das Märchen von den Begräbnisriten auftischen. Katharer sind Gerüchte aus alter Zeit, kaum einer kennt ihren Glauben noch. Ich allerdings habe von zwei alten Katharern rechtzeitig das Wichtigste über eure Religion gelernt. Alle Katharer sehnen sich nach der Erlösung vom Körper. Sie lassen, wenn sie sterben, ihre Hülle zurück und fasten sich zu Tode. Ich traf gestern in Avignon auf einen solchen Katharer, der sich der Endura hingab und bei seinem eigenen Grab fröhliche Lieder sang, weil er die materielle Welt hinter sich hatte. Genau wie dein Burru hier, der jetzt nur mehr ein böser Geist ist. Dessen Knochen können deinetwegen die Geier abnagen. Du benötigst Burrus Leiche nicht, um sie zu begraben.

Lisabeta blickte mich staunend an. Sie wollte das alles nicht hören, doch ich konnte es ihr nicht ersparen.

Ich weiß, fuhr ich fort, viel mehr über dich, als du ahnst. Du wurdest in deinem Dorf Montaillou tatsächlich im Glauben der Katharer erzogen. Doch du bist als junges Mädchen vom Pfad der geistigen Reinigung abgekommen und hast dich dem Gold zugewandt. Du heißt auch nicht Lisabeta de Pictia, wie du dich als Sängerin nanntest. Dein wahrer Name lautet Ema Matzo.

Die Frau riss den Mund auf zu einem wilden Schrei.

Du bist der Teufel! Du kannst nur der Teufel sein!

Dein Teufel hat anderes zu tun, als alte Verbrechen aus den Pyrenäen aufzudecken. Das kann ich auch ohne ihn. Du warst ein weiteres Mal unaufmerksam, als du in Avignon einen blinden Bettler an der Straße sitzen sahst. Hast du ihm Almosen gegeben? Sicher nicht, das ist nicht deine Art. Du konntest den Mann nicht erkennen, denn sein Gesicht sah nach der Folter, die du ihm beschert hast, anders aus als vorher. Doch du errinerst dich vielleicht an den Namen des Bettlers: Peire Brenon.

Lisabeta, die eigentlich Ema hieß, stand mit offenem Mund vor mir. Mit ihrem Namen hatte sich plötzlich ihr Gesicht verändert. Ich blickte in eine Maske.

Ich berichtete ihr, was mir gestern der alte Bettler vom Ende seiner Welt erzählt hatte. Peire Brenon war ein wohlhabender Kaufmann aus Foix, der vor bald zwanzig Jahren mit reicher Ladung von Holz durch das Dorf Montaillou gekommen war. Dort fiel dem älteren Mann ein blondes Mädchen von vielleicht vierzehn Jahren auf. Das war Ema. Abends in der Schenke hatte sich ein Riese von einem Jüngling zum

Kaufmann auf die Bank gesetzt und ihm gegen eine geringe Summe das Mädchen angeboten. Das war Burru. Peire Brenon war von der Nacht mit Ema derart betört, dass er fortan immer wieder nach Montaillou zurückkam und immer mehr Geld bei Burru ließ. Das Freudenmädchen, das im Ort die Schwarze Rose genannt wurde, verdrehte dem Kaufmann völlig den Kopf. Gleichzeitig mit den Wonnen der Liebe wurde Peire Brenon von Burru in die Riten der Katharer eingeführt, die in der Abgeschiedenheit des Dorfes überlebt hatten. Als bald danach der Inquisitor Jaume Nouvel in die Pyrenäen zog, um die letzten Katharer auszurotten, wechselte Burru von Zuhälterei zur Erpressung.

Er drohte Peire Brenon, ihn als Katharer zu denunzieren, wenn er nicht seinen halben Besitz dem Mädchen auslieferte. Brenon hatte in Foix Frau und Kinder, nun wurde es für ihn gefährlich. Immer mehr Katharer verschwanden in den Kerkern der Inquisition. Nachdem der verängstigte Peire Brenon einen Sack voller Goldmünzen in Montaillou abgeliefert hatte, wurde er auf dem Heimweg verhaftet. Im Kerker von Foix erfuhr er, dass niemand anderer als Burru ihn verraten hatte. Bei der Folter mit Fackeln verlor Brenon sein Augenlicht und sein Gesicht. Jaume Nouvel war das Strafe genug, und er ließ den Blinden frei. Die Inquisition behielt sein großes Haus. Seine entehrte Frau und seine Kinder zogen fort. Ihnen blieb nichts.

Peire Brenon hatte tatsächlich das Ende der Welt gesehen. Er lebte als Bettler in Foix und zog, nachdem er als unerwünschter Esser aus seiner Heimat vertrieben worden war, die Küste hoch über Perpignan und Narbonne, über Montpellier und Nîmes, immer weiter. Sein Aussehen ernährte ihn; die Menschen zeigten Mitleid. Er zog die Rhone entlang, bis er nach Jahren ziellosen Herumirrens sein Ziel erreichte. In Avignon angekommen, erlebte Peire Brenon ein Wunder. An die Mauer einer Schenke gelehnt, hatte der alte Bettler dieselbe Stimme gehört wie vor langer Zeit in seinen Liebesnächten von Montaillou. Er hatte seine Ema wiedergefunden. Er hatte ihr längst verziehen, denn sie war das einzige Schöne gewesen, das er je erblicken durfte; er zehrte von dieser Erinnerung. Peire Brenon harrte noch eine Weile in Avignon aus. Und als er Emas Gesang ein letztes Mal draußen vor der Pasture des Oiseaux lauschen durfte, wollte er nur noch sterben. Sterben wie ein Katharer, denn mit dem Glauben der Bischöfe und Inquisitoren verband ihn nichts – außer seinen leeren Augenhöhlen. Peire Brenon hatte, ohne sie zu sehen, seine Schwarze Rose wiedergefunden. Das Ende der Welt war endlich da.

Lisabeta hatte sich in den Schlamm gehockt, während ich ihr ihre eigene Geschichte erzählte. Sie starrte zu Boden.

Ich fügte noch hinzu: Aus Peires Worten konnte ich schließen, dass die Leiche dort zu niemand anderem gehört als zu Burru Belibaste. Belibaste, genau wie der letzte Perfecto der Katharer, den die Inquisition vor sieben Jahren in den Pyrenäen verbrannt hat. War dieser Mann hier sein Bruder, sein Vetter oder sein Neffe? Egal. Eines jedoch war Burru keineswegs: dein Bruder. Er war dein erster Liebhaber und dann dein Zuhälter. So viel hat Peire Brenon bei dem blutigen Verrat begriffen, den ihr an ihm begangen habt.

Lisabeta schüttelte den Kopf. Haarsträhnen hingen an ihr herab, ihr bleiches Gesicht wirkte wie aus Gips.

Was macht das alles denn jetzt noch aus?, sagte sie dumpf. Lass mich endlich in Ruhe. Bruder oder Liebhaber, Burru ist tot, es macht keinen Unterschied mehr. Warum quälst du mich so? Geh einfach fort.

Doch ich ging nicht. Noch nicht.

Ich sagte: Den Rest eurer Geschichte, den der Blinde nicht kannte, musste ich mir ausmalen. Doch ich bin mir sicher, dieses Bild ist nicht weit von der Wahrheit entfernt. Du und Burru seid mit Peire Brenons Geld aus den Pyrenäen verschwunden, bevor die Inquisition auch euch in die Fänge bekam. Mit einem kleinen Vermögen ließ es sich gut leben, vielleicht in einer großen Stadt des Midi wie Toulouse oder Marseille. Oder floht ihr über die Berge nach Spanien, wo Burrus Verwandter Guilhèm Zuflucht fand, bis sie ihn verrieten? Irgendwann landetet ihr in der Provence. Dann war das Geld aufgebraucht, und die alte Masche begann aufs Neue. Ema, die sich nun Lisabeta nannte, musste mit ihrer schönen Stimme auftreten, tanzen und Männer anlocken. Burru übernahm die Geldgeschäfte, und ihr schafftet es bis nach Avignon.

Was dort geschehen war, musste ich der Frau nicht mehr erzählen. Lisabeta hatte Burru vor der Stadt zurückgelassen, denn in der Stadt des großen Geldes sollte der letzte, der größte Schatz ihres Lebens gehoben werden. Keine Hurerei, keine schäbige Erpressung mehr. Stattdessen ein ausgefeilter Plan. Und dieser Plan, den ranghöchsten Beamten des Papstes zu verführen, gelang tatsächlich. Die Geschichte hätte in Italien auf einem Schloss als Märchen geendet, wenn der Säufer Serge nicht dazwischengekommen wäre.

Der Teufel, dachte ich, steckt in den Kleinigkeiten. Sie sind es, in denen wir uns verheddern. Ich blickte auf die schöne Frau vor mir, die ihre Nacktheit unter dem schwarzen Kapuzenmantel verhüllte und den Goldring am Finger trug. Der immerhin war ihr von ihrem Geliebten Arnaud geblieben. Ich wollte ihn ihr nicht wegnehmen.

Wirst du nun endlich fortgehen?, fragte sie mich mit abgewandtem Blick. Hast du mich jetzt genug gequält?

Es war, als hätte sich mit ihrem Namen auch ihre Stimme geändert, die nicht mehr warm und verführerisch klang, sondern so hart und kalt wie das Eisen der Prägestempel.

Sei beruhigt, beschied ich ihr, ich bin beinahe fertig. Es gibt für mich nur noch ein letztes Geheimnis zu enthüllen, und das ist das Geheimnis dieser Leiche. Warum musste Burru uns begleiten?

Lisabetas Lider zuckten, ihr Blick flackerte. Ohne sie aus den Augen zu lassen, machte ich ein paar Schritte zum Totenbrett. Ich kniete bei der Leiche nieder und zog die äußeren Tücher herunter.

Nicht! Du schändest den Toten, du Satan!, schrie sie, rannte zu mir und versuchte mich mit Fäusten zu schlagen. Doch ein Stoß mit der flachen Hand reichte aus, sie ruhigzustellen. Sie fiel in den Uferschlamm. Ich war angekommen, wo noch nie ein Mann gewesen war: auf dem Grund ihrer Seele.

Das unterste Leintuch, von Blut durchtränkt, schnitt ich mit dem Messer entzwei. Dann blätterte ich den Stoff auf wie ein nasses Buch. Vor mir erschien der aufgedunsene Körper. Wie ich erwartet hatte, fand ich auf der Brust eine Naht. Jemand hatte der Leiche mit einem langen Schnitt den Bauch aufgetrennt und dann Stich für Stich wieder zugenäht. Ich nahm mein Messer und trennte alles behutsam auf. Von Lisabeta war ein Winseln zu hören.

Ich zog mit den Händen den Bauch auseinander und griff mit der Linken hinein. Ich musste nicht lange suchen und holte erst einen, dann einen zweiten Leinensack aus Burrus Eingeweiden. Aus dem Stoff rann Blut und Schleim. Ich ging, begleitet von Lisabetas fassungslosem Blick, zum Ufer und schwenkte die triefenden Säcke im Wasser hin und her. Dann öffnete ich die Schnüre. Ein Sack war voller Silber, der andere voller Gold. Vor mir lag der Schatz des Kardinals Bernard de Garve.

Ich ergriff die Säcke noch einmal, um sie in den Fluten der Rhone zu reinigen, die alles Übel und allen Schmutz davonspült.

Ich sagte: Geld wird mit Blut verdient. Doch Geld blutet nicht.

Aus Lisabetas Augen rannen Tränen. Sie schluchzte, als ich in die Säcke hineingriff und die Münzen durch meine Finger gleiten ließ.

Burrus Leiche war viel zu schwer, erklärte ich ihr. Er war dick, aber so dick auch wieder nicht. Das hat sogar einer der Mönche gemerkt, Bruder William, der ein großer Physiker ist. Aber ich bin allein darauf gekommen. Es musste nämlich einen Grund geben, warum dir die Leiche so wichtig war, dass du gegenüber Occam sogar dein Leben dafür riskiertest. Auf dem Boot erst dämmerte mir, was du im Leib des Toten versteckt hattest.

Nur so erhielt die ganze Geschichte einen Sinn: Arnaud hatte vor der Flucht aus Avignon nichts mehr zu verlieren, er brauchte Geld für das neue Leben in Italien. Darum stahl er gemeinsam mit dem Narbenmann den Schatz aus der Livree des Kardinals, als er die kostbare Hinterlassenschaft für den Papst abholen sollte. Arnaud musste nur verkünden, das Geld sei bereits fort gewesen. Sollten die Juden doch den Verlust ersetzen.

Euer Fehler war, sagte ich, dass ihr mich aus Bequemlichkeit in demselben Gebäude gefoltert habt, aus dem das Geld stammte. Es war eine Frage der Zeit, bis ich den Zusammenhang erkannte. Alle Sergenten suchten diesen Schatz, ihr hingegen nicht. Warum? Ihr wart einzig hinter den Prägestempeln her, denn der Schatz ruhte längst im Tresor unter der Speisekammer von Arnauds Palast. Ich kann dich nur bewundern, wie kaltblütig du uns das Märchen von der Totenklage der Katharer aufgetischt hast. In der kurzen Zeit, in der du sogar noch singen musstest, hast du Burru aufgeschnitten, ausgenommen und dann gestopft wie einen Gänsebraten.

Ich hielt den Sack mit Gold hoch: Hast du ihm dafür das Herz herausgerissen?

Sie starrte mich durch ihre Finger an, die sie vor ihr Gesicht hielt. Sie war noch nicht am Ende. Ich wusste gut, wie schnell sie neue Pläne schmieden konnte, wenn die alten in Rauch aufgingen.

Lass uns gemeinsam fortgehen!, rief sie, jetzt wieder mit ihrer warmen Stimme. Du hast in dieser Nacht doch auch gespürt, dass wir zwei zusammengehören. Wir haben jetzt genug Geld für ein schönes Leben. Wir ziehen weit weg von Avignon, nach Deutschland, in deine Heimat.

Ich griff mir die beiden Säcke und schüttelte den Kopf. Diesen Plan hätte ich genauso lange überlebt, bis Lisabeta für sich ein Messer und ich für mich etwas Schlaf gefunden hätte.

Du hast mich noch nicht einmal nach meinem Namen gefragt, rief ich, weil du den nicht wichtig fandest. Eine Nacht mit dir war in deinen Augen Geschenk genug, um mich abzufinden. Ich sollte spurlos aus deinem Leben verschwinden. Bitte sehr, genau das mache ich jetzt.

Lisabeta sprang auf und stürzte mir hinterher. Ich setzte einen der Säcke ab, zog mein Messer und richtete es auf sie.

Ich kann damit genauso gut umgehen wie du, warnte ich. Und ich habe wahrhaftig keinen Grund, dich zu schonen.

Wie Maria Magdalena in Golgatha fiel sie vor mir auf die Knie und breitete flehend die Arme aus.

Wir können doch teilen! Eine Hälfte für dich, eine Hälfte für mich.

Ich griff in den Silbersack und warf ihr eine Handvoll Münzen zu, dann noch eine, dann noch eine. Das würde für die ersten Monate reichen. Ich war mir sicher, dass diese Frau zäh genug war, an jedem Ort der Welt durchzukommen.

Ich nahm die Säcke wieder in die Hände und stapfte ins Schilf. Bevor mich der Wald der Halme verschlang, hörte ich ihre Stimme ein letztes Mal:

Ich habe dich geliebt! Ich liebe dich!

Ich hielt an und warf noch eine Handvoll Münzen in ihre Richtung.

Das ist für Lorena!, rief ich.

Für mein Abschiedsgeschenk griff ich in den Beutel mit Gold.

KAPITEL 48

Es gab jetzt nur noch eine Zuflucht für mich.

Ich schlug mich ins Schilf, wo es am dichtesten war. Mein Habit, das letzte Geschenk des Meisters, tat mir, obgleich an vielen Stellen zerrissen, mit seinem Wollstoff gegen die scharfen Blätter gute Dienste. Das hohe Gras wurde stellenweise von Dornengebüsch unterbrochen, zuweilen gab es sumpfige Freiflächen, die ich lieber umging. Ich hielt mich immer beim Ufer der Rhone. So konnte ich notfalls die Säcke wegwerfen und mich schwimmend retten. Doch ich fürchtete nicht ernsthaft, dass Sergenten nach mir suchten. Der Novize Wittekind Tentronk war der Welt abhandengekommen. Es gab mich nicht mehr. In der Einöde des rauschenden Schilfs war das kein übles Gefühl.

Obgleich ich die ganze Nacht kein Auge zugetan hatte, fühlte ich mich nicht ermüdet. Liebe hält frisch. Mir ging Lisabetas Lied aus der Pasture des Oiseaux durch den Kopf. Sie hatte von den beiden reinsten Dingen auf Erden gesungen: bon amors und bos aurs. Gute Liebe und gutes Gold. Beides hatte ich von dieser Frau bekommen. Sie hatte beides verloren, doch sie tat mir nicht leid. Ich wusste, dass sie in diesem Augenblick weder meinem Körper noch meinen Worten nachtrauern würde, sondern einzig dem Geld. Und sie würde sich verfluchen, dass sie mich nicht viel früher aus dem Weg räumen ließ. Mein Leben war für sie nur eine Nichtigkeit gewesen. Jetzt würde sie an mich denken, jeden Tag ihres Lebens.

Ich pfiff die Melodie von Gold und Liebe. Ich hatte den ganzen Tag Zeit. Gegen die Mücken rieb ich mich mit Schlamm ein, wie mich

Niklas das in Litauen gelehrt hatte. In meinem verdreckten Habit sah ich jetzt aus wie ein verwilderter Eremit, und in gewisser Hinsicht war ich das auch. Dann baute ich mir aus angeschwemmten Ästen, zusammengehalten von Halmen, ein kleines Floß und döste im Schatten, bis es Abend wurde. Zuweilen konnte ich durch das Uferschilf ein Boot wahrnehmen, das in der Flussmitte zum Meer hinuntertrieb. Ob wohl Rik und Lorena darauf saßen? Die Straße der Treidler, die mit ihren Pferden aus der Gegenrichtung kamen, lag auf dem anderen Ufer. Ich verspürte keinen Hunger. Ich saß am Wasser, mein Kopf war leer. Es war schön, nicht mehr in Avignon zu sein.

Als die Dämmerung hereinbrach, ließ ich das kleine Floß zu Wasser, legte die beiden Säcke mitsamt meinem Habit darauf und schob alles schwimmend über den breiten Fluss. Ich kam auf der anderen Seite an, als es gerade dunkel wurde. Vor mir, in sicherem Abstand zur Rhone und ihren Hochwassern, befand sich ein Dorf, das ich linker Hand umging. Der abnehmende Mond bescherte mir gutes Licht auf dem Treidelpfad. Ein paar Mal stieß ich auf Lastboote, die für die Nacht am Ufer festgemacht hatten. Ich machte immer einen Bogen um sie. Die Säcke hingen schwer an meinen Armen, doch wusste ich genau, dass das Gewicht die Mühen wert war: bos aurs. Mitten in der Nacht gelangte ich an die breite Einmündung der Durance, deren Lauf ich nun nach Osten zu folgen hatte. Das Studium von Landkarten – eine Gewohnheit, mit der ich mir im Winter in der Klosterbibliothek die Zeit vertrieben hatte – zahlte sich jetzt aus. Ich wusste, dass der Lauf der Durance mich meinem Ziel näher brachte. Ich wollte dorthin, wo sie herkam.

Als der Morgen zu grauen begann, befand ich mich unterhalb eines Kastells. Die Gegend mit Feldern und Landstraßen war belebt, doch hinter dem Dorf, das zum Kastell gehörte, fand sich ein Wäldchen aus alten Eichen. Ich kletterte auf einen Baum und band meine Säcke in sicherer Höhe fest. Dann legte ich mich, ganz der verkommene Bettelmönch, an einem Baumstamm schlafen. Als die Sonne bereits hoch am Himmel stand, erwachte ich und erblickte auf einem Feld in der Nähe einen Bauern, der mit einer Hacke Unkraut jätete. Ich ging zu ihm hin und bot ihm für das Brot und den Käse in seinem Beutel eine ganze

Silbermünze an. Der Bauer beäugte mich misstrauisch, weil die hohe Summe nicht zu meiner Erscheinung passte. Straßenräuber gab es hier genug. Allerdings keine, die ihre Atzung fürstlich bezahlten. So dachte wohl am Ende auch der Bauer, überließ mir seinen ganzen Vorrat und verzog sich schnell. Ich begab mich zurück ins Wäldchen, holte meinen Schatz aus dem Baum und ging weiter den Fluß hinauf, wo ich die Säcke im Ufergebüsch versteckte, mich an Brot und Käse labte und für den Rest des Tages ausruhte.

Ich erinnerte mich, dass die Durance nun nach Süden abbog. Darum musste ich noch vor dem Ort Cavaillon auch diesen Fluss mit einem Gepäckfloß queren und mich durch Wälder geradewegs nach Osten durchschlagen. Am Ufer der Durance gab es erheblich weniger Verkehr als an der Rhone. So konnte ich es wagen, noch bei Tageslicht überzusetzen. Ich musste die letzte Etappe in einer Nacht bewältigen. Als ich aus dem Wald wieder heraustrat, orientierte ich mich an den Sternen, wie ich das in Litauen gelernt hatte. Nun ging es nordwärts, bis ich auf den nächsten Flusslauf stieß. Das war die Sorgue. Ich hielt mich rechter Hand und marschierte im Mondlicht immer zügig voran. Lange vor Morgengrauen gelangte ich an die Quelle: ein Becken klaren Wassers unter einer Felswand.

Unweit davon grub ich unter einem Baum mit meinem Messer ein tiefes Loch. Ich legte das ganze Gold hinein, schüttete vom Silber die Hälfte dazu, trat den Boden fest und bedeckte die Stelle sorgsam mit Laub und Ästen. Das restliche Silber verbarg ich unter meinem Habit. Bald nach Sonnenaufgang fragte ich im Ort nach dem Italiener aus Avignon, der irgendwo hier wohnen musste. Die Dörfler beäugten mich scheel. Dieses Vaucluse war ein Nest, wo jeder Unbekannte auffiel. Schon der zweite Bauer, den ich ansprach, wies mir den Weg zu einem kleinen Haus am Fluss. Ich klopfte an, und Francesco di Arezzo öffnete selbst.

Bambinobianco!, rief er. Wie siehst du denn aus?

Der Toskaner wirkte gehörig überrascht und lästerte über meinen erbärmlichen Aufzug. Ich erzählte ihm das Nötigste von meinem Abstieg aus dem Papstpalast, von der Flucht aus der Residenz des

Marschalls und vom Schatz des Kardinals de Garve. Ich legte ihm eine Menge Silber auf den Tisch und bat ihn erst danach um seine Hilfe. Menschen, die Geld brauchen, sind moralisch schwer einzuschätzen; Menschen, die Geld bekommen, schon sehr viel leichter.

Als Francesco erfuhr, dass für seine Freundschaftsdienste noch mehr Silber auf ihn wartete, willigte er erfreut ein, mich für die nächsten Wochen bei sich zu beherbergen. Das Haus war nicht groß, aber es gab ein ungenutztes Zimmer zum Garten hinaus, das er mir zuwies. Francesco lebte für den Sommer mit einer Magd aus dem Ort zusammen, einem drallen Mädchen um die zwanzig. Der Dichter, der Francesco sein wollte, hätte sie gewiss anmutig, sonnengleich und liebreizend genannt, und das war diese Marie in vielerlei Hinsicht. Sie sang gerne, hatte mit ihrer fröhlichen Art seinen Liebeskummer besiegt und schien dem studierten Italiener aus der Stadt sehr zugeneigt. Oft kamen so weit gereiste Menschen wie Francesco bestimmt nicht nach Vaucluse. Marie kochte gut; nachts kroch sie zu Francesco ins Bett. Und nun war sogar genug Geld im Haus. Schon in der dritten Nacht brachte ein Schreiner ein Bett, so dass ich nicht mehr auf dem Boden schlafen musste. Francesco erwarb ein einfaches Gewand mit Hose für mich, ein Schuster fertigte mir solide Lederschuhe. Endlich wurde ich den zerschlissenen Habit los und fühlte mich wie ein Mensch.

Nun erst merkte ich, wie viel Kraft die Abenteuer in Avignon mich gekostet hatten. Ich schlief viel, aß gut, und auch Francescos Wein wurde immer besser, denn er musste nicht mehr auf den Groschen schauen. Der Italiener war mit meinem Silber nicht kleinlich, wusste er doch, dass er mich so lange zu beherbergen hatte, bis meine Tonsur zugewachsen war. Zusätzlich ließ ich mir einen Bart stehen und war nach einiger Zeit tatsächlich ein anderer Mensch geworden. Den Novizen Wittekind gab es nicht mehr. Ich überlegte mir neue Namen, die mir ohne Aufsehen in ein neues Leben halfen.

Abends musste ich Francesco von meinen letzten Tagen in Avignon erzählen. Das Schicksal des Meisters ließ ich offen. Ich sagte, was fast der Wahrheit entsprach: dass ich ihn nicht in den Papstpalast begleiten durfte und dann nichts mehr von ihm gehört habe. Das Schlimmste war zu befürchten. Wie der Schatz des Kardinals in meine Hände kam, erzählte ich wahrheitsgetreu.

Ich berichtete von der Bootsflucht der Mönche, vom Versteck in der Schilfhütte. Dann dichtete ich dazu, dass Lisabeta und ich am andern Morgen einträchtig den Schatz unter uns aufgeteilt hätten, der für sie allein viel zu schwer gewesen sei: das Gold für sie, das Silber für mich. Francesco ließ sich nicht anmerken, ob er an meiner Geschichte zweifelte. Er wollte viel lieber die Geschichte meiner Nacht mit Lisabeta erfahren. Die Wahrheit bedeutete keine Gefahr mehr für mich, und es schmeichelte meiner Eitelkeit, ihm getreulich Bericht zu erstatten. Francesco erregte die Vorstellung, dass die Frau seiner Träume ausgerechnet mich, den unscheinbaren Novizen aus Deutschland, eine Nacht lang erhört hatte. Er wollte alles wissen: Wie war ihr Körper? Wie ihre Liebkosungen? Was hat sie gesagt? Wie oft haben wir uns geliebt?

Zuerst überreichte ich Francesco die zerdrückte Rose, die einmal tiefschwarz gewesen war, als Lisabeta sie bei ihrem Gesang in der Pasture in der Hand gehalten hatte. Francesco schaute auf den grauen Klumpen, roch daran und blickte entgeistert. Er hatte nichts als schäbigen Abfall in der Hand. Ich erklärte ihm, dass auch von seinen Träumen, in denen er mit Lisabeta geschlafen hatte, nichts anderes übrigbleibe. Dann legte ich ihm dar, dass meine Erlebnisse in der Schilfhütte nichts gemein hatten mit seiner platonischen Dichterliebe. Was der verliebte Italiener in seiner Poesie virtuos entwarf, waren Begriffe. Niemals konnten sie wiedergeben, was meine Sinne in der Umarmung Lisabetas empfunden hatten.

Deine hehren Worte der Liebe, so sagte ich als gelehriger Schüler Occams, sind im Wind verhaucht. Sie sind gegen die Realität nicht einmal ein Abglanz. Zwischen unserem Sprechen und der Wirklichkeit liegt ein Abgrund, der sich nicht überbrücken lässt. Nackte Namen sind kein Ersatz für nackte Haut. Wirf die Rose fort!

Ich empfahl dem liebeskranken Italiener, sich besser seiner Marie zuzuwenden, die anders als Lisabeta oder Laura in Fleisch und Blut anwesend war. Auch dieser Rat beruhte auf Occams Lehre: Nimm, was du bekommen kannst.

Marie, das Bauernmädchen aus Vaucluse, erzählte von ihrer Freundin Lise, die bei einem Händler in Cavaillon als Magd in Diensten stand. Mit Francescos Geld konnten wir ihr eine bessere Stellung anbieten. Lise zog zu uns. Zwei junge Paare in einem Landhaus in der Provence, gutes Essen, guter Wein und ausreichend Geld für einen langen Sommer. Was wollten wir mehr? Unser Leben war noch sorgloser als mein litauischer Sommer mit Niklas. Dass das viele Silber, das uns die Sorgen des Alltags nahm, aus dem Schatz stammte, für den etliche Menschen ihr Leben gelassen hatten, war mir klar. Wie hatte ich zu Lisabeta bei unserem Abschied gesagt: Geld wird mit Blut erworben, doch es blutet nicht.

In dieser gestundeten Zeit schwamm ich viel in den Quellteichen der Sorgue, und alle Niedertracht von Avignon spülte ich von mir ab. Mein Freund erteilte mir Unterricht in seiner Muttersprache. Dass ich für ihn und den Buchhändler Corboli nach Deutschland ziehen und als Mönch in nebelumwallten Klöstern nach Manuskripten des Cicero oder des Tacitus suchen sollte – von dieser Abmachung war keine Rede mehr. Ich hatte mich vielmehr entschieden, als Kaufmann nach Italien zu gehen. Dass unser Glück mit dem Sommer enden würde, war uns allen klar und machte die gemeinsame Zeit nur noch kostbarer. Die Mädchen wussten, dass auch Francesco nicht in Vaucluse bleiben konnte. Er bemühte sich weiter um eine Stelle als Sekretär bei Kardinal Colonna. Im August kaufte er sich von seinem neuen Reichtum ein Pferd und ritt standesgemäß die Sorgue hinunter, die er zu Fuß heraufgekommen war. Einige Tage lang blieb er in Avignon.

Während seiner Abwesenheit nähte ich so viele Goldstücke wie möglich in mein feines Leinengewand, das ein Schneider mir angefertigt hatte. Am Ende steckten in jedem Saum, an jedem Ärmel von Jacke, Hose und Mantel kostbare Florine oder Dukaten. Den Rest konnte ich, ohne aufzufallen, im Beutel tragen. Ich war jetzt ein reicher Mann und entschied mich, einstweilen den Namen Eckart van Medebeke anzunehmen und mich als Kaufmann aus Dortmund auszugeben. Ich kannte jene Stadt, ich kannte das Kaufmannsgewerbe, ich beherrschte die niederdeutsche Sprache. Auch das hatte mich Occam, der Meister des

Rasiermessers, gelehrt: Einfache Wahrheiten sind immer die besseren. Eine Lüge funktioniert besser, wenn sie dicht bei der Wahrheit bleibt.

Als Francesco aus der Stadt zurückkehrte, hatte er nicht viel Neues zu berichten. Über Rik und Lorena hatte er nur erfahren, dass sie nicht mehr in der Stadt lebten. Auch von Shimons Verbleib keine Spur. Es war, als ob sie alle niemals in Avignon gewesen wären. Marschall Arnaud de Trian hatte seinen Messerstich wie durch ein Wunder überlebt. Offenbar hatte seine Geliebte auf eine weniger gefährliche Stelle gezielt. Ich hatte erlebt, dass sie einen Menschen auf Anhieb töten konnte, wenn sie das wollte. Der Marschall, so gingen die Gerüchte, erholte sich über den Sommer bei seiner Gemahlin in ihrer beider Grafschaft bei Gap. Der Papst hatte Arnaud einen Vizemarschall aus dem Quercy zur Seite gestellt, der die Miliz neu organisierte und das Comtat Venaissin regierte. Die Familienehre des Papstes kam ins Lot.

Was Francesco an Nachrichten aus Italien mitbrachte, klang für das Schicksal von Occam und Michele da Cesena wenig ermutigend. Kaiser Ludwig war mit leerem Beutel und unter Schmährufen des Volkes aus Rom abgezogen. Inzwischen kontrollierten wieder Papst Joans Beamte die Ewige Stadt, während der Kaiser mit seinem lädierten Gegenpapst im Schlepptau unter vielen Scharmützeln unterwegs war Richtung Pisa. Die Franziskaner – inzwischen allesamt offiziell von Joan verstoßen und durch treuere Mönche in ihren Ämtern ersetzt – waren auf einen geschwächten Kaiser getroffen und konnten froh sein, wenn sie bei Ludwig dauerhaft Obdach fänden. Wenn sie Pech hatten, müssten die vogelfreien Verschwörer ihr restliches Leben im kalten München verbringen, immer in Angst vor einem päpstlichen Meuchelmörder. Auch hier hatte Joan auf ganzer Linie gesiegt. Wie gut, dass ich rechtzeitig vom Boot gesprungen war.

Ich hatte Francesco noch aufgetragen, sich nach dem Bibliothekar der Cordeliers zu erkundigen. Humbert von Alexandria hatte versprochen, seine Bücher mit der wahren Geschichte der Katharer für mich aufzubewahren. Ich hatte sie nicht abholen können. Als Francesco bei den Franziskanern in die Klosterbibliothek kam, traf er dort auf den päpstlichen Theologen Armand de Belvézer, der persönlich dabei war, die Bestände Band für Band auf häretisches Schrifttum zu kontrollieren. An der Pforte hatte Francesco gegen ein kleines Entgelt noch erfahren, dass der alte Bibliothekar am Tag nach der Verhaftung der Spiritualen mit einem Reisesack voller Bücher aufgebrochen war. Wohin Humbert wandern wollte, hatte er niemandem verraten. Kannte er vielleicht dasselbe Kloster in der Einsamkeit der Alpen, in das sich auch Bruder William zurückziehen wollte? Jedenfalls hatte Humbert sich entschieden, dass es noch zu früh war, das eigene Leben für ein Buch zu opfern.

Als der Sommer sich seinem Ende zuneigte, kam die Zeit, mich von Lise, Marie und auch von Francesco zu verabschieden. Mein Freund war überaus gastfreundlich gewesen und hatte mich nicht verraten, das rechnete ich ihm hoch an. Wenn auch wieder nicht allzu hoch, denn ich hatte ihm mit dem vielen Silber auch keinerlei Grund gegeben, unsere Verabredung zu brechen. Wenn Menschen aus ihrer Gemeinsamkeit gemeinsame Vorteile ziehen können, dann ist das eine gute Voraussetzung für Glück. Darum ist Glück so selten.

Gleichzeitig sah ich freudig der Zukunft entgegen, die mich in Gestalt des erfundenen westfälischen Pfeffersacks Eckart van Medebeke erwartete. Ich war wieder bei Kräften und trug jede Menge Gold bei mir. Francesco versprach, irgendwann nach Italien nachzukommen und mich in seinem Vaterland aufzuspüren, wenn er dort erst als berühmter Dichter mit Lorbeer bekränzt würde. Ich glaubte ihm kein Wort, hatte er doch den ganzen Sommer lang keine Zeile geschrieben.

In die Stadt Avignon wollte ich bei meiner Reise gen Süden auf keinen Fall zurückkehren, obwohl mich dort sicher niemand mehr erkannte. Und wer hätte mich überhaupt gesucht? Dennoch machte ich für die Reise zur Sicherheit lieber einen Bogen nach Norden und mietete mir für den Landweg ein Maultier. Bei Orange setzte ich über auf die andere Seite der Rhone und besorgte mir im Hafen von Roquemaure einen Platz auf einem Boot nach Aigues-Mortes, wo Mittelmeersegler auf Reisende warteten. Endlich würde ich das Mare Nostrum mit eigenen Augen sehen.

Nach einigen Stunden Fahrt machte unser Boot kurz am Flusshafen von Avignon Halt, um neue Passagiere aufzunehmen. Ich vertrat mir die Beine und stand sogleich vor der Ruine der Pasture des Oiseaux. Hinter diesen Mauern waren mir Lisabeta und Francesco, Rik und Philippe vor gar nicht langer Zeit begegnet. Doch jetzt im Herbst war nichts mehr wie in jenen Nächten im Mai, als ich in einem anderen Leben noch ein neugieriger Dominikaner gewesen war und zu den Klängen der maurischen Musiker getanzt hatte. Ich blickte hinauf zum Rocher des Doms, wo der Palast des Papstes wie eh und je zum Himmel ragte und wo die Verwaltung der Christenheit ihren Gang ging. Hinter dem Fenster, wo mein Meister hatte sterben müssen, saß gerade Papst Joan und zählte auch an diesem Tag sein Geld.

Da ertönte die Glocke, die uns Reisende wieder an Bord rief. Während der Schiffer das Boot zur Flussmitte steuerte, erblickte ich an der Uferböschung die kleine Kapelle der Jakobspilger, die mit zerborstenen Fenstern und eingetretener Tür auf Menschen wartete, die in ihr beteten und schliefen, einander liebten und einander töteten. Das war das Leben, es ging einfach weiter.

Auf dem First der Kapelle hockte eine große Eule und blickte zu unserem Boot herunter. Sie erhob sich in die Lüfte, segelte zum Fluss und flog genau über mich hinweg. Ihre weisen Augen schienen zu fragen:

Welches Tier bist du?

Ich wusste es nicht.

KAPITEL 49

Epilog

Das Rollen der Wellen ist der Takt meines Lebens. Stetig kommen sie zum Land und brechen sich mit weißem Schaum an den schwarzen Steinen. Tag und Nacht, wieder und wieder. Seit mehr als fünf Jahren wohne ich nun schon am Ozean, den sie den Atlantischen nennen. Und habe dabei den Ablauf der Jahreszeiten vergessen. Winter, Herbst, Sommer, das gibt es auf dieser Insel nicht. Auf Benahoare herrscht das ganze Jahr über Frühling. Auch wegen der warmen Luft bin ich im späten Herbst meines Lebens zur Insel der Seligen gereist, um niemals wieder abzufahren. In meiner Steinhütte am Strand benötige ich wenig, und ich zehre von den beiden wertvollsten Gütern, die ein Mensch besitzen kann: Zeit und Erinnerung. Von beidem habe ich mehr als die meisten. Nach vielen Jahren, in denen ich zwischen den trockenen Steppen Asiens, den Handelsstädten Italiens und dem eisigen Meer des Nordens so vielen Menschen begegnet bin, sehne ich mich nur mehr nach Einsamkeit. Ich schaue auf die rollenden Wellen. Und es ist genug.

Im ewigen Frühling von Benahoare schrieb ich die Chronik jener Woche im Mai 1328, da sich in Avignon mein Leben schicksalhaft wendete. Heute bin ich so alt, wie Papst Joan damals war, weit über achtzig. Doch anders als er habe ich beim Warten auf den Tod nichts zu zählen, keine Jahre und keine Reichtümer. Mein Palast ist diese Hütte mit einem Bett und einer Feuerstelle. Mein Reich umfasst einen Acker unter den Vulkanfelsen. Mein Hofstaat besteht aus einer Herde Ziegen und meinem Hund. Hier auf Benahoare gibt es keinen Papst, keinen Kaiser, kein Geld und keine Steuern, keine Inquisition und keine Ketzer. Es gibt nicht einmal Metall, aus dem die Menschen Schwerter und Dolche schmieden könnten, um einander damit umzubringen. Meinem Freund Ramon hätte es hier gut gefallen. Die Menschen leben einfach. Sie zehren von ihren Schweinen, Schafen und Ziegen, sie sammeln Früchte, sie jagen Vögel mit Pfeil und Bogen und holen sich aus dem Meer Fische und Muscheln. Genauso mache ich es auch. Es ist nicht schwer.

Das Schönste auf Benahoare: Es gibt keine Kirchen. Zwar musste ich mir für die Überfahrt einen Franziskanerhabit überziehen wie die anderen Kleriker, die sich auf der Insel niedergelassen haben, doch den habe ich längst gegen einen Fellschurz getauscht. Auf unserer Flucht vor der Ordenszucht dürsteten wir – Italiener, Iberer, Flamen, Deutsche, Franzosen – viel mehr nach Bekehrung als die Benahoaritas, zu denen sie uns aus Mallorca geschickt haben. Wir müden Mönche haben genug von Europa und seinen Kriegen und sehnen uns nach Frieden bei den Heiden. Meine Mitbrüder, die über die ganze Insel verstreut leben, sehe ich so gut wie nie. Ganz selten kommt ein struppiger Portugiese über die Berge zu Besuch. Mehr noch als er erfreue ich mich am Alleinsein. Ich bin nicht bis zu den Glücklichen Inseln gesegelt, um den Menschen irgendetwas zu predigen, um ihnen Wasser über die Köpfe zu gießen oder ihr Leben mit Schauermärchen von der Hölle zu verpesten.

Als ich vor mehr als vierzig Jahren das erste Mal mit dem Genuesen Nicoloso da Recco zur Erkundung hierherkam, gab es auf unserem Boot fanatische Dominikaner, die alle Heiden bekehren wollten, notfalls mit Gewalt. Ich kannte das aus Litauen. Später, als ich wieder in Europa lebte, erfuhr ich von meinem Freund Boccaccio, dass die Benahoaritas alle Missionare umgebracht hatten, die sich in ihr Leben einmischten. Recht hatten sie. Wenn man jedoch das Missionieren unterlässt, wie ich es tue, dann sind die Leute hier ganz verträglich. Nicht, dass sie besser wären als die Christen, die sich gegenseitig die Hälse durchschneiden. Das tun sie hier ebenso, wenn auch mit Steinmessern. Die Hoffnung auf friedliche Menschen habe ich schon lange aufgegeben. Auch auf Benahoare unterjochen die Häuptlinge die Armen und lassen sich von ihnen die Äcker umpflügen. Auch hier bestehlen einander die Nachbarn, vergewaltigen Männer die Frauen, verprügeln Mütter und Väter ihre Kinder. Oft bringen sie ihre Kleinsten um, weil sie nichts zu essen für sie haben.

Ich bin als alter Mann wiedergekommen, weil ich müde war, weil mir das Frühlingswetter gefiel, und weil es hier keinen Staat gibt, der die Versklavung der Menschen zur Kunst erhoben hat. Bei den ersten Erkundungsfahrten fingen die Portugiesen ein paar Benahoaritas, tauften sie und machten sie zu Leibeigenen, wie es die Europäer immer tun, wenn sie auf Fremde treffen. Seither sind die Menschen dieser Insel auf der Hut und wehren sich. Nur wenige Franziskaner ohne Waffen werden hier geduldet wie exotische Tiere. Meine Gemeinde, wie ich sie zum Spaß nenne, lebt oben am Berg in einem Dutzend Hütten. Wenn ein Kind krank ist, kommen die Mütter zu mir; manchmal kann ich mit einem Sud aus Wurzeln oder einem Verband aus Gräsern helfen. Zuweilen lade ich den Häuptling und die Seinen zur Messe. Dann singe ich ihnen vor, was ich in Europa alles gelernt habe: Sauflieder und Liturgien, Liebesgesäusel und fromme Hymnen. Ich ahme für sie Tierstimmen nach und blase auf einer selbstgebastelten Flöte. Das gefällt ihnen, und sie lachen über mich. Dann trinken wir zusammen Bier und tanzen bis in die Nacht. Das ist unser Gottesdienst.

Sie haben hier sogar eine Religion. Sie rufen die Sonne um Fruchtbarkeit an, die Wolken um Regen, sie hören die Rufe ihrer Ahnen im Wind, der durch das Geäst der Bäume streicht, und sie erblicken die Gesichter ihrer gestorbenen Kinder im Schaum der Wellen. In ihrem einzigen Tempel, einer Höhle hoch oben in den Bergen, haben sie Vierecke und Linien aus Ocker und Asche an die Wände gemalt. Gott, hat mir dort der Priester erklärt, ist fern. Wir können ihn nicht sehen, nicht darstellen und nicht mit Worten beschreiben. Er lebt unerkannt in allen Dingen. Diese Theologie kam mir bekannt vor.

Ihre Sprache ist die letzte der vielen Sprachen, die ich in meinem Leben erlernt habe, ohne die Menschen je wirklich zu verstehen. Es gibt viele Tage, an denen ich kein Wort spreche. Ich wandere durch den Wald und höre den Vögeln zu. Es gibt hier grünliche Pieper, die so lieblich trällern wie eine Nachtigall. Und kleine Krähen mit rot-gelbem Schnabel, die mich mit einem hohen Pfeifen begrüßen. Oder ich sitze auf den Steinen am Meer und warte auf Delphine, die immer, wenn sie hier vorbeischwimmen, die Köpfe aus der Flut recken und neugierig zum Land herüberschauen. Was sie wohl von uns Menschen denken? Noch weiter draußen leben riesige Wale und blasen ihren Atem hoch in die Luft, bevor sie ins tiefe Meer abtauchen, dessen Geheimnisse kein Mensch je erkunden wird.

Ich bin allein mit allem, was ich erlebt habe, und ich fische im tiefen Meer meiner Erinnerung. Mehr brauche ich nicht.

Irgendwann bekam ich Lust, aufzuschreiben, was ich einst in Avignon erlebt habe, weil ich selbst kaum mehr glauben konnte, dass diese phantastischen Geschehnisse sich wirklich zugetragen haben. Und damit andere Menschen vielleicht besser als ich verstehen, was da um mich herum geschah. Auf Benahoare gibt es keine Schrift und kein Papier. Doch es gibt Lämmer, aus deren Haut ich Pergament herstellen kann, wie ich das als junger Mann im Kloster gelernt habe. Mit Tinte aus Holzkohle und angespitzten Möwenfedern bekam ich so etwas wie ein atlantisches Skriptorium zusammen. Vom uralten Franziskaner, der vom Leben nichts mehr erhofft, verwandelte ich mich schreibend zurück in einen jungen Dominikaner mit all seinen Hoffnungen, seinen Begierden, seinen Träumen.

Diese Sehnsüchte sind längst verflogen, doch die Erinnerung ist immer noch da. Ich sehe alles genau vor mir, was sich Ende Mai 1328 in Avignon ereignete. Ob von den anderen, die dabei waren, noch jemand lebt? Heute weiß kein Erdenmensch mehr von Burru, der so viele Arglose ins Unglück riss. Längst ist auch meine sinnliche Erinnerung an Lisabeta aus meinem Leben verschwunden. Von der Schwarzen Rose bleibt nur der Name.

Es ist alles so lange her. Sonderbar, ich habe über viele Jahre kaum an den Meister gedacht. Erst hier, wo ich nach einem langen Leben auf den Tod warte, kam mir seine Lehre wieder in Erinnerung. Während ich auf den Steinen sitze und in die Ferne blicke, höre ich die Stimme meines Meisters. Er hatte wie kein Zweiter begriffen, wie nutzlos es ist, mit endlichen Worten nach dem Unendlichen zu fragen. Gott antwortet nicht. Er bleibt stumm, auch wenn sich so viele Fragende abspeisen lassen mit Geboten und Ritualen, die andere Menschen sich ausgedacht haben. Doch wir müssen ohne Gottes Trost zurechtkommen.

Wenn ich viele Tage lang ins Blau geschaut habe, versunken in den Anblick des Horizonts, der Wellen und des Himmels, dann glaube ich zu verstehen, was mein Meister mir sagen wollte: dass wir schon zu Lebzeiten eins werden können mit dem Ewigen und dem Unzerstörbaren, weil wir aus Ewigem und Unzerstörbarem bestehen. Wir müssen nur die Worte hinter uns lassen und weit hinausfahren auf die unendliche See in unserem Inneren. Dann wird unsere Seele eins mit dem Blau, das in uns lebt und das uns zugleich umgibt. Das ist, was mein Meister meinte: Innen und Außen sind eins, nichts geht verloren. Durch Nichtstun bleibt nichts unerledigt.

Nun ist meine Chronik abgeschlossen. Alle Worte, die ich noch in mir trug, sind geschrieben. Doch wer wird sie lesen, wenn ich mein Buch erst in einer Höhle am Berg abgelegt und diese mit Steinen vermauert habe? Wird jemals ein Neugieriger die Chronik von Avignon finden? Und wird es in Zukunft überhaupt Menschen geben, die meine Sprache verstehen? Oder wird der salzige Wind das Pergament zerfressen und den Staub meiner Worte hinaustragen aufs Meer?

Ich fürchte mich vor dem Anblick von Segeln am Horizont. Ich weiß genau, dass die Europäer kommen werden, um die Benahoaritas zu töten oder zu unterwerfen. Die Christen haben Schwerter und Kanonen; sie ertragen kein Land, in dem sie nicht herrschen. Seit ich hier sitze, habe ich noch kein Segel erspäht. Doch es ist nicht die Frage, ob sie kommen, sondern wann. Irgendwann ist es so weit. Und dann wird es auch auf dieser Insel Kaufleute und Knechte geben, Herren und Sklaven, Priester und Ketzer.

Ich hoffe, dass ich das nicht mehr erleben muss. Die wenige Zeit, die mir bleibt, werde ich auf den Steinen sitzen und hinausschauen in die blaue Weite, die reicht bis ans Ende der Welt. Ich habe alles. Nur ganz selten höre ich in meinem Innern Töne, die beinahe verklungen sind. Wenn mir hier überhaupt etwas fehlt, dann sind es die Takte und Melodien von Artur, Charles und Johann. Damals, vor langer Zeit in Avignon, hat mich ihre Musik glücklich gemacht. Die Schönheit, die andere Menschen für uns schaffen, ist der einzige Trost, der uns in diesem Leben gewährt wird. Und so lausche ich auf die Grazie einer Musik, die seit sechzig Jahren verklungen ist, aber in mir leise nachschwingt. Fast vernehme ich über den Abgrund der Zeiten hinweg nichts mehr. Doch zuweilen wippen meine Füße noch im Takt wie damals, summe ich eine halbvergessene Melodie. Und meine müden Augen strahlen.

Dann rollen wieder die Wellen. Langsam und stetig kommen sie zum Strand. Als wollten sie mich holen.

KAPITEL 50

Nachwort des Übersetzers

Natürlich gab es da diese alte Handschrift.

Mitte Januar 2020, also noch vor der weltweiten Coronapandemie und anderthalb Jahre vor dem verheerenden Vulkanausbruch des Cumbre Vieja, saß ich im Kiosco 7, einem meiner Lieblingsrestaurants auf der Kanarischen Insel La Palma. Ich hatte marinierten Fisch gegessen, köstlich wie immer. Die Sonne ging unter, der warme Atlantikwind wehte jeden Gedanken an den deutschen Winter fort. Bei einem Glas Inselmalvasia hoch über der Meeresbrandung las ich wie so oft in einem Roman von J. J. Voskuil. Wie aus dem Nichts stand plötzlich ein Mann vor meinem Tisch.

Ich bin der Steffen, stellte er sich vor. Ein gebräunter Sechziger mit grauem Haar, das er zu einem Zopf gebunden hatte. Wie so manche gestrandete Hippies auf dieser Insel war er barfuß, trug eine bunte – ich glaube, orange – Pumphose und stand mit nacktem Oberkörper im Restaurant, was mir etwas peinlich war. Allerdings war der Mann für sein Alter beneidenswert muskulös. Mein abweisender Blick störte ihn nicht. Er legte eine abgewetzte Plastiktasche vor mir auf den Tisch und erklärte in norddeutschem Tonfall, »das da« habe er oben am Berg in einer Höhle gefunden. Er zog ein braunes Bündel hervor und blätterte eine Tierhaut auf. Ich war mir sicher, dass er mir gleich irgendwelchen Krimskrams verkaufen wollte, und fand die ganze Situation unangenehm, was nicht besser wurde, als Steffen mich zu duzen begann:

»Ey, du bist doch hier der Einzige, der in einem dicken Buch liest. Ich hab mir gedacht, vielleicht weißt du ja, was das sein kann. Sind so komische Blätter mit Gekritzel. Vielleicht ist das ja was Wertvolles. Guck's dir mal an.«

Ich nahm widerstrebend das Paket in Augenschein, auch weil die ledernen Seiten so sonderbar aussahen. Sehr feines Pergament, viele Blätter über und über beschrieben, keine Bilder. Die Buchstaben waren deutlich lesbar. Ich war mehr als überrascht, als ich die Titelzeile entzifferte:

De Swarte Ruse.

Der gesamte Text schien in Mittelniederdeutsch verfasst. Ich hatte die Sprache im Studium erlernt, um Chroniken der alten Hansestädte zu lesen. Völlig verrückt – wie kam dieses untergegangene Idiom auf eine Kanarische Insel? Und dann noch in die Hände dieses Hippies? Ich las weiter und merkte, dass es sich um eine Art Chronik zu handeln schien. Ich entdeckte gleich auf der ersten Seite eine Datierung: Avignon, Mai 1328. Aber der Typ vor mir konnte doch auf gar keinen Fall ein Manuskript aus dem Mittelalter in seiner Tasche mit sich herumtragen. Sein vorgeblicher Fund war für mich auch darum eine Räuberpistole, weil ich wusste, dass La Palma erst kurz vor 1500 militärisch erobert und nach der Ausrottung der Urbevölkerung von Europäern besiedelt worden war, und zwar von Spaniern, die sicher kein Plattdeutsch sprachen. Und im Mai 1328, von dem die Chronik zu erzählen vorgab, gab es auf La Palma nur ein paar tausend Guanchen ohne Schrift. Was sollte diese Chronik mit Avignon zu tun haben?

Steffen hatte mich die ganze Zeit über beobachtet und blickte mich nun fragend an. Ich sagte ihm, dass dies eine sonderbare Sache sei, zu der ich auf Anhieb nichts Konkretes sagen könne. Der Hippie klopfte mir aufmunternd auf die Schulter und meinte, ich müsse mir keine Eile machen. Ich solle die Sachen in Ruhe durchblättern und ihm dann sagen, worum es sich handle.

»Keep cool, Mann«, rief er und drehte sich um. »Alles easy.«

Ich sprang auf und fragte ihn, wie ich ihm sein Paket denn zurückerstatten solle.

Er war schon halb die Treppe hinunter und rief:

»Wir finden uns.«

Da stand wie aus dem Nichts Steffen vor mir, wieder barfuß und in derselben Pumphose, diesmal mit einer grünen Windjacke. Unerklärlich, wie er meinen Aufenthaltsort herausbekommen hatte.

»Hi«, sagte er nur grinsend. »Da bin ich wieder.«

Er wies auf das eingeschnürte Bündel Pergament auf meinem Gartentisch:

»Und?«

Ich versuchte ihm zu erklären, dass er seinen Fund auf keinen Fall zurückbekommen konnte. Er sei da zufällig auf eine mysteriöse Sache gestoßen, die nur durch Experten aufgeklärt werden könne. Als ich das Wort Polizei fallenließ, wurde Steffens Haltung feindlich. Was das denn die Polizei angehe?

Er rief: »Du solltest mir nur sagen, ob das Ding wertvoll ist. Und jetzt willst du mich verarschen.«

Ich hob abwehrend die Hände. Da hatte Steffen sich das Paket schon gegriffen. Barfuß wie er war, sprang er über die Gartenmauer. Ich versuchte noch, ihn querfeldein einzuholen, aber im tiefen Dunkel war nichts mehr von dem Mann zu sehen.

Tags darauf fuhr ich zum Meer hinunter und erkundigte mich nach Steffen. In El Remo, in Puerto Naos, in Tazacorte – überall, wo zu dieser Jahreszeit sonnenhungrige Hippies herumhingen, kannte man den Mann mit der orangen Pumphose. Doch niemand hatte ihn in letzter Zeit gesehen. Eine junge Schweizerin mit Rastalocken, die in Puerto de Tazacorte mit Bällen herumjonglierte, informierte mich immerhin, dass »der Steffen« oft über Monate oben in den Bergen campiere. Wo genau, wusste sie auch nicht: »Ein totaler Eigenbrötler eben.«

Als ich mit meiner Geschichte zur Guardia Civil ging, interessierte sich kein Beamter dafür. Die Polizisten bekamen im Februar 2020 bereits so viel mit den anlaufenden Coronamaßnahmen zu tun, dass sie nicht einmal ein Protokoll meiner Geschichte aufnehmen wollten. Wenn ich mein fragwürdiges Manuskript wiederfände, solle ich es beim Cabildo Insular, der Verwaltungsbehörde der Hauptstadt, auf der anderen Seite des Vulkans abgeben. Auch beim Archäologischen Museum in Los Llanos sah sich niemand für mein Anliegen zuständig. Die Kultur der Ureinwohner, die man hier erforschte, kannte keine Bücher. Dass auf La Palma mitten in der Natur eine Chronik des Mittelalters herumlag, war für die Kuratoren völlig ausgeschlossen.

Als ich im Netz endlich die Telefonnummer des städtischen Archivs von Avignon herausgefunden hatte, wimmelte man mich ab wie einen spinnerten Ahnenforscher. Alle Dokumente aus der Papstzeit befänden sich seit Jahrhunderten in Rom, und die Kanarischen Inseln hätten keinerlei historische Beziehungen zur Stadt, nicht einmal zu Frankreich. Dann wurde mitten im Satz die Verbindung unterbrochen.

Mein letzter Versuch, einem bekannten Professor der Mediävistik im Rheinland meinen Fall darzulegen, endete ähnlich. Nachdem ich dem Historiker, einem Experten für das 14. Jahrhundert, das erste Kapitel per Mail zugesandt hatte, vergingen bis zur Antwort nur wenige Stunden. Der Wissenschaftler ging mit keinem Wort auf die angehängte Textdatei ein und wünschte mir eine fröhliche und vor allem gesunde Karnevalszeit.

Immerhin hatte ich noch die Übersetzung der gesamten Chronik auf meinem Tablet. Ich verschickte Kapitel für Kapitel per Mail an mich selber, damit mir die Dateien nicht auch noch verlorengingen. Kurz darauf endete mein Urlaub. Bevor ich die Schlüssel des Ferienhauses und den Mietwagen abgab, fuhr ich noch ein letztes Mal nach El Remo, wo im Kiosco 7 die Geschichte angefangen hatte. Ich bestellte wie im Januar eine Portion Ceviche mit einem Viertel Malvasia und zog Bilanz. Wenn der Erzähler Wittekind Tentronk tatsächlich eine historische Figur gewesen war, dann hatte er genau hier seine letzten Jahre verbracht. Bei den schwarzen Steinen am Strand vor mir hatte er vor über sechshundert Jahren seine Erinnerungen aufgeschrieben. Doch wie konnte ich das beweisen? Wie lässt sich ein solches Rätsel lösen, wenn das Manuskript verschwindet?

Ich will die Hoffnung nicht aufgeben, dass Steffen sich irgendwann bei mir meldet. Oder dass die alte Handschrift bei einer internationalen Auktion auftaucht. Bis dahin haben wir nur diesen Text.

ALPHABETISCHES PERSONENREGISTER

Angus MacDuffin – schottischer Botschafter in Avignon
Armand de Belvézer – Chef der Theologenschule, Oberhaupt aller Spitzel
Arnaud de Trian – Marschall des Papstes
Bernard Gui – Inquisitor
Bonagratia da Bergamo – Jurist im Franziskanerorden
Bruno – Spitzel in päpstlichem Dienst
Burru Belibaste – Suchender
Deodat – Arzt im Dominikanerkloster
Francesco di Arezzo – italienischer Poet, Lebenskünstler
Franciscus de Marchia – franziskanischer Physikprofessor
Gasbard de Laval – Kämmerer des Papstes
Gaucelin – Prior des Dominikanerklosters
Hans der Scherer – Torwächter im Papstpalast
Hermann de Summo – Mörder aus Köln
Humbert von Alexandria – Bibliothekar der Dominikaner
Jean de Meudon – Finanzgenie, Pfründensammler
Joan XXII. – Papst
John Dastyn – Zauberer
Lisabeta de Pictia – Sängerin, Geliebte von Arnaud de Trian
Lorena – Shimons Kusine, Verlobte des Rik van Haarlem
Meister Eckhart von Hochheim – Dominikanerprediger, als Ketzer angeklagt
Michele da Cesena – inhaftierter Ordensgeneral der Franziskaner
Napoleone Orsini – Kardinal und Rivale des Papstes
Niklas – deutscher Brauknecht, jetzt Krieger in Litauen
Peire Brenon – blinder Bettler
Philippe de Vitry – französischer Komponist
Pochino di Dracho – Münzmeister

Ramon – Gärtner im Dominikanerkloster
Retz von Fretz – Ritter, Kreuzfahrer in Litauen
Rik van Haarlem – Gastwirt, Waffenhändler
Rixande – Serges Konkubine
Serge – Bote der päpstlichen Kämmerei
Shimon – Wächter des Judenviertels von Avignon
Wilhelm von Nidecke – Mörder aus Köln
William von Baskerville – franziskanischer Wandermönch
William von Occam – Franziskanerphilosoph, als Ketzer angeklagt
Wittekind Tentronk – Dominikanernovize, Begleiter des Meisters

Arno de Via, Imbert du Puy, Bertrand du Pouget, Gaucelme de Jean – Neffen des Papstes im Rang von Kardinälen
Johann, Charles, Artur – afrikanische Musiker
Raymond de Montsucjouls, Bertrand de Turre, Jaume Nouvel – das päpstliche Inquisitionsgericht

»Ein großartiger Geschichtenerzähler«

Donna Leon

1348: In der Finanzmetropole Florenz wütet die Pest, während die Söhne des mächtigen Bankiers Pacino Peruzzi nacheinander ermordet werden. Wittekind Tentronk, den es als Agent des Patriarchen aus Avignon an den Arno verschlagen hat, erkennt zu spät einen blutigen Wettlauf um Geld und Rache, den er nur verlieren kann.
Wie in seinem vielbeachteten Roman *Die schwarze Rose* spannt Dirk Schümer einen Bogen in die Gegenwart. Er erzählt von der größten Bankenpleite vor 2008, von der schlimmsten Pandemie aller Zeiten, vom Krieg auf der Krim, aber auch von Wittekinds Liebe zu der schönen Marktfrau Cioccia und einem illustren Freundeskreis um den erfolglosen Poeten Boccaccio und Dantes versoffenen Sohn Jacopo.

608 Seiten. Gebunden mit Lesebändchen. zsolnay.at

Eleanor Catton

Die Gestirne

Roman

1040 Seiten, btb 71514
Aus dem Englischen von Melanie Walz

Ausgezeichnet mit dem Booker-Preis.

Eine Hafenstadt an der wilden Westküste Neuseelands.
Eine Serie rätselhafter Ereignisse.
Zwölf Männer und eine Frau, die ein Geheimnis teilen.

»Nach der Lektüre fühlt man sich wie von einem Genie geküsst und so reich beschenkt, als wäre man mit Gold bestäubt.«

Brigitte

»Ein Roman wie das Firmament der Liebe.«

Der Spiegel

»Ein gewaltiges Epos, wie aus der Feder von Charles Dickens.«

Emotion